Le fond des forêts

Du même auteur

Écrits fantômes
Éditions de l'Olivier, 2004
Points, n° P1315

Cartographie des nuages
Éditions de l'Olivier, 2007

DAVID MITCHELL

Le fond des forêts

*traduit de l'anglais
par Manuel Berri*

ÉDITIONS DE L'OLIVIER

L'édition originale de cet ouvrage est parue
chez Hodder & Stoughton en 2006,
sous le titre : *Black Swan Green*.

ISBN 978.2.87929.612.8

© David Mitchell, 2006.

© Éditions de l'Olivier
pour l'édition en langue française, 2009.

Le Code de la propriété intellectuelle interdit les copies ou reproductions destinées à une utilisation collective. Toute représentation ou reproduction intégrale ou partielle faite par quelque procédé que ce soit, sans le consentement de l'auteur ou de ses ayants cause, est illicite et constitue une contrefaçon sanctionnée par les articles L. 335-2 et suivants du Code de la propriété intellectuelle.

Janus

Interdiction absolue *d'aller dans mon bureau.* C'est la règle de papa. Mais le téléphone avait sonné vingt-cinq fois. Les gens normaux abandonnent après dix ou onze sonneries, sauf si c'est une question de vie ou de mort. Pas vrai ? Papa a le même répondeur automatique que celui de James Garner dans la série *Deux Cents Dollars plus les frais,* celui avec les grosses bobines. Mais il ne le laisse plus allumé, en ce moment. À trente sonneries, on en était. Dans sa chambre, au grenier, Julia n'entendait rien parce qu'elle avait mis super-fort « Don't You Want Me » de Human League. *Quarante* sonneries. Maman n'entendait rien parce qu'elle passait l'aspirateur et en plus la machine à laver en était au cycle « folie furieuse ». *Cinquante* sonneries. Ce n'était pas normal. Et si papa s'était fait écrabouiller par un poids lourd sur l'autoroute 5 et que la police n'avait que le numéro de cette ligne parce que tous ses autres papiers avaient brûlé ? On passait peut-être à côté de la dernière occasion de voir notre père calciné à l'unité de réanimation.

Alors je suis entré, je pensais à la femme de Barbe-Bleue qui pénétrait dans le cabinet interdit (il n'attendait que ça, Barbe-Bleue, n'empêche). Dans le bureau de papa, ça sent les billets de banque : une odeur de papier mais de métal, aussi. Avec les stores baissés, on aurait dit qu'on était la nuit, pas dix heures du matin. Il y a une horloge toute sérieuse sur le mur, exactement le même modèle que les horloges sérieuses sur les murs de l'école. Il y a une photo de papa serrant la main de Craig Salt, quand papa a été nommé directeur régional des ventes au Groenland (les supermarchés, pas le pays). L'ordinateur IBM de papa trône sur le bureau en acier. Plusieurs milliers de livres, ça coûte, un IBM. Le téléphone du bureau est rouge, comme pour une ligne directe avec un centre de commande nucléaire, et c'en est un à touches, pas un à cadran rotatif, comme les téléphones normaux.

Mais enfin bon, j'ai pris une grande inspiration, décroché le combiné, et puis j'ai annoncé notre numéro. Ça au moins, je sais le dire sans bégayer. D'habitude.

Mais à l'autre bout de la ligne, la personne n'a pas répondu.

« Allô ? Allô ? » j'ai dit.

La personne a aspiré de l'air, comme quand on se coupe avec du papier.

« Vous m'entendez ? Je ne vous entends pas, moi. »

Tout bas en fond sonore, j'ai reconnu le thème de *1, rue Sésame*.

« Si vous m'entendez, frappez un coup sur le téléphone. » J'avais vu ça dans un film pour enfants.

Pas de réponse, juste la musique de *1, rue Sésame*.

« Vous vous êtes peut-être trompé de numéro », j'ai dit, perplexe.

Un bébé s'est mis à pleurer et la personne a brusquement raccroché.

Quand les gens écoutent, ils font un bruit spécial.

Ce bruit, je l'avais entendu : c'est donc que la personne, elle, m'avait entendu.

« Qui risque la potence ne se contente pas d'un menu larcin. » Mlle Throckmorton nous avait appris ça il y a une éternité, au moins. Comme j'avais une bonne raison d'être entré dans la chambre interdite, j'en ai profité pour jeter un œil à travers le store à lames de rasoir de papa et promener mon regard sur la Glebe, puis derrière, sur l'arbre de Robin des Bois, puis sur des champs plus loin, jusqu'aux collines de Malvern. Matin pâle, ciel glacé, croûtes givrées sur les collines mais pas de neige qui tienne au sol : vraiment pas de bol. Le fauteuil rotatif de papa ressemble beaucoup à la tourelle de tir du Faucon Millenium. J'ai arrosé la nuée de MiG russes qui passaient au-dessus des collines de Malvern. Des dizaines de milliers de personnes entre ici et Cardiff me devaient la vie. La Glebe était couverte de carlingues déchiquetées et d'ailes noircies. Si des pilotes soviétiques appuyaient sur le bouton de leur siège éjectable, je leur tirerais dessus à coup de seringues hypodermiques chargées de tranquillisant. Nos marines se chargeraient de les liquider. Je refuserais les médailles. « Merci, mais non, dirais-je à Margaret Thatcher et à Ronald Reagan, que maman aurait invités à entrer. Je ne faisais que mon devoir. »

Papa a un super taille-crayon fixé à son bureau. Avec, on peut faire des crayons tellement pointus qu'ils transperceraient un gilet pare-balles. Les H sont plus fins, ce sont les préférés de papa. Moi, c'est les 2B.

La sonnette a retenti. J'ai remis les stores comme ils étaient, vérifié que je n'avais pas laissé d'autre trace de mon intrusion, quitté le bureau et dévalé les escaliers pour voir qui c'était. Mettant la mort au défi, j'ai sauté les six dernières marches.

Moron, plus souriant et boutonneux que jamais. N'empêche, son duvet s'était épaissi. « Tu devineras jamais !
– Quoi ?
– Tu vois le lac du bois ?
– Ouais, et alors ?
– Bah, c'est juste » – Moron vérifia qu'on ne nous écoutait pas – « qu'il a complètement gelé ! La moitié des gars du village y sont déjà. C'est pas extra-chouette ?

– Jason ! » Maman est sortie de la cuisine. « Ne laisse pas entrer le froid. Soit tu invites Dean à entrer – bon*jour*, Dean –, soit tu fermes la porte.

– Euh… Je vais sortir un peu, m'man.
– *Euh…* pour aller où ?
– Pour m'aérer, c'est tout. »

Erreur stratégique. « Qu'est-ce que tu manigances ? » J'ai voulu répondre « Rien », mais le Pendu ne m'a pas laissé faire. « Tu voudrais que je manigance quoi ? » J'ai enfilé mon duffel-coat bleu marine en évitant de la regarder.

« Puis-je te demander ce que ton anorak noir tout neuf a fait pour te déplaire ? »

Je n'arrivais toujours pas à sortir « Rien » (la vérité, c'est que, quand on met du noir, ça veut dire qu'on se prend pour un dur). « Le duffel-coat me tient un peu plus chaud, c'est tout. Ça caille, dehors.

– Le déjeuner est à treize heures *pile*. » Maman a continué à changer le sac de l'aspirateur. « Papa sera à la maison. Mets ton bonnet ou ta tête va geler. »

Les bonnets, c'est pour les pédés, mais je pouvais toujours le fourrer dans ma poche après.

« Au revoir, madame Taylor, a dit Moron.
– Au revoir, Dean », a dit maman.

Maman n'a jamais aimé Moron.

Moron a ma taille, c'est un chouette gars, mais, *la vache*, ce qu'il pue le bouillon en cube ! Il porte des guêtres qui sortent de chez Emmaüs et il vit du côté de Drugger's End dans une petite maison en brique qui sent le bouillon en cube, elle aussi. Son vrai nom, c'est Dean Moran (ça se prononce « Marren ») mais M. Carver, notre prof d'éducation physique, s'est mis à l'appeler *Moron*[1] dès

---

1. *Moron* signifie « imbécile » en anglais. *(Toutes les notes sont du traducteur.)*

la première semaine, et ça lui est resté. Quand on est tout seuls, je l'appelle Dean, mais les noms, c'est pas juste des noms. Les gars vraiment populaires, on les appelle par leurs prénoms, comme Nick Yew, qu'on appelle toujours Nick. Les gars qu'on aime bien comme Gilbert Swinyard ont un surnom sympa, « Yardy [1] », par exemple. Et en dessous, il y a les gars comme moi, qui s'appellent entre eux par leurs noms de famille. En dessous de nous, il y a ceux à qui on donne un surnom con, comme Moran Moron, ou Nicholas Briar qui se fait appeler Nibard. Être un garçon, c'est comme être à l'armée : tout est une histoire de rang. Si j'appelais Gilbert Swinyard par son nom de famille, il me casserait la gueule. Ou bien, si j'appelais Moron par son prénom devant tout le monde, c'est ma réputation qui en prendrait un coup. C'est pour ça qu'il faut faire gaffe.

Les filles ne s'embêtent pas trop avec ce genre de trucs, sauf Dawn Madden, qui est un garçon métamorphosé en fille après une expérience ratée. C'est pareil : les filles ne se bagarrent pas souvent (cela dit, à Noël dernier, juste avant les vacances, Dawn Madden et Andrea Bozard s'étaient mises à se traiter de « Sale pute ! » et de « Salope ! » dans le rang pour le bus après l'école. Elles se sont donné des coups dans les nichons, tiré les cheveux, la totale quoi). Des fois, j'aurais bien aimé être une fille. En général, elles sont vachement plus civilisées. Mais si jamais je disais tout haut ce genre de truc, on aurait vite fait d'aller marquer PÉDOQUE sur mon casier. C'est ce qui est arrivé à Floyd Chaceley quand il a reconnu qu'il aimait bien Jean-Sébastien Bach. N'empêche, si les autres savaient qu'Eliot Bolivar, le type dont les poèmes sont publiés dans le journal de l'église de Black Swan Green, c'est moi, ils m'étriperaient derrière les terrains de tennis avec des ciseaux à bois rouillés et bomberaient le logo des Sex Pistols sur ma pierre tombale.

1. « Zonard ».

Bref, pendant qu'on allait à pied au lac, Moron m'a parlé du circuit de voiture électrique qu'il avait eu à Noël. Le lendemain, l'adaptateur secteur avait sauté et bien failli faire disparaître toute la famille. « Ouais, mon œil », j'ai dit. Mais Moron a juré sur la tombe de sa tante que c'était vrai. Alors je lui ai dit qu'il devrait écrire à Esther Rantzen de l'émission *C'est la vie* sur la BBC, pour que le fabricant lui verse des dommages et intérêts. Moron a dit que ce ne serait pas facile parce que son père avait acheté le jouet à un *Brummie* au marché de Tewkesbury la veille de Noël. Je n'ai pas osé lui demander ce que c'était, un «*Brummie*», des fois que ce serait la même chose que *bummer* ou *bumboy*, des mots qui veulent dire pédé. « Ah ouais, je vois », je lui ai répondu. Moron m'a demandé ce que j'avais eu pour Noël. J'avais reçu 13,50 £ en bons d'achat pour la librairie et un poster des Terres du Milieu, mais comme les livres c'est un truc de filles, j'ai parlé de Destins, le cadeau de mon oncle Brian et de ma tante Alice. C'est un jeu de société dans lequel, pour gagner, il faut arriver le premier avec sa voiture au bout de la route de la vie et en ayant le plus d'argent. On a traversé le carrefour devant le Black Swan puis on est entrés dans les bois. J'aurais dû me passer du Dermophil sur les lèvres : avec ce froid, elles gercent.

Bien vite, les cris des gars nous sont parvenus à travers les arbres. «Le dernier arrivé au lac est un *blaireau!*» a hurlé Moron, qui a détalé sans attendre que je sois prêt. Dérapant directement sur une ornière gelée, il s'est envolé et a atterri sur le cul. Question blaireau, Moron sait de quoi il parle. «Je crois que je me suis commotionné.

– Une commotion, c'est à la tête. À moins que tu aies la cervelle à la place du cul.» Ça, c'était de la réplique. Dommage que personne d'important n'ait été là pour l'entendre.

Sensass, le lac du bois ! De minuscules bulles étaient prises dans la glace, comme dans les bonbons à la menthe Fox. Neal Brose avait des patins à glace de compétition qu'il louait cinq pence le tour, sauf à Pete Redmarley : pour lui, c'était gratuit, parce que quand les autres gamins le voyaient filer à toute vitesse, ça leur donnait envie d'essayer. C'était déjà assez dur comme ça de tenir debout sur la glace. Je suis tombé des tas de fois avant de comprendre comment patiner avec mes baskets. Ross Wilcox est arrivé avec son cousin Gary Drake et Dawn Madden. Ils savent bien patiner, tous les trois. Wilcox me dépasse en taille maintenant, lui aussi (ils avaient coupé les doigts de leurs gants pour montrer les cicatrices qu'ils s'étaient faites en jouant au poker marin. Si je faisais la même chose, maman me tuerait). Assis sur l'îlot au milieu du lac où les canards nichent d'habitude, le Foireux criait « *Cul par-dessus tête ! Cul par-dessus tête !* » à chaque fois que quelqu'un tombait. Le Foireux est un peu fou parce qu'il est né trop tôt, alors personne ne lui tape dessus. Pas trop fort, en tout cas. Grant Burch roulait sur la glace avec le Raleigh Chopper de son serviteur Philip Phelps. Il a gardé l'équilibre quelques secondes, mais il a voulu tenter une roue arrière, et le vélo s'est envolé. À l'atterrissage, c'était comme si Uri Geller avait torturé le bicross à mort. Plus jaune que jaune, il riait, Phelps. Je parie qu'il se demandait ce qu'il allait bien pouvoir raconter à son père. Et puis Pete Redmarley et Grant Burch ont trouvé que le lac gelé serait un terrain idéal pour une partie de bulldogs anglais. Nick Yew a dit : « D'ac', je vous suis. » Alors voilà, c'était plié. Je déteste le jeu des bulldogs anglais. J'avais été vachement soulagé quand Mlle Throckmorton avait interdit qu'on y joue à l'école primaire, juste après que Lee Biggs avait perdu trois dents. Mais ce matin-là, le premier à avouer ne pas adorer ce jeu serait passé pour une vraie tapette. Surtout les gamins comme moi qui habitent en haut de la route de Kingfisher Meadows.

On était environ vingt ou vingt-cinq garçons, plus Dawn Madden, agglutinés comme des esclaves sur un marché qui attendent qu'on les choisisse. Grant Burch et Nick Yew étaient les deux capitaines de la première équipe. Pete Redmarley et Gilbert Swinyard, ceux de la deuxième. Ross Wilcox et Gary Drake ont tous deux été pris avant moi par Pete Redmarley, mais Grant Burch m'a appelé en sixième ; ça allait, ce n'était pas la honte. Moron et le Foireux étaient les deux derniers. Grant Burch et Pete Redmarley ont dit : « Nan, on vous les laisse, on tient à gagner, nous ! » alors Moron et le Foireux ont fait comme s'ils trouvaient ça drôle. Peut-être que le Foireux riait vraiment, lui (pas Moron en tout cas. Quand plus personne ne l'a regardé, il a tiré la même tronche que la fois où on lui avait dit qu'on jouait à cache-cache et qu'il devait se planquer. Il avait mis une heure à comprendre que personne ne le cherchait). Nick Yew a gagné à pile ou face : on serait donc les fugitifs pendant la première manche et Pete Redmarley et son équipe seraient les bulldogs. De chaque côté du lac, les manteaux des gamins sans grade servaient à délimiter les cages à atteindre et à défendre. On a dégagé les filles – sauf Dawn Madden – et les petits de la glace. Pendant que la meute des bulldogs de Redmarley se rassemblait au centre, notre équipe glissait jusqu'à son point de départ. Mon cœur tambourinait. Bulldogs et fugitifs s'étaient accroupis comme des sprinters. Les capitaines ont entonné : « Bulldogs anglais, un, deux, *trois* ! »

Nous avons chargé en poussant des cris de kamikazes. J'ai trébuché (c'était accidentellement voulu) un instant avant que la première vague de fugitifs percute le rang des bulldogs. Comme ça, les bulldogs les plus costauds seraient occupés à lutter contre les fugitifs en première ligne (les bulldogs doivent plaquer les épaules des fugitifs contre le sol le temps de dire : « Bulldogs anglais, un, deux, trois ! »). Avec de la chance, il y aurait plusieurs trous où je pourrais passer pour filer jusqu'à la cage opposée. Mon plan semblait fonctionner au début. Les frères Tookey et Gary Drake se sont jetés sur Nick Yew. Une jambe qui volait m'a frappé au menton, mais j'ai réussi à contourner l'obstacle sans me casser la figure. C'est là que Ross Wilcox m'a foncé dessus. J'ai essayé de me faufiler mais Wilcox m'a attrapé le poignet et a essayé de me mettre à terre. Au lieu de me débattre, je l'ai à mon tour attrapé au poignet et l'ai envoyé directement sur Ant Little et Darren Croome. Boulé! Ce qui compte dans les jeux et le sport en général, ce n'est pas de participer ni même de gagner. Ce qui compte vraiment, c'est d'humilier vos adversaires. Lee Biggs a tenté un plaquage merdique mais ç'a été trop fastoche de me débarrasser de lui. Il est trop soucieux de protéger les dents qui lui restent pour faire un bon bulldog. J'ai été le quatrième fugitif à atteindre les buts. Grant Burch a crié : « Beau boulot, Jacey ! » Nick Yew avait réussi à se débarrasser des frères Tookey et de Gary Drake, et il était dans les buts lui aussi. À peu près un tiers des fugitifs passerait bulldogs au tour suivant. C'est ça que je déteste dans ce jeu des bulldogs anglais : on vous force à devenir un traître.

Mais bon, on s'est tous remis à entonner : « Bulldogs anglais ! Un, deux, TROIS ! » Et on a chargé comme la fois d'avant, sauf que, là, je n'avais aucune chance de m'en tirer. Ross Wilcox *et* Gary Drake *et* Dawn Madden m'avaient visé dès le départ. J'ai eu beau tenter de les semer à travers la mêlée, impossible de leur échapper. Je n'avais même pas traversé la moitié du lac quand ils m'ont attrapé. Ross Wilcox m'a saisi aux jambes, Gary Drake m'a renversé et Dawn Madden s'est assise sur mon torse et m'a plaqué les épaules au sol avec ses genoux. Je ne bougeais pas, j'attendais qu'ils me changent en bulldog. Au fond de moi-même, je resterais toujours un fugitif. Gary Drake m'avait filé une béquille, peut-être qu'il ne l'avait pas fait exprès. Dawn Madden avait des yeux cruels d'impératrice chinoise et des fois, à l'école, il suffit qu'elle me lance un seul regard pour que je pense à elle toute la journée. D'un bond, Ross Wilcox s'est relevé et a levé un poing victorieux au ciel comme s'il avait marqué un but pour Manchester United. Le blaireau. « Ouais, c'est bien, Wilcox, j'ai dit, à trois contre un, bravo. » Wilcox m'a fait un doigt d'honneur puis il est reparti au combat. Grant Burch et Nick Yew ont foncé en faisant des moulinets dans un groupe compact de bulldogs dont la moitié est partie valdinguer.

Puis Gilbert Swinyard a hurlé de toutes ses forces « *MÊÊÊÊÊÊ-LÉÉÉÉÉÉ !* » À ce signal, tous les fugitifs et tous les bulldogs présents sur le lac doivent se jeter les uns sur les autres et former une masse de gosses grouillante, beuglante, grandissante. À ce stade le jeu en lui-même était plus ou moins oublié. Je suis resté en retrait, prétextant boiter à cause de la béquille que je m'étais reçue. C'est alors qu'on a entendu comme un bruit de tronçonneuse qui dévalait le bois par le sentier et fonçait droit sur nous.

Ce n'était pas une tronçonneuse. C'était Tom Yew sur sa motocross Suzuki 150 cc. Pluto Noak, qui ne portait pas de casque, s'agrippait à l'arceau arrière. La partie de bulldogs anglais était interrompue : Tom Yew est un type légendaire à Black Swan Green. Il travaille dans la marine sur une frégate, le *Coventry*. Il possède tous les albums de Led Zeppelin et en plus, il sait jouer l'intro de « Stairway to Heaven » à la guitare. Il a serré la main de Peter Shilton, le gardien de but de l'équipe d'Angleterre. Pluto Noak est une légende, lui aussi, mais pas pour les mêmes raisons. Il a abandonné le collège l'année dernière sans passer son brevet. Aujourd'hui il travaille dans une usine qui fabrique des chips de couenne de porc frite à Upton-upon-Severn (il paraît que Pluto Noak a fumé du cannabis, mais, apparemment, pas celui qui vous transforme la cervelle en chou-fleur et vous fait sauter du toit pour finir empalé sur une grille). Tom Yew a garé sa Suzuki près du banc, là où le lac se rétrécit, et il s'est assis en amazone sur sa monture. Pluto Noak lui a donné une tape dans le dos pour le remercier puis est parti parler à Colette Turbot, avec qui, d'après Kelly – la sœur de Moron –, il aurait eu des rapports sexuels. Les plus grands étaient assis sur le banc face à Tom Yew tels les apôtres de Jésus et se faisaient tourner des cigarettes (Ross Wilcox et Gary Drake fument, maintenant. Encore pire, Ross Wilcox a demandé un truc à Tom

Yew à propos du pot d'échappement de sa Suzuki, et Tom lui a répondu comme si Wilcox avait dix-huit ans, lui aussi). Grant Burch a ordonné à son serviteur Philip Phelps de courir à l'épicerie de M. Rhydd lui acheter une barre Yorkie à la cacahuète et une canette de Top Deck. « Cours, je te dis ! » il a hurlé, histoire d'impressionner Tom Yew. Nous autres, gamins de grade intermédiaire, étions assis autour du banc à même le sol gelé. Les plus vieux ont parlé des meilleurs trucs passés à la télé entre Noël et le jour de l'an. Tom Yew avait vu *La Grande Évasion*; tout le monde était d'accord : à côté de *La Grande Évasion*, tout le reste était bidon, surtout à cause du passage où Steve McQueen se faisait coincer par les nazis dans les barbelés. Mais ensuite, Tom Yew a dit que le film traînait un peu en longueur ; tout le monde était d'accord : oui, ç'avait beau être un classique, n'empêche qu'il était interminable, ce film (je ne l'avais pas vu, maman et papa avaient regardé l'émission spéciale de Noël de *The Two Ronnies*[1]. Mais j'ai ouvert grand mes oreilles, comme ça, je pourrai faire semblant de l'avoir vu quand l'école reprendra lundi prochain).

Je ne sais pas pourquoi, mais la discussion a dérivé sur la pire façon de mourir.

« Se faire mordre par un mamba vert, a affirmé Gilbert Swinyard. C'est le serpent le plus dangereux au monde. Tes organes éclatent et ta pisse se mélange à ton sang. Atroce.

– Atroce, mouais, a minimisé Grant Burch, mais tu meurs assez vite. Te faire dépecer comme si on t'enlevait tes chaussettes, c'est pire. C'est un truc d'Apache. Les plus forts savent faire durer le supplice toute une nuit. »

Pete Redmarley a déclaré qu'il avait entendu dire comment les Viêt-công se débarrassaient des prisonniers. « Ils te déshabillent, t'attachent, puis te foutent du fromage à tartiner dans le

---

1. Programme télévisé de divertissement diffusé entre 1971 et 1987 en Grande-Bretagne, animé par le duo comique Ronnie Barker et Ronnie Corbett.

cul. Ensuite, ils t'enferment dans un cercueil d'où sort un tuyau. Après, ils mettent des rats affamés dans le tuyau. Les rats mangent le fromage, puis ils continuent à te grignoter, *de l'intérieur.* »
　Tout le monde s'est tourné vers Tom Yew et attendait la révélation. « Je fais souvent le même rêve. » Il a tiré sur sa cigarette pendant une éternité. « Je fais partie des quelques derniers survivant, après une guerre atomique. On marche sur une autoroute. Il n'y a pas une voiture, juste de l'herbe qui pousse. À chaque fois que je me retourne, je vois qu'on est de moins en moins nombreux. Les uns après les autres, ils se font tuer par la radioactivité. » Il a jeté un regard à son frère Nick, puis au lac gelé. « Ce qui me gêne, ce n'est pas de mourir. C'est d'être le dernier. »
　Pendant un moment, personne n'a rien dit, ou presque.
　Ross Wilcox s'est tourné vers nous. Il a tiré sur sa cigarette pendant une éternité, ce gros crâneur. « Si Winston Churchill n'avait pas été là, vous causeriez tous allemand. »
　Ouais, c'est ça, et Ross Wilcox aurait réussi à s'échapper et à organiser la résistance. Je mourais d'envie de dire à ce con qu'en réalité, si les Japonais n'avaient pas bombardé Pearl Harbor, l'Amérique ne serait jamais entrée en guerre, la Grande-Bretagne affamée aurait été forcée de capituler et Winston Churchill aurait été exécuté pour crime de guerre. Mais je savais que je n'y arriverais pas. Il y avait des essaims entiers de mots sur lesquels j'aurais bégayé ; en plus, le Pendu est sans pitié depuis début janvier. Alors j'ai annoncé que j'avais une terrible envie de pisser, je me suis levé, puis j'ai marché quelques mètres sur le sentier qui ramenait au village. Gary Drake a crié : « Hé, Taylor ! Si tu te la secoues plus de deux fois, c'est que tu te l'astiques ! », ce qui lui a valu les rires gras de Neal Brose et de Ross Wilcox. Par-dessus l'épaule, je leur ai fait un doigt d'honneur. Tout le monde parle de « se l'astiquer », c'est de la folie en ce moment. Et il n'y a personne en qui j'ai suffisamment confiance pour demander ce que ça veut dire.

JANUS

Les arbres, ça vous réconforte toujours, après les gens. Gary Drake et Ross Wilcox pouvaient bien me chambrer : plus leurs voix s'éloignaient, moins je voulais retourner au lac. Je me détestais de ne pas avoir remis Ross Wilcox à sa place quand il avait dit qu'on parlerait tous allemand, mais ç'aurait été du suicide si je m'étais mis à bégayer devant eux. La pellicule de givre qui recouvrait les branches épineuses commençait à fondre et de grosses gouttes goutte-à-gouttaient. Ça m'a un peu calmé. Dans les renfoncements que le soleil ne pouvait pas atteindre, il restait un peu de neige gravillonneuse, mais pas assez pour faire des boules de neige (Néron tuait ses invités en leur faisant manger de la nourriture contenant du verre pilé, comme ça, juste pour rire). J'ai vu un rouge-gorge, un pic-vert, une pie, un merle, et je pense bien avoir entendu un rossignol au loin, mais je me demande si c'est possible en janvier. Puis, à l'endroit où l'étroit sentier qui part de la Maison-du-bois croise le chemin principal qui mène au lac, j'ai entendu se rapprocher les foulées lourdes d'un garçon qui haletait. Je me suis caché entre deux pins qui se rejoignaient et formaient un os de vœux géant. Phelps est passé devant moi à toute vitesse, le Yorkie à la cacahuète et la canette de Tizer destinés à son maître bien en main (M. Rhydd devait être à court de Top Deck). Derrière les pins, il y avait comme un sentier qui remontait la pente. Je pensais les connaître tous, les chemins de cette partie du bois. Mais celui-là, non. Une fois que Tom Yew serait reparti, Pete Redmarley et Grant Burch relanceraient la partie de bulldogs anglais. Tu parles si ça me donnait envie d'y retourner. J'ai suivi le sentier, comme ça, juste histoire de voir où il menait.

Il n'y a qu'une seule maison dans le bois, c'est pour ça qu'on l'appelle comme ça : la Maison-du-bois. Il paraît qu'une vieille femme y vit, mais je ne sais pas comment elle s'appelle et je ne l'ai jamais vue. La maison a quatre fenêtres et une cheminée, comme dans les dessins d'enfants. Elle est entourée par un mur de brique aussi haut que moi et des buissons qui le dépassent. Dans nos jeux de guerre, on se garde bien d'approcher de la maison. Pas parce qu'elle est hantée ou ce genre de truc qu'on raconte. C'est juste qu'il vaut mieux ne pas aller dans cette partie du bois, c'est tout.

Mais ce matin-là, la maison avait l'air vraiment toute recroquevillée et barricadée : je me demandais si quelqu'un y vivait encore. Et puis une vessie prête à éclater, ça vous rend moins prudent. Alors j'ai pissé contre le mur gelé. J'avais à peine fini de signer mon autographe en jaune fumant quand le portail rouillé s'est ouvert en poussant un tout petit cri et une femme aux airs de tante revêche sortie de l'époque du noir et blanc est apparue. Elle se tenait devant moi et me fixait du regard.

Ma pisse s'est arrêtée net.

« Mince ! Désolé ! » J'ai remonté ma braguette, m'attendant à prendre un de ces savons. Si jamais maman attrapait un gars en train de pisser sur notre clôture, elle l'écorcherait vif puis donnerait son corps en pâture au bac à compost. La menace était aussi valable pour moi. « Je ne savais pas que quelqu'un vivait... ici. »

La tante revêche continuait à me fixer.

Des gouttes de pisse tachaient mon slip.

« On est nés dans cette maison, mon frère et moi », a-t-elle fini par dire. La peau de son cou pendouillait comme celle d'un lézard. « Et on n'a pas l'intention de déménager.

– Ah... » Je me demandais si elle allait m'exécuter ou non. « Bon.

– C'te boucan que vous nous faites, jeunes gens !

– Désolé.

– C'était pas bien malin de votre part à vous autres de réveiller mon frère. »

J'avais la bouche toute collée. « C'était pas moi qui faisais le plus de bruit. Je vous jure.

– Il y a des jours » – la tante revêche ne clignait jamais des

yeux –, « mon frère adore les jeunes gens. Mais par une journée comme celle-là, ah ça non ! vous me le foutez hors de lui.
— Je vous le répète, je suis désolé.
— "Désolé" » — elle grimaçait, l'air dégoûté –, « ça, tu le seras encore plus, si mon frère t'attrape. »
Les petits bruits étaient assourdissants et les gros sons inaudibles.
« Euh… Il est ici ? En ce moment ? Votre frère, je veux dire.
— Sa chambre est dans le même état que quand il est parti.
— Il est malade ? »
Elle a fait comme si elle ne m'avait pas entendu.
« Je dois rentrer à la maison.
— "Désolé" » — elle a répété en faisant ce truc que les personnes âgées font avec leur bouche pour ne pas baver –, « ça, tu le seras encore plus quand la glace craquera.
— La glace ? Sur le lac ? C'est solide comme tout.
— Vous dites toujours ça. Ralph Bredon disait la même chose, lui aussi.
— Qui ?
— Ralph Bredon. Le fils du boucher. »
Quelque chose clochait vraiment. « Je dois rentrer chez moi. »

Au menu du déjeuner qui se tenait au 9, Kingfisher Meadows, Black Swan Green, Worcestershire, il y avait des crêpes croustillantes fourrées jambon fromage Findus, des patates ondulées cuites au four et des choux de Bruxelles. Les choux de Bruxelles, ç'a le goût de vomi, mais maman a dit que je devais en manger cinq sans faire tout un pataquès, sinon il n'y aurait pas d'Angel Delight au caramel pour le dessert. Maman dit toujours qu'elle ne laissera pas la salle à manger devenir le lieu privilégié des « doléances d'adolescent ». Avant Noël, je lui avais demandé le rapport entre le goût des choux de Bruxelles et les « doléances d'adolescent ». Maman m'avait ordonné d'arrêter de jouer au plus malin avec elle. J'aurais dû me taire, mais, au lieu de ça, je lui avais fait remarquer que papa ne la forçait jamais à manger du melon (elle déteste ça) et que maman ne le forçait jamais à manger de l'ail (lui déteste ça). Elle était devenue *marteau* et m'avait envoyé dans ma chambre. Quand papa était revenu, j'avais eu droit à un sermon sur l'arrogance.

Et j'avais été privé d'argent de poche pour la semaine, en plus.

Mais bon, cette fois-ci, j'ai coupé mes choux de Bruxelles en tout petits morceaux que j'ai noyés dans de grosses giclées de ketchup. « Papa ?
– *Oui*, Jason ?
– Quand on se noie, qu'est-ce qui arrive à notre corps ? »

Julia a levé les yeux au ciel comme Jésus sur sa croix.

« Sujet un peu morbide pour le déjeuner. » Papa a mastiqué sa bouchée de crêpe croustillante. « Pourquoi cette question ? »

Mieux valait ne pas parler du lac gelé. « Bah, dans mon livre *Aventures arctiques*, il y a deux frères Hal et Roger Hunt qui sont pourchassés par un méchant qui s'appelle Kaggs et qui tombe dans l'… »

Papa a levé la main pour dire : *Suffit !* « Eh bien, si tu veux mon avis, M. Kaggs se fait manger par les poissons. Il se fait nettoyer la carcasse.

– Il y a des piranhas dans l'océan Arctique ?

– Les poissons sont capables de manger n'importe quoi, du moment que c'est mou. Remarque, s'il tombait dans la Tamise, son corps aurait vite fait de remonter à la surface. La Tamise nous rend toujours nos morts, c'est comme ça. »

Je lui faisais faire fausse route. « Et s'il tombait dans l'eau d'un lac gelé, par exemple ? Qu'est-ce qui lui arriverait ? Est-ce qu'il resterait au fond… complètement congelé ?

– *La Chose*, a gémi Julia, nous fait son numéro grotesque à table, maman. »

Maman a roulé sa serviette. « Lorenzo Hussingtree a reçu une

nouvelle gamme de carrelages, Michael. » (Mon avorton de sœur m'a lancé un rictus victorieux.) « Michael ?
– Oui, Helena ?
– Je pensais qu'on pourrait passer par la halle d'exposition de Lorenzo Hussingtree, en allant à Worcester : c'est sur la route. Il a de nouveaux carrelages. Ils sont ex-tra-or-di-naires.
– Et j'imagine que Lorenzo Hussingtree propose les prix *extraordinaires* qui vont avec ?
– Puisque nous avons des ouvriers à la maison en ce moment, autant faire les choses bien. Cette cuisine, ça devient gênant.
– Helena, pourquoi... »
Julia voit venir les disputes avant maman et papa, des fois. « Je peux sortir de table ?
– *Chérie* » – maman avait vraiment l'air blessée –, « il y a de l'Angel Delight au caramel.
– Miam-miam, mais je peux prendre ma part ce soir ? Je dois retourner voir Robert Peel et sa bande de Whigs éclairés. De toute façon, la Chose m'a coupé l'appétit.
– Tu t'es goinfrée de Quality Street avec Kate Alfrick, voilà ce qui t'a coupé l'appétit.
– Ah oui, alors dis-nous où sont passés les Pim's, la Chose ?
– Julia, a soupiré maman, je voudrais vraiment que tu cesses d'appeler Jason de cette façon. Tu n'as qu'un seul frère.
– Un de trop », a dit Julia, avant de se lever.
Papa s'est souvenu d'une chose. « L'un de vous deux est-il allé dans mon bureau ?
– Pas moi, papa. » Julia traînait dans le couloir : elle flairait comme une odeur de sang. « Ce doit être mon cher frère, lui qui est si honnête, si charmant et si obéissant. »
Comment savait-il ?
« La question que je pose est pourtant simple. » Papa avait une preuve matérielle. Le seul adulte que je connaisse qui bluffe avec les enfants, c'est M. Nixon, notre proviseur.

Le crayon ! J'avais dû le laisser dans le taille-crayon quand Dean Moran avait sonné. Tout ça à cause de Moron. « Ton téléphone sonnait depuis des lustres, depuis quatre ou cinq minutes, je te jure, alors... »

Papa s'en fichait. « Que dit la règle qui vous interdit d'aller dans mon bureau ?

— Mais je croyais que c'était peut-être une urgence, alors je suis allé décrocher et il y avait » – le Pendu a bloqué le mot « quelqu'un » – « une personne au bout du fil mais... »

La paume de papa disait *STOP* ! « Il me semble que je t'ai posé une question.

— Oui, mais...

— Quelle est la question que je viens de te poser ?

— "Que dit la règle qui vous interdit d'aller dans mon bureau ?"

— C'est bien cela. » Papa est une vraie paire de ciseaux, des fois. *Schlac* schlac *schlac* schlac. « Bien, alors pourquoi n'y réponds-tu pas ? »

Julia a joué un drôle de coup. « C'est marrant.

— Je ne vois personne rire.

— Non, papa, le lendemain de Noël, quand maman et toi avez emmené la Chose à Worcester, le téléphone de ton bureau a sonné. Je te jure, ç'a duré une éternité. Ça m'empêchait de réviser. Plus je me disais que ce n'était pas l'appel désespéré d'un ambulancier, plus le contraire me paraissait probable. Ç'a fini par me rendre dingue. Je n'avais pas le choix. J'ai dit "Allô ?" mais la personne au bout du fil n'a rien répondu. Alors j'ai tout simplement raccroché, au cas où ç'aurait été un pervers. »

Papa s'était calmé, mais le danger n'était pas écarté.

« Pareil pour moi, me suis-je aventuré. Mais je n'ai pas raccroché tout de suite, parce que je pensais que peut-être on ne m'entendait pas. Tu n'as pas distingué un bébé au loin, Julia ?

— Allez, ça suffit tous les deux, arrêtez votre numéro de détectives. S'il s'avère qu'un petit plaisantin fait des appels anonymes alors,

ni l'un ni l'autre, sous aucun prétexte, je ne veux que vous décrochiez. Si cela se reproduit, débranchez le téléphone. Compris ? »
Maman se contentait de rester assise. Quelque chose clochait vraiment.
Papa a jeté un « C'EST COMPRIS ? » telle une brique à travers la fenêtre. Julia et moi avons sursauté. « Oui, papa. »

Maman, papa et moi avons mangé notre Angel Delight au caramel sans dire un mot. Je n'osais même pas regarder mes parents. Je ne pouvais pas demander à quitter la table avant la fin du repas, Julia avait déjà joué cette carte. Moi, je n'étais pas en odeur de sainteté, je le savais bien ; mais pourquoi maman et papa se faisaient le coup du silence ? Après la dernière cuillerée d'Angel Delight, papa a dit : « Délicieux, Helena, merci. Jason et moi allons faire la vaisselle, n'est-ce pas, Jason ? »
Maman a fait un bruit de rien du tout puis elle est montée.
Papa lavait la vaisselle en fredonnant un air de rien du tout. Je lui ai donné les assiettes par le passe-plat, puis je suis allé attendre dans la cuisine pour les essuyer. J'aurais dû me contenter de me taire, mais je pensais pouvoir faire en sorte que cette journée redevienne normale et sûre, si je savais trouver les mots. « Est-ce qu'il y a des » (le Pendu adore me voir trébucher sur ce mot) « rossignols en janvier, papa ? Je crois que j'en ai entendu un ce matin. Dans le bois. »
Papa récurait une casserole avec un tampon Jex. « Comment veux-tu que je le sache ? »
Je ne me suis pas démonté. D'habitude, papa aime bien parler des trucs de la nature. « Mais cet oiseau à la maison de retraite de grand-père. Tu disais que c'était un rossignol.
– Oh. Bizarre que tu te souviennes de ça. » Il a posé son regard au fond du jardin de derrière, sur les stalactites accrochées au cabanon. Et puis papa a laissé échapper ce bruit de sa bouche, comme s'il participait au concours de l'homme le plus malheureux

de l'année 1982. «Concentre-toi donc sur ces verres, Jason, ne les fais pas tomber.» Il a allumé BBC Radio 2 pour écouter le bulletin météo et s'est mis à découper le *Code de la route 1981* aux ciseaux. Papa a acheté le *Code de la route 1982* le jour de sa sortie. Ce soir, la température chutera largement en dessous de zéro sur la majeure partie des îles Britanniques. Attention aux plaques de verglas sur les autoroutes de l'Écosse et du nord de l'Angleterre. De grandes nappes de brouillard givrant pourraient se former dans les Midlands.

Une fois monté dans ma chambre, j'ai joué à Destins, mais ce n'est pas drôle du tout quand on fait les deux joueurs à la fois. Kate Alfrick, la copine de Julia, est venue réviser avec elle. En fait, elles ont passé leur temps à faire leurs commères sur qui sort avec qui en terminale et à écouter des 45 tours de Police. Mes milliards de problèmes n'arrêtaient pas de resurgir, comme les cadavres d'une ville après une inondation. Maman et papa au déjeuner. Le Pendu qui colonise l'alphabet. À ce rythme-là, je vais bientôt devoir apprendre la langue des signes. Gary Drake et Ross Wilcox. On n'a jamais vraiment été très copains, mais aujourd'hui, ils s'étaient ligués contre moi. Neal Brose était de mèche, lui aussi. Enfin, il y avait la tante revêche du bois qui me préoccupait. Pourquoi?

J'aurais voulu trouver un interstice à travers lequel me faufiler et laisser tout ça derrière moi. La semaine prochaine, j'aurai treize ans, mais treize ans, ça m'a l'air encore pire que douze. Julia n'arrête pas de se plaindre d'avoir dix-huit ans, mais de mon point de vue à moi, dix-huit ans, c'est sensass! Pas d'heure pour se coucher, deux fois plus d'argent de poche que moi et surtout, pour ses dix-huit ans, Julia est allée fêter son anniversaire au Tanya's de Worcester avec ses milliers d'amis. C'est la seule boîte de nuit dans toute l'Europe à avoir un tube flash au xénon! C'est pas hyper-chouette, ça?

JANUS

Papa a pris sa voiture et a remonté la route de Kingfisher Meadows.

Maman doit encore être dans sa chambre. Elle y reste de plus en plus souvent, ces derniers temps.

Pour me remonter le moral, j'ai mis l'Omega de mon grand-père. Le lendemain de Noël, papa m'a dit de venir dans son bureau et m'a annoncé qu'il avait quelque chose de très important à me donner, de la part de mon grand-père. Il l'avait gardée en attendant que je sois assez grand pour l'avoir à mon tour. C'était une montre. Une Omega Seamaster *de Ville**. Grand-père l'avait achetée à un vrai Arabe dans le port d'Aden en 1949. Aden se trouve en Arabie Saoudite, mais avant c'était britannique. Il l'avait portée tous les jours de sa vie, même au moment de sa mort. Ce dernier détail rend cette montre bien particulière, mais pas flippante. Le cadran de la montre est en argent et large comme une pièce de cinquante pence mais aussi fine que les pions d'un jeu de puces. « Un signe de la grande qualité d'une montre, a dit papa d'un air super-sérieux, c'est sa finesse. Rien à voir avec ces gros machins en plastique que les ados d'aujourd'hui se collent au poignet pour frimer. »

Je me suis trop bien débrouillé pour cacher mon Omega, c'est ma deuxième meilleure planque après ma boîte en fer Maggi sous le plancher, là où les lattes se défont. Avec un cutter, j'ai creusé un trou dans *La Menuiserie pour les garçons*, un livre qui avait l'air super-nul. *La Menuiserie pour les garçons* est posé sur l'étagère entre de vrais livres. Julia vient souvent fouiner dans ma chambre, mais elle n'a jamais trouvé cette cachette. Si ç'avait été le cas, je le saurais parce que je mets une pièce d'un demi-penny en équilibre sur la tranche, au fond. En plus, si Julia avait découvert mon idée géniale, elle l'aurait copiée, c'est sûr. Je suis allé inspecter sa

---

* Tous les mots ou expressions en italique suivis d'un astérisque sont en français dans le texte.

bibliothèque à elle, histoire de voir s'il n'y avait pas de livre factice, et il n'y en avait pas.

Dehors, j'ai entendu le bruit d'une voiture inconnue. Collée au bord du trottoir, une Volkswagen Jetta bleu ciel roulait lentement, comme si son propriétaire cherchait le numéro d'une maison. Au bout de notre impasse, la conductrice a fait demi-tour, a calé puis a remonté la route de Kingfisher Meadows. J'aurais dû mémoriser la plaque d'immatriculation au cas où ils en auraient parlé dans *Police 999*[1].

Grand-père a été le dernier de nos grands-parents à mourir, et c'est le seul dont je me souvienne. Et encore, je ne me rappelle pas beaucoup de moments avec lui. Quand on dessinait à la craie des routes pour mes petites voitures Corgi sur l'allée de son jardin. Quand on regardait *Les Sentinelles de l'air* dans son bungalow de Grange-over-Sands et qu'on buvait du soda au pissenlit et à la bardane.

J'ai remonté mon Omega et l'ai réglée sur trois heures et quelques.

Mon jumeau fantôme a murmuré : *Va au lac.*

Une souche d'orme monte la garde à l'endroit où le chemin qui traverse le bois se rétrécit. Assis sur cette souche, il y avait le Foireux. Le vrai nom du Foireux, c'est Mervyn Hill, mais une fois, pendant qu'on se changeait pour le cours d'EPS, il a baissé son pantalon et on a vu qu'il portait une couche. Neuf ans, il devait avoir. C'est Grant qui a lancé son surnom de Foireux, et ça fait maintenant des années que plus personne ne l'appelle Mervyn. C'est plus facile de changer de couleur d'yeux que de changer de surnom.

Bref, le Foireux caressait un bout de fourrure gris cendré qu'il tenait dans le creux du coude. « Qui trouve, garde. Qui perd, pleure.

---

1. Émission télévisée où la police britannique lançait des appels à témoins relatifs à des infractions.

– Salut, le Foireux. C'est quoi, ce que t'as là ? »
Le Foireux a les dents jaunes. « J'te montrerai pas !
– Allez. On est entre nous.
– Un KitKat, le Foireux a murmuré.
– Un KitKat ? Une barre de chocolat ? »
Le Foireux m'a montré la tête d'un chaton endormi. « Un *kitty cat*[1] ! Qui trouve, garde. Qui perd, pleure.
– Ouah ! Un chaton. Tu l'as trouvé où ?
– Près du lac. À l'aube, bien avant qu'tout l'monde arrive au lac. J'l'ai caché pendant qu'on jouait aux bulldogs anglais. Je l'ai caché dans une boîte.
– Pourquoi tu ne l'as pas montré aux autres ?
– Burch et Swinyard et pis Redmarley, et pis tous ces salauds, ils m'l'auraient pris ! Qui trouve, garde. Qui perd, pleure. J'l'ai caché. Pis là, chuis r'venu l'chercher. »
On n'est jamais sûr de ce qu'il raconte, le Foireux. « Il est bien tranquille là, pas vrai ? »
Le Foireux le caressait.
« Je peux le prendre, Merv ?
– Si t'en parles à personne, m'a dit le Foireux en me jetant un regard suspicieux, tu peux le caresser. Mais r'tire tes gants. Sont râpeux. »
Alors j'ai retiré mes gants de gardien de but puis j'ai tendu les mains pour saisir le chaton.
Le Foireux me l'a lancé. « Il est *à toi*, maintenant ! »
Sous l'effet de la surprise, j'ai attrapé le chaton.
« *À toi !* » Le Foireux est reparti à toute vitesse vers le village en riant. « *À toi !* »
Le chaton était froid et dur comme un paquet de viande sorti du frigo. C'est seulement là que j'ai compris qu'il était mort. Je l'ai laissé tomber à terre. Ç'a fait un bruit sourd.

1. « Un p'tit chat ».

« Qui trouve » – la voix du Foireux s'éteignait au loin – « garde ! »
À l'aide de deux bouts de bois, j'ai soulevé le chaton et l'ai reposé sur un massif de perce-neige fébriles.
Immobile. Plein de dignité. Il était mort dans le froid la veille, j'imagine.
Les trucs morts, ça nous montre ce qu'on deviendra un jour à notre tour.

Je m'étais attendu à ne trouver personne sur le lac gelé, et je ne m'étais pas trompé. *Superman 2* passait à la télé. Je l'avais vu au cinéma de Malvern il y avait à peu près trois ans, pour l'anniversaire de Neal Brose. Le film était assez bien mais pas au point de lui sacrifier un lac gelé rien qu'à moi. Clark Kent renonce à ses pouvoirs, tout ça pour avoir des rapports sexuels avec Lois Lane dans des draps de satin. Qui serait assez stupide pour faire un échange pareil ? Quand on peut voler ? Dévier des missiles atomiques vers l'espace ? Remonter le temps en faisant tourner la Terre à l'envers ? Ça ne peut pas être aussi bien que ça, les rapports sexuels.
Je me suis assis sur le banc libre pour manger une tranche de pain d'épice, puis je suis allé sur la glace. Comme il n'y avait personne pour regarder, je ne suis pas tombé une seule fois. Encore et encore, en filant en boucles dans le sens contraire des aiguilles d'une montre, je faisais des tours, comme une pierre au bout d'un fil. Les arbres qui dépassaient essayaient de me toucher la tête du bout de leurs doigts. Les corbeaux croâ... croâ... croassaient, comme des vieux qui ne savent plus pourquoi ils sont montés à l'étage.
Une sorte de transe.

L'après-midi touchait à sa fin et le ciel se transformait en cosmos quand j'ai remarqué la présence d'un autre enfant sur le lac. Le garçon patinait à ma vitesse et suivait l'orbite que je décrivais, mais il se trouvait toujours à l'autre bout du lac. Si j'étais à douze heures, lui était à six. Quand j'étais à onze heures, lui était à cinq, et ainsi de suite : il restait de l'autre côté. Au début, je me suis dit que c'était un gars du village qui traînait là. J'ai même pensé que ça pouvait être Nick Yew, avec sa silhouette trapue. Mais le plus curieux, c'était que si je regardais ce gars directement plus d'une seconde, il y avait comme des halos noirs qui l'avalaient. Les deux premières fois, j'ai cru qu'il était rentré chez lui. Mais un demi-tour de lac après, il revenait. Tout au bord de mon champ de vision. À un moment, j'ai traversé le lac pour l'intercepter, mais il avait disparu avant même que j'atteigne l'îlot du milieu. Quand je me suis remis à patiner autour du lac, il est réapparu.

Rentre à la maison, s'est empressé de me dire le Minable tremblotant qui est en moi. *Et si c'était un revenant ?*

Mon jumeau fantôme ne supporte pas le Minable. *Qu'est-ce que ça peut bien faire, que ce soit un revenant ?*

« Nick ? » j'ai appelé. Ma voix résonnait comme si j'étais à l'intérieur d'une pièce. « Nick Yew ? »

Le gars continuait à patiner.

J'ai lancé : « Ralph Bredon ? »

Il a fallu parcourir l'orbite complète pour que sa réponse me parvienne.

Le fils du boucher.

Si un docteur m'avait dit que l'enfant de l'autre côté du lac n'existait que dans mon imagination et que sa voix c'étaient les mots de mes pensées, je n'aurais pas contesté. Si Julia m'avait dit que je cherchais à me convaincre que Ralph Bredon était là pour me sentir plus intéressant que je ne le suis, je n'aurais pas contesté. Si un mystique m'avait dit que, des fois, un instant précis dans un endroit bien précis, ça fait comme une antenne qui détecte les faibles traces laissées par les gens disparus, je n'aurais pas contesté.

« Comment c'est ? j'ai lancé. Est-ce qu'il fait froid ? »

Il a fallu parcourir une orbite de plus pour que la réponse me parvienne.

On s'habitue au froid.
Est-ce que ça dérange les enfants qui se sont noyés dans le lac que je vienne sur leur toit? Est-ce qu'en fait ils veulent que d'autres enfants tombent et passent au travers? Histoire d'avoir un peu de compagnie? Est-ce qu'ils jalousent les vivants? Même ceux comme moi?
J'ai demandé: «Tu peux me montrer? Me montrer comment c'est?»
La lune avait plongé dans le lac du ciel.
On a fait encore un tour.
L'enfant-ombre était toujours là, il patinait accroupi, exactement comme moi.
On a fait un tour de plus sur nos orbites.
Les ailes d'une chouette ou de quelque chose ont battu très bas au-dessus du lac.
«Hé? j'ai lancé. Tu m'as entendu? Je voulais savoir comment c'est...»
La glace s'est débarrassée de moi. L'espace d'un moment toboganesque, je me suis retrouvé en apesanteur, à une hauteur incroyable. Comme Bruce Lee quand il fait un coup de pied sauté, aussi haut que ça. Je ne m'attendais pas à atterrir en douceur mais je ne m'imaginais pas non plus qu'elle serait douloureuse à ce point, cette chute. La fêlure s'est propagée de ma cheville à ma mâchoire puis dans mes phalanges, comme quand on lâche un glaçon dans un verre de sirop tiède. Non, un glaçon, c'est trop petit. Comme un miroir qu'on aurait jeté du satellite Skylab. L'endroit sur terre où le miroir se briserait en milliers de poignards, d'épines et d'invisibles échardes : c'était ça, ma cheville.
J'ai tournoyé, glissé puis me suis arrêté en cahotant au bord du lac.
Je suis resté immobile un bon moment sans rien pouvoir faire, baignant dans une douleur surnaturelle. Même le catcheur Giant Haystacks aurait gémi. «Bordel de bordel! ai-je crié en suffoquant

pour me couper l'envie de pleurer. Bordel de bordel de bordel !»

Derrière les arbres pétrifiés, je devinais tout juste le son de la route mais j'aurais été incapable de marcher jusque là-bas, impossible. J'ai essayé de tenir debout mais je suis retombé sur le cul et me suis tortillé sous le coup de la douleur ravivée. Je ne pouvais pas bouger. J'allais mourir d'une pneumonie si je restais là. Je ne savais pas quoi faire.

« Tiens donc, a soupiré la tante revêche. On se doutait bien que tu reviendrais frapper à notre porte.
– Je me suis fait mal.» Ma voix sonnait comme une vieille cassette. «À la cheville.
– Je vois ça.
– J'ai super-mal.
– On dirait bien.
– Je peux juste téléphoner à mon père pour qu'il vienne me chercher ?
– Le téléphone, on n'en veut pas.
– Vous pourriez aller chercher de l'aide ? S'il vous plaît !
– On ne la quitte jamais, notre maison. Pas en pleine nuit, en tout cas. Pas maintenant.
– S'il vous plaît » – la douleur sous-marine vibrait avec la puissance d'une guitare électrique –, « je ne peux pas marcher.
– Les os et les articulations, ça me connaît. Tu ferais bien d'entrer. »

À l'intérieur, il faisait plus froid que dehors. Derrière moi, les verrous ont glissé dans leurs logements et la serrure a cliqueté. «Tout droit, a dit la tante revêche, tout droit jusqu'au salon. Je t'y rejoins tantôt, quand je t'aurai préparé un remède. Mais surtout, tiens-toi tranquille. Si tu réveilles mon frère, tu le regretteras.
– D'accord...» J'ai tourné la tête. «C'est par où, le salon ?»

Mais le noir était arrivé, et la tante revêche repartie.

Tout au fond du couloir, il y avait un filet de lumière diffuse, alors j'ai clopiné dans cette direction. Je ne sais vraiment pas comment je m'étais débrouillé avec ma cheville tordue pour remonter le sentier sinueux couvert de racines qui partait du lac gelé. N'empêche, j'avais réussi, puisque j'étais dans la maison. Je suis passé à côté d'un escalier. La lumière voilée renvoyée par la lune l'éclairait juste assez pour que je remarque une vieille photographie accrochée au mur. Un sous-marin dans un port situé quelque part dans l'océan Arctique, on aurait dit. L'équipage sur le pont faisait le salut militaire. J'ai continué d'avancer. Le filet de lumière n'avait plus l'air de se rapprocher.

Le salon était un peu plus grand qu'un grand dressing et bourré du genre de trucs qu'on trouve dans les musées. Une cage à perroquet vide, une lessiveuse, un buffet ventru, une faux. Tout un tas de machins aussi. Une roue de vélo voilée et une chaussure de football pleine de vase. Une paire de vieux patins, accrochée à un portemanteau. Il n'y avait rien de moderne. Pas de feu. Rien qui marche à l'électricité, à part une simple ampoule brunie. Les racines blanchies d'espèces de plantes chevelues jaillissaient de leurs pots minuscules. La vache, ce qu'il faisait froid ! Le sofa s'est enfoncé sous mon poids en faisant *sssssss*. Il y avait une autre pièce, séparée par un rideau de perles. J'essayai de trouver une autre position où ma cheville me ferait moins mal, mais il n'y en avait pas.

Il s'est passé du temps. Enfin, je crois.

La tante revêche tenait un bol en porcelaine dans une main et un verre au contenu brumeux dans l'autre. « Retire ta chaussette. »

J'avais la cheville gonflée et molle comme un ballon. La tante revêche m'a posé le talon sur un tabouret et s'est agenouillée à côté. Sa robe bruissait. À part le bruit du sang dans mes oreilles et celui de mon souffle entrecoupé, on n'entendait rien. Alors, elle a trempé ses mains dans le bol et a commencé à m'étaler une sorte de pâte collante.

Ma cheville a tremblé.

« C'est un emplâtre. » Elle m'a attrapé le tibia. « Ça va boire l'enflure. »

L'emplâtre me chatouillait un peu, mais la douleur était trop vive et je luttais contre le froid. La tante revêche a continué à étaler la pâte jusqu'à ce qu'il n'y en ait plus et que ma cheville soit complètement prise dedans. Elle m'a tendu le verre brumeux. « Bois.

– Ça sent la pâte d'amandes.

– Je t'ai demandé de boire. Pas de sentir.

– Mais qu'est-ce que c'est ?

– C'est pour ôter la douleur. »

Son visage m'indiquait que je n'avais pas vraiment le choix. J'ai vidé le verre d'un trait, comme on fait avec le lait de magnésium. C'était épais comme du sirop mais presque sans goût. J'ai demandé : « Il dort là-haut, votre frère ?

– Où voudrais-tu qu'il soit ? Allez, tais-toi donc, Ralph.

– Je ne m'appelle pas Ralph », je lui ai répondu, mais elle a fait comme si elle ne m'avait pas entendu. C'était trop dur de dissiper ce malentendu et je ne bougeais plus du tout à présent, je n'arrivais plus à lutter contre le froid. Un truc bizarre, aussitôt que j'ai capitulé, une drôle de fatigue m'a tiré vers le fond. J'imaginais maman, papa et Julia à la maison installés devant l'émission de magie de Paul Daniels, mais leurs visages ont fondu et disparu comme des reflets sur le dos d'une cuillère.

Le froid m'a réveillé. Je ne savais plus où j'étais, qui j'étais, quelle heure il était. J'avais l'impression qu'on m'avait mordu les oreilles et je voyais mon haleine. Un bol en porcelaine était posé sur un tabouret et mon pied était pris dans une croûte dure et spongieuse. Et puis je me suis souvenu de tout et me suis redressé. Je n'avais plus mal au pied, mais c'était ma tête qui n'allait plus bien, comme si un corbeau y était entré et n'arrivait plus à en ressortir. J'ai retiré l'emplâtre en m'essuyant le pied avec un mouchoir plein de morve. C'était dingue, ma cheville tournait parfaitement, elle avait guéri comme par magie. J'ai remis ma chaussette et ma basket, je me suis levé et j'ai essayé de m'appuyer dessus. Elle me tiraillait un peu, mais seulement si je forçais. « Ohé ? » j'ai lancé à travers le rideau de perles.

Pas de réponse. J'ai traversé le rideau et me suis retrouvé dans une cuisine minuscule où il y avait un évier en pierre et un four gigantesque. Assez grand pour qu'un enfant s'y cache. Sa porte était ouverte, et dedans, c'était noir comme dans la tombe fendue de l'église Saint-Gabriel. Je voulais remercier la tante revêche de m'avoir soigné la cheville.

Regarde voir si la porte de derrière s'ouvre, m'a conseillé mon jumeau fantôme.

Elle ne s'ouvrait pas. Ni la fenêtre coulissante fleurie de givre. Son loquet et ses gonds avaient été recouverts de peinture il y avait longtemps, et il aurait fallu donner des coups de burin pour la forcer à s'ouvrir. Me demandant quelle heure il était, j'ai regardé l'Omega de mon grand-père en plissant les yeux mais il faisait trop sombre dans cette cuisine minuscule. Et s'il était tard dans la soirée ? Je rentrerais et mon dîner m'attendrait sous un couvercle en Pyrex. Ça les rend *marteaux*, maman et papa, quand je n'arrive pas à l'heure pour le dîner. Et s'il était minuit passé ? S'ils avaient appelé la police ? *La vache.* Et si j'avais dormi toute la journée d'après jusque dans la nuit ? La *Gazette de Malvern* et le *Quotidien des Midlands* auraient déjà publié la photo qu'ils ont de moi à l'école et lancé des appels à témoins. *La vache.* Le Foireux aurait raconté m'avoir vu me diriger vers le lac gelé. Des hommes-grenouilles étaient peut-être en train de m'y rechercher en ce moment.

C'était un mauvais rêve.

Non, il y avait pire. De retour dans le salon, j'ai regardé l'Omega de mon grand-père et j'ai vu qu'il n'y avait carrément pas d'heure. Ma voix a poussé un gémissement : « *Non.* » Le verre, la grande et la

petite aiguille avaient disparu et il ne restait plus qu'une trotteuse tordue. Ç'avait dû arriver quand je suis tombé sur la glace. Le cadran s'était fendu et la moitié des entrailles s'étaient répandues.
En quarante ans, l'Omega de grand-père n'avait jamais eu le moindre pépin.
En moins de quinze jours, je l'avais bousillée.

Tremblant de peur, je suis retourné dans le couloir et j'ai soufflé : « Ohé ? » vers le haut de l'escalier tordu. Un silence digne d'une nuit de l'ère glaciaire. « Il faut que je rentre ! » Le souci que me causait l'Omega avait éclipsé l'idée tout aussi préoccupante de me trouver dans cette maison, mais je n'osais quand même pas crier, de peur de réveiller le frère. « Il faut que je rentre, maintenant », j'ai répété, un peu plus fort. Pas de réponse. J'ai décidé alors de partir par la porte de devant. Je reviendrais en journée pour la remercier. Les verrous ont facilement cédé, mais pour la vieille serrure, c'était une autre paire de manches. Sans la clé, elle ne s'ouvrirait pas. C'était aussi simple que ça. Il fallait que je monte à l'étage, que je réveille la petite vieille, et si je la dérangeais, eh bien tant pis. Il fallait que je fasse quelque chose, oui, quelque chose pour réparer la catastrophe de la montre. Je ne savais absolument pas quoi, mais en tout cas, il fallait déjà que je sorte de la Maison-du-bois.
En tournant, l'escalier se raidissait encore plus. Je devais me tenir aux marches devant moi, sans quoi j'allais dégringoler. C'était à se demander comment la tante revêche faisait pour monter et descendre avec sa grande robe de corbeau. Enfin, j'ai réussi à me hisser sur un palier minuscule où il y avait deux portes. Une espèce de meurtrière laissait passer une faible lueur. Une des deux portes devait correspondre à la chambre de la tante revêche. L'autre, à celle du frère.
Comme la gauche a ce pouvoir que la droite n'a pas, j'ai saisi la poignée de porte en fer à ma gauche. Celle-ci a absorbé toute la chaleur de ma main, de mon bras, de mon sang.

Grat-grat.
Je me suis figé.
Grat-grat.
Un grillon ? Un rat dans les combles ? Un tuyau qui gelait ? De quelle chambre venait ce *grat-grat* ?
La poignée en fer a émis un grincement de ressort quand je l'ai tournée.

Une lumière de lune poudreuse qui filtrait à travers le rideau de dentelle formé par la neige illuminait la chambre du grenier. J'avais vu juste. La tante revêche était étendue sous un édredon, son dentier déposé dans un petit pot à côté du lit ; elle était immobile comme une duchesse de marbre gisant dans une église. J'ai avancé sur le plancher ivre, j'étais nerveux à l'idée de devoir la réveiller. Et si jamais elle avait oublié qui j'étais et croyais que j'étais venu l'assassiner, puis qu'elle criait à l'aide et faisait une crise cardiaque ? Ses cheveux lui recouvraient le visage comme des algues. Un nuage de souffle s'échappait de sa bouche tous les dix ou vingt battements cardiaques. C'était la seule chose qui prouvait qu'elle était faite de chair et de sang, comme moi.
« Vous m'entendez ? »
Non, il fallait que je la secoue.
Ma main s'approchait de son épaule, quand ce *grat-grat* s'est de nouveau fait entendre, tout au fond d'elle.
Ce n'était pas un ronflement. C'était un bruit de mort.
Va dans l'autre pièce. Réveille son frère. Il lui faut une ambulance. Non. Tire-toi. Cours chercher de l'aide chez Isaac Pye au Black Swan. Qu'est-ce que tu lui diras ? Tu ne connais même pas le nom de cette femme. C'est trop tard. Elle est en train de mourir, là. J'en suis sûr. Ce *grat-grat* se déroule à la façon d'un ressort. Il forcit, bourdonne, donne des coups de couteau.
Sa trachée palpite au passage de son âme qui s'échappe de son cœur.

JANUS

Ses yeux usés s'ouvrent d'un coup comme ceux d'une poupée qu'on redresse, noirs, vitreux, perdus.
De la fissure noire de sa bouche jaillit un blizzard.
Un rugissement silencieux flotte dans l'air.
Et ne va nulle part.

Le Pendu

Nuit, jour, nuit, jour, nuit, jour. Les essuie-glaces de la Datsun ne tenaient pas la cadence de la pluie, même au réglage maximal. Passant en sens inverse, un routier a projeté de grosses gerbes d'eau sur notre pare-brise ruisselant. Bizarrement, c'est dans cette visibilité de voiture en station de lavage que j'ai repéré les deux radars du ministère de la Défense, qui tournaient à une vitesse incroyable. Ils attendaient que s'exprime la pleine puissance des forces du pacte de Varsovie. On n'a pas beaucoup parlé sur la route, maman et moi. Sans doute à cause de l'endroit où elle m'emmenait (sur le tableau de bord, l'horloge indiquait 16 h 05. Dans dix-sept heures exactement, mon exécution publique aurait lieu). Arrêtée au feu rouge situé à la hauteur du salon de beauté qui avait fermé, maman m'a demandé si j'avais passé une bonne journée, et je lui ai répondu : « Ça va. » Je lui ai demandé si elle avait passé une bonne journée, elle aussi, et elle m'a fait : « Oh, terriblement originale et profondément satisfaisante, merci. » Elle est super-ironique, maman, des fois, alors qu'elle m'interdit de faire la même chose. « Tu as reçu une carte pour la Saint-Valentin ? » J'ai répondu non. Même si j'en avais reçu une, j'aurais dit non (en fait, j'en ai bien reçu une, mais je l'ai jetée à la poubelle. Dessus, il y avait écrit « Suce ma bite », signé Nicholas Briar, mais ça ressemblait plus à l'écriture de Gary Drake). Duncan Priest en a eu quatre. Neal Brose en a eu sept – enfin, c'est ce qu'il prétend. Ant Little a appris que Nick Yew en avait reçu *vingt*. Je n'ai pas demandé à maman si elle en avait eu une. Papa dit que la Saint-Valentin, la fête des Mères et la journée des gardiens de but manchots sont les fruits de la conspiration des imprimeurs, des fleuristes et des confiseurs.

Bref, maman m'a déposé au feu rouge de Malvern Link, près de la clinique. J'avais oublié mon journal dans la boîte à gants, et si le feu n'était pas passé au rouge, maman serait partie avec chez Lorenzo Hussingtree (je ne dis pas que « Jason » est le prénom le plus chouette qui soit, mais s'il y avait un « Lorenzo » dans *mon* école, il se ferait carboniser au bec Bunsen). Une fois mon journal à l'abri dans mon cartable, j'ai traversé le parking inondé de la clinique en bondissant sur les parties qui émergeaient, comme James Bond quand il sautille de crocodile en crocodile. Devant la clinique, il y avait deux cinquièmes ou quatrièmes du collège Dyson Perrins. Ils ont repéré mon uniforme ennemi. Tous les ans, d'après Pete Redmarley et Gilbert Swinyard, les troisièmes de Dyson Perrins et ceux de notre école sèchent les cours et se donnent rendez-vous pour une bagarre générale dans une sorte d'arène secrète cernée de massifs d'ajoncs près de Poolbrook Common. Si vous vous défilez, vous êtes un pédé, et si vous allez raconter ça à un prof, vous êtes carrément mort. Il y a trois ans, il paraît que Pluto Noak a cogné si fort le plus balèze des gars de Dyson Perrins qu'à l'hôpital de Worcester ils ont dû lui recoudre la mâchoire. Le type en est encore à manger à la paille. Heureusement, il pleuvait trop fort pour que les deux gars de Dyson Perrins me fassent des histoires.

C'était mon deuxième rendez-vous de l'année, alors la jolie secrétaire à l'accueil de la clinique m'a reconnu. « Je sonne Mme de Roo pour lui signaler ton arrivée, Jason. Assieds-toi donc. » Je l'aime bien. Elle sait pourquoi je viens, alors elle n'entame pas une conversation inutile qui permettrait aux autres de me démasquer. La salle d'attente sent l'éther et le plastique chaud. Les gens qui sont assis n'ont pas l'air d'avoir de problème. Moi non plus, j'imagine, en n'y regardant pas de près. On est tellement serrés, de quoi d'autre on pourrait parler à part de ce qui nous tente justement le moins ? Genre : « Et vous, pourquoi vous êtes ici ? » Une vieille mémé tricotait. Le bruit de ses aiguilles tricotait dans celui de la pluie. Une espèce de Hobbit aux yeux humides se balançait d'avant en arrière. Une femme aux os saillants comme des patères lisait *Les Garennes de Watership Down*. La cage à bébés remplie de jouets suçotés était vide aujourd'hui. Le téléphone a sonné et la jolie secrétaire a décroché. Ça devait être un ami, parce qu'elle a mis la main devant le combiné et baissé la voix. La vache, je les envie vraiment, tous ceux qui peuvent dire ce qu'ils veulent au moment où ça leur vient, sans avoir à vérifier qu'ils ne vont pas tomber sur un mot qui les fera bégayer. Une pendule Dumbo l'éléphant scandait ces paroles : *De – main – ma – tin – vien – dra – bien – tôt, à – la – cuil – lèr' – vide – toi – l'cer – veau, tu – n'sais – même – pas – comp – ter – jusqu'à – trois, re – com – mence – donc – en – core – une – fois* (quatre heures et quart. Il me reste seize heures et cinquante minutes à vivre). J'ai pris un numéro du *National Geographic* en lambeaux. Dedans, une Américaine avait appris la langue des signes à des chimpanzés.

La plupart des gens ne savent pas qu'il existe deux types de bégaiement : le bégaiement clonique et le bégaiement tonique, qui sont aussi différents que la diarrhée et la constipation. Le bégaiement clonique, c'est quand on commence à dire la première syllabe d'un mot et qu'on arrête plus de la répéter. *Bé-bé-bé-bé*gaiement. Comme ça. Le bégaiement tonique, c'est quand on reste coincé juste après la première syllabe. Comme ça. *Bbb…* ÉGAIement ! C'est à cause de mon bégaiement tonique que je vais voir Mme de Roo (elle s'appelle vraiment comme ça. C'est hollandais, pas australien). J'ai commencé à aller la voir cet été de sécheresse, il y a cinq ans, quand les collines de Malvern avaient viré au marron. Un après-midi où les rayons de soleil dérivaient dans la classe, Mlle Throckmorton nous avait fait jouer au Pendu. Sur le tableau, on lisait

RO - - I - N O L

N'importe quel débilos aurait trouvé, et donc j'ai levé la main. Mlle Throckmorton a dit : « Oui, Jason ? » et c'est à cet instant-là que ma vie s'est divisée en un avant-le-Pendu et un après-le-Pendu. « Rossignol » tonnait dans ma tête mais le mot ne voulait tout simplement pas sortir. Pour le R, ça allait, mais plus je forçais sur le reste, plus le nœud se serrait. Je me souviens que Lucy Sneads a chuchoté quelque chose à Angela Bullock, et elles ont pouffé de rire. Je me souviens que Robin South écarquillait les yeux devant ce spectacle bizarre. J'aurais fait la même chose à leur place. Quand un bègue bégaie, il a les yeux exorbités, il devient rouge et tremble comme au bras de fer quand on tombe sur un adversaire de force égale, et puis sa bouche fait gloup-gloup-gloup, comme un poisson pris dans un filet. Ça doit être vraiment marrant à voir.

Mais pour moi, ce n'était pas marrant. Mlle Throckmorton attendait. Tous les enfants de la classe attendaient. Tous les corbeaux, toutes les araignées de Black Swan Green attendaient. Tous les nuages, toutes les voitures de toutes les autoroutes, même Mme Thatcher au Parlement, tous s'étaient arrêtés ; ils m'écoutaient, m'observaient et se demandaient : *Qu'est-ce qui ne tourne pas rond chez Jason Taylor ?*

Mais j'avais beau être sous le choc, effrayé, estomaqué, avoir honte, j'avais beau ressembler à un parfait gogol, j'avais beau me haïr de ne pas savoir prononcer un simple mot de ma langue maternelle, ça n'y changeait rien : je ne pouvais pas dire « rossignol ». J'ai dû finir par annoncer : « Je ne sais pas trop, mademoiselle. » Et Mlle Throckmorton a répondu : « Je vois. » Elle avait vu, en effet.

Elle a téléphoné à ma mère ce soir-là, et une semaine après, on m'a emmené chez Mme de Roo, l'orthophoniste de la clinique de Malvern Link. C'était il y a cinq ans.

Ça doit être à cette époque (peut-être au cours de cet après-midi-là) que mon bégaiement a pris l'apparence d'un pendu. Lèvres pincées, nez cassé, joues de rhinocéros, yeux rouges (il ne dort jamais). Je l'imagine dans la pouponnière à l'hôpital de Preston faire *am-stram-gram*. Je l'imagine tapoter mes mignonnes petites lèvres et murmurer, penché sur moi : *Tu m'appartiens*. Mais c'est par ses mains, pas par son visage, que je le sens agir. Ses doigts sinueux qui s'enfoncent dans ma langue, qui me serrent la trachée et qui bloquent tout. Le Pendu a toujours bien aimé les mots qui commencent par N, aussi. Quand j'avais neuf ans, j'avais peur qu'on me demande : « Quel âge tu as ? » À la fin, j'étais obligé de montrer neuf doigts, comme si je faisais mon malin, même si je savais que l'autre pensait : *Pourquoi il ne me l'a pas tout simplement dit, ce con ?* Le Pendu aimait bien les mots qui commencent par Y, aussi, mais, depuis un moment, il leur préfère la série des S. C'est une mauvaise nouvelle. Allez jeter un œil dans n'importe quel dictionnaire et regardez quelle est la plus grosse section : c'est celle du S. Il y a au moins vingt millions de mots qui commencent par N ou S. La deuxième chose que je crains le plus après le déclenchement d'une guerre nucléaire par les Russes, c'est que le Pendu s'intéresse aux mots commençant par J : si jamais ça arrivait, *je ne saurais même plus dire mon propre prénom*. Il faudrait alors que je fasse officiellement la demande pour en changer, mais papa ne voudrait jamais.

La seule ruse qui marche avec le Pendu, c'est de toujours penser une phrase à l'avance, et si on voit qu'il y a un mot qui fait bégayer dedans, on change la phrase pour ne pas avoir à l'utiliser. Bien sûr, il faut savoir le faire sans que la personne à qui on parle s'en rende compte. Je regarde pas mal dans les dictionnaires, ça aide à plonger sous la vague, mais il faut se rappeler qui on a en face de soi (si je parlais à un autre garçon de treize ans et que j'utilise le mot « mélancolique » pour éviter de buter sur « triste », par exemple, tout le monde se moquerait de moi, parce que les enfants ne sont pas censés utiliser des mots d'adultes comme « mélancolique ». Pas au collège public d'Upton-upon-Severn, en tout cas). Un autre stratagème consiste à gagner du temps en faisant « Euh… » tout en espérant que la concentration du Pendu se relâche, de sorte à pouvoir passer le mot en douce. Mais si vous faites trop « euh… », on vous prendra pour un golio. Enfin, si un prof vous pose une question et que la réponse contienne un mot sur lequel vous allez bégayer, mieux vaut prétendre ne pas connaître la réponse. Je ne pourrais pas dire le nombre de fois où j'ai eu recours à ce truc-là. À cause de ça, des fois, les profs pètent les plombs (surtout s'ils viennent de passer la moitié de la leçon à expliquer quelque chose), mais enfin ça vaut mieux que de devenir le bègue attitré de l'école.

Devenir le bègue attitré de l'école, c'est quelque chose que j'ai toujours pu éviter *in extremis*, mais demain matin à neuf heures et cinq minutes, c'est ce qui va m'arriver. Il faudra que je me lève et lise devant Gary Drake, Neal Brose et toute la classe un extrait dans le livre de M. Kempsey, *Prières simples pour un monde complexe*. Il y en aura des tas, des mots qui font bégayer, et je ne pourrai pas les remplacer par d'autres, ni faire comme si je ne savais pas, parce qu'ils seront tout simplement là, imprimés devant moi. Le Pendu prendra de l'avance sur ma lecture, il soulignera tous ses mots préférés commençant par N ou S et me murmurera à l'oreille : « Tiens, celui-là, Taylor, essaie un peu de me le cracher ! » C'est forcé : comme Gary Drake et Neal Brose et toute la classe me regarderont, le Pendu en profitera pour me broyer la mâchoire, me déchiqueter la langue et m'écraser le visage. J'aurai l'air encore pire que Joey Deacon[1]. Je vais bégayer comme jamais.

---

1. Joey Deacon était un Britannique souffrant d'une infirmité motrice cérébrale. Jugé à tort mentalement déficient, il a passé la quasi-totalité de sa vie

LE PENDU

À 9 h 15, mon secret se propagera dans toute l'école comme une attaque au gaz mortel. À la fin de la première récré, ma vie ne vaudra plus la peine d'être vécue.

Voici l'histoire la plus dégueu que j'aie jamais entendue. Pete Redmarley a juré sur la tombe de sa tante que c'était vrai, alors j'imagine que c'est le cas. Il y avait un garçon en terminale qui passait son bac. Il avait des parents affreux, qui lui mettaient une pression de dingue pour qu'il ne ramène que des 18, et le jour des exams, le gars a craqué : il ne comprenait même pas les questions. Alors il a sorti deux stylos Bic de sa trousse, il a maintenu le bout pointu devant chaque œil, il s'est levé et a donné un coup de boule en plein sur le bureau. Comme ça, au milieu de la salle des examens. Il s'est si bien embroché les yeux qu'on ne voyait ressortir de ses orbites sanguinolentes que quelques centimètres de stylo. M. Nixon, notre proviseur, a étouffé l'affaire pour que ça ne s'ébruite pas dans la presse ou ailleurs. C'est une histoire horrible et qui fait froid dans le dos, mais aujourd'hui je préférerais encore tuer le Pendu de cette façon plutôt que le laisser me tuer demain matin.

Je ne plaisante pas.

Les chaussures de Mme de Roo font des bruits de sabots, du coup on sait quand c'est elle qui vient vous chercher dans le couloir. Elle a quarante ans – peut-être qu'elle est même encore plus vieille –, elle a de grosses broches en argent, des cheveux tout fins et couleur de bronze et des vêtements pleins de fleurs. Elle a tendu un dossier à la jolie secrétaire, clappé de la langue en regardant la pluie et dit : « Ma parole, la mousson frappe le Worcestershire ; lui qui faisait déjà grise mine ! » Je l'approuvais : ça dépassait tout ce qu'on avait vu, puis j'ai filé avec elle. On ne sait

---

en hôpital psychiatrique. Souvent imité dans les cours des écoles, son prénom deviendra un substantif synonyme de « débile ».

jamais, d'autres patients pouvaient deviner pourquoi je venais la voir. En traversant le couloir, nous sommes passés devant des écriteaux remplis de mots comme PÉDIATRIE et ÉCHOGRAPHIES (je ne laisserais aucun échographe lire dans mes pensées. Je les tromperais en récitant toutes les lunes de toutes les planètes du système solaire). « Le mois de février est tellement lugubre dans cette partie du globe, a remarqué Mme de Roo, tu ne trouves pas ? On dirait davantage un lundi matin de vingt-huit jours, plutôt qu'un véritable mois. Quand on sort de chez soi, il fait nuit et quand on rentre, il fait nuit. Les jours où il pleut comme aujourd'hui, j'ai l'impression de vivre dans une grotte, derrière une chute d'eau. »

J'ai répondu à Mme de Roo que, chez les Esquimaux, on mettait les enfants sous des lampes à spectre solaire pour qu'ils n'attrapent pas le scorbut, parce que, au pôle Nord, l'hiver durait une grande partie de l'année. J'ai suggéré à Mme de Roo d'envisager l'achat d'une cabine de bronzage.

Mme de Roo a répondu : « J'y songerai. »

Nous sommes passés devant une pièce où un bébé qui venait de recevoir une piqûre hurlait. Dans la pièce d'après, une fille de l'âge de Julia couverte de taches de rousseur était assise dans un fauteuil roulant. Une de ses jambes n'était plus là. La fille serait sans doute ravie d'être bègue comme moi si elle pouvait récupérer sa jambe, et alors je me suis demandé si le bonheur dépendait du malheur des autres. L'inverse est vrai aussi, n'empêche. Les gens me dévisageront demain matin et se diront : *Bah, j'ai peut-être une vie de merde, mais en tout cas je ne suis pas comme Jason Taylor. Moi, au moins, je peux parler.*

Février est le mois préféré du Pendu. Quand arrive l'été, il se met à somnoler et hiberne jusqu'en automne, du coup j'arrive un peu mieux à parler. En fait, après ma première série de visites chez Mme de Roo il y a cinq ans, mon rhume des foins a repris comme chaque année et tout le monde a cru que j'étais guéri de mon bégaiement. Mais dès que vient le mois de novembre, le Pendu sort de son sommeil, un peu comme dans *Le Cabaret de la dernière chance* [1], mais à l'envers. En janvier, il est redevenu lui-même, et donc je reprends rendez-vous avec Mme de Roo. Cette année, le Pendu est pire que jamais. Tante Alice est restée chez nous il y a deux semaines; un soir, j'étais sur le palier et je l'ai surprise en train de dire à maman : « Sérieusement, Helena, quand vas-tu te décider à faire quelque chose pour son bégaiement ? Socialement parlant, c'est du suicide ! Je ne sais jamais si je dois l'aider à terminer sa phrase ou si je dois laisser ce pauvre garçon se débattre au bout de sa corde. » (C'est assez excitant d'écouter aux portes, parce qu'on apprend ce que les gens pensent vraiment, mais après on se sent tout triste, exactement pour les mêmes raisons.) Plus tard, quand tante Alice est repartie pour Richmond, maman m'a demandé de m'asseoir et a dit que cela ne me ferait pas de mal de retourner voir Mme de Roo. J'ai dit d'accord. En fait, je voulais vraiment, moi, mais je ne le lui avais pas demandé avant parce que j'avais honte; et puis, parler de mon bégaiement, c'est le rendre encore plus vrai.

Le bureau de Mme de Roo sent le café soluble. Elle boit du Nescafé Or à longueur de journée. Dans le bureau, il y a deux canapés miteux, un tapis jaune poussin, un presse-papiers qui provient de *L'Œuf du dragon* [2], un parking à plusieurs étages Fisher-Price et un masque géant de Zoulou rapporté d'Afrique du Sud. Mme de Roo est née en Afrique du Sud mais, un jour, le gouvernement lui a dit de quitter le pays dans les vingt-quatre heures,

---

1. Autobiographie de Jack London où celui-ci évoque son combat contre sa dépendance à l'alcool, lutte ponctuée de rechutes survenant au retour du printemps.
2. Titre d'un roman de science-fiction de Robert Forward (*Dragon's Egg*) et nom d'une étoile à neutrons, où la gravité est soixante-sept milliards de fois plus forte que sur Terre.

sinon elle serait jetée en prison. Pas parce qu'elle avait fait quelque chose de mal, mais parce que c'est comme ça en Afrique du Sud si on n'est pas d'accord pour que les Noirs soient regroupés dans les huttes de terre et de paille des grandes réserves où il n'y a ni écoles, ni hôpitaux, ni travail. Julia m'a raconté que les policiers en Afrique du Sud ne s'embêtent pas toujours à vous envoyer en prison, et que, souvent, ils vous balancent du haut d'un immeuble et, après, ils racontent que vous avez essayé de vous échapper. Mme de Roo et son mari, un neurochirurgien indien, ont fui vers la Rhodésie en Jeep et ils ont dû laisser derrière eux ce qu'ils possédaient. Le gouvernement a récupéré le tout (la *Gazette de Malvern* l'a interviewée ; c'est de là que je tiens la plupart de ce que je sais sur son histoire). Quand c'est l'été en Afrique du Sud, c'est l'hiver chez nous, alors là-bas en février, il fait beau et chaud. Mme de Roo a gardé un accent un peu rigolo. Elle dit « uui » au lieu de « oui » et ses « quand » deviennent des « cons ».

« Alors Jason, a-t-elle commencé par dire. Comment ça va ? »

Quand ils posent cette question à des enfants, la plupart des gens veulent un « Bien, merci », en guise de réponse. Mais Mme de Roo pose vraiment la question. Alors je lui ai parlé de la congrégation des élèves du lendemain. Parler de mon bégaiement, c'est presque aussi gênant que bégayer, mais avec elle, ça va. Le Pendu sait qu'il doit se tenir à carreau avec Mme de Roo, alors il fait comme s'il n'était pas là. Ce qui est bien, parce que ça prouve que je peux parler normalement, mais c'est aussi une mauvaise chose : comment Mme de Roo pourra venir à bout du Pendu si elle ne le voit jamais vraiment ?

Mme de Roo m'a demandé si, moi, j'avais demandé à M. Kempsey de me dispenser de lecture à voix haute quelques semaines. Oui, c'était déjà fait, j'ai répondu, et voilà ce qu'il m'avait dit : « Nous devons tous un jour ou l'autre affronter nos démons, Taylor, et pour vous, ce jour est venu. » À chaque congrégation, un élève pris dans la liste par ordre alphabétique fait la lecture devant les autres. On en était à T comme Taylor et, pour M. Kempsey, ça ne se discutait pas.

Mme de Roo a fait un bruit, une espèce de *je vois*.

Nous sommes restés silencieux un moment.

« Tu as avancé dans ton journal, Jason ? »

Le journal, c'est une idée de papa. Il a téléphoné à Mme de Roo pour lui raconter qu'étant donné ma « tendance aux rechutes annuelles », il pensait que des « devoirs » supplémentaires ne seraient pas de trop. Alors Mme de Roo a suggéré que je tienne un journal. Rien qu'une ligne ou deux par jour : je devais écrire quand, où et sur quel mot j'avais bégayé et comment je m'étais senti.

Voilà à quoi ressemble la première semaine.

Date	Lieu	Mot	Je me suis senti...
12 février 1982	Salle à manger	nommément	mal
13 février 1982	gymnase	Duran Duran	débile
14 février 1982	bus de l'école	notation	mal et débile
15 février 1982	au téléphone	Nottingham	super mal
16 février 1982	à l'épicerie de M. Rhydd	journal	super super mal
17 février 1982	cours de français	sur le pont d'Avignon	mal

« C'est davantage un tableau, a dit Mme de Roo, qu'un journal à proprement parler, tu es d'accord ? » (En fait, je l'ai fait hier soir. Ce ne sont pas des mensonges, non : juste des vérités que j'ai inventées. S'il fallait que j'écrive une note à chaque fois que j'évite les pièges du Pendu, ce journal serait aussi épais que les Pages jaunes.) « Très instructif. Et les traits sont proprement tracés. »

Je lui ai demandé si je devais continuer à écrire mon journal la semaine prochaine. Comme elle pensait que mon père serait déçu si j'abandonnais, elle m'a dit que peut-être ça valait mieux.

Et puis Mme de Roo a sorti son Métro-Gnome. Un Métro-Gnome, c'est comme une horloge à balancier à l'envers et sans cadran. Ça donne le rythme. C'est petit comme objet : c'est peut-être pour ça qu'on appelle ça un gnome. En général, ça sert surtout à ceux qui apprennent la musique, mais les orthophonistes l'utilisent aussi. Il faut lire en cadence avec le tic-tac, comme ça : *Loup – y – es – tu ? – M'en – tends – tu ? – Que – fais – tu ?* Aujourd'hui, on a lu un tas de mots qui commencent par N dans le dictionnaire, un par un. Avec le Métro-Gnome, c'est vraiment facile de parler ; c'est aussi facile que chanter, mais je ne peux quand même pas me balader avec un Métro-Gnome sur moi ! Il y aurait toujours un gars comme Ross Wilcox pour me faire : « Qu'est-ce que c'est que ça, Taylor ? » Un gars à qui il faudrait moins d'une nanoseconde pour casser le battant et me dire : « De la camelote, ton truc. »

Après le Métro-Gnome, j'ai lu à voix haute l'extrait d'un livre que Mme de Roo a choisi pour moi, ça s'appelle *Z comme Zacharie*. C'est l'histoire d'une fille nommée Anne et qui vit dans une vallée abritée par une espèce de microclimat bizarre après une guerre nucléaire qui a contaminé le reste du pays et tué tous les gens. Anne pense être la seule personne encore en vie dans les îles Britanniques. Ce livre est vraiment terrible, même s'il est un peu triste. Peut-être que Mme de Roo me l'a fait lire pour que je comprenne que j'ai plus de chance qu'Anne, même si je bégaie. J'ai buté sur

LE PENDU

deux petits mots mais si on ne savait pas pour mon bégaiement, ça ne se remarquait pas. Je sais que Mme de Roo cherchait à me dire : « *Tu vois ? Tu peux lire à voix haute sans bégayer.* » Mais il y a des trucs que même les orthophonistes ne peuvent pas comprendre. Assez souvent, même dans les pires périodes, il arrive que le Pendu me laisse dire ce que je veux, même s'il y a des mots qui commencent par des lettres dangereuses. Parce que 1°) ça me laisse penser que je suis guéri et le Pendu se fait alors un plaisir de détruire cet espoir, et 2°) ça permet de laisser croire aux autres gars que je suis normal tout en me maintenant dans la peur qu'ils finissent par découvrir mon secret.

Il y a autre chose, encore. Une fois, j'ai écrit les Quatre Commandements du Pendu.

> 1ᵉʳ commandement
> Tu le cacheras des orthophonistes
> 2ᵉ commandement
> Tu étrangleras Taylor quand il aura peur de bégayer
> 3ᵉ commandement
> Tu piègeras Taylor quand il n'aura pas peur de bégayer
> 4ᵉ commandement
> Une fois que Taylor sera devenu "le Bègue" aux yeux du monde entier, il t'appartiendra.

Quand la séance s'est terminée, Mme de Roo m'a demandé si je me sentais plus en confiance pour la congrégation des élèves. Elle aurait aimé que je lui dise : « Ça oui, alors ! » mais seulement si c'était sincère. J'ai répondu : « Pas trop, à vrai dire. » Puis je lui ai demandé si le bégaiement, c'est comme les boutons qui disparaissent une fois qu'on a grandi, ou si les enfants qui bégaient sont comme les jouets dont les fils électriques ont été mal soudés à l'usine et qui restent fichus à vie (il y a aussi des adultes qui bégaient. On en voit un dans *Ouvert à toute heure*, une sitcom qui passe sur BBC1 le dimanche soir, où Ronnie Barker joue le rôle d'un épicier qui bégaie tellement et de manière si tordante que les spectateurs se pissent littéralement dessus. Rien que le fait de savoir que ce programme existe, je me ratatine comme un emballage en plastique dans les flammes).

« Uui, a dit Mme de Roo. Là est la question. Je te répondrai : cela dépend. L'imperfection est à l'orthophonie ce que la complexité est au langage, Jason. La production d'un discours implique l'utilisation de soixante-douze muscles. Les connexions neuronales que mon cerveau exploite en ce moment pour te dire cette phrase se comptent en dizaines de millions. Pas étonnant qu'une étude évalue la proportion de la population souffrant d'un trouble du langage à douze pour cent. Ne compte pas sur un remède miracle. Dans la plupart des cas, les progrès ne surviennent pas lorsqu'on tente d'anéantir ce genre de trouble du langage. Essaie de le faire disparaître, il n'en sera que plus présent. N'est-ce pas ? Non, il s'agit plutôt – et ce que je vais dire là va peut-être te paraître un peu fou – de comprendre ce défaut, de trouver un terrain d'entente avec lui, de le respecter, de ne pas en avoir peur. Uui, il piquera une petite crise de temps en temps, mais si tu sais *pourquoi* il pique une crise, tu sauras agir sur ce qui la provoque. Quand j'habitais à Durban, j'avais un ami qui, par le passé, avait été alcoolique. Un jour, je lui ai demandé comment il avait réussi à se soigner. Mon ami m'a répondu qu'il ne s'était jamais soigné. Je lui ai objecté : "Comment ça ? Tu n'as pas touché à une goutte depuis trois ans !" Il m'a dit qu'il était juste devenu alcoolique abstinent, voilà tout. C'est mon objectif. Aider les gens à passer du stade de bègues qui bégaient à celui de bègues qui ne bégaient pas. »

Elle est loin d'être bête, Mme de Roo, et ce qu'elle me raconte a du sens.

Mais tu parles si ça va m'aider pour la congrégation des élèves demain matin.

Au dîner, il y a eu une tourte à la viande et aux rognons. Les morceaux où il y a seulement de la viande, ça va, mais rien qu'à la vue des rognons, j'entends l'appel du seau à vomi. J'ai essayé d'avaler les morceaux tout ronds. Les fourrer discrètement dans ma poche, c'était trop risqué depuis que Julia m'avait vu faire la dernière fois et qu'elle avait cafté. Papa parlait à maman de Danny Lawlor, un nouveau stagiaire au grand magasin de surgelés Groenland qui vient d'ouvrir à Reading. « Frais émoulu d'une de ces écoles de commerce. Plus irlandais que lui, tu meurs, mais, ma parole, ce gamin ne s'est pas contenté d'embrasser le roc de Blarney, il en a mangé des morceaux entiers [1]. Il a un de ces bagouts ! Craig Salt est passé au moment où je rappelais les troupes à l'ordre, mais il n'a pas fallu cinq minutes à Danny pour qu'il lui mange dans la main. Il a l'étoffe d'un dirigeant, ce jeune homme. Quand Craig Salt me nommera à la direction nationale des ventes l'année prochaine, je ferai en sorte que Danny Lawlor gravisse plus vite les échelons, et, franchement, je me fous de savoir qui s'en trouvera contrarié.

– Les Irlandais ont toujours été forcés à vivre d'expédients », a dit maman.

Papa s'est rappelé que c'était le jour où j'allais chez l'orthophoniste seulement quand maman a annoncé avoir signé un chèque « plutôt coquet » à Lorenzo Hussingtree de Malvern Link. Papa a demandé ce que Mme de Roo pensait de son idée. Apprendre

---

1. Petite ville d'Irlande, Blarney est célèbre pour le rocher que l'on trouve dans les fortifications de son château. Selon la légende, quiconque l'embrasse obtient le don de l'éloquence.

qu'elle trouvait le journal « très instructif », ça a rendu papa de meilleure humeur encore. « "Instructif" ? Indispensable, oui ! Les principes éprouvés du *management* sont applicables en toutes circonstances. Comme je disais à Danny Lawlor : il n'est point de directeur qui vaille mieux que les informations dont il dispose. Sans ces dernières, on est comme le *Titanic* traversant un Atlantique bourré à craquer d'icebergs sans radar. Résultat : collision, désastre, terminé.

— L'invention du radar ne remonte-t-elle pas à la Seconde Guerre mondiale ? » Julia a planté sa fourchette dans un bout de steak. « Et le *Titanic* n'a-t-il pas coulé avant la Première ?

— Le principe, ma chère enfant, est universel. Si tu ne conserves aucune information, tu ne seras jamais en posture de mesurer l'évolution des choses. Cela vaut pour les détaillants, les enseignants, les militaires et pour tous ceux qui, d'une manière générale, dirigent. Tu l'apprendras à tes dépens un beau jour durant ta brillante carrière au palais de justice de Londres, et tu songeras : "Si seulement je m'étais fiée à la sagesse de mon cher père. Comme il avait vu juste." »

Julia a poussé un grand hennissement moqueur ; personne ne lui dit jamais rien : Julia, c'est Julia. Moi, je ne peux jamais dire à papa ce que je pense vraiment. Ce que je tais, je le sens pourrir en moi comme des patates dans un filet. Les bègues ne gagnent jamais dans une dispute, parce qu'il suffit de bégayer une fois et p-p-paf, t'as p-p-perdu, le b-b-bègue ! Si je bégaie devant papa, il tirera cette tête qu'il avait le jour où il a déballé son établi Workmate de Black & Decker et découvert qu'il manquait un petit paquet de vis indispensables. Le Pendu adore le voir, ce visage.

Après que Julia et moi avons lavé la vaisselle, maman et papa se sont installés devant la télé pour regarder *Blankety Blank*, un nouveau jeu présenté par Terry Wogan sur un plateau qui scintille de partout. Les candidats doivent deviner le mot manquant d'une phrase et s'ils trouvent la même chose que les célébrités invitées, ils remportent des cadeaux nuls, comme un arbre à tasses et les tasses qui vont avec, par exemple.

À l'étage, dans ma chambre, j'ai commencé le devoir que je dois rendre à Mme Coscombe sur le système féodal. Mais je me suis laissé absorber par un poème qui parlait d'un patineur sur un lac gelé qui voulait tant savoir ce que ça faisait d'être mort qu'il s'était persuadé qu'un gamin mort noyé lui parlait. J'ai tapé tout ça sur ma machine à écrire mécanique Silver Reed Elan 20. J'aime bien : il n'y a pas de chiffre « 1 », alors il faut utiliser la lettre « l ».

Maintenant que l'Omega Seamaster de grand-père est bousillée, la machine à écrire Silver Reed, c'est sans doute ce que j'emporterais avec moi si la maison prenait feu. Le truc le pire quoi, comme dans un cauchemar où on est enfermé dans une maison.

Bref, tout à coup, mon radio-réveil a affiché 21 h 15. Il me restait moins de douze heures. La pluie tambourinait à ma fenêtre. Le rythme du Métro-Gnome, on le retrouve dans la pluie et les poèmes, et quand on respire aussi, pas seulement dans le tic-tac des pendules.

Les pas de Julia ont parcouru mon plafond puis descendu les escaliers. Elle a ouvert la porte du salon et demandé si elle pouvait téléphoner à Kate Alfrick au sujet d'un devoir à rendre en économie. Papa a dit d'accord. On a installé le téléphone dans le hall – comme ça on n'est pas à l'aise pour s'en servir – alors, si je rampe sur le palier jusqu'à mon point d'espionnage, j'arrive à tout entendre.

« Oui, oui, j'ai reçu ta carte de Saint-Valentin, c'était trop chou, bon tu m'écoutes ? Tu sais bien pourquoi je t'appelle ! Tu l'as eu ? »

Silence.

« Allez, Ewan ! Tu l'as eu ou pas ? »

Silence. (C'est qui, cet Ewan ?)

« Super ! Génial ! Terrible ! Je t'aurais plaqué si tu avais raté, tu sais. Je refuse de sortir avec un type qui n'a pas son permis. »
(« Sortir avec » ? « Plaqué » ?) Rire étouffé puis silence.
« Non, pas possible ! Il t'a quoi ? »
Silence.
Julia a fait *ohhhh !* Cette espèce de plainte qu'elle pousse quand elle est méga-jalouse. « La vache, pourquoi je n'ai pas un oncle plein aux as qui m'offre des voitures de sport, moi aussi ? Tu ne peux pas m'en donner une ? Allez, tu en as plus qu'il ne t'en faut… »
Silence.
« Et comment ! Pourquoi pas samedi ? Ah, c'est vrai, tu as cours le matin, j'oublie toujours… »
Il a cours le samedi matin ? Cet Ewan va sûrement à la Worcester Cathedral School. Un bourge.
« … au café du grand magasin Russell & Dorrell, alors. À 13 h 30. Kate m'y conduira. »
Rire malin de Julia.
« Si tu crois que je vais l'emmener avec moi ! La Chose passe ses samedis à bouder perché dans les arbres ou à se terrer. »
La porte du salon s'est ouverte et le générique du JT de neuf heures a retenti dans l'entrée. Julia a pris la voix qu'elle a quand elle parle à Kate. « Ça, j'ai pigé, Kate, mais je ne comprends toujours pas bien la question 9. Faudra que je regarde ce que tu as répondu avant le contrôle. D'accord… Ouais. À demain matin. Bonne nuit. »
– Ça avance ? a lancé papa depuis la cuisine.
– Pas trop mal », a répondu Julia en refermant sa trousse.

Julia sait vachement bien mentir. Elle a présenté sa candidature afin d'étudier le droit à l'université et elle a déjà reçu plusieurs réponses favorables. Rien que de penser qu'un garçon puisse rouler des pelles à ma sœur me donne envie de vomir ; n'empêche qu'apparemment elle plaît à pas mal de terminales. Je parie qu'Ewan est un de ces gars vachement sûrs d'eux qui s'aspergent d'Eau sauvage et qui ont des chaussures pointues et la coupe de cheveux de Nick Heyward, le chanteur de Haircut 100. Je parie que, quand il parle, Ewan sort des phrases toutes bien ajustées qui défilent en rangs réguliers, comme mon cousin Hugo. Savoir bien parler, c'est pareil que commander.

Je me demande bien ce que je pourrais faire comme métier, plus tard. Certainement pas avocat, c'est sûr. On ne peut pas bégayer au tribunal. Ni en classe, d'ailleurs. Mes étudiants me crucifieraient sur place si j'étais prof. Il n'y a pas beaucoup de boulots où on n'a pas besoin de parler. Je ne peux pas gagner ma vie en étant poète ; une fois, Mlle Lippetts a dit que personne n'achetait de poésie. Je pourrais devenir moine, mais aller à l'église, c'est encore pire que regarder la mire de la télé. Maman nous envoyait au catéchisme à l'église Saint-Gabriel quand on était plus petits, mais ça faisait de chaque dimanche matin une séance de torture, tellement on s'ennuyait. Même maman, ç'a fini par l'ennuyer au bout de quelques mois. Aller s'enfermer dans un monastère, ce serait du suicide. Et si je devenais gardien de phare ? À force de voir passer des tempêtes et des couchers de soleil, et de manger des sandwichs au fromage, on doit finir par se sentir seul. N'empêche, la solitude, il faudra bien que je m'y habitue. Quelle fille voudrait sortir avec un bègue ? Ou même danser ? La dernière chanson de la grande boum de Black Swan Green finirait avant que je réussisse à cracher *Est-ce que t-t-tu veux d-d-d-d-d-danser*. Et si jamais je bégaie le jour de mon mariage et que je n'arrive même pas à dire « Oui » ?

« Tu m'écoutais, là ? »

Julia était apparue ; elle s'appuyait sur le chambranle.

« Quoi ?

– Tu m'as très bien entendue. Tu écoutais ma conversation au téléphone ?

– Tu téléphonais ? » J'avais donné la réplique trop vite et avec trop d'innocence.

« Tu veux que je te dise ? » Mon visage commençait à fumer sous le regard de ma sœur. « Un peu d'intimité, ce n'est pas trop demander je crois. Si toi, tu avais des amis à qui téléphoner, Jason, je n'écouterais pas tes conversations dans ton dos. Ceux qui font ça sont vraiment des *minables*.
– Mais je n'écoutais pas ! » Je geignais comme un veau.
« Alors comment ça se fait que ta porte était fermée il y a trois minutes et qu'elle est grande ouverte maintenant.
– Je ne sais… » (Le Pendu a saisi le mot « pas », alors il a fallu que je renonce à cette phrase, comme un crétin parfait.) « Qu'est-ce que ça peut te faire ? Ça sentait le fauve dans ma chambre. » (Le Pendu a laissé passer « fauve ».) « J'étais aux chiottes. Ça doit être un courant d'air.
– Un courant d'air ? Bien sûr, avec l'ouragan qui souffle sur le palier. J'ai du mal à tenir debout, d'ailleurs.
– Je n'écoutais pas, je te dis ! »
Julia s'est tue suffisamment longtemps pour me faire comprendre qu'elle savait que je lui racontais des conneries. « Qui t'a permis de m'emprunter *Abbey Road* ? »
Son album était près du tourne-disque tout pourri que j'ai. « Tu ne l'écoutes jamais.
– Même si c'était vrai, ça ne te donnerait pas le droit de te l'approprier. Tu ne portes jamais la montre de grand-père. Est-ce qu'elle m'appartient pour autant ? » Elle est entrée dans ma chambre pour prendre son disque et a marché sur mon sac Adidas. Elle a jeté un regard en direction de ma machine à écrire. Honteux, je me suis mis devant pour cacher mon poème. « J'en déduis que tu es d'accord, m'a-t-elle fait comprendre, délicate comme un casse-noisette. Ce n'est pas trop demander que d'avoir un peu d'intimité ? Et si mon disque a la moindre rayure, je te tue. »

À travers le plafond, ce n'est pas *Abbey Road* qu'on entend, mais « The Man with the Child in His Eyes » de Kate Bush. Julia n'écoute «The Man with the Child in His Eyes» que quand elle a du vague à l'âme ou quand elle a ses règles. La vie doit être super-chouette pour Julia. Elle a dix-huit ans, elle quitte Black Swan Green dans quelques mois, elle a un petit ami qui possède une voiture de sport, elle a deux fois plus d'argent de poche que moi, et elle fait faire aux autres ce qu'elle veut avec des mots.

Des mots, c'est tout.

Julia vient de mettre «Songbird», de Fleetwood Mac.

Le mercredi, papa se lève avant le lever du jour : il va à Oxford pour sa réunion de milieu de semaine au siège de Groenland. Le garage est juste en dessous de ma chambre, alors j'entends les grognements de sa Rover 3500 qui ressuscite. S'il pleut comme ce matin-là, les pneus font *chsssssch* sur l'allée inondée et la pluie tambourlingue sur la porte du garage remontée. 6 h 35 verdoyait en chiffres à la mode martienne sur mon radio-réveil. Plus que cent cinquante minutes de vie, c'était tout. Je voyais déjà les rangées et les colonnes des visages de ma classe, comme un tableau dans Space Invaders. Tordus de rire, intrigués, affligés, *apitoyés*. Qui décide des défauts qui sont drôles et de ceux qui sont tragiques ? Personne ne se moque des aveugles ni ne fait de blagues sur les gens qui doivent utiliser un poumon d'acier.

Si Dieu faisait en sorte que chaque minute dure six mois, j'aurais atteint le milieu de ma vie à l'heure du petit-déjeuner et je serais mort avant de prendre le bus. Je pourrais dormir pour toujours. J'ai essayé d'oublier ce qui m'attendait en me mettant sur le dos et en imaginant que le plafond était la surface d'une planète de classe G gravitant autour d'Alpha du Centaure. Il n'y a personne, là-bas. Jamais je n'aurais besoin de parler.

«Jason ! Lève-toi !» a crié maman depuis le rez-de-chaussée. J'avais rêvé que je me réveillais dans une forêt bleue comme du butane et que je retrouvais la montre Omega de grand-père intacte dans un massif de crocus flamboyants. Après, il y a eu des bruits de cavalcade, puis l'idée que c'était un esprit qui retournait au cimetière de l'église Saint-Gabriel. Maman a de nouveau crié : «*Ja*-son!» et j'ai vu l'heure : 7 h 41.

J'ai réussi à mobiliser un «mouais!» mollasson et j'ai ordonné à mes jambes de sortir du lit, de sorte que le reste de mon corps suive. L'examen au miroir de la salle de bains, comble de malchance, ne révélait aucun signe de lèpre. J'ai songé à me mettre un gant de toilette chaud sur le front, me sécher et puis me plaindre d'une fièvre à maman, mais elle ne se laisse pas avoir aussi facilement. Mon slip rouge porte-bonheur était au sale, alors j'ai opté pour celui jaune banane. On n'avait pas EPS, ça irait. En bas, maman regardait la nouvelle émission matinale sur BBC1 et Julia coupait des rondelles de banane dans son muesli.

«Salut, j'ai dit. C'est quoi ce magazine?»

Julia l'a levé pour me montrer la couverture de *Face*. «Si tu y touches quand je suis partie, je t'étrangle.»

C'est moi qui aurais dû naître, a sifflé mon jumeau fantôme entre ses dents, *pas toi, grosse vache*.

«C'est quoi, cette tête que tu tires?» Julia n'avait pas oublié, pour la soirée de la veille. «On dirait que tu te pisses dessus.»

J'aurais pu riposter en lui demandant si elle étranglerait Ewan si lui touchait à son *Face*, mais ç'aurait été avouer que je l'avais espionnée et que j'étais un minable. Mes Weetabix avaient un goût de balsa. Après avoir terminé, je me suis brossé les dents, j'ai mis mes livres de cours dans mon sac Adidas et des stylos Bic dans ma trousse. Julia était déjà partie. À notre école, elle va dans le bâtiment des lycéens avec Kate Alfrick, qui a déjà son permis de conduire.

Maman était au téléphone et parlait à tante Alice de notre nouvelle salle de bains. «Deux secondes, Alice.» Maman a mis la main sur le combiné. «Tu as des sous pour ce midi?»

LE PENDU

J'ai fait oui de la tête. J'étais décidé à lui dire, pour la congrégation des élèves. « Maman, il y a… »
Le Pendu retenait le mot « quelque chose ».
« Dépêche-toi, Jason ! Tu vas rater le bus ! »

Dehors, c'était venteux et humide, comme si une machine à pluie était braquée sur Black Swan Green. Le quartier de Kingfisher Meadows n'était plus que murs tachés de pluie, mangeoires à oiseaux dégoulinantes, nains de jardin trempés, mares débordantes et rocailles luisantes. À l'abri sous le porche de M. Castle, un chat gris me regardait. J'aurais tellement voulu qu'il existe un moyen de transformer un garçon en chat. Je suis passé devant la barrière du chemin équestre. Si j'étais Grant Burch ou Ross Wilcox ou un de ces gars des logements sociaux de Wellington End, je sécherais les cours, je sauterais par-dessus la barrière et puis je suivrais le chemin là où il me mènerait. J'irais même voir s'il conduit au tunnel perdu qui traverse les collines de Malvern. Mais les gars comme moi ne font pas ça. M. Kempsey le remarquerait tout de suite, si j'étais absent le jour de ma lecture à la congrégation des élèves. Maman recevrait un coup de fil avant la récré du matin. M. Nixon s'en mêlerait. Papa serait obligé de quitter prématurément sa réunion du mercredi. La brigade antiséchage et leurs limiers se lanceraient à ma poursuite. On m'attraperait, on me cuisinerait, on m'écorcherait vif, et M. Kempsey ne renoncerait pas à me faire lire un passage de *Prières simples pour un monde complexe*.
Une fois qu'on a réfléchi aux conséquences, plus possible de passer à l'action.
Devant le Black Swan, des filles étaient agglutinées sous leurs parapluies. Les garçons ne peuvent pas avoir de parapluies : c'est pour les pédés (sauf Grant Burch, qui reste au sec grâce à son serviteur Philip Phelps, qui tient pour lui un grand parapluie de golf). Avec mon duffel-coat, j'étais à peu près sec en haut, mais au coin de la route principale, une Opel Chevette a roulé

dans une grande flaque et m'a arrosé des pieds aux genoux. Mes chaussettes étaient pleines de sable et toutes mouillées. Pete Redmarley, Gilbert Swinyard, Nick Yew, Ross Wilcox et les autres s'éclaboussaient en sautant dans les flaques, mais au moment où je suis arrivé, le bus scolaire s'est pointé avec ses phares grands comme les yeux de Oui-Oui. De derrière son volant, Norman Bates nous regardait à la manière d'un équarrisseur insomniaque dans une porcherie pleine de bêtes bonnes à être saignées. Nous avons grimpé dans le bus puis la porte s'est refermée en grinçant. Ma Casio annonçait 8 h 35.

Les matins où il pleut, le bus pue : ça sent le garçon, le rot et le cendrier. Les rangées de devant sont prises par les filles qui montent à Guarlford et Blackmore End et qui ne parlent que de devoirs. Les plus durs vont au fond, mais bon, même les gars comme Pete Redmarley et Gilbert Swinyard se tiennent à carreau quand Norman Bates conduit. Norman Bates est du genre mec bizarre un peu fêlé avec qui il vaut mieux ne pas plaisanter. Une fois, pour déconner, Pluto Noak a ouvert la sortie de secours. Norman Bates est allé au fond du bus, l'a attrapé, l'a ramené à l'avant et l'a littéralement jeté du bus. Du fond du fossé, Pluto Noak a crié : « Alors là, je vais porter plainte, vous allez voir ! Vous m'avez pété le bras, bordel ! »

Pour toute réplique, Norman Bates a enlevé la cigarette de sa bouche, s'est penché au-dessus des marches de son bus, a tiré la langue comme un Maori et, lentement, posément, a écrasé son mégot dessus. On a entendu la braise crisser. Le bonhomme a jeté son mégot sur le gamin dans le fossé.

Puis Norman Bates a repris le volant et on est repartis.

Depuis, plus personne n'ose toucher à la sortie de secours quand il conduit le bus.

Dean Moran est monté à Drugger's End, l'arrêt qui se trouve tout au bout du village. « Hé, Dean, j'ai dit, assieds-toi là si tu veux. » Moran était tellement content que je l'appelle par son prénom devant tout le monde qu'il m'a décoché un grand sourire et a sauté lourdement sur la banquette. « La vache ! a dit Moran. S'il continue à pleuvoir comme ça, d'ici à ce que les cours finissent, la Severn aura débordé et inondé Upton. Et Worcester. Et Tewkesbury, si ça se trouve.

– Tu m'étonnes. » Je me montrais aimable ; on y trouvait tous les deux notre compte. Dans le bus du retour, j'aurais bien de la chance si l'Homme invisible voulait bien s'asseoir à côté de J-j-j-ason T-t-t-aylor, le b-bbbb-b-bbb-ègue de l-lll-l-lll'école. Moran et moi avons joué à Puissance 4 sur les vitres embuées. Moran a gagné une première partie avant même qu'on arrive au carrefour de Welland. Moran a Mlle Wyche comme prof principal, il est en cinquième W. La cinquième W, c'est celle juste au-dessus de la cinquième des plus nuls. Moran n'est pas nul en classe, en fait. C'est simplement que, s'il avait de trop bonnes notes, tout le monde lui en ferait baver.

Un cheval noir se tenait dans un champ marécageux ; il faisait peine à voir. Mais pas autant que moi dans déjà moins de vingt et une minutes.

Le chauffage sous notre banquette faisait fondre le pantalon de mon uniforme sur mes tibias, et quelqu'un avait lâché un pet qui sentait l'œuf pourri. Gilbert Swinyard a rugi : « Le Foireux a lancé une boule puante ! » Le Foireux a souri de toutes ses dents jaunies, s'est mouché sur un paquet de Monster Munch vide et l'a jeté en l'air. Ça ne vole pas bien loin, les paquets de chips ; il a atterri dans le rang juste derrière, sur Robin South.

Sans que je m'en rende compte, le bus a viré et pénétré dans notre école, et tout le monde s'est précipité dehors. Quand il pleut, on attend la sonnerie sous le préau, pas dans la cour. Ce matin, l'école n'était que sol glissant, anoraks trempés et fumants, profs qui grondaient les élèves qui criaient, sixièmes qui jouaient à chat dans les couloirs – c'est interdit – et filles de troisième qui, bras dessus, bras dessous, chantaient une chanson des Pretenders. L'horloge fixée près du tunnel qui mène à la salle des profs et où, à l'heure du déjeuner, on met au piquet les élèves désobéissants m'indiquait qu'il me restait huit minutes à vivre.

« Ah, Taylor, parfait. » M. Kempsey m'a pincé l'oreille. « L'élève qui fait l'objet de ma quête. Suivez-moi. Je souhaiterais administrer quelques mots à votre organe auditif. » Mon professeur principal m'a conduit au fond du passage lugubre qui mène à la salle des profs. La salle des profs, c'est comme Dieu. On ne peut pas la voir et rester en vie. Elle se trouvait à quelques pas devant moi, et de la fumée de cigarette s'échappait de la porte entrouverte telle la brume dans le Londres de Jack l'Éventreur. Mais nous avons changé de cap et sommes entrés dans la réserve. La réserve est une sorte de cellule de rétention pour élèves dans la merde. Je me demandais ce que j'avais bien pu faire. « Il y a cinq minutes, a dit M. Kempsey, une communication téléphonique m'a été transférée. Au sujet de Jason Taylor. De la part d'une bienfaitrice. »

Avec M. Kempsey, il faut savoir attendre, c'est tout.

« M'implorant d'exercer mon droit de grâce en ultime recours. »

M. Nixon, le proviseur, a filé devant la porte, laissant dans son sillage des parfums de colère et de tweed.

« Pardon, monsieur ? »

Face à ma mollesse d'esprit, M. Kempsey a grimacé. « Dois-je comprendre que vous appréhendez la congrégation des élèves de ce matin avec un enthousiasme que d'aucuns qualifieraient de "terreur paralysante" ? »

J'avais l'intuition que Mme de Roo s'était servie de sa magie blanche, mais je n'osais pas espérer que cela me sauverait. « En effet, monsieur.

– En effet, Taylor. Votre orthophoniste attitrée considère, semble-t-il, qu'un report de l'ordalie qui vous attend ce matin favoriserait à long terme la confiance que vous placerez en vos capacités à manier la rhétorique et à vous exprimer en public. Appuyez-vous cette motion, Taylor? »

J'avais compris ce qu'il avait dit mais il s'attendait à ce que j'aie l'air complètement paumé. « Monsieur ?

– Souhaitez-vous oui ou non être dispensé de lecture ce matin ? »

Je lui ai répondu : « J'apprécierais beaucoup, monsieur, oui. »

M. Kempsey a tordu les lèvres. Les gens croient que, pour ne plus bégayer, il faut se jeter à l'eau, passer par un baptême du feu. Ils ont vu à la télé des bègues qui, un jour, sont contraints de monter sur scène devant un millier de personnes et hop, de leur bouche jaillit une voix qui touche à la perfection. *Vous voyez*, sourit tout le monde, *il en était capable depuis le début ! Il avait juste besoin qu'on le pousse un peu ! Le voilà guéri, désormais.* Mon cul, oui ! Même si ça arrivait, ce serait un coup du Pendu qui aurait joué avec le Premier Commandement. Retournez voir ce que sera devenu le « miraculé » une semaine plus tard. Vous verrez. La vérité, c'est que, quand on pousse les gens à l'eau, ils se noient. Les baptêmes du feu, ça finit souvent en brûlures au troisième degré. « Vous ne pourrez pas éternellement vous débiner dès lors qu'il s'agira de parler en public, Taylor. »

Le Minable a répondu : *On parie ?*

« Je sais, monsieur, voilà pourquoi j'essaie de maîtriser ce problème. Avec l'aide de Mme de Roo. »

M. Kempsey n'a pas immédiatement cédé, mais je me sentais tiré d'affaire. « Très bien. Et moi qui pensais que vous aviez davantage de tripes, Taylor. Mais je dois en conclure que je vous avais manifestement surestimé. »

Je l'ai regardé partir.

Si j'avais été le pape, j'aurais canonisé Mme de Roo. Sur-le-champ.

Le passage choisi par M. Kempsey dans *Prières simples pour un monde complexe* racontait que, dans la vie, il peut pleuvoir pendant quarante jours et quarante nuits, mais que Dieu a promis aux hommes qu'un arc-en-ciel apparaîtrait un jour (Julia trouve absurde qu'en 1982 on enseigne encore les histoires de la Bible comme des faits historiques). Puis nous avons chanté *Tous les bienfaits autour de nous proviennent du Ciel, merci Seigneur, Ô merci Seigneur, pour tou—out Ton Amour.* Je pensais que c'était terminé, mais quand M. Kempsey a fini de lire les messages d'information et les rappels au règlement de M. Nixon, Gary Drake a levé la main. «Excusez-moi, monsieur, mais je pensais que c'était au tour de *Jason Taylor* de faire la lecture. Moi qui avais hâte de l'entendre. Nous fera-t-il la lecture la semaine prochaine ?»

Tous les cous de la congrégation ont fait pivoter leurs têtes dans ma direction.

La sueur a jailli de cinquante points de mon corps, partout. Je me suis contenté de fixer la nébuleuse de craie sur le tableau.

Après plusieurs secondes qui m'ont paru durer plusieurs heures, M. Kempsey a répondu : «Ce courageux geste de défense vis-à-vis des usages protocolaires est louable, Drake, et indubitablement altruiste. Ceci étant, je tiens de source sûre que l'appareil vocal de Taylor n'est point en état d'appareiller. Par conséquent, votre camarade est dispensé de lecture pour des raisons quasi médicales.

– Alors nous fera-t-il la lecture la semaine prochaine, monsieur ?

– L'alphabet poursuit sa course en dépit de la faillibilité des hommes, Drake. La semaine prochaine, nous entendrons Michelle Tirley qui nous lira *Vaines sont les interrogations qui nous échappent.*

– Cela ne semble pas très juste, monsieur, vous ne trouvez pas ?»

Qu'est-ce que j'avais bien pu faire à Gary Drake ?

«La vie est souvent injuste, Drake, a dit M. Kempsey en refermant le piano. Nous avons beau lutter de toutes nos forces, rien n'y fait : nous devons relever les défis qu'elle nous lance. Plus tôt vous l'apprendrez » – notre professeur n'a pas regardé Gary Drake mais m'a fixé *moi*, droit dans les yeux –, « mieux vous vous en porterez. »

Les cours du mercredi commencent par deux heures de maths avec M. Inkberrow. Ces deux heures de maths, c'est le pire cours de la semaine. D'habitude, je m'assieds à côté d'Alastair Nurton, mais ce matin-là, il était assis à côté de David Ockeridge. La seule place de libre, c'était celle à côté de Carl Norrest, pile devant le bureau de M. Inkberrow, alors il a bien fallu que je la prenne. Il pleuvait tellement fort que, dehors, les fermes et les champs se dissolvaient dans la blancheur. À la manière d'un lanceur de Frisbee, M. Inkberrow nous a rendu nos cahiers d'exercices de la semaine précédente et a commencé la leçon en nous posant quelques questions fastoches histoire de « se mettre les méninges en branle ».

« Taylor ! » Il m'avait surpris en train d'éviter son regard.

« Oui, monsieur ?

– Un peu de concentration ne vous ferait pas de mal, *hmm* ? Si a vaut onze et b vaut six, et si x est le produit de a par b, quelle est la valeur de x ? »

Trop fastoche la réponse, c'est soixante-six.

Mais dans « soixante-six », il y a deux fois S. De quoi bégayer deux fois. Le Pendu cherchait à se venger de la grâce que j'avais obtenue. Il avait glissé ses doigts à l'intérieur de ma gorge et pinçait les veines qui apportent de l'oxygène au cerveau. Quand le Pendu me fait ce coup-là, j'ai l'air super-gogol si j'essaie de cracher le mot.

« Quarante-huit, monsieur ? »

Les meilleurs élèves de la classe ont grogné.

Gary Drake a poussé un croassement bien sonore. « Un génie, ce gars ! »

M. Inkberrow a retiré ses lunettes, les a embuées, puis les a essuyées à l'aide du bout large de sa cravate. « Six fois onze font "quarante-huit", vous dites, *hmm*? Question subsidiaire, Taylor. Pourquoi nous embêtons-nous à nous lever le matin? Pouvez-vous me le dire, *hmm*? Pourquoi s'enquiquine-t-on à se lever? Je vous le demande! »

La famille

« Les voilà ! » j'ai crié, alors que la Ford Granada Ghia blanche d'oncle Brian remontait la route de Kingfisher Meadows. La porte de Julia s'est refermée, comme pour dire *Ça me fait une belle jambe*, mais une salve de bruits de préparatifs a tonné au rez-de-chaussée. Moi, j'avais déjà décroché mon poster des Terres du Milieu et caché mon globe et tous les autres trucs qui feraient bébé aux yeux de Hugo, alors je n'ai pas bougé du rebord de la fenêtre où j'étais assis. Avec les rafales de vent, la nuit dernière, on aurait cru que King Kong essayait d'arracher le toit ; ça commençait tout juste à se calmer. De l'autre côté de la route, M. Woolmere dégageait les pans de barrière arrachés par le vent. Oncle Brian s'est engagé dans notre allée et la Ford a roulé jusqu'à la Datsun Cherry de maman, à côté de laquelle elle s'est immobilisée. Tante Alice, la sœur de maman, a été la première à descendre, suivie des trois cousins Lamb, qui sont sortis de l'arrière en file indienne. D'abord, il y avait Alex, qui portait un T-shirt THE SCORPIONS – LIVE IN 1981 et un bandeau à la Björn Borg. Alex a dix-sept ans mais il a de gros boutons et son corps est trois tailles trop grand pour lui. Ensuite, il y a eu Nigel le Minus, le plus jeune, occupé à résoudre un Rubik's cube à vitesse grand V. En dernier est sorti Hugo.
Son corps lui va comme un gant, à Hugo. Il a deux ans de plus que moi. Un prénom comme ça, pour la plupart des gars, ce serait une malédiction, mais pour lui, c'est comme un halo magique

(en plus, les frères Lamb fréquentent une école privée à Richmond où on se fait chambrer non pas quand on est riche, mais quand on ne l'est pas assez). Hugo portait une veste noire sans capuche ni logo, un Levi's avec une braguette à boutons, des bottines pointues et un de ces bracelets tissés qu'on porte pour montrer qu'on n'est pas puceau. La chance est l'amie de Hugo. Quand Alex, Nigel et moi, on en est toujours à échanger Euston Road contre Old Kent Road plus trois cents livres et qu'on espère tomber sur la case « Parking gratuit » pour décrocher la cagnotte des amendes et taxes collectées aves les cartes « caisse de communauté », Hugo a déjà des hôtels sur Mayfair et Park Lane.

« *Enfin !* » Maman a traversé l'allée pour serrer tante Alice dans ses bras.

J'ai ouvert la fenêtre juste un peu, histoire de mieux entendre.

Pendant ce temps-là, papa était sorti de la serre, arborant sa panoplie de jardinier. « Tu nous as apporté la tempête, Brian ! »

Oncle Brian s'est extrait de la voiture puis a exagérément reculé de surprise en voyant papa. « Eh bien, visez donc un peu l'intrépide horticulteur que voilà ! »

Papa a agité son déplantoir. « Ce fichu vent a littéralement écrasé mes jonquilles ! Le brrave jarrdinier qu'j'avions s'occupe quasiment de tout dans le jardin, mais il ne peut pas venir avant mardi prochain, et puis, comme dit le vieux proverbe chinois...

— M. Broadwas est une de ces personnalités inestimables du village, est intervenue maman. Il mériterait d'être payé le double de ce qu'on lui donne, parce qu'il doit passer derrière Michael et réparer ses catastrophes.

— ... comme dit le vieux proverbe chinois : "Homme sage dire, poul êtle heuleux une semaine, épouse femme. Poul êtle heuleux un mois, égolge cochon. Poul êtle heuleux toute la vie, cultive jaldin." Amusant, non ? »

Oncle Brian a fait semblant de trouver ça amusant.

« Quand Michael a entendu ce proverbe dans *Questions de*

jardiniers l'autre jour, a relevé maman, le cochon venait *avant* la femme. Non mais regardez-moi ces trois-là ! Vous avez *encore* grandi ! Je ne sais pas ce que tu verses sur leurs corn-flakes, Alice, mais il faut absolument que je mette la même chose sur ceux de Jason. »

Tu parles d'un coup bas !

« Allez, a dit papa, rentrons avant que la tempête ne nous emporte. »

Hugo a reçu mon signal télépathique et levé les yeux.

J'ai esquissé un signe de la main.

Le buffet où l'on range les alcools n'est ouvert que quand il y a des invités ou de la famille à la maison. Il en jaillit des vapeurs de vernis et de sherry (une fois, quand tout le monde était dehors, j'ai goûté au sherry. Du sirop de Domestos, on dirait). Maman m'a demandé de rapporter des chaises de la salle à manger car il n'y avait pas assez de fauteuils dans le salon. Elles pèsent trois tonnes, ces chaises, et je n'arrêtais pas de me cogner les tibias dedans en les portant, atroce, mais bon, j'ai fait comme si c'était fastoche. Nigel s'est laissé tomber sur le pouf et Alex a pris un des fauteuils. Il s'est mis à taper un rythme de batterie sur l'accoudoir. Hugo s'est assis en tailleur sur le tapis et a dit : « Je suis très bien, là, tante Helena, merci », quand maman m'a reproché de ne pas avoir apporté assez de chaises. Julia n'était toujours pas descendue. « Une minute, j'arrive ! » elle avait crié, une douzaine d'heures plus tôt.

Comme d'habitude, papa et oncle Brian ont commencé à se disputer sur l'itinéraire à suivre pour aller dans le Worcestershire depuis Richmond. (Ils portaient tous les deux le polo de golf qu'ils s'étaient offert mutuellement à Noël.) Papa pensait qu'en prenant la nationale 40 oncle Brian aurait gagné vingt minutes par rapport à la 419. Oncle Brian n'était pas d'accord. Puis quand oncle Brian a annoncé qu'ils avaient prévu d'aller à Bath en fin de

journée et qu'il pensait passer par Cirencester, sur la 417, le visage de papa s'est illuminé d'horreur. « La 417 ? Traverser la vallée des Cotswolds un jour férié ? Mais c'est de la folie, Brian !
— Je suis sûre que Brian sait ce qu'il fait, Michael, a dit maman.
— La 417 ? C'est l'enfer ! » Papa était déjà en train de tourner les pages de son *Guide routier des villes britanniques* et oncle Brian a adressé à maman un coup d'œil qui signifiait : *Laisse donc, si ça peut lui faire plaisir* (ça m'a énervé, ce regard). « Tu sais, les choses changent dans notre pays, Brian. Il y a ce qu'on appelle les "autoroutes"… Regarde : tu prends l'autoroute 5 jusqu'à la sortie 15… » Papa frappait la carte du doigt. « Là ! Puis tu continues vers l'est. Pas besoin d'aller t'empêtrer à Bristol. Tu prends l'autoroute 4 jusqu'à la sortie 18 puis la nationale 46 en direction de Bath. Et voilà le travail.
— La dernière fois qu'on est allés voir Don et Drucilla » – oncle Brian n'a même pas regardé le *Guide routier des villes britanniques* –, « c'est ce qu'on a fait. On l'a prise au nord de Bristol, la 4. Et devine ce qui est arrivé. Ça n'avançait pas, du pare-chocs contre pare-chocs pendant deux heures ! Pas vrai, Alice ?
— Ça nous a paru très long, c'est certain.
— Deux heures, Alice.
— Mais, a riposté papa, si tu t'es retrouvé coincé, c'est à cause de la circulation alternée quand ils élargissaient les voies. Il n'y a plus de ralentissements aujourd'hui. Ça roule impeccable. Je te le garantis.
— Merci, Michael, a presque geint oncle Brian, mais je ne suis pas un grand "fana" des autoroutes.
— Bon, bon » – papa a refermé son *Guide routier des villes britanniques* d'un coup sec –, « si tu es plutôt "fana" des moyennes à cinquante et des convois de caravaniers séniles, la nationale 417 est faite pour toi. »

« Viens donc me donner un coup de main, Jason, s'il te plaît. »
« Me donner un coup de main », ça voulait dire « t'occuper

LA FAMILLE

de tout». Maman montrait à tante Alice la cuisine fraîchement ragaillardie. Des odeurs de viande s'échappaient du four. Tante Alice caressait le carrelage flambant neuf en s'exclamant : «Ra-vissant!» pendant que maman nous versait trois verres de Coca à Alex, Nigel et moi. Hugo avait demandé un verre d'eau fraîche.

J'ai vidé un sachet de Twiglets dans une assiette (les Twiglets, ce sont des trucs à grignoter que les adultes croient que les enfants aiment, mais en fait ç'a le goût d'allumettes brûlées trempées dans du Marmite[1]). Et puis il a fallu encore que je mette le tout sur un plateau posé sur le passe-plat, que je reparte de l'autre côté et que je porte le plateau jusqu'à la table basse. C'était vraiment pas juste que ce soit à moi de faire ça tout seul. Si ça n'avait pas été Julia mais moi qui étais resté à traîner dans ma chambre, ils auraient déjà envoyé un commando d'élite me ramener.

«Les mousmés t'ont bien dressé, à ce que je vois», a dit oncle Brian. J'ai fait comme si je savais ce que c'était, une mousmé.

«Brian?» Papa a agité la carafe à son attention. «Je te ressers du sherry?

– Et pourquoi pas, Michael? Pourquoi pas?»

Alex a poussé un grognement quand j'ai déposé son verre de Coca. Il a pris une pleine poignée de Twiglets.

Nigel m'a adressé un trop vif «Merci beaucoup!» et s'est jeté sur les Twiglets, lui aussi.

Hugo m'a dit «Merci, Jace» pour l'eau, et «Non, merci» pour les Twiglets.

Oncle Brian et papa ont abandonné le débat sur la conduite pour en entamer un sur la crise.

«Non, Michael, a dit oncle Brian, c'est toi qui te trompes, pour une fois. Le monde de la comptabilité est plus ou moins insensible au marasme économique.

---

1. Produit typiquement britannique : pâte à tartiner à base de levures au goût très fort, qui rappelle celui du bouillon en cube.

— Ne me raconte pas à *moi* que tes clients ne sentent pas passer la crise !
— S'ils la sentent passer ? En pleine poire qu'ils se la prennent, Michael ! Des entreprises en faillite ou en redressement, il y en a à la pelle ! On se les farcit toutes – excusez mon langage. On ne tient pas la cadence ! Je vais te dire, on peut remercier la dame du 10, Downing Street pour son idée d'économie – comment c'est déjà, ce truc qu'ils nous ont encore inventé ? – "anorexique". Plein les poches, qu'on s'en met, nous autres gratte-papier ! Et avec ses primes de participation aux bénéfices de l'entreprise, votre dévoué Brian s'en tire plutôt pas mal.
— La faillite, papa pointait du doigt, n'est pas un client fidèle.
— Oui, mais avec le flot intarissable auquel on a droit » – oncle Brian a bruyamment vidé son sherry –, « on s'en tamponne le coquillard ! Non, vraiment, c'est pour vous autres boutiquiers que je me fais du mouron, moi. Cette crise va saigner les consommateurs à blanc d'ici peu de temps. »

Ce n'est pas mon avis, s'agitait le doigt de papa. « On reconnaît un manager dans le coup à sa réussite dans les mauvaises années, et non pas dans les périodes prospères. Le chômage a peut-être franchi la barre des trois millions, toujours est-il que Groenland a embauché dix stagiaires au *management* ce trimestre-ci. Les clients veulent des aliments de qualité à prix cassés.

— Du calme, Michael » – d'un air blagueur, oncle Brian a levé les mains comme s'il se rendait –, « tu n'es pas à un de tes colloques dans une ville côtière. Cela dit, je persiste à penser que tu te fourres la tête dans le sable. Même les conservateurs parlent de "se serrer la ceinture"… Les syndicats sont exsangues, non pas que ça me dérange. Et puis avec l'industrie automobile britannique qui n'en finit plus de licencier… le portuaire qui régresse… la sidérurgie qui implose… Maintenant, pour les bateaux, au lieu de faire appel aux chantiers navals écossais, on passe commande à la Corée du Sud – d'ailleurs, où ça peut bien se trouver, ça ? Il y

LA FAMILLE

a aussi le camarade Scargill[1] et ses menaces de révolution... Difficile de se dire que ça n'aura pas de répercussions à long terme sur les crêpes croustillantes fourrées et les bâtonnets de poisson surgelés. On se fait vraiment du souci, Alice et moi, tu sais.

– Eh bien » – papa s'est adossé à son fauteuil –, « c'est très gentil à vous deux, Brian, mais le marché de la vente au détail tient le cap et Groenland est une société robuste.

– Tant mieux, Michael. Content de te l'entendre dire. »

(Et moi donc. Le père de Gavin Coley a été licencié par l'usine Metalbox de Tewkesbury. L'anniversaire de Gavin à Alton Towers – le parc d'attractions – a été annulé, ses yeux se sont enfoncés de quelques millimètres dans ses orbites et, un an plus tard, ses parents ont divorcé. D'après Kelly Moran, le père de Gavin est toujours au chômedu.)

Hugo portait un fin lacet de cuir autour du cou. J'en voulais un comme ça, moi aussi.

Quand les Lamb nous rendent visite, le sel et le poivre se transforment comme par magie en «condiments». Au menu, il y avait en entrée des crevettes servies en sauce cocktail dans des verres à vin, comme plat principal des côtes d'agneau avec leurs toques de cuisinier accompagnées de pommes duchesse et de céleri braisé et pour l' « entremet », et non pas le « dessert », une omelette norvégienne. Nous sortons les ronds de serviette nacrés (le père de papa les a rapportés de Birmanie au cours du même voyage où il a acheté la montre Omega Seamaster que j'ai cassée en janvier). Avant d'entamer l'entrée, oncle Brian a ouvert la bouteille de vin qu'il avait apportée. Julia et Alex ont eu droit à un verre entier ; Hugo et moi, à un demi-verre « et juste de quoi tremper les lèvres pour toi, Nigel ».

---

1. Communiste craint par le Parti conservateur, Arthur Scargill a présidé la National Union of Mineworkers (le Syndicat national des mineurs) de 1981 à 2000. En 1983, la rumeur disait que la NUM était financée par l'URSS.

Tante Alice, comme d'habitude, a trinqué «Aux dynasties Taylor et Lamb!»
Oncle Brian, comme d'habitude, a fait son «À vous, mon petit[1]!».
Papa a fait comme s'il trouvait ça amusant.
Nous avons tous trinqué (sauf Alex) et bu une gorgée.
À chaque fois, on peut être sûr que papa va lever son verre à la lumière et déclarer: «Ça se laisse boire!» Et ça n'a pas manqué.
À chaque fois, maman lui lance un de ces regards, mais papa ne le remarque jamais. «Ça, Brian, je dois dire que, question pinard, tu sais choisir.
— Tu n'imagines pas comme je suis flatté d'avoir ton approbation, Michael. Je me suis fait plaisir en en prenant toute une caisse. À un vigneron, près de cette charmante maison de campagne que nous avons louée l'année dernière dans la région des lacs.
— Du vin? Dans la région des lacs, en Combrie? Euh, je crains que tu ne te sois trompé, Brian.
— Mais non, Michael, pas la région des lacs *en Angleterre*, celle *en Italie*. La Lombardie.» Oncle Brian a fait tournoyer le vin dans son verre, puis l'a aspiré et avalé bruyamment. «1973. Arômes de mûres, de melon et de chêne. Ceci dit, je me rallie à ton jugement éclairé, Michael. Pas mauvaise, pour une petite cuvée.
— Allez-y, a dit maman, mangez!»
Après la première tournée de «*Délicieux!*», tante Alice a dit: «Il est passé à toute vitesse, ce trimestre à l'école, pas vrai, les garçons? Nigel est capitaine du club d'échecs.
— Président, a corrigé Nigel, pas capitaine.
— Pardon! Nigel est *président* du club d'échecs. Et Alex fait des trucs incroyables avec l'ordinateur de l'école, hein, Alex? Moi, je n'arrive même pas à programmer le magnétoscope, là, mais lui...

---

1. Fameuse réplique répétée plusieurs fois par Humphrey Bogart dans *Casablanca*.

– À vrai dire, a coupé oncle Brian, Alex en sait *vingt fois plus* que ses professeurs. C'est quoi déjà, ce que tu fais avec, Alex ?
– Du FORTRAN. Du BASIC. » On aurait dit que ça lui faisait mal de parler. « Du Pascal. De l'assembleur Z-80. »
– Ce que tu dois être intelligent ! s'est exclamée Julia avec tant d'enthousiasme que je n'arrivais pas à savoir si elle était ironique ou pas.
– Ah ça, oui, a dit Hugo. Le cerveau d'Alexander Lamb constitue l'ultime défi de la science britannique. »
Alex a lancé un regard furieux à son frère.
« L'informatique a de beaux jours devant elle. » Papa a chargé sa cuillère de crevettes. « La technologie, le design, les voitures électriques. Voilà ce qu'on devrait leur enseigner, à l'école, au lieu de les tanner avec de vieux poèmes. Comme je le disais l'autre jour à Craig Salt – c'est le directeur national de Groenland...
– Je suis on ne peut plus d'accord avec toi, Michael. » Oncle Brian tirait une tête de génie démoniaque dévoilant le plan qui lui permettra de devenir le maître du monde. « C'est pourquoi Alex reçoit un billet de vingt livres tout neuf chaque fois qu'il ramène un A, et un billet de dix chaque fois qu'il ramène un B – pour qu'il s'achète son propre IBM. » (La jalousie palpitait en moi comme une rage de dents. Papa dit que payer ses enfants pour qu'ils travaillent bien à l'école, c'est « les abandonner ».) « Rien de tel que l'appât du gain pour motiver les troupes, pas vrai ? »
Maman s'est interposée. « Et toi, Hugo ? »
Je pouvais enfin observer Hugo sans avoir à me cacher.
« Pas grand-chose, si ce n'est que la chance m'a souri lors de plusieurs courses auxquelles notre équipe de canoë-kayak a pris part, tante Helena.
– Hugo, a roté oncle Brian, s'est *couvert* de gloire ! Normalement, ce devrait être lui, le capitaine-commandant-en-chef-

rameur, mais un gros con – oups, excusez mon langage – qui siège au conseil d'établissement et détient la moitié de la Lloyd's a menacé de faire tout un esclandre si son petit lord Fout-le-roy chéri n'était pas nommé à cette fonction. Comment il s'appelle, déjà, Hugo ?
– Tu veux parler de Dominic Fitzsimmons, papa ?
– *Dominic Fitzsimmons !* Ça ne s'invente pas ! »
Je *priais* pour que la poursuite braque son regard du côté de Julia. Je *priais* pour que maman ne parle pas du prix de poésie, pas devant Hugo.
« Jason a gagné le prix de poésie des bibliothèques du Hereford et Worcester, a dit maman. N'est-ce pas, Jason ?
– J'étais obligé d'en écrire une. » La honte bouillonnait dans le lobe de mes oreilles, et je n'avais nulle part où regarder, mis à part dans mon assiette. « En cours d'anglais. Je ne… » (J'ai essayé le mot « savais » plusieurs fois mais je voyais bien que j'allais lamentablement bégayer dessus.) « Je n'avais pas réalisé que Mlle Lippetts allait m'inscrire.
– "On n'allume pas une lampe pour la mettre sous le boisseau" ! a déclamé tante Alice sur le ton de l'homélie.
– Jason a gagné un superbe dictionnaire, a dit maman, n'est-ce pas, Jason ? »
Les sarcasmes de ce connard d'Alex restaient invisibles sur le radar des adultes : « J'aimerais bien l'entendre, moi, ton poème, Jason.
– Impossible. Je n'ai pas mon cahier d'exercices.
– C'est dommage.
– La *Gazette de Malvern* a publié les poèmes retenus pour le prix, a dit maman. Ils ont même mis la photo de Jason ! On ira le chercher dans la pile de journaux, après manger. »
(Rien que m'en souvenir, c'est déjà le supplice. Ils avaient envoyé un photographe à l'école qui m'avait fait poser dans la bibliothèque en train de lire un livre comme une vraie tapette.)

« Les poètes » – oncle Brian se suçait les lèvres –, « à ce qu'on raconte, attrapent de vilaines maladies auprès des petites dames de Paris et finissent par mourir dans d'infâmes gargotes sur les bords de la Seine. Un sacré plan de carrière, hein, mon Mike ?
– Délicieuses, tes crevettes, Helena », a lancé tante Alice.
Papa a dit : « Des surgelées, du Groenland de Worcester.
– Elles sont fraîches, Michael, et ont été achetées chez le poissonnier.
– Oh. Je ne savais pas que ça existait encore, ça, les poissonniers. »
Alex a remis le poème sur le tapis. « Au moins, dis-nous de quoi ça parlait, Jason. Du printemps qui fleurit ? Ou alors c'était un poème d'amour ?
– Je ne vois pas ce que son poème pourrait t'apporter, Alex, a dit Julia. L'œuvre de Jason n'a pas la subtilité et la maturité des textes des Scorpions. »
Hugo a pouffé de rire, histoire de filer les glandes à Alex. Et de me montrer de quel côté il était. J'aurais pu embrasser Julia tellement je lui étais reconnaissant. Enfin, presque.
« Ha ha, très drôle, a marmonné Alex à Hugo.
– Ne boude pas, Alex, ça gâche ta gueule d'amour.
– Les garçons ! » a prévenu tante Alice.

Rempli de jus de viande, le bateau-saucière super-snob circulait autour de la table. J'ai versé une Méditerranée de sauce entre le gratin dauphinois et mes Yorkshire puddings miniatures. La pointe d'une carotte formait le rocher de Gibraltar. « Allez-y, mangez ! » a dit maman.
Tante Alice a été la première à s'exclamer : « Divines, tes côtelettes, Helena. »
Oncle Brian a pris un accent italien naze. « Ma, ellés fondé dans la bouche ! »
En adoration, Nigel a souri à son père.

« Le secret, c'est la marinade, a dit maman à tante Alice. Je te donnerai la recette tout à l'heure.
– Ah, mais il n'est pas question que je reparte sans, Helena !
– Encore un petit peu de vin, Michael ? » Sans lui laisser le temps de répondre, oncle Brian a rempli le verre de papa (c'était la deuxième bouteille), puis le sien. « Je me permets, Michael, merci. À vous, mon petit ! Bon alors, Helena, d'après ce que je vois, ta pagode mobile n'a pas encore fini sa course dans la grande décharge céleste de l'Orient. »

Maman a pris son air poli et perplexe.

« Ta Datsun, Helena ! Si tu n'étais pas une cuisinière hors pair, il serait difficile de te pardonner d'avoir enfreint la première loi de l'automobile. Ne pas se laisser amadouer par les Japs ni la camelote qu'ils nous sortent. Pour une fois, ce sont les Allemands qui ont vu juste. Vous avez regardé les nouvelles pubs de Volkswagen ? Celle avec ce Chinetoque pas plus grand qu'une pinte qui court dans tous les sens à la recherche de la nouvelle Golf, laquelle lui tombe sur la tête et l'aplatit ? Je me suis pissé dessus la première fois que je l'ai vue, pas vrai, Alice ?

– Ton appareil photo, oncle Brian » – Julia s'est essuyé la bouche avec sa serviette –, « ce n'est pas un Nikon ? »

Hugo est intervenu : « Les chaînes hi-fi japonaises ne sont pas mauvaises, non plus.

– Ni les puces informatiques », a ajouté Nigel.

Alors j'ai ajouté : « Et puis leurs motos sont des références, aussi. »

Oncle Brian a haussé les épaules d'un air désabusé. « C'est exactement là où je veux en venir, les enfants ! Les Japs s'emparent de la technologie des autres, la réduisent à leur taille, puis la revendent au reste du monde. Pas vrai, Mike ? Mike ? Tu es au moins d'accord avec moi sur ça, quand même ? Qu'est-ce qu'il faut attendre de la part de la seule puissance de l'Axe qui ne s'est pas excusée après la guerre ? Ils s'en sont bien tirés. Et en toute impunité.

— Deux cent mille civils tués par la bombe atomique, a dit Julia, et deux millions d'autres morts sous les bombes incendiaires, je ne vois pas comment on peut parler d'"impunité".

— Mais la vérité, c'est que » – oncle Brian n'entend jamais ce qu'il ne veut pas entendre – « les Japonais nous font encore la guerre. Ils possèdent la Bourse de Wall Street. Celle de Londres est la prochaine sur leur liste. À pied de la station Barbican jusqu'à mon bureau, il faudrait… vingt paires de mains pour compter tous les Dr Fu Manchu qu'on croise. Tiens, écoute celle-là, Helena. Ma secrétaire s'est acheté une… un truc-bidule-machin-chose, là… tu sais, ces pousse-pousse motorisés… une Honda Civic. C'est ça : une Honda Civic marron crotte. Quand elle est repartie de chez le concessionnaire avec, au premier rond-point – je ne mens pas –, le pot d'échappement s'est décroché : net, d'un seul coup. Voilà pourquoi leurs voitures sont si compétitives. Ils fabriquent de la camelote. Tu comprends ? On ne peut pas tout avoir dans la vie. Pas sans attraper une vilaine mycose en tout cas, hein, pas vrai, Mike ?

— Passe-moi les condiments, je te prie, Julia », a dit papa à Julia.

Hugo et moi nous sommes regardés, et, l'espace d'un instant, nous étions seuls dans une salle pleine de statues de cire.

« Ma Datsun » – maman a proposé du céleri braisé à tante Alice qui lui a fait *non merci* d'un geste – « a passé haut la main le contrôle technique la semaine dernière.

— Ne me dis pas, a grimacé oncle Brian, que tu as effectué le contrôle technique dans le même garage qui t'a vendu ta pagode mobile ?

— Et pourquoi n'aurais-je pas dû ?

— Ah, Helena. » Oncle Brian secouait la tête.

« Je ne vois pas trop où tu veux en venir, Brian.

— Helena, Helena, Helena. »

Hugo a demandé « juste une fine tranche » d'omelette norvégienne, et maman lui en a coupé une part aussi grosse que celle de papa. « Tu es en pleine croissance, nom d'un chien ! » (J'ai bien noté la stratégie, ça me servira à l'avenir.) « Allez, mangez avant que ça fonde. »

Après la première cuillerée, tante Alice a fait : « É-pa-tant ! »

Papa a dit : « C'est très bon, Helena.

– Mike, a lancé oncle Brian, tu ne vas pas me laisser cette bouteille à moitié pleine, hein ? » Il a versé un gros gorgeon dans le verre de papa, puis dans le sien qu'il a ensuite levé en direction de ma sœur. « À vous, mon petit ! N'empêche, je ne comprends toujours pas : toute douée que tu es, une jeune femme comme toi devrait déposer son dossier d'inscription aux deux plus prestigieuses universités. Je ne mens pas, à l'école préparatoire de Richmond, on entend Oxford par-ci, Cambridge par-là, du soir au matin, pas vrai Alex ? »

Alex a relevé la tête d'une dizaine de degrés un quart de seconde pour confirmer.

« Du soir au matin, a répété Hugo, sérieux comme tout.

– Notre conseiller d'orientation » – Julia a récupéré une goutte de glace avant qu'elle ne tombe sur la nappe –, « M. Williams, a un ami chez les radicaux de gauche au barreau de Londres qui dit que si je veux me spécialiser dans le droit de l'environnement, alors c'est à Édimbourg ou Durham que je dois vraiment…

– Dans ce cas, désolé. » Les mains d'oncle Brian donnaient des coups de karatéka dans l'air. « Désolé, désolé, désolé, mais M. Williams – un Gallois à la sexualité honteuse, j'imagine –, ce cher M. Williams devrait être enduit de goudron, recouvert de plumes, attaché à une mule et renvoyé dans son Far West natal ! Ce n'est pas ce qu'on apprend à l'université qui compte, c'est » – oncle Brian était tout rouge –, « ce sont les gens avec lesquels on s'acoquine ! C'est seulement à "Oxbridge" que tu tisseras des relations avec l'élite ! Je ne mens pas, si j'avais connu les bonnes

personnes à l'université, on m'aurait proposé de devenir associé dix ans plus tôt ! Mike... Helena ! Vous n'allez pas rester sans rien faire au moment où votre aînée s'apprête à aller gâcher son talent à l'université de Perpètes-les-Oies ? »
Sous la contrariété, le visage de Julia s'assombrissait.
(À ce stade-là, d'habitude, je file me mettre à l'abri.)
Maman a dit : « Édimbourg et Durham ont bonne réputation.
– Je n'en doute pas, je n'en doute pas. Mais *pose-toi la question* » – oncle Brian hurlait presque : « "Est-ce que ce sont les meilleures universités du pays ?" La réponse, c'est : "Tu parles que non !" Crénom de non, tu vois, ça, c'est justement le problème qu'on a avec les établissements scolaires qui ne font plus de sélection à l'entrée. Une aubaine pour les gamins du premier M. Tartempion venu, mais les plus intelligents, les plus doués, tu crois que ça les favorise ? Tu parles que non ! À entendre les syndicats de professeurs, "intelligent" et "doué" sont des gros mots ! »
Tante Alice a posé sa main sur le bras de Brian. « Brian, je pense que...
– Ne me donne pas du "Brian" alors que l'avenir de notre nièce est en jeu ! Si je passe pour un snob parce que je me fais du mouron pour elle, eh bien ! excusez mon langage, mais je m'en fous, je suis le plus gros snob que je connaisse et je l'assume publiquement et sans honte ! Pourquoi quelqu'un qui a une cervelle taillée pour Oxbridge irait s'enterrer en Écosse ? Je ne comprends pas qu'on gâche son talent de cette façon ! » Oncle Brian a vidé son verre d'un trait. « À moins que... » En trois secondes, le visage de mon oncle est passé de l'expression outrée à celle de pervers. « Mais oui : à moins qu'il n'y ait un jeune étalon écossais à l'escarcelle velue dont tu n'as parlé à personne, hein, Julia ? Hein, Mike ? Hein, Helena ? Vous y avez pensé ?
– *Brian*...
– Laisse, tante Alice. » Julia souriait. « Oncle Brian sait que je

préférerais encore me retrouver prise dans un carambolage plutôt que lui parler de ma vie privée. Je compte bien aller étudier le droit à Édimbourg, et tous les Brian Lamb de demain devront s'y faire : je ne m'acoquinerai pas avec eux. »
   Si ç'avait été moi, jamais on n'aurait laissé passer ça, jamais.
   Hugo a levé son verre en direction de Julia. « Bien dit, Julia.
   – Ah ! » Oncle Brian a poussé une espèce de rire-crevaison. « Tu iras sans doute loin dans le monde juridique, jeune demoiselle, malgré ce diplôme universitaire de deuxième catégorie auquel tu tiens tant. Tu maîtrises l'art de l'illogisme à la perfection.
   – Tu n'imagines pas comme je suis flattée d'avoir ton approbation, oncle Brian. »
   La vache de ce silence gêné a mugi.
   « Oh mais bravo ! s'est moqué oncle Brian. C'est qu'elle tient à avoir le dernier mot.
   – Tu as un bout de céleri collé au menton, oncle Brian. »

L'endroit le plus froid de la maison, ce sont les chiottes du rez-de-chaussée. En hiver, on a le cul qui gèle sur la lunette. Julia avait dit au revoir aux Lamb avant de partir chez Kate Alfrick pour réviser son histoire. Oncle Brian était monté dans la chambre d'amis pour « se reposer les yeux ». Alex était dans la salle de bains pour la troisième fois depuis son arrivée. À chaque coup, il y passait plus de vingt minutes. Je ne sais pas ce qu'il pouvait bien trouver d'intéressant à faire là-dedans. Papa montrait à Nigel et à Hugo son nouveau Minolta. Maman et tante Alice faisaient le tour du jardin, où le vent soufflait. Dans le miroir au-dessus du petit lavabo, j'examinais mon visage, à l'affût de ressemblances avec Hugo. Est-ce que je pourrais me transformer en Hugo rien que par la force de la volonté ? Cellule par cellule ? C'est bien ce qu'arrive à faire Ross Wilcox. En primaire, c'était juste un gogol parmi d'autres, mais aujourd'hui, il fume avec des gars plus vieux comme Gilbert Swinyard et Pete Redmarley ou d'autres qui l'appellent «Ross» au lieu de «Wilcox». Il doit donc bien y avoir un moyen.

Je m'étais assis et j'avais lâché une belle crotte toute propre quand des voix se sont faites plus fortes. Ce n'est pas bien d'espionner les gens, je sais, mais ce n'était pas ma faute si maman et tante Alice avaient choisi de causer pile devant la grille d'aération, quand même !

« Mais ne t'excuse pas, Helena. Brian s'est montré... Nom de Dieu, j'aurais pu le tuer !
– C'est Michael, il fait ressortir ce qu'il y a de pire en lui.
– Non, mais laissons... Helena, ton romarin ! C'est presque devenu un arbre ! Moi qui n'arrive même pas à faire pousser des herbes aromatiques. À part la menthe. Elle jaillit de partout. »

Silence.

« Je me demandais, a dit maman, comment papa réagirait avec eux. S'il pouvait les voir aujourd'hui, je veux dire.
– Brian et Michael ?
– Oui.
– Bah, d'abord, il nous ferait : "Je vous l'avais bien dit !" Ensuite, il se retrousserait les manches, puis s'immiscerait dans leur discussion et ne lâcherait pas le morceau avant qu'ils ne se taisent et ne se soient mis d'accord.
– C'est un peu dur... pour papa.
– Il n'était pas dur, lui ? En tout cas avec Julia, il aurait eu du fil à retordre.
– Elle est parfois assez... intransigeante.
– Au moins, c'est sur des sujets comme le désarmement nucléaire ou Amnesty International qu'elle ne transige pas, Helena, et pas Meaty Loaf ou les Deaf Leopards [1]. »

---

[1]. Elle écorche involontairement les noms de ces deux groupes de hard rock, et transforme Meat Loaf en «miche substantielle», puis Def Leppard en «léopards sourds».

Silence.
« Hugo devient un véritable tombeur, ma parole.
— Un "tombeur", ça oui, tu peux le dire.
— Non, mais regarde comment il insistait pour laver la vaisselle. Bien sûr, je n'allais pas le laisser faire.
— Eh oui, je sais, on lui donnerait le bon Dieu sans confession. Jason est toujours aussi mutique, le pauvre. Ça avance, avec son orthophoniste ? »
(Je ne voulais pas entendre ça. Mais je ne pouvais pas repartir sans tirer la chasse. Si je la tirais, elles devineraient que je les avais entendues. J'étais coincé.)
« À tout petits pas. Il voit une Sud-Africaine, Mme de Roo. Elle dit qu'il ne faut pas s'attendre à un miracle. C'est ce qu'on fait. Elle nous demande de nous montrer patients avec lui. C'est ce qu'on fait. Il n'y a pas grand-chose d'autre à dire. »
Long silence.
« Tu sais, Alice, même après toutes ces années, j'ai encore du mal à croire que maman et papa sont partis pour toujours. Qu'ils sont... morts. Et pas sur un bateau en croisière sur l'océan Indien, injoignables pendant six mois. Ou bien qu'ils... Qu'est-ce qui te fait rire ?
— Se retrouver coincée dans une croisière avec papa ! Ça doit être ça, le purgatoire. »
Maman n'a pas répondu.
Silence encore plus long.
« Helena, je ne voudrais pas être indiscrète » — tante Alice avait changé de ton —, « mais tu ne m'as plus parlé de ces appels anonymes depuis janvier. »
Silence.
« Je suis désolée, Helena, je n'aurais pas dû fourrer mon nez dans...
— Mais non, non... À qui d'autre pourrais-je en parler, de toute manière ? Non. Il n'y en a plus eu. Je me sens un peu coupable

d'en avoir tiré des conclusions à la va-vite. J'ai certainement fait toute une histoire pour pas grand-chose. Pour rien du tout, d'ailleurs. Si Michael n'avait pas eu cet "accident" il y a cinq ans et demi, ou plus peut-être, ça ne m'aurait pas autant turlupinée. Cela arrive tout le temps, les faux numéros et les lignes en dérangement. N'est-ce pas?»

(«Accident»?)

«Bien sûr, a répondu tante Alice. Bien sûr. Vous... Vous en avez...

— Aborder le sujet avec Michael? Ce serait du suicide.»

(J'avais tellement la chair de poule que ça me faisait mal.)

«C'est évident, oui, a répondu tante Alice.

— Chez Groenland, le stagiaire moyen en sait davantage sur ce qui se trame dans la tête de Michael Taylor que sa propre épouse, la plupart du temps.»

(Je ne comprenais pas. Je ne voulais pas chercher à comprendre. Si, je voulais. Je ne sais pas.)

«Tu en as des idées noires, ma grande sœur.

— Tu es mon éponge à idées noires, Alice. Tu jouis de prestige, toi. Tu rencontres des violonistes chinois et des ensembles de joueurs de flûte de pan aztèques à la peau mate. Qu'est-ce qu'on donne dans ton théâtre, cette semaine?

— *Boom Boom*, le spectacle itinérant de Basil Brush [1].

— Tu vois?

— L'agent qui gère la tournée est réputé pour être très tatillon. À croire qu'on a affaire à une diva, pas à un acteur de télé sur le retour qui gagne sa vie en mettant sa main dans le derrière d'un renard.

— Ah, le monde du show-biz!»

---

1. Marionnette de renard apparue au cours des années soixante dans les émissions pour enfants. Le personnage de Basil Brush sévit encore de nos jours à la télévision britannique: «Boom! Boom!» est son leitmotiv.

Silence.

« Helena, je sais que je te l'ai déjà répété au moins dix mille fois, mais tu as besoin de relever de plus grands défis que les omelettes norvégiennes. Julia va prendre son envol cette année. Pourquoi est-ce que tu n'envisages pas de reprendre le travail ? »

Court silence. « D'une, il y a la crise et la tendance est aux licenciements, pas à l'embauche. De deux, je suis une ménagère qui broie du noir. De trois, je n'habite pas à côté de Londres, j'habite au fin fond du Worcestershire : il y a moins d'opportunités. Et de quatre, je ne travaille plus depuis la naissance de Jason.

– D'accord, ton congé maternité a duré treize années de plus que prévu. Et alors ? »

Maman a émis ce bref ricanement que poussent les gens qui n'ont pas envie de rire.

« Même papa vantait les mérites de tes créations aux vieux copains de son club de golf. Je n'arrêtais pas d'entendre "Helena ceci, Helena cela".

– Et moi, je n'arrêtais pas d'entendre "Alice ceci, Alice cela".

– Ah, c'était papa tout craché, ça. Allez, montre-moi donc où tu penses mettre ta rocaille. »

J'ai tiré la chasse et vaporisé du désodorisant en retenant ma respiration. Le Brise fraîcheur alpine, c'est dégueu comme odeur.

La Rover 3500 de papa habite dans un garage, et comme maman préfère garer sa Datsun Cherry dans l'allée, le deuxième garage est souvent vide. Les vélos, eux, campent le long d'un mur. Les outils de papa logent dans des porte-outils au-dessus de son établi. Et les patates vivent dans un sac sans fond. Le deuxième garage est bien isolé, même les jours de grand vent comme aujourd'hui. Papa y fume, alors, souvent, ça pue la cigarette. J'aime bien les taches d'huile sur le sol en béton, aussi.

Mais le mieux, c'est qu'il y a un jeu de fléchettes. C'est super, les fléchettes. J'adore le bruit quand elles se plantent dans la cible.

LA FAMILLE

Et j'adore les retirer. Quand j'ai proposé à Hugo de venir en faire une partie, il a répondu : « OK. » Mais Nigel a insisté pour jouer, lui aussi. « Très bonne idée », a dit papa ; alors on s'est retrouvés tous les trois dans le garage à jouer au Tour de l'horloge (il faut viser le 1 jusqu'à avoir le 1, puis le 2 jusqu'à avoir le 2, puis le 3, etc. Le premier arrivé à 20 a gagné).

On a lancé une fléchette chacun à notre tour pour savoir qui allait commencer.

Hugo a eu le 18 ; moi, le 10 ; Nigel, le 4.

« Eh, m'a demandé Nigel quand son frère a eu le 1 au premier lancer, tu as lu *Le Seigneur des anneaux*?

– Non », a menti le Minable, histoire que Hugo ne croie pas que je veuille faire copain-copain avec Nigel.

Hugo a raté le 2 au deuxième lancer mais pas au troisième.

« C'est sensass », m'a dit Nigel.

Hugo a récupéré les trois fléchettes et me les a passées. « Nigel, ça ne se dit plus, "sensass". »

(J'ai cherché à savoir si j'avais utilisé ce mot depuis l'arrivée des Lamb.)

J'ai raté le 1 à mes deux premiers lancers, mais je l'ai eu au troisième.

« Joli coup, a dit Hugo.

– On a lu *Bilbo le Hobbit* à l'école, a dit Nigel en prenant les fléchettes, mais c'est juste un conte pour enfants.

– J'ai essayé de lire *Le Seigneur des anneaux*, a déclaré Hugo, mais c'est tellement risible. Tous ces personnages qui portent des noms comme *Gondogorn* ou *Sarulon* et qui gesticulent à tout bout de champ en s'écriant : "À la tombée de la nuit, ces bois seront infestés d'orques." Et puis ce Sam, là, et ses "*Ô maître Frodon, quelle merveilleuse dague avez-vous là*"... Ha ! On ne devrait pas laisser cette littérature érotico-gay entre les mains des enfants. Mais, tu me diras, c'est peut-être justement ce qui te plaît, Nigel ? »

Nigel a raté la cible et sa fléchette a ricoché contre le mur de brique.

Hugo a soupiré. « Fais un peu attention, Nigel, tu vas abîmer les fléchettes de Jace. »

J'aurais dû dire à Nigel : « Ce n'est pas grave. » Mais le Minable a refusé.

La deuxième fléchette a buté sur l'extérieur de la cible. Raté.

« Tu savais, Jace, a dit Hugo comme si de rien n'était, qu'il est scientifiquement prouvé que les homosexuels ne savent pas viser ? »

Stupéfait, j'ai réalisé que Nigel était au bord des larmes.

Hugo a ce don pour faire tourner la chance des autres.

Ding, la troisième fléchette de Nigel a ricoché sur le cerceau intérieur de la cible. Il s'est mis à aboyer. « Tu dresses *toujours* les gens contre moi ! » Rouge de colère. « Je te *déteste*, espèce de bâtard !

– Le vilain mot. Tu sais ce que ça signifie ou bien tu imites tes camarades du club d'échecs ?

– Ouais !

– "Ouais" quoi ? Oui, tu sais ce que veut dire le mot "bâtard" ou bien oui, tu imites tes camarades du club d'échecs ?

– Ouais, je sais ce que ça veut dire et t'en es un !

– Donc, si je suis un bâtard, tu prétends que maman m'a conçu en baisant avec un autre homme, c'est bien ça ? Et donc, tu l'accuses de tromper papa ? »

Les larmes emplissaient les yeux de Nigel.

Tout ça allait nous attirer de gros ennuis, je le savais.

Hugo a clappé de la langue, amusé. « Papa lui non plus ne sera pas très content d'entendre ça. Écoute, si tu filais dans un coin faire mumuse avec ton Rubik's cube ? Jason et moi on fera de notre mieux pour oublier toute cette histoire. »

« Il faut que tu excuses Nigel. » Hugo a eu le 3, a raté son tir, puis a eu le 4. « Il vit sur une autre planète, ce petit imbécile. Il faut qu'il apprenne à repérer quand les gens le taquinent puis à en jouer. Un jour, il me remerciera pour ce travail de tutelle. J'ai bien peur qu'on ne puisse déjà plus rien pour Alex-le-crétin-de-Neandertal. »

J'ai poussé une espèce de rire et me suis demandé comment Hugo s'y prenait pour donner de la puissance à des mots comme « tutelle » ou bien « hélas » sans avoir l'air d'un petit con. J'ai raté mon premier lancer, puis j'ai eu le 2, puis le 3.

« Ted Hughes est passé dans notre école, le trimestre dernier », a raconté Hugo.

J'étais maintenant certain qu'il ne voyait pas mon prix de poésie d'un mauvais œil.

« Ah ouais ? »

Hugo a eu le 5, le 6, puis a raté le 7. « Il m'a dédicacé mon exemplaire du *Faucon sous la pluie*.

– C'est génial, *Le Faucon sous la pluie*. » J'ai eu le 4, j'ai raté mon tir, et raté encore.

« Moi, je préfère les poètes de la Première Guerre mondiale. » Hugo a eu le 7, le 8, puis a raté le 9. « Wilfrey Owen, Rupert Brooke et toute la bande.

– Ouais. » J'ai eu le 5, j'ai raté mon tir, puis j'ai eu le 6. « À vrai dire, je les préfère aussi.

– Reste que George Orwell est vraiment le maître. » Il a eu le 9, puis a raté deux fois. « J'ai tout ce qu'il a pu écrire, y compris la première édition de *1984*. »

J'ai raté, re-raté, puis j'ai eu le 7. « *1984*, c'est vraiment fantastique. » (En fait, comme j'ai décroché au moment du long discours d'O'Brien, je n'ai jamais fini le livre.) « Et puis *La Ferme des animaux*, aussi. » (On nous l'avait fait lire, en classe.)

Hugo a eu le 10. « Si tu n'as pas lu ses articles de journaliste » – il a raté de peu le 11 –, « tu ne peux pas prétendre connaître Orwell. » Raté, toujours de peu. « Mince. Je t'enverrai *Dans le ventre de la baleine*.

– Merci. » Coup de bol, j'ai eu le 8, le 9 et le 10, mais j'ai fait comme si c'était normal.
« Super, l'enchaînement ! Dis, Jace, qu'est-ce que tu dirais si on pimentait un peu le jeu ? Tu as de l'argent sur toi ? »
J'avais cinquante pence.
« D'accord, je te suis. Le premier arrivé à vingt remporte les cinquante pence de l'autre. »
La moitié de mon argent de poche. C'était risqué.
« Allez, Jace. » Hugo souriait de toutes ses dents, comme s'il m'appréciait vraiment beaucoup. « Ne fais pas ton Nigel. Tiens, je te donne un tour d'avance, qu'est-ce que tu en dis ? Trois lancers, gratis. »
En acceptant, je pensais devenir un peu plus comme Hugo.
« D'accord.
– C'est bien. Mais mieux vaut ne pas en parler devant » – d'un hochement de tête, Hugo a désigné ce qu'il y avait derrière le mur du garage – « la sainte famille, sans quoi on sera obligés de passer le restant de l'après-midi à jouer aux petits chevaux ou bien à Destins sous haute surveillance.
– Sans problème. » J'ai raté mon tir, raté la cible, puis raté encore.
« Pas de chance », a dit Hugo. Il a raté, eu le 11, a raté.
« C'est comment, le canoë ? » J'ai eu le 11, j'ai raté, j'ai eu le 12.
« Moi, le seul bateau sur lequel je suis monté, c'est un pédalo de Malvern Winter Gardens. »
Hugo a ri comme si j'avais fait une blague super-drôle, alors je lui ai décoché un grand sourire, comme si c'était voulu. Il a raté le 12 trois fois de suite.
« Vraiment pas de bol, ai-je dit.
– Le canoë, c'est carrément génial. Tout y est : l'excitation, le travail des muscles, le rythme, la vitesse. Sauf qu'il y a ces fichues éclaboussures, les grognements, le souffle des coéquipiers. C'est comme le sexe, maintenant que j'y pense. Et puis, écraser

l'adversaire, c'est drôle. Comme dit notre entraîneur : "L'important, c'est de gagner, les gars, pas de participer !" »
J'ai eu le 13, le 14 et le 15.
« Eh bien ! » Hugo avait l'air estomaqué et impressionné. « Tu essaies de me pigeonner, c'est ça, Jace ? Me soutirer une livre, ça te dirait ? » Hugo a tiré un portefeuille lustré de la poche de son Levi's et a agité un billet d'une livre devant mes yeux. « Vu la forme que tu tiens aujourd'hui, en cinq lancers, ce billet sera à toi. Qu'en pense ta tirelire ? »
Si je perdais, je n'aurais plus d'argent jusqu'au samedi suivant.
« Houuuuuuuu, a roucoulé Hugo, tu ne vas quand même pas te débiner maintenant, Jace ? »
J'entendais Hugo parler de moi aux autres Hugo de son club de canoë. *Vous n'imaginez pas à quel point mon cousin Jason Taylor est un crétin.* « D'accord.
– Bien ! » Hugo a glissé le billet dans la poche de sa veste. Puis il a eu le 12, le 13 et le 14. Il a poussé un petit cri de surprise. « Je me demande si ma chance n'est pas en train de revenir. »
Au premier lancer, ma fléchette a percuté le mur de brique. Au second, *ding*, elle a ricoché sur le métal. Au troisième, j'ai raté le 15.
Sans hésiter une seconde, Hugo a enchaîné le 15, le 16 et le 17.
On entendait des bruits de pas arriver par la porte arrière de la maison et se rapprocher du garage. Hugo a juré dans sa barbe et m'a jeté un regard qui signifiait : *Je m'en occupe.*
Je n'en aurais pas été capable, moi, de toute façon.
« Hugo ! a dit tante Alice en déboulant dans le deuxième garage. Tu veux bien m'expliquer pourquoi Nigel est en larmes ? »
La prestation de Hugo méritait un oscar. « En larmes ?
– Oui, en larmes !
– En larmes ? Maman, il est incroyable, ce garçon, parfois !

– Je ne te demande pas ce qui est croyable ou incroyable ! Je te demande des explications !
– Que veux-tu que je t'explique ? » Hugo a haussé les épaules, l'air à la fois perdu et dépité. « Jason nous a gentiment proposé à Nigel et moi de faire une petite partie de fléchettes. Nigel manquait tous ses coups. Je lui ai donné un ou deux conseils, mais il a préféré sortir précipitamment. En nous débitant des grossièretés, par-dessus le marché. Pourquoi est-ce qu'il est aussi mauvais joueur, maman ? Tu te souviens quand on l'avait surpris à inventer des mots pour gagner au Scrabble ? Tu crois que c'est à cause de ses douleurs de croissance ? »

Tante Alice s'est tournée vers moi. « Et toi, Jason ? Quelle est ta version ? »

Hugo pourrait vendre Nigel à un boucher, le Minable n'en démordrait pas : « Hugo te raconte la vérité, je te le promets, tante Alice.

– S'il veut revenir une fois que sa petite crise sera terminée, il est le bienvenu, lui a assuré Hugo. Ça ne t'ennuie pas, Jace ? Nigel ne pensait pas vraiment ce qu'il disait.

– Non, pas du tout.

– J'ai une autre idée. » Tante Alice savait bien qu'elle s'était fait embobiner. « Ta tante Helena est à court de café et ton père aura besoin d'en boire une bonne tasse quand il se réveillera. Je te charge d'aller en chercher. Jason, tu ferais peut-être bien d'emmener ton cousin que rien ne semble atteindre, puisque vous êtes de si bons copains.

– On a presque terminé cette partie, maman, si tu veux bien... »

Tante Alice a serré la mâchoire.

Isaac Pye, le propriétaire du Black Swan, est venu dans la salle de jeux au fond du pub afin de voir ce que signifiait tout ce tintouin. Hugo se tenait devant Asteroids, la borne d'arcade, et, derrière lui, il y avait moi, Grant Burch, son serviteur Philip Phelps, Neal Brose, Ant Little, Oswald Wyre et Darren Croome. Aucun de nous n'arrivait à y croire. Hugo jouait depuis vingt minutes sur la même pièce de dix pence ! L'écran était bourré d'astéroïdes, alors que, moi, j'étais mort en trois secondes à peine. Mais Hugo regarde tout l'écran à la fois, et pas seulement le bloc le plus dangereux. Il n'utilise presque jamais ses propulseurs. Il fait en sorte que chaque missile atteigne une cible. Quand l'OVNI vient zigzaguer sur l'écran, Hugo envoie une rafale de missiles, mais seulement si la tempête d'astéroïdes n'est pas trop forte. Sinon, il ne s'en occupe pas. Il n'utilise le bouton hyperespace qu'en dernier recours. Son visage reste tranquille, comme s'il était en train de lire un livre intéressant.

« Trois mi*y*ons ? Pas possible ! s'est exclamé Isaac Pye.

– Presque trois millions et demi, en fait », a rectifié Grant Burch.

Quand la dernière vie supplémentaire a fini par exploser dans une pluie d'étoiles, la machine a poussé de joyeux bips-bips et annoncé que le meilleur score de tous les temps avait été battu. Ce score reste affiché même après que la machine a été éteinte. « J'ai mis jusqu'à cinq livres, pour atteindre deux mi*y*ons et demi, l'aut' soir, a grommelé Isaac Pye. Moi qui pensais que c'était le summum du summum. Je t'offrirais bien une pinte, mon gars, mais il y a deux flics au bar.

– C'est gentil à vous, a répondu Hugo à Isaac Pye, mais je préférerais éviter de me faire coffrer pour conduite d'un astronef en état d'ivresse. »

Isaac Pye a ricané comme un vieux plouc puis est tranquillement retourné derrière le bar.

Comme nom, Hugo a mis « JHC ».

C'est Grant Burch qui a posé la question : « Qu'est-ce que ça veut dire ?

– "Jésus H. Christ". »

Grant Burch s'est mis à rire, et tout le monde l'a suivi. La vache, ce que j'étais fier. Neal Brose raconterait à Gary Drake que Jason Taylor traînait avec Jésus-Christ.

Oswald Wyre a demandé : « Combien d'années il faut pour devenir aussi bon ?

– D'années ? » L'accent de Hugo était devenu un rien moins bourgeois et un rien plus *cockney*. « Maîtriser un jeu d'arcade, ça ne prend pas autant de temps.

– N'empêche, tu as dû en mettre, du fric, a commenté Neal Brose. Pour pouvoir t'entraîner comme ça, je veux dire.

– L'argent n'est pas un problème, quand on a un tant soit peu de cervelle.

– Ah bon ?

– L'argent ? Meuh non. Repère un besoin, réponds-y, fais en sorte que tes clients te soient reconnaissants, élimine la concurrence. »

Neal Brose a enregistré chaque mot de cette réplique.

Grant Burch a sorti un paquet de cigarettes. « Une clope, mec ? »

Si Hugo répondait « Non », il gâcherait la bonne impression qu'il avait faite.

« Merci, a dit Hugo en regardant le paquet de Players n° 6. Ne le prends pas mal, mais quand ce n'est pas des Lambert & Butler, je ne sens plus ma gorge pendant des heures après. »

J'ai enregistré chaque mot de cette réplique. Super, pour éviter d'avoir à fumer.

« Ah ouais, a dit Grant Burch, ça me fait ça avec les Woodbine. »

De derrière le bar, on entendait Isaac Pye répéter : « "Je préférerais éviter de me faire coffrer pour conduite d'un astronef en état d'ivresse !" »

La mère de Dawn Madden regardait Hugo à travers la fumée qui stagnait autour du bar.

« Ce sont des vrais, les nichons de cette bonne femme ? nous a soufflé Hugo. Ce sont deux têtes de rechange, peut-être ? »

LA FAMILLE

M. Rhydd colle des feuilles de plastique jaune Fanta citron sur les vitres pour empêcher ses présentoirs de perdre leurs couleurs. Mais comme «présentoirs», il n'a que des piles de poires au sirop en conserve, et puis, avec ce plastique aux fenêtres, on a l'impression d'être dans une photo de l'époque victorienne. Hugo et moi avons lu les annonces sur le tableau : Lego d'occasion, chatons à la recherche d'un foyer, machines à laver en TBE dix livres (à déb.) et des publicités promettant de vous faire gagner des centaines de livres pendant votre temps libre. Dès qu'on entre, on est frappé par l'odeur de l'épicerie de M. Rhydd : un mélange de savon froid, d'orange pourrie et de journaux. Il y a le coin bureau de poste où Mme Rhydd, la postière, vend des timbres et des permis canins, mais pas là puisqu'on était samedi. Mme Rhydd a lu et approuvé le décret officiel de confidentialité, mais bon, elle a l'air assez normale. Il y a des cartes pour la fête des pères qui représentent des hommes habillés comme le prince Philip pêchant dans une rivière, ou d'autres où on lit «À ma très chère grand-mère» et qui montrent des digitales dans le jardin d'une maison de campagne. Il y a des étagères pleines de nouilles alphabet, de boîtes de Pal et de gâteaux de riz Ambrosia. Il y a des jouets comme le football à pipette ou des faux billets, mais ils ne se vendent pas, ils sont trop nuls. Il y a une machine Slush Puppie qui sert une boisson qui ressemble à de la neige fondue aux couleurs de feutres, mais pas en mars. Derrière le comptoir, il y a des cigarettes et des étagères remplies de bouteilles de bière et de vin. Tout en haut, il y a des bonbons hosties, des Kola Kubes, des Kismash et des espèces de Valda au réglisse. On nous les sert dans des sachets en papier.

« Eh bien! s'est exclamé Hugo. Le paradis, cette ville. Je suis mort et je me retrouve dans les grands magasins Harrods. »

Et pile à ce moment-là, Kate Alfrick, la meilleure amie de Julia, est apparue et s'est avancée jusqu'au comptoir, l'air de rien, en même temps que la mère de Robin South. La mère de Robin

South l'a laissée passer devant elle, parce que Kate avait juste une bouteille de vin. Elle a le droit d'acheter de l'alcool, elle vient d'avoir dix-huit ans.

« Merci bien, a dit M. Rhydd en tendant sa monnaie à Kate. Quelque chose à fêter ?

– Pas vraiment, a répondu Kate. Maman et papa sont dans le Norfolk, et ils reviennent demain soir. Je me suis dit qu'un bon dîner les attendant à leur retour leur ferait plaisir. Et ça, a-t-elle ajouté en tapotant la bouteille, ce sera la touche finale.

– Très bien, a dit M. Rhydd, très bien. À nous, madame South… »

Kate est passée devant nous en sortant. « Bonjour, Jason.

– Bonjour, Kate.

– Salut, Kate, a dit Hugo. Je suis le cousin de Jason. »

Kate a examiné Hugo à travers ses lunettes de secrétaire russe. « Celui qui s'appelle Hugo, c'est ça ?

– Ça ne fait pas trois heures que je suis arrivé » – Hugo a gesticulé de façon rigolote, genre étonné – « et, *déjà*, on parle de moi ? »

Je lui ai dit que c'était chez Kate que Julia était partie réviser.

« Ah, tu es la fameuse Kate. » Il a désigné la bouteille. « Un Liebfraumilch ?

– Oui », a répondu Kate, l'air de dire *Qu'est-ce que cela peut bien te faire ?* « Un Liebfraumilch.

– Un peu sucré. Tu m'as l'air davantage du genre vin sec. De type chardonnay. »

(Moi, tout ce que je connais en vin, c'est le rouge, le blanc, le mousseux et le rosé.)

« Peut-être que tu ne t'y connais pas autant que tu le crois.

– Peut-être bien, Kate » – Hugo se passait la main dans les cheveux –, « peut-être bien. Mais on ne voudrait pas te retarder dans tes révisions plus longtemps. J'imagine sans peine combien toi et Julia devez travailler dur. J'espère qu'on se recroisera, un jour. »

Les sourcils froncés, Kate souriait. « Je n'y compterais pas trop, si j'étais toi.
— Trop y compter, non, Kate. Ce serait imprudent. Mais le monde peut nous surprendre, parfois. Je suis bien jeune, mais de cela, je suis certain. »
Arrivée à la porte, Kate a jeté un coup d'œil par-dessus son épaule.
Hugo avait préparé cet air effronté qui signifiait : *Tu vois ?* Kate est partie, fâchée.
« Ce qu'elle m'a l'air » – et Hugo m'a fait penser à oncle Brian – « *appétissante.* »

J'ai payé le café moulu à M. Rhydd. Hugo a dit : « Pas possible ! C'est vraiment du gingembre confit que vous avez dans ce bocal, tout en haut sur l'étagère ?
— Tout à fait, chef. » M. Rhydd appelle tous les enfants « chef », comme ça, il n'a pas besoin de se rappeler nos prénoms. Il a mouché son nez de Polichinelle tout craquelé. « La mère de Mme Yew avait un faible pour le gingembre confit, alors j'en avais commandé. Elle est morte alors que le pot était à peine entamé.
— Épatant. Ma tante Drucilla de Bath, chez qui nous allons, adore le gingembre confit. Désolé de devoir vous faire remonter sur cette échelle, mais…
— Pas de souci, chef, a dit M. Rhydd en fourrant son mouchoir dans sa poche, ça ne me dérange pas du tout. » Il a rapporté son échelle, est monté dessus et a empoigné le large pot.
Hugo a vérifié qu'il n'y avait plus personne dans la boutique.
Appuyé sur son buste, il a serpenté sur le comptoir, a tendu le bras entre les barreaux de l'échelle, à vingt centimètres à peine sous les chaussures en cuir Hush Puppies de M. Rhydd, a saisi un paquet de Lambert & Butler puis est reparti en arrière.
Paralysé, j'ai articulé en silence : *Qu'est-ce que tu fais ?*

Hugo a glissé le paquet dans sa poche. « Est-ce que tu te sens bien, Jason ? »

M. Rhydd a agité le pot dans notre direction. « C'est bien ça que tu veux, chef ? » Ses narines ressemblaient à une prise électrique bourrée de poils et de ténèbres.

« C'est exactement ça, monsieur Rhydd, a dit Hugo.

– Bien, très bien. »

Je faisais dans mon froc.

Et là, pendant que M. Rhydd descendait gentiment l'échelle, Hugo a piqué deux œufs en chocolat de Cadbury sur le présentoir du comptoir et les a laissés tomber dans la poche de mon duffel-coat. Si j'avais protesté ou essayé de remettre les chocolats en place, M. Rhydd s'en serait aperçu. Pour couronner le tout, entre l'instant où le pied de M. Rhydd a touché le sol et celui où il s'est retourné vers nous, Hugo a chopé un sachet de Fisherman's Friend et me l'a enfoncé dans la poche par-dessus les œufs en chocolat. Le bruissement du sachet s'entendait. M. Rhydd a essuyé la poussière qui s'était déposée sur le pot. « Combien je t'en mets, chef ? Un quart de livre ?

– Un quart de livre, ce sera parfait, monsieur Rhydd. »

« Pourquoi est-ce que tu as » – le Pendu a bloqué le mot « piqué », puis « volé », aussi, alors il a fallu que j'utilise le mot « chapardé » – « chapardé ces clopes ? » Je voulais quitter la scène de crime aussi vite que possible, mais une file de voitures qui avançaient lentement s'était formée derrière un tracteur, et il a fallu attendre pour traverser le carrefour.

« Ce sont les ploucs qui fument des "clopes". Je fume des cigarettes, moi. Je ne "chaparde" pas. Un truc de ploucs, ça encore. Moi, je "subtilise".

– Bon, alors pourquoi tu as "subtilisé" ces… » (Je n'arrivais pas à dire « cigarettes ».)

« Ouiii ? m'a pressé Hugo.

LA FAMILLE

– Les Lambert & Butler ?
– Si tu veux dire "Pourquoi as-tu subtilisé des cigarettes ?", eh bien parce que fumer est un plaisir simple pour lequel on ne connaît pas d'autres effets indésirables que le cancer du poumon et les maladies cardiovasculaires. J'entends bien être mort avant que cela ne m'arrive. Et si tu veux dire "Pourquoi des Lambert & Butler en particulier ?", eh bien parce que, même clochard, je n'accepterais pas de fumer autre chose, hormis des Passing Cloud, marque dont les rayons de l'épicerie de ce vieil alcoolo pathétique sont bien entendu dépourvus. »

Je ne comprenais toujours pas. « Mais tu n'as pas assez d'argent pour te les acheter ? »

Cette remarque a amusé mon cousin. « Est-ce que j'ai l'air de quelqu'un qui manque d'argent ?

– Alors pourquoi prendre ce risque ?
– Ah, une cigarette subtilisée est meilleure. »

Là, je comprenais ce qu'avait ressenti tante Alice dans le garage. « Mais pourquoi tu as pris les Fisherman's Friend et les œufs en chocolat ?

– Les Fisherman's Friend me préservent de M. Haleine-de-tabac. Les œufs, c'était pour me préserver de toi.

– Te préserver de moi ?

– Si tu recèles toi-même de la marchandise de contrebande, tu es moins susceptible de moucharder, je me trompe ? »

Un camion-citerne qui roulait au ralenti dégobillait ses gaz d'échappement.

« Est-ce que j'ai cafté quand tu as fait pleurer Nigel ?

– Fait pleurer Nigel ? Qui a fait pleurer Nigel ? »

Alors j'ai remarqué la maison de Kate Alfrick, ou plutôt la MG métallisée garée devant, à l'angle. Un type qui ne ressemblait pas du tout à Julia a ouvert la porte d'entrée tandis que Kate remontait l'allée en portant la bouteille de vin. Les rideaux de la fenêtre à l'étage ont frémi. « Hé, regarde…

– On traverse. » Hugo s'est avancé vers un intervalle en cours de formation entre deux voitures. « Regarde quoi ? »

Nous avons traversé la route d'une seule traite et nous sommes dirigés vers le chemin qui mène au lac du bois. « Rien. »

« Non, non, non et non, tu la tiens comme un nazi hollywoodien. Détends-toi ! Tiens-la comme si c'était un stylo à plume. Là. Et maintenant, que la lumière soit… » Mon cousin a fouillé dans sa veste. « C'est sûr, le briquet est incontournable si l'on souhaite impressionner autre chose que la première chatte venue, mais il suffit d'un Nigel qui furète et trouve un briquet dans une poche de blazer, et notre compte est bon. Nous nous contenterons donc d'allumettes Swan Vesta pour notre leçon de cet après-midi. »

Des frémissements et contre-frémissements de nervosité parcouraient le lac.

« Je ne t'ai pas vu les subtiliser chez M. Rhydd, celles-là.

– Je les ai prises à ce loulou dans le pub, celui qui m'a appelé "mec".

– Tu as chapardé les allumettes de Grant Burch ?

– Ne prends pas cet air horrifié. Pourquoi "Grant Burch" me soupçonnerait ? J'ai refusé sa répugnante cigarette. Le crime était parfait, une fois de plus. »

Hugo a craqué une allumette, l'a protégée de la main et s'est penché vers moi.

Soudain, une rafale de vent m'a arraché des doigts la Lambert & Butler, qui est tombée à travers les lattes du banc. « Oh mince, ai-je dit en me baissant pour la ramasser. Scuse.

– Prends-en une nouvelle et arrête avec tes "Scuse". De toute façon, il me faudra faire don du surplus de tabac à la nature. » Mon cousin me tendait le paquet de Lambert & Butler. « Le dealer prudent ne prend jamais le risque de se faire pincer en possession de stupéfiants. »

J'ai fixé des yeux le paquet qui m'était tendu. « Hugo, je te

remercie pour... enfin, tu vois, tout ce que tu me montres, mais en fait, je ne suis pas sûr de...
— Jace !» Hugo prenait un air étonné et comique. « Ne me dis pas que tu te débines maintenant ? Je pensais qu'on était d'accord pour te débarrasser de cette honteuse virginité ?
— Ouais... mais peut-être que... pas maintenant. »
Des sangliers de vent chargeaient à l'aveuglette dans les bois inquiets.
« "Pas maintenant", c'est ça ? »
J'ai fait oui de la tête, mais j'avais peur qu'il en ait marre.
« Comme tu voudras, Jace. » Hugo a pris un air très gentil. « On est amis, n'est-ce pas ? Je ne voudrais pas te forcer à faire quelque chose contre ton gré.
— Merci. » Je me sentais bête de lui être reconnaissant.
« Ceci étant » — Hugo a allumé sa cigarette —, « je me dois de te l'annoncer : il ne s'agit pas simplement de fumer un bâtonnet de cancer.
— Qu'est-ce que tu veux dire ? »
Hugo faisait des mimiques : *Je le lui dis ou pas ?*
« Allez, vas-y.
— Il est de dures vérités que tu dois entendre, mon cousin » — il a tiré une profonde bouffée —, « mais d'abord, je dois savoir si toi, tu sais que ces vérités, je les dis pour ton bien.
— Oui, oui, je » — le Pendu a bloqué « sais » — « comprends.
— Tu me le jures ?
— Je te le jure. »
La nuance de gris ou de vert dans les yeux de Hugo dépend du temps qu'il fait. « "Pas maintenant" : c'est cette attitude qui, pour toi, est un cancer. Un cancer de la personnalité. Un cancer qui te freine dans ta croissance. Ce "pas maintenant", les autres types en détectent la présence, et c'est pour cela qu'ils te méprisent. C'est à cause de ce "pas maintenant" que les autres ploucs au Black Swan te rendent nerveux. C'est à cause de ce "pas maintenant" — j'en

mettrais ma main à couper – que tu as ce problème d'élocution. »
(Une bombe de honte m'a fait sauter la tête.) « À cause de ce "pas maintenant", tu te condamnes à rester le bon toutou de l'autorité, du premier petit caïd venu, de n'importe quel connard. Ils sentent bien que tu ne leur tiendras pas tête. Pas maintenant, ni jamais. "Pas maintenant", c'est un esclave aveugle assujetti à la plus insignifiante règle. Même celle qui dit » – Hugo a pris cette petite voix chevrotante : « *"Non, fumer, c'est MAL ! N'écoute pas le méchant Hugo Lamb !"* Ce "pas maintenant", Jason, tu dois le tuer. »

C'était tellement vrai : je ne pouvais qu'essayer de sourire.

Puis Hugo a dit : « J'étais comme toi, avant, Jace. Exactement pareil. J'avais peur. Je vais te dire pourquoi tu *dois* la fumer, cette cigarette. Ce n'est pas parce que c'est la première chose à faire pour devenir quelqu'un que tes camarades dont le passe-temps consiste à baiser des dindons vont respecter au lieu d'exploiter. Ce n'est pas non plus parce qu'un gamin qui fume une cigarette – signe de maturité – attire davantage les femmes qu'un autre qui mange une sucette trempée dans un petit sachet de poudre acidulée. Je vais te dire pourquoi. Approche. Je vais te le chuchoter. » Hugo s'est penché vers moi ; il était si près que ses lèvres touchaient mes oreilles et que dix mille volts se sont mis à chanter partout dans mon système nerveux (pendant une demi-seconde, j'ai eu la vision de Hugo-le-rameur sur l'eau : les cathédrales et la rive défilaient, ses biceps se tendaient et se détendaient sous son maillot, et toutes ses petites amies étaient alignées sur les berges. Des petites amies prêtes à le léchouiller là où il le leur demanderait). « Si tu ne tues pas ce "pas maintenant" » – Hugo avait pris cette voix de bande-annonce de film d'horreur –, « *un jour, tu te réveilleras, tu te regarderas dans le miroir et ce sera le visage de Brian et d'oncle Michael que tu verras !* »

« Làààà... inspire... par la bouche, pas par le nez... »
La bouffée de poussière gazeuse est sortie de ma bouche.

Hugo prenait un air sévère. « Avoue : tu n'as pas aspiré la fumée, Jace ? »

J'ai fait non de la tête ; j'avais envie de cracher.

« Tu dois inhaler la fumée, Jace. Pas crapoter. Sinon, c'est comme faire l'amour sans atteindre l'orgasme.

– D'accord. » (À vrai dire, je ne sais pas ce que c'est, un orgasme, à part que c'est de ça qu'on traite quelqu'un qui a fait un truc très con.) « OK.

– Je vais te pincer le nez, a dit Hugo, comme ça tu ne pourras pas tricher. » Ses doigts sont venus me sceller les narines. « Inspire fort – pas trop non plus – et laisse l'air entraîner la fumée. » Son autre main est allée me refermer la bouche. L'air était froid mais ses mains étaient chaudes. « Un, deux… et trois ! »

La chaude poussière gazeuse est descendue. Mes poumons s'en sont remplis.

« Garde-la un peu, m'a exhorté Hugo. Un, deux, trois, quatre, cinq et… » – il m'a libéré les lèvres – « … expire. »

La fumée est ressortie : un génie jaillissant de sa bouteille.

Le vent a atomisé le génie.

« Et voilà, a conclu Hugo, ce n'est pas plus compliqué. »

Beurk. « Pas mal.

– Tu apprécieras de plus en plus. Termine la cigarette. » Hugo est allé se percher sur le dossier du banc et a rallumé sa Lambert & Butler. « Je suis un rien déçu par le ballet aquatique. C'est sur ce lac qu'on trouve les cygnes, j'imagine ?

– En fait, il n'y a pas de cygnes, à Black Swan Green. » La deuxième bouffée que j'ai tirée était aussi répugnante que la première. « C'est comme qui dirait la blague du village. N'empêche, il était d'enfer, le lac, en janvier. Complètement gelé. On a joué dessus aux bulldogs anglais. Mais après, j'ai appris qu'une vingtaine d'enfants s'y étaient noyés, au fil des ans.

– Ça, on ne peut pas le leur reprocher, a soupiré Hugo d'un air las. Black Swan Green n'est sans doute pas le trou du cul du monde, mais il en offre un bel aperçu. Tu m'as l'air un peu pâlot, Jace.

— Ça va. »

La première giclée de vomi m'a arraché un *GUEEEUUUUUUR* et s'est répandue sur l'herbe boueuse. Dans ce purin chaud apparaissaient des petits bouts de crevette et de carotte. J'en avais un peu sur les doigts, qui étaient écartelés contre le sol. Ça faisait comme un gâteau de riz encore chaud. La suite arrivait. Sous mes paupières, il y avait l'image d'une Lambert & Butler sortant de son paquet, comme dans une pub. La deuxième giclée tirait un peu plus sur le jaune moutarde. J'ai gobé l'air frais comme un plongeur qui arrive dans une poche d'air. J'espérais tellement que c'était terminé. Mais trois brefs reliquats bouillants ont jailli ; un peu plus onctueux et moins acides. Ça devait être l'omelette norvégienne.

Oh, la *vache*.

J'ai lavé ma main salie de vomi, puis je me suis essuyé les larmes tirées par les vomissements. J'ai tellement honte. Hugo essaie de m'apprendre à être comme lui, et je n'arrive même pas à fumer une cigarette.

« Je suis vraiment, dis-je pendant que je m'essuie la bouche, vraiment désolé. »

Mais Hugo ne me regarde même pas.

Hugo a le visage tourné vers le ciel, son corps est parcouru de soubresauts.

Mon cousin rit aux larmes.

Le chemin équestre

Telle une araignée, mon regard s'est promené sur mon poster où des scalaires noirs se transforment en cygnes blancs, a traversé ma carte des Terres du Milieu, contourné le chambranle de la porte, est allé s'enfoncer dans les rideaux mauves que le soleil de printemps faisait rougeoyer, puis a chuté dans le puits de l'éblouissement.

Quand on écoute les maisons respirer, on ne pèse plus rien.

Mais faire la grasse matinée, c'est moins drôle quand personne d'autre n'est debout, en train de s'affairer, alors j'ai sauté du lit. Sur le palier, les rideaux ne sont pas ouverts, parce que, quand maman et Julia sont parties pour Londres, il faisait encore noir. Papa est encore en séminaire ce week-end, sans doute à Newcastle-under-Lyme ou à Newcastle tout court. Aujourd'hui, j'ai la maison pour moi tout seul.

D'abord, je suis allé pisser; j'ai laissé la porte grande ouverte. Après, je suis allé dans la chambre de Julia et j'ai mis son 33 tours de Roxy Music. Si elle avait vu ça, elle serait devenue *marteau*. J'ai monté le volume super-vachement fort. Papa aurait été dingue, sa tête aurait explosé. Je me suis vautré sur le canapé à rayures de Julia et j'ai écouté « Virginia Plain », un mélange de kazoo et de grosses guitares. Du bout du gros orteil, j'ai poussé le carillon à vent en coquillage que Kate

Alfrick avait offert à Julia pour son anniversaire, il y a deux ans. Comme ça, juste histoire de. Puis j'ai commencé à fouiller dans sa commode à tiroirs, je cherchais son journal intime. Mais quand je suis tombé sur une boîte de tampons, j'ai eu honte et alors j'ai arrêté.

Dans le bureau de papa, où il faisait frisquet, je me suis amusé à ouvrir les tiroirs à dossiers suspendus et à renifler l'odeur métallique qui s'en dégageait (une cartouche de Benson & Hedges en *duty-free* est apparue depuis la dernière visite d'oncle Brian). Puis j'ai tournicoté sur le fauteuil de bureau, qui ressemble à celui de la cabine du Faucon Millenium, et comme je me suis souvenu qu'on était le 1er avril, j'ai décroché le téléphone à-ne-décrocher-sous-aucun-prétexte, puis j'ai dit : « Allô ? Craig Salt ? Jason Taylor à l'appareil. Bon, écoute, Salt, tu es viré. Comment ça, pourquoi ? Tu veux savoir ? Parce que tu es une espèce d'orgasme. Passe-moi Ross Wilcox sur-le-champ ! Ah, Wilcox ? C'est Jason Taylor. Écoute, tu vas être content, le véto va passer tout à l'heure pour te piquer. Ciao, trouduc'. Ça m'a pas fait plaisir de te connaître. »

Dans la chambre parentale toute en crème, je suis allé m'asseoir à la coiffeuse de maman, me suis hérissé les cheveux avec sa mousse coiffante L'Oréal, dessiné un trait sur le visage comme Adam Ant, puis j'ai mis la broche d'opale tout contre mon œil. J'ai regardé le soleil à travers et cherché à voir des couleurs mystérieuses auxquelles personne n'avait donné de noms.

En bas, de l'endroit où les rideaux de la cuisine se rejoignaient mal, un faisceau de lumière jaillissait et coupait en deux une clé et ce message :

> Jason,
> Voici la clé de la porte de devant : NE LA PERDS PAS.
> J'en ai laissé une de secours chez Mme Woolmere au cas où tu la perdrais quand même. Le numéro de téléphone de tante Alice est sur le bloc-notes. Si tu es malade, va chez Mme Woolmere.
> Tu peux te faire un sandwich pour le déjeuner, mais n'oublie pas de remettre le pain dans la huche à pain,

> sinon il va rassir. Pour le dîner, il y a de la quiche lorraine dans le frigidaire. Termine le bol de salade de fruits. On revient ce soir vers 10h.
> Éteins si tu dors.
> FERME LA PORTE À CLÉ.
> Ne laisse personne entrer.
> Ne reste pas trop devant la télé.
> Bisous
> Maman

Ouah ! Une clé de la maison, rien que pour moi. Maman avait dû décider à la dernière minute ce matin de m'en laisser une. D'habitude, on en cache une au garage, dans une botte en caoutchouc. J'ai foncé en haut et choisi un porte-clés qu'oncle Brian m'a donné, une fois : celui avec le lapin au nœud papillon noir. Je l'ai accroché à mon pantalon, là où je passe ma ceinture, puis j'ai descendu l'escalier sur la rampe. Au petit-déjeuner, j'ai mangé du pain d'épice McVitie accompagné d'un cocktail de lait, de Coca et d'Ovomaltine. Pas mal. Pas mal du tout, même ! Chaque heure de cette journée est comme un chocolat Black Magic qui m'attend dans sa boîte. Avec moi, la radio de la cuisine est repassée de BBC Radio 4 [1] à BBC Radio 1 [2]. Ils passaient ce morceau d'enfer des Men At Work, celui avec la vieille flûte poussiéreuse. J'ai avalé trois *French Fancies* de Marks & Spencer : à peine sortis de la boîte qu'ils étaient déjà engloutis. De grands V d'oiseaux migrateurs traversaient le ciel. Des nuages en forme de sirène flottaient à la dérive au-dessus de la Glebe, de l'arbre de Robin des Bois, des collines de Malvern. Je mourais d'envie de les suivre.

Qu'est-ce qui m'en empêchait ?

Bottes en caoutchouc vertes aux pieds, M. Castle lavait son Opel Viva au tuyau d'arrosage. Sa porte d'entrée était ouverte mais le vestibule était super-sombre. Peut-être que Mme Castle se tenait dans l'ombre et qu'elle m'épiait. On ne voit pratiquement jamais Mme Castle. Quand elle parle d'elle, maman l'appelle « cette pauvre bonne femme » ; elle dit qu'elle a les nerfs en pelote. C'est contagieux, comme maladie ? Je ne voulais pas gâcher cette belle matinée avec mon bégaiement, alors j'ai tenté de passer incognito devant M. Castle.

« Bonjour, jeune homme !
– Bonjour, monsieur Castle, ai-je répondu.
– Quelque chose de particulier au programme ? »

J'ai fait non de la tête. Il me rend un peu nerveux, M. Castle. Une fois, j'ai entendu papa dire à oncle Brian qu'il était franc-

---

1. Équivaut à France Culture.
2. Équivaut à NRJ.

maçon : la sorcellerie, les pentacles, ce genre de trucs. «Bah, il fait beau ce» – le Pendu a bloqué le mot *matin* – «... aujourd'hui, alors...
– Ah ça, pour faire beau, il fait beau!»
Des rayons de soleil liquides coulaient sur le pare-brise.
«Dis-moi, quel âge tu as maintenant, Jason?» M. Castle me posait la question comme s'il en avait débattu des jours et des jours avec une commission d'experts.
«Treize ans», ai-je répondu. Je devinais qu'il m'en donnait encore douze.
«Treize ans? C'est bien vrai?
– Oui, treize ans.
– Treize ans, a dit M. Castle, qui me dévisageait. L'antiquité.»

La barrière à l'entrée de Kingfisher Meadows : c'est là que commence le chemin équestre. Un écriteau vert annonçant CHEMIN ÉQUESTRE PUBLIC accompagné d'une image de cheval le prouve. Là où ce chemin se termine, par contre, c'est vachement moins clair. M. Broadwas dit qu'il va se perdre dans le bois de Red Earl. Pete Redmarley et Nick Yew affirment que, une fois, ils avaient remonté le chemin équestre pour débusquer des lapins avec leurs furets et qu'il débouchait sur une grande propriété récemment construite au niveau de Malvern Wells. Mais il y a mieux : il paraît que le chemin équestre mène au pied de la colline du Pinacle, et de là, si on réussit à se frayer un passage à travers les ronces aux crocs acérés, les ténèbres formées par le lierre, et les vilaines orties prêtes à vous piquer, on trouve l'entrée d'un vieux tunnel. Si on traverse ce tunnel, on ressort dans le Herefordshire. À côté de l'obélisque. La trace du tunnel s'est perdue avec le temps, alors celui qui le redécouvrira fera la première page de la *Gazette de Malvern*. Comme ça serait cool!

C'était décidé : ce serait moi qui remonterais le mystérieux chemin équestre jusqu'au bout, où qu'il mène.

Le premier tronçon du chemin n'a rien de mystérieux. Tous les enfants du village l'ont suivi au moins un million de fois. Il longe les arrière-jardins d'une série de maisons qui se termine par un terrain de foot. Le terrain de foot, c'est en fait une parcelle située derrière la salle municipale et qui appartient au père de Gilbert Swinyard. Quand les chèvres de M. Swinyard n'y sont pas, on a le droit d'y aller pour jouer au foot. Les cages, on les fait avec nos manteaux et on ne s'embête pas à jouer les touches. Le score ressemble souvent à celui d'un match de rugby et les parties peuvent durer des heures et des heures, jusqu'à ce que l'avant-dernier joueur quitte le terrain, en fait. Des fois, tous les gars de Welland et de Castlemorton arrivent à mobylette, et alors les matchs ressemblent plus à des batailles qu'à autre chose.

Il n'y avait personne sur le terrain de foot ce matin, j'étais seul. Plus tard, c'était sûr, un match aurait lieu. Aucun des joueurs ne saurait que Jason Taylor était venu sur le terrain avant eux. D'ici à ce qu'ils arrivent, j'aurais traversé des tas de champs. Et je serais peut-être même déjà sous les collines de Malvern.

Des mouches aux reflets de pétrole se nourrissaient sur des bouses aux couleurs de curry.

De jeunes pousses suintaient sur les rameaux des buissons.

Les pollens épaississaient l'air, comme un fond de sauce un peu sucré.

Dans les taillis, le chemin équestre avait rejoint un sentier criblé de cratères lunaires. Au-dessus de ma tête, les arbres tricotaient, et on ne voyait que des nœuds ou des boucles de ciel. Sombre et frais, il faisait ; je me suis demandé si je n'aurais pas mieux fait de prendre mon manteau. Au fond d'un vallon, après un virage, je suis tombé sur une chaumière aux briques toutes noircies et dont la charpente fléchissait. Sous le rebord du toit, les martinets s'affairaient. PROPRIÉTÉ PRIVÉE, indiquait un écriteau accroché aux lattes de bois du portail, là où on met le nom de la maison, normalement. Dans le jardin, les fleurs écloses la veille ressemblaient à des bonbons au réglisse multicolores. J'ai cru entendre un sécateur. Peut-être que c'était un poème, qui s'extirpait des craquelures de la chaumière. Alors je suis resté là une minute et j'ai écouté, comme un rouge-gorge affamé qui, à l'oreille, cherche à dénicher des vers.

Une minute. Peut-être deux. Peut-être trois.

Les chiens ont bondi sur moi.

Moi, j'ai bondi en arrière et je suis retombé en travers du chemin, sur le cul.

Le portail a poussé un cri perçant mais, heureusement, il est resté fermé.

Deux, non, trois dobermans se bousculaient et poussaient, dressés sur leurs pattes arrière ; ils aboyaient comme des malades. Même après m'être relevé, ils étaient plus grands que moi. J'aurais dû repartir pendant que j'en avais encore l'occasion, mais ces chiens avaient des crocs d'animaux préhistoriques, des yeux d'enragés, des langues comme des tranches de jambon fumé et une chaîne d'acier autour du cou. Leur peau – comme du daim noir qu'on aurait passé au cirage marron – n'enveloppait pas seulement leur corps de chien, mais autre chose aussi, un truc qui avait besoin de tuer.

J'avais peur mais quelque chose me poussait à regarder ces chiens.

Et puis je me suis pris ce coup de dingue dans l'os dont on dit que c'est le reste de notre queue.

« Ça t'amuse de narguer mes petits gars ? »

Je me suis retourné brusquement. Ce type aux lèvres fripées avait dans ses cheveux cendrés une mèche blanche, comme s'il s'était étalé de la fiente d'oiseau avec un peigne. Il tenait en main une

canne suffisamment balèze pour défoncer un crâne. «Ça t'amuse de les narguer, dis?»
J'ai avalé ma salive. Les lois en vigueur sur le chemin équestre ne sont pas les mêmes que celles des grandes voies.
«C'est le genre de truc qui me débecte, ça.» Il a jeté un regard à ses dobermans. «LA FERME!»
Les chiens se sont tus et ont retiré leurs pattes du portail.
«Oh, t'en as, toi, des tripes, a-t-il dit en continuant à me dévisager, de narguer mes petits gars depuis ce côté du portail.
– Ce sont… de belles bêtes.
– Ah ouais? Un signe de la tête, et ils te transformaient en chair à pâté, mes petits gars. Tu les trouverais toujours aussi belles, comme bêtes?
– Je crois bien que non.
– "Je crois bien que non." Tu habites dans ces maisons de luxe qu'ils ont construites, c'est ça?»
J'ai fait oui de la tête.
«Je le savais. Les gens du coin ont plus de respect pour mes petits gars que vous autres, citadins de mes deux. Vous débarquez, vous traînez vos savates, laissez les barrières ouvertes, puis vous posez vos petites maisons de poupée sur des parcelles qu'on a cultivées pendant des générations. Vous m'foutez la gerbe. Rien qu'à vous r'garder.
– Je ne voulais rien faire de mal, je vous promets.»
Sa canne a tournoyé rapidement. «Allez, dégage-moi le plancher.»
Je me suis mis à marcher à grands pas, et j'ai jeté un seul regard par-dessus mon épaule.
Le type ne m'avait pas quitté des yeux.
Plus vite, m'a prévenu mon jumeau fantôme. *Cours!*
Je me suis arrêté: je voyais qu'il ouvrirait le portail. Son geste de la main était presque amical. «*CHOPEZ-MOI CE COUILLON, LES PETITS GARS!*»

LE CHEMIN ÉQUESTRE

Les trois dobermans noirs ont commencé à cavaler vers moi.

J'ai couru à toute berzingue mais je savais bien qu'un garçon de treize ans ne pouvait pas courir plus vite que trois dobermans qui grognent. Le temps d'un roulement sur le tambour herbeux, et j'ai fait un vol plané au-dessus d'un monticule, puis le sol m'a vidé les poumons d'un coup, et j'ai pu entrevoir les flancs d'un chien en plein saut. J'ai crié comme une fille et me suis recroquevillé ; je m'attendais à ce que leurs crocs s'enfoncent dans mes côtes et mes chevilles, à ce que ça bave, ça éventre, ça déchire, ça arrache, à ce que ces voleurs de bourses rugissants détalent avec mes couilles, mon foie, mon cœur et mes reins.

Tout près, un coucou s'est mis à chanter. Quoi, une minute était passée ?

J'ai ouvert les yeux et relevé la tête.

Aucune trace des chiens ni de leur maître.

À quelques centimètres, un papillon qu'on ne trouve pas en Angleterre ouvrait et repliait les ailes. Je me suis relevé avec précaution.

J'y avais gagné deux valeureux bleus, et mon cœur continuait à battre de manière rapide et décousue. Mais sinon, ça allait.

Ça allait mais j'étais comme empoisonné. Le type aux chiens ne m'aimait pas parce que j'étais né ailleurs. Il ne m'aimait pas parce que j'habitais du côté de Kingfisher Meadows. Quand on vous déteste comme ça, il n'y a rien à faire : autant essayer de discuter avec des dobermans furieux.

Je me suis remis en route sur le chemin équestre et j'ai quitté les taillis.

Des toiles d'araignée chargées de rosée claquaient comme des élastiques sur mon visage.

Le grand champ était rempli de brebis méfiantes et d'agneaux flambant neufs. Les agneaux gambadaient vers moi en faisant des bips-bips, un peu comme ces espèces de Fiat Oui-Oui toutes nulles ; manifestement ravis de me voir, les petits imbéciles. Le venin du type et de ses chiens s'était dissipé ; enfin, un peu. Deux brebis se sont avancées. Elles n'avaient pas vraiment l'air en confiance. Un peu comme les moutons qui ne comprennent pas pourquoi le fermier est tellement gentil avec eux (les êtres humains se méfient de ce qui est fait par pure gentillesse. « Pure », tu parles. Et puis, cette gentillesse cache toujours quelque chose qui n'a rien de gentil).

Bref, j'avais traversé la moitié du champ quand j'ai aperçu trois gars sur le talus de la voie ferrée désaffectée. À côté du tronc creux, près du pont en brique. Ils m'avaient vu en premier, alors si j'avais changé de direction, ils auraient su que j'avais la frousse de les croiser. Et donc, j'ai mis le cap droit sur eux. J'ai fourré dans ma bouche un chewing-gum Juicy Fruit que j'ai retrouvé dans ma poche. De temps en temps, je shootais les chardons qui sortaient de terre, histoire d'avoir un peu l'air d'un dur.

Heureusement que j'avais eu cette idée. Les trois gars, c'était Grant Burch, son serviteur Philip Phelps et Ant Little, qui se faisaient tourner une clope. Du tronc creux sont sortis Darren Croome, Dean Moran et le Foireux.

Perché sur le tronc, Grant Burch m'a lancé : « Ça gaze, Taylor ? »

Phelps a dit : « T'es venu voir la baston ? »

Du pied du talus, j'ai demandé : « Qui est-ce qui va se battre ? »

« Moi. » Grant Burch s'est écrasé la narine droite et une torpille de morve chaude a jailli de la gauche. « Je vais flanquer une rouste à Wilcox III dit Ross le Branleur. »

Bonne nouvelle. « Pourquoi vous vous battez ?

— Moi et Swinyard, on jouait à Asteroids au Black Swan hier soir. Wilcox arrive, il joue les caïds, et sans rien dire, *il jette sa clope dans mon panaché.* J'étais sur le cul ! J'ui dis : "Tu l'as fait exprès ?" Il m'dit : "À ton avis ?" J'ui dis : "Tu vas le regretter, trouduc". »

– Indémodable, ça, a souri Philip Phelps, "trouduc" !
– Phelps, a dit Grant Burch en fronçant les sourcils, ne m'interromps pas quand je parle.
– Excuse-moi, Grant.
– Bref, moi, j'ui dis : "Tu vas le regretter, trouduc." Wilcox me dit : "Eh ben, vas-y." J'ui dis : "Tu veux qu'on sorte ?" Il m'dit : "Ouais, c'est ça, histoire qu'Isaac Pye m'empêche de te foutre une raclée." J'ui dis : "D'accord, pine d'huître, propose un endroit." Il m'dit : "Demain matin. Au tronc creux. 9 h 30." Moi, j'ui dis : "Appelle une ambulance, *pousse-la-merde*. J'y serai." Il me répond juste : "Parfait" puis il se barre. »
Ant Little a dit : « Il est taré, Wilcox. Tu vas l'éclater, Grant.
– Ouais, a fait Darren Croome. C'est sûr. »
Super, comme nouvelle. Ross Wilcox est en train de créer une espèce de bande à l'école, et il m'a fait assez bien comprendre qu'il avait une dent contre moi. Grant Burch est un des quatrièmes les plus balèzes. Si Wilcox se fait défoncer, il passera pour un naze et plus personne ne voudra traîner avec lui.
« Quelle heure il est, Phelps ? »
Phelps a regardé sa montre. « Dix heures moins le quart, Grant. »
Ant Little a dit : « Il s'est dégonflé, on dirait. »
Grant Burch a laissé tomber un gros crachat. « On n'a qu'à attendre jusqu'à dix heures. Après on ira à Wellington Gardens pour inviter Wilcox à venir jouer. Me faire chier comme ça, *moi* ? Je peux pas laisser passer. »
Phelps a dit : « Et son père, Grant ?
– Quoi, son père, Phelps ?
– Il n'a pas envoyé la mère de Wilcox à l'hôpital ?
– Comme s'il allait me faire peur, cet escroc de garagiste. File-moi une autre clope. »
Phelps a marmonné : « J'ai plus que des Woodbine, Grant, désolé.

– Des *Woodbine* ?
– C'est tout ce qu'il y avait dans le sac à main de ma mère. Désolé.
– Et les n° 6 de ton père ?
– Il en avait plus. Scuse.
– La vache ! Tant pis. Passe-moi une Woodbine, alors. Taylor, tu veux fumer ?
– T'as arrêté, a ricané Ant Little, pas vrai, Taylor ?
– J'ai repris », ai-je dit à Grant Burch tout en gravissant le talus à quatre pattes.
Dean Moran m'a aidé à franchir le rebord boueux du talus. « Ça gaze ? »
J'ai répondu : « Ça gaze », à Moran.
« Yiiiii-hAAAA ! » Le Foireux chevauchait le tronc creux et se fouettait le cul avec un petit bâton. « J'vais botter l'cul d'ce garnement jusqu'à mercredi ! » Il avait dû entendre ça dans un film.

Un gars de grade intermédiaire comme moi n'a pas intérêt à décliner une offre d'un gars plus âgé comme Grant Burch. Je tenais la Woodbine comme mon cousin m'avait montré et j'ai fait semblant de tirer une grosse taffe (en fait, j'ai crapoté). Ant Little espérait me voir cracher mes tripes. Mais j'ai juste recraché la fumée comme si j'avais déjà fait ça des millions de fois, puis j'ai passé la clope à Darren Croome (pourquoi est-ce qu'un truc interdit comme fumer des cigarettes, c'est aussi dégueu que ça ?). J'ai jeté un coup d'œil à Grant Burch pour voir s'il était impressionné, mais il regardait en direction de la barrière au bout du champ, du côté de l'église Saint-Gabriel. « Devinez un peu qui c'est qui vient. »

Les rivaux se toisaient devant le tronc creux. Grant Burch mesurait quelques centimètres de plus que Ross Wilcox, mais Ross Wilcox était plus costaud. Gary Drake et Wayne Nashend, ses deux lieutenants, étaient venus le soutenir. Wayne Nashend faisait partie des punks d'Upton, après il a été un *new romantic* d'Upton, mais aujourd'hui c'est un des *mods* d'Upton, et pour de bon. C'est surtout un gros débile. Gary Drake, lui non : c'est pas un débile. Il est dans ma classe à l'école. Mais c'est le cousin de Ross Wilcox, et ils traînent toujours ensemble.

« Allez, fous le camp et retourne chez ta mère pendant qu'il en est encore temps », a dit Grant Burch à Ross Wilcox. (Ça donnait le ton, comme entrée en matière. Tout le monde est au courant, pour la mère de Wilcox.)

Ross Wilcox a craché un mollard sur les pompes de Grant Burch. « T'as qu'à me forcer, vas-y. »

Grant Burch a regardé le crachat sur ses baskets. « Tu vas me nettoyer ça avec la langue, trouduc'.

– Vas-y, force-moi.

– Te force pas à chier, ça viendra tout seul.

– Pas mal, comme réplique, ça, Burch. »

La haine, ça sent comme les feux d'artifice.

À l'école, les bastons, c'est super-marrant. On gueule tous « BAS-TOOOOOOON » et on se précipite vers l'épicentre. M. Carver ou M. Whitlock se fraient un chemin en repoussant les spectateurs. Mais la baston de ce matin, c'était une baston de sang-froid. Mon corps tressaillait à chaque coup de poing, c'était automatique, comme quand vos jambes se dressent quand on regarde le saut en hauteur à la télé. Grant Burch a tenté un plaquage bas et rapide sur Ross Wilcox.

Ross Wilcox a réussi à lui donner un coup de poing, pas très fort, mais après il a dû se tortiller pour se dégager et ne pas se laisser renverser.

Grant Burch a saisi Ross Wilcox à la gorge. « Connard ! »

Ross Wilcox a saisi Grant Burch à la gorge. « Connard toi-même ! »

Ross Wilcox a envoyé un coup de poing sur la tête de Grant Burch. Ça, ça fait mal.

Grant Burch a fait une cravate à Ross Wilcox. Ça, ça fait super-mal.

Ross Wilcox s'est fait balader d'un côté, puis de l'autre, mais Grant Burch n'a pas réussi à l'envoyer au tapis, alors celui-ci s'est mis à lui envoyer des coups de poing au visage. Ross Wilcox a réussi à lever un bras et a enfoncé ses doigts dans le visage de Grant Burch.

Grant Burch a repoussé Ross Wilcox et lui a envoyé des coups de pied dans les côtes.

Tout de suite après, ils se sont filé des coups de boule, on aurait dit des béliers.

Ils s'agrippaient l'un à l'autre et crachouillaient à travers leurs dents serrées.

Un filet sanguinolent était apparu sous le nez de Grant Burch et a dessiné une traînée sur le visage de Ross Wilcox.

Ross Wilcox a essayé de faire trébucher Grant Burch.

Grant Burch a contré le croche-patte de Ross Wilcox.

Ross Wilcox a contre-contré le croche-patte de Grant Burch.

Reliés par une jambe, ils ont clopiné jusqu'au bord du talus.

« Attention ! a crié Gary Drake. Tu es sur le bord ! »

Emmêlés l'un à l'autre, ils ont perdu l'équilibre, se sont cramponnés et ont basculé.

Ils sont tombés.

Au pied du talus, Ross Wilcox était déjà debout. Grant Burch était à moitié assis ; il se tenait la main droite dans la gauche et plissait le visage de douleur. *Merde*, je me suis dit. Le visage de Grant était couvert de sang et de terre coagulés.

« Oh... se moquait Ross Wilcox. Alors, t'as eu ton compte ?

— J'ai le poignet cassé, a grimacé Grant Burch, espèce de sale branleur ! »

Ross Wilcox a lâché un gros glaviot, comme si de rien n'était.

« Bon, eh ben on dirait que t'as perdu, hein ?

– J'ai pas perdu, enfoiré de branleur, on est à égalité!»
Ross Wilcox a décoché un sourire à Gary Drake et Wayne Nashend.
«Ce trouduc' de Grant Burch dit qu'on est "à égalité"! Bon, alors allons-y pour le deuxième round, alors. Hein? "À égalité", c'est ça?»
La dernière chance de Grant Burch, c'était de réussir à transformer sa défaite en accident. «Mais ouais, c'est ça, Wilcox, t'as raison. Avec un poignet cassé? Bien sûr, ouais.
– Tu veux que je te pète l'autre, alors?
– Oh oui, ça ferait de toi un vrai caïd!» Grant Burch a réussi à se lever. «Phelps, on se tire!
– Ouais, c'est ça, casse-toi, rentre chez ta mère.»
Grant Burch ne s'est pas risqué à dire: *Au moins, moi, j'en ai une*. Au lieu de ça, il a lancé un regard furieux à son serviteur tétanisé et livide. «PHELPS! J'te cause. T'es sourd ou quoi, espèce de larbin? ON SE TIRE!»
Philip Phelps est revenu à la vie dans un soubresaut et a dévalé le talus sur le cul. Mais Ross Wilcox lui barrait la route. «T'en as pas marre que ce gland te commande, Phil? Tu ne lui appartiens pas. Tu peux lui dire d'aller se faire foutre. Qu'est-ce qu'il va faire?»
Grant Burch a hurlé: «PHELPS! Je vais pas m'amuser à te le redire!»
Phelps a dû y réfléchir un instant, j'en suis sûr. Mais il a finalement contourné Ross Wilcox puis a accouru vers son maître. Avec la main qui lui restait, Grant Burch a fait un doigt d'honneur par-dessus son épaule.
«Hé!» Ross Wilcox a ramassé une motte de terre. «Vous avez oublié votre casse-croûte, les pédales!»
Grant Burch a dû interdire à Phelps de se retourner.
La trajectoire de cette boule de terre semblait parfaite.
Elle l'était. Elle a éclaté sur la nuque de Phelps.

Le combat avait été périlleux pour Ross Wilcox mais il s'en était très bien tiré. Le scalp de Burch faisait de Wilcox le plus balèze des cinquièmes. On lui proposerait sans doute de faire partie des Barbouzes. Il s'est assis sur son trône : le tronc creux. Ant Little a dit : « J'étais sûr que tu allais avoir Grant Burch, Ross !
– Moi aussi, a ajouté Darren Croome. On se disait ça, en venant. »
Ant Little a sorti un paquet de n° 6. « Tu fumes ? »
Ross Wilcox a pris tout le paquet.
Ant Little avait l'air content. « Qui t'a percé l'oreille, Ross ?
– Personne, je me le suis fait tout seul. Une aiguille et une bougie pour la stériliser. Ça fait mal, putain, mais, en tout cas, c'est facile comme tout. »
Gary Drake a gratté une allumette Swan Vesta contre l'écorce du tronc creux.
« Vous deux... » Wayne Nashend a louché dans notre direction, à Dean Moran et à moi. « Vous étiez avec Burch, pas vrai ?
– Je ne savais même pas qu'il y en avait une, de baston, a protesté Dean Moran. Je vais à White Leaved Oak, moi. Chez ma grand-mère.
– À *pied* ? » Ant Little a plissé les yeux. « White Leaved Oak, c'est après les collines de Malvern. Ça va te prendre une plombe. Pourquoi ton père ne te conduit pas là-bas ? »
Moran avait l'air embarrassé. « Il est malade.
– Il s'est encore murgé, tu veux dire ? » a fait Wayne Nashend.
Moran a baissé les yeux.
« Pourquoi ta mère ne t'y amène pas, alors ?
– Comme si elle pouvait laisser mon père tout seul.
– Et toi » – Gary Drake parle comme un serpent –, « Jason Taylor, président de l'Association des lèche-culs de Grant Burch. Qu'est-ce que tu fais là, toi ? »
Pas possible de répondre : « Je suis sorti me promener. » Se promener, c'est pour les pédés.

«Yiiiii-HAAAA!» Le Foireux chevauchait une branche du tronc creux et se fouettait le cul avec un petit bâton. «J'vais botter l'cul d'ce garnement jusqu'à mercredi!

– Toi» – Darren Croome a lâché un gros glaviot –, «tu devrais être à l'asile de Little Malvern avec les autres mabouls, le Foireux.

– Alors, Taylor?» Ross Wilcox ne se laisse pas distraire si facilement.

Histoire de gagner du temps, j'ai craché mon chewing-gum Juicy Fruit qui avait perdu tout son goût. Le Pendu me serrait la base de la langue et n'importe quelle lettre de l'alphabet allait me faire bégayer.

«Il vient avec moi chez ma grand-mère, est intervenu Dean Moran.

– Tu ne nous l'avais pas dit, ça, Taylor, m'a accusé Ant Little. En tout cas pas avant que Ross défonce ce branleur de Burch.»

J'ai réussi à lui répondre : «Tu ne me l'avais pas demandé, Little.

– Moi et Taylor, on s'était donné rendez-vous ici.» Moran a commencé à partir. «C'était ce qu'on avait prévu. Il vient avec moi chez ma grand-mère. Allez, Jason, faut qu'on y aille.»

Dans la plantation de sapins de Noël, il faisait sombre comme pendant une éclipse et ça puait l'eau de Javel. Toutes ces colonnes et ces rangées, on aurait dit une armée. Les mouches, ces minuscules virgules, nous rentraient dans les yeux et le nez. J'aurais dû remercier Moran pour la bouée qu'il m'avait lancée quand on était au tronc creux, mais ç'aurait été admettre que je ne m'en serais pas sorti sans lui. Alors, à la place, je lui ai parlé des dobermans. Mais Moran connaissait déjà l'histoire. «Oh, Kit Harris? Je vois très bien qui c'est! Il a divorcé trois fois de la même femme. Elle devrait aller se faire soigner, elle. La seule chose qu'il aime, Kit Harris, c'est ses chiens. Et puis tu me croiras si tu veux, mais son métier, c'est prof.

— *Prof?* Mais c'est un taré.
— Si, si : prof. Dans une maison de redressement, près de Pershore. Tout le monde l'appelle "le Putois", à cause de sa mèche de cheveux blancs. Mais pas devant lui. Une fois, un des garçons de la maison de redressement a chié sur le capot de sa bagnole. Devine comment le Putois s'y est pris pour savoir qui avait fait le coup ?
— Je sais pas.
— Il leur a glissé des épines de bambou sous les ongles, à tour de rôle, jusqu'à ce qu'y en ait un qui cafte.
— Nan !
— Je te jure que c'est vrai. C'est ma sœur Kelly qui m'a raconté. Ils sont plus durs dans les maisons de redressement, c'est à ça que ça sert. Au début, le Putois a essayé de faire renvoyer le gars qui avait chié sur sa voiture. Mais le directeur n'a pas voulu, parce que si on se fait renvoyer d'une maison de redressement, on va directement en prison. Alors, quelques semaines plus tard, le Putois a organisé des manœuvres sur la colline de Brendon. De nuit.
— Comment ça, des manœuvres ?
— Un jeu militaire, quoi. Ils en font chez les scouts, aussi. Chaque équipe doit aller chercher le drapeau de l'autre camp, ce genre de truc. Bref, le lendemain, le gars qui avait chié sur la voiture au Putois avait disparu.
— Il était où ?
— Eh ben justement ! Le directeur a appelé Interpol, tout le monde, et leur a dit que le gars avait disparu pendant le jeu. Ça arrive tout le temps dans les maisons de redressement. Kelly a su le fin mot de l'histoire, n'empêche. Mais il faut que tu jures sur ta tombe que tu ne le diras à personne.
— Je le jure.
— Sur ta tombe.
— Sur ma tombe.
— Kelly était à l'épicerie de M. Rhydd quand le Putois a débarqué. C'était trois semaines après la disparition du garçon, d'accord ?

LE CHEMIN ÉQUESTRE

Bon. Le Putois achète du pain et d'autres trucs. Il s'apprête à partir quand M. Rhydd lui demande : "Et le Pal pour vos chiens, monsieur Harris ?" Le Putois lui répond : "Mes petits gars sont au régime, monsieur Rhydd." Comme ça, avec ce ton diabolique. "Mes petits gars sont au régime." Puis, une fois que le Putois est reparti, Kelly entend M. Rhydd dire à la mémé de Pete Redmarley que ça fait *trois semaines* que le Putois n'achète plus de Pal.

– Ah-*ha*, ai-je fait, sans trop comprendre.

– Pas la peine d'avoir gagné à *Brains of Britain*[1] pour comprendre ce que les dobermans du Putois mangeaient depuis trois semaines, pas vrai ?

– Comment ça ?

– C'est avec le garçon disparu que le Putois nourrissait ses chiens !

– Nom de Dieu. » Je tremblais. « Oh la vache.

– Alors tu vois, si tout ce qu'il a fait, le Putois, c'est te foutre les jetons » – Moran m'a donné une claque sur l'épaule –, « tu t'en tires plutôt pas mal. »

Pour continuer notre route, il nous a fallu prendre notre élan et sauter par-dessus l'eau d'un fossé qui puait le pet et inondait le chemin équestre. J'ai réussi à franchir l'obstacle grâce à mes superpouvoirs d'athlète. Moran a mis un pied dedans et s'est enfoncé jusqu'à la cheville.

« Au fait, t'allais où, toi, Jace ? »

(Le Pendu a bloqué le « Nulle » de « Nulle part ».) « Je suis sorti. Comme ça, pour faire un tour. »

La basket de Moran couinait. « Tu devais bien aller quelque part. »

Je lui ai donc avoué : « Bah, j'ai entendu dire que le chemin équestre conduisait à un tunnel qui passait sous les collines de Malvern. Je me suis dit que je pourrais peut-être aller y jeter un œil.

---

1. Équivalent de *Questions pour un champion*.

— Le tunnel ? » Moran s'est arrêté et m'a poussé un peu le bras, étonné. « Mais c'est là où je vais !
— Je croyais que tu devais aller chez ta grand-mère, à White Leaved Oak.
— Oui, mais j'y vais par le tunnel que je compte bien retrouver, tu comprends ? Celui que les Romains ont creusé pour envahir Hereford.
— Les Romains ? Ils creusaient des tunnels ?
— Comment tu crois qu'ils ont réussi à jarreter les Vikings ? Tu vois, j'ai fait mon enquête. J'ai apporté une lampe torche et un rouleau de ficelle, tout ce qu'il faut. Il y en a trois, des tunnels qui traversent les collines de Malvern. Le premier, c'est celui de la voie ferrée que prend le train qui passe à Hereford. Il est hanté par un cheminot en combinaison orange qui a un gros trait noir à l'endroit où le train lui a roulé dessus. Le deuxième, c'est le ministère de la Défense qui l'a creusé.
— C'est quoi ça ?
— Le ministère de la Défense a fait creuser un abri en cas d'attaque nucléaire. L'entrée se trouve au rayon jardin du Woolworths de Great Malvern. La vérité ! Un des murs du rayon jardin est une cloison qui cache la porte d'une chambre forte, comme dans une banque. Quand l'alerte se déclenchera à moins de quatre minutes avant l'impact, tout le service de détection radar de la Défense sera conduit au Woolworths par la police militaire. Les membres du conseil municipal de Malvern y seront admis, et les directeurs de Woolworths et leurs assistants aussi. Et la police militaire aussi, parce qu'ils auront permis de repousser la foule en panique avec leurs flingues. Ils prendront une ou deux des plus belles vendeuses pour se reproduire. Ça ne laisse aucune chance à ma sœur, pas vrai ? Puis ils refermeront la porte et nous, on brûlera dans l'explosion.
— Ce n'est pas Kelly qui t'a raconté ça, quand même ?
— Nan, c'est le type à qui mon père achète du crottin de cheval

pour le jardin. Il a un copain barman au service de détection radar de la Défense. »
Ça devait être vrai, alors. « La vache. »
Dans la masse des aiguilles de pin kaki, j'ai aperçu des bois de cerf, comme ceux que porte Herne le Chasseur, le fantôme. Mais c'était juste une branche. « Et si on unissait nos forces, j'ai dit. Pour retrouver la trace du troisième tunnel. Le tunnel perdu.
– Oui, mais » – Moran a voulu shooter dans une pomme de pin, mais a raté son coup – « qui répondra à l'interview pour la *Gazette de Malvern* ? »
J'ai aussi shooté dans une pomme de pin et l'ai envoyée bien loin sur le sentier lugubre. « Nous deux. »

Vous avez déjà couru à toute berzingue à travers champs en regardant le sol ? C'est super. Les étoiles à pétales et les comètes-pissenlits traversent le cosmos vert. Moran et moi avons gagné la grange qui se trouve à l'autre bout ; on avait le tournis après ce voyage intergalactique. Moi, je rigolais plus que Moran : sa basket qui était restée propre ne l'était plus ; elle luisait, couverte de bouse de vache. Les meules de foin formaient une rampe d'accès au toit – un vrai gril –, alors on les a escaladées. L'arbre de Robin des Bois qu'on voit de ma chambre ne s'étirait plus de gauche à droite, mais de droite à gauche. « Une bonne tourelle où poser une mitrailleuse, cette grange », ai-je dit, histoire de montrer un peu l'étendue de mon génie militaire.
Moran a raclé sa basket dégueu puis s'est allongé.
J'ai fait pareil. Le fer rouillé était chaud comme une bouillotte.
« C'est la belle vie, a soupiré Moran, après un petit moment.
– Ça, tu peux le dire, j'ai répliqué, après un petit moment.
– C'est la belle vie », a dit Moran, immédiatement.
J'en étais sûr. « Ha ha. Vachement original. »
Les brebis et les agneaux bêlaient, loin dans les champs derrière.

Un tracteur grommelait, loin dans les champs devant.
« Est-ce qu'il se bourre la gueule des fois, toi, ton vieux ? » m'a demandé Moran.
Si je lui répondais oui, je lui mentirais. Mais si je lui répondais non, j'aurais l'air d'un con. « Il prend un ou deux verres, quand mon oncle Brian nous rend visite.
– Je parle pas d'un verre ou deux. Je veux dire, est-ce que ça lui arrive d'être tellement torché que... qu'il arrive à peine à parler ?
– Non. »
Ce « Non » a transformé le mètre qui nous séparait en kilomètre.
« Non. » Moran avait fermé les yeux. « C'est pas le genre, ton père.
– Mais le tien non plus. Il est vraiment gentil et marrant... »
Un avion étincelait, une goutte de mercure dans le ciel bleu et sombre.
« Maxine dit comme ça, elle dit : "Papa s'assombrit." Elle a raison. Il s'assombrit. Il commence par... bah, juste quelques canettes, et puis il se met à parler fort et à faire des blagues à la con auxquelles on est censé rire. Ça crie, et puis tout ça. Les voisins tapent sur la cloison et se plaignent. Papa cogne à son tour la cloison et les traite de tous les noms... et puis il s'enferme dans sa chambre, mais avec ses bouteilles. On les entend quand elles se cassent. L'une après l'autre. Et puis il dort pour dessoûler. Et puis après, il est tout penaud, genre : "Oh, c'est décidé, je ne boirai plus une goutte..." C'est presque pire... Je vais te dire comment ça fait : on dirait que, le temps de sa beuverie, mon père est possédé par un geignard, un nul, un type mauvais et pleurnichard, mais ça, il n'y a que moi et maman et Kelly et Sally et Max, qui savons que c'est pas lui. Le reste de la planète, ils y voient que dalle, tu comprends. Tout le monde se dit : *Frank Moran montre son vrai visage, ça y est*. Mais c'est faux. » Moran a tourné la tête vers moi. « Mais c'est vrai. Mais c'est faux. Mais c'est

vrai. Mais c'est faux. Oh, comment tu veux que je sache, moi ? »
Une douloureuse minute est passée.
Le vert est composé de bleu et de jaune, c'est tout, mais quand tu regardes du vert, où sont passés le bleu et le jaune ? Quelque part, c'est un peu comme avec le père de Moran. Quelque part, c'est un peu comme pour tout et tout le monde. Mais trop de trucs auraient mal tourné si j'avais essayé de dire ça à Moran.
Moran a reniflé et proposé : « Ça te dirait, une bonne bouteille de Woodpecker bien fraîche ?
– Du cidre ? Tu as apporté du cidre ?
– Non. Mon père a tout bu. Mais » – Moran a farfouillé dans son sac – « j'ai une canette d'Irn Bru. »
L'Irn Bru, c'est un peu comme du chewing-gum liquide pétillant, mais bon, j'ai répondu : « Carrément », parce que je n'avais pas apporté à boire, alors de l'Irn Bru, c'était mieux que rien. Je m'étais imaginé que je trouverais une source fraîche, mais, jusqu'à présent, il n'y avait eu que l'eau de ce fossé qui puait le pet.
L'Irn Bru a explosé dans la main de Moran comme une grenade. « Merde !
– Attention avec ton Irn Bru. Il est tout secoué.
– Tu m'étonnes que c'est secoué ! » Moran m'a laissé boire la première gorgée pendant qu'il se léchait la main. En échange, je lui ai donné un caramel Cadbury. Il avait coulé de son emballage, mais une fois les peluches de fond de poche retirées, c'était bon. J'ai eu une crise de rhume des foins et j'ai éternué dix ou vingt fois dans un mouchoir croûteux.
Une traînée de vapeur balafrait le ciel.
Mais le ciel a cicatrisé. Sans faire d'histoire.

CRÔÔÔÔÔÔÂÂÂÂÂ !
J'avais glissé sur la moitié de la pente du toit de la grange, butant entre les parois du rêve et du réveil, avant de retrouver mon équilibre.

Trois corbeaux monstrueux étaient posés en rang d'oignons, là où Moran s'était trouvé.

De Moran, nulle trace.

Les becs des corbeaux ressemblaient à des poignards. Dans leurs yeux de pétrole se reflétaient de cruelles intentions.

«Dégagez!»

Les corbeaux le voient bien, quand ils sont de taille à vous affronter.

La cloche de l'église Saint-Gabriel avait retenti onze ou douze fois; à cause des corbeaux, j'étais trop inquiet pour compter de façon précise. De minuscules fléchettes de pluie se plantaient sur mon visage et mon cou. Le temps avait changé pendant ma sieste. Les collines de Malvern avaient disparu sous les ailes de la pluie qui battaient à quelques champs de distance. Comme des parapentistes, les corbeaux ont sauté et disparu.

Moran n'était pas non plus dans la grange. Apparemment, il ne voulait pas partager la une de la *Gazette de Malvern* avec moi. Le traître! Mais bon, s'il voulait qu'on rejoue la bataille entre Scott le capitaine de l'Antarctique et Amundsen l'explorateur norvégien, très bien. De toute sa vie, Moran ne m'a jamais battu à quoi que ce soit.

La grange sentait les aisselles, le foin et la pisse.

La pluie s'est abattue comme un blitz, des balles ricochaient bruyamment contre le toit et mitraillaient les flaques d'eau autour de la grange (bien fait pour ce lâcheur de Moran s'il se faisait tremper et attrapait une pneumonie). La pluie effaçait le vingtième siècle. Elle changeait le monde en nuances de blanc et de gris.

Au-dessus du géant endormi que formaient les collines de Malvern, un double arc-en-ciel reliait le sommet de Worcestershire Beacon à British Camp. C'est là que nos ancêtres bretons s'étaient fait massacrer par les Romains. Le soleil-melon dégoulinait de clarté vaporeuse. Je me suis mis à crapahuter à toute vitesse, cinquante pour cent de course, cinquante pour cent de marche. J'étais décidé à ne pas dire un mot à Moran si je lui passais devant. Mort au traître. Le gazon humide couinait sous mes baskets. J'ai escaladé une barrière branlante et traversé un enclos où on avait dressé des obstacles pour chevaux à l'aide de cônes de signalisation. Derrière l'enclos, il y avait une ferme. Deux silos brillaient comme une navette Apollo de l'époque victorienne. Des fleurs en forme de trombone serpentaient jusqu'en haut des treillages et un écriteau écaillé annonçait CROTTIN DE CHEVAL À VENDRE. Un coq à l'air insolent épiait ses poules. Des draps détrempés par la pluie et des taies d'oreiller blanches étaient étendus sur un fil à linge. Des petites culottes et des soutiens-gorge à dentelles, aussi. Un sentier couvert de mousse qui partait vers la grande route de Malvern disparaissait sur la butte. Comme je passais devant une écurie, j'en ai profité pour scruter l'obscurité chaude et puant le crottin.

J'ai distingué trois poneys. L'un d'eux agitait la tête, l'autre renâclait, et le troisième me regardait. J'ai poursuivi ma route en hâte. Le chemin équestre traverse la ferme : ce n'est donc pas une voie privée. Mais les fermes ne donnent jamais l'impression qu'on est libre d'y entrer. J'ai toujours peur d'entendre : *Hé, vous n'avez pas le droit d'être là ! Je vais vous traîner en justice, moi, vous vous en souviendrez !*

Mais bref, derrière la barrière d'après, il y avait un champ de taille moyenne. Un tracteur John Deere le labourait et dessinait des sillons visqueux. Les mouettes qui planaient derrière la charrue n'avaient plus qu'à ramasser les gros asticots. Je suis resté caché jusqu'à ce que le tracteur se soit bien éloigné du chemin équestre. Puis je l'ai traversé en cavalant, comme un commando.

«TAYLOR!»

Je m'étais fait pincer avant même d'avoir commencé à sprinter.

Dawn Madden, installée dans la cabine d'un vieux tracteur, taillait un bout de bois. Elle portait un bomber et des Doc Martens à lacets rouges mouchetées de boue.

J'ai contrôlé mon souffle. « Ça va » – j'avais voulu l'appeler « Madden », vu qu'elle m'avait appelé « Taylor » –, « Dawn ?

– T'as le feu aux fesses ? » Son couteau taillait de longues boucles de bois.

« Hein ? »

Dawn Madden a imité mon *Hein ?* « Pourquoi est-ce que tu cours ? »

Avec ses cheveux noir pétrole, elle a un peu l'air d'une punk. Elle doit mettre du gel. J'aimerais le lui passer dans les cheveux, son gel. « J'aime bien courir. Des fois. Comme ça.

– Ah ouais ? Et qu'est-ce qu'un gars comme toi peut bien venir faire si loin sur le chemin équestre ?

– Rien. Je suis sorti. Faire un tour.

– Eh ben alors » – elle a désigné le capot du tracteur –, « viens donc faire un tour par ici. »

J'avais carrément envie de lui obéir. « Pour quoi faire ? » Je n'avais carrément pas envie de lui obéir.

Son rouge à lèvres était couleur chewing-gum à la groseille. « Parce que je te le dis, c'est tout.

– Bon, mais toi, au fait » – j'ai grimpé sur le pneu avant –, « qu'est-ce que tu fais là ?

– Bah, j'habite ici, banane. »

Le capot mouillé du tracteur m'a mouillé le cul. « Dans cette ferme ? Là-bas ? »

Dawn Madden a baissé la fermeture à glissière de son bomber. « Dans cette ferme. Là-bas. » Son crucifix, gros et noir comme celui d'un batcave, nichait dans sa poitrine subtile.

« Je pensais que tu vivais dans la maison à côté du pub.

– Avant, oui. Trop bruyant. Et Isaac Pye, le proprio, il est vraiment dégueu. Je ne dis pas que celui-là » – Dawn Madden

a désigné de la tête le tracteur qui labourait le champ – «vaut mieux.
— C'est qui, lui?
— Mon beau-père officiel. Cette maison, c'est la sienne. Tu ne sais vraiment rien sur rien, Taylor? Maman et moi, on vit ici, maintenant. Ils se sont mariés l'année dernière.»
En fait, c'est là que je me suis souvenu. «À quoi il ressemble?»
«Il a la cervelle d'un bœuf.» Comme cachée par un rideau invisible, elle s'est penchée pour me lancer un regard. «Et pas que la cervelle, à entendre le raffut qu'ils font la nuit, des fois.» L'air ragoûtesque caressait la gorge chocolat au lait de Dawn Madden.
«Ils sont à toi, les poneys de l'écurie?
— Eh ben, tu t'es pas gêné pour visiter, toi?»
Le tracteur de son beau-père venait vers nous.
«J'ai juste regardé dans l'écurie. Juré.»
Elle s'est remise à travailler son bout de bois au couteau. «Les chevaux, ça coûte une fortune de s'en occuper.» Taille, taille, taille. «L'autre, là, il a permis au centre équestre de les laisser ici le temps qu'ils finissent leurs rénovations. Tu voulais savoir autre chose?»
Oh, oui : cinq cents trucs, au moins. «Qu'est-ce que tu fais?
— Une flèche.
— Pourquoi tu fabriques une flèche?
— Pour mon arc.
— Pourquoi tu te fabriques une flèche et un arc?
— Pourquoi-pourquoi-pourquoi? Pourquoi-pourquoi-quoi?» (Pendant une horrible seconde, j'ai cru qu'elle se moquait de mon bégaiement, mais ça devait être plus général, en fait.) «Tu ne sais faire que ça, poser des questions, hein, Taylor? Je me fabrique un arc et une flèche pour chasser les garçons et les tuer. Sans eux, le monde irait mieux. Des raclures, les garçons.
— Eh ben, merci.
— De rien.

– Je peux voir ton couteau ? »

Dawn Madden a lancé son couteau directement sur moi. Un coup de bol que ce soit le manche qui m'ait frappé la poitrine, et pas la lame.

« Hé, Madden ! »

Ses yeux disaient : *Quoi ?* Du miel sombre, les yeux de Dawn Madden.

« T'as failli me le planter dedans ! »

Du miel sombre, les yeux de Dawn Madden.

« Oh, pauvre petit Taylor. »

Le tracteur qui cliquetait de partout est arrivé devant nous et a amorcé lentement son virage. Le beau-père de Dawn Madden m'a envoyé des rayons laser de haine. La terre couleur rouille aspergeait les socs de la charrue.

Dans son tracteur, Dawn Madden a pris une voix de gros péquenot. « "Chair de ma chair ou pas, jeune mam'zelle, tu vas montrer un peu plus de respect dans c'te maison, sans quoi t'auras vite fait de te r'trouver le cul dans le ruisseau, et va pas t'imaginer que c'est qu'des paroles, je fais toujours qu'est-ce que j'dis, moi !" »

Le manche du couteau était encore tout chaud et collant de sa main. La lame était tellement aiguisée qu'on aurait pu couper un bras ou une jambe avec. « Bien, comme couteau. »

Dawn Madden a demandé : « T'as faim ?

– Ça dépend.

– Et difficile, en plus. » Dawn Madden a épluché le sachet en papier d'un pain aux raisins tout écrasé. « Si je t'en donnais un morceau, tu ne cracherais pas dessus, hein ? » Elle a coupé un bout de pain aux raisins avec ses doigts et l'a agité devant moi.

Le glaçage du pain aux raisins luisait. « Ouais, j'en veux bien.

– Viens, Taylor ! Viens, le chien ! Allez ! Là, c'est bien. »

À quatre pattes sur le capot, j'ai avancé vers elle. Pas comme un chien : c'était parce que je me méfiais, des fois qu'elle me pousserait dans les orties. Avec Dawn Madden, on ne sait jamais. Quand

elle s'est penchée vers moi, j'ai vu les petites bosses de ses tétons. Pas de soutif. J'ai avancé une main.
« Bas les pattes ! Avec la gueule, le chien-chien ! »
Elle m'a nourri comme ça. De sa flèche à ma bouche. Glaçage citronné, pâte à la cannelle, raisins sucrés et acides. Dawn Madden en a mangé, elle aussi. Je voyais la bouillie sur sa langue. Comme j'étais tout près d'elle, j'ai vu le Jésus maigrichon sur son crucifix. Jésus se réchauffait contre son corps. Il en avait de la chance, celui-là. Le pain aux raisins a vite été terminé. Délicatement, elle a planté la cerise sur la pointe de sa flèche. Délicatement, je l'ai décrochée avec les dents.

Un rayon de soleil a percé.

« Taylor ! » Dawn Madden regardait la pointe de sa flèche. Elle a pris un ton furieux. « Tu m'as volé ma cerise ! »

Celle-ci s'est coincée dans ma gorge. « Mais… tu me l'as donnée.

– Tu m'as volé ma cerise, bordel ! Tu vas me le payer !

– Mais, Dawn, tu…

– Depuis quand est-ce que je t'ai permis de m'appeler Dawn, toi ? »

On jouait au même jeu, à un autre jeu, ou on ne jouait plus du tout ?

Elle a appuyé la pointe de sa flèche contre ma pomme d'Adam. Elle était venue si près de moi que je sentais le sucre dans son haleine. « J'ai l'air de plaisanter, Jason Taylor ? »

Sa flèche était vraiment, vraiment pointue. J'aurais certainement pu la dégager d'un coup de main sans lui laisser le temps de me trouer la trachée. C'est sûr. Mais tout n'était pas aussi simple. Déjà, pour commencer, j'avais une gaule de doberman.

« Tu dois payer pour ce que tu m'as pris. C'est la loi.

– Je n'ai pas d'argent.

– Alors creuse-toi la cervelle, Taylor. Comment est-ce que tu peux me payer ?

– Je… » Une fossette. De minuscules poils, comme du velours, dans le sillon au-dessus de sa lèvre. Un nez de lutin. Des lèvres en pétale. Un sourire en hameçon. Deux reflets de moi qui me regardaient dans ses yeux de biche cruelle. « J'ai… J'ai un paquet de Polos aux fruits dans ma poche. Mais ils sont tout collés. Il faudra que tu les casses avec une pierre. »
La magie avait cessé. La flèche s'est écartée de ma gorge. Dawn Madden est retournée s'asseoir dans le siège du tracteur, contrariée.
« Quoi ? »
Elle m'a regardé avec dégoût, comme on regarde un pantalon pattes d'ef sur un tas d'articles au rebut au marché de Tewkesbury.
Je voulais que la flèche revienne sur ma gorge. « *Quoi ?*
– Je vais compter jusqu'à vingt, et si d'ici là tu n'as pas dégagé de chez nous » – Dawn Madden a fripé une tablette de chewing-gum à la menthe Wrigley dans sa magnifique bouche –, « je dirai à mon beau-père que tu m'as pelotée. Si tu n'as pas dégagé et que j'arrive à trente, je lui dirai que tu m'as » – sa langue a léché le mot – « touchée *là*. Je ne plaisante pas.
– Mais je ne t'ai pas touchée !
– Mon beau-père a un fusil rangé au-dessus du dressoir de la cuisine. Il pourrait te prendre pour un *zentil pitit lapin*, Taylor. Une… deux… trois… »

Le chemin équestre errait dans ce verger sorti du bon-vieux-temps. Des chardons cassants et des herbes duveteuses avaient poussé jusqu'à hauteur de mon coude, et du coup, ça donnait plus l'impression de traverser à gué que de marcher. Je pensais encore à Dawn Madden. Je ne comprenais pas. Je devais lui plaire, quelque part. Elle n'aurait pas partagé son pain aux raisins avec le premier garçon venu. Et puis ça, elle me plaisait, Dawn Madden. Quand une fille vous plaît, c'est dangereux, n'empêche.

Enfin non, pas dangereux, mais pas simple. Ça peut tout de même être dangereux. À l'école, déjà, on va se foutre de vous à mort. « Oooh, vous allez faire un bébé », on peut entendre, si on vous voit vous tenir la main dans les couloirs. Les garçons à qui votre copine plaît vont vouloir se battre avec vous, histoire de lui montrer qu'elle sort avec un minus. Puis, une fois qu'on forme officiellement un couple, comme Lee Biggs et Michelle Tirley, il faut supporter que ses amies à elle écrivent partout sur leurs livres de classe vos initiales suivies de « amour éternel » dans un cœur transpercé par une flèche. Les profs s'y mettent, eux aussi. Quand on a fait la reproduction hermaphrodite chez les vers avec M. Whitlock au trimestre dernier, celui-ci a appelé un des deux vers « le ver Lee » et l'autre « le ver Michelle ». Nous, les garçons, on a trouvé ça un peu drôle, mais les filles hurlaient carrément de rire, elles, comme les spectateurs invisibles de *Happy Days*. Sauf Michelle Tirley : elle est devenue rouge comme une tomate, s'est caché le visage et s'est mise à pleurer. M. Whitlock s'est moqué d'elle pour ça aussi.

Il y a un fossé entre Dawn Madden et moi. Kingfisher Meadows, c'est le coin le plus chic de Black Swan Green, d'après la plupart des autres gars. La ferme de son beau-père, c'est tout sauf chic. Je suis en 5ᵉ KM (comme M. Kempsey), la meilleure de toutes à l'école. Elle, elle est en 5ᵉ LP (comme Mlle Lippetts), l'avant-dernière. Avec ce genre de fossé, pas facile de faire comme si de rien n'était. Il y a des règles.

Et puis il y a les rapports sexuels. On les fera pas en sciences naturelles avant la quatrième. Un schéma dans un de mes livres de classe qui représente un pénis en érection dans un vagin, c'est une chose, mais le faire *pour de vrai*, c'en est une autre. Le seul vrai vagin que j'aie vu, c'était sur une photo toute gluante que Neal Brose m'a fait voir en échange de cinq pence. On aurait dit un bébé kangourou au stade crevette dans la poche poilue de sa mère. J'ai failli gerber le Mars et le Milky Way que j'avais mangés.

Je n'ai jamais embrassé personne.
Du miel sombre, les yeux de Dawn Madden.

Un marronnier a émergé de la terre et déplié des millions de bras et de jambes musclés. Quelqu'un avait accroché un pneu en guise de balançoire à une branche. Il tournoyait doucement au rythme de la Terre qui tournait en dessous. La pluie s'était accumulée sur le pneu mais je l'ai retourné et me suis assis dessus. L'état d'apesanteur quand on est en orbite autour d'Alpha du Centaure, ça doit être plus chouette, mais l'apesanteur d'une balançoire, c'est pas mal non plus. Si Moran avait été avec moi, on se serait super-bien marrés. Un peu après, j'ai grimpé à la corde élimée, histoire de voir si l'arbre était escaladable ou pas. Une fois sur la branche, c'était super-fastoche. J'ai même trouvé une cabane en ruine. N'empêche, elle avait pas dû servir depuis la saint-glinglin. Plus haut, j'ai rampé le long d'une branche et regardé à travers la cloche verte. On pouvait voir à des kilomètres et des kilomètres. En remontant vers Black Swan Green, on apercevait les silos de la ferme de Dawn Madden, de la fumée qui faisait un escalier en colimaçon, la plantation de sapins de Noël, la flèche de l'église Saint-Gabriel et ses deux séquoias, presque aussi grands qu'elle.

À l'aide de mon couteau suisse, j'ai gravé ceci dans l'écorce.

La sève sur la lame sentait le vert. Mlle Throckmorton nous avait dit que les gens qui gravent des trucs sur les arbres sont des vandales de la pire espèce, pas seulement parce qu'ils font des graffitis, mais parce qu'ils font du mal à des êtres vivants. Mlle Throckmorton a peut-être raison mais, n'empêche, elle n'a jamais été dans la peau d'un garçon de treize ans qui a rencontré une fille comme Dawn Madden. *Un jour*, pensai-je, *je l'emmènerai ici pour le lui montrer*. J'aurai mon premier baiser avec elle. Ici même. Et elle me caressera. Ici même.

De l'autre côté du marronnier, j'ai regardé ce que le chemin équestre me réservait. Un passage sinueux entre Marl Bank et Castlemorton, des champs, encore des champs, un bout de vieille tourelle grise qui dépassait des sapins. Des rangées de pylônes. On distinguait des petits détails sur les collines de Malvern, à présent. Le soleil se reflétait sur les voitures qui roulaient sur la route de Wells. Des piétons petits comme des termites traversaient la route de Perseverance Hill. Quelque part sous terre courait le troisième tunnel. J'ai mangé mon bout de Wensleydale et mes crackers Jacobs en regrettant de ne pas avoir emporté d'eau. Je suis redescendu jusqu'à la corde du pneu-balançoire et je m'apprêtais à me laisser glisser jusqu'au sol quand j'ai entendu la voix d'un homme et celle d'une femme.

« Ah, tu vois ! » C'était Tom Yew. Je l'ai reconnu tout de suite. « Je t'avais bien dit que c'était juste un peu plus loin.

— Ouais, Tom, a répondu la femme. Ça doit faire la vingtième fois.

— C'est toi qui m'as dit que tu voulais un endroit où on serait tout seuls.

— Je n'avais pas demandé un endroit à mi-chemin entre Black Swan Green et le pays de Galles. » J'ai alors vu Debby Crombie. Je ne lui ai jamais parlé, à Debby Crombie, mais Tom Yew est le grand frère de Nick Yew. La marine britannique lui a donné une perm'. J'aurais pu simplement leur lancer « Salut ! » et descendre de la corde, et puis voilà. Mais c'était rigolo d'être invisible. J'ai

remonté la branche jusqu'à la fourche du tronc, où j'ai attendu qu'ils repartent.
 Mais ils ne sont pas repartis. «C'est là.» Tom Yew s'est arrêté juste à côté de la balançoire. «Le marronnier très privé des frères Yew.
 – Mais il va y avoir des fourmis et des abeilles et des bêtes, non ?
 – C'est ce qu'on appelle la "nature", Debs. On en trouve souvent, à la campagne.»
 Debby Crombie a étendu une couverture dans un creux entre deux racines.
 Même si c'était déjà un peu tard, j'aurais pu (dû) me manifester.
 J'ai essayé. Mais je n'ai pas eu le temps de trouver une excuse dépourvue de mots qui me feraient bégayer que, déjà, Tom Yew et Debby Crombie s'étaient allongés sur la couverture et commençaient à se rouler des pelles. Les doigts de Tom Yew déboutonnaient sa robe lavande, lentement, en remontant de ses genoux à son cou rougi par le soleil.
 Si j'ouvrais mon clapet maintenant, j'étais mort.
 Le marronnier a bruissé, craqué et s'est balancé.
 Debby Crombie a planté un doigt dans la braguette de Tom Yew et a murmuré : «Garde-à-vous, matelot.» Ça les a fait tellement ricaner qu'ils ont dû arrêter de se rouler des palots. Tom Yew a tendu la main pour attraper son sac à dos, a sorti deux bouteilles de bière et les a décapsulées avec son couteau suisse (le mien est rouge, le sien est noir).
 Ils ont trinqué. Tom Yew a dit : «Eh bien, à…
 – À moi, qui suis tellement magnifique.
 – À *moi*, qui suis tellement merveilleux.
 – Je l'ai dit la première.
 – D'accord. À toi.»
 Ils ont sifflé leur bière aux reflets de soleil.

« Et puis, a ajouté Debby Crombie sur un ton sérieux, à une mission que j'espère sans souci.
— Bien sûr qu'il n'y aura pas de souci, Debs! Cinq mois à traverser l'Adriatique, la mer Égée, le canal de Suez et le Golfe? Le pire qui puisse m'arriver, à moi, c'est d'attraper un coup de soleil.
— Ouais, mais une fois à bord du *Coventry* » — Debby Crombie boudait, ou faisait semblant, du moins — « tu oublieras complètement ton amoureuse qui se languit de toi, loin dans son misérable Worcestershire. Tu iras faire la nouba à Athènes et attraperas une MST que t'aura refilée une traînée, une tentatrice grecque nommée...
— Nommée comment?
— ... Iannis.
— "Iannis", c'est un nom de garçon. C'est comme Jean, en Grèce.
— Je sais, mais ça, tu t'en rendras compte seulement après qu'il t'aura soûlé à l'ouzo et attaché à la tête de son lit. »

Tom Yew s'est rallongé, un rictus aux lèvres, et il a levé les yeux droit sur moi.

Heureusement, il ne regardait pas ce qu'il regardait. Les cobras peuvent voir leurs proies bouger à plus de cinq cents mètres. Mais si vous ne bougez pas d'un pouce, ils ne vous voient pas, même à un ou deux mètres. C'est ça qui m'a sauvé, cet après-midi-là.

« Avant, je grimpais à cet arbre, tu sais, quand Nick était encore tout petiot. Un été, on y avait construit une cabane. Je me demande si elle est encore là-haut... »

Debby Crombie lui caressait déjà l'entrejambe. « Je ne trouve pas *ça* petiot, moi, Thomas William Yew. » Debby Crombie lui a arraché son T-shirt Harley-Davidson et l'a jeté au loin. Son dos à lui était lisse et musclé, comme celui d'un Big Jim. Il s'était fait tatouer un espadon bleu sur une épaule.

Elle s'est tortillée et dégagée de sa robe lavande déboutonnée.

Si les seins de Dawn Madden étaient une paire de pains aux raisins, Debby Crombie, elle, avait deux ballons sauteurs. Chacun équipé d'un monstrueux téton. Tom Yew les a embrassés l'un après l'autre et sa salive a lui dans le soleil d'avril. Je savais que ce n'était pas bien, mais je ne pouvais pas ne pas regarder. Tom Yew a fait glisser la culotte rouge de Debby Crombie et lui a caressé les poils moutonneux qu'il y avait en dessous.

« Si vous voulez que je m'arrête, dame Crombie, c'est maintenant qu'il faut le dire.

– Oooh, maître Yew, a-t-elle roucoulé, je vous l'interdis ! »

Tom Yew a grimpé sur elle et a un peu gigoté, et alors sa gorge à elle s'est serrée comme s'il lui faisait une brûlure indienne, et puis ses deux jambes sont venues s'enrouler autour de lui comme une grenouille. Et puis il s'est mis à bouger de haut en bas ; on aurait dit l'Homme de l'Atlantide. Sa chaîne en argent sautillait autour de son cou.

Et puis les pieds sales de Debby Crombie se sont rejoints, comme pour une prière.

Et puis sa peau à lui s'est mise à luire de sueur de porc rôti.

Et puis elle a fait une espèce de bruit, comme si quelqu'un torturait un lutin.

Et puis le corps de Tom Yew s'est secoué, tchac, a cahoté, tchac, plié, tchac tchac, et un son de câble qui se casse est sorti de lui. Et re-tchac, comme si on lui avait donné un coup de pied dans les couilles.

Ses ongles à elle lui avaient imprimé des marques rose saumon sur le cul.

La bouche de Debby Crombie faisait un rond parfait.

Les coups d'une heure – ou peut-être des deux heures – de l'église Saint-Gabriel ont tourbillonné jusqu'à nous. Moran le Déserteur était sûrement des kilomètres plus loin sur le chemin équestre. Tout ce que je pouvais espérer, c'était qu'il ait marché sur un vieux piège à putois rouillé. Il me supplierait de partir chercher de l'aide. Je lui répondrais : « Oui, Moran, je vais y réfléchir. »

Debby Crombie et Tom Yew ne s'étaient toujours pas décollés l'un de l'autre. Elle somnolait, mais Tom Yew ronflait, lui. Un vulcain papillonnait au niveau du creux de son dos et buvait à la flaque de sueur qui s'y était formée.

J'avais faim, j'étais énervé, malade, jaloux, naze, honteux, plein de choses. Je n'étais pas fier, pas content, et je n'avais vraiment pas envie de faire *ce truc-là* un jour. Les bruits qu'ils avaient émis n'étaient pas humains. La brise berçait le marronnier et le marronnier me berçait.

« *GaaaAAA!* a crié Tom Yew. *AAAAAAAA!* »

Debby Crombie a hurlé, elle aussi. Ses yeux étaient ouverts et blancs.

Il avait sursauté puis était retombé sur le côté.

« Tom! Tom! Tout va bien, tout va *bien*, tout va BIEN!

– Putain putain putain putain putain putain *putain*.

– Chéri! C'est Debs! Tout va bien! C'était un cauchemar! Juste un cauchemar! »

Le cul à l'air et tout rougi par le soleil, Tom Yew a fermé ses yeux effrayés, hoché la tête pour montrer qu'il comprenait, s'est recroquevillé contre une racine tentaculaire et pris la gorge d'une main. Ce cri devait lui avoir déchiré les cordes vocales.

« Tout va bien. » Debby Crombie a passé sa robe à toute vitesse et serré Tom Yew dans ses bras comme une mère. « Chéri, tu trembles! Mets tes vêtements. C'est fini.

– Je suis désolé, Debs. » Sa voix était toute ratatinée. « J'ai dû te ficher la trouille. »

Elle lui a mis son T-shirt sur les épaules. « Tu as rêvé de quoi, Tom?

– De rien.

– C'est ça, mon œil. Raconte-moi!

— J'étais sur le *Coventry*. On essuyait des tirs ennemis…
— Continue. Allez. »
Tom Yew a fermé les yeux et a secoué la tête.
« Allez, Tom !
— Nan, Debs. C'était trop… C'était trop vrai, putain.
— Mais, Tom. Tu sais que je t'aime. Je veux savoir.
— Ouais, et moi je t'aime trop pour te raconter ça, c'est tout. Allez, on y va. On retourne au village. Sinon, des gamins vont finir par nous trouver. »

Les choux-fleurs poussaient en rangs impeccables entre les crêtes des sillons. Je les avais à moitié traversées quand les avions sont venus rugir et démolir le ciel au-dessus de la vallée de la Severn. Comme des Tornado passent au-dessus de notre école plusieurs fois par jour, j'étais paré à me plaquer les mains sur les oreilles. Mais je n'étais pas du tout préparé à voir trois Hawker Harrier à décollage vertical passer tellement bas qu'on aurait pu les atteindre avec une balle de cricket. Incroyable, comme boucan ! Je me suis fait tout petit et j'ai levé la tête au ciel. Les Harrier ont dévié leur trajectoire et évité les collines de Malvern de justesse, puis sont repartis vers Birmingham en hurlant, invisibles sur les radars soviétiques. Quand la troisième guerre mondiale éclatera, ce seront les MiG postés à Varsovie ou en RDA qui hurleront, invisibles sur les radars de l'OTAN. Ils largueront des bombes sur des gens comme nous. Sur des grandes villes, des communes et des villages anglais comme Worcester, Malvern et Black Swan Green.

Dresde, le Blitz, Nagasaki.

Je suis resté recroquevillé jusqu'à ce qu'enfin le rugissement des Harrier se fonde dans le bourdonnement des voitures lointaines et des arbres tout proches. La terre est une porte, quand on colle son oreille dessus. Mme Thatcher était à la télé hier ; elle parlait des missiles de croisière aux enfants d'une école. « La seule

manière d'empêcher un petit caïd de vous embêter, a-t-elle dit, aussi certaine de la vérité qu'elle leur livrait que du bleu de ses yeux, est de lui montrer que, s'il vous frappe, eh bien vous saurez fichtrement bien lui rendre son coup, et plus fort!»
N'empêche, la perspective de se prendre des coups ne dissuade pas Ross Wilcox et Grant Burch de se battre. Je me suis frotté pour enlever le foin et la poussière, puis je me suis remis en marche jusqu'à ce que j'arrive au niveau d'un vieux tub posé dans le coin du champ d'après. Vu les marques de sabots dans la boue autour, j'ai compris qu'il servait d'abreuvoir. À l'intérieur du tub, un immense sac d'engrais recouvrait un truc. Curieux, j'ai retiré le sac.
Le cadavre poussiéreux d'un garçon de mon âge gisait.
Le cadavre s'est assis et m'a sauté à la gorge.
«NÉ DE LA POUSSIÈRE, a-t-il bafouillé, TU RETOURNERAS À LA POUSSIÈRE!»

Plus d'une minute après, Dean Moran pissait toujours de rire.
«La tronche que tu tirais! a-t-il sifflé entre deux éclats de rire. Fallait voir ça!
— Ouais, d'accord, ai-je répété, une fois de plus. Chapeau. Tu es le plus fort.
— On aurait dit que tu t'étais chié dessus!
— Ouais, Moran. Tu m'as bien eu. Bravo.
— C'est le meilleur poisson d'avril que j'aie jamais fait!
— Pourquoi tu t'es taillé? On n'était pas censés chercher le tunnel ensemble?»
Moran s'est calmé. «Ah, bah tu sais...
— Non, je ne sais pas. On s'était mis d'accord, pourtant.
— Je ne voulais pas te réveiller», a dit Moran, un peu gêné.
C'est à cause de l'histoire avec son père, a soufflé mon jumeau fantôme.

Moran m'avait tiré d'affaire devant Gary Drake, alors j'ai laissé tomber. « Bon, tu es toujours partant ? Pour le tunnel ? Mais tu comptais peut-être encore filer en douce et la jouer perso.
— Hé, je t'ai pas attendu ici pour que tu me rattrapes, peut-être ? »

Une butte couverte de broussailles masquait l'autre bout du champ en friche. « Tu ne devineras jamais qui j'ai vu tout à l'heure là-bas », ai-je commencé à raconter à Dean Moran.
Moran m'a répondu : « Dawn Madden, sur un tracteur. »
Oh. « Tu l'as vue, toi aussi ?
— Elle est complètement givrée, cette fille. Elle m'a fait grimper sur son tracteur.
— Ah oui ?
— Ouais ! Elle a voulu qu'on fasse un bras de fer. Mon pain aux raisins contre son couteau.
— Qui a gagné ?
— Bah moi ! C'est qu'une fille ! N'empêche qu'elle m'a quand même pris mon pain aux raisins, et dit de dégager du terrain de son beau-père, sans ça elle irait le chercher pour qu'il me tire dessus avec son fusil. Givrée, j'te dis. »
Imaginez : un jour, au milieu du mois de décembre, vous cherchez les cadeaux cachés dans la maison, vous les trouvez et ce sont ceux que vous vouliez. Mais le jour de Noël, ils ne sont pas au pied du sapin. Voilà ce que je ressentais. « Bah, moi j'ai vu un truc carrément mieux que Dawn Madden sur un tracteur.
— Ah ouais ? Quoi ?
— Tom Yew et Debby Crombie.
— Ne me dis pas ! » Il lui manque des dents, à Moran. « Elle a déballé ses nichons ?
— Bah... »
La chaîne du ragot s'est déroulée devant moi, maillon par maillon. J'allais raconter ce que j'avais vu à Moran. Moran irait

le répéter à sa sœur Kelly. Kelly irait le répéter à Ruth, la sœur de Pete Redmarley. Ruth Redmarley irait le répéter à Pete Redmarley. Pete Redmarley irait le répéter à Nick Yew. Nick Yew irait le répéter à Tom Yew. Tom Yew viendrait me chercher chez moi le soir sur sa Suzuki 150 cc, me ligoterait, me mettrait dans un sac et irait me jeter dans le lac du bois.

« Bah quoi ?

— Bah en fait, ils se sont juste roulé des palots.

— T'aurais dû rester un peu plus : il allait peut-être y avoir » — Moran a fait son truc, le coup de la langue dans la narine — « de l'action. »

Les jacinthes des bois s'agglutinaient dans les puits de lumière qui se découpaient là où le soleil traversait les arbres. Elles parfumaient l'air. L'ail sauvage sentait le mollard grillé. Les merles chantaient comme si leur vie en dépendait. Les chants des oiseaux, ce sont les pensées de la forêt. C'était magnifique, mais les garçons n'ont pas le droit d'utiliser ce mot : y a pas pire pour faire pédé. Le chemin équestre s'est réduit à un sentier. J'ai laissé Moran passer devant, histoire qu'il me serve de bouclier (je n'ai pas lu *Warlord*[1] pendant toutes ces années sans avoir retenu quelques techniques de survie). Alors quand Moran s'est arrêté, je lui ai rentré dedans.

Moran avait l'index sur ses lèvres. Un homme tout ratatiné, en blouse turquoise, se tenait à vingt pas devant nous sur le chemin équestre. Ce type tout ratatiné regardait le ciel, en bas d'un puits de lumière et de bourdonnements qui provenait — on l'a vu ensuite — des abeilles.

« Qu'est-ce qu'il fait ? » a chuchoté Moran.

---

1. Magazine britannique de bandes dessinées pour garçons mettant en scène des personnages fictifs dans des conflits passés. Les « ennemis » allemands et japonais sont stéréotypés et les « alliés » glorifiés.

Il prie, j'ai failli répondre. « Aucune idée.
— Regarde la ruche au-dessus de lui, a murmuré Moran. Sur le chêne. Tu la vois ? »
Non. « C'est un apiculteur, tu crois ? »
Moran ne m'a pas répondu tout de suite. Le type aux abeilles n'avait pas de masque d'apiculteur, mais les abeilles recouvraient sa blouse et son visage. Rien qu'à le regarder, ça me donnait des démangeaisons et des frissons. Il avait le crâne rasé et des espèces de cicatrices rondes. Ses chaussures déchirées ressemblaient plutôt à des chaussons. « Chais pas. Tu crois qu'on peut passer ?
— Et si » — je me suis souvenu d'un film d'horreur avec des abeilles — « elles étaient en train d'essaimer ? »
Il y avait un sentier tout fin et tortueux qui bifurquait du chemin équestre pile à l'endroit où on était. Moran et moi, on a eu la même idée. Il est parti en premier, ce qui n'est pas ce qu'il y a de plus courageux, quand le danger est derrière vous. Et puis après les premiers lacets, il s'est retourné, l'air inquiet, et m'a soufflé : « Écoute ! »
Des abeilles ? Des bruits de pas ? Qui se rapprochent ?
Sans aucun doute !
On a pris nos jambes à nos cous ; des déferlantes de feuilles résineuses et de griffes de houx s'abattaient sur nous. Le sol plein de racines tanguait, oscillait, se levait et retombait.

Dans un vallon marécageux masqué par des tentures de lierre et de gui, on a fini par s'effondrer, trop crevés pour faire un pas de plus, moi et Moran. L'endroit ne me plaisait pas. Le genre de trou inquiétant où on vient étrangler et enterrer quelqu'un. On écoutait pour voir si on nous suivait. C'est dur de retenir sa respiration quand on a un point de côté.
Mais les abeilles ne nous suivaient pas. Ni le type aux abeilles.
Peut-être que c'était juste un tour que nous avait joué le bois, qui nous avait fait peur pour rire.

LE CHEMIN ÉQUESTRE

Moran a reniflé la morve qui lui coulait du nez et l'a avalée. « Je crois qu'on l'a semé.
— Ouais. Mais où il est, le chemin équestre, maintenant ? »

Après s'être glissés à travers une barrière couverte de mousse par l'intervalle d'une latte manquante, on s'est retrouvés devant une pelouse boursouflée. Des taupinières avaient jailli un peu partout. En haut de la pente, un grand manoir silencieux armé d'espèces de tourelles nous surveillait. Un soleil dragéiforme se dissolvait dans une mare sur la pente. Au-dessus de l'eau, les mouches surchauffées se prenaient pour des Formule 1. Au plus fort de leur floraison, les arbres produisaient une mousse crémeuse et sombre près d'un vieux kiosque pourri. Sur une sorte de terrasse qui faisait le tour du manoir, des carafes d'orangeade et de citronnade étaient posées là, sur des tables à tréteaux. Pendant qu'on regardait, la brise a renversé une tour de gobelets en carton qui penchait. Certains ont roulé sur l'herbe jusqu'à nous. Il n'y avait pas âme qui vive.

Personne.

« La vache, ai-je dit à Moran, je ferais n'importe quoi pour un verre.
— Et moi, alors. Il doit y avoir une kermesse de printemps, un truc comme ça.
— Peut-être, mais où sont les gens ? » Ma bouche était salée et râpeuse, comme des chips. « La kermesse n'a pas encore commencé. On n'a qu'à aller se servir. Si quelqu'un nous voit, on fera comme si on allait payer. Un verre coûtera pas plus de deux pence, cinq maxi. »

Moran n'aimait pas mon plan, lui non plus. « D'accord. » Mais on mourait de soif. « Alors, on y va. »

Des abeilles à pompons groggy volaient au-dessus de la lavande. « C'est calme, hein ? » Le murmure de Moran était trop fort. « Ouais. » Où étaient les stands de la kermesse ? La-roue-àtourner-pour-gagner-une-bouteille-de-mousseux ? La-chasse-au-trésor-où-il-faut-retrouver-un-œuf-dans-un-bac-à-sable ? Le-stand-où-il-faut-lancer-une-balle-de-ping-pong-dans-un-verre-à-vin ?

Une fois arrivés devant le manoir, les fenêtres ne nous montraient rien d'autre que nous-mêmes dans le jardin qui se réfléchissait sur les vitres. La carafe d'orangeade était pleine de fourmis noyées, alors Moran a tenu les gobelets en carton pendant que je versais la citronnade. La carafe pesait une tonne et les glaçons s'entrechoquaient. Ça m'a gelé la main. Il y a des tas d'histoires où des intrus se servent à manger et à boire et puis les choses tournent mal pour eux.

« Tchin. » Moran et moi, on a fait semblant de trinquer avant de boire.

La citronnade m'a trempé et refroidi la bouche comme un mois de décembre, et tout mon corps a fait *Ah*.

Les portes latérales du manoir se sont ouvertes d'un coup et des hommes et des femmes ont déboulé, comme à la poursuite de leur propre brouhaha. La route de la liberté était déjà barrée. La plupart des gens du manoir portaient une blouse turquoise, comme le type aux abeilles. Des éclopés en fauteuil roulant se faisaient pousser par des infirmières habillées en infirmières. Les autres marchaient tout seuls, mais par à-coups, un peu comme des robots abîmés.

Un frisson de terreur m'a parcouru ; je comprenais.

« L'asile de fous de Little Malvern ! » ai-je sifflé à Moran.

Mais Moran n'était plus à côté de moi. Je l'ai aperçu qui se glissait à travers le trou de la barrière. Peut-être qu'il croyait que je le suivais, ou peut-être qu'il avait décidé de me laisser tomber. N'empêche que si, moi, je tentais de déguerpir et me faisais attraper, ç'aurait prouvé qu'on leur avait volé de leur citronnade. Ils diraient à maman et papa que j'étais un voleur. Et même si je ne me faisais pas attraper, ils pourraient lancer des hommes et des chiens à notre poursuite.

Je n'avais pas le choix. Il fallait que je reste et trouve quelqu'un à qui payer la citronnade.

« Augustin Meaulnes s'est enfui ! » Une infirmière aux cheveux ébouriffés m'a foncé dedans. « La soupe était toute chaude, mais il est resté introuvable !

– Vous parlez » – j'ai avalé ma salive – « du monsieur dans les bois ? Le monsieur avec les abeilles ? Il est là-bas » – j'ai montré la direction –, « près du chemin équestre. Je peux vous y emmener si vous voulez.

– Augustin Meaulnes ! » Là, elle me regardait vraiment. « Comment avez-vous pu !

– Vous me confondez avec quelqu'un d'autre. Mon » – le Pendu m'empêchait de dire le mot « nom » –, « je m'appelle Jason.

– Vous me prenez pour une de ces mabouls ? Je sais très bien qui vous êtes ! Vous, qui vous êtes lancé dans cette quête puérile, le lendemain même de notre mariage ! Pour retrouver cet imbécile de Ganache ! À cause de ce serment d'écolier ! Vous aviez juré m'aimer ! Mais il a fallu que vous entendiez ce hibou dans la grande sapinière, et voilà que vous décidez de partir et de me laisser seule avec l'enfant et... et... et... »

J'ai reculé. « Je peux payer les verres de citronnade si vous...

– Non, vous ne comprenez pas ! Regardez ! » Cette infirmière cauchemardesque m'a empoigné le bras ; elle serrait fort. « Les conséquences ! » Elle me mettait son poignet devant les yeux. « Les conséquences ! » Des cicatrices horribles, des cicatrices vraiment horribles, comme une grille de mots croisés sur ses veines. « C'est ça, l'amour ? C'est ça, chérir, honorer, obéir ? » Ses mots m'éclaboussaient de postillons, alors j'ai fermé les yeux et tourné la tête. « Qu'est-ce – qui – vous – donne – le droit – d'infliger ça – à quelqu'un ?

– Rosemary ! » Une autre infirmière s'est avancée. « Rosemary !

Ne vous ai-je pas déjà dit au moins une centaine de fois de ne pas emprunter nos uniformes ? » Son accent écossais était rassurant. « Hein ? » Elle m'a fait un signe tranquille de la tête. « Il est un petit peu jeune pour vous, Rosemary, et je ne crois pas qu'il figure sur la liste officielle des invités.

— Et moi, a aboyé Rosemary, ne vous ai-je pas dit au moins dix mille fois que je m'appelle Yvonne ! Yvonne de Galais ! »

Cette vraie folle des tours de Little Malvern s'est tournée vers moi. « Écoutez-moi. » L'haleine de Rosemary sentait l'éther et l'agneau. « Une chose *certaine*, ça n'existe pas ! Pourquoi ? Parce que déjà, la *moindre* chose se transforme en *autre* chose !

— Allons, allons. » La véritable infirmière cajolait Rosemary comme on peut faire avec un cheval apeuré. « On va laisser notre jeune ami tranquille, maintenant, d'accord ? Vous ne voulez pas qu'on appelle les gros messieurs, hein, Rosemary ? »

Je ne sais pas à quoi je m'attendais, mais en tout cas pas à ça. Une plainte jaillit du corps de Rosemary à travers ses mâchoires grandes ouvertes, un cri plus grand et plus fort que tous les cris humains que j'ai pu entendre, un cri qui s'élève comme la sirène de la police, en plus lent et en tellement plus triste. Instantanément, tous les fous, toutes les infirmières et tous les médecins sur la pelouse se figent et se transforment en statues. La plainte de Rosemary grandit, plus violente et cuisante de solitude encore. On l'entend à deux et même trois kilomètres à la ronde, j'en suis certain. Pour qui hurle-t-elle ? Pour Grant Burch et son poignet cassé. Pour la femme de M. Castle et ses nerfs en pelote. Pour le père de Moran et ses beuveries qui l'empoisonnent. Pour ce gars que le Putois a fait manger à ses chiens. Pour le Foireux, qui est sorti du ventre de sa mère trop tôt. Pour les jacinthes des bois que l'été détruira. Et même si vous vous étiez lacéré la peau en traversant des massifs de ronces, si vous aviez arraché les briques à moitié émiettées et si vous vous étiez glissé à l'intérieur du tunnel

LE CHEMIN ÉQUESTRE

perdu dans cet endroit tonnant de vide profondément enfoui sous les collines de Malvern, eh bien même là, c'est sûr, cette plainte qui courait après sa propre queue serait venue vous trouver, oui, même là, c'est sûr.

Rochers

Personne n'arrive à y croire.

Au début, à cause du décret officiel de confidentialité, les journaux n'avaient pas eu le droit de révéler lequel de nos navires de guerre avait été touché. Mais maintenant, ils le disent sur les chaînes de la BBC et sur ITV. C'était le *Sheffield*. Un Exocet tiré d'un Super Étendard s'est écrasé sur la frégate et a « engendré un nombre encore hypothétique d'explosions sévères ». Maman, papa, Julia et moi étions assis tous ensemble sur le canapé du salon (ça faisait une éternité que ça n'était pas arrivé) et regardions la télé en silence. Il n'y avait pas d'images du combat. Juste une photo du navire crachant de la fumée derrière Brian Hanrahan, l'envoyé spécial, qui racontait comment l'équipage du *Arrow* et les hélicoptères Sea King s'y prenaient pour venir en aide aux survivants. Le *Sheffield* n'a pas encore coulé, mais dans l'Atlantique Sud, en plein hiver, c'était juste une question de temps. Quarante de nos hommes sont portés disparus et encore au moins autant sont grièvement brûlés. On pense tous à Tom Yew, qui est à bord du *Coventry*. C'est moche à dire, mais tous les habitants de Black Swan Green sont soulagés d'apprendre que seul le *Sheffield* a été touché. C'est horrible. Jusqu'à aujourd'hui, la guerre des Malouines, c'était comme la coupe du monde de foot. L'Argentine a une bonne équipe de foot, mais, du point de vue militaire, ça reste le pays du corned-beef. Rien qu'en regardant nos forces quitter Plymouth et Portsmouth il y a trois semaines, ça paraissait évident qu'on allait les massacrer. Les fanfares sur le quai et les femmes qui agitaient le bras et les centaines de milliers de bateaux et les cornes de brume et les jets d'eau que lançaient les bateaux-pompes. Nous avions le *Hermes*, l'*Invincible*, l'*Illustrious*, nos SAS [1], nos SBS [2]. Notre flotte aérienne de Puma, de Rapier, de Sidewinder, de Lynx, nos torpilles Tigerfish, l'amiral Sandy Woodward. Comme vaisseaux, les Argentins n'ont que des baignoires baptisées aux noms de généraux espagnols à moustaches ridicules. Alexander Haig [3] ne l'a pas admis publiquement, des fois que l'URSS se rangerait du côté des Argentins, mais même Ronald Reagan nous soutenait.

Mais voilà qu'on allait peut-être bien perdre.

Notre ministère des Affaires étrangères a essayé de relancer les négociations, mais la junte argentine nous a dit d'aller nous faire voir. D'ici à ce qu'ils soient à court de missiles Exocet, on aura perdu toute notre flotte. C'est sur ça qu'ils misent. Qu'est-ce qui nous dit qu'ils se trompent? À l'extérieur du palais de Leopoldo Galtieri à Buenos Aires, des milliers de gens répètent en chœur : « Votre grandeur nous honore ! » encore et encore. Le bruit m'empêche de dormir. Depuis son balcon, Galtieri profite à fond du spectacle. Des jeunes hommes s'en prennent à nos caméras. « Jetez l'éponge ! Rentrez chez vous ! L'Angleterre est malade ! L'Angleterre est moribonde ! L'histoire a parlé : les Malouines appartiennent à l'Argentine ! »

« Des hyènes, commentait papa. Les Britanniques feraient preuve d'un peu plus de retenue. Des gens sont morts, nom de

---

1. Special Air Service. Unité d'intervention spéciale de l'armée de l'air britannique.
2. Special Boat Service. Unité d'intervention spéciale de la marine britannique.
3. Ancien général de la guerre du Viêt-nam et ministre des Affaires étrangères de Ronald Reagan en 1982.

Dieu! C'est toute la différence entre eux et nous. Non mais regardez-moi ça!»

Papa est allé se coucher. Il dort dans la chambre d'amis en ce moment, à cause de son dos. Mais maman me dit que c'est parce qu'il n'arrête pas de bouger. C'est sûrement les deux. Ils se sont engueulés, ce soir, et à table en plus. Alors qu'on était là, Julia et moi.

« J'ai bien réfléchi... a commencé maman.
– Ouh là, attention! l'a coupée papa, pour plaisanter, comme il fait d'habitude.
– ... et je crois que le moment est venu de construire la rocaille du jardin.
– La quoi?
– La *rocaille*, Michael.
– Tu as déjà ta cuisine Lorenzo Hussingtree toute neuve.» Le ton que prenait papa voulait dire: *Allons, allons, sois raisonnable*. « Pourquoi te faudrait-il un tas de terre recouvert de pierres?
– Qui te parle de terre? Dans "rocaille", il y a "roc". Et il faudrait y ajouter un élément aquatique, je me disais.
– Pourrais-tu m'expliquer, a dit papa en riant jaune, ce que c'est, un "élément aquatique" dans une maison?
– Un bassin d'ornement. Une fontaine ou une cascade miniature, peut-être.
– Oh, a répondu papa, sur le ton de *Voyez-vous donc*.
– Ça fait des années qu'on parle de faire quelque chose du bout de terrain à côté des rosiers, Michael.
– Tu en as peut-être parlé; moi, pas.
– C'est faux. Nous en avons parlé avant Noël. Tu as dit toi-même : "L'année prochaine, peut-être." Comme l'année dernière. Et celle d'avant. Et tu as toi-même trouvé jolie la rocaille de Brian.

– Quand ça ?
– À l'automne dernier. Et Alice a dit : "Ce serait splendide, une rocaille dans le jardin derrière la maison." Et tu avais approuvé.
– Ta mère, a dit papa à Julia, est un véritable Dictaphone sur pattes. »
Julia refusait de prendre part au conflit.
Papa a bu une gorgée d'eau. « Peu importe ce que j'ai pu raconter à Alice : je ne le pensais pas. J'étais poli, c'est tout.
– Dommage que tu ne saches pas te montrer aussi poli vis-à-vis de ta propre femme. »
Julia et moi nous sommes regardés.
« J'aimerais avoir une idée de l'échelle, a soupiré papa en empilant ses petits pois sur sa fourchette. Tu comptes faire une reproduction grandeur nature du parc naturel de Lake District ? »
Maman a attrapé un magazine posé sur la commode. « Quelque chose de ce genre...
– Ah, ça y est, je comprends. *Elle* publie un dossier spécial rocailles, alors évidemment, il nous en faut une, nous aussi.
– Kate en a une jolie chez elle, est intervenue Julia, de façon neutre. Ils ont planté une bruyère sur la leur.
– Elle a bien de la chance, Kate. » Papa a chaussé ses lunettes pour regarder le magazine. « Très joli, Helena, mais c'est du vrai marbre qu'ils ont mis là. »
Le « Tout à fait » de maman signifiait : *Je compte bien en avoir une en marbre, moi aussi.*
« Est-ce qu'au moins tu as une petite idée de la fortune que le marbre coûte ?
– Oui, et pas qu'une petite. J'ai fait appel à un jardinier paysagiste de Kidderminster.
– Pourquoi faudrait-il que je casque » – papa a laissé tomber le magazine par terre – « pour un tas de cailloux ? »
En général, arrivée à ce point-là, maman bat en retraite ; mais pas aujourd'hui. « Parce que pour toi, c'est normal de dépenser

six cents livres pour adhérer à un club de golf où tu ne vas jamais, mais ça ne l'est plus quand je décide de donner un peu de peps à notre maison ?

– Comme j'ai essayé de te l'expliquer maintes et maintes fois » – papa s'efforçait de ne pas crier –, « c'est sur un parcours de golf que se prennent les décisions. Notamment les promotions. Que ça nous plaise ou non, c'est comme ça. Et Craig Salt ne joue pas au golf sur la voie publique.

– N'agite pas ta fourchette sous mon nez, Michael. »

Papa n'a pas reposé sa fourchette. « C'est moi qui nourris cette famille, alors je ne pense pas qu'il soit déraisonnable de ma part de décider moi-même de la manière de dépenser ne serait-ce qu'une partie de mon salaire, nom d'un chien. »

Ma purée était froide.

« Donc, si je comprends bien » – maman a replié sa serviette –, « tu es en train de me dire de me cantonner aux confitures et de laisser les décisions importantes aux messieurs ? »

Papa a levé les yeux au ciel (si ç'avait été moi, je me serais fait *tuer*). « Garde ta vindicte de féministe pour tes amies de l'Institut des femmes, Helena. Je te le demande gentiment. La journée a été très longue pour moi.

– Continue à prendre de haut les subalternes de tes supermarchés si ça t'amuse, Michael. » Maman a bruyamment empilé les assiettes et les a posées sur le passe-plat. « Mais ne joue pas à ce petit jeu-là à la maison. Je te le demande gentiment. Pour moi aussi, la journée a été très longue. » Elle est partie dans la cuisine.

Papa fixait la chaise vide des yeux. « Alors, Jason, c'était comment, à l'école ? »

Mon estomac a fait un double nœud. Le Pendu retenait mon « Pas trop mal ».

« Jason ? » La voix de papa devenait rouge et chaude. « Je t'ai demandé comment ta journée s'est passée à l'école.

– Bien, merci. » (Tu parles. M. Kempsey m'a fait chier à cause des miettes de gâteau dans mon livre de musique et M. Carver a dit que, au hockey, j'étais aussi utile qu'un handicapé.)

On entendait maman racler les assiettes au-dessus de la poubelle.

Un couteau sur la porcelaine, ça crisse sourdement.

« Parfait, a dit papa. Et toi, Julia ? »

Sans laisser le temps à ma sœur de dire un mot, une assiette a éclaté contre le sol de la cuisine. Papa a sursauté. « Helena ? » Il n'avait plus son petit air léger.

En guise de réponse, maman a claqué la porte.

Papa a bondi et s'est lancé à sa poursuite.

Les corbeaux croassaient autour de la flèche de l'église Saint-Gabriel.

Julia a gonflé les joues. « Une trois étoiles ? »

Misérable, j'ai levé quatre doigts.

« C'est juste une mauvaise passe, Jace. » Julia avait un sourire courageux aux lèvres. « C'est tout. Ça arrive à la plupart des couples. Vraiment. Ne t'en fais pas. »

Comment elle l'a boulé, Mme Thatcher, le journaliste à la con avec le nœud papillon, sur BBC1, ce soir. Il disait que couler le *General Belgrano* en dehors de la zone d'exclusion totale était condamnable d'un point de vue moral et légal (en fait, on avait coulé le *Belgrano* il y a plusieurs jours, mais les journaux venaient tout juste de récupérer les photos ; enfin, depuis ce qui était arrivé au *Sheffield*, c'était terminé : plus de compassion pour ces salopards d'Argentins). Mme Thatcher a fixé de ses yeux bleu vitrail ce connard et lui a rappelé que le croiseur ennemi avait zigzagué toute la journée sur la limite de la zone. Elle a dit quelque chose comme ça : « Les pères et mères de notre pays ne m'ont pas élue Premier ministre pour jouer avec la vie de leurs fils au nom de je ne sais quel raffinement juridique. Dois-je vous rappeler que nous sommes un pays en guerre ? » Tout le public présent sur le plateau l'a acclamée, et j'imagine que tout le pays aussi, sauf Michael Foot, ce rouge de Ken Livingstone, Anthony Wedgwood Benn et tous ces petits gauchos. Elle est vraiment super, Mme Thatcher. Elle est tellement forte, tellement calme et tellement sûre d'elle. Elle, au moins, elle sert à quelque chose, pas comme la reine, qui n'a pas dit un mot depuis le début de la guerre. Certains pays comme l'Espagne disent qu'on n'aurait pas dû tirer sur le *Belgrano*, mais bon, si tous ces Argentins se sont noyés, c'est parce que les autres vaisseaux de leur flotte ont détalé au lieu d'aller sauver les leurs. La marine britannique ne ferait jamais une chose pareille, c'est *impossible*. Et puis, de toute manière, dans n'importe quel pays, quand on s'engage dans l'armée ou dans la marine, on est payé pour risquer sa vie. Comme Tom Yew, par exemple. Alors maintenant, c'est Galtieri qui essaie de nous ramener à la table des négociations, mais Maggie lui a répondu que la seule chose dont elle voulait bien discuter, c'était de la résolution 502 des Nations unies. Que l'Argentine se retire sans condition du territoire britannique. Un diplomate argentin de New York qui rabâche l'histoire du *Belgrano* a dit que la Grande-Bretagne ne régnait plus sur les vagues, elle régnait sur le vague. Le *Daily Mail* a répondu que c'était typiquement le genre de mauvais aphorisme sur la vie et la mort qu'adorent faire les petits ronds-de-cuir latins. Le *Daily Mail* dit que les Argentins auraient dû y réfléchir à deux fois avant de venir planter leur minable drapeau bleu et blanc sur une colonie dont nous avons la souveraineté. Le *Daily Mail* a super-raison. Le *Daily Mail* dit que si

Leopoldo Galtieri a envahi les Malouines, c'est pour détourner notre attention et qu'on ne s'interroge pas sur les personnes qu'il a torturées, tuées et jetées en mer du haut d'un hélicoptère. Encore une fois, le *Daily Mail* a super-raison. Le *Daily Mail* dit que le patriotisme affiché de Galtieri est l'ultime refuge des crapules. Le *Daily Mail* a aussi raison que Margaret Thatcher. Toute l'Angleterre s'est transformée en dynamo géante. Les gens font la queue devant les hôpitaux pour donner leur sang. M. Whitlock a passé la plus grande partie du cours de sciences naturelles à nous expliquer que certains jeunes patriotes ont pédalé jusqu'à l'hôpital de Worcester pour donner leur sang (tout le monde savait qu'il parlait de Gilbert Swinyard et Pete Redmarley). Une infirmière leur a dit qu'ils étaient trop jeunes. C'est pourquoi M. Whitlock a écrit une lettre à Michael Spicer, notre député, et s'est plaint qu'on refuse aux enfants d'Angleterre le droit de contribuer à l'effort de guerre. Sa lettre est déjà publiée dans la *Gazette de Malvern*.

Nick Yew est un héros à l'école, grâce à Tom. Nick dit que ce qui est arrivé au *Sheffield* n'était qu'un mauvais coup du sort. Notre système de protection sera réadapté et mettra les missiles Exocet hors d'état de nuire. On devrait donc récupérer nos îles assez rapidement. Le *Sun* offre une récompense de cent livres à l'auteur de la meilleure blague anti-Argentins. Je ne sais pas écrire de blagues, mais j'ai un cahier de brouillon dans lequel je mets régulièrement des choses sur cette guerre. Je découpe des trucs que je trouve dans les journaux et magazines. Neal Brose fait la même chose, lui aussi. Il dit que ça vaudra une fortune d'ici vingt ou trente ans, quand la guerre des Malouines sera entrée dans l'histoire. Mais non, toute cette effervescence n'ira pas jaunir ni se couvrir de poussière dans les bibliothèques et les archives. Impossible. Les gens se souviendront de tous les détails de la guerre des Malouines jusqu'à la fin du monde.

ROCHERS

Quand je suis rentré de l'école, maman était assise à la table de la salle à manger, au beau milieu des papiers de la banque. La boîte ignifugée dans laquelle papa met les papiers avait été sortie et ouverte. À travers le passe-plat, j'ai demandé à maman si elle avait passé une bonne journée.

« "Une bonne journée" ? Pas exactement » – maman n'a pas levé les yeux de sa calculatrice –, « mais en tout cas, j'aurai eu une sacrée révélation.

– C'est bien », ai-je répondu, en me demandant si ça l'était. J'ai pris deux sablés et un verre de jus de cassis Ribena. Julia avait embarqué le paquet de Pim's, tout ça parce qu'elle était restée à la maison réviser ses exams toute la journée. La grosse vache.

« Qu'est-ce que tu fais ?

– Du skate-board. »

J'aurais dû me contenter de monter dans ma chambre. « Il y a quoi à manger, ce soir ?

– Du crapaud. »

Une réponse pas ironique à une question simple : c'était tout ce que je demandais. « Ce n'est pas papa qui s'occupe des relevés de compte et tout ça, d'habitude ?

– Si. » Maman a fini par me regarder. « Tu imagines un peu la bonne surprise qu'aura ton vieux père quand il rentrera ? » Il y avait un truc cruel dans sa voix. Mes tripes se sont serrées si fort que je n'arrive toujours pas à défaire le nœud.

J'aurais préféré qu'il y ait du crapaud pour le dîner, et pas des carottes en boîte, des haricots sauce tomate et des boulettes de viande en sauce Heinz. Une assiette orange marronnasse. N'empêche, maman sait bien cuisiner, quand la famille nous rend visite. Elle fait la grève du zèle jusqu'à ce qu'elle obtienne sa rocaille, j'imagine. Papa a dit que c'était « tout bonnement délicieux ». Il ne s'est pas embêté à camoufler son sarcasme. Maman non plus, avec son « Tant mieux, ravie que ça te plaise ». (Ce que maman et papa se disent l'un à l'autre est à des années-lumière de ce qu'ils pensent, ces jours-ci. Je ne pensais pas que les politesses qu'on échange d'ordinaire pouvaient être aussi vénéneuses.) C'est à peu près tout ce qu'ils ont dit du repas. Le pudding ressemblait à de l'éponge à la pomme. La trace de sirop laissée par ma cuillère dessinait un chemin destiné à nos soldats. Histoire d'oublier l'ambiance, j'ai courageusement fait crapahuter nos petits gars par-dessus les monts enneigés de crème anglaise et les ai menés à la victoire jusqu'à Port Stanley.

C'était au tour de Julia de faire la vaisselle, mais comme on est comme qui dirait alliés depuis ces deux dernières semaines, je suis allé l'aider à essuyer. Ma sœur n'est pas tout le temps entièrement immonde. Elle m'a même parlé un peu de son petit ami Ewan pendant la vaisselle. Sa mère fait partie de l'orchestre symphonique de Birmingham. Elle est percussionniste : elle frappe les cymbales et tape sur ces espèces de gros fûts qui font un bruit de tonnerre ; ça a l'air super-marrant. Mais le Pendu m'en fait baver depuis la dernière engueulade entre papa et maman, quand maman a cassé l'assiette. Alors je laisse la parole à Julia. La guerre, c'est la première chose à laquelle je pense quand je me lève et la dernière quand je me couche ; alors ça fait du bien d'entendre un peu autre chose. Les rayons du soleil couchant inondaient le fond de la vallée entre notre jardin et les collines de Malvern.

Les tulipes ont des couleurs de prune noire, de mousse blanche et de jaune d'œuf doré.

C'est bizarre, mais maman et papa ont dû signer un cessez-le-feu pendant qu'on était dans la cuisine, parce que, après la vaisselle, on les a trouvés à table en train de discuter normalement de la journée et tout ça. Julia a demandé s'ils voulaient une tasse de café, et papa a dit : « Ce serait très gentil, ma chérie », et maman a dit : « Merci, ma puce. » Alors j'ai pensé que j'avais mal interprété ce que j'avais vu en rentrant de l'école, et le nœud dans mes tripes s'est desserré un peu. Papa racontait à maman une drôle d'histoire : pendant un week-end de motivation des forces de vente, son patron, Craig Salt, a laissé Danny Lawlor – le stagiaire dont papa s'occupe – conduire sa DeLorean sur le circuit de karting. Alors, au lieu de filer dans ma chambre, je suis allé dans le salon regarder *Le Monde de demain* à la télé.

C'est comme ça que j'ai entendu maman lancer son attaque.

« Au fait, Michael, pourquoi as-tu fait un deuxième emprunt de cinq mille livres chez NatWest au mois de janvier ? »

Cinq mille livres ! Notre maison n'en a coûté que vingt-deux mille !

D'après *Le Monde de demain*, dans le futur, les voitures rouleront toutes seules grâce à des bandes implantées dans les routes. On aura juste à donner notre destination. Il n'y aura plus d'accidents.

« Alors, comme ça, on a fouillé dans mes comptes ?

– Tu admettras que si je n'avais pas inspecté l'état de nos finances, je serais toujours dans l'ignorance la plus totale, n'est-ce pas ?

– Donc, tu es allée dans mon bureau et tu t'es servie. »

Papa, pensais-je, *papa ! Ne lui dis pas ça !*

« Quoi ? Tu es en train de me dire » – la voix de maman s'est mise à trembloter –, « à *moi*, Michael, à *moi*, que je n'ai pas le droit d'aller dans ton bureau ? Que je n'ai pas plus le droit de toucher à tes classeurs que les enfants ? C'est bien ça ? »

Papa n'a rien répondu.

« Tu peux trouver ça vieux jeu, Michael, mais je pense qu'une femme qui découvre que son mari s'est endetté de cinq mille livres a droit à quelques petites explications. »

Je me sentais mal, j'avais froid, comme si j'étais devenu tout vieux.

« Et peut-on savoir, a fini par rétorquer papa, d'où te vient ce soudain regain d'intérêt pour la comptabilité ?

– Pourquoi as-tu remis notre maison en hypothèque ? »

Le présentateur du *Monde de demain* était en train de se faire coller au plafond du studio. « *Des rêves des plus grands cerveaux britanniques a émergé une substance chimique plus forte que la gravité !* annonçait le présentateur, un rictus aux lèvres. *Vous pouvez vous en remettre à elle !* »

« Très bien, tu veux que je te dise pourquoi ?
– Et comment, oui.
– Il s'agit d'un rééchelonnement.
– Tu essaies de m'embobiner » – maman a ri à moitié – « avec ton jargon ?
– Ce n'est pas du jargon. C'est comme ça que ça s'appelle. Un rééchelonnement. Tu ne vas pas me faire une crise d'hystérie parce que je…
– Mais comment veux-tu que je réagisse, Michael ? C'est notre maison que tu as prise comme caution ! Et tout cet argent dilapidé pour Dieu sait quoi ! Mais peut-être devrais-je dire Dieu sait qui !
– Qu'est-ce que » – papa était calme comme la mort – « tu insinues par là ?
– Je te demande poliment ce qui se passe » – maman a comme reculé du bord d'un gouffre – « et pour toute réponse, j'obtiens des élucubrations. Que dois-je en déduire ? Je peux savoir ? Parce que je ne comprends pas ce que…
– Voilà, Helena ! Merci ! Tu viens de mettre le doigt dessus ! Tu ne comprends pas ! J'ai recouru à un emprunt parce qu'on manquait d'argent ! Je sais que les histoires de sous, c'est au petit personnel de s'en charger, mais comme tu l'auras peut-être remarqué en jouant les Sherlock Holmes cet après-midi, nous avons les énormes traites de notre premier crédit à régler, nom d'un chien ! Des polices d'assurance pour toutes ces saletés que tu persistes à acheter ! Les factures du quotidien ! Il faut payer ta sacro-sainte cuisine et ton nouveau service Royal Doulton – qui ne sert qu'à épater ta sœur et Brian deux fois par an tout au plus ! Ta voiture, qu'il faut changer dès que les cendriers sont pleins ! Et aujourd'hui,

aujourd'hui, tu décides que la vie ne vaut plus la peine d'être vécue sans te lancer dans… de nouvelles aventures de paysagiste !
– Baisse d'un ton, Michael. Les enfants vont t'entendre.
– On ne dirait pas que ça te dérange, quand c'est toi qui cries.
– Là, c'est toi qui me fais une crise d'hystérie.
– D'accord. "Hystérique". Comme tu voudras. Tu voulais savoir, Helena, eh bien je vais te dire : passe donc ta journée à assister à des réunions, des tas de réunions dans lesquelles on te reproche la pénurie de personnel, les pertes dans les stocks, les résultats décevants. Coltine-toi trente, trente-cinq, quarante mille kilomètres par an ! Après, tu pourras me traiter d'hystérique tant que tu voudras. D'ici là, je te serais vraiment reconnaissant de ne pas chercher à me cuisiner sur la stratégie que je suis amené à adopter pour couvrir *tes* dépenses. Voilà ce que je te suggère. »

Papa est monté dans son bureau d'un pas lourd.

Il a claqué les tiroirs où il range ses classeurs.

Maman n'a pas quitté le salon. Mon Dieu, j'espère qu'elle ne pleure pas.

J'aimerais que *Le Monde de demain* m'avale tout entier.

La guerre, c'est une surenchère où le vainqueur est celui qui peut continuer à payer toujours plus de dégâts tout en tenant encore debout. Les nouvelles sont mauvaises. Brian Hanrahan a dit que le débarquement dans la baie de San Carlos a été la journée la plus sanglante qu'ait connue la marine britannique depuis la Seconde Guerre mondiale. À cause des collines, nos radars n'ont détecté les avions de guerre que quand ils sont arrivés juste au-dessus de nos têtes. Du pain bénit pour les Argentins, cette matinée bien dégagée. Ils n'ont visé que les vaisseaux principaux, pas ceux qui transportent nos troupes, comme ça, une fois nos forces expéditionnaires anéanties, nos unités terrestres seront plus faciles à abattre. Ils ont coulé l'*Ardent*. Le *Brilliant* est immobilisé. L'*Antrim* et l'*Argonaut* sont *kaput*. Ils passent les mêmes images en boucle toute la journée, à la télé. Un Mirage III-E ennemi qui louvoie dans un ciel bourré de missiles Sea Cat, Sea Wolf et Sea Slug. Boum, l'eau jaillit de partout dans la baie. Une fumée noire se déverse de la coque de l'*Ardent*. Pour la première fois, nous avons vu les Malouines pour de vrai. Il n'y a ni arbres, ni maisons, ni buissons, ni couleurs à part du gris et du vert. Julia dit que ça ressemble aux Hébrides ; elle a raison (on est allés à Mull il y a trois ans. C'étaient les vacances les plus pluvieuses mais aussi les meilleures qu'on ait connues. Moi et papa on a joué toute la semaine au foot de table. Moi, j'avais Liverpool et lui, Nottingham Forest). Brian Hanrahan disait que seule la contre-attaque menée par nos Sea Harrier nous avait permis d'éviter la catastrophe. Il a fait la description d'un avion ennemi touché par un Sea Harrier qui a tournoyé comme un bout de bois avant de s'écraser dans la mer.

Le reportage ne parlait pas du *Coventry*.

Dieu sait qui est le gagnant et qui est le perdant, à présent. Il y a une rumeur comme quoi l'URSS donnerait des tas de photos satellites de notre flotte aux Argentins, et ce serait pour ça qu'ils savent toujours où nous trouver (Brejnev est mourant ou peut-être même déjà mort, et personne ne sait plus vraiment ce qui se passe au Kremlin). Neal Brose dit que si c'est vrai, alors Ronald Reagan devra forcément entrer dans le conflit à cause des mécanismes d'alliance de l'OTAN. Alors la troisième guerre mondiale éclatera peut-être.

Le *Daily Mail* a dressé une liste des mensonges que la junte raconte aux gens. Ça me rend malade. John Nott, le ministre de la Défense, ne nous mentirait jamais, à nous. Julia m'a demandé comment je savais qu'on ne nous mentait pas. « On est britanniques, nous, lui ai-je répondu. Pourquoi le gouvernement nous mentirait ? » Julia m'a répondu que c'était pour nous faire croire que tout dans cette merveilleuse guerre se déroulait parfaitement, alors qu'en réalité rien ne se passait comme prévu. «Mais, ai-je répliqué, on ne nous ment pas, à nous.» Julia a dit que c'était exactement ce que les Argentins se disaient eux aussi en ce moment même. En ce moment même. C'est ça qui me fout les jetons. Je change la cartouche de mon stylo à plume, et un hélicoptère Wessex s'écrase sur un glacier des îles de Géorgie du Sud. Je prends mon rapporteur et mesure un angle sur mon livre de maths, et un missile à tête chercheuse prend en chasse un Mirage III. Je trace un cercle au compas, et un garde gallois debout au beau milieu des ajoncs en feu reçoit une balle entre les deux yeux. Comment le monde peut-il continuer à tourner comme si de rien n'était?

Je retirais mon uniforme de l'école quand une MG gris métallisé de rêve est passée sur la route de Kingfisher Meadows. Elle s'est engagée dans notre allée et s'est garée sous la fenêtre de ma chambre. Comme il avait crachiné tout l'après-midi, la capote était relevée. C'est par surveillance aérienne que j'ai pu voir pour la première fois le petit ami de ma sœur. Je m'étais attendu à ce qu'Ewan ait des faux airs du prince Edward, mais non, il avait les cheveux roux et en pétard, des taches de rousseur noirâtres, et il marchait comme s'il était monté sur ressorts. Il portait une chemise couleur pêche sous un ample pull violet, un pantalon cigarette, une de ces ceintures cloutées dont un bout pendouille, et des chaussures pointues avec ces chaussettes serrées blanches que tout le monde porte en ce moment. J'ai crié en direction de la chambre de Julia, aménagée au grenier, qu'Ewan était arrivé. Coups qui résonnent, bouteille renversée, et Julia qui marmonne: «*Merde.*» (Qu'est-ce qu'elles peuvent bien fabriquer, les filles, avant de sortir? Julia met une éternité à se préparer. Dean Moran me raconte qu'avec ses sœurs, c'est pareil.) Puis elle a crié: «MAMAN! Tu peux aller ouvrir?» Maman s'était déjà

précipitée dans l'entrée. Je me suis mis sur le palier en position de tireur d'élite.
« Vous êtes Ewan, j'imagine. » Maman se servait de la voix qu'elle utilise pour mettre à l'aise les gens mal à l'aise. « Quel plaisir de vous rencontrer, enfin. »
Ewan n'avait pas l'air mal à l'aise du tout. « Tout le plaisir est pour moi, madame Taylor. » Il avait une voix un peu huppée, mais pas autant que celle de maman, quand elle s'y mettait.
« Julia nous a énormément parlé de vous.
– Oh non. » Ewan souriait comme une grenouille. « Il ne manquait plus que ça.
– Mais non, mais non. » Maman riait comme une pluie de confettis. « Elle m'a dit du bien.
– Julia m'a "énormément" parlé de vous, elle aussi.
– Bien. Bien. C'est très bien. Mais entrez donc, en attendant que Milady finisse de se... Euh, en attendant qu'elle soit prête.
– Merci.
– Alors. » Maman a refermé la porte. « Julia nous a raconté que vous fréquentiez la Cathedral School ? Vous êtes en terminale ?
– C'est exact. Comme Julia. Les examens arrivent bientôt.
– Eh oui, eh oui. Et alors, euh, cela vous plaît-il ?
– La Cathedral School ? Ou la perspective des examens ?
– Euh... » Maman a haussé les épaules, souriante. « Votre école.
– Un peu trop rétrograde. Mais bon, je ne leur jette pas la pierre. Pas trop fort, en tout cas.
– Il y aurait beaucoup à dire sur les traditions. C'est si facile de jeter le bébé avec l'eau du bain.
– Je suis on ne peut plus d'accord avec vous, madame Taylor.
– Bon. Tant mieux. » Maman a levé les yeux au plafond. « Julia prend ses affaires. Puis-je vous offrir une tasse de thé ou de café ?
– C'est très gentil à vous, madame Taylor » – l'excuse d'Ewan était parfaite –, « mais les dîners d'anniversaire de ma mère sont régis avec une précision militaire. Si jamais elle me soupçonne

d'avoir traîné en route, j'aurai droit au peloton d'exécution demain dès l'aube.

— Oh, comme je la comprends ! Le frère de Julia attend que tout soit parfaitement froid pour nous honorer de sa présence à table. Mais je digresse. Cependant, j'espère sincèrement que vous viendrez dîner chez nous un soir prochain. Le père de Julia meurt d'envie de vous rencontrer. » (Tiens, c'est nouveau.)

« J'aurais trop peur de vous importuner par ma présence.

— Mais non, enfin !

— Oh, que si. En fait, je suis végétarien.

— Voilà une bonne occasion de sortir mes livres de cuisine et de m'aventurer en terre inconnue. Vous me promettez de bientôt venir dîner chez nous ? »

(Papa appelle les végétariens « la brigade du steak de tofu ».)

Ewan a affiché un sourire qui ne disait pas exactement *Oui*.

« Bon, très bien. Je vais... aller voir en haut si Julia sait que vous êtes arrivé. Je peux vous laisser attendre ici une ou deux minutes ? »

Ewan a examiné les photos de la famille accrochées au-dessus du téléphone (celle de bébé Jason a beau me filer des frissons de honte, mes parents refusent de la décrocher). J'ai examiné Ewan, l'être mystérieux qui *choisit* de passer son temps libre avec Julia. Il dépense même son argent pour lui payer des colliers, des albums et d'autres machins. Pourquoi ?

Ewan n'a pas eu l'air surpris de me voir descendre. « Jason, c'est ça ?

— Non, moi c'est la Chose.

— Elle ne t'appelle comme ça que quand elle est vraiment en colère contre toi.

— Ouais, c'est-à-dire à chaque minute de chaque heure de la journée.

— Pas vrai. Je te le jure. Et puis tiens, tu aurais dû entendre

comme elle m'a appelé, moi, le jour où elle a passé toute la matinée chez le coiffeur » – Ewan a pris une drôle de moue coupable – « et que je n'avais pas remarqué le changement.
– Comment elle t'avait appelé ?
– Si je te le répétais mot pour mot » – Ewan a baissé la voix – « des bouts de plâtre dégringoleraient du plafond. Le papier peint se décollerait. Tu imagines un peu la mauvaise impression que je laisserais à tes parents ? Désolé, mais certaines choses doivent rester sous le sceau du secret. »
Ça doit être super-chouette d'être comme Ewan. De savoir parler comme ça. Comme beau-frère, on a vu pire. « Je peux m'asseoir dans ta MG ? »
Ewan a jeté un coup d'œil à sa grosse Sekonda (avec un bracelet métallique et tout). « Et pourquoi pas ? »

« Alors, elle te plaît ? »
Volant en daim. Cuir rouge sang. Finitions ronce de noyer et chromes. Le pommeau du levier de vitesse épouse parfaitement ma main. La belle ligne de voiture basse, l'agréable inclinaison et le profil des sièges dont le cuir crisse. La lueur spectrale du tableau de bord quand Ewan a mis le contact. Les aiguilles des jauges qui flottent. La capote à l'odeur de goudron étouffant le bruit du vent. La chanson incroyable qui a jailli de quatre enceintes dissimulées et envahi la voiture (« "Heaven", m'a dit Ewan, l'air de rien mais fier quand même. Les Talking Heads. David Byrne est un génie. » Moi, je me suis contenté d'acquiescer, trop occupé à en profiter à fond). L'odeur d'orange amère émanant d'un désodorisant en forme de cristal. L'autocollant CND à côté de la vignette auto. *La vache*, si j'avais une voiture comme la MG d'Ewan, je quitterais Black Swan Green plus vite qu'un Super Étendard. Je serais bien loin de papa et maman et de leurs disputes trois, quatre ou cinq étoiles. Loin de l'école et de Ross Wilcox, de Gary Drake, Neal Brose et M. Carver. Dawn Madden pourrait m'accompagner,

mais personne d'autre. Je ferais un saut à la Evel Knievel [1], par-dessus les falaises blanches de Douvres, par-dessus la Manche, par-dessus l'impeccable et inoxydable soleil levant. On atterrirait sur les plages de Normandie, on roulerait vers le sud, on mentirait sur notre âge et on travaillerait dans des vignes ou dans des chalets de montagne. Mes poèmes seraient publiés chez Faber & Faber et il y aurait un dessin de moi sur la couverture. Tous les photographes de mode d'Europe voudraient prendre des clichés de Dawn. À mon école, ils se vanteraient dans leurs prospectus de nous avoir eus comme élèves, mais jamais, jamais de la vie je ne retournerais, dans ce Worcestershire de bouseux.

« Je te propose un échange, ai-je dit à Ewan. Mon Big Trak [2] contre ta MG. Il enregistre jusqu'à vingt commandes. »

Ewan a fait semblant d'hésiter longuement devant une offre alléchante. « Je ne suis pas sûr de parvenir à conduire dans les rues à sens unique de Worcester, même avec un Big Trak. » Son haleine sentait les Tic-Tac à la menthe, et j'ai même décelé une touche de Mennen. « Désolé. »

Julia a frappé à la vitre côté conducteur ; ses yeux faisaient *Hé là!* d'un air amusé. Je me suis rendu compte que mon emmerdeuse de sœur était une femme. Du rouge à lèvres foncé, elle s'était mis, et un collier de perles tirant sur le bleu qui avait appartenu à notre grand-mère. J'ai baissé la vitre. Julia a regardé Ewan, puis moi, puis Ewan. « Tu es en retard. »

Ewan a baissé le morceau des Talking Heads. « C'est moi qui suis en retard ? »

Ils sourient. Mais ça n'a rien à voir avec moi.

Ils étaient comme ça, papa et maman, avant ?

---

1. Cascadeur à moto réputé pour la longueur de ses sauts.
2. Célèbre jouet des années quatre-vingt : il s'agissait d'un camion dont on pouvait programmer les déplacements de manière séquentielle, grâce à un panneau de commande intégrée.

La salle à manger a tremblé comme si une bombe de silence avait éclaté. Maman, Julia et moi, on s'est figés quand BBC Radio 4 a donné le nom du navire qui avait été coulé. Le *Coventry* mouillait à l'endroit habituel au nord de l'île Pebble aux côtés du *Broadsword*, une autre frégate. Aux environs de quatorze heures, deux Skyhawk ennemis ont surgi de nulle part à hauteur du pont du navire. Le *Coventry* a lancé ses missiles Sea Dart mais a manqué ses cibles, permettant aux Skyhawk de lâcher quatre de leurs bombes d'une demi-tonne à bout portant. L'une d'elles est tombée à la baille, mais les trois autres ont déchiré le flanc bâbord du navire. Les trois bombes ont détoné à l'intérieur et anéanti les générateurs. Les équipes anti-incendie ont vite été débordées, et, en à peine quelques minutes, le *Coventry* s'est mis à pencher vers bâbord. Des hélicoptères Sea King et Wessex se sont envolés de San Carlos pour tirer les hommes de l'eau glacée. Ceux qui n'étaient pas blessés ont été conduits dans des tentes. Les cas les plus sérieux ont été transférés dans des bateaux hôpitaux.

Je ne sais plus quelle était la nouvelle suivante.

«Dix-neuf sur combien?» Maman parlait à travers ses doigts.

Grâce au cahier que je tenais, je connaissais la réponse. «À peu près trois cents.»

Julia a calculé: «Plus de quatre-vingt-dix pour cent de chances que Tom aille bien, alors.»

Maman était toute pâle. «Sa pauvre mère! Elle doit être dans tous ses états.»

J'ai pensé tout haut: «Et pauvre Debby Crombie, aussi.»

Maman n'était pas au courant. «Qu'est-ce que Debby Crombie a à voir dans cette histoire?»

Julia lui a répondu: «Debby est la petite amie de Tom.»

– Ah bon, a dit maman. Ah bon. »
Pour les pays, la guerre est une surenchère. Pour les soldats, c'est une loterie.

À 8 h 15, le bus de l'école n'était toujours pas passé. Les oiseaux mitraillaient leurs chants codés en morse depuis le chêne de la grande place gazonnée du village. Les rideaux au-dessus du Black Swan se sont ouverts par à-coups, et je pense avoir vu Isaac Pye qui jetait sur nous un regard maléfique. Pas de trace de Nick Yew non plus, mais il est toujours un des derniers à arriver, parce qu'il vient à pied de Hake's Lane.

« Ma vieille a essayé d'appeler Mme Yew, a dit John Tookey, mais sa ligne était occupée. Sans arrêt.

– La moitié du village essaie de téléphoner en même temps, lui a répondu Dawn Madden. C'est pour ça que personne n'arrive à les joindre.

– Ouais, ai-je confirmé. Les lignes sont sans doute en dérangement. »

Mais Dawn Madden a fait comme si je n'avais pas parlé.

« Boum, boum *boum*, a chanté le Foireux, boum, bou-boum BOUM !

– Ferme ta gueule, le Foireux, a aboyé Ross Wilcox, ou j'vais te la faire fermer, moi.

– T'en prends pas à lui, a dit Dawn Madden à Ross Wilcox. C'est pas sa faute s'il est dingue.

– "Ferme ta gueule, le Foireux, a dit le Foireux en clignant des yeux, ou j'vais te la faire fermer, moi."

– Tom est sans doute sain et sauf, a dit Grant Burch. On nous l'aurait dit, sinon.

– Ouais, a ajouté Philip Phelps, on nous l'aurait dit, sinon.

– Il y a de l'écho, ici, on dirait, a raillé Ross Wilcox. Qu'est-ce que vous en sauriez, de toute façon, vous deux ?

— Je le saurais parce que, au moment où les Yew apprendraient la nouvelle » – Grant Burch a craché un glaviot –, « ils téléphoneraient à mon vieux, parce que celui de Tom et le mien ont grandi ensemble. Voilà comment je le saurais.
— Mais oui, c'est ça, Burch, s'est moqué Wilcox.
— Si. » Grant Burch avait encore le poignet dans le plâtre, alors il ne pouvait pas grand-chose contre les railleries de Wilcox. Mais Grant Burch n'est pas du genre à oublier. « J'en suis sûr.
— Hé ! » Gavin Coley tendait le doigt. « Regardez ! »
Gilbert Swinyard et Pete Redmarley apparurent à l'horizon, loin derrière le carrefour.
« Ils doivent revenir de Hake's Lane, a deviné Keith Broadwas. Ils ont dû y aller super-tôt. Chez les Yew. Pour s'assurer que Tom va bien. »
On s'est aperçus que Gilbert Swinyard et Pete Redmarley couraient presque.
J'ai vérifié que je pouvais dire *Pourquoi Nick n'est pas avec eux ?* mais le Pendu retenait « Nick ».
« Comment ça se fait, a dit Darren Croome, que Nick est pas avec eux ? »
Dans une détonation, les oiseaux ont jailli du chêne sans prévenir, et ça nous a fait sursauter mais pas rire. C'était incroyable à voir. Des centaines et des centaines d'oiseaux qui ont fait un premier tour au-dessus de la grande pelouse du village en s'étirant comme un élastique, puis un deuxième tour en se ramassant, puis un troisième, et enfin, comme s'ils obéissaient à un ordre, ils sont retournés dans l'arbre.
« Peut-être, supposait Dawn Madden, que Nixon a donné à Nick la permission de ne pas venir à l'école aujourd'hui. Vu ce qui se serait passé, quoi. »
C'était une hypothèse raisonnable, mais, à présent, nous pouvions voir la tête que tiraient Swinyard et Redmarley.
« Oh… a marmonné Grant Burch. Putain, non. »

« À 'heure qu'il est » – M. Nixon a toussé pour se racler la gorge –, « vous devez tous être informés que Thomas Yew, un ancien élève de notre école, a été tué lors de ces dernières vingt-quatre heures dans le cadre du conflit des îles Malouines. » (Notre proviseur avait raison, nous étions tous au courant. Norman Bates, le chauffeur du bus scolaire, avait mis Radio Wyvern et ils avaient cité le nom de Tom Yew.) « Thomas n'était pas le plus studieux des élèves qui ont honoré de leur présence les salles de classe de notre établissement, ni le plus obéissant, d'ailleurs. En effet, le registre des crimes et châtiments que je tiens m'indique que je me suis vu dans l'obligation de fesser ce jeune homme à quatre reprises, pas moins. Mais ni Thomas ni moi ne sommes » (silence lugubre), « n'*étions* » (autre silence), « du genre à cultiver notre rancune. Lorsque l'officier de la marine chargé du recrutement est venu me rencontrer dans le but de s'enquérir de la personnalité de Thomas, j'ai su que je pouvais appuyer pleinement la candidature de ce jeune homme courageux. Me retournant ma faveur quelques mois plus tard, Thomas nous avait conviés, ma femme et moi, à la cérémonie d'intégration qui se tenait à Portsmouth. Rarement... » (Tout le hall s'est agité d'étonnement à la nouvelle que quelqu'un ait pu accepter de se marier avec M. Nixon. Il a suffi d'un seul regard furieux de celui-ci pour que cette agitation retombe, raide morte.) « Rarement ai-je accepté une invitation à une cérémonie officielle avec tant de plaisir et de fierté personnelle. Thomas s'était épanoui grâce à la discipline militaire. Il avait mûri et était non seulement devenu un digne ambassadeur de notre école, mais également un élément de valeur parmi les forces de Sa Majesté. Voilà pourquoi la douleur que je ressens ce matin à l'annonce de la mort de Thomas Yew » (Non, la voix de M. Nixon ne s'était quand même pas fêlée ?) « à bord du *Coventry* n'a d'égale en amertume que sa sincérité. La tristesse qui se reflète aussi bien en salle des professeurs que dans ce hall m'indique que cette douleur est partagée par tous. » (M. Nixon a retiré ses lunettes et, pendant un instant, il ne ressembla plus à un commandant SS mais à un père fatigué.) « Je vais envoyer un télégramme de condoléances à la famille de Thomas Yew après cette assemblée, au nom de l'école. J'espère que ceux qui sont proches des Yew leur apporteront tout leur soutien. Dans la vie, il est rare – voire impossible – que l'on subisse de plus grande cruauté que la perte d'un fils – ou d'un frère. Ceci étant, j'espère que vous saurez laisser tout l'espace nécessaire à la famille de Thomas et à son chagrin. » (Quelques filles de troisième s'étaient mises à pleurer. M. Nixon les a regardées, mais il avait désactivé son rayon laser mortel. Il est resté sans rien dire pendant cinq, dix, quinze secondes. Il a commencé à y avoir un peu d'agitation. Vingt, vingt-cinq, trente secondes. J'ai intercepté le regard qu'a lancé Mlle Ronkswood à Mlle Wyche, un regard qui disait : *Il va bien ?* Mlle Wyche a très légèrement haussé les épaules.) « J'espère, a fini par poursuivre M. Nixon, que le sacrifice de Thomas vous amènera à réfléchir sur la violence et ses conséquences, fût-elle militaire ou affective. J'espère que vous saurez distinguer ceux qui déclenchent la violence de ceux qui en font usage et de ceux qui en paient le prix. Les guerres ne surgissent jamais de nulle part. Les guerres mettent du temps à venir, et je vous prie de croire que de nombreuses responsabilités incombent à tous ceux qui n'ont pas su en empêcher le maudit avènement. J'espère également que vous saurez établir une distinction entre ce qu'il y a de véritablement précieux dans vos propres vies et tout ce qui n'est que... battage... esbroufe... futilité... faux-semblants... narcissisme. » Notre proviseur avait l'air épuisé. « Ce sera tout. » M. Nixon a fait un signe de tête à M. Kempsey, au piano. M. Kempsey nous a indiqué d'ouvrir à l'hymne qui dit *Entends-nous, Seigneur, car nous pleurons ceux qui périssent en mer*. Nous nous sommes tous levés et l'avons chanté pour Tom Yew.

Normalement, les messages gravés dans nos congrégations mesurent des kilomètres de haut et disent *Il est bon d'aider autrui* ou encore *Même les débiles les plus profonds peuvent réussir s'ils n'abandonnent jamais*. Mais je ne suis pas sûr que les professeurs eux-mêmes avaient compris ce que M. Nixon voulait dire ce matin-là.

La mort de Tom Yew avait fait retomber l'excitation générale provoquée par la guerre. Comme il n'avait pas été possible de rapatrier son corps dans le Worcestershire, Tom Yew avait été enterré là-bas, sur ces îles rocheuses qu'on continuait à se disputer. Rien n'était encore redevenu normal. C'est drôle de jouer à avoir du chagrin. Mais quand quelqu'un meurt pour de vrai, il y a cette espèce d'impression que tout se traîne, c'est horrible. Les guerres durent des mois et des mois, et même des années, des fois. Comme celle du Viêt-nam. Qu'est-ce qui nous dit que ça ne va pas faire pareil ? Les Argentins ont envoyé dans les îles Malouines trente mille soldats qui tiennent chacun une position retranchée. Nous avons seulement six mille soldats qui cherchent à débarquer. Sur nos trois uniques hélicoptères Chinook, on en a perdu deux quand l'*Atlantic Conveyor* a été coulé ; du coup, nos soldats avancent vers Port Stanley à pied. Même le Luxembourg a plus de trois hélicoptères en bon état de fonctionnement, j'imagine. On raconte que les navires de la flotte argentine sortent la nuit et vont couper nos liaisons sous-marines avec l'île de l'Ascension. On arrive à court de pétrole, en plus (comme si l'armée de Grande-Bretagne n'était qu'une berline familiale à la con). Le mont Kent, les Deux-Sœurs, le massif de Tumbledown. Ces noms sont familiers mais le terrain ne l'est pas, lui. Brian Hanrahan dit que le seul abri pour les soldats de la marine britannique, ce sont les boulders géants. Nos hélicoptères ne peuvent pas les protéger depuis les airs à cause de la brume, de la neige, de la grêle et des bourrasques. C'est comme le parc naturel de Dartmoor [1] en

---

1. Parc naturel du sud-ouest de l'Angleterre réputé pour la rudesse de son climat.

plein hiver. Nos paras ne peuvent pas creuser d'abri parce que le sol est trop dur, et certains ont attrapé des engelures (une fois, mon grand-père m'a raconté comment son père à lui en avait eu à Passchendaele en 1916). L'est des îles Malouines est un gigantesque terrain miné. Les plages, les ponts, les ravins, partout. La nuit, les tireurs embusqués lancent des obus éclairants, et le paysage s'illumine de manière aveuglante, comme quand on ouvre un frigo. Les balles pleuvent. Les Argentins dépensent leurs munitions comme s'ils en avaient en quantité infinie. Et en plus, nos soldats ne peuvent pas bombarder les immeubles, sinon on finirait par tuer les civils qu'on est censés protéger. Et il n'y en a pas tant que ça. Le général Galtieri sait qu'il a l'hiver pour lui. Du balcon de son palais, il a déclaré que s'il le fallait l'Argentine se battrait jusqu'à ce que tombe le dernier de ses hommes.

Nick Yew n'est pas retourné à l'école. Dean Moran l'a vu acheter une boîte d'œufs et du Paic citron chez M. Rhydd, mais Moran n'a pas su quoi lui dire. Il m'a raconté que le visage de Nick était comme mort.

La semaine dernière, la *Gazette de Malvern* a publié une photo de Tom Yew en première page. Il souriait et faisait le salut militaire devant l'objectif dans son uniforme. Je l'ai collée dans mon cahier. Je n'ai presque plus de pages.

En rentrant à la maison lundi, j'ai trouvé une dizaine de blocs de granit en plein milieu de l'allée, et puis aussi cinq sacs étiquetés COQUILLAGES CONCASSÉS. Et aussi une carapace de tortue géante qui était en fait un bassin préfabriqué en fibre de verre. Debout sur un escabeau, M. Castle taillait sa haie, celle qui sépare son jardin de devant du nôtre. « Alors, papa ressuscite les jardins suspendus de Babylone ?
– On dirait, oui.
– J'espère qu'il a un tracto rangé quelque part dans son garage.
– Pardon ?

– Vous avez plus d'une tonne sur les bras, avec ce joli petit tas. Personne ne pourra déplacer ça à la brouette. Et puis ils ont salement amoché le goudron, aussi.» M. Castle souriait et grimaçait à la fois. «J'étais là quand ils ont livré ça là.»
Maman est arrivée à la maison vingt minutes plus tard, complètement furax. Je regardais la guerre à la télé, et je l'ai entendue téléphoner aux paysagistes dans l'entrée. «C'était demain que vous deviez nous livrer le granit. Et vous étiez censés l'entreposer dans le jardin! Pas le laisser en plein milieu de notre allée! Comment ça, vous vous êtes "mélangé les pinceaux"? Et moi, je dis que c'est criminel et complètement stupide! Comment voulez-vous qu'on se gare, maintenant?» Maman a fini par crier les mots «en parler à mes avocats» et par raccrocher.

Quand papa est rentré à la maison, à sept heures passées, il n'a rien dit pour les blocs de granit dans l'allée. Pas un mot. Mais il se taisait avec maestria. Maman n'a pas parlé des blocs, elle non plus. C'était le *statu quo*. La tension s'entendait dans le salon, c'était comme un bruit de câbles qui se tendent. Maman raconte toujours avec fierté que, quoi qu'il puisse se passer, nous nous réunissons tous autour de la table et partageons le dîner. Dommage qu'elle ne nous ait pas épargné cette coutume, ce soir-là. Julia s'est appliquée pour faire durer son histoire d'exam de géographie (elle a eu toutes les questions qu'elle avait révisées), et maman et papa l'ont poliment écoutée, mais moi, c'était comme si je sentais la présence des blocs dehors qui attendaient qu'on parle d'eux.
Maman a servi la tarte au citron et la glace à la vanille.
«Loin de moi l'idée de te chercher, Helena, a commencé papa, mais je me demandais quand est-ce qu'il me sera à nouveau possible de garer ma voiture dans mon garage.
– Les ouvriers viendront installer la rocaille demain. Il y a eu un malentendu à propos de la date de livraison. Ils auront tout fini d'ici demain soir.

— Ah, bien. Simplement, notre police d'assurance stipule sans équivoque que nous ne sommes couverts que sur le stationnement privé, donc si...
— Demain, Michael.
— Formidable, cette tarte au citron est délicieuse, au fait. Tu l'as achetée chez Groenland ?
— Chez Sainsbury's. »
Les cuillères grinçaient sur les assiettes.
« Je ne voudrais pas me mêler de ce qui ne me regarde pas, Helena... » (Les narines de maman se sont raidies, comme les naseaux des taureaux dans les dessins animés.) « ... mais j'espère que tu ne les as pas payés, n'est-ce pas ?
— Non, j'ai juste versé un acompte.
— Un acompte. Je vois. Je te posais la question parce que, avec toutes ces horribles histoires de gens qui versent de grosses sommes d'argent à des bricolos qui ouvrent et ferment leurs entreprises du jour au lendemain... Avant même que tu puisses téléphoner à un avocat, le patron s'est déjà fait la malle sur la Costa del Sol ou ailleurs. Et le client, lui, ne revoit jamais la couleur de cet argent qu'il a eu tant de mal à gagner, le pauvre. Les escrocs exploitent la crédulité des gens, c'est effarant.
— Je croyais que tu "t'en lavais les mains", Michael ?
— Exact, c'est bien ce que j'ai dit. » Même si c'était une question de vie ou de mort, papa ne pourrait pas s'empêcher de montrer qu'il est content de lui. « Mais je ne m'attendais pas à ne même plus pouvoir garer ma voiture sur mon allée. C'est tout ce que je voulais dire. »
Un objet silencieux s'est brisé sans qu'on l'ait fait tomber. Maman a quitté la table. Elle n'était ni en colère, ni en larmes, mais c'était pire. C'était comme si on n'existait pas.
Papa s'est contenté de regarder l'endroit où elle s'était assise.
« Aujourd'hui, à l'exam » — Julia s'enroulait une mèche de cheveux autour du doigt — « il y a eu cette expression que je ne

connais pas bien : une "victoire à la Pyrrhus". Tu sais ce que c'est, toi, papa, une "victoire à la Pyrrhus" ? »
Papa a adressé à Julia un regard très complexe.
Julia n'a pas vacillé.
Papa s'est levé et est allé dans le garage, sans doute pour fumer.
Les débris du dessert s'étalaient entre Julia et moi.
Nous les avons contemplés pendant un moment. « Une victoire à la quoi ?
– À la Pyrrhus. La Grèce antique. On parle de victoire à la Pyrrhus quand quelqu'un gagne un conflit, mais que le prix de cette victoire est si élevé qu'on aurait tout simplement mieux fait de ne pas déclarer la guerre. Pas mal, hein, comme expression ? Bon, Jace, j'ai l'impression que ça va être encore à nous de faire la vaisselle. Tu préfères laver ou essuyer ? »

Cessez-le-feu général aux Malouines

C'était comme si toute la Grande-Bretagne fêtait la Guy Fawkes Night, Noël, la Saint-George et le jubilé d'argent de la reine en même temps. Mme Thatcher est apparue à la porte du 10, Downing Street en disant : « Réjouissez-vous ! Réjouissez-vous ! » Les flashs des photographes et la foule sont devenus complètement dingues ; ce n'était pas du tout une politicienne, mais les quatre membres du groupe Buck Fizz à l'Eurovision en une seule personne. Tout le monde chantait l'hymne du Royaume-Uni, « *Rule Britannia, Britannia rules the waves, Britons never never never shall be slaves* » en boucle (elle a des couplets, cette chanson, ou bien est-ce que c'est juste un refrain qu'on répète sans fin ?). Cet été n'est pas verdoyant. C'est l'été rouge, blanc et bleu du drapeau britannique. Les cloches des églises ont sonné, les phares sur les côtes se sont allumés, partout dans les rues du pays, des fêtes se sont improvisées. Hier soir, c'était *happy hour* toute la nuit au Black Swan d'Isaac Pye. En Argentine, des émeutes ont éclaté dans les grandes villes et on rapporte qu'il y a eu des pillages et des coups de feu, et il y a même des gens qui disent que ce n'est plus qu'une question d'heures avant que la junte ne soit renversée. Le *Daily Mail* est bourré d'articles qui racontent comment, grâce à notre courage et à nos dirigeants, nous autres, Britanniques, avons gagné la guerre. Il n'y a jamais eu de Premier ministre plus populaire que Margaret Thatcher. Dans toute l'histoire des sondages d'opinion.

Je devrais sauter de joie.

Julia lit le *Guardian*; on y trouve des tas de trucs qu'il n'y a pas dans le *Daily Mail*. La plupart des trente mille soldats ennemis, elle m'a dit, n'étaient que des conscrits et des Indiens. Les unités d'élite argentines revenaient à toute vitesse vers Port Stanley à mesure que les parachutistes britanniques progressaient. Les quelques-uns qu'ils avaient laissés derrière eux ont été tués à la baïonnette. Vous imaginez, se faire arracher les tripes par une entaille dans le ventre ? C'est très 1914, comme façon de mourir en 1982. Brian Hanrahan dit qu'il a assisté à l'interrogatoire d'un prisonnier qui racontait qu'ils ne savaient même pas ce que c'était, les Malouines, ni la raison pour laquelle on les avait amenés jusqu'ici. Julia dit qu'on a gagné principalement parce que : a) les Argentins ne pouvaient plus acheter d'Exocet ; b) leur flotte est restée à l'abri dans les bases navales de métropole ; c) leur armée de l'air n'avait plus de pilotes qualifiés. Julia dit que ç'aurait coûté moins cher de réinstaller les habitants des Malouines dans les Cotswolds et de leur donner une ferme que de faire cette guerre. Elle pense que personne ne va vouloir payer pour réparer les dégâts et que la plupart des fermes ne seront plus accessibles tant que les mines n'auront pas rouillé.

Cent ans, ça peut prendre.

Aujourd'hui, la grosse question dans le *Daily Mail*, c'est de savoir si le chanteur Cliff Richard couche avec Sue Barker, la joueuse de tennis, ou bien s'ils sont juste bons amis.

Tom Yew a écrit une lettre à sa famille un jour avant que le *Coventry* soit coulé. La lettre est arrivée à Black Swan Green il y a quelques jours. La mère de Dean Moran l'a lue – c'était la marraine de Tom Yew – et Kelly Moran est parvenue à lui soutirer quelques détails. Les soldats de la marine pensaient que les habitants des Malouines étaient tous des débiles consanguins (« *Je te jure*, a écrit Tom Yew, *parmi ces gars-là, il y en a qui sont leurs propres pères* »), comme Benny, le crétin bricoleur dans le feuilleton *Crossroads* qui passe à la télé. Ils s'étaient même mis à appeler les insulaires les « Bennies ». (« *Je n'invente rien : j'ai rencontré un Benny ce matin qui croyait qu'une puce de silicium, c'était un insecte.* ») Très vite, tout le monde dans les troupes s'est mis à dire « Benny » à tout bout de champ. Quand les officiers l'ont appris, ils ont reçu l'ordre formel d'interdire à leurs hommes d'avoir recours à ce surnom. Ces derniers ont obéi. Mais un ou deux jours plus tard, Tom a été convoqué par son lieutenant, qui lui a demandé pourquoi l'équipage n'appelait plus les insulaires les « Bennies » mais les « Toujours ». « *Alors j'ai répondu au lieutenant : "Parce que ce sont toujours des Bennies, lieutenant."* »

Papa avait à moitié tort et à moitié raison, à propos du paysagiste qui allait disparaître avec l'argent. Quand l'entreprise a arrêté de répondre au téléphone, maman a pris sa voiture et est allée les voir à Kidderminster, mais elle n'a trouvé qu'une chaise cassée dans un bureau vide. Les fils électriques sortaient des murs. Deux hommes qui chargeaient une photocopieuse dans un camion lui ont annoncé que l'entreprise avait fait faillite. Alors les rochers de la rocaille sont restés dans notre allée deux semaines de plus, le temps que M. Broadwas revienne d'Ilfracombe, où il passait ses vacances. M. Broadwas s'occupe un peu du jardin pour mes parents. Papa a comme qui dirait écarté maman de l'opération de sauvetage. À huit heures ce matin (on est samedi), un camion qui transportait un chariot élévateur s'est garé devant chez nous. De la cabine du camion est sorti M. Broadwas, accompagné de ses fils, Gordon et Keith. C'était Doug, le beau-fils de M. Broadwas, qui conduisait le chariot élévateur. D'abord, papa et Doug ont démonté la barrière sur le côté pour que l'engin puisse passer derrière avec les blocs de granit. Ensuite, on a tous été réquisitionnés pour creuser le trou de la mare. Ça nous a donné chaud et on a bien sué. Maman allait et venait, à l'ombre, mais les hommes qui tiennent des pelles, ça fait comme une barrière invisible. Elle nous a apporté un plateau de café et de sablés. Tout le monde a poliment remercié maman, qui a poliment répondu : « Je vous en prie. » Papa m'a dit de prendre mon vélo et d'aller chez M. Rhydd chercher du 7-Up et des Mars (M. Rhydd m'a dit que c'était la journée la plus chaude de l'année 1982 à ce jour). Quand je suis revenu, Gordon et moi avons rapporté à la brouette la terre arable dégagée jusqu'au fond du jardin. Je ne savais pas quoi dire à Gordon Broadwas. Gordon est en cinquième, lui aussi (mais dans une classe pour nuls), et là, c'était mon père qui payait le sien. Plutôt gênant, comme situation, pas vrai ? Gordon n'était pas très causant non plus ; peut-être qu'il était gêné, lui aussi. Le visage de maman se fermait de plus en plus au fur et à mesure que la rocaille de notre jardin ressemblait de moins en moins à celle qu'elle avait imaginée. Une fois le bassin posé et la pause sandwichs toastés terminée, maman a annoncé qu'elle allait à Tewkesbury faire quelques courses. Alors que sa voiture démarrait et qu'on se remettait au travail, papa a soupiré pour plaisanter : « Ah, les femmes. Des années qu'elle me tanne avec cette histoire de rocaille et maintenant, voilà qu'elle part faire du shopping... »

M. Broadwas a hoché la tête comme un jardinier. Pas comme un allié.

Quand maman est rentrée à la maison, M. Broadwas, ses fils, Doug et le chariot élévateur avaient disparu. Papa m'avait laissé remplir la mare au tuyau d'arrosage. Je jouais au Jokari tout seul. Julia était sortie fêter la fin des exams avec Kate, Ewan et des amis à lui au Tanya, une boîte de nuit de Worcester. Papa repiquait des espèces de fougères grimpantes entre les blocs de granit. «Alors?» Il désignait la rocaille avec sa truelle. «Quel est le verdict?
— C'est très joli», a dit maman.
J'ai tout de suite compris qu'elle savait quelque chose qu'on ne savait pas.
Papa a acquiescé de la tête. «Les garçons n'ont pas trop mal travaillé, pas vrai?
— Oh, c'est même très bien.
— Ce sera la plus belle mare du village, m'a dit M. Broadwas, une fois que mes arbustes auront bien pris. Alors, on a fait un agréable petit tour à Tewkesbury?
— Très agréable, merci», a dit maman, pendant qu'un bonhomme rondelet qui avait des favoris de farces et attrapes faisait le tour de la maison. Il poussait un petit chariot sur lequel était posé un grand seau blanc fermé par un couvercle. «Monsieur Suckley, voici mon mari, et voici mon fils Jason. Michael, je te présente M. Suckley.»
M. Suckley nous a adressé à papa et à moi un «'chanté».
«La mare est là, lui a dit maman. Je vous en prie, monsieur Suckley.»
M. Suckley a fait rouler son seau jusqu'à la mare, l'a apporté tout près du rebord, puis il a relevé une espèce de clapet. L'eau s'est écoulée à grand jet, et deux énormes poissons ont jailli. Pas du genre petits poissons qu'on gagne à la kermesse. Ça doit coûter un sacré paquet de fric, ce genre de beaux spécimens. «Pour les Japonais, les carpes sont des trésors vivants, nous a dit maman.

Elles sont symbole de longue vie. Elles vivent plusieurs dizaines d'années. Sans doute nous enterreront-elles. »
Papa avait l'air furax.
« Oh, je sais bien : ton chariot élévateur a fait l'objet d'une dépense supplémentaire, Michael. Mais songe à tout ce que nous avons économisé en prenant du granit plutôt que du marbre. Et puis, la plus belle mare du village ne mérite-t-elle pas d'héberger le roi des poissons ? Comment les appelle-t-on en japonais, monsieur Suckley ? »
M. Suckley a versé les dernières gouttes dans la mare. « Des *koi*.
– Des *koi*. » Maman posait sur la mare un regard maternel. « La grande dorée s'appelle "Moby". Nous pourrons appeler la tachetée "Dick". »

Il s'est passé tellement de choses aujourd'hui qu'il n'aurait dû y avoir plus rien d'autre après M. Suckley. Mais après le dîner, alors que je jouais aux fléchettes dans le garage, la porte de derrière s'est ouverte d'un coup. « Fiche-moi le camp ! » Le hurlement de maman était complètement déformé par la colère. « FICHE-MOI LE CAMP, espèce de SALE BÊTE ! » J'ai couru jusqu'au jardin de derrière et j'ai rattrapé maman qui lançait sa tasse du prince Charles et de la princesse Diana en direction d'un héron gigantesque, perché sur la rocaille. Le thé est resté en état d'apesanteur tandis que le missile a traversé une ceinture de moucherons illuminés par le soleil. La tasse a explosé en heurtant la rocaille. Le héron a déployé ses ailes d'ange. Assez peu pressé, un battement d'ailes après l'autre, il s'est élevé dans les airs. Moby se débattait dans le bec de l'oiseau. « RENDS-MOI MON POISSON, a crié maman, OISEAU DE MALHEUR ! »
La tête de chiot de M. Castle a surgi de la haie.
Effarée, maman ne lâche pas du regard le héron qui disparaît dans ce bleu perdu.

ROCHERS

Moby gigote dans la lueur du Jugement dernier.
Papa a observé toute la scène depuis la fenêtre de la cuisine.
Papa ne rit pas. Il a gagné.
Et moi, j'ai envie de donner des tas et des tas de coups de pied dans les dents de ce salopard de monde à la con jusqu'à ce qu'il comprenne enfin que ne pas faire de mal aux gens, c'est dix millions de fois plus important qu'avoir raison!

Les Barbouzes

Voilà, je me retrouvais devant la porte de M. Blake à attacher un fil à coudre au heurtoir ; je faisais dans mon froc. Le heurtoir, c'était un lion en cuivre qui rugissait. *Lion, y es-tu ? M'entends-tu ? Que fais-tu ?* Derrière moi, dans le parc, Ross Wilcox priait de toutes ses forces pour que je foire mon coup. Dawn Madden était assise à côté de lui sur la cage à poules. Le réverbère faisait un halo de lumière autour de sa belle tête. Qui sait à quoi elle pouvait bien penser ? Sur le tourniquet, Gilbert Swinyard et Pete Redmarley tournaient lentement ; ils évaluaient ma prestation. Dean Moran était perché à une extrémité du tape-cul. Pluto Noak faisait contrepoids de l'autre côté. Sa cigarette rougeoyait. C'est à cause de lui que je me trouvais dans cette situation. Après que M. Blake nous avait confisqué le ballon de foot que Gilbert Swinyard avait envoyé dans son jardin, Noak avait dit : « Si vous voulez mon avis, ce vieux con mérite une petite séance de » – il a savouré l'expression – « taquine-merisier. » Ça a l'air gentil, dit comme ça, le « taquine-merisier », mais, souvent, la gentillesse est l'emballage de la méchanceté. Frapper à une porte et puis se carapater avant que la victime ouvre, ça a l'air pas bien méchant, comme farce, mais quand on joue à taquiner le merisier, on dit : *Qui sommes-nous : le vent ? Des enfants ? Ceux qui t'assassineront dans ton sommeil ?* On dit : *De toutes les maisons que compte ce village, pourquoi la tienne ?*

C'est vraiment pas gentil.
Mais peut-être que c'était la faute à Ross Wilcox aussi. S'il n'avait pas sorti sa grosse langue et roulé une pelle à Dawn Madden, j'aurais peut-être filé à la maison quand Pluto Noak avait parlé de faire du taquine-merisier. Je n'aurais peut-être pas raconté comment mon cousin Hugo faisait : il accrochait le bout d'une bobine de fil au heurtoir puis rendait ses victimes complètement dingues en frappant à la porte tout en restant à bonne distance.
Wilcox a essayé de flinguer mon idée. « Le fil va se voir. »
– Mais non, ai-je riposté, pas si on utilise du noir et qu'on donne du mou après avoir frappé, histoire que le fil traîne par terre.
– Qu'est-ce que tu racontes, Taylor ? Comme si tu avais déjà fait ça, toi.
– Si, je l'ai fait. Chez mon cousin. À Richmond.
– C'est où, ça, Richmond ?
– Juste à côté de Londres. On s'est super-bien marrés, en plus.
– Ça doit marcher. » C'était Pluto Noak qui avait parlé. « Le plus dur, j'imagine, c'est d'attacher le fil.
– Faut avoir des couilles pour ça », a dit Dawn Madden qui portait un jean imitation peau de serpent.
« Tu parles. » Tout était ma faute. « C'est fastoche. »

Pas si fastoche que ça d'attacher un fil autour d'un heurtoir quand un faux mouvement conduit à une mort certaine. M. Blake avait mis le JT de neuf heures. À travers la fenêtre jaillissait une odeur d'oignons grillés et des nouvelles sur la guerre à Beyrouth. D'après ce qu'on racontait, M. Blake avait une carabine à air comprimé. Il travaillait à Worcester dans une usine de matériel d'exploitation minière, mais il a été licencié et ne travaille plus depuis. Sa femme est morte d'une leucémie. Il a un fils qui s'appelle Martin et qui aurait aujourd'hui une vingtaine d'années, mais, un soir (d'après ce que Kelly Moran nous a raconté), ils se sont battus et plus personne n'a revu Martin. Quelqu'un a reçu une lettre envoyée depuis une plateforme pétrolière en mer du Nord et un autre type en a eu une deuxième provenant d'une usine de conserves en Alaska.

Mais bref, Pluto Noak, Gilbert Swinyard et Pete Redmarley s'étaient dégonflés, alors ils ont été vachement impressionnés quand je leur ai dit que j'allais relier la bobine au heurtoir. Mais rien que pour faire un bête nœud de vache, mes doigts tremblaient.

Là.

J'avais la gorge sèche.

Vachement doucement, j'ai redéposé le heurtoir contre le lion en cuivre.

Le plus important, c'était de ne pas me planter maintenant, de ne pas paniquer, de ne pas penser à ce que M. Blake et mes parents me feraient si je me faisais pincer.

Je suis revenu sur mes pas en dévidant la bobine et en prenant soin de ne pas soulever de gravier sur l'allée.

Les arbres préhistoriques de M. Blake projetaient des ombres de tigres.

Les gonds rouillés du portail ont grincé comme du verre qui se fêle.

La fenêtre de M. Blake s'est ouverte dans un grand claquement.

Une carabine à air comprimé a détoné et une balle m'a atteint au cou.

C'est seulement quand le bruit de la télé s'est atténué que j'ai compris : la fenêtre avait claqué en se refermant. Le projectile, ça devait être un scarabée, un truc comme ça. «T'aurais vu ta tronche quand la fenêtre a claqué, ricanait grassement Ross Wilcox alors que je regagnais la cage à poules. T'avais l'air de t'être chié dessus!»

Mais personne ne s'est rallié à lui.

Pete Redmarley a laissé tomber un gros crachat. « Au moins, il l'a fait, Wilcox.
– Ouais. » Gilbert Swinyard a lâché un glaviot. « Pour ça, il en a eu. »
Dean Moran a fait : « Joli coup, Jace. »
J'ai envoyé un message télépathique à Dawn Madden : *Ce n'est pas ton gros blaireau de copain qui aurait le courage de faire ce genre de truc.*
« C'est l'heure de s'amuser, les enfants. » Comme Pluto Noak a fait un quart de tour et s'est levé du tape-cul, Moran est retombé au sol et a roulé dans la poussière en poussant un cri rauque. « Passe-moi le fil, Jason. » C'était la première fois qu'il m'appelait autrement que « Taylor » ou « toi ». « On va aller faire coucou à ce sale branleur. » Encore tout flatté par les félicitations, je lui ai tendu la bobine.
« Nan, c'est moi le premier, Ploot, est intervenu Pete Redmarley. C'est ma bobine.
– Oh le voleur, comment il ment ! Elle est pas à toi, tu l'as fauchée à ta vieille. »
Pluto Noak a dévidé la bobine tout en grimpant en haut du toboggan.
« Et puis, de toute manière, faut de la délicatesse. Prêts ? »
On a tous fait oui de la tête et pris un air innocent.
Pluto Noak a rembobiné le fil, puis l'a délicatement tiré.
Le lion de cuivre a répondu. *Un, deux, trois.*
« Du *tact* », a marmonné Pluto Noak. Ces paroles sont venues m'éclabousser.
D'un coup de hache émoussée, le silence a tué tous les bruits du parc.
Pluto Noak, Swinyard et Redmarley se sont regardés.
Puis ils m'ont regardé, aussi, comme si je faisais partie de leur clan.
« Ouais ? » M. Blake est apparu dans un rectangle jaune.
« Ohé ? »

Ça, me suis-je dit tandis que mon sang chauffait et se fluidifiait, *ça peut faire très mal si ça nous retombe sur la gueule.*
M. Blake s'est avancé. « Y a quelqu'un ? » Son regard s'est arrêté sur nous.

« Le père de Nick Yew, disait Pete Redmarley comme si on était en pleine discussion, va vendre la moto-cross Suzuki de Tom à Grant Burch.
– À Burch ? » a dit Wilcox dans un ricanement. « Pourquoi est-ce qu'il la vend à c't' handicapé ?
– Un bras cassé, lui a répondu Gilbert Swinyard, ça ne fait pas de quelqu'un un handicapé. Pas pour moi, en tout cas. »
Wilcox n'a pas trop osé riposter. J'étais ravi.
Pendant tout ce temps, M. Blake nous fusillait du regard. Puis il a fini par retourner chez lui.
Pluto Noak a gloussé en regardant la porte se refermer. « Putain, c'est pas trop terrible, ça ?
– Trop terrible. » Dean Moran faisait écho.
Dawn Madden s'est mordu la lèvre inférieure et m'a glissé un sourire tout nu.
Pour toi, j'accrocherai cinquante fils à cinquante heurtoirs, lui ai-je envoyé comme télégramme télépathique.
« Il a de la merde dans les yeux, ce vieux con, a marmonné Ross Wilcox. Je suis sûr qu'il a marché sur le fil.
– Pourquoi tu voudrais qu'il s'imagine qu'il y a un fil, déjà ? a répondu Gilbert Swinyard.
– Allez, à mon tour, Ploot, a fait Pete Redmarley.
– Pas question, Pete, espèce de voleur. Trop marrant, c'te truc. Deuxième round ? »
Le heurtoir de M. Blake a cogné une fois, deux fois…
La porte s'est immédiatement ouverte et la bobine de fil a sauté de la main de Pluto Noak. Elle est partie rebondir sur le macadam jusque sous la balançoire.
« Très bien, toi, tu vas… », a grogné M. Blake devant le garnement

invisible qui ne se recroquevillait pas de terreur, ni devant le seuil, ni ailleurs.

J'ai eu cette sensation bizarre où on a l'impression que le présent n'est pas le présent.

M. Blake a fait le tour de son jardin pour y débusquer un enfant caché.

«Alors combien les Yew demandent au vieux de Burch pour la bécane?» a lancé Gilbert Swinyard à Pete Redmarley bien fort et sur un ton innocent.

«Chais pas, a répondu Pete Redmarley. Deux cents, j'imagine.

– Deux cents cinquante, l'a ramené Moran. Kelly a entendu Isaac Pye dire ça à Harris le Putois au Black Swan.»

M. Blake s'est avancé jusqu'à son portail (j'ai essayé de garder mon visage à moitié caché; j'espérais qu'il ne me reconnaîtrait pas).

«Tiens, Giles Noak. J'aurais dû m'en douter. Tu veux retourner passer la nuit au poulailler, c'est ça?»

Wilcox me dénoncerait sûrement, si la police venait se mêler de ça.

Pluto Noak s'est penché sur le côté du toboggan et a largué un gros crachat.

«Tu n'es qu'un sale petit merdeux, Giles Noak.

– C'est à moi que tu parles? C'est pas le gamin qui a frappé à ta porte et qui s'est barré, que tu voulais?

– Mon cul! C'est toi qui as fait ça!

– Ah oui, et j'ai fait un grand saut de ta porte jusque là où je suis, c'est ça?

– Alors, c'est qui?»

Pluto Noak a poussé un petit ricanement qui disait: *Va te faire foutre.* «Qui ça?

– Très bien!» M. Blake a reculé d'un pas. «J'appelle la police!»

Pluto Noak nous a fait une imitation *hilarante* de M. Blake. «"Monsieur l'agent? Oui, Roger Blake à l'appareil. Vous savez, le chômeur de Black Swan Green qui tape sur son gosse. Écoutez, il y a un gamin qui n'arrête pas de frapper à ma porte et de déguerpir. Ça non, je ne connais pas son nom. Non, je ne l'ai pas vu, mais venez l'arrêter. Ça ne lui ferait pas de mal, quelques bons gros coups de matraque ! Et je tiens à le faire moi-même." »

Mon idée de taquiner le merisier nous avait amenés là : c'était terrifiant.

« Après ce qui est arrivé à ce déchet humain qu'était ton père » – il y avait du venin dans la voix de M. Blake, maintenant –, « tu dois être bien placé pour savoir où tu finiras. »

Un éternuement explosif s'est échappé du corps de Moran.

J'ai un truc vrai à raconter sur Giles Noak, *alias* « Pluto ». L'automne dernier, sa petite amie de l'époque, Colette Turbot, avait été invitée par M. Dunwoody, notre prof de dessin, à venir au club d'art. Le club d'art est ouvert après l'école, mais seulement aux enfants que M. Dunwoody invite. Colette Turbot y est allée et a découvert qu'il n'y avait qu'elle et M. Dunwoody. Il lui a proposé de poser seins nus dans sa chambre noire pour qu'il la photographie. Colette Turbot lui a répondu : « Ah non, je ne crois pas, monsieur. » Dunwoody lui a dit que si elle ne se servait pas de ce que la nature lui avait offert, elle passerait à côté de sa vie en n'épousant que des imbéciles et finirait caissière. Colette Turbot est partie. Le lendemain, Pluto Noak et un copain de son usine de chips de couenne de porc frite sont apparus à l'heure du déjeuner dans le parking des profs. Une assez grosse foule s'est formée. Pluto Noak et son copain ont pris chacun un coin de la Citroën de Dunwoody et l'ont carrément retournée. « VA DIRE AUX FLICS CE QUE J'AI FAIT, a-t-il hurlé à pleins poumons en direction de la fenêtre de la salle des profs, ET JE LEUR DIRAI, MOI, *POURQUOI* J'AI FAIT ÇA ! »

Il y a des tas de gens qui disent « Je n'en ai rien à foutre ». Mais chez Pluto Noak, n'en avoir rien à foutre, c'est une religion.

Bref, par précaution, M. Blake avait déjà reculé d'un ou deux pas avant que Pluto Noak arrive au niveau du portail. «Tu dois t'y connaître, Roger, pour parler du père des autres de cette façon-là. Et si on réglait ça maintenant, d'homme à homme? Toi et moi. Maintenant. T'as pas peur, hein? Martin m'a dit que démolir les adolescents désobéissants, ça te connaît.

– Toi» – et M. Blake a découvert que sa voix était comme fêlée et un peu folle –, «tu ne sais pas de quoi tu parles, mon petit père.

– Martin était bien placé pour savoir ça, lui, pas vrai?

– Je n'ai jamais levé la main sur lui!

– Pas la main.» Il m'a fallu un moment pour comprendre que cette voix, c'était celle de Dean Moran. «Un tisonnier enveloppé dans une taie d'oreiller, c'est plus ça, votre style.» On ne sait jamais à quoi s'attendre avec Dean Moran. «Ça ne laisse pas de traces.»

Pluto Noak a creusé l'écart. «Ah, c'était le bon temps, hein, *Rog*?

– Vous n'êtes que de sales petits merdeux!» M. Blake est reparti vers sa maison. «Tous autant que vous êtes! La police va venir vous ramasser vite fait, je vous le dis, moi…

– Mon vieux avait ses travers, j'dis pas le contraire, lui a lancé Pluto Noak, mais il ne m'a jamais fait ce que toi, tu as fait à Martin!»

La porte de M. Blake a claqué aussi fort qu'un coup de fusil.

J'aurais tellement voulu ne pas avoir ouvert ma grande gueule pour leur parler du coup du fil à coudre.

Pluto Noak est revenu en gambadant, tout content. «Joli coup, Moran. Je ferais bien une partie d'Asteroids au Black Swan, moi. Vous venez?»

L'invitation ne s'adressait qu'à Redmarley et Swinyard. Ils ont tous les deux répondu: «OK, Ploot.» En partant, Pluto Noak m'a fait un signe de tête qui disait *Bien joué*.

« Mais » – il a fallu que Ross Wilcox l'ouvre – « Blake trouvera le fil demain matin. »
Pluto Noak a craché en direction de la lune de juin, toute pimpante. « Tant mieux. »

D'habitude, à l'école, mes récrés sont assez sinistres. Si on reste seul, ça veut dire qu'on est un naze et qu'on n'a pas d'amis. Si on tente de rentrer dans le cercle de gars que tout le monde estime, des gars comme Gary Drake ou David Ockeridge, on risque de se prendre un « Qu'est-ce que tu veux, toi ? » en pleine poire. Si on traîne avec des gars que tout le monde trouve nuls, comme Floyd Chaceley ou Nicholas Briar, ça veut dire qu'on est comme eux. Les filles – comme celles du troupeau qu'Avril Bredon réunit au vestiaire –, ça ne résout pas le problème. C'est sûr, on n'a pas autant besoin de prouver quoi que ce soit devant les filles, et puis elles sentent bon, elles. Mais rapidement, quelqu'un ira répandre la rumeur que l'une d'elles vous plaît bien. Vous pouvez être sûr que des cœurs et des initiales vont apparaître sur les tableaux.

Je passe mes récrés à faire le trajet entre plusieurs destinations changeantes, comme ça, au moins, je donne l'impression d'avoir quelque part où aller.

Mais aujourd'hui, c'était différent. C'étaient les autres qui venaient me chercher. Ils voulaient savoir si c'était bien moi qui avais attaché le fil à coudre à la porte d'entrée de Roger Blake. Une petite réputation de dur à cuire, ça sert toujours, sauf si les profs le remarquent. Alors je répondais à chaque fois : « Ah, tu sais, il ne faut pas croire tout ce qu'on raconte. » Vachement malin, comme réponse. Ça voulait autant dire *Bien sûr, que c'est vrai* que *Et pourquoi je te le dirais, à toi ?*

« Tu m'étonnes », ils répondaient. C'est la folie, en ce moment : tout le monde utilise cette expression.

Neal Brose était derrière le comptoir avec les délégués de terminale qui tiennent la petite boutique de l'école (Neal Brose s'était débrouillé pour persuader M. Kempsey de lui délivrer une autorisation spéciale en prétextant vouloir découvrir le monde du commerce). Neal Brose m'avait snobé pendant tout le trimestre, mais là, il m'a lancé : « Qu'est-ce que ce sera, Jace ? »

À cause de sa gentillesse, mon cerveau a eu un passage à vide. « Un Double Decker ? »

Un Double Decker m'arrivait en pleine face. J'ai levé la main pour l'arrêter. La barre chocolatée a atterri dans ma paume, qui l'a recueillie à la perfection.

Des tas de gars étaient là pour voir.

Neal Brose a fait un geste du pouce pour me signifier de venir le payer par le côté. Mais quand je lui ai tendu mes quinze pence, il a souri d'un air rusé puis il a resserré mes doigts sur les pièces, histoire que ça donne l'impression qu'il les avait prises. Il a refermé la porte sans me laisser le temps de protester. Je n'avais jamais mangé un Double Decker aussi bon. Jamais le nougat n'avait été si fondant. Jamais le biscuit au cassis n'avait été si croustillant ni savoureux.

Et puis Duncan Priest et Mark Bradbury sont apparus avec une balle de tennis. Mark Bradbury m'a demandé : « Une partie de *slam*[1] ? » comme si on était super-copains depuis des années.

« D'accord, ai-je répondu.

– Super ! a fait Duncan Priest. Le slam, c'est mieux à trois. »

En dessin, on a M. Dunwoody, le prof dont Pluto Noak a retourné la voiture l'année dernière. M. Nixon était intervenu pour lui sauver la peau, et surtout pour éviter un scandale, d'après Julia. Il n'est rien arrivé à Pluto Noak et M. Dunwoody est venu à l'école avec Mlle Gilver, le temps de faire réparer sa Citroën. Ils

---

1. Jeu qui consiste à frapper une balle de tennis contre un mur avec un rebond autorisé.

feraient un beau couple, on se disait. Ils détestent les humains, tous les deux.

Bref, le visage de M. Dunwoody vient s'encastrer derrière son énorme pif. Il pue le bâtonnet Vicks. Seul un autre bègue pourrait remarquer qu'il dérape légèrement sur les mots commençant par T. Dans sa salle de classe, il y a une odeur d'argile, c'est bizarre. Surtout qu'on n'utilise jamais d'argile. Le four à poteries sert de placard à M. Dunwoody et la chambre noire reste un mystère que seuls les membres du club d'art connaissent. Les fenêtres de la classe de dessin donnent sur le terrain de sport, alors les gars les plus populaires réservent les places à côté des fenêtres en y jetant leur sac. Alastair Nurton m'en avait gardé une. Un système solaire de montgolfières était suspendu au-dessus des collines de Malvern, dans le ciel parfait de l'après-midi.

La leçon d'aujourd'hui portait sur le nombre d'or. M. Dunwoody nous expliquait qu'un Grec nommé Archimède avait trouvé le moyen de placer parfaitement un arbre et l'horizon dans n'importe quelle image. M. Dunwoody nous a montré comment trouver le nombre d'or en nous servant des proportions et d'une règle, mais personne n'a vraiment compris, pas même Clive Pike. M. Dunwoody a fait cette tête qui disait : *À quoi suis-je donc en train de gâcher ma vie ?* Il s'est pincé l'arête du nez et massé les tempes.

« Quatre ans à l'Académie royale des beaux-arts pour ça. Sortez vos crayons. Sortez vos règles. »

Dans ma trousse, j'ai trouvé un message qui a fait tournoyer la salle de classe.

Le cimetière
8 heures ce soir
Les
Barbouzes

Un chiffre et quelques mots avaient suffi à changer le cours de ma vie.

Quand on a treize ans, les bandes, c'est déjà un truc de bébé, comme les cabanes et les Lego. Mais les Barbouzes, c'est plus une société secrète. Le père de Dean Moran nous avait raconté que les Barbouzes, ça existait depuis des années. C'était une sorte de syndicat pour ouvriers agricoles. Par exemple, si un patron ne payait pas ce qu'il devait à quelqu'un, les Barbouzes venaient en nombre rétablir la justice. La moitié des hommes qui fréquentaient le Black Swan en étaient, à cette époque. Ça a changé, depuis, mais le secret est encore super-bien gardé. Les vrais membres ne parlent jamais des Barbouzes. Pete Redmarley et Gilbert Swinyard en font partie, on pense, Moran et moi, et Pluto Noak est leur chef, c'est obligé. Ross Wilcox se vante d'en faire parti : c'est donc faux. John Tookey en fait partie, lui. Une fois, il s'est fait malmener par des skinheads dans une boîte à Malvern Link. Le vendredi d'après, une vingtaine de Barbouzes, dont Tom Yew, y sont retournés à vélo et à moto. Toutes les versions de ce qui s'est passé racontent la même fin : les skinheads ont été obligés de lécher les bottes de John Tookey. Et ça, ce n'est qu'une histoire parmi une centaine d'autres.

Mon acte de bravoure d'hier soir avait dû impressionner les bonnes personnes. Pluto Noak, sans doute. Mais qui m'avait déposé ce message ? Je l'ai mis dans la poche de la veste de mon uniforme et j'ai scruté toute la classe à la recherche d'un regard complice. Rien du côté de Gary Drake ou de Neal Brose. David Ockeridge et Duncan Priest sont populaires mais ils habitent loin, vers Castlemorton et Corse Lawn. Les Barbouzes, c'est un truc propre à Black Swan Green.

Des filles de cinquième sont passées devant la fenêtre ; elles s'entraînaient pour la journée des sports. Au passage d'un petit groupe, M. Carver a agité sa crosse de hockey comme Vendredi. Les nichons de Lucy Sneads bondissaient comme deux Oui-Oui jumeaux.

Peu importe qui m'a glissé ce message, ai-je pensé en regardant les chevilles café crème de Dawn Madden. *Il y est arrivé.* « Si c'est pas donner » – M. Dunwoody a reniflé son tube Vicks – « de la confiture à des cochons, ça ! »

Maman était au téléphone avec tante Alice quand je suis rentré, mais elle m'a quand même fait un coucou plein de soleil. Il y avait Wimbledon à la télé ; sans le son. Le soleil s'engouffrait par rafales dans la maison ouverte de partout. Je me suis servi un verre de sirop d'orgeat, puis j'en ai servi un à maman aussi. « Oh, a-t-elle dit quand je l'ai déposé à côté du téléphone, ce que mon fils est bien élevé ! » Maman avait acheté des cookies aux pépites de chocolat. Le paquet était neuf : un régal. J'en ai pris cinq, suis monté dans ma chambre, me suis changé, me suis étendu sur le lit, ai mangé les cookies, ai mis « Mr Blue Sky » d'Electric Light Orchestra et l'ai repassé cinq ou six fois en me demandant à quelle épreuve les Barbouzes allaient me soumettre. Il y avait forcément une épreuve d'intégration. Traverser le lac dans le bois à la nage, escalader la paroi de la carrière à ciel ouvert de Pig Lane. Peu importe : je le ferai. Quand je serai un Barbouze, chaque journée sera aussi sensass qu'aujourd'hui.

Le disque s'est arrêté. J'ai passé en revue les sons qui berçaient l'après-midi.

D'habitude chez nous, les spaghettis bolognaise, c'est de la viande hachée, des spaghettis et du ketchup. Mais maman nous avait fait la vraie recette ce soir, alors que ce n'était l'anniversaire de personne. Chacun notre tour, papa, Julia et moi devinions ce qu'il y avait dedans. Du vin, des aubergines (caoutchouteuses, mais sans le goût de vomi), des champignons, des carottes, des poivrons rouges, de l'ail, des oignons, du fromage de corne de pied et cette espèce de poussière rouge nommée paprika. Papa nous a raconté que les épices, avant, c'était comme l'or ou le pétrole aujourd'hui. Les clippers et les goélettes en rapportaient de Jakarta, de Pékin et du Japon. Il disait que la Hollande, à cette époque, était un pays aussi puissant que l'URSS aujourd'hui. La Hollande, quoi! (Souvent, je me dis que les garçons ne deviennent pas des hommes. Les garçons sont juste pris dans un masque d'homme en papier mâché. Et des fois, on le voit encore derrière, le garçon.) Julia nous a raconté son après-midi au bureau de l'avocat à Malvern. C'est son job d'été : elle range les dossiers, répond au téléphone et tape des lettres. Elle économise pour partir en vacances en août avec Ewan et s'acheter un billet InterRail. Ça coûte cent soixante-quinze livres et après, on peut prendre n'importe quel train et aller où on veut partout en Europe gratuitement, pendant un mois. L'Acropole à l'aube. La lune sur le lac de Genève.

La chance qu'elle a.

Mais bon, bref, c'était au tour de maman. «Tu ne devineras jamais qui il y avait chez Penelope Melrose, aujourd'hui.

– Ah, j'ai complètement oublié de te demander.» Papa fait de gros efforts pour être gentil en ce moment. «C'était comment? Il y avait qui?

– Penny va bien. Devine qui elle avait invité, aussi : Yasmin Morton-Bagot.

– "Yasmin Morton-Bagot"? C'est un nom inventé, ce n'est pas possible?

– Mais non, ce n'est pas inventé, Michael. Elle était présente à notre mariage.

– Ah bon?

– Penny, Yasmin et moi étions inséparables, à l'université.

– Le beau sexe, Jason, m'a dit papa en me faisant un signe malicieux de la tête, chasse en meute.»

Ça m'a semblé bien de lui sourire.

«Ah oui, papa, lui a fait remarquer Julia, contrairement au sexe *laid*, tu veux dire?»

Maman a poursuivi : « C'est Yasmin qui nous avait offert les verres à vin vénitiens.
— Ah, c'est elle, ces machins-là ! Les espèces de trucs pointus sans pied qu'on ne peut jamais poser ? Ce qu'ils prennent comme place en hauteur, ces verres. On ne les a toujours pas cassés ?
— Je suis surprise qu'elle ne te dise pas grand-chose. C'est le genre de fille dont on se souvient. Son mari, Bertie, était golfeur semi-professionnel.
— Ah oui ? » Papa était impressionné. « Comment ça, il "était" ?
— Oui. Il a fêté son passage au niveau professionnel en partant s'installer avec une kiné. Il a vidé leur compte commun et n'a pas laissé le moindre sou à Yasmin. »
Papa a pris un air à la Clint Eastwood. « Quel genre d'homme faut-il être pour agir ainsi ?
— Ça l'a aidée à s'épanouir. Elle s'est lancée dans la décoration d'intérieur. »
Papa a aspiré l'air à travers ses dents. « Une entreprise risquée.
— Son premier magasin du quartier de Mayfair à Londres a eu tellement de succès qu'elle en a ouvert un deuxième à Bath la même année. Elle n'est pas du genre à se vanter en donnant le nom de ses clients, mais elle a travaillé pour la famille royale. Elle habite chez Penny en ce moment parce qu'elle ouvre un troisième magasin à Cheltenham. Il y aura même un grand espace de galerie, pour les expositions. Mais la gérante qu'elle avait engagée à l'origine l'a laissée tomber.
— Le personnel ! C'est toujours la partie la plus compliquée de l'équation. L'autre jour, justement, je disais à Danny Lawlor que si…
— En fait, Yasmin m'a proposé ce poste. »
Un silence stupéfait.
« Fantastique, maman, a dit Julia, un immense sourire aux lèvres, c'est génial !

— Merci, ma chérie. »
Les lèvres de papa ont souri. « En effet, c'est une proposition très valorisante, Helena.
— J'ai tenu la boutique de Freda Henbrook pendant dix-huit mois à Chelsea.
— Ah oui, ce drôle d'endroit où tu as travaillé après tes études ?
— Maman a un instinct incroyable pour tout ce qui a trait aux couleurs, aux textiles, tout ça. Et puis, avec les gens, elle est épatante. Elle te les envoûte et leur vend ce qu'elle veut.
— Personne ne dit le contraire ! » Papa a fait mine de se rendre, pour rire. « Je suis sûr que cette Yasmin Marteau-Bigote ne t'aurait pas...
— Morton-Bagot. Yasmin Morton-Bagot.
— ... ne t'aurait pas soumis cette idée si elle doutait de toi, mais...
— Yasmin est née avec le sens des affaires. Ses employés sont triés sur le volet.
— Et... qu'est-ce que... tu lui as répondu ?
— Elle m'appelle lundi pour que je lui fasse part de ma décision. »
Les sonneurs de cloches de l'église Saint-Gabriel ont commencé leur séance d'entraînement hebdomadaire.
« Je veux juste savoir, Helena : il ne s'agit pas d'un système de vente pyramidal, au moins ?
— Il s'agit d'une galerie et de décoration d'intérieur, Michael.
— Mais vous avez parlé du contrat, n'est-ce pas ? Tu n'es pas payée juste à la commission ?
— Yasmin me versera un salaire, comme on peut le faire dans les supermarchés Groenland. Moi qui croyais que tu serais content d'apprendre que je vais apporter des revenus au foyer. Tu n'auras plus besoin de sortir des "montagnes de fric" pour subvenir à mes lubies. J'y subviendrai moi-même.
— Je suis content. Si, si. Bien sûr que je suis content. »

Des vaches noires se sont rassemblées dans le champ, juste à côté de la rocaille, de l'autre côté de notre barrière.
« Cela veut dire que tu es prête à faire l'aller-retour jusqu'à Cheltenham tous les jours ? Six fois par semaine ?
– Cinq. Et quand j'aurai engagé une assistante, ce sera quatre fois. Et puis, Cheltenham est bien plus proche que Londres ou Oxford, ou tous ces endroits où, *toi*, tu peux te rendre.
– Cela va changer un peu notre mode de vie.
– Des changements, il y en aura forcément. Julia va aller à l'université. Jason n'est plus un bébé. »
Toute la famille a choisi ce moment pour me regarder. « Je suis content moi aussi, maman.
– Oh, merci, mon poussin. »
(Treize ans, c'est trop vieux pour être encore un « poussin ».)
« Tu vas accepter, dis ? l'a priée Julia.
– J'avoue que je suis tentée. » Maman avait un sourire timide aux lèvres. « Rester coincée à la maison tous les jours, c'est…
– "Coincée à la maison" ? » Papa a émis une espèce de couinement amusé. « Tu peux me faire confiance : à rester dans un magasin du soir au matin, *là* tu vas te sentir "coincée".
– Une galerie qui *comprend* un magasin. Et puis, au moins, je pourrai rencontrer des gens. »
Papa paraissait sincèrement intrigué. « Des gens, tu en connais des dizaines. »
Maman paraissait sincèrement intriguée. « Qui ?
– Des dizaines, je te dis ! Alice, par exemple.
– Alice a sa maison, sa famille et un travail à temps partiel. À Richmond. À une demi-journée d'ici grâce à notre merveilleux réseau ferroviaire.
– On a de gentils voisins.
– Je suis d'accord avec toi. Mais nous n'avons absolument rien en commun.
– Mais… et tes amis du village ?

— Michael, nous avons beau être installés ici depuis la naissance de Jason, on nous voit tout de même toujours comme des citadins. Oh, les gens sont polis avec nous, pour la plupart. Devant nous, en tout cas. Mais bon... »
(J'ai jeté un œil à ma Casio. C'était bientôt l'heure de mon rendez-vous avec les Barbouzes.)
« Maman a raison. » Julia tripotait la croix ansée égyptienne qu'Ewan lui avait offerte. « Kate dit que si on ne vit pas à Black Swan Green depuis la guerre des Deux-Roses, on ne vous considère pas comme quelqu'un du coin. »
Papa faisait sa mauvaise tête, comme si on avait délibérément refusé de comprendre son point de vue.
Maman a inspiré profondément. « Je me sens seule. C'est aussi simple que cela. »
Les vaches remuaient leurs queues pour chasser les grosses mouches de leurs croupes bouseuses.

Dans les cimetières, les cadavres pourrissent, serrés les uns contre les autres comme des sardines : c'est normal que ça fasse peur, un cimetière. Enfin, un peu. Il n'y a pas beaucoup de choses qui ne sont que ce qu'elles sont, si on réfléchit bien. L'été dernier, les jours de beau temps, j'ai pédalé jusqu'aux limites de la carte routière Ordnance Survey n° 150. Je suis même allé jusqu'à Winchcombe, une fois. Si je trouvais une église anglo-normande (un peu ronde) ou saxonne (plutôt courtaude) et s'il n'y avait personne dans les parages, je cachais mon vélo derrière et j'allais m'allonger sur la pelouse du cimetière. Des oiseaux invisibles, des fleurs dans des pots à confitures posés çà et là. Je n'ai pas vu d'Excalibur plantée dans un rocher, mais j'ai trouvé une pierre tombale datée de 1665. 1665, c'était l'année de la peste. C'est comme ça que je m'en souviens. La plupart des tombes se délitent après quelques siècles. Même la mort meurt, en quelque sorte. La phrase la plus triste du monde, je l'ai trouvée dans un cimetière sur la colline de Bredon. DE SES NOMBREUSES VERTUS ELLE AURAIT ORNÉ UNE VIE PLUS LONGUE. La façon d'enterrer les gens, c'est une question de mode, comme les pantalons pattes d'ef et les cigarettes. On plante des ifs dans les cimetières parce que le diable déteste leur odeur, m'a dit M. Broadwas. Je ne sais pas si je dois le croire mais n'empêche, les Ouija, ça marche pour de vrai. Il y a des tas d'histoires de loupes qui épellent des trucs du genre « S-A-T-A-N-E-S-T-T-O-N-M-A-Î-T-R-E » avant de se briser ; les enfants doivent alors faire appel à un prêtre (Grant Burch a été possédé une fois : il a dit à Philip Phelps qu'il allait mourir le 2 août 1985. Depuis, Philip Phelps n'arrive plus à dormir s'il n'a pas une bible sous son oreiller).

Les gens sont toujours enterrés face à l'ouest, de sorte qu'à la fin des temps, quand aura résonné la Dernière Trompette, tous les morts sortiront de terre et marcheront vers l'ouest jusqu'au trône de Jésus. Si on part de Black Swan Green, ça veut dire que le trône de Jésus se trouvera à Aberystwyth. Les gens qui se sont suicidés sont enterrés face au nord. Ils ne trouveront pas Jésus parce que les morts ne savent qu'avancer tout droit. Ils finiront tous à John o' Groats [1]. Aberystwyth, c'est déjà paumé, comme endroit, mais papa dit que John o' Groats se résume à quelques maisons plantées là où l'Écosse arrive à court d'Écosse.

Mieux vaut pas de Dieu du tout qu'un Dieu qui fait ça aux gens, non ?

J'ai fait une super roulade avant de commando, des fois que les Barbouzes m'observeraient. L'entraînement des sonneurs de cloches continuait. Vu de près, les cloches ne carillonnent pas : elles tanguent, chavirent, dranggguent et balouuuuuument. 8 h 15 : l'heure est venue puis repartie. Une brise s'est levée et les deux séquoias géants ont fait craquer leurs os. 8 h 30 : les cloches se

---

1. Ville à l'extrême nord de l'Écosse.

sont arrêtées et ne se sont plus remises à sonner. Le silence tinte aussi fort que les cloches, au début. J'ai commencé à m'inquiéter pour l'heure. Le lendemain, c'était samedi, mais si je ne rentrais pas à la maison dans à peu près une heure, j'aurais droit à un de ces *Non mais tu as vu l'heure?*. Neuf ou dix sonneurs de cloches ont quitté l'église en parlant d'un certain Malcolm qui était entré dans la secte Moon et qu'on avait aperçu la dernière fois en train de distribuer des fleurs à Coventry. Les sonneurs de cloches ont glissé jusque sous le porche du cimetière et leurs voix se sont dissipées lorsqu'ils ont pris la direction du Black Swan.

J'ai remarqué qu'un garçon était assis sur le mur du cimetière. Trop petit pour que ce soit Pluto Noak. Trop maigre pour que ce soit Grant Burch ou Gilbert Swinyard ou Pete Redmarley. Silencieux comme un ninja, je me suis approché de lui sur la pointe des pieds. Il portait une casquette de l'armée à l'envers, comme Nick Yew.

Nick Yew faisait partie des Barbouzes, je le *savais*.

« Ça gaze, Nick ? »

Mais c'est Dean Moran qui a poussé un *Gaaa!* et est tombé du mur.

Moran a surgi d'une mare d'orties en se frottant les bras, les jambes et le cou. « Ah ça pique, ces saloperies qui piquent ! Salopes ! » Moran savait qu'il avait trop l'air couillon pour jouer les mauvais bougres. « Qu'est-ce que tu fais là, toi ?

– Nan, *toi*, qu'est-ce que tu fais là ?

– Bah, j'ai reçu un message, tu savais pas ? Une invitation à rejoindre… » Quand Moran est en train de réfléchir, ça se voit. « Hé. Me dis pas que tu fais partie des Barbouzes, toi ?

– Non. Je croyais que… t'en faisais partie, toi.

– Mais alors, ce message dans ma trousse ? »

Il a défroissé un message identique au mien.

Moran a compris pourquoi j'avais l'air déconcerté. « Tu as eu la même chose, toi aussi ?

— Ouais. » Ce rebondissement était à la fois déroutant, décevant et inquiétant. Déroutant, parce que Dean Moran n'avait pas une tête à rentrer chez les Barbouzes. Décevant, parce qu'à quoi ça servait d'entrer chez les Barbouzes s'ils recrutaient des nazes comme Moran ? Inquiétant, parce que j'avais l'impression qu'on nous faisait marcher.
Moran avait un grand sourire aux lèvres. « C'est super, Jace ! » Je l'ai aidé à remonter sur le mur. « Les Barbouzes vont nous prendre tous les deux et le même jour, on dirait.
— Ouais, j'ai dit. C'est super.
— Ils doivent penser qu'on fait la paire. Comme Starsky et Hutch.
— Ouais. » J'ai balayé le cimetière du regard pour voir si Wilcox n'était pas dans les parages. « Ou Torvill et Dean [1]. Je sais que t'aimes bien les jupes à paillettes.
— Ha ha, très drôle. »

Accrochée à l'oreille de la lune, Vénus brillait.
« Tu crois qu'ils vont se pointer ? a demandé Moran.
— Bah, c'est bien eux qui nous ont dit de venir, non ? »
Une trompette à sourdine s'est fait entendre du côté des cottages qui bordent la Glebe.
« Ouais, mais… tu crois pas qu'on nous ferait marcher, des fois ? »
Peut-être qu'il y avait une espèce d'épreuve secrète qui consistait à nous faire attendre. *Si Moran laisse tomber*, m'a fait remarquer le Minable, *tu auras l'air plus crédible, comme Barbouze*. « Bah, t'as qu'à rentrer, alors.
— Mais non, c'est pas ce que je voulais dire. C'est juste que… Hé ! Une étoile filante.
— Où ça ?

1. Célèbre couple de patineurs artistiques britanniques.

« – Là !
– Mais non. » Tout ce qui s'apprend dans les livres, Moran l'ignore. « C'est un satellite. Il ne se consume pas. Tu vois ? Il avance tout droit. C'est peut-être comme pour la station spatiale Skylab, il perd de l'altitude. Personne ne pourra prédire où il va s'écraser.
– Ouais, mais alors, comment ça se fait que…
– Chut ! »
Il y a un coin un peu moins bien tenu où des planches cassées sont empilées sous un houx en tire-bouchon. Des murmures : je suis sûr d'en avoir entendu. Et des odeurs de cigarette, là. Moran m'a suivi en disant : « Qu'est-ce qu'il y a ? » (Qu'est-ce qu'il peut être con, des fois.) Je me suis penché pour entrer dans cette tente de noirceur verte. Pluto Noak était assis sur un premier tas de vieilles pierres tombales ; Grant Burch, sur un tas de tuiles ; John Tookey, sur un autre. J'aurais voulu leur dire que c'était moi, pas Moran, qui les avais repérés. Même dire « Salut » à des durs comme eux, ça faisait nul, alors je leur ai dit : « Ça gaze ? »
Pluto Noak, seigneur des Barbouzes, m'a adressé un signe de la tête.
« Oups. » Moran, qui avançait penché en avant, m'a donné un coup de tête dans le cul, et j'ai perdu l'équilibre. « Scuse, Jace. »
J'ai dit à Moran : « Arrête avec tes "Scuse". »

« Bon, vous connaissez les règles ? » Grant Burch a craché un glaviot. « Vous passez le mur, et après, vous avez quinze minutes pour traverser les six jardins derrière les maisons. Quand c'est fait, vous cavalez jusqu'à la grande pelouse. Swinyard et Redmarley vous attendront sous le chêne. Si vous êtes dans les temps, bienvenue chez les Barbouzes. Si vous arrivez trop tard, ou si vous rappliquez pas, vous pouvez dire adieu aux Barbouzes. »
Moran et moi avons fait oui de la tête.

« Et si vous vous faites pincer, a ajouté John Tookey, vous pouvez dire adieu aux Barbouzes aussi.
– Et puis » – Grant Burch nous a avertis du doigt –, « si vous vous faites pincer, vous n'avez même pas entendu parler des Barbouzes. »
J'ai mis mon stress et le Pendu au défi en demandant : « Les "Barbouzes" ? Qu'est-ce que c'est que ça, Ploot ? »
Pluto Noak m'a gratifié d'un grognement nasal encourageant. Le houx s'est mis à trembler pile au moment où l'église Saint-Gabriel a sonné neuf heures moins le quart. « À vos marques ! » Grant Burch nous a regardés, moi et Moran. « Qui y va en premier ?
– Moi, j'ai dit sans regarder Moran. Chuis pas un froussard. »

Le jardin situé derrière la première maison n'était qu'un marécage d'herbes et de trèfles. À califourchon sur le mur, j'ai regardé une dernière fois les quatre visages dans le cimetière, ai ramené la jambe de l'autre côté et plongé dans les herbes hautes. La maison disait : *Ils sont partis*. Aucune lumière, gouttière décrochée du mur, voilages défraîchis. Mais bon, j'ai quand même rampé. Il pouvait très bien y avoir un squatteur à l'affût dans le noir. Armé d'une arbalète (c'est toute la différence entre moi et Moran. Moran se contenterait de traverser le jardin comme s'il était chez lui. Moran ne tient jamais compte des tireurs embusqués). J'ai grimpé au prunier qui poussait à côté du mur opposé. Juste au-dessus de ma tête, le pelage d'une bête a frémi.
Crétin. Un sac en plastoc qui claque au vent, c'est tout. La même trompette s'est remise à résonner, mais vachement près, cette fois. Je me suis laissé glisser le long d'une branche noueuse et me suis mis en équilibre sur le mur. Jusque-là, fastoche. Et mieux encore : le dessus de la cuve à mazout du jardin suivant se trouvait juste trente centimètres plus bas et était dissimulé par des conifères bleu nuit.
La cuve a fait *bouuuuum*, un tonnerre sous mes pieds.

Le deuxième jardin était quatre fois plus risqué. Les rideaux et même la moitié des fenêtres étaient ouverts. Deux grosses dames assises sur un canapé regardaient les Astérix et Obélix qui prenaient part à la version continentale de *It's a Knock-out*[1]. Stuart Hall, le présentateur, riait comme un hélicoptère Harrier en plein décollage. Le jardin était entièrement à découvert. Seul un filet de badminton pendait au-dessus de la pelouse clairsemée. Des battes en plastique, des boules, une cible de tir à l'arc, et une piscine gonflable pleine de machins : le genre d'articles de mauvaise qualité qu'on trouve chez Woolworths. Pire, un camping-car était garé sur un côté. Un type rondelet dont le visage paraissait à l'envers y jouait de la trompette. Ses joues se gonflaient comme une grosse grenouille tandis qu'il gardait les yeux rivés sur le jardin.

Les notes montaient.

Les notes descendaient.

Trois minutes avaient bien dû passer. Je ne savais pas quoi faire.

L'arrière-porte de la maison s'est ouverte et une grosse dame a trottiné jusqu'au camping-car. En ouvrant la portière, elle a dit : « Vicky s'est endormie. » Le trompettiste l'a tirée à l'intérieur, a balancé sa trompette, et ils ont commencé à se rouler des pelles avec la voracité de deux chiens s'attaquant à une boîte de chocolats. Le camping-car s'est mis à tanguer.

J'ai sauté de la cuve, roulé sur une balle de golf, me suis relevé, ai traversé la pelouse à toute vitesse, trébuché sur un arceau de croquet, me suis relevé, puis j'ai mal évalué l'impulsion à prendre pour franchir le dessus de la palissade. Mon pied a buté en plein dedans, *bam!* et des éclats de bois ont volé.

---

1. Adaptation britannique d'*Intervilles*.

Tu es cuit, a annoncé mon jumeau fantôme. Je me suis hissé par-dessus la palissade puis laissé retomber par terre comme un sac de bûches.

La troisième maison était celle de M. Broadwas. Si M. Broadwas me voyait, il téléphonerait à mon père et je finirais démembré avant minuit. Les arroseurs automatiques faisaient *swwsss-swwsss-swwwsss*. Là où j'étais assis, des gouttes me balayaient le visage. La majeure partie du jardin était dissimulée par un écran de haricots grimpants.

J'avais un autre problème. Dans le jardin du trompettiste derrière moi, une voix de femme lançait un appel. « R*eviens*, Gerry! C'est encore ces satanés renards, c'est tout!

– C'est pas des renards! C'est un de ces gosses, là! »

Deux mains, juste au-dessus de ma tête, ont agrippé le haut de la palissade.

J'ai foncé jusqu'au bout de la rangée de haricots grimpants. Je me suis immobilisé.

M. Broadwas était assis sur le perron. Un robinet dégueulait de l'eau dans un arrosoir en métal.

La panique m'a submergé comme un essaim de guêpes dans une boîte de conserve.

La voix de la femme derrière moi disait : « C'est un renard, je te dis, Gerry! Ted en a descendu un la semaine dernière en croyant que c'était la Bête du Dartmoor.

– Ah ouais? » Les mains ont lâché le haut de la palissade. L'une d'elles est apparue par le trou que mon pied avait fait à travers les planches. « Et ça, c'est un renard qui l'a fait, peut-être? »

Une fois de plus, les doigts du trompettiste sont apparus en haut. La palissade grondait : il s'apprêtait à se hisser.

M. Broadwas n'avait rien entendu à cause du bruit de l'eau, mais voilà qu'il posait sa pipe sur les marches et se relevait.

Comme un rat, j'étais fait comme un rat. Papa allait me tuer.

« Mandy ? » Une autre voix venait du jardin derrière moi.
« Gerry ?
– Oh, Vicks, a dit la première femme. On a entendu un bruit bizarre.
– Je travaillais ma trompette, quand j'ai entendu un drôle de bruit, alors je suis sorti jeter un coup d'œil, a dit l'homme.
– Ah ouais ? Et ça, alors, qu'est-ce que ça veut dire ? »
M. Broadwas m'a tourné le dos.
La palissade devant moi était trop haute à franchir et il n'y avait pas de prise.
« JE SENS SON ODEUR SUR TOI ! C'EST TON ROUGE À LÈVRES, ÇA !
– MAIS C'EST PAS DU ROUGE À LÈVRES, VIEILLE FOLLE ! criait le trompettiste par-dessus la barrière. C'EST DE LA CONFITURE ! »
Le jardinier de mon père s'est avancé jusqu'à l'endroit où j'étais tapi ; l'eau clapotait dans son arrosoir. Son regard a croisé le mien, mais il n'a pas du tout eu l'air surpris.
« Je suis venu chercher une balle de tennis, lui ai-je sorti.
– Ce sera plus facile si tu passes derrière la remise. »
Ça n'a pas tout de suite fait tilt.
« Tu perds un temps précieux, a ajouté M. Broadwas, qui s'est tourné vers son rang d'oignons.
– Merci, » ai-je dit en m'étranglant. Je comprenais qu'il savait que j'avais menti mais qu'il me laissait m'en tirer. J'ai foncé sur la petite allée jusque derrière la remise. L'air dans cet endroit était lourd des vapeurs de créosote fraîche. M. Broadwas avait sans doute été Barbouze dans sa jeunesse.
« SI MAMAN AVAIT PU TE BALANCER DANS LE CANAL DE WORCESTER ! » Le cri de l'autre femme a fendu la douce obscurité. « ET TOI AUSSI ! DANS UN SAC PLEIN DE PIERRES ! »

Tout en roche lunaire, le quatrième jardin n'était qu'un amas de meringue bétonnée et de graviers. Des ornements, il y en avait partout. Pas juste des nains de jardin, mais des sphinx, des schtroumpfs, des fées, des loutres de mer, des Winnie l'Ourson, Porcinet et Bourriquet, la tête de Jimmy Carter, tout et n'importe quoi. Au milieu, un Himalaya qui culminait à la hauteur de l'épaule, coupant le jardin en deux. Ce jardin sculpté avait été légendaire dans le coin, de même que son créateur, Arthur Evesham. La *Gazette de Malvern* en avait publié des photos et titré : GNOME SWEET GNOME. Mlle Throckmorton nous y avait emmenés avec la classe. Un homme souriant nous avait servi du jus de cassis et des biscuits saupoudrés de sucre glace qui dessinaient des bonshommes en train de faire du sport. Arthur Evesham est mort d'une crise cardiaque quelques jours après notre visite, en fait. C'était la première fois que j'entendais cette expression, «une crise cardiaque», et j'ai cru que ça voulait dire que, tout d'un coup, le cœur devenait fou et se mettait à attaquer le reste du corps comme un furet prenant une garenne d'assaut. Des fois, on croise Mme Evesham à l'épicerie de M. Rhydd, elle fait des courses de vieille et achète de l'encaustique et ce dentifrice au goût de Dermaspray.

Mais bref, le royaume d'Arthur Evesham s'est enlaidi depuis sa mort. Une statue de la Liberté était tombée et gisait là, abandonnée comme l'arme du crime. Winnie l'Ourson donnait l'impression d'avoir été agressé au vitriol. Le monde est plus rapide pour défaire les trucs que les gens pour les faire. Le nez de Jimmy Carter était tombé. Je l'ai mis dans ma poche, comme ça, juste histoire de. Le seul signe de vie, c'était une bougie à travers une fenêtre à l'étage. J'ai escaladé la grande muraille de Chine et failli me faire baisser mon froc par Edmund Hillary et son sherpa Tenzing, qui montraient du doigt la lune dans le soir. Plus loin, il y avait un minuscule carré de pelouse serti au milieu d'un tapis de gros cailloux couleur menthe à l'eau. J'ai sauté sur l'herbe.

Et je me suis enfoncé dans l'eau froide jusqu'à la bite.

Espèce de con, a rigolé mon jumeau fantôme, *de connard de couillon de crétin.*

Je suis sorti vite fait de la mare, l'eau dégoulinait de mon pantalon. De minuscules feuilles s'accrochaient à moi comme une maladie. Maman va devenir complètement marteau quand elle va voir ça. Mais il fallait que je me sorte cette idée de la tête, parce que, derrière la palissade d'après, m'attendait le plus dangereux de tous les jardins.

Bonne nouvelle : aucun signe de M. Blake dans le jardin de M. Blake, et dans la partie la plus éloignée étaient plantés ces arbres qu'on appelle des désespoirs des singes et des plantes-épées. Une super cachette pour un Barbouze. Mauvaise nouvelle : une serre courait sur toute la longueur du jardin, juste en dessous de la palissade. Celle-ci mesurait trois mètres de haut et était instable : elle tremblait sous mon poids. Il fallait que je me déplace le long de la palissade en position assise, jusqu'à arriver pile devant la fenêtre du salon de M. Blake. Si je tombais, *paf*, je traverserais la vitre et, *vlan*, je m'étalerais sur le sol en béton. À moins que je ne m'empale sur un tuteur de plant de tomates, comme le prêtre qui s'embroche sur un paratonnerre qui tombe dans *La Malédiction*.

Je n'avais pas le choix.

Le haut de la palissade était plein d'échardes et ça me sciait les fesses et les paumes à mesure que j'avançais, centimètre par centimètre. Mon jean détrempé était froid et lourd. J'ai failli tomber. Si le visage de M. Blake apparaissait à n'importe quelle fenêtre, j'étais cuit. J'ai re-failli tomber.

Une fois la serre passée, j'ai sauté. La dalle a fait du bruit, une espèce de *kaklonk*. Heureusement pour moi, la seule personne présente dans le salon de M. Blake, c'était Dustin Hoffman dans *Kramer contre Kramer* (on l'avait vu pendant nos vacances à Oban.

Julia, qui avait pleuré pendant tout le film, avait déclaré que c'était le plus beau film jamais tourné). Le salon de M. Blake faisait très bonne femme, pour quelqu'un qui vivait seul. Lampes à abat-jour en dentelle, poteries de vachères et peintures de savane africaine qu'on peut acheter dans les escaliers des grands magasins Littlewoods, mais il faut y tenir. C'était sa femme qui avait dû acquérir tout ça avant sa leucémie. J'ai rampé sous la fenêtre de la cuisine puis j'ai continué dans le jardin en direction des arbustes jusqu'à une citerne d'eau. Je ne sais pas pourquoi, mais j'ai de nouveau jeté un coup d'œil vers la maison.

M. Blake regardait au loin à travers une fenêtre à l'étage. Une minute plus tôt, ç'aurait été impossible qu'il ne me voie pas en train de jouer au funambule sur la palissade (pour gagner, il faut de la chance *et* du courage. J'espérais que Moran avait une bonne réserve de chaque). Un autocollant des Rolling Stones sur la vitre avait résisté à toutes les tentatives de grattage. Les fantômes des autres autocollants l'entouraient. C'était sûrement la chambre de son fils Martin, il y avait bien longtemps.

M. Blake, tout ridé, regardait dehors. Quoi donc ?
Pas moi. J'étais caché derrière les feuillages.
Le reflet de ses propres yeux ?
Mais, à la place de ses yeux, M. Blake avait des trous.

Le dernier jardin était celui de Mervyn Hill. Le père du Foireux n'était peut-être qu'éboueur, n'empêche que son jardin ressemblait à un parc naturel protégé et classé. Comme c'était la dernière maison à longer la Glebe, le jardin était plus grand. Un chemin pavé de pierres irrégulières et plates montait jusqu'à un banc installé sous une tonnelle couverte de roses. À travers les deux battants de la porte-fenêtre, je voyais le Foireux jouer à Twister avec deux enfants plus petits et un homme qui devait être leur père. Sans doute des invités. Le père du Foireux a fait tourner la girouette. Derrière le canapé, la télé diffusait la fin de *Kramer contre Kramer*, quand la mère de l'enfant revient le prendre. J'ai déterminé l'itinéraire à prendre. Fastoche. Un tas de compost devant le mur opposé m'aiderait à sauter par-dessus. J'ai couru au ras du sol jusqu'à la tonnelle. Les roses infusaient dans l'air. « Hé, mollo, a dit une femme-ombre assise sur le banc à un mètre cinquante de moi. Ouh, la vilaine petite coquine.

— Ah, a fait son amie-ombre, c'est encore la petite qui te donne des coups de pied, ma chérie ? »

(Je n'arrivais pas à croire qu'elles ne m'avaient pas entendu.)

« Ouh-là, ouh-là, ouh-là. » Un souffle. « Elle s'excite quand elle t'entend, maman. Là, touche la bosse... »

L'espace entre la tonnelle et le mur de derrière était assez large pour m'abriter mais il y avait trop d'épines pour que je puisse passer.

« Toi aussi, tu étais une sacrée acrobate, ma chérie, maintenant que j'y repense » a dit l'ombre plus vieille. (J'ai reconnu la mère du Foireux.) « Tu adorais faire la roue et du kung-fu. Merv a toujours été plus calme, en fait, même avant qu'il sorte.

— Je serai contente quand elle se décidera à venir, cette petite-là. J'en ai un peu marre d'être une baleine à pattes. »

(Oh, nom de Dieu ! Une femme enceinte. Tout le monde sait bien que si elles ont un choc émotionnel, le bébé sort trop tôt. Et après, ça deviendra un débile comme le Foireux et ce sera ma faute.)

« Alors tu crois toujours que c'est une fille ?

— Eleanor qui habite à Accounts, tu vois qui c'est ? Eh bien elle m'a fait son test. Elle a passé mon alliance dans une mèche de mes cheveux et l'a suspendue au-dessus de ma paume. Si l'alliance se balance, alors c'est un garçon. Moi, ça a fait un rond, donc c'est une fille.

— Bah ça ! On le fait encore, ce vieux truc-là ?

— Eleanor dit qu'elle ne s'est encore jamais trompée. »

(Ma Casio disait que le temps imparti était bientôt écoulé.)

La partie de Twister s'est finie par un tas de corps écrasés, de bras tordus et de pieds qui gigotaient. « Regarde-moi un peu cette clique ! raillait la mère du Foireux, ravie.

— Tu n'imagines pas ce que Ben est déçu que son copain qui travaille à l'entrepôt de Kay's Catalogues ait refusé. Tu sais, pour quand Merv quittera l'école.

— Ce n'était pas possible de toute façon, ma chérie. C'est gentil à Ben d'avoir essayé. »

(*L'heure*, palpitait ma Casio, *l'heure, nom d'un chien !* Je m'en fais trop, c'est ça mon problème. C'est vraiment pour ça que c'est bien, quand on est Barbouze : on est si fort qu'on n'en a rien à faire de rien.)

« En tout cas, je me fais un sacré mouron pour Merv. Surtout pour quand Bill et moi, eh ben tu sais, quoi, quand on ne sera plus là.

— Maman ! Non, mais qu'est-ce que tu racontes ?

— Ce n'est pas Merv qui peut penser à son avenir, enfin. Il n'arrive pas à voir plus loin qu'après-demain.

— Il aura toujours Ben et moi, s'il le faut.

— Tu vas bientôt devoir t'occuper de trois mômes, non ? C'est bien simple, plus le temps passe, plus Merv devient un poids. Bill t'a raconté ? Il l'a trouvé dans sa chambre l'autre jour en train de feuilleter un *Penthouse*, là. Des bonnes femmes à poil, ce genre de truc. *Voilà* où il en est.

— Bah c'est normal, j'imagine, maman. Ils font ça, les garçons.

— Je sais bien, Jacks, mais bon, chez un garçon *normal*, ce genre de truc trouve une issue naturelle. Ils draguent les filles, tout ça. Je l'aime, mon Merv, mais quelle fille voudrait sortir avec un type comme lui ? Comment veux-tu qu'il ait une famille ? Ni chair, ni poisson, qu'il est. Dès qu'il s'agit d'allocations et tous ces machins-là, il est pas assez tordu, et il est pas assez vif non plus pour aller trimbaler des cartons à Kay's Catalogues.

– Ben dit que c'est à cause de la crise, là : ils n'embauchent pas.
– Le pire, c'est que Merv est deux fois plus malin qu'il veut bien le montrer. Ça lui plaît bien de jouer à l'idiot du village : tous les gamins d'ici n'attendent que ça. »
Un chat gris a traversé la pelouse. Les cloches allaient sonner d'un instant à l'autre.
« Ben dit qu'à l'usine de chips de couenne de porc frite d'Upton, ils prennent n'importe qui. Ils ont même pris Giles Noak, quand son père s'est retrouvé en taule. »
(Je n'y avais jamais pensé. Le Foireux, c'est juste ce gars de qui on se moque. Mais imaginez le Foireux quand il aura vingt ou trente ans. Imaginez tout ce que sa mère doit faire pour lui, chaque jour. Le Foireux, à cinquante ou soixante-dix ans. Qu'est-ce qui va lui arriver ? Qu'est-ce que ça a de si drôle ?)
« Bah, peut-être bien que cette usine voudra bien de lui, ma chérie, mais ça n'y change...
– Jackie ? » Le jeune papa appelait de la porte-fenêtre. « Jacks ! »
Je me suis faufilé entre la tonnelle et le mur.
« Quoi, Ben ? On est là ! Sur le banc. »
Les roses, épineuses comme des orques, m'ont enfoncé leurs dents dans le torse et le visage.
« Wendy est avec toi ? Merv s'est un peu trop excité encore. Il a eu un de ses petits accidents...
– Ça faisait bien dix minutes, a marmonné la mère du Foireux. Ça doit être un record. D'accord, Ben ! » Elle s'est levée. « J'arrive ! »
Quand la mère du Foireux et sa fille enceinte se sont trouvées à mi-chemin de la maison, l'église Saint-Gabriel a sonné le premier coup de neuf heures. J'ai foncé jusqu'au mur et j'ai sauté sur le tas de compost. Mais, au lieu de rebondir comme sur un trampoline, je me suis enfoncé jusqu'aux cuisses dans cette bouillie en putréfaction. Des fois, dans des cauchemars, le sol est notre ennemi.
Le deuxième coup de neuf heures a retenti.

J'ai lutté et suis sorti du tas de compost, puis j'ai franchi le dernier mur et je suis resté un instant en suspens quand a sonné le troisième coup, avant de me laisser retomber sur le chemin qui longe l'épicerie de M. Rhydd. Puis, dans mon jean trempé et barbouillé de compost, j'ai cavalé jusqu'au carrefour et gagné le droit d'entrer chez les Barbouzes avec non pas deux minutes d'avance sur le temps imparti, mais seulement deux coups de cloche.

Quand je me suis agenouillé au pied du chêne, ma respiration faisait un vieux grincement de scie rouillée. Je n'avais même pas la force d'enlever les épines de mes chaussettes. N'empêche qu'à cet endroit et à ce moment précis, j'étais heureux. Plus heureux que je ne l'avais jamais été.

« Toi, fils, a déclaré Gilbert Swinyard en me tapant dans le dos, te voilà devenu Barbouze, un vrai de vrai !

– Personne n'a réussi à le faire d'aussi peu, n'empêche ! » Grant Burch a gloussé. « À trois secondes près ! »

Pete Redmarley, assis en tailleur, fumait. « Je croyais que tu t'étais dégonflé. » Pete Redmarley n'est jamais étonné, et puis il a déjà une moustache à peu près correcte. Il ne m'a jamais dit qu'il me prenait pour une tapette de bourge, mais moi je sais que c'est ce qu'il pense.

« Eh ben, tu avais tort », a déclaré Gilbert Swinyard (se faire défendre par des gars comme Gilbert Swinyard : c'est ça, tout l'intérêt d'être Barbouze). « La vache, Taylor ! Qu'est-ce qui est arrivé à ton froc ?

– Je suis tombé dans... » – j'étais toujours à bout de souffle – « ... cette putain de mare chez Arthur Evesham... »

Même Pete Redmarley a lâché un petit sourire.

« Puis... » – je commençais à rire, moi aussi – « je suis tombé dans le tas de compost du Foireux... »

Pluto Noak arrivait jusqu'à nous en trottinant. « Alors, il a réussi ?

– Ouais, a dit Gilbert Swinyard, d'un pet de mouche.
– Il lui restait que quelques secondes, a dit Grant Burch.
– Il y avait... » Je me suis tout juste empêché de faire le salut militaire à Pluto Noak. « Il y avait des tas de gens qui traînaient encore dans leurs jardins.
– Bah, bien sûr. Il fait pas encore nuit. Je savais que t'allais y arriver, n'empêche. » Pluto m'a donné une claque sur l'épaule (papa avait fait la même chose la fois où j'ai appris à plonger, mais juste cette fois-là). « Je le savais. Il faut fêter ça. » Pluto Noak a sorti son cul en arrière, comme s'il était assis sur une moto invisible. Son pied droit l'a fait démarrer. Et quand la main de Pluto Noak a tourné l'accélérateur, cet incroyable pet de Harley-Davidson a jailli de son cul dans un rugissement. Puis il est parti en accélérant pendant trois, cinq, *dix* secondes.

Nous autres, Barbouzes, on était *morts* de rire.

Le bruit d'une palissade qui s'effondre et d'un gars qui traverse une vitre, ça porte loin, au crépuscule. La blague de Gilbert Swinyard sur un bébé dans un four à micro-ondes est morte sur ses lèvres. Les autres Barbouzes m'ont regardé comme si je savais à quoi ce bruit correspondait. C'était vrai, d'ailleurs. « La serre de Blake.
– Moran ? » a ricané Grant Burch. « Il l'a cassée ?
– Tombé à travers, plutôt. » (Le ricanement de Burch s'est coupé net.) « Il y a bien trois mètres, trois mètres cinquante de haut. »
Les sonneurs de cloches sont alors sortis du Black Swan en chantant la chanson du chat-qui-s'est-caché-dans-le-cachot-pour-chier-et-qui-s'est-échappé.
« Quel couillon ce Moran, a fait Pluto Noak.
– Quel nul, ce pauvre con, a dit Pete Redmarley. C'était une connerie, je le savais. » Il a engueulé les autres Barbouzes. « Qu'est-ce qu'on avait besoin de recruter de nouveaux Barbouzes ? » (Il parlait

aussi de moi.) « Autant faire entrer le Foireux, la prochaine fois.
– Bon, vaut mieux qu'on se casse, d'toute façon. » Gilbert Swinyard s'est levé. « On se barre. »
J'ai été ferré par un fait. Si ç'avait été moi, et pas Moran, qui avais traversé la serre de M. Blake, Moran ne m'aurait pas laissé entre les griffes de ce malade. Ce n'était pas son genre.
Ferme ta grande gueule, m'a ordonné le Minable.
« Ploot ? »
Pluto Noak et les Barbouzes se sont tournés vers moi.
« Est-ce que quelqu'un va… » (C'était vachement plus dur de dire ça que de traverser les jardins de derrière chez les gens.) « … s'assurer que Moran s'est… » (Le Pendu a coincé mon « pas fait mal ».) « Enfin, je veux dire, si jamais il s'était cassé une jambe ou bien… entaillé de partout sur le verre ?
– Blake appellera une ambulance, a dit Grant Burch.
– Mais on ne devrait pas… enfin, tu vois…
– Nan, Taylor. » Pluto Noak tirait une sale tête, maintenant. « Je ne vois pas.
– Il connaissait les règles, cet abruti. » Pete Redmarley a lancé un crachat. « Si on se fait choper, on se démerde seul. Si tu vas frapper chez Blake après ce qui s'est passé, Jason Taylor, ça va être : *quoi, pourquoi, qui ?* Le putain d'interrogatoire. Et puis il va être question des Barbouzes et, ça, c'est pas possible. Nous autres Barbouzes, on était déjà là bien avant que tu foutes les pieds dans ce village.
– Je n'ai pas dit que j'allais…
– Tant mieux. Parce que Black Swan Green, c'est pas Londres ni Richmond ni je sais pas où encore. À Black Swan Green, il y a pas de place pour les secrets. Si tu vas frapper chez Roger Blake, on le saura. »
Le vent a feuilleté les dix mille pages du grand chêne.
« Nan, bien sûr, j'ai protesté. Je voulais juste…

– Tu n'as même pas vu Moran, ce soir. » Pluto Noak a agité un gros doigt devant moi. « Tu nous as pas vus, nous non plus. Tu n'as même pas entendu parler des Barbouzes.
– Taylor. » Grant Burch m'adressait une dernière sommation. « Rentre chez toi, OK ? »

Et voilà, demi-tour deux minutes plus tard : je me retrouvais nez à nez avec le heurtoir de M. Blake, et je faisais dans mon froc. À l'intérieur, M. Blake crie. Il n'engueule pas Moran. Il est au téléphone et gueule pour avoir une ambulance. Dès qu'il aura raccroché, je frapperai à la porte avec ce heurtoir jusqu'à ce qu'il m'ouvre. C'est juste le début. Je me rends compte de quelque chose à propos des suicidés qui remontent, remontent, remontent les routes vers le nord jusqu'à un endroit improbable où les montagnes d'Écosse dégringolent dans la mer.

Ce n'est pas une malédiction, ni une punition.

C'est ce qu'ils veulent vraiment.

Le solarium

« OUVREZ ! OUVREZ ! beuglent les heurtoirs de porte. SINON JE VAIS SOUFFLER, SOUFFLER, ET VOTRE MAISON VA S'ÉCROULER ! » Les carillons sont plus timides, eux. Genre : « Bonjour ? Il y a quelqu'un ? » Le presbytère a un heurtoir et un carillon, et j'ai eu beau essayer les deux, personne ne s'est manifesté. J'ai attendu. Peut-être que le pasteur était en train de reposer sa plume dans l'encrier en maugréant : « Bonté divine, déjà trois heures ? » J'ai collé l'oreille à la porte mais la grande et vieille maison n'a rien laissé filtrer. Le soleil inondait la pelouse assoiffée, les fleurs flamboyaient, les arbres s'assoupissaient, bercés par la brise. Une Volvo poussiéreuse prenait racine dans le garage ; elle avait besoin d'être lavée et cirée (les Volvo, c'est un des seuls trucs suédois connus, à part ABBA. Les Volvo ont des barres de protection latérales qui vous empêchent de finir écrabouillé comme un biscuit aux raisins secs si jamais un routier vous éjecte sur le bord de l'autoroute).

J'espérais presque que personne ne viendrait m'ouvrir. Le presbytère est un endroit sérieux, ce n'est pas le genre de lieu où un enfant a sa place. Mais quand j'étais venu jusqu'ici en rampant, la semaine dernière, caché dans les ténèbres, une enveloppe était scotchée sur la boîte aux lettres. À L'ATTENTION D'ELIOT BOLIVAR, POÈTE. À l'intérieur, il y avait une courte lettre écrite à l'encre lilas sur du papier ardoise. Une invitation à venir au presbytère discuter de mon œuvre samedi à trois heures. « Œuvre ».

Personne n'avait jamais utilisé le mot « œuvre » pour qualifier les poèmes d'Eliot Bolivar.

J'ai donné un coup de pied dans un caillou de l'allée.

Un verrou a cliqueté comme le mécanisme d'un fusil et un vieil homme a ouvert la porte. Il avait la peau tachetée comme une banane qui pourrit. Il portait une chemise sans col et des bretelles. « Bonjour ?

— Ah, euh, oui. » (Je voulais lui dire « Bonjour » mais le Pendu est friand de mots qui commencent par B en ce moment.) « Vous êtes le pasteur ? »

Le vieil homme a regardé partout dans le jardin, comme si je servais à faire diversion. « Non, je ne suis pas pasteur, c'est sûr. Pourquoi ? » Un accent étranger, plus aigre que le français. « L'êtes-vous ? »

J'ai secoué la tête (le Pendu ne me laissait même plus dire « Non »). « Mais j'ai été invité par le pasteur. » Je lui ai montré l'enveloppe. « Sauf qu'il ne l'a pas signée de son » — je n'arrivais pas à dire « nom » —, « il ne l'a pas signée. »

— *Ui*, ah-ha. » Rien ne semblait plus surprendre depuis longtemps ce type qui n'était pas pasteur. « Suivez-moi jusqu'au solarium. Vous pouvez retirer vos chaussures. »

À l'intérieur, ça sentait le foie et la terre. Un escalier tapissé de velours saucissonnait la lumière de l'entrée. Une guitare bleue était posée sur une espèce de chaise orientale. Dans un cadre doré, une femme nue dans une barque à la dérive sur un lac de nénuphars. Le « solarium » : ç'avait l'air chouette. Comme un planétarium, mais pour le soleil ? Peut-être que le pasteur était astronome à ses heures perdues.

Le vieil homme m'a tendu un chausse-pied. Comme je ne sais pas trop comment on s'en sert, j'ai dit « Non merci », et j'ai enlevé mes chaussures de la façon habituelle, avec les pieds. « Vous êtes le majordome ? »

LE SOLARIUM

– Le majordome ? *Ui*, ah-ha. C'est une bonne description de mon rôle dans cette maison, je crois. Par ici, je vous prie. »

Je pensais que seuls les archevêques et les papes étaient assez riches pour avoir un majordome, mais apparemment, les pasteurs aussi. Le plancher usé me chatouillait la plante des pieds à travers les chaussettes. Le couloir faisait un détour devant un salon sans intérêt et une cuisine propre. Des lustres pleins de toiles d'araignée étaient suspendus aux plafonds élevés.

J'ai failli rentrer dans le dos du majordome.

Il s'était arrêté ; il a dit quelque chose derrière une porte étroite. « Une visite. »

Il n'y avait aucun instrument scientifique dans ce solarium, mais n'empêche que les lucarnes étaient assez grandes pour laisser passer un télescope. L'immense fenêtre formait comme un cadre autour du jardin sauvage plein de digitales et de tritomas. Des bibliothèques tapissaient les murs. Des arbres nains dans leurs pots couverts de mousse étaient disposés autour d'une cheminée inutilisée. La fumée de cigarette embrumait les lieux, comme dans un flash-back à la télé.

Sur un trône en rotin était assise une vieille femme aux airs de crapaud.

Vieille, mais digne, comme si elle sortait d'un portrait, avec ses cheveux d'argent et son châle violet royal. J'ai supposé qu'il s'agissait de la mère du pasteur. Les pierres de ses bijoux étaient grosses comme des Kola Kubes et des bonbons acidulés au citron. Elle avait peut-être soixante ou soixante-dix ans. Avec les vieux, c'est comme pour les bébés : on n'est jamais sûr de l'âge qu'ils ont. Je me suis retourné pour regarder le majordome mais il était parti.

Les yeux de la vieille dame, où des tas de fleuves traçaient leurs cours, poursuivaient les mots sur les pages de son livre.

Fallait-il que je tousse ? Ç'aurait été bête. Elle savait que j'étais là.

La fumée de sa cigarette s'écoulait à l'envers et tombait vers le ciel.

Je me suis assis sur un canapé sans accoudoirs, en attendant qu'elle soit prête à parler. Son livre s'intitulait *Le Grand Meaulnes*. Je me demandais ce que *Meaulnes* voulait dire et je regrettais de ne pas être aussi bon en français qu'Avril Bredon. L'horloge sur la cheminée réduisait les minutes en secondes. Ses poings étaient saillants comme une barre de Toblerone. De temps en temps, ses doigts osseux balayaient la cendre qui tombait sur sa page.

« Je m'appelle Eva van Outryve de Crommelynck ». Si un coq de bruyère avait une voix humaine, ce serait celle-là. « Tu peux m'appeler *madame** Crommelynck. » Je me suis dit qu'elle avait un accent français mais je n'étais pas sûr. « Mes amis anglais – une espèce en voie de disparition ces temps-ci – me disent : "Eva, en Grande-Bretagne, ce 'madame', ça fait trop baguette-et-béret. Pourquoi tu ne te fais pas appeler *Mrs* Crommelynck ?" Et je leur réponds : "Allez au diable ! Qu'est-ce qu'il y a ? Vous n'aimez pas la baguette et les bérets ? J'y tiens, à mon madame ! *Allons donc**. Il est trois heures passées, j'imagine que tu es Eliot Bolivar, le poète ?

— Oui. » (Poète !) « Enchanté de faire votre connaissance... Madame Crommylenk ?

— Crom-*mel*-ynck.

— Crom*mely*nck.

— Pas terrible, mais tout de même mieux. Tu es plus jeune que je ne le croyais. Quatorze ans ? Quinze ? »

C'est super, quand on vous croit plus vieux. « Treize ans.

— *Eeerk*, un âge merveilleux et misérable. Tu n'es plus un petit garçon, mais pas encore un adolescent. Impatience et timidité. L'incontinence des émotions.

— Le pasteur va-t-il bientôt arriver ?

— Excuse-moi ?» Elle s'est penchée en avant. «Comment ça, le "pasteur" ?
— Nous sommes bien au presbytère, ici ?» Je lui ai montré mon invitation, assez mal à l'aise, du coup. «C'est bien ce qu'il y a de marqué sur l'écriteau devant votre portail ? Sur la route.
— Ah.» Madame Crommelynck a fait oui de la tête. «Pasteur, presbytère. Il y a quelque chose que tu ne comprends pas. Un pasteur vivait bien ici, autrefois – et un autre avant, et encore un autre avant, et ainsi de suite.» Sa main décharnée mimait un nuage de fumée, *pouf*. «Mais c'est terminé. L'Église anglicane est de plus en plus indigente, année après année – un peu comme pour vos voitures, là, les Leyland. Mon père disait que les catholiques savent tenir les affaires d'une religion. Les catholiques et les mormons. Multipliez les clients, disent-ils à leurs congrégations, ou bien ce sera l'enfer pour vous ! Mais très peu pour votre Église anglicane. La conséquence de cela ? Ces presbytères enchanteurs sont vendus ou loués et les pasteurs doivent s'installer dans des maisons plus petites. De "presbytère", il ne reste que le nom.

— Mais, ai-je dit en avalant ma salive, je dépose mes poèmes dans votre boîte aux lettres depuis janvier. Pourquoi est-ce qu'ils sont publiés tous les mois dans le journal de la paroisse, alors ?

— Ceci » – et Madame Crommelynck a tiré une bouffée tellement énorme que j'ai vu sa cigarette rapetisser – «ne devrait pas être un mystère pour quelqu'un doté d'un esprit vif. C'est moi qui dépose tes poèmes au vrai pasteur, à son vrai presbytère : un horrible bungalow près du château de Hanley. Je ne te fais pas payer mes services. C'est *gratis*. Un peu d'exercice, cela fait du bien à mes articulations qui n'ont plus toute leur vigueur, elles. Mais en rétribution, je suis la première à lire tes poèmes.

— Oh. Alors, le vrai pasteur est au courant ?

— Moi aussi, je dépose la lettre dans le noir et l'anonymat, cela m'évite d'avoir à affronter la femme du pasteur – ooh, elle est cent fois pire que lui. Une véritable harpie, la reine des commères.

Elle m'a demandé si elle pouvait utiliser *mon* jardin pour sa *fête**
d'été de l'église Saint-Gabriel ! "C'est une tradition, me dit-elle.
Nous avons besoin de place pour la partie de saute-mouton et les
stands." Et moi je lui réponds : "Allez au diable ! Je vous paie un
loyer, il me semble ? À quoi bon vénérer un créateur divin obligé
de vendre de la mauvaise confiture pour renflouer ses caisses ?" »
Les lèvres tannées de Madame Crommelynck ont claqué. « Mais
bon, au moins, son mari publie tes poèmes dans son drôle de
journal. On peut encore le sauver, lui, peut-être. » Elle a fait un
geste pour désigner une bouteille de vin posée sur une table nacrée.
« Tu en veux un peu ? »
Tout un verre, a dit mon jumeau fantôme.
J'entendais papa faire : *Tu as bu* quoi ? « Non merci. »
Tant pis pour toi, disait le haussement d'épaules de Madame
Crommelynck.
Son verre s'est rempli d'une encre rouge sang.
Satisfaite, elle a frappé sur la petite pile de journaux de la paroisse
de Black Swan Green posée à côté d'elle. « Au travail. »

« Un jeune homme doit apprendre à reconnaître quand une
femme souhaite qu'on lui allume sa cigarette.
– Désolé. »
Un dragon d'émeraude enlaçait le briquet de Madame Crommelynck. J'avais peur que l'odeur de fumée de cigarette colle
à mes vêtements et que, du coup, je doive inventer toute une
histoire pour ne pas avoir à expliquer à papa et maman où j'étais
allé. Tout en fumant, elle murmurait « Rochers », mon poème
paru dans le numéro de mai.
Je me sentais important, j'avais le vertige : c'étaient *mes*
mots qui retenaient l'attention de cette dame exotique. J'avais
peur aussi. Montrer à quelqu'un un truc qu'on a écrit, c'est lui
donner un épieu, s'allonger dans un cercueil et dire : « Quand
tu veux. »

Madame Crommelynck a poussé un minuscule grognement. « Tu t'imagines que les vers libres te libèrent, mais c'est faux. Se débarrasser de la rime, c'est se débarrasser d'un parachute... Tu confonds sensiblerie et émotion... Tu aimes les mots, ça, oui » (Une bulle de fierté a gonflé en moi.) « mais tes mots sont encore maîtres de toi, tu n'es pas encore leur maître... » (La bulle a explosé.) Elle a observé ma réaction. « Mais au moins, ton poème est assez solide pour essuyer des critiques. La plupart des soi-disant poèmes se désintègrent dès qu'on les touche. Tu as tes propres images, elles sont là, bien présentes et originales, je n'ai pas honte de le dire. Cependant, je voudrais bien savoir quelque chose.

– Bien sûr, tout ce que vous voudrez.

– Tout cet univers domestique dans ton poème, les cuisines, les jardins, les mares... C'est une métaphore de la ridicule guerre qui s'est déroulée dans l'Atlantique Sud cette année ?

– Il y avait la guerre des Malouines quand j'ai écrit ça, ai-je répondu. Bah, je sais pas, la guerre s'est un peu invitée dans le poème, quoi.

– Et ces démons qui se font la guerre dans le jardin, ils symbolisent le général Galtieri et Margaret Thatcher. C'est bien cela ?

– Bah je sais pas, ouais.

– Mais ce sont aussi ton père et ta mère. Je ne me trompe pas ? »

Une hésitation, c'est déjà un *oui* ou un *non*, quand celui qui pose la question connaît la réponse à l'avance. Écrire un truc sur ses parents, c'est une chose. Admettre qu'on écrit sur ses parents, c'en est une autre.

Madame Crommelynck a gloussé dans sa fumée : elle se régalait. « Tu es un garçon de treize ans poli et trop timide pour oser couper le cordon ! Sauf » – son doigt a porté une estocade à la page – « *là*. C'est dans tes poèmes que tu fais ce que tu n'oses pas faire » – elle a désigné la fenêtre du doigt – « *ici*. Dans la réalité. C'est-à-dire

exprimer ce qu'il y a *là-dedans*. » Elle m'a planté son doigt dans le cœur. Ça m'a fait mal.
Quand je passe aux rayons X, je me sens tout pas bien.
Une fois qu'un poème a quitté le nid, il n'en a plus rien à faire de vous.
« "Jardins de derrière". » Madame Crommelynck levait le numéro de juin.
J'étais sûr qu'elle trouvait le titre super.
« Pourquoi avoir choisi un titre aussi affreux ?
– Euh… ce n'est pas celui que je préférais.
– Alors pourquoi avoir baptisé ta création en lui donnant un nom de deuxième catégorie ?
– Je voulais l'appeler "Barbouzes", mais il y a une bande qui a déjà ce nom. Ils traînent dans le village, la nuit. Si j'avais donné ce titre à mon poème, ils se seraient doutés que c'était moi qui l'avais écrit, et puis bah, je sais pas… ils me seraient tombés dessus. »
Madame Crommelynck tirait une moue, genre pas vraiment impressionnée. Sa bouche scandait mes rimes au quart du volume normal. J'espérais qu'au moins elle dirait quelque chose sur la description du crépuscule, du clair de lune et de l'obscurité dans le poème.
« Il y a beaucoup de jolis mots, dedans…
– Merci. » J'étais d'accord avec elle.
« C'est ce qui détruit ton poème. Une petite touche de beauté rehausse un plat, mais toi, tu verses tout le sachet dans la marmite ! Non, pour le palais, c'est écœurant. Tu penses qu'un poème doit être joli, sinon il n'atteindra jamais l'excellence. Je ne me trompe pas ?
– Bah, je sais pas, ouais.
– Tu m'ennuies avec tes "bah, je sais pas". J'attends un oui ou un non, ou un qualificatif, je te prie. Ton "bah, je sais pas", c'est un *loubard** oisif, un *vandale** ignare. Ton "bah, je sais pas" signifie : "J'ai honte de la clarté et de la précision." Bon, réessayons : tu

penses qu'un poème doit être beau sinon ce n'est pas un poème. Je ne me trompe pas ?
— Non.
— "Non", me dit-il. Ce sont les idiots qui travaillent dans cette optique faussée. La beauté n'est pas un gage d'excellence. La beauté est une distraction, un produit cosmétique ; en fin de compte, c'est une corvée, la beauté. Tiens... » Elle a lu à partir de la cinquième strophe : « "Accrochée à l'oreille de la lune, Vénus brillait." Ton poème se termine en se dégonflant. *Pfuiiiiiit* ! Une crevaison. Un accident de voiture. Ton poème dit : "Ne suis-je pas joli ?" Moi, je lui réponds : "Va au diable !" Si tu as un magnolia dans ta cour, est-ce que tu vas aller barbouiller ses fleurs de peinture ? Lui accrocher des guirlandes électriques ? Des perroquets en plastique ? Non. La réponse est non. »

Ce qu'elle disait avait l'air juste, mais...

Madame Crommelynck ricanait en recrachant la fumée par le nez. « Tu te dis : "Cette vieille sorcière est folle ! Les magnolias, ça existe déjà. Pas besoin des poètes pour faire exister les magnolias. Mais les poèmes, il faut bien les créer." »

J'ai acquiescé (c'est ce que je me serais dit si au moins elle m'avait laissé quelques minutes).

« Je veux que tu dises ce que tu penses, sinon tu peux autant passer ton samedi la tête dans le sable et t'épargner cette discussion avec moi. Tu comprends ?

— OK », ai-je répondu, mais j'avais peur que « OK », ça n'aille pas.

« Bien. Je te répondrais que les vers sont "fabriqués". Mais le verbe "fabriquer" n'est pas satisfaisant, si on parle d'un véritable poème. "Créer" non plus. Aucun mot n'est satisfaisant. Et voici pourquoi : *le poème existe avant même d'avoir été écrit.* »

Alors ça, je n'ai pas compris. « Où est-ce qu'il existe ?

— T. S. Eliot l'exprime de cette façon : le poème est un assaut lancé sur l'indicible. Moi, Eva van Outryve de Crommelynck, je déclare être d'accord avec lui. Les poèmes qui ne sont pas encore écrits, ou qui ne le seront jamais, existent. Dans le domaine de l'indicible. Une œuvre » – elle a pris une autre cigarette, et, cette fois, j'étais prêt à l'allumer avec son briquet-dragon – « élaborée à partir de l'indicible *est* beauté. Même si les thèmes traités sont laids. Les lunes d'argent, les mers tumultueuses, les clichés cul-cul la praline : tout cela empoisonne la beauté. L'amateur pense que ses mots, ses peintures, ses notes font la beauté. Mais le maître sait que ses mots sont juste le véhicule que celle-ci emprunte. Le maître sait qu'il *ignore* ce qu'est la beauté. Tiens, par exemple : essaie de m'en donner une définition. Qu'est-ce que la beauté ? »

Madame Crommelynck a tapoté sa cigarette dans une espèce de cendrier boursouflé et rouge comme un rubis.

« La beauté, c'est… »

Elle se régalait de me voir sécher. Je voulais l'impressionner en lui donnant une définition intelligente, mais je n'arrêtais pas de retomber sur *la beauté, c'est ce qui est beau*.

Le problème, c'est que tout ça c'était nouveau. En anglais, à l'école, on étudie un livre de grammaire écrit par un dénommé Ronald Ridout, on lit *Rosie ou le Goût du cidre*, on fait des débats sur la chasse à courre et on apprend par cœur « Il me faut repartir en mer… » de John Masefield. En fait, on ne nous demande pas de réfléchir sur les choses.

J'ai été forcé de l'admettre : « C'est difficile.

– Difficile ? » (J'ai vu que son cendrier avait la forme d'une jeune fille recroquevillée.) « C'est impossible, oui ! La beauté est à l'épreuve de toute définition. Quand la beauté est là, on le sait. Le soleil qui se lève en hiver sur Toronto, cette ville crasseuse ; un nouvel amant dans un vieux café ; de sinistres pies sur un toit. Mais cette beauté-là a-t-elle été fabriquée ? Non. La beauté est là, c'est tout. La beauté *est*.

– Mais… » J'hésitais à le lui dire.

« Tout ce que je te demande, c'est de dire ce que tu penses !

LE SOLARIUM

– Là, vous avez parlé des choses naturelles. Mais la peinture, et la musique? On dit bien "Le potier a fait un beau vase", non?
– Ah, on *dit*, on *dit*. Attention à ce qu'on *dit*. Les mots *disent*: "Vous avez mis telle étiquette sur telle notion, tel concept qui, ainsi, se retrouve mis en bouteille." Mais non. Les mots mentent. Enfin, peut-être qu'ils ne mentent pas, mais ils sont bien *maladroits**. Ton potier a fabriqué un vase, d'accord, mais il n'en a pas inventé la beauté: il a seulement créé un objet où celle-ci réside. Jusqu'à ce que le vase tombe et se brise. C'est l'ultime sort qui guette chaque vase.

– Mais» – je n'étais toujours pas satisfait – «il doit bien y avoir quelqu'un quelque part qui sait ce que c'est, la beauté? Dans une université?

– Dans une université?» Le petit bruit qu'elle a émis aurait pu passer pour un rire. «Les choses impondérables sont pondérables en réalité, mais peut-on apporter une réponse à leur mystère, non. Pose la question à un philosophe, mais prudence. Si tu l'entends s'écrier "Eurêka!" si tu te dis: "Sa réponse a réussi à capturer ma question!" alors voilà bien la preuve que tu as affaire à un *imposteur*. Si ce philosophe a réellement quitté la grotte de Platon, s'il a regardé le soleil des aveugles...» – elle comptait sur ses doigts les trois possibilités – «alors il s'agit d'un fou, ou bien ses réponses ne sont que des questions travesties en réponses, ou encore il se tait. Il se tait parce qu'on peut connaître ou bien on peut dire. Mais les deux à la fois, non. Mon verre est vide.»
Les dernières gouttes étaient les plus denses.

«Vous êtes poète?» (J'ai *failli* dire «vous aussi».)
«Non. C'est un titre dangereux. Mais j'ai intimement connu certains poètes dans ma jeunesse. Robert Graves a écrit un poème pour moi. Ce n'est pas son meilleur. William Carlos Williams m'a demandé de quitter mon mari et de» – elle a articulé ce mot comme une sorcière de spectacle pour enfants – «"fuguer" avec

lui ! Très romantique mais j'avais la tête sur les épaules, et il était aussi indigent qu'un *épouvantail**. Alors je lui ai répondu : "Va au diable, Willy, nos âmes ont faim de poésie, certes, mais nous avons sept péchés capitaux à nourrir !" Il a souscrit à ma logique. Les poètes savent écouter quand ils ne se droguent pas. Mais les romanciers » – Madame Crommelynck a fait une grimace de dégoût, *beurk* – « des schizoïdes, des fous, des menteurs. Henry Miller est resté avec nous dans notre colonie à Taormina. Un porc, un porc en nage, et puis Hemingway aussi, tu le connais ? »

J'avais entendu parler de lui, alors j'ai fait oui de la tête.

« Le plus pouilleux des porcs de toute la ferme ! Les cinéastes ? *Pffff ! Petits Zeus** de leurs propres univers. Le monde est leur plateau de cinéma. Charles Chaplin aussi ; il était mon voisin à Genève, de l'autre côté du lac. Un charmant *petit Zeus*, mais *petit Zeus* malgré tout. Les peintres ? Ils pressent leur cœur comme une orange pour en tirer des pigments. Après, ils n'ont plus de cœur pour les autres. Regarde donc Picasso, cette vieille bique andalouse. Ses biographes viennent me voir pour que je leur raconte des anecdotes sur lui, ils me supplient, me proposent de l'argent, mais je leur réponds : "Allez au diable, je ne suis pas un juke-box vivant." Les compositeurs ? Mon père en était un. Vyvyan Ayrs. Sa musique lui a brûlé les oreilles. Quant à ma mère ou moi, il ne nous écoutait que rarement. Il était formidable pour sa génération, mais aujourd'hui, il ne fait plus partie du répertoire. Il s'était exilé à Zedelghem, au sud de Bruges. Ma mère y avait une propriété. Ma langue maternelle est le flamand. Tu pensais que j'étais française ? »

J'ai fait oui de la tête.

« Je suis belge. Le sort des voisins discrets est qu'on les confonde avec ceux d'à côté, plus bruyants. Regarde, un animal ! Sur la pelouse. Près des géraniums… »

Nous avons regardé un moment la palpitation du cœur d'un écureuil.

LE SOLARIUM

L'instant d'après, il avait disparu.
Madame Crommelynck m'a dit : « Regarde-moi.
— C'est ce que je fais.
— Non, ce n'est pas vrai. Viens t'asseoir ici. »
Je me suis assis sur son repose-pied (je me demandais si Madame Crommelynck avait engagé un majordome parce qu'elle avait un problème aux jambes). « OK.
— Ne te cache pas derrière ton "OK". Approche-toi. Je ne dévore pas la tête des petits garçons. Pas après avoir mangé, en tout cas. Regarde. »
Il y a une règle qui dit qu'il ne faut pas regarder le visage des gens avec insistance. Madame Crommelynck m'ordonnait d'enfreindre cette règle.
« Regarde de plus près. »
Ça sentait les bonbons à la violette, le tissu, un parfum ambré et puis quelque chose qui pourrissait, aussi. Puis un truc bizarre s'est passé. La vieille dame s'est transformée en chose. Les pendouillis de peau qui fripaient ses paupières et ses poches. Ses cils englués en petits pics. Les deltas de petites veines rouges qui serpentaient sur le blanc tacheté de ses yeux. Ses iris étaient embués, comme les billes qui sont restées longtemps enterrées. Le maquillage qui faisait comme de la poussière sur sa peau momifiée. Son nez osseux qui s'enfonçait dans le trou de son crâne.
« Est-ce que tu vois de la beauté là-dedans ? » Cette chose n'avait pas une voix appropriée.
La politesse m'a dit de répondre oui.
« Menteur ! » La chose s'est reculée et est redevenue Madame Crommelynck. « Quarante, trente ans avant, oui. Mes parents m'ont fabriquée selon la méthode traditionnelle. Comme ton potier et son vase. J'ai grandi et je suis devenue une jeune fille. Dans les miroirs, mes jolies lèvres disaient à mes beaux yeux : "Tu es moi." Les hommes échafaudaient des stratagèmes, se battaient pour moi, me vouaient un culte, trompaient, jetaient l'argent par

les fenêtres pour quelque extravagance, et ce, pour "gagner" cette beauté. C'était mon âge d'or.»
Des coups de marteau se sont mis à résonner dans une pièce lointaine.
«Mais, feuille après feuille, la beauté humaine se flétrit. On rate toujours le début du déclin. On se dit : "Non, je suis fatiguée." Ou : "La journée a été mauvaise, voilà tout." Puis on ne peut plus contredire ce que nous montre le miroir. Les journées passent, et la beauté s'effeuille, jusqu'à ce qu'il ne demeure plus que cette *vieille sorcière** obligée de recourir aux potions cosmétiques pour retrouver un tant soit peu des atouts avec lesquels elle est née. Oh, les gens vous disent : "Les personnes âgées sont encore belles !" Peut-être prennent-ils ce ton condescendant et flatteur pour se réconforter eux-mêmes. Mais c'est faux. Les racines de la beauté sont grignotées » – épuisée, Madame Crommelynck s'est enfoncée dans son trône qui grinçait – « par une limace, une insatiable et indestructible limace. Où sont mes cigarettes, nom d'un chien ?»
Son paquet avait glissé jusqu'à ses pieds. Je les lui ai passées.
«Allez, va-t'en.» Elle a détourné le regard. «Reviens samedi prochain, à trois heures, je continuerai à te dire pourquoi tes poèmes ne fonctionnent pas. Ou bien ne reviens pas. Une centaine d'autres œuvres m'attendent.» Mme Crommelynck a repris *Le Grand Meaulnes*, s'est réinstallée et remise à lire. Sa respiration sifflait un peu plus : je me demandais si elle était malade.
«Bon, bah, merci...»
J'avais des fourmis dans les jambes.
Pour Madame Crommelynck, j'avais déjà quitté le solarium.

Des abeilles à pompons groggy volaient au-dessus de la lavande. La Volvo poussiéreuse était toujours sur l'allée, et toujours dans

LE SOLARIUM

l'attente d'un bon nettoyage. Cette fois non plus, je n'avais pas raconté à maman ou papa où j'allais aujourd'hui. Si je leur disais pour Madame Crommelynck : a) ce serait avouer que j'étais Eliot Bolivar ; b) j'aurais à répondre à une vingtaine de questions sur elle ; des questions auxquelles je ne peux pas répondre, vu que cette femme, c'est comme un jeu à points sans numéros ; c) ils m'interdiraient d'aller l'embêter. Un enfant ne va pas comme ça chez une vieille dame, sauf si c'est sa grand-mère ou sa tante.

J'ai appuyé sur la sonnette.

Le presbytère a mis une éternité à avaler le son du carillon.

Personne. Était-elle sortie se promener ?

Le majordome n'avait pas mis autant de temps la semaine dernière.

J'ai frappé avec le heurtoir, mais ça ne servait à rien.

J'avais pédalé comme un malade parce que j'étais une demi-heure en retard. Madame Crommelynck était à cheval sur la ponctualité, je m'étais dit. Tous ces efforts pour rien, apparemment. J'avais pris *Le Vieil Homme et la Mer* d'Ernest Hemingway à la bibliothèque de l'école, juste parce que Madame Crommelynck en avait parlé (la préface dit que les Américains avaient tous fini en larmes lorsqu'on leur avait lu le livre à la radio. Mais bon, ça raconte juste l'histoire d'un vieux qui attrape une sardine géante. S'ils pleurent pour ce genre de truc, alors c'est que les Américains pleurent pour n'importe quoi). J'ai frotté mes paumes dans la lavande et me les suis sniffées. La lavande, c'est mon odeur préférée après le Tipp-Ex et le bacon grillé. Je me suis assis sur les marches : je ne savais pas où aller.

L'après-midi de juillet a bâillé.

Pendant tout mon trajet à vélo sur la route de Welland, les mirages avaient miroité.

J'aurais pu m'endormir sur ce seuil qui cuisait sous le soleil.

Des petites fourmis nues.

Un verrou a cliqueté comme le mécanisme d'un fusil et le vieux majordome a ouvert. « Vous voilà revenu. » Aujourd'hui, il portait un polo. « Vous pouvez retirer vos chaussures.
– Merci. » Pendant que je me débarrassais de mes chaussures, j'ai entendu un piano, auquel s'est joint un violon discret. J'espérais que Madame Crommelynck n'avait pas d'autre invité. Quand on est trois, c'est comme si on était cent. L'escalier avait besoin d'être réparé. Une guitare bleue déglinguée était abandonnée sur un tabouret cassé. Dans son cadre de couleur criarde, une femme grelottante était étendue dans une barque flottant sur une mare couverte de saletés. Comme l'autre fois, le majordome m'a conduit au solarium (j'ai cherché « solarium » dans le dictionnaire, ça veut juste dire : « une pièce lumineuse et ouverte »). La succession de portes devant lesquelles nous sommes passés m'a fait penser à toutes les pièces de mon passé et de mon avenir. La chambre d'hôpital où j'étais né, les salles de classe, les tentes, les églises, les bureaux, les hôtels, les musées, les maisons de retraite, la pièce où je mourrai (elle est déjà construite ?). Les voitures, ce sont des pièces. Les forêts aussi. Les ciels, ce sont des plafonds. Les distances, des murs. Les utérus, ce sont des pièces faites en mères. Les tombes, des pièces faites en terre.
La musique montait, montait.

Une chaîne hi-fi à la Jules Verne, toute en boutons et cadrans argentés, occupait un coin du solarium. Madame Crommelynck était assise sur son trône en rotin ; les yeux fermés, elle écoutait. Comme si cette musique était un bain chaud (cette fois-ci, je savais qu'elle allait rester muette un moment, alors je me suis assis sur le canapé sans accoudoirs). Un 33 tours de musique classique. Ça n'avait rien à voir avec les *boum bada boum* que M. Kempsey nous faisait écouter en cours de musique. Cette musique, elle était jalouse et douce à la fois, elle sanglotait mais elle était belle ;

LE SOLARIUM

c'était du sale et du cristal. Mais bon, si les mots qu'il fallait existaient, on n'aurait pas besoin de musique.
Le piano avait disparu. Une flûte s'était jointe au violon.
Il y avait, sur le bureau d'Eva Crommelynck, une lettre inachevée qui faisait des tas et des tas de pages. Elle avait sans doute mis ce 33 tours quand elle n'avait plus su quoi écrire dans la phrase d'après. Un gros stylo en argent était posé sur la page où elle s'était arrêtée. J'ai repoussé une soudaine envie de la prendre pour la lire.

Le bras du tourne-disque est revenu sur son support en claquant. « L'inconsolable, a dit Madame Crommelynck, est si réconfortant. » Elle n'avait pas l'air très contente de me voir. « Qu'est-ce que c'est que cette publicité sur ton torse ?
– Quelle publicité ?
– Ça, là, sur ton sweat-shirt !
– C'est mon maillot de Liverpool. Je suis supporter de ce club depuis que j'ai cinq ans.
– Qu'est-ce que cela veut dire, "HITACHI" ?
– La fédé a modifié le règlement, et maintenant, les équipes de foot peuvent porter les logos de leurs sponsors. Hitachi, c'est une marque d'électronique. De Hong-Kong, je crois.
– Et donc, tu paies une compagnie pour lui faire de la publicité ? *Allons donc**. En matière de vêtements comme en cuisine, les Anglais ont une irrépressible tendance à l'automutilation. Enfin. Tu es en retard, aujourd'hui. »
Lui expliquer le pourquoi du comment de l'affaire Blake aurait été trop long. Je ne compte plus combien de fois papa et maman, et même Julia (quand elle est de mauvais poil) ont prétendu qu'ils « n'en parleraient plus », puis sont revenus sur le sujet cinq minutes après. Alors j'ai juste raconté à Madame Crommelynck que j'avais cassé un truc et que j'étais obligé de faire la vaisselle pendant un mois, et puis comme maman avait oublié de mettre le gigot d'agneau à décongeler, on avait déjeuné tard.

Je n'avais pas fini que, déjà, Madame Crommelynck s'ennuyait. Elle a fait un geste en direction de la bouteille de vin posée sur sa table nacrée. « Tu boiras, aujourd'hui ?
— Je n'ai droit qu'à un fond de verre, pour les grandes occasions.
— Si tu considères que mes audiences n'en sont pas, alors tant pis, sers-moi. »
(Le vin blanc, ça sent la granny smith, l'alcool à brûler glacé et les petites fleurs.)
« Verse toujours de manière à ce que l'étiquette soit visible ! Si c'est un bon vin, ton hôte doit le savoir. S'il est mauvais, honte à toi. »
Je lui ai obéi. Une goutte a coulé le long du goulot.
« Bon. Vais-je enfin apprendre ton véritable nom, ou bien dois-je continuer à offrir l'hospitalité à un inconnu qui se cache derrière un pseudonyme ridicule ? »
Le Pendu m'empêchait même de dire « Désolé ». Ça m'a tellement énervé, désespéré et mis en colère qu'un « Désolé ! » a fini par sortir, mais si fort que ça faisait très mal poli.
« Cette élégante excuse ne répond pas à ma question. »
J'ai marmonné : « Jason Taylor », et j'ai eu envie de pleurer.
« Jay-quoi ? Articule un peu ! Mes oreilles sont aussi vieilles que moi ! Je n'ai pas fait dissimuler des microphones partout pour enregistrer tous les murmures qui passent ! »
Je détestais mon nom. « Jason Taylor. » Ç'a autant de goût qu'un ticket de caisse mâchouillé.
« Si tu avais un nom ridicule, je comprendrais. Mais pourquoi cacher "Jason Taylor" derrière un symboliste incompréhensible et un révolutionnaire latino-américain ? »
Mon *hein* ? avait dû se voir.
« Eliot ! T. S. ! Bolívar ! Simón !
— "Eliot Bolivar", ça faisait plus... poétique.
— Quoi de plus poétique que "Jason", le héros hellène ? Qui a

LE SOLARIUM

posé les fondements de la littérature européenne sinon la Grèce antique ? En tout cas, certainement pas Eliot et sa coterie de pilleurs de tombeaux, ah non ! Et qu'est-ce qu'un poète sinon un tailleur [1] de mots ? Les poètes et les tailleurs savent raccorder ce que nul ne sait raccorder. Les poètes et les tailleurs cachent leur art dans leur art même. Non, je n'accepte pas ta réponse. Je crois qu'en vérité tu te sers de ce pseudonyme parce que ta poésie est un secret honteux. Ai-je raison ?

– "Honteux", ce n'est pas exactement le bon mot, pour être exact.

– Oh, et alors quel est exactement le bon mot, pour être exact ?

– Écrire des poèmes » – j'ai regardé autour de moi dans le solarium, mais Madame Crommelynck envoyait un rayon magnétique –, « c'est un truc... gay.

– "Gay" ? Une activité joyeuse, tu veux dire ? »

La situation était désespérée. « Écrire des poèmes, c'est un truc de naze ou de tarlouze.

– Donc, tu es "naze".

– Non.

– Alors tu es "tarlouze" – quoi que cela puisse bien vouloir dire ?

– Non !

– Eh bien, ta logique m'échappe.

– Si votre père est un compositeur célèbre et si votre mère est une aristocrate, vous pouvez faire des choses que vous ne pouvez pas faire quand votre père travaille pour les magasins de surgelés Groenland et que vous allez à l'école publique. Écrire des poèmes, par exemple.

– Ha *ha* ! Enfin la vérité ! Tu as peur que les barbares poilus ne t'acceptent pas dans leur tribu si tu écris des poèmes.

– C'est plus ou moins ça, ouais...

---

1. « Taylor » signifie « tailleur ».

– Comment donc, plus ou moins ça ? Quel est le bon mot, pour être exact ? »
(Elle est chiante, des fois.) « Bon, d'accord. Oui, c'est ça.
– Et toi, tu tiens à faire partie des barbares poilus ?
– Je suis un enfant. J'ai treize ans. C'est vous qui avez dit que treize ans, c'est un âge misérable : eh bien vous avez raison. Si vous ne rentrez pas dans le rang, on vous mène la vie dure. Comme à Floyd Chaceley ou à Nicholas Briar.
– Ah, *là*, tu parles comme un vrai poète.
– Je comprends pas quand vous dites ce genre de truc ! »
(Si ç'avait été maman, elle m'aurait fait : *Ne me parle pas sur ce ton !*)
« En fait, je voulais dire » – Madame Crommelynck avait presque l'air ravie – « que ces mots sont véritablement les tiens.
– Ça veut dire quoi, ça ?
– Que ce que tu exprimes est profondément vrai.
– N'importe qui peut dire la vérité.
– Pour des choses superficielles, Jason, oui, c'est facile. Mais quand il s'agit de la douleur, non, ça ne l'est pas. Bien, tu voudrais donc mener une double vie : il y a un Jason Taylor qui attend la reconnaissance des barbares poilus, et un autre qui se fait appeler Eliot Bolivar et qui attend celle du monde littéraire.
– Ça paraît si impossible que ça ?
– Si tu veux devenir un versificateur » – elle a fait tournoyer le vin dans son verre –, « c'est tout à fait possible. Mais, si tu es un véritable artiste » – elle a fait schlourper le vin dans sa bouche –, « la chose est absolument impossible. Si tu dissimules aux yeux du monde qui tu es et ce que tu es, alors ton art empestera la fausseté. »
Je ne trouvais rien à lui répondre.
« Il n'y a personne qui sache que tu écris des poèmes ? Un professeur ? Un confident ?

– Il n'y a que vous, en fait. »
Il y avait une lueur dans les yeux de Madame Crommelynck. Ce n'était pas à cause de la lumière dehors, non. « Tu caches tes poèmes à ton amoureuse ?
– Non, euh, non…
– Non, tu ne caches pas tes poèmes, ou non, tu n'as pas d'amoureuse ?
– Non, je n'ai pas de petite amie. »
Aussi rapide que dans un blitz aux échecs, elle a dit : « Tu préfères les garçons ? »
Je n'arrive toujours pas à croire qu'elle m'ait dit ça (enfin si, quand même). « Non, je suis normal ! »
Ses doigts, qui tambourinaient sur la pile de journaux de la paroisse, disaient : *Normal ?*
« Il y a une fille que j'aime bien, en fait, ai-je lâché, histoire de le lui prouver. Dawn Madden. Mais elle a déjà un petit ami.
– Ho *ho !* Et le petit ami de Dawn Madden, est-ce un poète ou un barbare ? » (Elle se délectait de la manière dont elle m'avait arraché le nom de Dawn Madden.)
– Ross Wilcox est un tocard, pas un poète. Mais si vous alliez me suggérer d'écrire un poème pour Dawn Madden, alors là, pas question ! Tout le monde se foutrait de moi, au village.
– Si tu écris de banales strophes où se mêlent cupidons et autres clichés, Mlle Madden restera avec son "tocard" et tu mériteras les sarcasmes dont tu seras l'objet. Mais si ton poème est beau et vrai, alors Mlle Madden chérira davantage tes mots que de l'argent ou des diplômes. Même quand elle sera aussi vieille que moi. *Surtout* quand elle sera aussi vieille que moi.
– Mais » – j'ai changé de sujet – « des tas d'artistes utilisent un pseudonyme, non ?
– Lesquels ?
– Euh… » Seuls les noms de Cliff Richard et Sid Vicious me venaient à l'esprit.

Un téléphone s'est mis à sonner.
« La véritable poésie, c'est là que réside la vérité. La vérité n'est pas une chose populaire ; voilà pourquoi la poésie n'est pas populaire, elle non plus.
– Mais... la vérité sur quoi ?
– Oh, sur la vie, la mort, le cœur, le souvenir, le temps, les chats, la peur. Sur tout. » (Le majordome ne semblait pas vouloir décrocher, lui non plus.) « La vérité est partout, comme les graines d'arbre, même les tromperies contiennent une part de vérité. Mais l'œil est embrumé par le quotidien, les préjugés, les soucis, la calomnie, la prédation, la passion, l'*ennui** et, pire encore, la télévision. Maudite machine. Il y avait une télévision dans mon solarium. Quand je suis arrivée. Je l'ai jetée à la cave. C'est elle qui me regardait. Un poète remise tout à la cave, sauf la vérité. Jason. Tu as un problème ?
– Ben... le téléphone sonne.
– Je sais que le téléphone sonne ! Il peut bien aller au diable ! C'est avec toi que je parle en ce moment ! » (Mes parents courraient jusqu'au fond de la fournaise d'une mine d'amiante s'ils croyaient qu'un téléphone sonnait pour eux.) « Il y a une semaine, nous étions d'accord pour dire qu'à la question "Qu'est-ce que la beauté ?" personne ne pouvait répondre, n'est-ce pas ? Bien, alors voici aujourd'hui un plus grand mystère. Si un art est vrai, si un art est débarrassé de toute fausseté, il est, *a priori*, beau. »
J'ai essayé d'avaler ça.
(Le téléphone a fini par abandonner.)
« Ton meilleur poème dans tout cela » – elle a fouillé dans la pile de journaux de la paroisse –, « c'est ton "Pendu". On y trouve quelques vérités sur ton problème d'élocution, je me trompe ? »
Un sentiment familier de honte me brûlait en remontant le long de mon cou, mais j'ai quand même fait non de la tête.
J'ai compris que c'était seulement dans mes poèmes que j'arrivais à dire exactement ce que je voulais.

« Bien sûr que non, je ne me trompe pas. Si, ici, était inscrit "Jason Taylor" et non pas "Eliot Bolivar, docteur ès chevalier des Arts et Lettres, bla bla bla" » – elle a donné une tape sur la page du « Pendu » –, « cette vérité engendrerait de très grandes mortifications infligées par les barbares poilus de Black Swan Green, n'est-ce pas ?
— Autant aller me pendre tout de suite.
— *Pfff !* C'est Eliot Bolivar qui peut bien aller se pendre. Toi, tu dois continuer à écrire. Si tu redoutes encore de publier sous ton propre nom, mieux vaut ne pas publier du tout. Mais la poésie est plus solide que tu ne l'imagines. Pendant des années, j'ai apporté mon aide à Amnesty International. » (Julia parle souvent d'eux.) « Les poètes survivent aux goulags, aux prisons, aux salles de torture. Même dans ce misérable trou perdu, là, des poètes travaillent, à *Merde*-*gate, non, cette plage au bord de la Manche, ah j'oublie toujours… » (Elle s'est frappé le front comme pour que le mot se décroche.) « Margate, voilà. Enfin, crois-moi. Il y a bien pire que les écoles publiques. »

« Cette musique, quand je suis entré. C'était celle de votre père ? C'était beau. Je ne savais pas que ça existait, de la musique comme ça.
— Le sextuor de Robert Frobisher. Il était l'assistant de mon père, quand ce dernier a été trop vieux, trop aveugle, trop faible pour tenir un stylo.
— J'ai cherché Vyvyan Ayrs dans l'*Encyclopaedia Britannica* de l'école.
— Oh ? Et de quelle manière cette institution révère-t-elle mon père ? »
L'article était assez bref pour que je m'en souvienne. « "Compositeur britannique, né en 1870 dans le Yorkshire ; mort en 1932 à Neerbeke, en Belgique. Œuvres les plus célèbres : *Variations des matriochkas*, *Untergehen Violoncellokonzert* et *Tottenvogel*…"

– … *Der* TOD*tenvogel!* TOD*tenvogel!*
– Désolé. "Respecté par la critique en Europe de son vivant, il est rarement fait référence à Ayrs aujourd'hui en dehors des notes de bas de page des ouvrages traitant de la musique du vingtième siècle."
– C'est tout ? »
Moi qui m'attendais à ce que ça l'impressionne.
« Un panégyrique digne d'un roi, a-t-elle dit, sur un ton aussi plat qu'un verre de Coca éventé.
– N'empêche, ça devait être super d'avoir un père compositeur. »
J'ai maintenu le briquet-dragon pendant qu'elle plongeait le bout de sa cigarette dans la flamme. « Il a causé de grands malheurs à ma mère. » Elle a inhalé, puis recraché un arbrisseau de fumée frémissant. « Encore aujourd'hui, il m'est difficile de lui pardonner. À ton âge, j'allais à l'école à Bruges et je ne voyais mon père que les week-ends. Il avait sa maladie, sa musique, et nous ne communiquions pas. Après ses funérailles, je voulais lui demander un millier de choses. Trop tard. C'est de l'histoire ancienne. À côté de ta tête, il y a un album photographique. Oui, celui-ci. Passe-le-moi. »

Une fille qui avait l'âge de Julia était assise sur un poney sous un gros arbre, à l'époque qui précédait l'invention de la couleur. Une mèche de cheveux bouclait contre sa joue. Ses cuisses serraient les flancs du poney.
« Ouah, ai-je pensé tout haut, ce qu'elle est belle.
– N'est-ce pas. Quelle que soit la nature de la beauté, une chose est sûre : j'en détenais, à cette époque. Ou plutôt, *elle* me détenait.
– Vous ? » Déboussolé, j'ai comparé Madame Crommelynck avec la fille sur la photo. « Désolé.
– Tu as la manie de sortir ce mot à toutes les sauces ; ton éloquence en souffre. Néfertiti était mon plus beau poney. Je l'ai

LE SOLARIUM

confiée aux Dhondt – des amis de la famille – lorsque Grigoire et moi avons fui en Suède, sept, huit ans après que cette photographie a été prise. Les Dhondt ont été tués en 1942, pendant l'occupation nazie. Tu imagines que ce sont des héros de la Résistance, n'est-ce pas? Non, ils sont morts dans la voiture de sport de Morty Dhondt. Les freins ont lâché, *boum*. Quant à la destinée de Néfertiti, je ne sais pas. Il faut être réaliste : elle a dû finir en colle, en saucisses, en ragoût pour les vendeurs au marché noir, pour les gitans, pour les officiers SS. Cette photographie a été prise à Neerbeke en 1929, 1930... Derrière cet arbre se dresse le château de Zedelghem. La demeure de mes ancêtres.
– Il est toujours à vous?
– Il n'existe plus. Comme les Allemands avaient construit un terrain d'aviation à cet endroit, eh bien les Britanniques, les Américains ont...» Sa main a fait un geste, *boum*. «Cailloux, cratères et boue. Aujourd'hui, on n'y trouve plus que de petites boîtes servant de maisons, une station à essence et un supermarché. Après avoir survécu cinq cents ans, notre demeure n'existe plus que dans quelques vieilles têtes. Et quelques vieilles photographies. Mon amie Susan avait écrit ceci. "En découpant une tranche de tel instant et en le figeant..."» – Madame Crommelynck a observé la fille qu'elle avait été et a tapoté sa cigarette pour en faire tomber la cendre – «"... toutes les photographies attestent de l'irrémédiable fonte du temps."»

Un ou deux jardins plus loin, un chien aboyait d'ennui.

Une mariée et son époux posent devant la façade siliceuse d'une chapelle. Les branches nues indiquent que c'est l'hiver. Les lèvres fines du marié disent : *Vous avez vu un peu ce que j'ai dégoté?* Un haut-de-forme, une canne : il est à moitié renard. Mais la mariée est à moitié lionne. Son sourire, c'est l'idée d'un sourire. Elle en sait davantage sur son mari que son mari n'en sait sur elle. Au-dessus de la porte de l'église, une dame de pierre lève les yeux sur son chevalier de pierre. Sur les photos, les vraies gens regardent l'objectif, mais ceux en pierre vous regardent directement à travers l'appareil.

« Mes géniteurs, a annoncé Madame Crommelynck.

— Vos parents ? Ils étaient sympas ? » Ça faisait bête, comme question.

« Mon père est mort de la syphilis. Ton encyclopédie n'en parle pas. Cela n'est pas une mort très "sympa", je te la déconseille. Vois-tu, à cette époque » (le mot « époque » était un long soupir), « les choses étaient différentes. On n'exprimait pas ses sentiments avec l'incontinence d'aujourd'hui. Pas dans notre milieu social en tout cas. Ma mère, oh, elle était capable de faire preuve d'une grande affection, mais elle se montrait si tempétueuse dans ses colères ! Elle imposait son joug sur tous ceux sur qui elle jetait son dévolu. Non, "sympa", je ne pense pas que ce soit le mot. Elle est morte d'une rupture d'anévrisme deux ans après. »

Pour la première fois de ma vie, j'ai dit « Je suis navré », comme on est censé faire.

« Heureusement qu'elle n'a pas assisté à la destruction de Zedelghem. » Madame Crommelynck a relevé ses lunettes pour regarder de plus près la photo de mariage. « Comme j'étais jeune ! Les photographies me font oublier dans quel sens le temps s'écoule. Non : les photographies font que je me demande si le temps s'écoule toujours dans le même sens. Mon verre est vide, Jason. »

Je lui ai servi du vin, en lui montrant bien l'étiquette.

« Je n'ai jamais compris leur union. Son alchimie. Et toi ?

— Moi ? Si je comprends l'union de mes parents ?

— C'est le sens de ma question. »

J'ai réfléchi de toutes mes forces. « Je n'y avais... » (Le Pendu a saisi le mot « jamais » et ne voulait plus le lâcher.) « Je n'y ai pas pensé. Enfin, je veux dire... Mes parents sont là, c'est tout. Ils se disputent pas mal, je crois, mais quand ils se disputent, ils discutent. Ils savent se montrer gentils l'un envers l'autre. Quand c'est

LE SOLARIUM

l'anniversaire de maman et que papa est en déplacement, il lui fait envoyer des fleurs par Interflora. Mais papa travaille souvent le week-end à cause de la crise, et puis maman est en train d'ouvrir une galerie à Cheltenham. Ils se font comme une guerre froide à cause de ça, en ce moment.» (Parler à quelqu'un c'est comme passer les différents niveaux d'un jeu vidéo.) «Si j'avais été un peu plus un fils idéal du genre *La Petite Maison dans la prairie*, si je boudais moins, alors peut-être que le mariage de papa et maman aurait pu être un peu plus...» (Le mot que je voulais dire était «ensoleillé» mais le Pendu était en forme aujourd'hui.) «... agréable. Julia, ma...» (Le Pendu me cherchait en jouant avec le prochain mot.) «... sœur, elle est super-forte pour taquiner mon père. Il adore ça. Et puis elle sait réconforter ma mère en lui causant de tout et de rien. Mais elle part à l'université cet automne. Après, on ne sera plus que tous les trois. Moi, contrairement à Julia, je n'arrive jamais à sortir les mots qu'il faut.» Les gens qui bégaient sont en général trop stressés pour s'apitoyer sur leur sort, mais quelques gouttes d'apitoiement me sont tombées dessus. «Je n'arrive à sortir aucun mot, de toute façon.»

À l'autre bout du presbytère, le majordome a allumé son aspirateur.

«*Èèèrk*, a dit Madame Crommelynck, je suis une vieille sorcière trop curieuse.

– Mais non, mais non.»

De derrière ses lunettes, la vieille dame belge m'a adressé un regard pointu.

«Pas tout le temps.»

Un jeune pianiste était assis sur un tabouret de piano, l'air détendu, souriant; il fumait. Il avait une espèce de banane gominée comme les vedettes dans les vieux films, mais il ne faisait pas snob. Il ressemblait à Gary Drake. Il y avait des ongles dans son regard, du loup dans son rictus.

«Je te présente Robert Frobisher.
— C'est lui» — j'ai vérifié — «qui a écrit cette musique incroyable?
— Oui, c'est lui qui a écrit cette musique incroyable. Robert vénérait mon père. Comme un disciple, comme un fils. Ils partageaient une affinité profonde à travers la musique, plus profonde que le sexe.» (Elle avait dit «sexe» comme si c'était n'importe quel mot.) «C'est grâce à Robert que mon père a pu composer son chef-d'œuvre final, *Der Todtenvogel*. À Varsovie, à Paris, à Vienne, le temps d'un bref été, le nom de Vyvyan Ayrs a recouvré toute sa gloire. Oh, la jalouse *demoiselle** que je faisais!
— Jalouse? Pourquoi?
— Mon père n'avait de cesse de louer Robert! Alors je me suis mal comportée. Mais cette admiration et cette affinité réciproques étaient hautement inflammables. L'amitié est une chose plus sereine. Robert a quitté Zedelghem en hiver.
— Il est retourné en Angleterre?
— Robert n'avait nulle part où aller. Ses parents l'avaient déshérité. Il logeait dans un hôtel, à Bruges. Ma mère m'avait interdit d'aller le voir. Il y a cinquante ans, la réputation était un passeport d'importance. Les demoiselles de bonne famille étaient en toutes circonstances accompagnées par un chaperon. Mais enfin, de toute façon, je ne tenais pas à le revoir. Grigoire et moi étions fiancés, et Robert était malade : génie, folie, des éclairs, le tonnerre, le calme, on aurait dit un phare. Un phare esseulé. Avec lui, tous les Benjamin Britten et autres Olivier Messiaen seraient restés dans l'ombre. Mais, après avoir achevé son sextuor, il s'est fait sauter la cervelle dans sa chambre d'hôtel.»
Le jeune pianiste souriait toujours.
«Pourquoi ça?
— Un suicide a-t-il une cause unique? Le rejet de sa famille? La dépression? A-t-il trop lu les livres de Nietzsche de mon père?

Robert était obsédé par le thème de l'éternelle récurrence. La récurrence est au cœur de sa musique. Nous revivons exactement la même vie, pensait Robert, et connaissons exactement la même mort, et ce cycle recommence à l'identique, encore, et encore, et encore, à la triple croche près. Pour l'éternité. Mais peut-être » – Madame Crommelynck a rallumé sa cigarette éteinte – « la faute incombe-t-elle à cette fille.
– Quelle fille ?
– Robert aimait une idiote. Elle, elle ne l'aimait pas.
– Alors il s'est tué juste parce qu'elle ne l'aimait pas ?
– Un facteur probable. Dans quelle mesure, seul Robert pourrait nous le dire.
– Mais se tuer ! Rien que pour une fille.
– Il n'était pas le premier. Il ne sera pas le dernier.
– Eh ben. Et la fille... enfin, elle l'a su ?
– Bien sûr que oui ! Bruges est un village à l'échelle d'une ville. Elle l'a su. Et je puis t'assurer que, cinquante ans après, cette fille a toujours mauvaise conscience. C'est comme un rhumatisme. Elle serait prête à faire n'importe quoi pour qu'il ne soit pas mort. Mais qu'y peut-elle ?
– Vous êtes restée en contact avec elle ?
– Nous avons du mal à nous éviter, oui. » Madame Crommelynck avait les yeux rivés sur Robert Frobisher. « Cette fille voudrait que je lui pardonne avant qu'elle meure. Elle m'implore : "Je n'avais que dix-huit ans ! Robert et ses dévotions ne représentaient qu'un... jeu de séduction flatteur pour moi ! Comment pouvais-je savoir qu'un cœur affamé se ronge l'esprit ? Qu'il peut même tuer le corps qui l'abrite ?" Oh, elle me fait de la peine. Je voudrais bien lui pardonner. Mais voici la vérité. » (Là, elle m'a regardé.) « Je hais cette fille ! Je l'ai haïe toute ma vie, et je ne sais pas comment faire pour cesser de la haïr. »

Quand Julia me tape vraiment sur les nerfs, je jure de ne plus jamais lui adresser la parole. Mais à l'heure du dîner, la plupart du

temps, j'ai tout oublié. « Cinquante ans, ça fait longtemps pour rester en colère contre quelqu'un. »
Madame Crommelynck a acquiescé d'un air sombre. « Je ne te le conseille pas.
– Est-ce que vous avez essayé de faire semblant de lui pardonner ?
– "Faire semblant" » – elle regardait le jardin –, « ce n'est pas la vérité.
– Mais vous avez dit deux choses vraies, non ? La première, c'est que vous *détestez* cette fille. La deuxième, c'est que vous *voudriez* que cette fille aille mieux. Si vous décidez que la vérité qui voudrait bien est plus importante que celle qui hait, alors dites-lui simplement que vous lui avez pardonné, même si ce n'est pas le cas. Au moins, la fille se sentira mieux. Et peut-être que, du coup, vous vous sentirez mieux, vous aussi. »
D'un œil mauvais, Madame Crommelynck a regardé ses mains, les tournant des deux côtés. « Sophisme. »
Comme je ne savais pas ce que ça voulait dire, je l'ai bouclée.
À l'autre bout du presbytère, le majordome a éteint l'aspirateur.
« Il est aujourd'hui impossible d'acheter le *Sextuor* de Robert Frobisher. On ne croise sa musique que par beau hasard dans les presbytères, les après-midi de juillet. Tu n'auras que cette occasion-ci dans ta vie. Sais-tu faire fonctionner ce gramophone ?
– Bien sûr.
– Mets-nous l'autre face, Jason.
– Super. » J'ai retourné le disque. Les vieux 33 tours sont aussi épais que des assiettes.
Une clarinette s'est réveillée et a dansé autour du violoncelle de la face A.
Madame Crommelynck a allumé une autre cigarette et fermé les yeux.
Je me suis étendu sur le canapé sans accoudoirs. Je n'avais jamais

écouté de musique allongé. Quand on ferme les yeux, écouter, c'est comme lire.
La musique, c'est un bois qu'on traverse.

Une grive a gazouillé sur un buisson constellé. Le tourne-disque est mort dans un dernier *ahhh* et le bras est revenu sur son support en claquant. La main de Madame Crommelynck m'a indiqué de rester là où j'étais quand je me suis levé pour lui allumer sa cigarette. « Dis-moi un peu. Qui est ton maître ?
— On a un prof par matière.
— Non, je te demande quels sont les écrivains que tu révères.
— Oh. » J'ai passé en revue ma bibliothèque pour en tirer les noms les plus impressionnants. « Isaac Asimov. Ursula Le Guin. John Wyndham.
— À-six-morves ? Ursula La-gouine ? John Wayne-dame ? Des poètes modernes ?
— Non, des auteurs de science-fiction, d'*heroic fantasy*. Et puis Stephen King, aussi. Il fait dans l'horreur.
— "*Heroic fantasy*" ? *Pfff!* Écoute un peu les homélies de Ronald Reagan ! "Faire dans l'horreur" ? Et le Viêt-nam, l'Afghanistan, l'Afrique du Sud ? Idi Amin Dada, Mao Zedong, Pol Pot ? Il n'y a pas assez d'horreur comme cela ? Non, sincèrement, tes maîtres, qui sont-ils ? Tchekhov ?
— Euh... non.
— Mais tu as lu *Madame Bovary*, au moins ? »
(Je n'ai jamais lu un livre d'elle.)
« Non.
— Pas même » — elle avait l'air furax, là — « Hermann Hesse ?
— Non. » Imprudemment, j'ai tenté d'atténuer l'écœurement de Madame Crommelynck. « Les Européens, on n'en fait pas tellement à l'école...
— Les "Européens" ? L'Angleterre aurait-elle dérivé jusqu'aux Caraïbes ? Es-tu africain ? Antarcticain ? Non, voyons, tu es euro-

péen, singe inculte de la puberté! Thomas Mann, Rilke, Gogol! Proust, Boulgakov, Victor Hugo! C'est ta culture, ton héritage, ton squelette! Tu ne connais même pas Kafka?»
J'ai tressailli. «J'ai entendu parler de lui.
— Et ceci?» Elle a levé *Le Grand Meaulnes*.
«Non, mais c'est ce que vous lisiez la semaine dernière.
— C'est une de mes bibles. Je le lis tous les ans. Bon!» Elle a lancé son exemplaire relié vers moi comme un Frisbee. «Alain-Fournier sera ton premier maître. Il est nostalgique, tragique, ensorcelant, et il souffre, et tu souffriras toi aussi. Mais, le meilleur dans tout cela, c'est qu'il est vrai.»
J'ai ouvert le livre et une nuée de mots étrangers s'en est échappée. *Il arriva chez nous un dimanche de novembre 189*...* «C'est écrit en français.
— Entre Européens, les traductions sont indélicates.» Elle a détecté la culpabilité cachée derrière mon silence. «Ho ho? Les lumineux écoliers anglais des années quatre-vingt seraient-ils incapables de lire des livres écrits dans une langue étrangère?
— Mais si, on fait du français à l'école...» (Madame Crommelynck m'a forcé à continuer.) «... mais pour le moment, on n'en est qu'à *Youpla boum!* livre 2.
— *Pffffff!* À treize ans, je parlais le français et le flamand couramment! J'étais capable de soutenir une conversation en allemand, en anglais et en italien! *Eeeeerk*, une exécution serait un sort trop doux pour vos professeurs et votre ministre de l'Éducation! Et je ne dis pas cela par arrogance. Vous ressemblez à des bébés à un stade encore trop primaire pour comprendre que leurs couches nauséabondes sont sur le point d'éclater! Vous autres anglais méritez bien le gouvernement du monstre Thatcher! Soyez maudits: que le thatchérisme vous frappe encore pendant vingt ans! Peut-être est-ce à ce prix que vous comprendrez que parler une seule langue, c'est vivre emprisonné! Tu disposes cependant d'un dictionnaire de français ainsi que d'une grammaire, je suppose?»

LE SOLARIUM

J'ai fait oui de la tête. Julia avait tout ça.

« Bien. Tu me traduiras le premier chapitre d'Alain-Fournier du français vers l'anglais, sinon, ne reviens pas ici samedi prochain. L'auteur n'a pas besoin qu'un petit écolier qui ne voit pas au-delà de sa salle de classe défigure sa vérité, mais enfin, il faut bien que tu me prouves que je ne perds pas mon temps avec toi. Allez, va. »

Madame Crommelynck est allée s'asseoir à son bureau et a pris sa plume.

Une fois de plus, je suis sorti du presbytère. J'ai fourré *Le Grand Meaulnes* sous mon maillot de Liverpool. Déjà que mon exclusion des Barbouzes m'avait envoyé derrière les barreaux de l'impopularité. Si je me faisais attraper avec un roman français, j'étais bon pour la chaise électrique.

Il y avait eu de l'orage pendant le cours d'éducation religieuse du dernier jour d'école avant les vacances d'été. Et quand on est arrivés à Black Swan Green, il pleuvait des cordes. Pendant que je descendais du bus, Ross Wilcox m'a donné un grand coup entre les omoplates. Je suis tombé sur le cul en plein dans la grosse flaque qui s'était formée là où le caniveau débordait et où l'eau montait jusqu'aux chevilles. Ross Wilcox, Gary Drake et Wayne Nashend se pissaient dessus tellement ils riaient. Des petites bécasses se sont retournées et mises à ricaner sous leurs parapluies (c'est bizarre cette manie qu'elles ont, les filles, à toujours comploter sous des parapluies). Andrea Bozard a vu la scène, bien sûr, alors elle a donné un coup de coude à Dawn Madden et m'a montré du doigt. Dawn Madden a hurlé de rire, comme font les filles. (*Salope*. Je n'ai pas osé le lui dire. La pluie avait comme enduit de gel une mèche de ses beaux cheveux contre son doux front. J'en serais mort, si j'avais pu prendre cette boucle dans ma bouche pour en aspirer la pluie.) Même Norman Bates, notre chauffeur, a poussé un petit aboiement amusé. Mais moi, j'étais trempé, humilié et furieux. J'aurais voulu étriper le corps lacéré de Ross Wilcox, mais le Minable m'a rappelé que c'était le gars le plus costaud de cinquième et qu'il m'arracherait sans doute les mains pour les jeter par-dessus le toit du Black Swan. « Ha ha, c'est vraiment très drôle, Wilcox. » (Le Minable m'a empêché d'ajouter *espèce de connard* au cas où Wilcox aurait voulu se battre.) « Tu me fais de la peine... » Mais sur le mot « peine », ma voix s'est mise à couiner comme si mes couilles n'étaient pas encore descendues. Ils ont tous entendu. Une nouvelle bombe de rires m'a éparpillé en mille morceaux.

J'ai joué un rythme sur le heurtoir du presbytère puis j'ai terminé en appuyant sur la sonnette. Comme des points noirs qu'on aurait percés, les déjections des vers criblaient la pelouse qui pétillait, et les limaces remontaient le long des murs. L'auvent dégoulinait. La capuche de ma parka dégoulinait. Maman était partie à Cheltenham discuter avec les ouvriers du chantier, alors j'ai dit à papa que j'allais peut-être (« peut-être » est un mot équipé d'un siège éjectable) aller chez Alastair Nurton jouer à la bataille navale électronique. Depuis l'affaire Blake, ils regardent Dean Moran d'un mauvais œil. J'étais venu à vélo, comme ça si j'avais croisé quelqu'un, j'aurais juste eu à lâcher un « Ça gaze ? » et continuer à pédaler. Si on vous tombe dessus quand vous êtes à pied, vous risquez d'avoir droit à un interrogatoire. Mais là, tout le monde regardait le match à la télé : Jimmy Connors contre John McEnroe (il pleuvait ici, mais il y avait du soleil à Wimbledon). Emballé dans deux sacs en plastoc Marks & Spencer, *Le Grand Meaulnes* était fourré sous ma chemise avec ma traduction. J'y avais passé des heures. Tous les deux mots, il avait fallu que j'aille regarder dans le dictionnaire. Même Julia avait remarqué. Hier, elle avait dit : « Je croyais qu'il y avait du relâchement, normalement, en fin de trimestre. » J'ai répondu que je voulais finir d'un coup les devoirs qu'on m'avait donnés pour les vacances. Le truc le plus bizarre, c'est que je ne sentais pas les heures passer, une fois que je m'y étais mis. C'était vachement plus intéressant que *Youpla boum! Le français pour tous** – livre 2, qui raconte les histoires d'Emmanuel, Claudette, Marie-France, et de *Monsieur et Madame** Dubois. J'aurais bien aimé demander à Mlle Wyche, notre prof de français, de relire ma traduction. Mais si on me marquait du sceau de la nazeté moi, l'élève modèle de français, cette matière de filles, je pourrais dire adieu au peu de popularité qui me restait.

Traduire, c'est entre écrire un poème et faire des mots croisés, mais en tout cas, c'est pas fastoche. Des tas de mots ne sont pas vraiment des mots qu'on peut chercher dans le dictionnaire mais plutôt des vis grammaticales qui servent à l'assemblage de la phrase. Ça prend trop de temps pour comprendre ce qu'ils signifient, mais bon, une fois qu'on les connaît, on les connaît. *Le Grand Meaulnes* raconte l'histoire d'un garçon, Augustin Meaulnes. Augustin a du charisme, un peu comme Nick Yew, et pas mal d'influence sur les gens. Il débarque pour vivre dans une espèce d'internat avec François, le fils du maître d'école. C'est François qui raconte l'histoire. On entend les pas de Meaulnes dans la pièce au-dessus, avant même qu'on l'ait vu. C'est génial. J'avais décidé de demander à Madame Crommelynck de m'apprendre le français. Le vrai, pas celui qu'on nous enseigne à l'école. J'ai même commencé à m'imaginer partir en France, après mon brevet ou mon bac. Un *french kiss*, c'est quand on embrasse avec la langue.

Le majordome mettait une éternité à arriver. Encore plus longtemps que la semaine dernière.

Pressé de rencontrer mon avenir, j'ai de nouveau appuyé sur la sonnette.

Immédiatement, un monsieur rougeaud habillé en noir m'a ouvert. «Bonjour?
– Bonjour.»

La pluie s'est intensifiée d'un cran ou deux.
«Oui...?
– Vous êtes le nouveau majordome?
– Majordome?» Le monsieur rougeaud a ri. «Seigneur, non! Alors ça, c'est bien la première fois. Je suis Francis Bendincks. Le pasteur de l'église Saint-Gabriel.» C'est seulement à ce moment-là que j'ai remarqué son col. «Et tu es?
– Oh. Je suis venu voir Madame Crommelynck...
– Francis!» Des bruits de pas faisaient *clonk clonk clonk* en descendant l'escalier de bois (des chaussures, pas des chaussons). La voix de cette femme donnait des coups de ciseaux frénétiques. «Si c'est l'inspecteur pour la redevance, dis-lui que j'ai cherché partout, mais je crois qu'ils sont partis avec le poste.» Elle m'a vu.

«Ce jeune homme voulait rendre visite à Eva.
– Eh bien, ce jeune homme ferait bien d'entrer. Le temps que la pluie se calme, au moins.»

Aujourd'hui, l'entrée baignait dans une lumière lugubre, comme si on était derrière une cascade. La peinture bleue de la guitare s'était écaillée, comme atteinte d'une vraie maladie de peau. Dans un cadre jaune, une femme mourante dans une barque promenait ses doigts sur l'eau.

«Merci, suis-je parvenu à dire. Madame Crommelynck m'attend.
– Oh, et peut-on savoir en quel honneur?» La femme du pasteur ne posait pas ses questions : elle les dégainait. «Mais! Ne serais-tu pas le dernier fils de Marjorie Bishampton? Tu viens pour le cours d'orthographe des donateurs?
– Non», ai-je répondu. Je ne voulais pas lui donner mon nom.

«Mais encore?» Elle avait un sourire greffé au visage. «Tu t'appelles?
– Euh, Jason.
– Jason comment?

– Taylor.
– Cela me dit quelque chose... Kingfisher Meadows! Le deuxième d'Helena Taylor. Vous êtes les voisins de cette pauvre Mme Castle. Ton père est une huile des supermarchés Groenland, n'est-ce pas? Et ta sœur part pour Édimbourg cet automne. J'ai rencontré ta mère l'année dernière à l'exposition de la salle municipale. Elle s'était éprise d'une peinture à l'huile d'Eastnor Castle, mais je dois dire qu'elle n'est jamais revenue. La moitié des bénéfices étaient reversés à la Caisse chrétienne.»
Si elle attendait que je m'en excuse, elle pouvait toujours courir.
«Eh bien, Jason, a dit le pasteur, Mme Crommelynck a été amenée à partir. De façon plutôt précipitée.»
Ah. «Elle va revenir...?» (Sa femme déclenchait mon bégaiement comme une allergie. J'étais bloqué sur le mot «bientôt».)
«"Bientôt"?» Elle m'a décoché un sourire signifiant *Je ne vous dis rien mais je n'en pense pas moins* qui m'a fait grincer des dents. «Cela m'étonnerait! Ils sont partis pour de bon! Il s'est passé que...
– Gwendolin.» Le pasteur a levé la main comme un écolier timide (j'ai reconnu ce nom, Gwendolin Bendincks: je l'avais vu dans le journal de la paroisse. Elle signe la moitié des articles).
«Je ne pense pas qu'il faille en tirer des...
– Sornettes! Tout le village sera au courant d'ici le dîner. La vérité jaillira. Nous avons une nouvelle absolument terrifiante, Jason.» Les yeux de Gwendolin Bendincks brillaient comme une guirlande électrique. «Les Crommelynck ont été extradés!»
Je n'étais pas trop sûr de comprendre ce que cela voulait dire.
«On les a arrêtés?
– Et comment! Ramenés à Bonn au pas de l'oie par la police ouest-allemande! Leur avocat nous a contactés ce matin. Il refusait de me donner la raison de leur extradition, mais inutile d'être un génie: le mari de Mme Crommelynck travaillait à la Bundesbank

avant de prendre sa retraite il y a six mois ; il s'agira sans doute d'une escroquerie. Un détournement de fonds. Une affaire de corruption. Il y en a énormément en Allemagne.

– Gwendolin » – le pasteur a fait un sourire essoufflé –, « peut-être est-il un peu tôt pour…

– Tu remarqueras qu'elle nous avait dit avoir séjourné quelques années à Berlin. Et si elle faisait de l'espionnage pour les forces du pacte de Varsovie ? Je te l'avais dit, Francis, leur manière de se tenir à l'écart des autres m'a toujours semblé suspecte.

– Mais peut-être qu'ils ne sont p… » (Le Pendu a étranglé le « pas » de « pas coupables ».)

« "Pas coupables" ? » Les lèvres de Gwendolin Bendincks ont palpité. « Le ministère de l'Intérieur ne laisserait pas Interpol les embarquer s'il y avait le moindre doute, ça non. Mais comme je dis toujours, à quelque chose malheur est bon. Finalement, nous pourrons utiliser la pelouse pour notre kermesse.

– Et leur majordome ? » ai-je demandé.

Pendant deux bonnes secondes, Gwendolin Bendincks est restée bloquée dans son élan. « Un majordome ? Francis ! Qu'est-ce que c'est que cette histoire de majordome ?

– Grigoire et Eva, a dit le pasteur, n'avaient pas de majordome, je peux te le garantir. »

J'avais compris. Quel gland je faisais.

Le majordome, c'était son mari.

« Je me suis trompé, ai-je répondu, l'air bête. Bon, je vais rentrer…

– Pas déjà ! » Gwendolin Bendincks n'en avait pas terminé. « Tu vas être trempé jusqu'aux os ! Allons, raconte-nous un peu. Que venais-tu faire chez Eva Crommelynck ?

– Bah, elle m'apprenait des trucs.

– Ah oui ? Et qu'est-ce donc qu'elle t'apprenait ? »

Je ne voulais pas lui avouer que c'était en rapport avec la poésie. « Le français.

« – Comme c'est charmant ! Je me souviens de mon premier été en France. Je devais avoir dix-neuf ans. Ou bien vingt. Ma tante m'avait emmenée à Avignon, tu sais, la ville de la chanson où on danse sur les ponts... C'est qu'une certaine *demoiselle** avait été la cause de bien des tourments chez les jeunes bourdons du coin... »

Les Crommelynck sont sans doute enfermés dans les locaux de la police allemande, à l'heure qu'il est. Un gamin bègue de treize ans qui habite dans un coin de l'Angleterre à mourir d'ennui, c'est sans doute la dernière chose dont Madame Crommelynck doit se soucier. Fini le solarium. Mes poèmes sont nuls. Tu m'étonnes qu'ils sont nuls : j'ai treize ans. Qu'est-ce que j'y connais, moi, à la beauté et à la vérité ? Mieux vaut enterrer Eliot Bolivar que le laisser continuer à pondre ses merdes. Moi ? Apprendre le français ? Non mais qu'est-ce que je m'imaginais ? La vache, Gwendolin Bendincks parle comme cinquante télévisions allumées en même temps. La masse et la densité de ses mots courbent l'espace et le temps. Une brique de solitude en moi atteint sa vitesse limite. J'ai envie d'une canette de Tizer et d'un Toblerone, mais l'épicerie de M. Rhydd est fermée le samedi après-midi.

Tout est fermé à Black Swan Green le samedi après-midi.

Il pleut, et toute cette foutue Angleterre est fermée.

Souvenirs

«Alors comme ça, pendant que moi, je trimerai» – papa tirait une moue qui lui permettait de raser la barbe autour de ses lèvres – «dans une salle de conférences pleine de gens en sueur où je présenterai le programme de promotions internes à ma cuvée annuelle» – papa a avancé son menton pour atteindre un endroit délicat – «d'Einstein de la profession, toi, tu flâneras sous le soleil de Lyme Regis. Tu vas t'en payer, du bon temps, hein?» Il a débranché son rasoir.

«J'imagine que oui.»

Notre chambre donnait sur les toits, du côté où l'espèce de quai se jette dans la mer en faisant un crochet. Les mouettes plongeaient et criaient comme des Spitfire et des Messerschmitt. Au-dessus de la Manche, l'après-midi poisseux était turquoise comme du shampooing Head and Shoulders.

«Allez, tu vas drôlement bien t'amuser!» Papa a fredonné une version déformée de «I Do Like To Be Beside The Seaside[1]». (La porte de la salle de bains s'est ouverte toute seule, et j'ai pu voir le torse de papa se refléter dans le miroir pendant qu'il enfilait son tricot de corps à grosse maille et la chemise qu'il venait de repasser. Le torse de papa est super-poilu, ça me fait penser à

---

1. Chanson populaire. Littéralement: «Ce que j'aime être au bord de la mer».

l'expérience des lentilles.) «J'aimerais bien avoir de nouveau treize ans, moi.»
Alors visiblement, ai-je pensé, c'est que tu as oublié ce que c'est.
Papa a ouvert son portefeuille et en a sorti trois billets d'une livre. Il a hésité, puis en a sorti deux autres. Il s'est penché dans l'embrasure de la porte et les a posés sur la commode. « Un peu d'argent à dépenser. »
Cinq livres ! « Merci, papa !
– Mais tu ne le claques pas dans les machines à sous, hein ?
– Sûrement pas, ai-je répondu avant que l'interdiction s'étende aux jeux d'arcade. C'est gâcher de l'argent pour rien.
– Heureux de te l'entendre dire. Les jeux d'argent sont bons pour les nigauds. Bien, il est » – papa a jeté un œil à sa Rolex – « deux heures moins vingt, c'est ça ? »
J'ai vérifié sur ma Casio. « Oui.
– Je constate que tu ne mets jamais l'Omega de ton grand-père.
– Bah, euh » – mon secret a bâillonné ma conscience pour la millionième fois –, « je ne voudrais pas la casser.
– Soit, mais si tu ne la portes jamais, ton grand-père aurait tout aussi bien pu la donner à une œuvre caritative. Enfin. Mon collègue se termine à cinq heures, je te retrouverai donc ici tout à l'heure. On ira dîner dans un endroit bien, et puis, si la fille de la réception ne s'est pas trompée, ils passent *Les Chariots de feu* au cinoche du coin. Tu pourrais peut-être profiter de l'après-midi pour le repérer, d'accord ? Lyme est une ville plus petite que Malvern. Si tu te perds, demande l'hôtel Excalibur. Comme dans le roi Arthur. Jason ? Tu m'écoutes ? »

Lyme Regis, c'était un ragoût de touristes. Ça sentait partout la crème à bronzer, les hamburgers et le sucre brûlé. Les poches de mon jean scellées par des mouchoirs croûteux destinés à tromper les pickpockets, je remontais péniblement la rue principale.

SOUVENIRS

J'ai regardé les posters qu'il y avait chez Boots et j'ai acheté le numéro d'été de *2000 AD*[1] chez WH Smith pour quarante pence. Je l'ai roulé puis fourré dans ma poche arrière. Je suçais des Mint Imperial, on ne savait jamais, des fois qu'une fille bronzée m'emmènerait à l'étage dans une de ces vieilles maisons croulantes sur le toit desquelles les mouettes criaient ; la fille tirerait ses rideaux, me coucherait sur son lit et puis m'apprendrait à embrasser. Au début les Mint Imperial sont durs comme des cailloux, mais ils finissent par se désintégrer en une bouillie sucrée. J'ai cherché dans les joailleries pour voir s'ils vendaient une Omega Seamaster mais, comme d'habitude, ils n'en avaient pas. Un type dans la dernière boutique que j'ai faite m'a conseillé d'aller plutôt regarder du côté des antiquaires. Envoûté par les magnifiques blocs de papier, j'ai passé une éternité dans une papeterie. J'ai acheté un paquet de stylos Letraset et une cassette TDK C-60 pour enregistrer les meilleures chansons qui passeraient dans le Top 40 ce dimanche sur Radio 1. Du côté du port, il y avait des petits groupes de mods, des tas de rockeurs, une ribambelle de punks et même quelques teddy boys. Les teddy boys ont pratiquement disparu dans la plupart des villes, mais Lyme Regis est réputée pour ses fossiles à cause de ses falaises de schiste. Le magasin de fossiles est super. On y vend des coquillages avec des ampoules rouges toutes minus à l'intérieur, mais ça coûte 4,75£, alors ç'aurait été bête de dépenser d'un coup tout mon argent pour un seul souvenir (au lieu de ça, j'ai acheté une série de treize cartes postales de dinosaures. Il y a un dinosaure différent sur chaque carte, mais quand on les étale dans l'ordre, l'arrière-plan fait comme une fresque. Moran va être super-jaloux). Les boutiques de bibelots sont remplies de pieuvres gonflables, de cerfs-volants acrobatiques, de seaux et de pelles. Et puis il y avait ces stylos. Quand on les retournait,

---

1. Magazine de BD de science-fiction britannique lancé en 1977, encore publié actuellement.

la bande colorée glissait au bout et laissait voir une femme nue avec deux têtes de missile en guise de poitrine. La bande colorée était descendue jusqu'à son nombril quand une voix a dit: «Tu vas l'acheter oui, petit?»

J'étais concentré sur ce que la bande colorée allait révéler ensuite.

«Hé! Tu l'achètes ou pas?» Le vendeur me parlait à moi. Je voyais le bout de chewing-gum se balader au rythme de sa mâchoire qui s'ouvrait et se refermait. Sur son T-shirt, il y avait l'image d'une bite géante sur pattes qui courait après une sorte d'huître poilue sur pattes, et il y avait écrit UNE CHOSE APRÈS L'AUTRE (je n'ai toujours pas compris). «À moins que tu préfères rester là à t'exciter tout seul?»

J'ai remis le stylo sur son présentoir en tremblant, et, immergé dans le bain d'huile de la honte, j'ai déguerpi.

Le vendeur m'a lancé: «Sale petit merdeux! Va t'acheter un magazine de cul!»

AUX RÊVES LES PLUS FOUS – LYME REGIS. La salle de jeux est construite dans le jardin situé sur le coteau du front de mer. Des hommes rondouillards qui fument d'un air sinistre jouent à cette espèce de tiercé où on parie de l'argent pour de vrai sur des chevaux en plastique tournant autour d'une piste. La piste est protégée par une vitre pour que les gens ne puissent pas pousser leurs chevaux. Des femmes rondouillardes qui fument d'un air sinistre jouent au bingo dans un coin à l'écart où un type portant une veste à paillettes annonce les numéros qui sortent en souriant comme un malade. La partie où se trouvent les jeux d'arcade est plus sombre, comme ça les écrans brillent plus, et on y passe la musique de Jean-Michel Jarre. J'ai regardé les enfants jouer à Pac-Man, à Scrambler, à Frogger et à Grand Prix Racer. La borne Asteroids est en panne. Il y a un nouveau jeu où on se battait contre les gigantesques montures robots de *L'Empire contre-attaque*, mais c'est cinquante pence la partie. Le hardos de la cabine qui lisait un magazine de rock m'a échangé mon billet d'une livre contre dix pièces de dix pence.

Prisonnières de mon poing, les pièces cliquetaient comme des balles magiques.

D'abord, Space Invaders. La méthode Taylor consiste à creuser un trou dans le bouclier et à tirer à travers, bien à l'abri. Ça a marché un moment mais un missile extraterrestre est passé par mon propre trou. Ça ne m'était jamais arrivé avant. Toute ma tactique a échoué et je n'ai même pas réussi à franchir le premier niveau.

Après, j'ai essayé un jeu de kung-fu. J'étais MegaThor. Mais MegaThor ne faisait que danser comme un crétin qui s'électrocute pendant que Red Rockster le tabassait. Les jeux de kung-fu n'auront jamais autant de succès que les autres. J'ai fait plus de mal à mon propre pouce qu'à Red Rockster.

Je voulais faire une partie de hockey sur air, le jeu avec le palet en plastique qui flotte sur coussin d'air. On voit tout le temps les Américains y jouer, à la télé. Le problème avec ce jeu, c'est qu'on a besoin d'un autre humain. Alors, je me suis dit que j'allais plutôt récupérer l'argent que j'avais claqué sur MegaThor à la Cascade de l'Eldorado. La Cascade de l'Eldorado, c'est une sorte de commode où on fait glisser une pièce de dix pence sur des plaques en miroir. Il y a des parois qui bougent et qui font tomber les pièces en équilibre au bord de la plaque sur celle du dessous. Les pièces qui tombent de cette dernière plaque atterrissent dans un réceptacle et vous reviennent. Il y avait des tas de pièces prêtes à tomber comme une avalanche dans le réceptacle de ma machine.

Il faut croire que ces pièces sont collées. J'ai perdu cinquante pence !

Et puis j'ai vu cette fille canon.

Trois filles sont sorties du Photomaton après le quatrième flash nucléaire. Depuis la Cascade de l'Eldorado, j'avais regardé leurs six jambes et leurs trente doigts de pied aux ongles vernis. Comme dans *Drôles de dames*, il y avait une brune (mais elle n'avait pas de menton), une blonde comme de la paille (avec un menton super-gros) et une autre rousse avec des taches de rousseur. La brune et la blonde mangeaient chacune un Cornetto dégoulinant (il y avait un marchand de glaces juste à côté du Photomaton). Elles mettaient leur bouche devant l'ouverture par laquelle ressortent les photos et criaient des trucs pas drôles dans la machine, genre : « Allez, dépêche-toi ! » Quand elles en ont eu marre, elles sont allées s'accroupir dans la cabine, ont pris chacune une oreillette d'un Walkman Sony et ont chanté « Hungry Like The Wolf » de Duran Duran. La rousse, elle, mangeait un Zoom encore tout pointu et examinait le panneau qui présentait les différentes glaces. Son haut laissait voir son nombril.

Elle n'était pas aussi canon que Dawn Madden, mais je me suis quand même laissé porter jusqu'au panneau des glaces. Les aimants n'ont pas besoin de comprendre le magnétisme pour s'attirer. Elle sentait le sable chaud. Rien qu'à être à côté d'elle, les poils sur mes bras se hérissaient. J'ai sorti ma chemise de mon pantalon histoire que celle-ci recouvre ma gaule exponentielle.

« C'est un Zoom, ça ? » La vache. Apparemment, je lui avais parlé.

Elle m'a regardé. « Ouais. » Je me suis retrouvé à mille pieds dans les airs. « Les Zoom, c'est ce qu'ils ont de mieux ici. » Elle avait un accent à la *Coronation Street*, cette série tournée à Manchester. « À moins que, chais pas, tu sois plutôt du genre choco.

– OK. Merci. »

J'ai acheté un Zoom à une personne dont je ne me rappelle absolument rien.

« T'es en vacances, toi aussi » – elle s'adressait à *moi* –, « ou bien, chais pas, t'habites ici ?

– En vacances.
– Nous, on est de Blackburn, a-t-elle dit en désignant les deux autres filles, qui n'avaient pas encore remarqué ma présence. T'es d'où, toi ?
– Euh... Black Swan Green. » J'étais tellement nerveux que même le Pendu avait filé se cacher. Ça n'a pas de sens mais ça arrive, des fois.
« Hein ?
– C'est un village. Dans le Worcestershire.
– Le Worcestershire ? C'est pas quelque part au milieu du pays, ça ?
– Ouais. Y a pas plus mort, comme coin, alors personne sait où c'est. Blackburn, c'est dans le nord, c'est ça ?
– Ouais. Mais Black Swan Green, c'est connu pour les cygnes noirs, les cygnes verts ou quoi ?
– Non. » Qu'est-ce que je pouvais lui dire qui l'impressionnerait vraiment ? « Il n'y a même pas de cygnes blancs.
– Y a pas de cygnes à Black Swan Green, alors ?
– Nan. C'est la blague du village, si tu veux.
– Ah. C'est super-marrant, pas vrai ?
– Merci. » La sueur est sortie en me picotant par cinquante points de mon corps.
« C'est vachement chouette, ici, pas vrai ?
– Oh ouais. » Je me demandais ce que j'allais bien pouvoir dire après. « C'est vachement chouette.
– Tu vas la manger, ta glace, ou quoi ? »
J'avais le bout des doigts collé sur le Zoom glacial. J'ai essayé d'enlever l'emballage de papier, mais il ne faisait que mal se déchirer.
« T'as pas la technique, on dirait. » Ses doigts de rubis ont saisi mon Zoom et déchiré le bout de l'emballage. Elle a mis le côté où c'était déchiré dans sa bouche puis elle a soufflé. L'emballage s'est gonflé et détaché en glissant. Ma gaule, que j'avais cachée,

était sur le point d'exploser et de tuer toute la foule présente dans la salle de jeux des Rêves les plus fous. Elle a laissé tomber l'emballage par terre et m'a tendu le Zoom. « C'est *Smash Hits* ? » Elle parlait du numéro d'été de *2000 AD* roulé dans ma poche.

Ça, j'aurais bien aimé.

« Tiens, notre chère Sally ! est intervenue la brune sans menton, que je détesterai jusqu'à la fin des temps. Ne me dis pas que tu as déjà commencé ta partie de pêche ? » (Depuis le tabouret du Photomaton, la fille blond paille a ricané ; elle aussi, je la détestais.) « Une heure à peine qu'on est descendues du car. Comment il s'appelle, celui-là ? »

Il fallait bien que je réponde. « Jason.

– "Jason" ! » Elle a pris un accent BCBG. « Ma parole ! Sebastian joue au polo en compagnie de Jason sur la pelouse de croquet ! Dites donc ! Ma parole ! Jason mange un Zoom, lui aussi, tout comme Sally ! Quel couple charmant ! J'espère que tu as du caoutchouc sur toi, Jason, parce qu'à l'allure où va notre chère Sally, tu en auras besoin dans la demi-heure. »

J'ai cherché une vanne de la mort où il n'y aurait pas de mots qui me feraient bégayer. J'ai cherché. Cherché.

« Mais peut-être que vous n'avez pas de cours de biologie dans vos écoles ?

– Tu ne peux pas t'empêcher de fourrer ton gros pif partout, toi, hein ? a aboyé Sally.

– Ne t'énerve pas, Sal' chérie ! Chais pas moi, je demandais juste à ton nouveau copain s'il connaissait les choses de la vie. Mais peut-être que son machin préfère plutôt se redresser dans les douches devant ses camarades après une bonne partie de rugby ? »

Toutes les filles me regardaient et attendaient de voir comment le garçon allait se défendre.

Mon Zoom dégoulinait sur mon poignet.

« Pourquoi Tim a supporté ta grande gueule de conne aussi

longtemps avant de te larguer, a dit Sally en croisant les bras et en basculant sur une hanche, ça, je ne comprendrai jamais. »
Je devenais invisible, et ça, je n'y pouvais rien.
« C'est moi qui l'ai largué, j'te ferais dire. Et puis moi, au moins, mon copain n'est pas allé emballer Wendy Lench juste le jour après avoir cassé avec moi !
– Tu mens, Melanie Pickett, et tu le sais !
– Sous la pile de manteaux, chantait presque Melanie Pickett, à la fête de Shirley Poolbrook ! Demande à tous ceux qui étaient là ! »
Le photomaton vrombissait.
La fille blond paille ricanait. « Je crois que les photos sont prêtes… »
Un bataillon de vieilles dames qui venait du coin au bingo a défilé devant nous. J'ai sauté dans le rang avant que les trois filles ne s'en aperçoivent et me suis dépêché de rentrer à l'hôtel Excalibur. Les garçons sont des salauds, mais avec eux, on sait à quoi s'attendre. Les filles, on ne sait jamais ce qu'elles ont en tête. Les filles viennent d'une autre planète.

La réceptionniste de la ruche m'a donné un message qui disait que le colloque de papa s'éternisait et qu'il serait un peu en retard. Les stagiaires de Groenland étaient dans le hall ; ils blaguaient et comparaient les notes qu'ils avaient prises. Comme j'avais l'impression d'être le fils d'un prof dans la salle des profs, je suis monté dans notre chambre. Ça sentait les voilages de fenêtre, les toasts et le nettoyant WC. Sur le papier peint, il y avait des jonquilles jaune d'œuf et, sur la moquette, une bouillie de fleurs. À la télé passaient un match de cricket où personne ne marquait et un western où personne ne tirait.
J'ai lu mon *2000 AD* sur le lit.
Mais je n'arrêtais pas de penser aux trois filles. Les filles et les petites copines, ça fait des soucis. En éducation sexuelle, on apprend

uniquement comment faire des bébés et comment éviter d'en faire. Ce que, moi, j'ai besoin de savoir, c'est comment on transforme une fille comme Sally de Blackburn en petite amie à qui on peut rouler des patins et avec qui on peut vous voir rouler des patins. Je ne suis pas sûr d'avoir vraiment envie de faire l'amour et je ne veux pas faire de bébés, ça c'est sûr. Un bébé, ça ne fait que chier et brailler. Mais ne pas avoir de copine, ça veut dire qu'on est un pédé ou un naze, ou les deux à la fois.

Melanie Pickett avait à moitié raison. Je ne sais pas si je connais oui ou non les choses de la vie. On ne peut pas demander aux adultes : c'est comme ça, c'est tout. On ne peut pas demander aux autres gars, parce que, sinon, tout le monde est au courant sitôt la première récré terminée. Alors, soit tout le monde sait comment tout ça fonctionne, mais personne n'en parle, soit personne ne sait comment ça se passe, et alors les copines, bah... ça vous tombe dessus.

On a frappé à la porte.

« Jason, c'est ça ? » Le jeune homme à la porte avait une veste gris métal et une cravate impression cachemire.

« C'est ça. »

Il a fait le clown en montrant son badge SUPERMARCHÉS GROENLAND et pris une voix à la James Bond. « Mon nom est Lawlor. Danny Lawlor. Mike – ton pa... c'est mon chef, j'ai oublié de te le dire ? Bref, il m'a envoyé pour te prévenir qu'il est vraiment désolé mais il est encore coincé pour un moment. L'empereur a débarqué à l'improviste.

– L'empereur ?

– Craig Salt, empereur du Groenland. Mieux vaut ne pas répéter que je l'ai appelé comme ça. Le chef de ton père, c'est lui. Du coup, tous les gérants doivent être aux petits soins pour lui, il en a pris l'habitude. Bon, Mike nous propose de partir à la recherche du meilleur *fish and chips* du coin. Ça te dit ?

– Maintenant ?
– Oui, à moins que tu n'aies prévu de dîner avec une belle nana ?
– Non...
– Génial, alors. On sera revenus à temps pour *Les Chariots de feu*. Eh oui, je suis très bien renseigné. Tiens, attends, il faut que j'enlève ce badge ridicule... Je suis un homme, quoi, pas une bandelette de lettres en relief sortie d'une étiqueteuse Dymo... »

« Ne te penche pas trop ! » Danny et moi regardions sous nos pieds la méduse accrochée au bord de la digue. « Si le seul héritier mâle de Michael Taylor finit à la baille, mes perspectives d'avenir connaîtront le même sort. » La lumière du soleil sur les vagues, c'est comme une guirlande ensommeillée.

« Ça va si on tombe du côté du port. » Je sculptais ma glace à l'italienne avec ma langue. « On peut s'accrocher aux bateaux de pêche. Mais si on tombe du côté de la mer, on peut se faire entraîner au fond de l'eau. »

– On va éviter de mettre ta théorie à l'épreuve, d'accord ? a dit Danny en retroussant les manches de sa chemise.

– Elle est super-bonne, la glace. Merci. Je n'en avais jamais eu une avec deux bâtonnets en chocolat plantés dedans. Il te les a fait payer en plus ?

– Non, le type est de Cork, lui aussi. Entre Irlandais, on se serre les coudes. Ah, elle est pas belle, la vie ? C'est vraiment vicelard de la part de Groenland d'organiser des séminaires de formation dans un endroit pareil.

– Ça veut dire quoi, "vicelard" ?
– Gratuitement cruel.
– Pourquoi » (J'avais remarqué que Danny aimait bien les questions.) « est-ce qu'ils appellent cette digue le "Cobb" ? C'est juste un truc d'ici ?

– Même mon omniscience a ses lacunes, mon jeune ami. »

(Si papa n'a pas de réponse à une question, il va faire dix phrases pour se persuader qu'en fait il en a une.)
Sur la plage, les vagues polies s'ouvraient et se refermaient comme des trousses. Les mamans rinçaient les pieds de leurs enfants dans un seau. Les papas pliaient les transats et donnaient des instructions.
« Danny, tu connais des gens de l'IRA ?
– Tu me demandes ça parce que je suis irlandais ? »
J'ai fait oui de la tête.
« Eh bien non, Jason. Désolé de te décevoir. C'est plutôt en Irlande du Nord, tout en haut, que les *Provos* agissent. Mais là-bas, à Cork, je vis au milieu de mon champ de patates dans une hutte en tourbe en compagnie d'un farfadet prénommé Mick.
– Pardon, je ne voulais pas… »
Danny a montré sa paume en signe de paix. « Pour tout ce qui concerne l'Irlande, les Anglais manquent de précision. À vrai dire, nous autres Irlandais sommes les gens les plus sympas qu'on puisse rêver de rencontrer. Même au nord de la frontière. Nous nous tirons juste dessus à coups de fusil de temps à autre, c'est tout. »
Des gouttes de crème glacée glissaient comme des escargots le long de mon cornet.
Je ne sais même pas ce que je ne sais pas.
« Regarde-moi un peu ces cerfs-volants ! On n'en avait pas des comme ça quand j'étais gosse ! » Danny regardait deux cerfs-volants acrobatiques et leurs traînes de ruban qui serpentaient. « C'est quelque chose, pas vrai ? »
Avec le soleil, on plissait les yeux.
Les traînes traçaient sur le ciel bleu des arabesques rouges qui s'effaçaient en continuant leur course.
« Ils sont sensass », ai-je acquiescé.

« C'est comment, de travailler avec papa ? »
La serveuse du Fish and Chips Emporium du Cap'taine Scallywag

nous a apporté nos plats. Danny s'est penché en arrière afin de laisser le plateau atterrir. « Michael Taylor ? Attends un peu. Estimé de ses collègues… juste, minutieux… n'aime pas avoir des crétins en face de lui… a eu des paroles bienveillantes à mon égard aux moments cruciaux, chose pour laquelle je lui serai d'ailleurs éternellement reconnaissant… Ça te va ?
– Oh oui. » J'ai arrosé mon poisson de ketchup à l'aide du tube en forme de tomate. C'était marrant d'entendre parler de papa en tant que Michael Taylor. Le long de la promenade, des ribambelles de fruits confits se sont allumées.
« Ça te plaît, on dirait.
– J'adore le fish and chips. Merci.
– C'est aux frais de ton père. » Danny avait commandé des grosses crevettes, du pain et une salade en accompagnement, pour se faire un sandwich. « Pense à le remercier. » Il s'est tourné vers la première serveuse et a commandé une canette de 7-Up. Une deuxième serveuse s'est empressée de nous l'apporter et nous a demandé si la nourriture nous plaisait.
« Oh, a dit Danny, c'est divin. »
Elle s'est penchée sur Danny, un peu comme si c'était un feu de cheminée. « Votre frère désire-t-il quelque chose à boire, lui aussi ? »
Danny m'a fait un clin d'œil.
« Un Tango. » (Le plaisir qu'on me prenne pour le frère de Danny n'a pas été totalement gâché par le Pendu, qui m'avait empêché de dire le « seven » de 7-Up.) « S'il vous plaît. »
La première serveuse m'en a apporté un. « Vous êtes ici en vacances ?
– Le travail. » Danny a fait souffler un vent de mystère sur ce mot fade. « Le travail. »
D'autres clients sont arrivés, alors les serveuses sont reparties.
Danny a eu ce drôle de regard. « On devrait former un duo comique. »

De joyeux bruits de friture se sont mis à crachouiller dans la cuisine du Cap'taine Scallywag.
Ils ont passé « One Step Beyond » de Madness.
« Est-ce que tu as » (Je me suis dégonflé et n'ai pas dit « une petite amie ».) « des frères et des sœurs ?
– Ça dépend » – Danny ne se dépêche jamais pour avaler sa bouchée – « de la façon dont tu comptes. J'ai grandi dans un orphelinat.
– La vache ! Comme celui du Docteur Barnado [1] ?
– Un équivalent catholique, oui, mais avec plus de Jésus au menu. Pas assez, toutefois, pour causer des dégâts irrémédiables. »
J'ai mâché. « Je suis désolé.
– Tu n'as pas à être désolé. » Danny avait sûrement été confronté à cette situation un milliard de fois. « Moi, je ne suis pas gêné. Donc, tu n'as aucune raison de l'être.
– Mais » – maman ou Julia auraient poliment changé de sujet – « il est arrivé quelque chose à ton père et ta mère ?
– Oui, ils ont eu le malheur de se rencontrer. Passe-moi le ketchup. Pour autant que je sache, ils sont encore vivants et en bonne santé – enfin, pas ensemble, mais bon. J'ai eu quelques expériences dans des familles d'accueil qui ne se sont pas bien terminées. J'étais ce qu'on appelle un "enfant turbulent". Au bout du compte, l'État a décidé que j'étais mieux chez les jésuites.
– C'est qui ?
– Les jésuites ? Un ordre religieux respectable. Des moines.
– Des moines ?
– De vrais moines, oui. Ils avaient un orphelinat. Bon, il avait son lot habituel de bigots sans aucun humour, mais il y avait aussi une bonne part d'éducateurs méchamment bons. Nous sommes nombreux à être passés par l'université sans avoir eu besoin d'autre chose qu'une bourse. Nous étions nourris, habillés, on prenait soin

---

1. Philanthrope irlandais fondateur de plusieurs orphelinats.

de nous. Le père Noël nous rendait visite tous les ans. On fêtait tous les anniversaires. Le panard, comparé à une enfance dans un bidonville du Bangladesh, de Mombasa, de Lima ou de cinq cents autres villes encore. Nous avons appris à nous débrouiller, à nous occuper de nous-mêmes, à ne pas prendre les choses pour acquises. Des compétences bien pratiques dans le monde du travail. À quoi bon traîner les pieds et se lamenter : "Oh, comme je souffre !" ?
– Tu n'as pas envie de rencontrer tes vrais parents ?
– Tu n'y vas pas par quatre chemins, toi, hein ? » Danny a mis les mains derrière la tête. « Les parents. En Irlande, la loi est un peu vague à ce sujet, mais la famille de ma mère biologique vit à Sligo. Ils ont un hôtel assez chic, un truc de ce genre. Une fois, quand j'avais à peu près ton âge, je m'étais mis en tête de partir la retrouver. Je ne suis pas allé plus loin que la gare routière de Limerick.
– Qu'est-ce qui s'est passé ?
– Orage, éclairs, tempête de grêle, boules de feu. La plus grosse tempête qu'on ait vue depuis des années. Le bus que je devais prendre était retardé à cause d'un pont effondré. Quand le soleil a réapparu, mon sens de la réalité est revenu, lui aussi. Et je suis retourné chez les jésuites.
– Tu as eu des ennuis ?
– Les jésuites tenaient un orphelinat, pas une prison.
– Et alors... ça s'est arrêté là ?
– Ouaip... pour l'instant. » Danny a mis sa fourchette en équilibre sur son pouce. « Ce que nous regrettons, ou ce qui nous manque ou plutôt ce que nous voulons, ou disons ce dont nous avons besoin, nous autres orphelins, ce sont des photos de gens qui nous ressemblent. On n'arrive jamais à se défaire de cette idée. Un beau jour, j'irai à Sligo et on verra si j'arrive à en prendre. Quitte à utiliser un téléobjectif, si le courage m'abandonne. Mais face à ces grandes... "questions" que nous pose la vie... il ne faut pas se presser. Le bon moment, mon jeune ami : tout est là. Une crevette ?

– Non merci. » Pendant que Danny parlait, j'avais pris une décision. « Tu veux bien m'aider à acheter un cerf-volant acrobatique ? »

Les stagiaires de Groenland avaient colonisé tout le salon de l'hôtel Excalibur. Ils avaient abandonné leurs complets pour des pantalons en toile et des chemises amples. Quand Danny et moi sommes entrés, ils ont tous tourné la tête vers nous, un demi-sourire aux lèvres. Je savais bien pourquoi. Garder le fils du chef, c'était le boulot du couillon de service. L'un d'eux a lancé : « Daniel le teckel ! » Il avait exactement le même rictus que Ross Wilcox. « Tu viens avec nous observer les oiselles de nuit du Dorset ?

– Wiggsy, lui a renvoyé Danny, tu n'es qu'un ivrogne et un dépravé, et en plus, tu triches au squash. Tu crois vraiment que quelqu'un voudrait être vu en public en ta compagnie ? »

L'autre type avait l'air ravi.

« Tu veux dire bonjour » – Danny s'est tourné vers moi – « aux jeunes Groenlandais ? »

Ç'aurait été l'enfer. « C'est pas grave si je monte attendre papa dans la chambre, plutôt ?

– Je ne peux vraiment pas t'en vouloir. Je lui dirai où tu es. » Et puis Danny m'a serré la main, comme si j'étais un collègue. « Merci pour la compagnie. Je te dis à demain matin ?

– OK.

– Bon film, alors. »

J'ai récupéré la clé et bondi dans les escaliers au lieu d'attendre l'ascenseur. Dans ma tête, j'écoutais la musique écrite par Vangelis pour *Les Chariots de feu*, histoire de chasser de mon esprit Wiggsy et les Groenlandais. Sauf Danny, bien sûr. Lui, il est super.

Le radio-réveil indiquait 19 h 15 mais toujours pas de signe de papa. *Les Chariots de feu* commençait à 19 h 30, c'était marqué sur l'affiche. J'avais mémorisé le trajet pour aller au cinéma, ça

impressionnerait papa. 19 h 25. Papa n'oublie pas les rendez-vous qu'il a. Il allait arriver. On allait rater les pubs et les bandes-annonces, mais une dame équipée d'une lampe torche nous conduirait jusqu'à nos sièges pour voir le film. 19 h 28. Devais-je descendre pour lui rappeler qu'il y avait le film ? J'ai renoncé, on aurait pu se rater. Après, ç'aurait été ma faute : je n'aurais pas suivi le plan. 19 h 30. Il nous faudrait un peu de temps pour comprendre qui était qui, mais le film serait encore regardable. À 19 h 35, les pas de papa tambourinaient dans le couloir. « Allez ! il dirait en entrant. On est partis ! »
Les bruits de pas sont passés devant la porte et ont continué leur route. Ils n'ont pas fait marche arrière.

Les jonquilles jaune d'œuf du papier peint se fossilisaient en virant progressivement au gris terril à mesure que la journée s'achevait. Je n'avais pas allumé la lumière. Des rires de sorcière s'infiltraient dans la pièce et de la musique jaillissait des pubs de Lyme Regis. On était samedi soir : il y avait sans doute quelque chose de bien à la télé, mais papa culpabiliserait davantage s'il me trouvait dans le silence. Je me demandais ce que Sally, la fille de la salle de jeux, faisait en ce moment. Quelqu'un l'embrassait. Un garçon caressait ces quelques centimètres de peau nue et douce entre son jean et son haut. Un gars comme Gary Drake ou Neal Brose, ou encore Duncan Priest. Mon souvenir d'elle était vague, alors, pour passer le temps, je l'ai réinventée. Je lui ai sculpté des seins à la Debby Crombie. Autour de sa gorge découverte, j'ai ajouté les cheveux soyeux de Kate Alfrick. Je lui ai greffé le visage de Dawn Madden, sans oublier son regard sadique bien sûr. Le nez légèrement retroussé de *Mademoiselle** Crommelynck. Les lèvres sorbet framboise de la chanteuse de Blondie.
Sally, la fille en kit perdue.

Si papa devinait que j'essayais de le faire culpabiliser, ça lui donnerait une bonne raison pour déjouer mon plan. Alors, après neuf heures, j'ai allumé la lampe de chevet et j'ai lu *Les Garennes de Watership Down*, jusqu'au passage où Manitou affronte le général Stachys. Les papillons de nuit frappaient aux carreaux. Les insectes grimpaient à la vitre comme des patineurs sur la glace. Une clé a tourné dans la serrure et papa a déboulé dans la pièce.
« Ah, Jason, te voilà. »
Où est-ce que tu voudrais que je sois ? j'ai été cap' de ne pas lui répondre.
Il n'a pas remarqué que je boudais. « Pour *Les Chariots* en *feu*, il faudra remettre ça à une autre fois. » Papa parlait bien trop fort pour une pièce aussi petite. « Craig Salt a débarqué en plein milieu du séminaire. »
– Danny Lawlor m'a raconté, ai-je dit.
– Le yacht de Craig Salt est amarré à Poole, alors il a décidé de prendre la route jusqu'ici pour s'adresser aux troupes. Je suis désolé, mais je ne pouvais pas m'éclipser pour aller au cinoche avec toi.
– Bon, ai-je répondu du ton le plus plat possible, comme maman.
– Danny et toi avez dîné ?
– Oui.
– Le monde du travail appelle à ce genre de sacrifice. Craig Salt emmène les directeurs quelque part à côté de Charmouth ; tu dormiras sans doute quand je… » Papa a vu mon cerf-volant posé contre le radiateur. « Qu'est-ce que c'est que ce machin que tu as encore acheté ? »
Papa critique toujours ce que j'achète. Si ce n'est pas de la camelote de Taiwan, alors c'est un truc que j'ai payé deux fois trop cher et que je ne vais utiliser que deux fois. S'il ne trouve pas de problème, il est capable d'en inventer un, comme la fois où j'ai acheté des décalcomanies de BMX pour mon vélo et qu'il

a fait toute une scène parce qu'il devait sortir les formulaires de son assurance pour modifier la partie « description ». C'est vraiment pas juste. Je ne critique pas la manière dont il dépense son argent, lui.
« Un cerf-volant.
– Pas mal… » Papa avait déjà sorti mon cerf-volant de son emballage. « Qu'il est beau ! Danny t'a aidé à le choisir ?
– Oui. » Je ne voulais surtout pas être content qu'il soit content.
« Un peu.
– Alors comme ça, tu t'es acheté un cerf-volant. » Papa a inspecté l'armature. « Hé, et si on se levait à l'aube, demain ? On l'essaiera sur la plage ! Rien que nous deux, d'accord ? Avant que tous les touristes viennent envahir la plage. D'accord ?
– D'accord, papa.
– Demain à l'aube ! »

Impitoyable, je me suis lavé les dents.

Papa et maman peuvent être de mauvais poil, sarcastiques, en colère tant qu'ils veulent, mais moi, si je commence à peine à montrer qu'un truc me fait chier, alors, pour eux, c'est comme si j'avais tué des bébés. Je les déteste quand ils sont comme ça. Mais surtout, je me déteste *moi* parce que je ne tiens jamais tête à papa comme Julia. Alors je les déteste encore plus parce que, à cause d'eux, je me déteste. Les enfants ne peuvent jamais se plaindre quand les choses ne sont pas justes, parce que tout le monde sait que les enfants se plaignent toujours de ça. « Mais la vie est injuste, Jason, et plus tôt tu l'apprendras, mieux tu t'en porteras. » D'accord. C'est réglé. Tant pis si papa et maman ne tiennent pas les promesses qu'ils m'ont faites et préfèrent les jeter aux chiottes. Et pourquoi ça ?

Parce que la vie est injuste, Jason.

Mon regard est tombé sur la boîte du rasoir électrique de papa.

J'ai sorti son rasoir, comme ça, juste histoire de. Aussi inoffensif qu'un sabre laser éteint.

Branche-le, a chuchoté mon jumeau fantôme depuis les recoins de la salle de bains. *T'es pas cap', je parie.*

L'appareil s'est animé et tout mon squelette a vibré.

Papa me tuerait s'il me voyait. L'interdiction de toucher à son rasoir est tellement évidente qu'il ne l'a jamais formulée. Mais papa ne s'était même pas embêté à me dire d'aller voir *Les Chariots de feu* tout seul... Son rasoir se rapprochait du duvet sur ma lèvre supérieure... Plus près...

Le rasoir m'a mordu!

Je l'ai débranché.

Oh, *non*. Maintenant, il me manquait un bout de duvet. C'était ridicule.

Le Minable a pleurniché: *Qu'est-ce que tu as fait?*

Le lendemain matin, papa s'en apercevrait et il n'aurait aucun mal à comprendre ce qui était arrivé. Mon seul espoir, c'était de tout raser. Mais papa se rendrait compte de ça aussi, non?

Je n'avais rien à perdre. Le rasoir me chatouillait. Sur une échelle de 0 à 10, j'aurais dit 3.

Le rasoir me faisait un peu mal, aussi. Sur une échelle de 0 à 10, j'aurais dit 1,25.

Paniqué, j'ai regardé le résultat. Mon visage avait changé, ça se voyait, mais c'était difficile de dire en quoi, exactement.

J'ai promené mon doigt à l'endroit où j'avais rasé mon duvet. Même le lait n'était pas aussi doux.

Sans faire exprès, j'ai ouvert la partie qui protège la lame. La barbe drue de papa et mon duvet quasi invisible sont tombés en neige sur le lavabo blanc.

Allongé sur le ventre, mes côtes me rentraient dans le dos.

J'avais soif. Un verre d'eau.

Je suis allé m'en chercher un. À Lyme Regis, l'eau a un goût de papier. Allongé sur le côté, je n'arrivais pas à m'endormir. Ma vessie était gonflée.

J'ai pissé un long moment; pendant ce temps, je me demandais si j'attirerais plus les filles si j'avais plus de cicatrices (la seule que j'aie, c'est une petite entaille au pouce, là où le cochon d'Inde de mon cousin Nigel m'a mordu quand j'avais neuf ans. Mon cousin Hugo avait raconté que le cochon d'Inde avait la myxomatose et que j'allais agoniser en écumant et en me prenant pour un lapin. Je l'avais cru. Et j'avais même écrit un testament. La cicatrice ne se voit presque plus aujourd'hui, mais à l'époque, j'avais saigné comme quand on ouvre une bouteille de soda à la cerise qu'on a agitée).

Allongé sur le dos, mes côtes me rentraient dans le torse.

J'avais trop chaud : j'ai retiré mon haut de pyjama.

J'avais trop froid : je l'ai remis.

Le cinéma devait se vider, maintenant que *Les Chariots de feu* était terminé. La dame à la lampe torche devait passer dans chaque rangée pour ramasser les cornets de pop-corn, les boîtes de Fruit Gum et les sachets de Maltesers vides dans un sac-poubelle. Sally de Blackburn et son nouveau copain sortaient sûrement en se disant que c'était un film super, même s'ils s'étaient roulé des patins et pelotés pendant toute la séance. Le copain de Sally lui demandait : « Et si on allait en boîte ? » Sally lui répondait : « Non. Allons à la caravane. Les autres ne reviendront pas avant un moment. »

Les pulsations de « One In Ten », la chanson d'UB40, cheminaient par le squelette de l'hôtel Excalibur.

Sous mes paupières, la lune s'est dissoute.

Le temps s'est changé en mélasse.

« Connerie de connard de con, connard de Craig Salt à la con ! »

Papa avait trébuché sur la moquette.

Je ne voulais pas qu'il sache qu'il m'avait réveillé pour deux raisons : a) je n'avais toujours pas envie de lui pardonner ; b) il se cognait aux meubles comme un alcoolique dans les films comiques et il dégageait des odeurs de pub, et puis s'il devait m'engueuler pour avoir utilisé son rasoir, c'était mieux qu'il le fasse le lendemain. Dean Moran avait raison. C'est vachement bizarre de voir son père bourré.

Papa s'est dirigé jusqu'à la salle de bains comme s'il était en apesanteur. Je l'ai entendu baisser sa braguette. Il a tenté de pisser contre la porcelaine pour essayer de faire moins de bruit.

Sa pisse tambourinait sur le sol de la salle de bains.

Une seconde hésitante plus tard, son jet giclait dans la cuvette. Ç'a duré quarante-trois secondes (mon record, c'est cinquante-deux).

Il a déroulé une tonne de papier pour essuyer ce qu'il avait mis à côté.

Puis papa a ouvert le robinet de douche et est entré dans la cabine.

Il s'est passé une minute peut-être, et puis j'ai entendu quelque chose se déchirer, une douzaine de *ping* en plastique et un bruit sourd suivi d'un grognement qui signifiait *Merde !*

J'ai ouvert les paupières d'un millimètre et bien failli hurler de peur.

La porte de la salle de bains s'était ouverte toute seule. Debout, un turban de shampooing sur la tête, papa brandissait une tringle à rideau de douche cassée. Tout nu et furax, il était, mais là où moi j'ai une bistouquette, lui avait un gros bout de queue de bœuf tout flasque. Son truc pendouillait !

Ses poils étaient aussi épais que ceux de la barbe d'un buffle (moi, je n'en ai que neuf) !

C'était bien la chose la plus dégueu que j'avais jamais vue.

Avec les *skronn* et les *fleuhbleuhbleuh* de papa, impossible de dormir. Pas étonnant que mes parents ne dorment pas dans la même chambre. Je commençais à me remettre d'avoir vu le machin de papa. Un peu. Mais est-ce qu'un beau matin je vais me réveiller et découvrir qu'une espèce de corde m'aura poussé entre les jambes ? C'est horrible de se dire qu'il y a à peu près quatorze ans le spermatozoïde qui est devenu ce que je suis a jailli de ce machin-là.

Est-ce qu'un jour je serai le père d'un enfant, moi ? Il y a des futures personnes cachées au plus profond de mon bidule ? Je n'ai jamais éjaculé, sauf dans un rêve où il y avait Dawn Madden. Qui est cette fille qui détient l'autre bout de mon futur enfant, caché au fond de ces espèces de boucles compliquées ? Qu'est-ce qu'elle fait en ce moment ? Comment elle s'appelle ?

Trop de choses à penser.

Papa aura la gueule de bois demain matin.

Ce matin.

La probabilité pour qu'on fasse voler mon cerf-volant au-dessus de la plage à l'aube ?

Nulle.

« Le vent vient du nord. » Papa criait pour se faire entendre. « Il passe par la Normandie ; puis traverse la Manche ; *paf*, il se cogne aux falaises et, *hop*, avec la différence de température, il remonte ! Pour les cerfs-volants, c'est parfait !

– C'est parfait ! » Je criais, moi aussi.

« Respire bien cet air, Jason ! C'est bon pour ton rhume des foins ! L'air marin est plein d'iode ! »

Comme papa monopolisait la bobine du cerf-volant, j'ai pris un autre beignet fourré à la confiture tout chaud.

« Alors, ça fait du bien, ce petit remontant ? »

Je lui ai retourné son sourire. C'est sensass de se lever à l'aube. Un setter irlandais courait après des chiens invisibles à travers les vagues qui faisaient des plats sur le rivage. Les falaises chiaient du schiste argileux qui s'envolait vers Charmouth. Des nuages sales masquaient le lever de soleil mais la journée était vachement plus venteuse, et c'était mieux pour les cerfs-volants.

Papa m'a crié un truc.

« Quoi ?

– Le cerf-volant ! Ses dessins se fondent dans les nuages. On dirait un dragon volant ! Tu l'as bien choisi, il est de toute beauté ! J'ai trouvé comment on fait un double looping ! » Papa avait ce genre de sourire qu'on ne lui voyait jamais sur les photos. « C'est le roi du ciel ! » Il s'est rapproché de moi pour moins avoir à crier. « Quand j'avais ton âge, un après-midi, mon père m'avait emmené sur la baie de Morecambe, près de Grange-over-Sands, et on avait fait voler des cerfs-volants. Il fallait les fabriquer soi-même, à cette époque... Du bambou, du papier peint, du fil et des capsules de bouteilles de lait pour la traîne...

– Tu me montreras » – le Pendu a empêché « une fois » de sortir – « un jour ?

– Bien sûr ! Hé, tu sais envoyer un télégramme de cerf-volant ?

– Non.

– Attends, tiens-moi ça deux secondes... » Papa m'a passé la bobine et a sorti un stylo Bic de son anorak. Puis il a pris le carré de papier doré de son paquet de cigarettes. Comme il n'avait nulle part pour écrire, je me suis agenouillé près de lui, comme un écuyer qui se fait adouber, pour qu'il s'appuie sur mon dos. « Qu'est-ce qu'on envoie, comme message ?

– "À maman et Julia, vous nous manquez."

– Vos désirs sont des ordres. » Papa appuyait fort sur son Bic. Je sentais chaque lettre à travers mes vêtements et mon dos. « Tu peux te relever. » Et puis papa a entortillé le papier doré autour du fil du cerf-volant, comme quand on ferme les sachets en plastique des sandwichs. « Tire par petits coups sur la corde. C'est ça. De haut en bas. »

SOUVENIRS

Le télégramme s'est mis à glisser en remontant le long du fil, défiant les lois de la gravité. Assez vite, il a disparu. Mais le message arriverait à destination, c'était sûr.

« *Lytoceras fimbriatum*. »
J'ai sourcillé en regardant papa : je ne comprenais pas un mot de ce qu'il avait dit. On s'est écartés pour laisser le type à la respiration bruyante qui tenait le magasin de fossiles poser un panneau dehors.
« *Lytoceras fimbriatum*. » Papa indiquait du menton le fossile en forme de spirale que j'avais dans la main. « C'est son nom latin. De la famille des ammonites. Ça se voit aux arêtes rapprochées, là, régulièrement ponctuées par de plus grosses...
— T'as raison ! » J'avais vérifié en lisant la minuscule étiquette sur le présentoir. « *Ly-to-ce-ras*...
— ... *fimbriatum*. Je m'étonne moi-même.
— Depuis quand tu t'y connais, en fossiles et en noms latins ?
— Mon père était un limier des rochers. Il me laissait cataloguer les spécimens qu'il trouvait. Mais seulement si j'apprenais leurs noms par cœur. Aujourd'hui, j'en ai oublié la plupart bien sûr, mais le *Lytoceras* de mon père était énorme. Le nom est resté gravé dans ma mémoire.
— C'est quoi, un "limier des rochers" ?
— Un géologue amateur. Pendant les vacances, la plupart du temps, il trouvait une excuse pour partir dénicher des fossiles à l'aide d'un petit marteau qu'il avait toujours sur lui. Je crois que je l'ai encore quelque part. Certains des fossiles qu'il a rapportés de Chypre et d'Inde sont au musée de Lancaster, d'après ce que j'ai vu la dernière fois.
— Je n'étais pas au courant. » Le fossile épousait parfaitement le creux formé par mes mains. « C'est un fossile rare ?
— Pas spécialement. Mais c'est un beau spécimen, en tout cas.
— C'est vieux de combien ?

— Cent cinquante millions d'années, qui sait ? Pour une ammonite, c'est un jeunot, tu sais. Ça te dirait que je te l'achète ?
— C'est *vrai* ?
— Il ne te plaît pas ?
— Si, je l'adore !
— Alors ce sera ton premier fossile. Un souvenir instructif. » Est-ce que les spirales se terminent ? Ou bien est-ce qu'elles deviennent si minuscules que notre œil ne peut plus les suivre ?

Les mouettes se pavanaient sur les poubelles posées devant le restaurant du Cap'taine Scallywag. Je marchais, les yeux toujours plongés dans mon ammonite, quand un coude qui se balançait a jailli de nulle part et ma tête, renvoyée en arrière, est revenue dans son logement.

« Jason ! a aboyé papa. Regarde un peu où tu vas ! »
Mon nez vibrait de douleur comme un gong. J'avais envie d'éternuer mais je n'y arrivais pas.
Le joggeur se frottait le bras. « Pas de dégâts irréparables, Mike. L'hélico de la Croix-Rouge peut rester au sol.
— Craig ! Bon sang !
— Je suis sorti prendre ma dose du matin, Mike. Ce pare-chocs humain est votre œuvre, j'imagine ?
— Tout juste, Craig. Je vous présente Jason, mon benjamin. »
Le seul Craig que papa connaisse s'appelle Craig Salt. Ce type tout bronzé correspondait bien à ce que j'avais entendu de lui. « Si j'avais été un camion, jeune homme, m'a-t-il dit, tu aurais fini aplati comme une crêpe.
— Les camions n'ont pas le droit de circuler ici. » Avec mon nez écrabouillé, j'avais une voix de canard. « C'est une zone piétonne.
— Jason » – le papa à côté de moi et celui du magasin de fossiles étaient deux personnes différentes –, « présente tes excuses à

M. Salt! Si tu l'avais fait tomber, il aurait pu se blesser gravement par ta faute. »
Donne-lui un coup de pied dans les tibias, à ce pignouf, a dit mon jumeau fantôme.
« Je suis vraiment désolé, monsieur Salt. » *Pignouf.*
« Je te pardonne, Jason. Je sais, je suis magnanime. Qu'est-ce que c'est ? Mais nous avons là un petit collectionneur de fossiles, hein ? Je peux ? » Craig Salt a pris mon ammonite. « Joli petit trilobite que tu as là. Les vers ont fait un peu de dégâts sur ce côté. Mais bon, pas mal.
– Ce n'est pas un trilobite. C'est un *Ly-to*… » (Le Pendu a retenu «*Lytoceras*» par le milieu.) «C'est une espèce d'ammonite, c'est ça, papa?»
Papa évitait mon regard. «Si M. Salt est sûr de ce qu'il dit, Jason…
– M. Salt» – Craig Salt m'a rendu mon ammonite, *clac* – «en est certain.»
Papa avait un sourire malingre aux lèvres.
«Si quelqu'un t'a vendu ce fossile en prétendant que c'était autre chose qu'un trilobite, fais-lui un procès. Ton père et moi connaissons un bon avocat, pas vrai, Mike? Bon, j'ai encore deux ou trois kilomètres à avaler avant le petit-déjeuner. Puis retour à Poole ensuite. J'espère que, chez moi, on n'a pas encore fait couler le yacht.
– Ouah, vous avez un yacht, monsieur Salt?»
Craig Salt a flairé mon sarcasme mais n'a pas su quoi en faire.
J'ai soutenu son regard d'un air innocent et provocateur; je me surprenais moi-même.
«Oh, juste un petit douze mètres!» Papa a dit ça sur le ton du vieux loup de mer qu'il n'est pas. «Craig, les stagiaires m'ont dit tout le plaisir qu'ils ont eu hier à…
– Ah oui, Mike, je savais bien que j'avais quelque chose à vous

dire. Cela n'aurait pas été très professionnel de ma part d'aborder le sujet devant nos jeunes requins et futurs champions, Mike, mais il faudra rapidement que l'on discute du magasin de Gloucester. Les résultats du dernier trimestre me rendent *mucho deprimado*. Et celui de Swindon est en train de toucher le fond, d'après ce que j'ai pu voir.
– Tout à fait, Craig. J'ai de nouveaux concepts de promotion interne qu'on pourrait lancer à long terme et…
– Je vous parle de coups de pied au cul à distribuer, moi. Préparez-vous à recevoir un appel de ma part mercredi.
– Ce sera avec plaisir, Craig. Je serai au bureau d'Oxford.
– Je sais parfaitement où mes managers se trouvent. Fais un peu plus attention à l'avenir, Jason, ou tu vas blesser quelqu'un. À commencer par toi-même, peut-être. À mercredi, Mike. »
Papa et moi avons regardé Craig Salt courir le long de la promenade.
« Que dirais-tu » – la bonhomie de papa était forcée et faiblarde – « d'aller manger ce sandwich au bacon dont on parlait ? »
Mais j'étais incapable de lui adresser la parole.
« Tu as faim ? » Papa a posé la main sur mon épaule. « Jason ? »
J'ai failli repousser sa main et balancer mon « trilobite » de merde à la flotte.
Failli.

« Alors comme ça, pendant que, moi, je serai plongée dans les bons d'expédition, les inventaires de stocks, les courriers publicitaires, que j'aurai à subir les humeurs des artistes » – Maman a fait pivoter le rétroviseur pour parfaire son rouge à lèvres –, « toi, tu flâneras toute la matinée à Cheltenham, comme un coq en pâte ! Tu vas t'en payer du bon temps, hein ?
– J'imagine que oui. »

SOUVENIRS

La Datsun Cherry de maman sent les bonbons Mint Imperial.
«Allez, tu vas drôlement bien t'amuser! Bon, Agnes m'a dit que *Les Chariots de feu* commence à 13 h 35, donc tu t'achèteras un friand à la saucisse ou ce que tu voudras pour midi, puis tu reviendras à la galerie vers...» Maman a jeté un œil à sa montre.
«... une heure et quart.
– D'accord.»
On est sortis de la Datsun. «Bonjour, Helena!» Un type avec les cheveux coupés en brosse est passé devant nous pour rejoindre un camion qui se garait sur une place de livraison. «On est partis pour une grosse journée de chaleur, aujourd'hui, d'après la météo.
– Il était temps que l'été arrive. Alan, je te présente mon fils Jason.»
J'ai eu droit à un sourire de travers et un petit salut militaire. Papa n'aurait pas aimé Alan.
«Tiens, puisque ce sont les vacances, Jason, je vais te donner...»
Maman a sorti son porte-monnaie et déplié un billet de cinq livres tout neuf.
«Merci!» Je ne comprends pas pourquoi ils sont si généreux en ce moment. «C'est autant que ce que m'a donné papa à Lyme Regis!
– Suis-je bête. C'est un billet de dix, que je voulais te donner...»
Le billet de cinq est reparti et un de dix est arrivé! Cela faisait 28,70£.
«Merci beaucoup.»
Chaque penny de cette somme comptait.

«Un antiquaire?» La dame à l'office du tourisme s'est efforcée de retenir mon visage au cas où l'on ferait état d'un braquage un peu plus tard. «Pourquoi cherches-tu un antiquaire? C'est dans les magasins de charité qu'on fait les meilleures affaires.

– C'est l'anniversaire de ma mère, ai-je menti. Elle adore les vases.
– Oh, c'est pour maman ? Oh ! Elle a bien de la chance, ta maman, d'avoir un fils aussi gentil.
– Euh… » La dame me mettait mal à l'aise. « … merci.
– Ça oui, elle en a ! J'ai un fils aussi gentil que toi, moi aussi. » Elle m'a montré une photo d'un bébé joufflu. « Elle a été prise il y a vingt-six ans, mais il est toujours aussi mignon ! Poussin ne se souvient pas toujours de mon anniversaire, c'est vrai, mais il a un cœur gros comme ça. C'est ce qui importe, au bout du compte. J'ai de la peine à le dire, mais son père était un type encombrant. Poussin le détestait autant que moi, ce porc. Les hommes » (Elle a tiré une de ces grimaces, comme si elle venait d'avaler de l'eau de Javel.) « crachent leur purée, vous tournent le dos et puis c'est tout, bonne nuit. Les hommes n'élèvent pas leurs enfants, ils ne les nourrissent pas de leur lait, ne leur essuient pas le cul-cul, ne leur talquent pas le » – elle avait beau roucouler, l'oiseau de proie était revenu dans son regard – « petit escargot. Un père finira toujours par se retourner contre son fils. Il n'y a de place que pour un seul coq dans une basse-cour, ah çà, merci. Mais je l'ai poussé vers la sortie, moi, le père, quand mon poussinet avait dix ans. Yvette en avait quinze. Cette Yvette alors, elle dit que mon poussinet est assez grand pour vivre seul, maintenant. Il faut dire, depuis que mademoiselle porte à son doigt une alliance achetée à crédit, elle a oublié qui était la mère dans l'histoire ! Yvette, elle oublie que c'est grâce à moi si cette petite Jézabel de Colwall n'a pas réussi à planter ses vilaines griffes dans mon poussin. À lui mettre je ne sais quoi dans la tête, elle et ses minauderies. Yvette est toujours copain comme cochon avec » – écumante, elle a désigné la porte de la tête – « ce déchet humain. Son père. Ce porc. Ce crétin fini. Qui d'autre aurait pu lui mettre cette idée en tête ? De venir fourrer son nez crochu là où Poussin gardait nos petits remontants ? Une mère a bien besoin d'un petit remontant, de

temps en temps, mon lapin. Dieu nous fait mères mais Il ne nous facilite pas les choses. Poussin, lui, il le comprend, ça. Il me dit : "On va dire qu'elles sont à toi, ces pilules, maman. C'est notre petit secret à tous les deux, mais si jamais quelqu'un te pose la question, tu dis qu'elles sont à toi." Mon poussinet ne parle pas aussi bien que toi, mon lapin, mais son cœur, c'est du vingt-quatre carats. Mais tu sais ce qu'Yvette a fait à nos remontants ? Elle a débarqué à l'improviste un après-midi et sans dire ni quoi ni qu'est-ce, elle les a jetés aux cabinets ! Oh là là, ce que mon poussinet a pu jurer quand il l'a découvert ! Il a piqué une de ces crises ! Et ça criait "ma *hum-hum* de came" par-ci, "ma *hum-hum* de came" par-là ! Je ne l'avais jamais vu dans un état pareil ! Il est passé chez Yvette, et il lui a cassé son vilain nez ! » Son visage s'est assombri. « Yvette a appelé les flics. Elle a fait embarquer son propre frère ! Poussin l'avait à peine amoché, son gringalet de mari ! Mais Poussin a disparu juste après ça. Ça fait des jours et des jours que je ne l'ai pas revu. Tout ce que je demande, c'est un coup de téléphone de mon fils, mon chéri. Histoire qu'il me dise qu'il prend bien soin de lui. De vilains bonshommes défoncent la porte et rentrent régulièrement chez nous. Et à la police, ils ne valent pas mieux. "Où est notre *hum-hum* de matos ?" par-ci, "Où est notre *hum-hum* d'oseille ?" par-là, "Où il se cache, ton fils, espèce de vieille *hum-hum* ?" Oh, ce qu'ils sont vulgaires ! Mais même si j'avais eu des nouvelles de Poussin, plutôt mourir que de leur dire... »

J'ai ouvert la bouche pour lui rappeler que je cherchais un antiquaire.

Elle a poussé un soupir saccadé. « Plutôt mourir...

– Bon, mais euh, vous pourriez me donner une carte de Cheltenham et m'y indiquer les différents antiquaires ?

– Non, mon lapin. Je ne travaille pas ici. Demande à la dame derrière le comptoir. »

Le premier magasin d'antiquités était baptisé George Pines et se trouvait à l'extérieur d'une rocade, coincé entre un bureau de paris et un marchand d'alcool. Cheltenham, c'est censé être chic, mais, dans les villes chic, il y a des coins craignos, aussi. Il fallait traverser une passerelle rouillée qui résonnait pour arriver au magasin. George Pines, ce n'est pas la boutique d'antiquités typique qu'on imagine. À la porte et aux fenêtres, il y avait du grillage. Un mot était scotché à la porte (verrouillée) : DE RETOUR DANS UN QUART D'HEURE, mais l'encre était fantomatique et le papier avait jauni. Un écriteau annonçait NOUS DÉBARRASSONS VOTRE MAISON AU MEILLEUR PRIX. Derrière la vitrine noircie, il y avait ce genre de gros buffets hideux qu'on trouve dans les bungalows pour grands-parents. Ni horloge, ni montre.

George Pines était parti depuis longtemps.

Alors que je rebroussais chemin par la passerelle, deux gars sont arrivés en face. Ils devaient avoir mon âge mais ils avaient des Doc à lacets rouges. Il y en avait un qui portait un T-shirt *Quadrophenia* et l'autre un T-shirt Royal Air Force. Leurs pas tambourinaient en rythme, *gauche-droite gauche-droite*. Quand on regarde d'autres gars dans les yeux, cela veut dire qu'on pense être aussi dur qu'eux. Comme j'avais sur moi un petit pactole en liquide, je les ai baissés et tournés du côté où, sous nos pieds, coulait le fleuve des gaz d'échappement de poids lourds et de camions-citernes. Mais à mesure que les deux mods se sont rapprochés, j'ai compris qu'ils n'allaient pas se ranger pour me laisser passer. Alors je me suis collé à la rampe chauffée par le soleil.

« T'as du feu ? » a grogné le plus grand en me regardant.

J'ai avalé ma salive. « Moi ?

– Nan, je parle à la princesse Diana, ducon.

– Non. » J'ai serré la rampe très fort. « Désolé. »

L'autre mod a grogné : « Pédale. »

Après la guerre nucléaire, ce seront des gars comme eux qui régneront sur ce qui restera. Ça va être l'enfer.

SOUVENIRS

La matinée était presque entièrement terminée quand j'ai trouvé le deuxième antiquaire. Une arche donnait sur une cour pavée baptisée Hythloday Mews. Des pleurs de bébé lointains s'abattaient sur Hythloday Mews. Des rideaux de dentelle ondulaient au-dessus des jardinières. Une Porsche noire lustrée attendait le retour de son maître. Postés au pied d'un mur chaud, des tournesols me regardaient. Là : une plaque HOUSE OF GILES. La lumière aveuglante de l'extérieur cachait l'intérieur. La porte était maintenue ouverte par un pygmée tout ratatiné qui portait un écriteau autour de son cou : MAIS OUI, NOUS SOMMES OUVERTS! À l'intérieur, ça sentait le papier kraft et la cire. La pièce était fraîche comme des pierres au fond d'un ruisseau. Des médailles, des verres, des épées trônaient dans les vitrines sombres. Un vaisselier plus grand que ma chambre dissimulait la partie la plus reculée du magasin. De là jaillissaient plein de crachouillis. Puis ce bruit est sorti du brouillard : c'était un match de cricket à la radio.

Un bruit de couteau sur une planche à découper.

J'ai jeté un œil derrière le vaisselier.

« Si j'avais su que ça finirait par un massacre pareil, a ronronné la sombre Américaine, je me serais acheté des cerises. » (Elle était belle mais elle avait trop l'air de venir d'une autre planète pour être séduisante.) Dans ses mains collantes, un fruit rouge verdâtre en forme d'œuf bizarre dégoulinait. « La cerise, ça c'est le top, question fruit. Tu la croques, tu recraches le noyau, tu mâches, tu avales et voilà, *finito*. La mangue, à côté, c'est un vrai carnage. »

Les premiers mots que j'ai dits à une vraie Américaine ont été : « Qu'est-ce que c'est, comme fruit ?

— Tu sais ce qu'est une mangue ?

— Non, désolé.

— Pourquoi t'excuser ? Tu es anglais ! Tu ne fais pas la distinction entre de la nourriture et du polystyrène. Tu en veux ? »

On doit refuser les bonbons des pervers dans les parcs, mais les fruits exotiques des antiquaires, ça devait aller. « D'accord. »
La dame a découpé une grosse tranche qu'elle a laissée tomber dans un bol en verre. Elle a planté une minuscule fourchette en argent dans la tranche. « Repose-toi un peu les pattes. »
Je me suis assis sur un tabouret en osier et j'ai porté le bol à mes lèvres.
Le fruit tout lisse a glissé sur ma langue.
La vache, c'est super-bon, la mangue... des parfums de pêche, de rose écrasée.
« Alors, ton verdict ?
– C'est vraiment... »
Le commentateur du match de cricket est devenu fou. «... *Tous les spectateurs du stade d'Oval sont debout au moment où Botham est en train de marquer une autre très belle centaine ! Geoffrey Boycott court sur le terrain pour aller féliciter...* »
« Botham ? » L'alerte rouge avait été déclenchée chez la dame. « C'est bien Ian Botham ? »
J'ai fait oui de la tête.
« Poilu comme Chewbacca ? Un nez aquilin cassé ? Des yeux de barbare ? La virilité même en tenue de cricket ?
– Ça doit être lui.
– Oh. » Elle a croisé les mains devant sa poitrine inexistante ; on aurait dit la Vierge Marie. « Je serais prête à marcher sur des charbons ardents. » On a écouté encore un peu les acclamations radiophoniques tout en terminant la mangue. « Bon. » Elle s'est précautionneusement essuyé les doigts sur une serviette humide et a éteint la radio. « Je peux te vendre un lit à baldaquin de style jacobéen ? À moins que les inspecteurs du fisc ne soient de plus en plus jeunes ?
– Euh... vous auriez une Omega Seamaster ?
– Une "Om*i*ga Seamaster" ? C'est quoi, un bateau ?
– Non, une montre. Ils ont arrêté d'en fabriquer en 1958. C'est le modèle "de Ville" qu'il me faudrait.

– Hélas, Giles ne fait pas dans les montres, mon chou. Il ne veut pas que les gens les rapportent si elles ne marchent pas.
– Oh. » Eh bien voilà. C'était le dernier antiquaire de Cheltenham.
L'Américaine m'a observé. « Je connais peut-être un revendeur spécialisé...
– Dans les montres ? À Cheltenham ?
– Non, il est installé du côté de South Kensington, à Londres. Tu veux que je l'appelle ?
– Vous pourriez ? J'ai 28,70 £.
– Cache ton jeu un peu mieux que ça, mon chou. Attends un peu, que je retrouve son numéro dans ce bordel que Giles appelle son bureau... »

« Allô, Jock ? C'est Rosamund. Hin-hin. Non... non, je joue à la marchande. Giles est parti faire les poches d'un cadavre. Une duchesse qui possédait une grande maison de campagne. Ou une comtesse. Ou une "largesse". Je ne sais pas, moi, on n'a pas de reine, Jock, là d'où je viens, enfin en tout cas, pas de reines qui s'habillent comme si elles purgeaient perpète à la prison de la mode... Comment ça ? Si, si, Giles me l'a dit. C'est un drôle d'endroit, dans les Cotswolds, ça a un nom bien anglais... Brideshead – ah non, ça c'est une série télé, pas vrai ? Je l'ai sur le bout de la langue – Codpiece-under-Water[1]... Mais non, Jock, je te le dirais si... Comment ça ?... Hin-hin, je sais bien qu'il n'y a pas de secrets entre toi et... Mais oui, Giles t'aime comme un frère, lui aussi. Bon, écoute, Jock. Il y a un jeune homme dans le magasin... Haha, à mourir de rire, Jock, ça ne m'étonne pas que tu sois le tombeur du tout-Londres grabataire... Ce jeune homme recherche une Om*i*ga Seamaster. » (Elle m'a regardé pour

---

1. « Morue-les-Eaux ».

vérifier et moi, muet, j'ai articulé « de Ville ».) « Une "de Ville"… Hin-hin. Ça te dit quelque chose, ce modèle ? »

Quelque part, ce silence était bon signe.

« Non, c'est bien vrai ? »

Ce genre de moment avant la victoire, quand on comprend qu'on a gagné.

« Devant toi ? Eh bien, une sacrée chance que je t'appelle ! Hin-hin… En parfait état ? Oh, Jock, de mieux en mieux… Si c'est pas la providence, ça… Écoute-moi, Jock, question fric… Oui, on est ric-rac de mon côté… Hin-hin… Oui, Jock, s'ils ont arrêté d'en fabriquer dans les années cinquante, elles doivent être dures à dénicher, ça je comprends… Mais enfin, je sais bien que tu ne tiens pas une œuvre de bienfaisance… » (De la main, elle a mimé un oiseau qui jacassait.) « Si tu ne te reproduisais pas comme un lapin dès que la moindre lapine agite sa petite queue duveteuse devant toi, Jock, tu n'aurais pas autant de petits sur le point de crier famine. Donne-moi ton meilleur prix… Hin-hin… Bon, je pense que ça peut… Hin-hin. Si c'est le cas, je te rappelle. »

Le téléphone est retourné sur son socle en faisant *ding*.

« Il en avait une ? Une Omega Seamaster ?

– Hin-hin. » Mais Rosamund avait l'air triste. « Si tu peux allonger huit cent cinquante livres, il te l'enverra par courrier, une fois ton chèque encaissé. »

Huit cent cinquante livres ?

« Encore un peu de mangue, mon chou ? »

« Bon, j'aimerais bien comprendre, Jason. Tu as cassé la montre de ton grand-père – par accident – en janvier ? » (J'ai fait oui de la tête.) « Et tu as passé les huit derniers mois à remuer ciel et terre pour en trouver une autre ? » (J'ai fait oui de la tête.) « Avec les moyens d'un enfant de treize ans ? » (J'ai fait oui de la tête.) « À vélo ? » (J'ai fait oui de la tête.) « Ce ne serait tout de même pas plus simple d'avouer ? D'encaisser la punition comme un homme et puis de continuer ta route ?

— Mes parents me tueraient. Littéralement.

— Comment ça ? Ils te tueraient ? Littéralement ? » Des deux mains, Rosamund a fait semblant de s'empêcher de crier. « Ils tueraient leur propre progéniture ? Pour avoir cassé une pauvre montre ? Comment se sont-ils débarrassés de tes frères et sœurs quand eux ont cassé quelque chose ? Ils les ont jetés aux toilettes, petit bout par petit bout ? Le plombier n'a pas retrouvé les os quand il est venu déboucher les tuyaux ?

— Bon, d'accord, ils ne vont pas littéralement me tuer, mais ils vont devenir *marteaux*. En fait, c'est ça que je redoute le plus.

— Hin-hin. Et combien de temps est-ce qu'ils vont rester "marteaux" ? Pour perpète ? Vingt ans ? Pas de remise de peine possible ?

— Non, pas aussi longtemps, c'est sûr, mais...

— Hin-hin. Huit mois ?

— Plusieurs jours, au moins.

— Comment ça ? Plusieurs jours ? Putain, Jason.

— Plus que ça. Une semaine, sans doute. Et puis ils me le rappelleront toujours.

— Hin-hin. Et combien de semaines penses-tu encore pouvoir dérouler sur ta bobine de vie ?

— Euh... » (Le Pendu a bloqué « Désolé ».) « Je n'ai pas bien saisi.

— Voyons. Combien de semaines il y a dans une année ?

— Cinquante-deux.

— Hin-hin. Et combien d'années va durer ta vie ?

— Ça dépend. Soixante-dix.

— Soixante-quinze, sauf si tu passes ton temps à te ronger les sangs. Bon. Cinquante-deux multiplié par soixante-quinze font... » Elle a tapé l'opération sur une calculatrice. « Trois mille neuf cents semaines. Bon. Tu me racontes que ce que tu redoutes le

plus, c'est que ton papa et ta maman soient furieux contre toi pendant une seule semaine sur presque quatre mille. Une semaine, même deux, ou trois. » Rosamund a gonflé les joues puis a soufflé. « Tu échangerais ta plus grande peur contre une des miennes ? Tiens, prends-en deux. Non, dix. Et puis prends-en toute une brouette. Tu veux bien, dis ? »
Un hélicoptère Tornado qui volait à basse altitude a fait trembler toutes les vitres de Cheltenham.
« C'est une montre qui est foutue ! Pas ton avenir. Pas ta vie. Pas ta colonne vertébrale.
– Vous ne connaissez pas mes parents. » J'avais l'air de bouder, en disant ça.
« La vraie question, c'est : "Est-ce que toi, tu les connais ?"
– Bien sûr que oui. On vit dans la même maison.
– Tu me brises le cœur, Jason. Oh, vraiment, tu me brises le cœur. »

À l'extérieur, toujours à Hythloday Mews, je me suis rendu compte que j'avais laissé mon plan de la ville sur la table de Rosamund, alors je suis retourné le chercher. La porte bleue derrière le bureau était ouverte, et on distinguait des toilettes minuscules. Rosamund pissait bruyamment en chantant « Row Row Row the Boat Gently Down the Stream » dans une langue étrangère. J'ai toujours cru que les femmes devaient s'asseoir pour pisser, mais Rosamund pissait debout, la jupe remontée jusqu'au cul. Mon cousin Hugo Lamb dit que, en Amérique, ils font des espèces de zizis en plastique pour les féministes. Peut-être que Rosamund en avait un. Ses jambes étaient plus poilues que celles de papa, n'empêche, ce qui est assez rare pour une femme, je me suis dit. Comme j'étais vachement gêné, j'ai récupéré mon plan, je suis sorti discrètement et j'ai repris la direction de la galerie de maman. Chez un boulanger pas sympa, j'ai acheté un friand à la saucisse puis je suis allé m'asseoir dans un parc triangulaire. Les sycomores ont l'air défraîchis, maintenant que le mois d'août est presque fini. Il y a des affiches C'EST LA RENTRÉE partout dans les magasins. Ces derniers jours de liberté font le même bruit que les derniers Tic-Tac dans leur boîte.

Jusqu'aujourd'hui, je pensais que pour remplacer la montre de mon grand-père, il suffirait d'en dénicher une autre. Mais à présent, le problème, c'était de mettre la main sur des centaines de livres. J'ai mâché mon friand à la saucisse, en me demandant comment : a) trouver un mensonge expliquant la disparition de la montre, puis b) prouver que ce n'était pas ma faute, puis c) rendre ce mensonge à l'épreuve de toutes les questions.

Impossible.

Un friand à la saucisse, au début c'est bon, mais quand on le termine, ç'a un goût de couille de porc poivrée. D'après Julia, c'est exactement de ça que c'est fait.

Yasmin Morton-Bagot, l'amie de maman, est la propriétaire de *La Boîte aux mille surprises**, mais c'est maman qui gère la boutique, avec son assistante Agnes (au lieu de dire la « boîte », papa dit la « bot », comme dans *bottom*[1]). La Boîte aux mille surprises, c'est à moitié un magasin et à moitié une galerie. Dans la partie magasin, on trouve des trucs qu'on ne peut acheter qu'à Londres. Des stylos à plume de Paris, des échiquiers d'Islande, des horloges atomiques d'Autriche, de la joaillerie de Yougoslavie, des masques de Birmanie. La pièce au fond, c'est la galerie d'art. Les clients viennent de toute l'Angleterre, parce que Yasmin Morton-Bagot connaît des artistes du monde entier. En ce moment, la peinture la plus chère, c'est celle du peintre Volker Oldenburg. Volker Oldenburg fait de l'art moderne dans une cave où on stocke des patates à Berlin-Ouest. Je ne sais pas trop ce que représente *Tunnel n° 9* mais ça coûte mille neuf cent cinquante livres.

1. « Derrière ».

Mille neuf cent cinquante livres, ça fait treize ans d'argent de poche.
« On fête un événement, Jason. » Agnes a cet accent gallois qui dérape, et je ne suis pas toujours sûr de saisir ce qu'elle dit. « Ta mère vient de vendre une peinture à l'instant. »
– Super. Une chère ?
– Une très très chère.
– Coucou, mon chéri. » Maman est sortie de la galerie. « La matinée a été belle ?
– Euh » (le Pendu a retenu le « pas » de « pas mal »), « bien. Agnes a dit que tu venais de » (le Pendu a retenu « vendre »), « qu'un client a acheté une toile.
– Bah, il était d'humeur dépensière.
– Helena » – Agnes est devenue toute sérieuse –, « il te mangeait dans la main. Ton coup des voitures qui se déprécient mais des œuvres d'art qui prennent toujours de la valeur... Tu aurais pu lui vendre tout le Gloucestershire. »
Et puis j'ai vu cette fille canon.

Les trois devaient toutes avoir seize ans, je dirais, et elles étaient toutes riches. La première acolyte avait un petit air méchant d'hermine et de l'acné que même un maquillage chargé n'arrivait pas à recouvrir. La deuxième acolyte avait des allures de poisson changé en fille aux grosses lèvres et aux grands yeux par un sorcier de troisième catégorie. La meneuse, en revanche, qui était entrée la première dans la Boîte aux mille surprises, aurait pu sortir d'une pub pour shampooing, elle. Des oreilles pointues, des yeux de fée, un T-shirt couleur crème bien rempli, une minijupe réglisse, des collants qui paraissaient comme coulés sur ses jambes parfaites et des cheveux caramel pour lesquels j'aurais vendu mon âme au diable si j'avais pu m'y plonger entièrement (les courbes des filles ne me filaient pas autant la gaule, avant). Même son sac tournesol en fourrure venait d'un monde où tout ce qui est laid est interdit.

Impossible de ne pas rester bouche bée devant elle. Alors je suis allé m'asseoir dans le tout petit bureau. Maman m'y a rejoint une minute plus tard pour téléphoner à Yasmin Morton-Bagot, et a laissé Agnes seule au comptoir. À travers l'embrasure de la porte s'ouvrait un champ de vision en tunnel, délimité par deux bougies géantes de Palerme et un abat-jour en ambre de Pologne. Par chance, le cul angélique de la Fée flottait au bout de ce tunnel. Il est resté là pendant que l'Acnéique et la Morue demandaient à Agnes de décrocher du mur un parchemin chinois. Elles avaient des voix huppées, chevalines. Je restais là à caresser des yeux les courbes de la Fée. C'est pour ça que je l'ai vue quand ses doigts sont allés fouiller derrière la vitrine, prendre les boucles d'oreilles en opale et les glisser dans son sac tournesol.

Des ennuis, des cris, des menaces, la police, a gémi le Minable. *Tu bégaieras devant le tribunal quand tu seras appelé comme témoin. Et puis est-ce que tu es vraiment sûr de ce que tu crois avoir vu ?*

« Maman ! » ai-je chuchoté, les dents serrées.

Maman m'a posé la question juste une fois. « Tu es bien sûr ? » J'ai fait oui de la tête. Maman a dit à Yasmin Morton-Bagot qu'elle la rappellerait, a raccroché et sorti un Polaroïd Instamatic. « Tu pourras les prendre en photo quand je te ferai signe ? » J'ai acquiescé. « Tu es un bon petit gars. »

Maman est allée à l'entrée et a tranquillement fermé la porte à clé. Agnes l'a remarqué et l'atmosphère dans le magasin est devenue tendue et sombre, comme avant une baston à l'école. La Fée a fait signe à ses acolytes que c'était le moment de partir.

La voix de la Fée résonnait comme un cuivre. « La porte est verrouillée ! »

– Je le sais parfaitement. C'est moi qui viens de la verrouiller.

– Alors pouvez-vous la déverrouiller, dans ce cas ?

– Eh bien » – maman jouait avec les clés –, « voici le problème. Une voleuse vient tout juste de mettre dans son sac une paire de boucles d'oreilles en opale australienne d'une valeur assez importante. De toute évidence, je dois veiller aux biens que j'ai en boutique. La voleuse cherche à s'échapper avec le butin. Nous nous trouvons donc dans une impasse. Que feriez-vous à ma place ? »

L'Acnéique et la Morue étaient déjà au bord des larmes.

« Ce que j'éviterais de faire » – la Fée prenait un ton menaçant –, « si j'étais une petite vendeuse, serait de lancer des accusations absolument ridicules.

– Vous n'aurez donc aucune objection à me prouver que mes accusations sont absolument ridicules en vidant votre sac. Imaginez l'air stupide de cette petite vendeuse lorsqu'elle découvrira qu'il n'y a pas de boucles d'oreilles dedans ! »

Le temps d'une épouvantable seconde, j'ai cru que la Fée allait rendre les bijoux.

« Je ne vous laisserai pas fouiller dans mon sac, ni vous ni personne. »

La Fée était coriace. La vapeur pouvait encore s'inverser.

« Vos parents savent-ils que vous volez ? » Maman s'est tournée vers l'Acnéique et la Morue. « Comment vont-ils réagir quand la police va les appeler ? »

L'Acnéique et la Morue sentaient la culpabilité à plein nez.

« Mais nous allions payer. » La Fée avait commis sa première erreur.

« Payer quoi ? a souri maman, d'un air qui faisait un peu froid dans le dos.

– À moins que vous ne nous attrapiez en train de sortir de votre magasin, vous ne pouvez rien faire ! Mon père connaît un excellent avocat.

– Ah oui ? Moi aussi, a répondu maman, radieuse. J'ai deux témoins qui vous ont vues quand vous essayiez de vous enfuir. »

La Fée s'est avancée devant maman et j'ai bien cru qu'elle allait la frapper. « DONNEZ-MOI CETTE CLÉ OU VOUS ALLEZ LE REGRETTER ! »

— N'avez-vous pas encore compris » (Ça, je ne m'étais pas imaginé que maman était dure à ce point.) « que vous ne m'impressionnez pas du tout ?

— S'il vous plaît » — des larmes brillaient sur le visage de l'Acnéique —, « je vous en prie... Je...

— Dans ce cas, a aboyé la Fée, imaginez que je prenne une de vos statues merdiques et que je fracasse la porte pour sortir de ce... »

Maman m'a fait un signe de la tête qui disait *Maintenant*.

Le flash a fait sursauter les trois filles.

La photo est sortie du Polaroïd en grognant. Je l'ai agitée une ou deux secondes en la tenant par le coin pour qu'elle sèche. Puis j'ai pris une autre photo, histoire d'être sûr.

« Qu'est-ce qu'il fait, celui-là ? » La Fée commençait à capituler.

« La semaine prochaine, a dit maman, je passerai dans toutes les écoles de la ville accompagnée d'un agent de police et munie de ces photographies. À commencer par le Cheltenham Girls' College. » La Morue a lâché un chevrotement désespéré. « Les directrices coopèrent toujours volontiers. Elles préfèrent se débarrasser d'une ou deux pommes véreuses plutôt que voir leurs écoles figurer dans la presse locale pour de mauvaises raisons. Comme je les comprends.

— Ophelia. » La voix de l'Acnéique était aussi douce que le cri d'un chaton. « Mieux vaut qu'on...

— "Ophelia" ! » Maman se régalait. « Ça n'est pas très courant, comme prénom, Ophelia. »

Les options d'Ophelia-la-Fée se réduisaient.

« Ou bien » — maman jouait avec les clés — « vous videz vos sacs et vos poches, et me rendez ces articles. Donnez-moi vos noms et prénoms, votre école, vos adresses et numéros de téléphone. Oui, les ennuis commencent. Et oui, je vais contacter vos écoles respectives. Mais non, je ne déposerai pas plainte ni ne ferai appel à la police. »

Les trois filles fixaient le sol.
« Mais c'est maintenant que vous devez choisir. »
Personne ne bougeait.
« Comme vous voudrez. Agnes, appelle la police et demande M. Morton, s'il te plaît. Dis-lui de faire de la place dans ses cellules pour trois voleuses à l'étalage. »
L'Acnéique a déposé une amulette tibétaine sur le comptoir et des larmes se sont déversées sur ses joues criblées et poudrées.
« C'est la première fois que je fais ça...
– Trouvez-vous de meilleures amies. » Maman regardait la Morue.
Les mains de la Morue tremblaient quand elle a sorti un presse-papiers danois.
« L'Ophelia de Shakespeare ne finit-elle pas » – maman s'est tournée vers la vraie Ophelia – « malheureuse et folle ? »

« Ouah ! » Moi et maman, on se dépêchait de traverser Regent's Arcade pour arriver au cinéma avant le début des *Chariots de feu*. « Comme tu les as matées !
– Ça t'étonne ? » Les chaussures de maman giflaient le marbre brillant. *Prends ça ! Et ça ! Et ça !* « Qu'une vieille comme moi arrive à "mater" trois petites Polyanna gâtées ? » (La vache, maman était super-remontée.) « Mais c'est toi qui les as vues le premier, Jason. Œil de Lynx. Si j'étais shérif, je te remettrais une prime.
– Du pop-corn et un 7-Up, s'il te plaît.
– Oh, ça devrait pouvoir s'arranger. »
Les gens sont des nids à besoins. Des besoins mous, des besoins vifs, des besoins insatiables, des besoins bien précis, des besoins de choses abstraites, des besoins de choses concrètes. Les publicités le savent bien. Les magasins aussi. Les magasins nous cassent les oreilles, surtout dans les galeries marchandes. *J'ai ce que tu veux ! Non, moi j'ai ce que tu veux ! Non, MOI j'ai ce que tu veux !* Mais pendant qu'on traversait Regent's Arcade, j'ai pris conscience

SOUVENIRS

d'un autre besoin qui normalement est tellement proche de nous-mêmes qu'on ne le remarque jamais. Avec sa mère, on a besoin de bien s'aimer. Pas de s'adorer, mais de bien s'aimer.

« Alors ça, a soupiré maman en cherchant ses lunettes de soleil dans son sac, c'est fabuleux. »

La file d'attente pour *Les Chariots de feu* serpentait sur les marches du cinéma puis dans la rue devant huit ou dix magasins. Le film commençait dans treize minutes. Il y avait quatre-vingt-dix, voire cent personnes devant nous. Des enfants pour la plupart, par groupes de deux, trois et quatre. Quelques vieux retraités, aussi. Et quelques couples. Le seul garçon qui faisait la queue avec sa mère, c'était moi. J'aurais tellement voulu que ça ne se voie pas autant que j'étais avec elle.

« Jason, tu ne vas pas me dire qu'en fin de compte, tu as envie de faire pipi ! »

Un gros con aux paupières flasques s'est retourné, un rictus aux lèvres.

« Non ! » ai-je presque aboyé à maman.

(Heureusement, personne ne me connaît à Cheltenham. Il y a deux ans, Ross Wilcox et Gary Drake ont vu Floyd Chaceley faire la queue avec sa mère pour aller voir *Une fille pour Gregory* au cinéma de Malvern. Aujourd'hui encore, ils continuent à se foutre de sa gueule.)

« Dis donc, ne me parle pas sur ce ton ! Je t'ai dit d'y aller quand on était au magasin ! »

La bonne humeur, c'est aussi fragile qu'un œuf. « Mais j'ai pas envie ! »

Un bus malade qui est passé en grondant a donné à l'air un goût de crayon à papier.

« Si tu as honte d'être avec moi, dis-le. » (Maman et Julia tapent toujours en plein dans le mille sur des trucs que je n'ai même pas remarqués.) « Ça nous éviterait pas mal de tracas à tous les deux.

– Mais non ! » Ce n'est pas que j'ai honte. Enfin, si. Mais pas parce que maman, c'est maman. Mais juste parce que maman est une maman. Voilà, maintenant j'ai honte d'avoir honte. « Non. » La mauvaise humeur, c'est aussi fragile qu'une brique.
Il se régalait, le gros con aux paupières flasques.
Dépité, j'ai retiré mon pull et l'ai noué autour de ma taille. La queue nous a entraînés devant une agence de voyages. Une fille de l'âge de Julia était assise derrière un bureau. Par manque de soleil, elle était boutonneuse et toute pâle. Voilà ce qui nous attend, après le brevet. Une affiche collée sur la vitrine à la Patafix rugissait : GAGNEZ LES VACANCES DE VOTRE VIE AVEC E-ZEE TRAVEL ! Maman-radieuse, papa-le-bienfaiteur-tout-sourire, Grande-sœur-crâneuse et Petit-frère-ébouriffé. Toute la petite famille posait devant le rocher d'Ayers, le Taj Mahal, le Disneyland de Floride. « L'été prochain, ai-je demandé à maman, est-ce qu'on ira en vacances tous ensemble, comme avant ?
– On verra. » Les lunettes de maman cachaient ses yeux. « On verra. »
Mon jumeau fantôme m'a poussé à insister. « On verra quoi ?
– L'année prochaine est encore loin. Julia parle de faire un EuroRail, je ne sais plus comment ça s'appelle.
– InterRail.
– Et pourquoi tu ne partirais pas en classe d'hiver ? Avec tes amis ? » (Maman n'a pas remarqué que je n'ai plus du tout la cote auprès des autres.) « Julia a beaucoup aimé ses vacances en Allemagne de l'Ouest quand on a fait cet échange, il y a quelques années.
– Je n'ai pas eu l'impression qu'elle ait beaucoup aimé Ülrike-le-hurleur et Hans-les-mains-baladeuses, moi.
– Ta sœur exagérait, Jason, j'en suis certaine.
– Pourquoi est-ce qu'on n'irait pas quelque part, toi, papa et moi ? Lyme Regis, c'est chouette.
– Je… » Maman a soupiré. « Je ne sais pas si l'année prochaine,

ton père et moi saurons mieux nous débrouiller avec notre problème de manque de temps libre et tout le reste. Attendons de voir comment les choses tournent.
— Mais la mère de Dean Moran, qui travaille dans une maison pour vieux, et son père, qui travaille à la poste, ils arrivent toujours à se débrouiller pour...
— Tant mieux pour M. et Mme Moran, a dit maman sur ce ton qui signifie : *Ne parle pas si fort*. Mais tous les emplois ne permettent pas autant de souplesse, Jason.
— Mais...
— Ça suffit, Jason ! »
Le type du cinéma est apparu. C'est lui qui décide qui entre et qui s'entendra dire : « Autant rentrer chez vous. » Les Sauvés et les Damnés. Le type du cinéma marmonne des nombres à mesure qu'il avance sur le trottoir à la vitesse d'un porteur de cercueil. Son stylo Bic raye quelque chose sur son bloc-notes. Les gens qui font la queue ont un grand sourire de soulagement quand le type du cinéma passe derrière eux, puis ils se retournent pour voir qui seront les Damnés. Les Sauvés sont de vrais salopards, avec leur petit air content. Eux, ils auront droit à un siège au royaume des ténèbres multicolores. Même s'ils sont assis trop près de l'écran, ils verront *Les Chariots de feu*. Il reste une vingtaine de personnes entre le type du cinéma et nous. S'il vous plaît, faites encore quelques pas, rien que quelques pas, allez, juste quelques-uns...
S'il vous plaît.

Le Minable

« Jason Taylor » – l'haleine de Ross Wilcox sentait le sachet de jambon – « va au cinéma avec sa maman chérie ! » Une seconde avant, Mark Bradbury m'expliquait comment on fait pour gagner à Pac-Man. Et tout à coup, ça qui me tombe dessus. C'était déjà trop tard pour nier. « On t'a vu ! À Cheltenham ! Tu faisais la queue avec ta maman chérie ! »

Dans le couloir, la circulation et le temps ont ralenti.

Comme un imbécile, j'ai cherché à minimiser cette attaque en souriant.

« Pourquoi tu souris, espèce de sale petit minable à la con ? Parce que t'as tripoté ta mère au fond du cinéma, c'est ça ? » Wilcox a tiré sur ma cravate, un vilain coup sec. Comme ça, juste histoire de. « Tu lui as mis la langue, hein ? » Il m'a donné une chiquenaude sur le nez, *ping*. Comme ça, juste histoire de.

« Taylor ! » Gary Drake a l'habitude de chasser avec son cousin. « T'es dégueulasse ! »

Neal Brose me regardait comme on regarde un chien qu'on emmène chez le vétérinaire pour le piquer. De la pitié, mais aussi du mépris pour cette bête qui s'est laissée aller à ce point.

« Tu lui as roulé une pelle, à ta mère, hein ? » Ant Little est le nouveau serviteur de Wilcox.

Wayne Nashend l'est depuis un moment, déjà. « Tu lui as mis un doigt ? »

Avec leurs grands sourires, les spectateurs votaient.

« Tu vas nous répondre ? » Wilcox a cette manie de poser la pointe de sa langue entre ses dents (cette langue qui goûtait aux moindres recoins de Dawn Madden). « À m-m-moins qu-qu-que t-t-t-ttu n-n-nn'arrives pas à p-p-p-parler, p-p-p-auvre connard de b-b-bègue ? »

Ce coup-là a ajouté une dimension supplémentaire à son attaque. Là où ma réponse aurait dû jaillir, un gouffre bâillait.

« Ross ! a dit Darren Croome dans un cri étouffé. Flanagan arrive ! »

Wilcox m'a écrasé le pied comme s'il éteignait une cigarette. « Flaque de jute, va baiser ta mère, sale bègue, minable de mon cul. »

M. Flanagan, le surveillant général, est arrivé en trombe et a poussé tous les 4e GL dans la salle de géo. Wilcox, Ant Little et Wayne Nashend sont partis, mais ma cote auprès des autres agonisait dans d'ultimes spasmes. Mark Bradbury et Colin Pole faisaient les devoirs de maths qu'on nous avait donnés. Je ne suis allé voir personne : je savais bien qu'ils ne voudraient pas me parler. Tout ce que j'ai été capable de faire, c'est de regarder par la fenêtre jusqu'à ce que M. Inkberrow arrive.

La brume ternit les feuilles dorées et brunit les feuilles roussies.

Deux heures de maths à la suite, c'est, dans le meilleur des cas, quatre-vingt-dix minutes d'ennui intégral, et aujourd'hui, ç'a été le pire du pire. Ce que je regrette d'avoir tanné maman pour qu'elle m'emmène voir *Les Chariots de feu*. J'aurais dû y aller tout seul et payer ma place.

Wilcox aurait trouvé une autre raison pour s'en prendre à moi, de toute façon. Il me hait. Les chiens haïssent les renards. Les nazis haïssent les Juifs. La haine se fout du pourquoi. Qui ou quoi, c'est suffisant. C'est ce que je me disais quand M. Inkberrow a claqué sa grande règle sur mon bureau. J'ai sursauté sur ma chaise et me suis fendu la rotule contre le dessous du bureau. Manifestement, j'avais encore décroché du cours.

« Vous voulez que je vous aide à vous concentrer, Taylor, *hmmm* ?

– Euh… je ne sais pas, monsieur.

– Un petit duel rapide vous réveillera la cervelle, Taylor. Vous contre Pike. »

J'ai grogné en silence. Un duel, c'est quand un élève A résout un calcul sur la partie gauche du tableau pendant qu'un élève B fait la même chose sur la partie droite, un peu comme dans une course. Clive Pike, c'est une grosse tête en maths dans la 4e KM : je n'avais aucune chance. Sinon, ce n'aurait pas été drôle. En plus, quand on nous a dicté l'équation, ma craie s'est cassée.

La moitié de la classe a ricané, y compris quelques filles.

Leon Cutler a murmuré : « Quel naze, ce gars. »

Que Ross Wilcox vous fasse la misère en public, c'est une chose. Il s'amuse à faire ça à plein de gars cette année. Mais quand un M. Tout-le-monde du genre Leon Cutler vous chambre en se fichant bien de savoir si vous l'avez entendu, ça veut dire que, question crédibilité, vous êtes ruiné.

« À vos marques, s'est écrié M. Inkberrow depuis le fond de la classe. Prêts ? Partez ! »

La craie de Clive Pike s'est activée à toute vitesse.

Je ne réussirais pas à résoudre cette équation, et sa craie le savait. Je ne comprends même pas à quoi ça sert, moi, les équations.

« Monsieur ! a lancé Gary Drake. Taylor copie sur Pike. Ce n'est pas très loyal, hein, monsieur ?

– Je n'ai p… » (Le Pendu s'y est mis, lui aussi : il a écrasé ma négation.) « C'est faux, monsieur. »

M. Inkberrow s'est contenté d'essuyer ses lunettes à l'aide de son mouchoir.

Tasmin Murrell s'est risquée à un « Ouh, c'est pas joli-joli, ça, Taylor ! » Tasmin Murrell ! Une fille !

« Quel sens du fair-play, Gary Drake, a remarqué M. Inkberrow. Pourquoi ne pas songer à intégrer la police, hmmm ?
– Merci, monsieur. Je vais y réfléchir. »
J'avais à peine tracé quelques petits gribouillis à la craie, sans grande conviction, quand Clive Pike a reculé du tableau.
M. Inkberrow a laissé passer un peu de temps. « Très bien, Pike. Allez vous asseoir. »
Ma solution était morte à la deuxième ligne de x, de y et de puissances.
Des ricanements étouffés se sont élevés.
« Silence, la classe ! Je ne vois pas ce qu'il y a de drôle au fait que j'aie passé une semaine de ma vie à expliquer les équations du second degré pour assister à… ce massacre. Tous à la page dix-huit. Allez vous asseoir, Taylor. Voyons si votre ignorance crasse est également partagée par le reste de la classe.
– Blaireau, a soufflé Gary Drake quand j'ai évité la jambe qu'il avait tendue pour me faire trébucher. Minable. »
Carl Norrest n'a rien dit quand je suis retourné m'asseoir à notre table. Il sait comment c'est. Mais moi, je savais que ce n'était que le début. J'avais appris par cœur le nouvel emploi du temps des quatrièmes. Et je devinais ce qui m'attendait pendant les deux heures suivantes.

Comme M. Carver – notre prof de gym – accompagnait l'équipe de rugby des premières à l'institut d'enseignement supérieur pour garçons de Malvern, c'était un apprenti professeur, M. McNamara, qui se chargeait de nous. C'était tant mieux, parce que quand M. Carver sent qu'un élève n'a pas la cote auprès des autres, il en rajoute. Comme pour la douche après le foot en salle, quand Carver, assis sur le cheval-d'arçons, avait lancé : « À poil, Floyd Chaceley. À moins que tu ne sois malformé ? » Ou encore : « Tous dos au mur, les petits gars, Nicholas Briar arrive ! » Bien entendu, la plupart d'entre nous riaient comme si c'était le truc le plus drôle de la terre.

LE MINABLE

Mauvaise nouvelle, ma classe (la 4ᵉ KM) et celle de Ross Wilcox (la 4ᵉ GL) ont gym ensemble, et M. McNamara ne sait pas tenir une classe de garçons. Il n'en serait pas plus capable si sa vie en dépendait. Ou la mienne.
Le vestiaire pue les aisselles et la terre. Il est divisé en plusieurs zones. La zone des caïds est la plus éloignée de la porte. Celle des pestiférés est la plus proche de la porte. Celle des autres est au milieu. D'habitude, c'est là que je vais, mais cette fois, tout le banc était pris. Les pestiférés habituels – Carl Norrest, Floyd Chaceley, Nicholas Briar – m'ont fait de la place, comme si j'étais désormais des leurs. Gary Drake, Neal Brose et la bande à Wilcox s'étaient lancés dans une bataille de chiquenaudage de fesses, alors j'en ai profité pour me changer vite fait et me dépêcher de sortir dans le froid du matin. M. McNamara nous a fait faire des échauffements avant de nous dire de courir autour de la piste. J'ai avancé à un rythme prudent, histoire de rester à bonne distance de Ross Wilcox et sa bande.
L'automne devient de plus en plus triste, pourri et brumeux. Le champ à côté de notre terrain de sport était marron comme un pancake brûlé. Celui encore à côté avait la couleur du verre dans lequel on trempe son pinceau quand on fait de la peinture à l'eau. La saison gommait les collines de Malvern du paysage. Gilbert Swinyard dit que notre école et le Maze ont été conçus par le même architecte. Le Maze est une prison qui se trouve en Irlande du Nord, là où Bobby Sands – le membre de l'IRA qui a fait une grève de la faim – est mort l'année dernière.
Il y a des jours comme celui-ci où je crois ce que raconte Gilbert Swinyard.

«Alors comme ça, vous vous croyez capables de jouer avant-centre pour Liverpool? Pour Manchester United? Pour l'équipe d'Angleterre?» M. McNamara faisait les cent pas dans son survêt' noir et orange des Wanderers de Wolverhampton. «Vous croyez avoir ce qu'il faut comme tripes ? Comme cran ? » Permanentés à la Kevin Keegan, les cheveux de M. McNamara ballottaient. « Vous vous mettez le doigt dans l'œil ! Regardez-vous un peu ! Vous voulez savoir ce qu'on m'a appris à l'université de Loughborough à propos de la sueur et de la réussite ? Non ? Eh bien, je vais quand même vous le dire ! Réussite dans le sport – et dans la vie, les petits gars, dans la vie – égale SUEUR ! Sueur et réussite » (Darren Croome a lâché un pet sonore.) « égale réussite et sueur ! Alors quand vous entrerez sur le terrain aujourd'hui, les petits gars, je veux voir de la sueur ! Je veux trois cents pour cent de sueur ! On ne va pas perdre de temps à choisir les équipes comme des fillettes, aujourd'hui ! Ce sera 4ᵉ KM contre 4ᵉ GL ! La tête contre les jambes ! Les hommes, les vrais, se placeront en attaque, les tapettes en milieu de terrain, les handicapés en défense et les tarés dans les cages – et je ne plaisante pas. Allez, on se magne ! » M. McNamara a donné un énorme coup de sifflet. « Allez, les petits gars, ça joue ! »

Peut-être que le sabotage du match était prévu dès le départ, ou peut-être pas. Une fois qu'on fait partie des pestiférés, on ne vous met plus au parfum. Mais assez rapidement, j'ai compris que les gars de KM et ceux de GL changeaient d'équipe au hasard. Paul White (4ᵉ GL) a shooté de loin en visant les cages de son équipe. Gavin Coley a effectué un plongeon spectaculaire, mais dans la mauvaise direction. Quand Ross Wilcox a fait une faute sur Oswald Wyre (de son équipe) dans notre surface de réparation, c'est Neal Brose (de notre équipe) qui a tiré le penalty et marqué. M. McNamara devait s'être rendu compte qu'il y avait du foutage de gueule. Peut-être qu'il ne voulait pas que le premier cours qu'il donnait tout seul vire au festival de l'engueulade.

Et puis il y a eu les fautes.

Wayne Nashend et Christopher Twyford ont dansé le pogo en rentrant dans les épaules de Carl Norrest. Carl Norrest, déformé sous leur poids, a poussé un cri. « Monsieur ! » Wayne Nashend

LE MINABLE

s'est relevé le premier. « Norrest m'a taclé par-derrière ! Carton rouge, monsieur ! »

McNamara a regardé le corps piétiné et boueux de Carl Norrest. « Allez, ça joue. »

J'ai passé le match à rester suffisamment près de la balle pour qu'on ne me reproche pas de tirer au flanc, et suffisamment loin pour ne pas avoir non plus à la prendre. J'ai entendu un puissant bruit de pas se rapprocher mais sans me laisser le temps de me retourner, on m'a plaqué net. Mon visage s'est écrasé dans la boue.

« Bouffes-en autant que tu veux, Taylor ! » Ross Wilcox, bien sûr.

« Les minables comme toi adorent ça ! » Gary Drake, bien sûr.

J'ai essayé de me retourner, mais ils s'appuyaient de tout leur poids sur mon dos.

« Ho ! » Le sifflet de McNamara a retenti. « Vous deux ! »

Ils se sont levés. Je me suis redressé, tremblant de victimitude.

Ross Wilcox pointait le doigt sur son cœur. « Moi, monsieur ?

– Vous deux ! » McNamara est arrivé à grands pas. Tout le monde a abandonné la partie pour venir voir ce nouveau sport. « Mais à quoi vous jouez, bon sang ?

– Un peu tardif comme plaquage, monsieur. Je l'avoue. » Gary Drake souriait.

« La balle était à l'opposé du terrain ! »

« Je vous jure, monsieur, a dit Ross Wilcox, je pensais qu'il avait la balle. Sans mes lunettes, je suis myope comme une taupe. »

(Wilcox ne porte pas de lunettes.)

« Et c'est pour ça que tu l'as plaqué comme au rugby, ce garçon ?

– Je croyais qu'on jouait au rugby, monsieur. »

Les spectateurs gloussaient.

« Ah, tu aimes jouer la comédie, c'est ça ?

— Non, monsieur! Je viens tout juste de me souvenir que c'était au football qu'on jouait. Mais quand je l'ai plaqué, là oui, je croyais qu'on jouait au rugby.

— Pareil pour moi. » Gary Drake s'est mis à courir sur place comme Sport Billy. « J'ai trop l'esprit de compétition, monsieur. J'avais complètement oublié. Sueur égale succès.

— Très bien! Vous deux, allez courir jusqu'au pont : ça vous remettra la cervelle à l'endroit!

— C'est lui qui nous a dit de le faire, monsieur. » Ross Wilcox a désigné Darren Croome. « Si vous ne le punissez pas, le meneur s'en tire à bon compte. »

Comme l'abruti qu'il est, Darren Croome a ri.

« Vous trois! » Une fois de plus, on voyait l'inexpérience de M. McNamara. « Jusqu'au pont, puis vous revenez. Filez! Et vous, qui vous a dit que la partie était terminée? Allez, ça joue! »

Le pont, c'est juste une passerelle qui relie le fond du terrain de sport de l'école à un chemin de campagne qui mène à Upton-upon-Severn. « Courez jusqu'au pont! », c'est la punition classique de M. Carver. La vue est dégagée, alors le prof peut surveiller qu'ils font bien tout le trajet. Comme M. McNamara s'est remis à arbitrer le match, il n'a pas vu que Gary Drake, Ross Wilcox et Darren Croome ont couru jusqu'au pont, puis, au lieu de revenir, l'ont traversé et disparu.

Super. Sécher un cours, c'est une faute suffisamment grave pour être convoqué au bureau de M. Nixon. Si M. Nixon intervient, ils me lâcheront la grappe pour la journée.

Sans Gary Drake ni Ross Wilcox pour saboter le match, la partie est redevenue normale. La 4e GL a marqué six buts et la KM quatre.

C'est seulement quand on était en train de décrotter nos chaussures à côté des baraques où sont entreposés les équipements sportifs que M. McNamara s'est souvenu des trois garçons qu'il avait envoyés courir jusqu'au pont au moins quarante minutes plus tôt.

LE MINABLE

«Où sont donc passés ces trois clowns?»
Je me suis bien gardé de l'ouvrir.

«Hé, les clowns, on peut savoir où vous étiez passés?»
Wilcox, Drake et Croome sont revenus; ils puaient la clope et les Polo à la menthe. Ils ont regardé M. McNamara, puis se sont regardés, en feignant l'incompréhension. Gary Drake a répondu: «On a été au pont, monsieur. Comme vous nous aviez demandé.
– Vous avez mis trois quarts d'heure, enfin!
– Vingt minutes pour y aller, vingt pour revenir, monsieur.
– Vous me prenez pour un imbécile, c'est ça?
– Bien sûr que non, monsieur!» Ross Wilcox avait l'air froissé. «Vous êtes prof de gym.
– Et en plus, vous êtes allé à l'université de Loughborough», a ajouté Gary Drake. «"Le meilleur de tous les instituts sportifs anglais".
– Vous n'avez pas la moindre idée du pétrin dans lequel vous vous êtes mis, mes garçons!» La colère éclairait le regard de M. McNamara et assombrissait son visage. «Vous n'avez pas le droit de quitter l'enceinte de l'établissement comme bon vous chante!
– Mais monsieur, a dit Gary Drake, perplexe, c'est vous qui nous l'avez demandé.
– Jamais de la vie!
– Vous nous avez dit de courir jusqu'au pont et de revenir. Alors on est allés au pont qui traverse la Severn. Du côté d'Upton. C'est ce que vous nous avez demandé.
– À Upton? Vous avez couru jusqu'au fleuve? Jusqu'à Upton?» (M. McNamara s'imaginait la première page de la *Gazette de Malvern*: UN PROFESSEUR STAGIAIRE POUSSE TROIS GARÇONS À LA NOYADE.) «C'est à la passerelle que je pensais, bande de crétins! À côté des courts de tennis. Pourquoi est-ce que

vous voudriez que je vous envoie à Upton, moi ? Sans personne pour vous surveiller ? »

Ross Wilcox n'a pas cillé : « Sueur égale succès, monsieur. »

M. McNamara a concédé le match nul en échange du dernier mot.

« Je vais vous dire, mes garçons, vous avez des tas de problèmes, à commencer par un de taille : *moi !* »

Après qu'il s'était retiré dans la tanière de M. Carver, Ross Wilcox et Gary Drake sont allés chuchoter à l'oreille des autres gars de leur trempe et à ceux de grade intermédiaire. Une minute plus tard, Wilcox a lancé : « Un, deux, un, deux, trois, quatre » et tout le monde – sauf nous autres, pestiférés – s'est mis à chanter, sur l'air de « John Brown's Body [1] » :

M. McNamara aime bien se prendre des bites dans le cul
M. McNamara aime bien se prendre des bites dans le cul
M. McNamara aime bien se prendre des bites dans le cul
Et même fourrer la sienne aux auuuuutres !

Glory, glory, McNamaaara !
Il a fourré sa bite dans l'cul de Caaarver !
Il l'a même fourrée dans l'cul de sooon père !
Et la prochaine fois ce s'ra dans l'tieeeen !

À la troisième reprise, ils chantaient à tue-tête. Peut-être que les autres gars se disaient : *Si je me dégonfle, je serai le prochain Jason Taylor sur la liste.* Peut-être qu'un mouvement collectif de masse est pourvu d'une volonté qui absorbe toute résistance sur son passage. Les mouvements collectifs sont peut-être aussi vieux

---

1. Air que nous connaissons davantage par ce refrain : « *Glory, Glory Hallelujah / Glory, Glory Hallelujah…* »

LE MINABLE

que les premiers chasseurs des cavernes. Les mouvements collectifs carburent au sang.

La porte du vestiaire s'est ouverte dans un claquement.

Aussitôt, la chanson a affirmé n'avoir jamais existé. La porte a rebondi contre le butoir en caoutchouc vissé dans le mur et a frappé M. McNamara en plein visage.

Plus de quarante garçons qui répriment leurs rires, ça fait pas mal de bruit, quand même.

« Si je vous traitais de *porcs*, a hurlé M. McNamara, ce serait insulter l'espèce animale !

– Ouuuuuuuuh ! » ont vibré les murs.

Il y a des colères qui font peur, et il y en a d'autres qui sont ridicules.

J'avais de la peine pour M. McNamara. Quelque part, il est comme moi.

« Lequel d'entre vous, bande de petites » – M. McNamara a ravalé le mot qui lui aurait coûté son travail – « ordures, aura le courage de m'insulter les yeux dans les yeux ? Là, tout de suite ? »

De longues secondes d'un silence moqueur se sont écoulées.

« Allez-y, chantez-la, votre chanson. CHANTEZ-LA ! » Avec ce cri, il avait dû se déchirer la gorge. Bien sûr, il y avait de la colère, mais j'y ai vu du désespoir, aussi. Encore quarante ans à subir ça.

McNamara, à la recherche d'une autre stratégie, a regardé tous ses tortionnaires. « Toi ! »

À ma stupeur, ce « Toi ! » c'était Moi.

McNamara avait dû reconnaître le gamin piétiné dans la boue. Il s'imaginait probablement que j'étais celui qui cafterait le plus facilement. « Des noms. »

Les quatre-vingts yeux du diable tournés vers moi, je rapetissais.

Il y a une règle d'or qui dit : *On n'a pas le droit d'attirer des ennuis à quelqu'un d'autre en le dénonçant, même si cette personne le mérite.* Les profs ne comprennent rien à cette règle.

McNamara a croisé les bras. « J'attends. »
Ma voix n'était plus qu'une petite araignée. « Je n'ai pas vu, monsieur.
— Des noms, j'ai dit ! » Les doigts de McNamara s'étaient refermés pour former un poing et son bras palpitait. Il était à un cheveu de m'en envoyer une. Mais soudain, toute la lumière a quitté la pièce, comme dans une éclipse de soleil.
M. Nixon, notre proviseur, est apparu devant la porte.

« Monsieur McNamara, cet enfant est-il le principal contrevenant, un suspect de taille ou bien un informateur récalcitrant ? »
(Dans dix secondes, j'allais soit me faire bousiller, soit retrouver un peu de liberté.)
« Cet élève » — M. McNamara a avalé péniblement sa salive : il se demandait si, dans quelques minutes, sa carrière allait subir une amputation — « dit "ne pas avoir vu", monsieur le proviseur.
— Il n'est point de pire aveugle que celui qui ne veut rien voir, monsieur McNamara. » M. Nixon s'est avancé de quelques pas, les mains dans le dos. Les garçons se ratatinaient contre les bancs. « Il y a une minute, j'étais en conversation avec un collègue de Droitwich. Soudain, j'ai été contraint de m'excuser et d'abréger la conversation. Bien. Quelqu'un devine pourquoi ? » (Tous les gars du vestiaire regardaient bien fixement le sol crasseux. Même M. McNamara. Le regard de M. Nixon nous aurait atomisés si jamais on l'avait croisé.) « J'ai dû interrompre ma conversation à cause de beuglements infantiles jaillissant de cette pièce. Je ne pouvais littéralement plus m'entendre penser. Bien. Peu m'importe qui est le meneur. Peu m'importe qui a hurlé, qui a fredonné, qui s'est tu. La chose qui m'importe est que M. McNamara, un hôte de notre établissement, racontera à ses pairs — et à juste titre — que je suis à la tête d'un zoo de hooligans. Pour avoir fait cet affront à ma réputation, vous serez tous punis ! » M. Nixon a relevé le menton d'un demi-centimètre. Nous avons accusé le coup. « "Oh

s'il vous plaît, monsieur Nixon ! Je n'ai rien fait, moi ! Ce n'est pas juste si vous me punissez, moi !" » Il nous mettait au défi de contester, mais personne n'était bête à ce point. « Oh, mais on ne me verse pas ce salaire mirobolant pour être juste. On me le verse afin que je préserve certains standards. Des standards que vous, jeunes gens » – il s'est entrecroisé les doigts et a les a fait craquer de façon horrible –, « venez de traîner dans la poussière. À une époque plus éclairée, une bonne rossée vous aurait un peu appris la bienséance. Cependant, puisque ceux qui nous dirigent à Westminster nous ont privés de cet outil pédagogique, nous devons recourir à des techniques moins commodes. » M. Nixon s'est dirigé vers la porte. « Dans l'Ancien Gymnase. À midi et quart. Les retardataires écoperont d'une semaine de retenue. Les absents seront renvoyés. Ce sera tout. »

La cantine a été remplacée par un self cette année. Un panneau qui annonce SELF « LE RITZ » SERVICE ASSURÉ PAR KWALITY KWISINE est boulonné à la porte du réfectoire ; n'empêche, on sent déjà une vilaine odeur de vinaigre et de graillon depuis le vestiaire. Sous ces lettres, un cochon souriant coiffé d'une toque de chef porte un plateau de saucisses. Au menu, il y avait des frites, des haricots, des hamburgers, des saucisses et des œufs au plat. En dessert, de la glace avec des poires en conserve ou de la glace avec des pêches en conserve. À boire, il y avait du Pepsi sans bulles, du jus d'orange dégueu ou de l'eau tiédasse. La semaine dernière, Clive Pike a trouvé la moitié d'un mille-pattes qui frétillait dans son hamburger. Le pire, c'est qu'il n'a pas retrouvé l'autre bout.

Pendant que je faisais la queue, les gens n'arrêtaient pas de me regarder. Deux sixièmes riaient presque ouvertement. Tout le monde devait être au courant que c'était le jour de la chasse au Taylor. Même les dames de service conspiraient contre moi, derrière les comptoirs étincelants. Il se passait quelque chose. Je ne savais pas quoi, jusqu'à ce que je m'asseye avec mon plateau à côté de Dean Moran à la table des pestiférés.

« Euh... Quelqu'un t'a collé des étiquettes dans le dos, Jace. » Quand j'ai retiré mon blazer, des secousses de rire sismiques ont fait trembler tout le Ritz. On m'avait collé une dizaine d'étiquettes dans le dos. Sur chacune, on lisait MINABLE, dans une écriture et une encre différentes à chaque fois. C'est vraiment de justesse que je me suis retenu de partir en courant. Leur victoire n'en aurait été que plus parfaite encore. Pendant que le tremblement de terre se terminait, j'ai enlevé les étiquettes et je les ai déchirées sous la table en mille morceaux.

« Ignore-les, ces branleurs », m'a fait Dean. Une grosse frite a heurté sa joue. « Très drôle ! a-t-il crié dans la direction où elle avait décollé.

– Ouais, a lancé Ant Little, assis à la table de Ross Wilcox, c'est ce qu'on se disait. »

Ils nous ont balancé trois ou quatre autres frites. Mlle Ronkswood est arrivée dans le réfectoire, ce qui a mis un terme au bombardement.

« Hé... » Contrairement à moi, Dean Moran sait ne pas tenir compte de certains trucs. « T'as entendu la nouvelle ? »

Tout misérable, j'ai retiré des bouts de nourriture séchée de ma fourchette. « Quoi ?

– Debby Crombie.

– Quoi, Debby Crombie ?

– Ça y est, elle fait partie du club.

– Du club de netball [1] ?

– Mais non ! m'a soufflé Dean. Elle est en cloque !

– Debby Crombie ? Enceinte ? Un bébé ?

– Pas si fort ! Bah oui, on dirait bien. Tracy Swinyard est vache-

---

1. Sport féminin très voisin du basket-ball. De manière générale, le netball est populaire dans les pays anglo-saxons.

ment copine avec la secrétaire du cabinet médical d'Upton. Elles se sont pris une cuite au Black Swan avant-hier soir. Après un verre ou dix, elle a demandé à Tracy Swinyard de jurer qu'elle ne le répéterait pas puis elle lui a dit, pour Debby. Tracy Swinyard l'a dit à ma sœur. Kelly me l'a dit ce matin au petit-déj'. Elle m'a fait jurer sur la tombe de notre tante de ne pas le répéter. »
(La tombe de la tante de Moran est ensevelie sous un gros tas de serments rompus.)
« Qui est le père ?
– Pas besoin de s'appeler Sherlock Holmes pour deviner. Tu sais bien que Debby Crombie n'est sortie avec personne depuis ce qui est arrivé à Tom Yew.
– Mais Tom Yew est mort en juin.
– Ouais, mais en avril, il était bien à Black Swan Green. Il avait une perm'. Ç'a dû être là qu'il lui a arrosé la framboise.
– Alors, ça veut dire que le bébé de Debby Crombie n'a déjà plus de père avant même d'être né ?
– C'est horrible, hein ? Isaac Pye a dit qu'à sa place il se ferait avorter, mais la mère de Dawn Madden dit que l'avortement est un meurtre. Bref, Debby Crombie a annoncé au docteur que, de toute façon, elle gardera le bébé. La famille Yew l'aidera à l'élever, c'est ce que pense Kelly. C'est un peu une façon de faire revivre Tom, j'imagine. »
Le monde nous joue de ces tours, ce n'est pas drôle du tout.
Je n'ai jamais entendu un truc aussi tordant, a dit mon jumeau fantôme.
J'ai avalé mon œuf et mes frites en quatrième vitesse, histoire d'être dans l'Ancien Gymnase à 12 h 15.

La majorité de l'établissement a été construite ces trente dernières années, mais il y a une partie qui, à l'origine, était un pensionnat privé de l'époque victorienne : l'Ancien Gymnase en fait partie. Il ne sert plus beaucoup. Les jours de tempête, le vent lui arrache des tuiles. Il y en a une qui a raté de peu Lucy Sneads en janvier dernier, mais bon, jusqu'à présent, personne n'a été tué. Un sixième est mort dans l'Ancien Gymnase, n'empêche. Il se faisait tellement bizuter qu'il s'est pendu avec sa cravate. À l'endroit où les cordes sont accrochées. Pete Redmarley jure qu'il y a trois ans il a vu le gamin suspendu là-haut, un après-midi d'orage ; il n'était pas tout à fait mort. Sa tête ballottait, parce qu'il avait le cou brisé, et ses pieds se secouaient, six mètres au-dessus du sol. Blanc comme un linge, qu'il était, sauf là où sa cravate lui avait brûlé la peau et laissé une zébrure rouge. Mais son regard, lui, était tourné vers Pete Redmarley. Pete Redmarley n'est plus jamais retourné dans l'Ancien Gymnase, depuis. Pas une seule fois.

Enfin, bref, notre classe et la 4ᵉ GL attendaient dans la cour d'entrée du bâtiment. Je m'étais comme qui dirait greffé au groupe de Christopher Twyford, Neal Brose et David Ockeridge, qui parlaient de *L'Inspecteur Harry*. Le film était passé à la télé samedi dernier. Il y a une scène où Clint Eastwood ne sait pas s'il reste une balle dans son flingue pour tuer le méchant.

« Ah ouais, ai-je tenté de placer. Ce passage-là, il était sensass. »

Le regard de Christopher Twyford et David Ockeridge signifiait : *Qu'est-ce qu'on peut bien en avoir à foutre, de ce que tu penses ?*

« Plus personne ne dit sensass, Taylor », m'a fait Neal Brose.

M. Nixon, M. Kempsey et Mlle Glynch ont traversé la cour. On allait se faire engueuler, quelque chose de bien. À l'intérieur, les chaises étaient disposées comme pour un examen. La 4ᵉ KM à gauche, la 4ᵉ GL à droite. « Y a-t-il quelqu'un qui pense ne pas avoir sa place ici ? » a commencé par dire M. Nixon. Notre proviseur aurait tout aussi bien pu dire : « Y a-t-il quelqu'un qui souhaite se tirer une balle dans la rotule ? » Personne ne s'est laissé avoir. Mlle Glynch s'adressait principalement à la 4ᵉ GL. « Vous avez fait du tort à vos professeurs, à votre école, et à vous-mêmes... »

LE MINABLE

Après, ç'a été au tour de M. Kempsey. «En vingt-six années d'enseignement, je ne me rappelle pas avoir ressenti un tel dégoût. Vous vous êtes conduits comme une bande de hooligans...»
Ç'a été comme ça jusqu'à 12 h 30.
Les fenêtres grises de saleté découpaient des rectangles brumeux et lugubres.
La couleur même de l'ennui.
«Vous resterez assis sur vos chaises, a annoncé M. Nixon, jusqu'à une heure. Interdiction de bouger. Interdiction de parler. "Mais, monsieur, et si j'ai envie d'aller aux toilettes?" Eh bien humiliez-vous : vous avez bien cherché à humilier un membre de mon équipe. Quand la cloche aura sonné, vous serez en droit d'aller chercher une serpillière. Cette séance de retenue sera reconduite après chaque déjeuner de la semaine.» (Personne n'a osé râler.) «"Mais, monsieur! Pourquoi nous mettre au piquet?" La raison en est que la persécution de quelques-uns – voire d'un seul – par le plus grand nombre n'a pas lieu d'être dans notre établissement.»
Et puis notre proviseur est parti. M. Kempsey et Mlle Glynch avaient des cahiers à corriger. Seuls le gratouillis de leurs stylos, nos estomacs, les mouches prises dans les appliques des néons et les cris lointains des enfants libres faisaient onduler la surface du silence. La trotteuse de l'horloge hostile tremblait, *tremblait*, tremblait, *tremblait*. Cette horloge, c'était sans doute la toute dernière chose que le garçon qui s'était pendu avait vue.
Grâce à ces retenues, Ross Wilcox ne pourrait pas venir m'embêter pendant la récré de midi. N'importe quel type aurait vachement les boules si, par sa faute, les garçons de deux classes entières écopaient d'une semaine de retenue. Est-ce que M. Nixon s'attendait à ce qu'on fasse le boulot à sa place et qu'on punisse le coupable nous-mêmes? J'ai jeté un coup d'œil à Ross Wilcox.
Ross Wilcox devait me regarder depuis un moment. Il m'a fait un doigt d'honneur et a silencieusement articulé : «Minable.»

« *"C'est moi qui ai la conque, dit Jack en se retournant, l'air féroce. Taisez-vous!"* » Merde. Le mot « cercle » arrivait. « *Piggy se recroquevilla. Ralph lui prit la conque et regarda le…* » En désespoir de cause, j'ai eu recours à la méthode du trébuchage, qui consiste à s'apprêter à prononcer la lettre qui fait bégayer (le C) mais à « trébucher » par-dessus pour tomber dans la voyelle qui suit, histoire de réussir à sortir le mot. « *… c-c-c-cercle des garçons.* » Couvert de sueur, j'ai lancé un regard à M. Monk, le stagiaire qui avait pris le relais de notre cours d'anglais. Mlle Lippetts ne me fait jamais lire à voix haute, mais là, Mlle Lippetts était en salle des profs. Elle n'avait pas mis M. Monk au courant de l'accord passé entre elle et moi.

« Bien. » La patience forçait la voix de M. Monk. « Continue.

– *"Il faut que certaines personnes s'occupent tout spécialement du feu."* » (Les mots qui commencent par un S suivi d'une consonne sont plus faciles à dire que ceux commençant par un S suivi d'une voyelle, je ne sais pas pourquoi.) « *"Un jour ou l'autre, il…"* » – j'ai avalé ma salive – « *"il y aura p-peut-être un bateau là-bas, dit-il en désignant le câble tendu de l'horizon d'un geste du bras. Et si nous envoyons un signal, il viendra jusqu'ici et nous prendra à son bord."* » (Le Pendu m'avait laissé dire « signal » comme un boxeur qui domine son adversaire et laisse ce dernier lui coller un ou deux coups de poing, juste pour s'amuser.) « *"Et puis autre chose, encore. Il nous faut davantage de règles. Là où la conque se trouvera, rassemblement il y aura. C'est aussi v-v-vrai ici que là-bas."* Ils donnèrent leur…* » Oh merde, merde, merde. Voilà que je n'arrivais pas à dire « assentiment ». Normalement, c'est juste les mots qui commencent par « Sss ». « Euh… »

« *"Assentiment"* », a dit M. Monk, surpris qu'un garçon faisant partie de la meilleure quatrième n'arrive pas à lire un mot aussi simple.

Je n'étais pas stupide au point d'essayer de répéter le mot, chose que M. Monk attendait. « *Piggy ouvrit la bouche pour*

s-s-s'exprimer, mais, croisant le regard de Jack, il la referma. » Plus possible de dissimuler mon bégaiement, à présent. Le Pendu savait qu'il allait largement remporter la victoire. Il m'avait fallu encore une fois recourir à la méthode du coup de poing pour le verbe « s'exprimer ». Ça consiste à frapper comme une brute pour faire sortir le mot ; c'est vraiment en dernier recours, parce que ça vous donne un air débile. Et si le Pendu renvoie un coup plus puissant, le mot reste coincé et alors là c'est le truc typique, on se transforme en espèce de mongol qui bégaie. «*Jack tendit les mains pour recevoir la conque puis il*» – je suffoquais dans un sac plastique – «*s-s-se leva, tenant délicatement cet objet fragile dans*» – les lobes de mes oreilles palpitaient de stress – «*s-s-ses deux mains noires de suie. "Je suis d'accord avec Ralph. Il nous faut des règles et nous devons les suivre. Après tout, nous ne sommes pas des… nous ne sommes pas des…"* Excusez-moi, monsieur…» Je n'avais pas le choix. « Quel est ce mot ?
– "Sauvages" ?
– Merci, monsieur. » (J'aurais voulu avoir le courage de me poser la pointe de mes deux Bic contre les yeux et de donner un grand coup de tête sur le bureau. Ou trouver n'importe quel moyen d'échapper à ça.) «*"Nous sommes anglais, et les Anglais sont les meilleurs dans tous les domaines."* Euh… *"Auss-s-si, nous nous devons de faire ce qui est juste."* »

Mlle Lippetts est entrée et a compris ce qui s'était passé. « Merci, Jason. »

Les « Pourquoi est-ce qu'il s'en tire aussi facilement, lui ? » n'ont pas remué la classe.

« S'il vous plaît, mademoiselle ? » Gary Drake a levé la main.

« Oui, Gary ?

– Ce passage est super. Je vous jure, je trépigne. Est-ce que je peux lire ?

– Ravie que cela te plaise, Gary. Continue. »

Gary Drake s'est raclé la gorge. «*"Écoute, Ralph : je vais diviser*

le chœur – je veux dire, mes chasseurs – en plusieurs groupes, et nous serons responsables de l'entretien du feu..." » Gary Drake lisait avec une application exagérée, tout ça pour qu'on voie bien la différence avec la suite : « *Ce ges-s-ste généreux lui valut un tonnerre d'applau-dis-s-S-S-ssements* » (Il me tenait. Les garçons ricanaient. Les filles tournaient la tête vers moi. Ma tête s'est enflammée de honte.) « *de la part des autres garçons, et ains-s-s-s-s-s-si...*
– Gary Drake ! »
Il prenait un air innocent. « Oui, mademoiselle ? »
Les élèves se sont tournés vers Gary Drake, puis vers moi. *Jason Taylor, le bègue de l'école, va-t-il se mettre à pleurer ?* Jamais je ne pourrais retirer cette étiquette qu'on m'avait collée.
« Tu te crois drôle, Gary Drake ?
– Désolé, mademoiselle. » Gary Drake souriait sans vraiment sourire. « J'ai dû attraper ce vilain bégaiement quelque part... »
Christopher Twyford et Leon Cutler, qui contenaient leurs fous rires, se convulsaient.
« Ça suffit, vous deux ! » Ils ont obéi. Mlle Lippetts n'est pas une idiote. Si elle envoyait Gary Drake chez M. Nixon, son petit numéro ferait la une de la journée. Si ce n'était pas déjà le cas. « C'est d'une ignominie, d'une sottise et d'une ignorance révélatrices de ta bassesse, Gary Drake. » L'essaim des mots restants sur la page quarante et un de *Sa Majesté des mouches* est venu me recouvrir le visage.

Les deux dernières heures, on avait cours de musique avec M. Kempsey, notre prof principal. Alastair Nurton avait pris ma place habituelle, celle à côté de Mark Bradbury, alors, sans dire un mot, je suis allé m'asseoir à côté de Carl Norrest, seigneur des pestiférés. Nicholas Briar et Floyd Chaceley sont tous les deux des pestiférés depuis tellement longtemps qu'ils sont presque mariés. M. Kempsey était encore en colère contre nous, pour le coup avec McNamara. Juste après qu'on a dit en chœur : « Bonjour, monsieur Kempsey », il nous a balancé nos cahiers d'exercices comme Oddjob, quand il lance son chapeau dans *Goldfinger*. « Je ne vois pas vraiment ce que ce jour-ci a de "bon", alors que vous venez de piétiner le principe fondateur d'une école comme la nôtre. Principe qui veut que la putative *crème de la crème** instille la richesse de sa substance au petit-lait. Avril Bredon, veuillez distribuer les livres. Chapitre trois. C'est au tour de Ludwig van Beethoven d'être pendu, écartelé et démembré. » (En fait, en cours de musique, on ne fait pas de musique. Tout ce qu'on a fait ce trimestre, c'est recopier des passages de *La Vie des grands compositeurs*. Pendant qu'on écrit, M. Kempsey sort le tourne-disque du placard fermé à clé et nous passe des morceaux du compositeur de la semaine. La voix la plus snob du monde présente ses plus grands succès.) « Rappelez-vous, nous a avertis M. Kempsey : réécrivez cette biographie *avec vos mots à vous*. » Il faut toujours que les profs disent « avec vos mots à vous ». Ça m'énerve. Les auteurs taillent leurs phrases au plus juste. C'est leur boulot. À quoi ça sert de nous demander de les défaire pour les rafistoler juste derrière ? Comment vous voulez qu'on dise « maître de chapelle » autrement que « maître de chapelle » ?

Déjà, d'habitude, on ne déconne pas beaucoup pendant les cours de M. Kempsey, mais aujourd'hui, on aurait cru que quelqu'un était mort. Le seul petit moment de distraction, ç'a été quand Holly Deblin, la nouvelle, a demandé à aller à l'infirmerie. M. Kempsey a désigné la porte et silencieusement articulé : « Va. » En quatrième, les filles ont le droit d'aller à l'infirmerie ou aux toilettes beaucoup plus facilement que les garçons. Duncan Priest dit que c'est à cause de leurs règles. Les règles, c'est un truc assez mystérieux. Les filles n'en parlent pas quand les garçons ne sont pas loin. Les garçons ne font pas trop de blagues sur les règles : on n'en sait pas beaucoup à ce sujet, ça pourrait se voir.

Le meilleur passage du chapitre sur Beethoven dans *La Vie des grands compositeurs*, c'est quand il devient sourd. Les compositeurs passent la moitié de leur vie à traverser l'Allemagne à pied pour aller travailler chez des archevêques et des archiducs. L'autre moitié a sûrement été gaspillée à l'église (pendant des années après sa mort, les choristes de Bach ont utilisé ses manuscrits pour emballer leurs sandwichs. C'est le seul autre truc que j'aie appris en musique cette année). J'ai expédié ma réécriture de la bio de Beethoven en quarante minutes ; j'avais fini bien avant les autres.

La Sonate au clair de lune, *nous disait la voix la plus snob du monde,* figure parmi les morceaux préférés de tout pianiste. *Composée en 1782, cette sonate évoque la lune au-dessus des eaux calmes et tranquilles après une tempête.*

Un poème m'a nargué pendant que jouait la *Sonate au clair de lune*. Le titre, c'était « Souvenirs ». J'aurais bien aimé pouvoir remplir les lignes de mon cahier de brouillon, mais je n'ai pas osé, pas en classe, pas après une journée comme celle-là (et puis, maintenant, il n'en reste plus rien, à part « Lumière du soleil sur les vagues, guirlande engourdie ». Si on ne l'écrit pas, on est foutu).

« Jason Taylor. » M. Kempsey avait remarqué que mon attention s'était détachée du livre. « Une commission pour vous. »

Les couloirs de l'école sont un peu lugubres pendant les heures de classe. Là où il y a normalement le plus de bruit, c'est tout silencieux. Comme si une bombe à neutrons avait pulvérisé toute forme de vie humaine en laissant intacts les bâtiments. Les voix étouffées qu'on entend ne viennent pas des salles de classe ; elles jaillissent de ces espaces entre la vie et la mort. Le plus rapide pour aller en salle des profs, c'est de passer par la cour d'entrée, mais j'ai pris le chemin le plus long, celui de l'Ancien Gymnase. Les commissions que vous donnent les profs sont des moments de répit où il n'y a personne pour vous embêter, un peu comme le parking gratuit au Monopoly. Je cherchais à faire durer ce moment. Mes pas faisaient résonner le vieux plancher usé que d'autres garçons avaient foulé avant d'aller se faire gazer sur les champs de bataille de la Première Guerre mondiale. Les chaises empilées cachent tout un mur de l'Ancien Gymnase, mais, sur le mur d'en face, il y a des espaliers auxquels on peut grimper. J'ai voulu aller regarder par les fenêtres tout en haut comme ça. Je ne prenais pas beaucoup de risques. Si j'entendais des bruits de pas, il me suffirait de sauter.

N'empêche, une fois monté, ça paraît plus haut que vu d'en bas.

Des années de poussière grise avaient rendu la vitre opaque.

L'après-midi avait viré au gris épais.

Si gris et si épais qu'il ne pouvait pas ne pas pleuvoir. La *Sonate au clair de lune* a disparu au détour de la dixième planète. Des corbeaux s'agglutinaient sur une gouttière en regardant les bus scolaires avancer lourdement dans la grande cour de devant. Bougons, blasés et bruyants, ces corbeaux, un peu comme les punks qui traînent devant le monument aux morts d'Upton.

Minable un jour, se moquait mon jumeau fantôme, *minable toujours*.

À force d'attendre cette pluie, j'avais mal derrière les yeux.

Bien sûr, le vendredi viendrait. Mais dès que j'arriverais à la maison, le week-end mourrait peu à peu et le lundi ramperait jusqu'à moi, minute après minute. Et de nouveau, il y aurait cinq journées comme aujourd'hui, et même pires qu'aujourd'hui, bien pires.

T'as qu'à te pendre.

«Tu as de la chance», a dit une voix de fille ; j'ai failli tomber de quatre mètres de haut et finir en un tas d'os brisés. « Heureusement que je ne suis pas un prof qui fait sa ronde, Taylor. »

J'ai regardé de là-haut Holly Deblin qui me regardait d'en bas. « C'est vrai.

– Tu n'es pas en classe, toi ?

– Kempsey m'a envoyé chercher son sifflet. » J'ai descendu les barreaux. Holly Deblin n'est qu'une fille, mais elle est aussi

grande que moi. Elle lance le javelot plus loin que tout le monde.
« C'est lui qui s'occupe de la queue pour les bus, aujourd'hui. Ça va mieux ?
– J'avais juste besoin de m'allonger un peu. Et toi ? Ils t'en font baver, hein ? Wilcox, Drake, Brose, tous ceux-là. »
À quoi bon nier, mais à quoi bon l'admettre ? Ça rendrait la chose encore plus réelle.
« Ce sont des connards, Taylor. »
Les ténèbres de l'Ancien Gymnase effaçaient un peu la silhouette de Holly Deblin.
« Ouais. » C'est vrai : ce sont des connards. Mais à quoi ça me sert de le dire ?
Est-ce que c'est à ce moment-là que j'ai entendu tomber les premières gouttes de pluie ?
« T'es pas un minable. Ce n'est pas à des connards de te dire ce que tu es. »

Passée, l'horloge sous laquelle les élèves désobéissants sont mis au piquet ; passé, le secrétariat où les délégués viennent chercher le cahier d'appel ; passée, la réserve ; j'étais arrivé dans le long couloir qui mène à la salle des profs. Je ralentissais mon allure à mesure que je m'en rapprochais. Sa porte en acier était à moitié ouverte. Des chaises basses, j'ai vu. Les bottes en caoutchouc noires de M. Whitlock. La fumée de cigarette qui jaillissait par nappes épaisses, comme le brouillard londonien de Jack l'Éventreur. Mais, juste à côté de la porte, il y a cette espèce de ruche découpée en plusieurs petits espaces où les profs les plus importants ont leurs bureaux personnels.
« Oui ? » a dit un M. Dunwoody qui clignait des yeux, dragonesque. Au-dessus de son épaule penchait un chrysanthème qui virait au marron. Le livre écarlate que tenait notre professeur de dessin s'intitulait *Histoire de l'œil*, de Georges Bataille. « Comme son titre le suggère, a dit M. Dunwoody en voyant que son livre

avait attiré mon attention, il s'agit d'un traité historique sur les opticiens. Que veux-tu ?
– M. Kempsey m'a demandé d'aller chercher son sifflet, monsieur.
– Un sifflet, comme dans "Siffle et je viendrai [1]" ?
– Euh, oui, c'est ça, monsieur. Il m'a dit qu'il était sur son bureau. Sur un document digne d'intérêt.
– Mais peut-être que » – M. Dunwoody a fourré un bâtonnet Vicks dans son gros nez rouge et a pris une énorme inspiration – « M. Kempsey abandonne l'enseignement avant que son palpitant ne devienne défaillant. Peut-être part-il pour le parc naturel de Snowdonia, où il deviendra berger ? Avec Shep, son colley ? "Oh, donne-moi une couche au pays des montagnes [2]" ? Serait-ce pour cela qu'il t'envoie chercher son sifflet ?
– Je crois que c'est juste pour la queue des bus, monsieur.
– La case du fond. Sous le tendre regard de l'agneau de Dieu. »
M. Dunwoody est retourné à son *Histoire de l'œil* sans rien ajouter.

J'ai avancé dans la ruche vide. Les bureaux ressemblent à leurs maîtres, un peu comme les chiens. Sur celui de M. Inkberrow, il n'y a que des piles proprettes. Celui de M. Whitlock est tout sale et couvert de germoirs et de numéros de *La Vie sportive*. Dans l'espace de M. Kempsey, il y a un fauteuil en cuir, une lampe d'architecte comme celle de papa et un tableau de Jésus qui tient une lanterne devant une porte couverte de lierre. Sur le bureau, il y avait *Prières simples pour un monde complexe*, le *Roget's Thesaurus* (le père de Dean Moran appelle ça « le *brontosaurus* à Roger ») et *Delius, tel que je l'ai connu*. Le sifflet de M. Kempsey était exactement là où il me l'avait indiqué. Sous le sifflet, il y avait une

---

1. Titre d'une nouvelle de M. R. James.
2. Chanson traditionnelle populaire (« Oh Give me a Cot in the Land of the Mountains »).

LE FOND DES FORÊTS

mince pile de photocopies de photocopies. J'ai plié la première de la pile et l'ai glissée dans la poche de mon blazer. Comme ça, juste histoire de.

Contrairement aux idées reçues, les petits caïds ~~ne sont que des lâches.~~

~~Leur nature revêt des apparences très diverses.~~ Observez bien celui auquel vous avez affaire. ~~Consignez un maximum de renseignements.~~

~~Fuir devant une bataille perdue d'avance n'est pas~~ un acte de lâcheté.

Rêver de sécurité ou de popularité rend faible et vulnérable.

Qu'est-ce qui est pire : le mépris dont écopent ~~les délateurs ? Ou bien le calvaire que subissent~~ les victimes ?

La brute a peut-être été forgée par une brutalité que vous ne pouvez pas maîtriser.

Que la ruse soit votre alliée.

Le respect gagné à force d'intégrité ne peut vous être repris sans votre propre consentement.

~~Ne riez pas de ce qui ne vous fait pas rire.~~

Ne soutenez pas un point de vue auquel vous n'adhérez pas.

L'être indépendant vient en aide à ses semblables.

L'adolescence meurt à sa quatrième année. Votre vie, ~~elle, dure quatre-vingts ans.~~

« À la recherche d'une aiguille dans l'océan ? » – La tête de M. Dunwoody était apparue en haut de sa cloison de séparation. – « Comme on dit en Asie. Au lieu de "dans une botte de foin". » Je croyais qu'il m'avait vu piquer la feuille. « Pardon, monsieur ?
– Que ne donné-je de la confiture à un cochon ! Et ce sifflet sur le bureau ? »
J'ai montré le sifflet à M. Dunwoody. « Je viens de le trouver, monsieur...
– Que ne tu t'attardasses ? Avec la vélocité d'un singe ailé, porte-le donc incessamment à qui le possède de plein droit. Ouste ! »

Les sixièmes jouaient au jeu des marrons [1] dans la queue pour le bus de Black Swan Green. Quand j'étais dans la classe de Mlle Throckmorton, j'étais super-bon au jeu des marrons. Mais maintenant, en quatrième, on ne peut plus y jouer : c'est pour les bébés. Maintenant, il n'y en a plus que pour les parties musclées de balle aux priso'. Mais bon, au moins, ce jeu des marrons faisait quelque chose à regarder. Avec Wilcox, ceux qui parlaient à Jason-le-minable-petit-bègue prenaient des risques. Quand M. Kempsey a eu fini de faire monter les élèves de Birtsmorton dans leur bus, il a donné un coup de sifflet pour indiquer à ceux de Black Swan Green d'en faire autant. Je me demande s'il avait cherché à ce que je prenne cette feuille. Quand on finit par se dire que M. Kempsey est réglo, il fait le salaud, et quand on finit par se dire que c'est un salaud, il se montre réglo.

La troisième rangée du bus, c'est une place pour les filles, pas pour les quatrièmes, mais s'asseoir à l'arrière près de la bande

---

1. Jeu qui se pratique avec des marrons : le teneur tient une ficelle au bout de laquelle est suspendu un marron. À l'aide d'un système identique, le frappeur doit frapper le marron de l'adversaire et tenter de le casser. Au bout de trois frappes successives, le teneur devient à son tour le frappeur.

à Wilcox, c'était se jeter dans la gueule du loup. Les élèves de grade intermédiaire ont défilé devant le siège vide à côté de moi. Robin South, Gavin Coley, Lee Biggs ne m'ont même pas regardé. Oswald Wyre m'a lancé un « Minable ! ». Avec la brume, les élèves attroupés à l'autre bout de la cour, près du hangar à vélos, se sont transformés en ombres chinoises.

« La vache ! » Dean Moran s'est assis à côté de moi. « Quelle journée !

– Ça va, Dean ? » Je me sentais tellement misérable d'être à ce point content qu'il s'asseye là.

« Tu sais quoi, Jace ? Murcot, là, c'est un fou ! En atelier menuiserie, juste là, un avion est passé au-dessus de nous, eh ben devine ce que Murcot a hurlé. "Ventre à terre, les gars ! Les Boches attaquent !" Je te jure, il a fallu qu'on se mette à quatre pattes, et tout ! Tu crois qu'il devient gaga ?

– Peut-être. »

Norman Bates, le chauffeur, a démarré le moteur et notre bus est parti. Dawn Madden, Andrea Bozard et d'autres filles ont commencé à chanter « Le Lion est mort ce soir ». Quand le bus est arrivé à Welland Cross, le brouillard s'était épaissi.

« Je voulais t'inviter chez moi ce samedi, a dit Moran. Mon père a acheté un magnétoscope à un type dans un pub à Tewkesbury. »

Malgré mes problèmes, j'étais impressionné. « VHS ou Betamax ?

– Betamax, bien sûr ! Le VHS est en voie d'extinction. Le souci, c'est que, quand on l'a sorti de sa boîte hier, il manquait la moitié des composants.

– Qu'est-ce que ton père a fait ?

– Il a pris sa voiture et il est reparti à Tewkesbury, histoire de s'expliquer avec le type qui lui a vendu le truc. Le problème, c'est que le type avait disparu.

– Personne n'a pu l'aider, au pub ?

– Non. Il n'y avait plus de pub. Disparu aussi.

LE MINABLE

– Disparu ? Comment tu veux qu'un pub disparaisse ?
– Un écriteau sur la vitrine. "Fermeture définitive". Des cadenas sur la porte et les fenêtres. Un panneau À VENDRE. C'est comme ça que ça disparaît, un pub.
– La vache. »
Des caravanes étaient garées sur l'aire de stationnement devant Danemoor Farm, malgré le gros tas de graviers laissé là pour dissuader les gitans de s'installer. Ils n'étaient pas là ce matin. Mais ce matin appartenait à une autre ère.
« Viens quand même samedi, si tu veux. Ma mère te fera à manger. On va bien se marrer. »
Il fallait passer le mardi, le mercredi, le jeudi et le vendredi, avant. « Merci. »

Ross Wilcox et sa bande étaient sortis du bus les premiers, sans même m'adresser un regard. J'ai traversé la place du village en me disant que le pire de cette journée de merde était derrière moi.
« Où est-ce que tu crois aller comme ça, Minable ? » Ross Wilcox était sous le chêne avec Gary Drake, Ant Little, Wayne Nashend et Darren Croome. Ils auraient adoré que je me casse en courant. Eh bien non. La Terre s'était réduite à une bulle de cinq enjambées de large.
« Chez moi », j'ai répondu.
Wilcox a mollardé. « T-t-t-tu ne veux p-p-p-p-pas p-p-parler avec nous ?
– Non merci.
– Eh ben tu vas pas y retourner, dans ta petite maison de tapette de merde de Kingfisher Meadows, espèce de petit minable de connard de tapette. »
J'ai laissé Wilcox jouer le prochain coup.
Il n'a rien fait. L'attaque est venue de derrière. Wayne Nashend m'a fait une prise de catch à la nuque. Mon sac Adidas m'a été arraché des mains. Ça ne servait à rien de crier : « Hé, c'est mon

sac ! » On savait tout ça. Le plus important, c'était de ne pas pleurer.

« Où il est, ton duvet, Taylor ? » Ant Little inspectait ma lèvre supérieure. « T'en as plus.

– Je l'ai rasé.

– "Je l'ai rasé", m'a imité Gary Drake. Tu crois que ça nous impressionne ?

– Il y a une blague qui tourne en ce moment, Taylor, a dit Wilcox. Tu l'as entendue ? C'est : "Vous connaissez Jason Taylor ?

– N-n-n-non, a répondu Gary Drake. Mais j'ai marché d-d-dedans une f-f-fois !"

– Tout le monde se fout de ta gueule, Taylor, a fait Ant Little en crachant. Tout le monde, petit connard de merde !

– Tu vas au ciné avec ta maman ! a dit Gary Drake. Tu ne mérites même pas de vivre. On devrait te pendre à cet arbre.

– Dis quelque chose, allez, a fait Ross Wilcox en s'approchant tout près de moi. Minable.

– Tu as très mauvaise haleine, Ross.

– Quoi ? » Le visage de Wilcox s'ourlait comme un trou du cul. « QUOI ? »

Moi aussi, j'étais choqué. Mais plus possible de reculer. « Je ne cherche pas à t'insulter, je te jure. Mais tu pues de la gueule. On dirait un sachet de jambon. Personne n'ose te le dire parce que les autres ont peur de toi. Mais tu devrais te laver les dents plus souvent ou alors manger des bonbons à la menthe, parce que, à ce niveau-là, c'est grave. »

Wilcox a laissé s'écouler quelques secondes.

Une cinglante double baffe m'a écrabouillé la mâchoire.

« Oh, et tu dis que tu n'as pas peur de moi ? »

La douleur, ça aide à rester concentré. « Ça doit être l'halitose. Le pharmacien d'Upton pourrait te trouver un remède, si c'est ça.

– Je pourrais te défoncer la gueule, espèce de connard sans couilles !

– Ouais, je sais. Tous les cinq.
– Nan, moi tout seul, putain !
– Je n'en doute pas. Je t'ai vu te battre contre Grant Burch, tu te souviens ? »
Le bus était encore arrêté devant le Black Swan. De temps en temps, Norman Bates donne un paquet à Isaac Pye et Isaac Pye donne à Norman Bates une enveloppe marron. Oh, je ne m'attendais pas à ce qu'ils me viennent en aide.
« Ce petit minable de mongol à la con » – à chaque mot, Ross Wilcox me martelait la cage thoracique avec son index – « mérite un GRUNDY ! » Un grundy, c'est quand plusieurs gars vous soulèvent bien haut par le slip en vous secouant. Vos pieds ne touchent plus le sol et l'entrejambe de votre slip vous rentre dans la raie du cul, et ça vous écrase les couilles et la bite.
J'ai donc eu droit à un grundy.
Mais un grundy, ce n'est drôle que si la victime crie et se débat. Je m'appuyais sur la tête d'Ant Little et j'ai à peu près réussi à tenir le coup. Un grundy, ça humilie plus que ça ne fait mal. Ceux qui s'en prenaient à moi faisaient semblant de trouver ça drôle, mais en fait, ç'a été laborieux et pas très concluant. Wilcox et Nashend me faisaient faire du trampoline. Mon slip me brûlait l'entrejambe, faute de me couper en deux. Ils m'ont laissé tomber sur l'herbe détrempée.
« Ça, promettait Ross Wilcox, haletant, c'est que le début.
– Hé, minaaaable ! a chanté Gary Drake, dans la brume, devant le Black Swan. Il est où, ton sac ?
– Mais ouais. » Wayne Nashend m'a donné un coup de pied au cul pendant que je me relevais. « Vaudrait mieux que tu le trouves. »
J'ai clopiné jusqu'à Gary Drake, j'avais super-mal au coccyx.
Le moteur du bus scolaire s'est réveillé. Il passait la première.
Un rictus sadique aux lèvres, Gary Drake a balancé mon sac.
C'est là que j'ai compris ce qui se passait, et je me suis mis à courir.

Décrivant un parfait arc de cercle, mon sac Adidas a atterri sur le toit du bus.

Le bus est parti d'un coup en direction du carrefour, devant l'épicerie de M. Rhydd.

J'ai dévié ma trajectoire et foncé à travers les herbes hautes et trempées, en priant de toutes mes forces pour que le sac glisse du toit.

Les rires détonaient derrière moi, *ta-ta-ta-ta-ta-ta*, comme des mitrailleuses.

Un demi-penny de chance a roulé jusqu'à moi. Une moissonneuse-batteuse ralentissait la circulation au niveau de Malvern Wells. J'ai réussi à rattraper le bus qui attendait au carrefour devant l'épicerie de M. Rhydd.

« Nom de Dieu, a grogné Norman Bates au moment où la porte s'est ouverte. À quoi est-ce que tu joues ?

– Des gars » – j'avais le souffle coupé – « ont balancé mon sac sur le toit. »

Les élèves restés dans le bus se sont agités, tout excités.

« Le toit ? Quel toit ?

– Le toit de votre bus. »

Norman Bates m'a lancé un de ces regards, comme si j'avais chié dans son sandwich. Mais il a sauté du bus en manquant de me renverser ; il est parti à l'arrière, a grimpé à l'échelle, attrapé mon sac Adidas, me l'a balancé, puis est redescendu. « C'est des branleurs, tes copains, lapin.

– Ce ne sont pas mes copains.

– Alors pourquoi tu te laisses faire ?

– Je ne me laisse pas faire. Ils sont cinq. Dix. Plus, même. »

Norman Bates a reniflé. « Mais un seul gros con en chef, hein ?

– Un ou deux.

– Un seul, ça ira. Ce qu'il te faut, c'est un de ces petits bijoux. »

Un couteau Bowie fait pour tuer a tout d'un coup virevolté devant mes yeux. « Approche-toi discrètement du gros con » – la voix de Norman Bates s'est radoucie – « et coupe-lui les tendons. Zip, zip, chatouille-le là, derrière. S'il cherche encore à t'emmerder après ça, t'auras qu'à crever les pneus de son fauteuil roulant. » Le couteau de Norman Bates s'est volatilisé. « Les surplus de l'armée de terre et de la marine. Comme façon de claquer un billet de dix, y a pas mieux.

– Mais si je coupe les tendons à Wilcox, on m'enverra en maison de redressement.

– Eh, mais réveille-toi, lapin, bordel ! La vie, c'est une maison de redressement ! »

Le rémouleur

L'automne est champignonneux, les baies sont pourries, les feuilles rouillent, des V d'oiseaux migrateurs traversent le ciel, les soirées sont brumeuses, les nuits sont froides. L'automne est presque mort. Je n'avais même pas remarqué qu'il était malade.

« C'est moi ! » À chaque fois que je rentre l'après-midi, c'est ce que je crie, au cas où maman ou papa seraient revenus plus tôt de Cheltenham, d'Oxford ou de je ne sais où encore.

De toute façon, je n'ai jamais de réponse.

La maison est vachement plus vide sans Julia. Maman l'a conduite à Édimbourg il y a deux semaines, pendant le week-end (Julia a eu son permis. Du premier coup, bien entendu). Elle a passé la deuxième partie de l'été dans la famille d'Ewan dans les Norfolk Broads, alors on pourrait croire que j'ai eu le temps de m'habituer à la plus-de-sœur-itude. Mais ce ne sont pas que les personnes qui remplissent une maison, ce sont leurs *Je reviens tout à l'heure !*, leurs brosses à dents et les bonnets et les manteaux qu'ils-ne-mettent-pas-en-ce-moment, toutes leurs affaires. Je n'arrive pas à croire que ma sœur me manque autant, mais pourtant, c'est la réalité. Maman et Julia sont parties tôt le matin, parce que l'Écosse est à une journée de voiture. Papa et moi leur avons fait au revoir de la main. La Datsun de maman s'est engagée sur la route de Kingfisher Meadows, puis s'est immobilisée. Julia est sortie, a ouvert le coffre, a fureté dans la boîte où elle avait rangé ses disques et a remonté l'allée en courant. Elle m'a fourré son album *Abbey Road* dans les mains. « Tu me le gardes celui-là, Jace ? En cité universitaire, il risque de s'abîmer. » Elle m'a serré dans ses bras.

Je sentais encore la laque de Julia, même après le départ de la voiture.

La Cocotte-minute était posée sur la cuisinière, elle laissait échapper des odeurs de ragoût. (Maman met la cocotte sur le feu le matin pour que ça cuise toute la journée.) Je me suis fait un jus de pamplemousse et me suis risqué à prendre le dernier biscuit Penguin parce qu'il n'y avait rien d'autre dans la boîte en fer à part des Ginger Nuts et des Lemon Puffs. Je suis monté pour retirer mon uniforme et me changer. Dans ma chambre, j'ai découvert la première surprise sur les trois qui m'attendaient.

Une télé. Posée sur mon bureau. Elle n'était pas là ce matin. TÉLÉVISION PORTATIVE NOIR ET BLANC FERGUSON, indiquait une petite plaque. FABRIQUÉE EN ANGLETERRE. (Papa dit que si on n'achète pas des produits britanniques, tous les emplois iront aux Européens). Elle étincelait et sentait le neuf. Une enveloppe qui m'était adressée reposait contre la télé. (Papa avait écrit mon nom au crayon 2H, histoire de pouvoir réutiliser l'enveloppe). À l'intérieur, il y avait une fiche en bristol et un message écrit au Bic vert.

> Jason,
> J'ai réglé les 4 chaînes,
> il te suffit de l'allumer
> en appuyant sur le bouton
> ON.
>   Papa

LE RÉMOULEUR

Pourquoi ? J'étais content, bien sûr. Dans notre classe, seuls Clive Pike et Neal Brose ont la télé dans leur chambre. Mais pourquoi maintenant ? Mon anniversaire, ce n'est pas avant janvier. Papa ne m'offre jamais des trucs de ce genre comme ça, sans raison.

J'ai allumé la télé, je me suis allongé sur le lit et j'ai regardé *Les Sentinelles de l'espace* et *Take Hart*[1]. Regarder la télé sur son lit, ça ne devrait pas faire bizarre, mais pourtant ça l'est. C'est comme manger de la soupe de queue de bœuf dans son bain.

La télé a un peu effacé les soucis de l'école. Dean était malade aujourd'hui, alors la place à côté de moi dans le bus était vide. Ross Wilcox l'a prise, en faisant semblant d'être copain-copain avec moi, histoire de bien me faire comprendre le contraire. Il tenait absolument à ce que je sorte ma trousse. « S'il-t-t-t-te-p-p-p-p-plaît, p-p-p-rête-moi ton rapport-t-t-eur, T-t-t-taylor, je te jure, il faut que je f-f-f-fasse mes d-d-d-devoirs. » (Je ne bégaie pas autant que ça. Mme de Roo dit qu'on avance très bien.) « Tu as un t-t-t-taille-c-c-c-crayon, T-t-t-taylor ?

– Non, je lui répétais, sur le ton neutre de l'ennui. Non. » L'autre jour il a réussi à prendre la trousse de Floyd Chaceley en cours de maths et il l'a vidée par la fenêtre, dans la cour d'entrée.

« Comment ça n-n-non ? Comment tu f-f-f-fais quand tes c-c-c-crayons sont mal t-t-t-taillés ? » Il enchaîne les questions pour vous taper sur les nerfs, c'est ça la méthode Wilcox. Si vous répondez, il déforme votre réponse pour donner l'impression que seul un pauvre con peut dire ce que vous avez dit. Si vous ne répondez pas, c'est que vous acceptez qu'il vous chambre. « Et-et-et- les f-f-f-filles, T-t-t-taylor, elles trouvent ça s-s-s-sexy, ton b-b-b-bégaiement ? » Oswald Wyre et Ant Little riaient comme des hyènes, comme si leur maître était à lui tout seul les six Monty Python réunis en caïd comique. La force de Wilcox, c'est de vous faire croire que ce n'est pas lui qui parle mais les autres, qui disent à travers lui

---

1. Émission artistique pour enfants animée par Tony Hart.

ce qu'ils pensent de vous. « Ça doit p-p-p-pétiller dans leur c-c-c-ca-ca-co-co-cu-cu-culotte, je p-p-parie ! »

Deux rangs devant, le Foireux a soudain vomi le tube géant de Smarties qu'il avait dû engloutir pour gagner le droit de faire une partie de Space Invaders sur la calculette d'Ant Little. La marée de vomi multicolore qui remontait dans le couloir central a suffi pour détourner l'attention de Wilcox. Je suis descendu à Drugger's End, j'ai fait le tour par l'arrière de la salle municipale du village, puis franchi la Glebe, seul. Ça fait une trotte. Au-dessus de l'église Saint-Gabriel, des feux d'artifice tirés bien trop tôt lançaient des cuillères d'argent dans un ciel aussi gris qu'un Télécran. Le grand frère de quelqu'un avait dû les acheter à l'épicerie de M. Rhydd. Le venin de Wilcox faisait encore trop effet pour que j'aie envie de cueillir les dernières mûres aqueuses de 1982.

Est-ce que c'était ce même venin qui gâchait l'incroyable cadeau de papa ? Au programme de *Newsround*[1], ils parlaient du *Mary Rose*. Le *Mary Rose* était le vaisseau amiral de Henry VIII ; il avait coulé au cours d'une tempête il y a quatre siècles. Ils l'ont récemment remonté du fond de la mer. Toute l'Angleterre a suivi l'événement. Mais les grues ont ramené des membrures boueuses et dégoulinantes qui ressemblaient à des crottes et ne rappelaient en rien le galion fringant des tableaux. Du coup, les gens disent qu'il aurait mieux valu dépenser tout cet argent pour les hôpitaux.

La sonnette a retenti.

« Ce qu'il fait frais, a ronchonné un vieil homme coiffé d'une casquette en tweed. Ça pince, même. » Ce type, c'était la deuxième surprise de la journée. Son costume n'avait pas une couleur franche. Lui-même n'avait pas de couleur franche, en fait. J'avais mis la chaînette de porte parce que papa dit que même à Black Swan

---

1. Émission d'information destinée à la jeunesse.

LE RÉMOULEUR

Green, on n'est pas à l'abri des pervers et des fous. La chaînette a amusé le vieil homme. « Vous avez les joyaux de la Couronne planqués chez vous, c'est ça ?
– Euh… non.
– Tu sais, je ne vais pas souffler, souffler, souffler, et ta maison ne va pas s'envoler. La maîtresse de maison serait-elle là, par hasard ?
– Maman ? Non. Elle travaille à Cheltenham.
– Quel dommage. L'année dernière, j'avais transformé ses couteaux en lames de rasoir, mais j'imagine que maintenant, ils sont de nouveau émoussés. Un couteau mal aiguisé, c'est très dangereux, tu le sais ? Demande à n'importe quel docteur. » Son accent faisait comme des ricochets. « Une lame mal affûtée, ça ripe sacrément. Elle va rentrer bientôt ?
– Pas avant sept heures.
– Ah, c'est dommage. Je ne sais pas quand je repasserai dans le coin. Et si tu me rapportais ces couteaux maintenant, histoire que je les aiguise un coup, qu'est-ce que t'en dis ? Pour lui faire une surprise ? J'ai mes pierres à aiguiser et tout le matériel. »
Il a laissé tomber au sol un sac de toile tout déformé. « Ça ne devrait pas me prendre plus de quelques secondes. Ta mère sera ravie, ça, je te le garantis. Le meilleur fils du Gloucestershire, du Worcestershire et du Herefordshire réunis, elle t'appellera. »
Ça, j'en doutais. Mais je ne savais pas comment on se débarrasse des rémouleurs. Il y a une règle qui dit qu'il ne faut pas être malpoli. Lui fermer la porte au nez, ç'aurait été malpoli. Mais il y a une autre règle qui dit qu'il ne faut pas parler aux étrangers, et j'étais en train de l'enfreindre. Qu'elles se mettent d'accord entre elles, les règles. « Je n'ai que mon argent de poche, je n'ai pas assez pour…
– Je vais te faire une offre, *chavo*. J'aime bien les gars qui ont de l'allure. "Les manières font l'homme", comme on dit. Un brave

petit marchandeur, ta mère t'appellera. Dis-moi combien d'argent de poche tu as dans ta tirelire, et je te dirai combien de couteaux j'aiguiserai à ce prix.

— Désolé » — c'était de pire en pire —, « mais il faut que je demande l'autorisation à maman avant. »

En surface, le regard du rémouleur semblait amical. « Ah, ne jamais contrarier les femmes ! Bon, bon, je vais voir si je peux repasser par ici dans un jour ou deux. Mais le châtelain est peut-être là, par hasard ?

— Papa ?

— Oui, papa.

— Il ne rentrera pas avant... » Impossible de savoir, en ce moment. Il appelle souvent pour dire qu'il est coincé dans un motel au beau milieu de nulle part. « ... tard.

— Je ne sais pas s'il se fait du souci pour son allée, a dit le rémouleur en penchant un peu la tête et en inspirant, mais il devrait. Son goudron est salement craquelé, ma foi. Je parie que ce sont des petits rigolos qui l'ont coulé. L'eau de pluie finira par geler dans les craquelures en hiver, le goudron se détachera, et tu verras qu'au printemps on se croira sur la Lune ! Il faudrait décaper tout ça et couler une nouvelle couche bien comme il faut. Mon frère et moi, on fait ça comme ça » (il a claqué les doigts aussi fort que le claque-dés dans Frustration [1]), « en un rien de temps. Je peux compter sur toi pour transmettre le message à ton père ?

— D'accord.

— C'est promis ?

— Promis. Je peux prendre votre numéro de téléphone, si vous voulez.

---

1. Jeu de société. Les dés sont enfermés dans une boîte transparente que l'on actionne en la frappant sur le dessus, ce qui a pour effet d'armer puis de déclencher un ressort qui détone et fait sauter les dés.

– Le téléphone ? Moi, j'appelle ça la boîte à mensonges. La seule manière de traiter, c'est face à face. » Le rémouleur a ramassé son sac de toile et a descendu l'allée. « Tu le dis à ton père ! » Il savait que je le regardais. « Tiens bien ta promesse, bonhomme ! »

« Comme c'est généreux de sa part. » C'est ce que maman a dit quand je lui ai raconté pour la télé. Mais sa façon de le dire, ça m'a donné des frissons. Quand j'ai entendu la Rover de papa, je suis allé dans le garage le remercier. Mais, au lieu d'avoir l'air content, il a simplement marmonné, un peu gêné, non, presque comme s'il s'excusait d'un truc : « Content que ça te plaise, Jason. » C'est seulement après que maman a servi le ragoût que je me suis souvenu de la visite du rémouleur.

« Un rémouleur ? » La fourchette de papa a poussé un nerf sur le côté de l'assiette. « C'est une arnaque de gitan vieille comme le monde, ça. Je suis étonné qu'il ne t'ait pas étalé son jeu de tarots sur le porche ou qu'il n'ait pas commencé à fouiller pour récupérer de la ferraille. S'il revient, Jason, claque-lui la porte au nez. Il ne faut jamais les encourager, ces gens-là. Ils sont pires que les Témoins de Jéhovah.

– Il a dit qu'il allait peut-être bien » – et voilà que je culpabilisais d'avoir fait cette promesse – « repasser pour te parler de l'allée.

– Qu'est-ce que c'est que cette histoire d'allée ?

– Il faut refaire le goudron. D'après lui. »

La tempête s'annonçait sur le visage de papa. « Ce qui veut dire que c'est vrai, je suppose ?

– Michael, est intervenue maman, Jason ne fait que te raconter ce qui s'est dit. »

Les tendons de bœuf, ç'a a le goût de mollard tiré des profondeurs. Le seul vrai gitan que j'aie connu, c'était un garçon tout discret dans la classe de Mlle Throckmorton. J'ai oublié son nom depuis. Il devait faire l'école buissonnière assez souvent, parce que, son pupitre vide, c'était un peu la blague de l'école. Il portait un pull noir au lieu d'en avoir un vert, et une chemise grise au lieu d'une blanche, mais Mlle Throckmorton ne lui a jamais remonté les bretelles pour ça. Un camion Bedford le déposait devant la grille de l'école. Dans mon souvenir, ce camion est aussi gros que l'école. L'enfant gitan sautait de la cabine. Son père ressemblait à Giant Haystacks, le catcheur, avec ses tatouages qui serpentaient partout sur ses bras. Avec ça, plus le regard qu'il adressait à toute la cour, il était sûr que personne, pas même Pete Redmarley, ni Pluto Noak, n'allait embêter le petit gitan. Pour sa part, le gitan allait s'asseoir sous le cèdre et émettait des ondes qui disaient : *Casse-toi*. Très peu pour lui, cache-cache-vu ou la déli-délo. Une fois, il était à l'école et on faisait une partie de tèque, il a envoyé la balle par-dessus la palissade et elle est tombée dans la Glebe. Il a trottiné de base en base les mains dans les poches. Mlle Throckmorton lui a demandé d'aller plutôt compter les points, parce qu'on n'avait presque plus de balles. Mais après, quand on a regardé le score, on s'est aperçus qu'il était parti.

J'ai versé une grosse giclée de sauce barbecue dans mon ragoût.
« C'est qui, les gitans, papa ?
— Comment cela ?
— Eh ben... D'où est-ce qu'ils viennent ?
— Le terme "gitan" est dérivé d'"Égyptien".
— Alors les gitans sont africains ?
— Mais non, plus maintenant. Ils ont émigré il y a bien des siècles.
— Pourquoi les gens ne les aiment pas ?
— Comment des citoyens respectables pourraient aimer des traîne-savates qui ne versent rien à l'État et qui enfreignent les lois d'urbanisme à tout-va ?
— Il me semble, a dit maman en saupoudrant un peu de poivre, que ton jugement est un peu sévère, Michael.
— Tu ne dirais pas cela si tu avais déjà eu affaire à un gitan, Helena.

LE RÉMOULEUR

– Le rémouleur avait fait du beau travail sur nos couteaux et ciseaux, l'année dernière.

– Ne me dis pas » – la fourchette de papa s'était figée en plein trajet – « que tu connais ce type ?

– Eh bien, il se trouve qu'un rémouleur passe à Black Swan Green en octobre depuis des années. Je ne peux pas te dire sans l'avoir vu que c'est à lui que Jason a eu affaire, mais enfin, j'imagine que oui.

– Alors comme ça, tu as donné de l'argent à ce mendiant ?

– Parce que tu travailles gratuitement, Michael ? »

(Les questions ne sont pas juste des questions. Ce sont des munitions.)

Papa a bruyamment reposé ses couverts. « Tu m'as caché l'existence de cette... transaction pendant toute une année ?

– Te cacher quelque chose ? » Maman a fait un *oh* muet stratégique pour montrer sa surprise. « Tu m'accuses, *moi*, de te cacher quelque chose ? » (Mes intestins m'ont fait mal. Papa a lancé à maman ce regard qui disait *Pas devant Jason*. En plus de me faire mal, mes intestins se sont mis à remuer.) « Si je n'ai rien dit, c'est parce que je ne voulais pas gâcher ta journée de cadre avec mes petits tracas de ménagère.

– Et de combien » – papa ne lâchait pas le morceau – « ce clochard t'a-t-il escroquée ?

– Il m'a demandé une livre, que je lui ai donnée. Pour avoir aiguisé tous nos couteaux ; du beau travail, en plus. Une livre. Un penny de plus que tes pizzas surgelées chez Groenland.

– Je n'arrive pas à croire qu'on ait réussi à te faire le coup des gentils-gitans-et-leurs chevaux-de-trait-avec-leurs-roulottes-peintes-comme-au-bon-vieux-temps. Enfin quoi, Helena. Si tu veux aiguiser tes couteaux, achète-toi un aiguisoir à la quincaillerie. Les gitans sont des arnaqueurs de première doublés de fainéants. Si tu leur donnes ça, une horde de cousins rappliquera encore jusqu'à l'an 2000 ! Aujourd'hui, ce sont des couteaux, des boules de cristal et du bitume, mais demain, ils te désosseront ta voiture, pilleront ce qu'il y a dans la cabane du jardin, et refourgueront le tout à qui veut bien. »

Leurs disputes sont rapides comme une partie d'échecs en mode blitz.

J'avais fini mon assiette. « Je peux sortir de table ? »

C'était jeudi, alors j'ai regardé *Top of the Pops* puis *Le Monde de demain* dans ma chambre. J'entendais claquer les placards de la cuisine. Je me suis passé une cassette que Julia m'avait faite avec les disques d'Ewan. Le premier morceau, c'était « Words (Between The Line of Ages) » de Neil Young. Quand Neil Young chante, on dirait qu'une grange est en train de s'effondrer, mais bon, sa musique est géniale. Un poème intitulé « Minable », et qui racontait pourquoi un enfant qui se faisait embêter se faisait embêter, a commencé à bourdonner dans ma tête. Les poèmes sont des lentilles, des miroirs et des rayons X. Je suis resté là à gribouiller un petit moment (si on fait comme si on ne les cherchait pas, les mots sortent tout seuls des fourrés) mais, comme mon stylo Bic était mort, j'ai ouvert ma trousse pour en prendre un autre.

À l'intérieur, la troisième surprise m'attendait.

C'était la tête découpée au scalpel d'une souris morte. Dents minuscules, yeux fermés, moustaches comme dans les dessins de Beatrix Potter, fourrure brunâtre, entailles marron, colonne vertébrale qui dépasse. Odeurs d'eau de Javel, de pâté de porc en conserve et de contenu de taille-crayon.

Allez, ils avaient dû se dire, *mets-la dans la trousse à Taylor. Ça sera super-marrant.* La tête sortait sans doute de la dissection de sciences nat' avec M. Whitlock. M. Whitlock menace toujours de massacrer celui qu'il prendra à chaparder des membres de souris, mais, après une tasse de son café spécial, il a un coup de pompe et n'en a plus rien à faire de rien.

Vas-y, Taylor, sors ta trousse. C'était sûrement Ross Wilcox qui l'avait mise là. Dawn Madden devait être au courant. *S-s-s-sors ta t-t-t-TROUsse* (les yeux de Wilcox explosaient), *T-T-tay-t-t-ttt-Taylor.*

J'ai utilisé du papier-cul pour prendre la tête de souris. En bas, papa lisait le *Daily Mail* sur le canapé. Maman faisait sa comptabilité sur la table de la cuisine. «Où est-ce que tu vas comme ça?
– Dans le garage. Faire une partie de fléchettes.
– Qu'est-ce que c'est que ce mouchoir dans ta main?
– Rien. Je me suis mouché, c'est tout.» Je l'ai fourré dans la poche de mon jean. Maman était sur le point de demander à voir, mais, *ouf,* elle a changé d'avis. Caché par les ténèbres, j'ai marché à pas de velours jusqu'à la rocaille et j'ai lancé la tête de souris en direction de la Glebe. Les fourmis et les belettes la mangeront, j'imagine.

Ces gars doivent vraiment me détester.

Après une partie d'horloge, j'ai rangé mes fléchettes et suis retourné dans la maison. Papa regardait un débat à la télé où on cherchait à savoir si la Grande-Bretagne devait accepter la présence de missiles de croisière américains sur son territoire. Mme Thatcher avait dit oui, alors voilà, c'était décidé. Depuis les Malouines, personne n'ose plus lui dire non. La sonnette a retenti, ce qui est bizarre, un soir d'octobre. Papa devait croire que c'était encore le gitan. «Attends un peu que je m'en occupe», a-t-il annoncé en pliant son journal d'un coup sec. Maman a laissé échapper un minuscule *pfff* de dégoût. Je me suis glissé jusqu'à mon poste d'espionnage sur le palier, à temps pour voir papa enlever la chaînette de la porte.

«Je suis Samuel Swinyard.» (C'était le père de Gilbert Swinyard.) «C'est moi qui tiens la ferme au bout de Drugger's End. Vous avez une minute?
– Bien sûr. C'est chez vous que j'achète notre sapin de Noël. Michael Taylor. Que puis-je pour vous, monsieur Swinyard?
– Appelez-moi Sam. En fait, je récolte des signatures pour une

pétition. Vous êtes peut-être pas au courant, mais au conseil départemental de Malvern, ils veulent faire construire une aire d'accueil pour gitans, ici même, à Black Swan Green. Et pas un truc temporaire. Du définitif, plutôt.
– C'est inquiétant ce que vous m'apprenez là. Quand cela a-t-il été annoncé ?
– Justement, Michael. Ça n'a jamais été annoncé ! Ils essaient de faire passer ça discrétos, histoire que personne se rende compte de ce qui se passe avant que ce soit plié ! Ils veulent construire leur aire d'accueil du côté de Hake's Lane, près de l'incinérateur. Oh, c'est des malins, les types de Malvern. Des romanos dans leur jardin, ils en veulent pas, ça, merci bien. Un emplacement pour quarante caravanes, qu'ils préparent. Quarante, c'est ce que ces types disent, mais une fois que l'aire sera terminée, une fois que toute leur smala et d'autres parasites auront débarqué, ce sera des centaines de caravanes qu'il y aura. Ça va devenir Calcutta, ici. Vous pouvez me croire.
– Où est-ce que je signe ? » Papa a pris l'écritoire à pince et a griffonné son nom. « Eh bien en fait, un type... un de ces gitans, là... est venu frapper à la porte cet après-midi. Aux alentours de quatre heures, au moment de la journée où on a le plus de chance de trouver femmes et enfants seuls à la maison, sans personne pour les protéger.
– Alors là, ça ne me surprend pas du tout. On les a vus en train de farfouiller du côté de Wellington Gardens, aussi. Dans les vieilles baraques, il y a des tas de vieux machins à récupérer, vous comprenez, c'est ce qu'ils se disent. Si ce projet de camp aboutit, ça va être comme ça tous les jours ! Et une fois que ces gitans auront plus rien à récupérer, ils trouveront d'autres manières de se donner eux-mêmes la petite pièce, si vous voyez ce que je veux dire.
– J'espère au moins » – papa a rendu son écritoire à Samuel Swinyard – « que votre initiative suscite des réactions positives, Sam ?

LE RÉMOULEUR

– Je n'ai eu que trois refus, des types qui, à mon avis, sont eux-mêmes à moitié romanos. Le pasteur dit qu'il ne peut pas témoigner d'un esprit "parti Zan", sauf que sa femme est passée devant lui pour signer; elle a dit qu'elle n'appartenait pas au clergé, elle. Les autres... bah, ils ont signé aussi rapidement que vous, Michael. Il y aura une réunion de crise dans la salle municipale mercredi; on verra comment est-ce qu'on peut leur rabattre leur caquet, à ces connards du conseil départemental. Je peux compter sur vous?»

Pourquoi je n'ai pas dit oui? J'aurais dû dire : «Tenez, voilà mon argent de poche, aiguisez tout ce que vous pouvez s'il vous plaît, tout de suite.» Le rémouleur aurait déballé son matériel, là, sur le seuil. Ses limes, ses pierres à affûter, sa (comment ça s'appelle?) meule à pédale. Penché au-dessus de celle-ci, le visage rougeoyant et plissé comme celui d'un gobelin, un éclat brûlant et dangereux dans le regard. D'une griffe, il aurait actionné la pédale et la meule aurait tourné, accéléré, devenant de plus en plus floue; un autre coup de griffe pour rapprocher la lame lisse, doucement, encore plus près, jusqu'à ce que la pierre entre en contact avec le métal et que des étincelles de scie circulaire jaillissent, dans un bleu furieux, qu'elles dégoulinent, giclent dans la bruine couleur de Coca de cette fin de journée. J'aurais senti l'odeur du métal chaud. Je l'aurais entendu hurler, en s'aiguisant. Un par un, le rémouleur aurait travaillé les couteaux émoussés. Une par une, chaque lame serait devenue plus neuve que jamais et plus tranchante que le couteau Bowie de Norman Bates, assez acérée pour traverser les muscles, les os, les heures, la terreur, pour traverser *Ces gars doivent vraiment me détester*. Assez acérée pour saucissonner *Qu'est-ce qu'ils vont me faire demain?*.

La vache, pourquoi je n'ai pas dit oui?

Ça craint vachement, d'être vu dehors accompagné de ses parents. Mais, ce soir-là, plein d'enfants marchaient en direction de la salle municipale avec leurs parents, alors la règle ne s'appliquait pas. Les fenêtres de la salle municipale de Black Swan Green (bâtiment érigé en 1952) brillaient, jaunes comme du beurre. C'est à trois minutes à pied de Kingfisher Meadows. Pile en face de chez Mlle Throckmorton. L'école primaire me paraissait géante, à l'époque. Comment est-ce qu'on peut être sûr qu'on voit la taille réelle des choses?

La salle municipale sentait la cigarette, l'encaustique, la poussière, le chou-fleur et la peinture. Si M. et Mme Woolmere ne nous avaient pas gardé des places devant, on aurait dû se mettre debout au fond, papa et moi. La dernière fois que la salle avait été aussi pleine, c'était quand on avait joué la pièce sur la Nativité pendant la nuit de Noël, où j'avais le rôle du galopin-dépenaillé-de-Bethléem. Les yeux des spectateurs réfléchissaient la lumière des projecteurs comme les yeux des chats la nuit. À cause du Pendu, j'avais dû à moitié réinventer quelques répliques cruciales ; Mlle Throckmorton avait été dégoûtée. Mais je m'étais bien débrouillé au xylophone et sur la chanson « Blanc, Noir, Jaune ou Orange, venez tous voir Jésus dans Sa grange ». On ne bégaie pas quand on chante. Julia avait des bagues, à l'époque, on aurait dit Jaw dans *L'Espion qui m'aimait*. Elle m'avait dit que j'avais la musique dans la peau. Ce n'était pas vrai, mais c'était tellement gentil de sa part que je n'ai jamais oublié.

Bref, ce soir, la foule était déchaînée, comme si la guerre allait éclater. Avec les nappes de fumée de cigarette, les contours étaient moins nets. Il y avait M. Yew, la mère de Colette Turbot, M. et Mme Rhydd, le père et la mère de Leon Cutler, le père d'Ant Little (il est boulanger et il se bagarre en permanence avec les services d'hygiène). Ils piaillaient tous à qui mieux mieux pour couvrir le piaillement général. Le père de Grant Burch racontait que les gitans volaient des chiens pour organiser des combats, et les mangeaient ensuite pour faire disparaître les preuves. « C'est arrivé sur l'île d'Anglesey ! » La mère d'Andrea Bozard a acquiescé. « Ça arrivera ici aussi ! » Ross Wilcox était assis entre son père, le garagiste, et sa nouvelle belle-mère. Le père est une copie du fils mais en plus grand, plus osseux et avec des yeux plus rouges. La belle-mère de Wilcox n'arrêtait pas d'éternuer. J'essayais de ne pas les regarder, un peu comme quand on se retient de vomir en se répétant qu'on n'en a pas envie. Mais je ne pouvais pas m'en empêcher. Sur l'estrade, aux côtés du père de Gilbert Swinyard, il y avait Gwendolin Bendincks, la femme du pasteur, et Kit Harris, l'éducateur en maison de redressement qui habite avec ses chiens le long du chemin équestre (personne n'essaie de lui voler ses chiens, à lui). Kit Harris a une zébrure blanche sur sa chevelure brune, alors nous, on l'appelle le Putois. Notre voisin M. Castle est arrivé par le côté de la scène et a pris la dernière chaise. Il a fait un signe de tête héroïque à papa et à M. Woolmere. Papa et M. Woolmere lui ont rendu son geste. M. Woolmere a murmuré à papa : « Jamais le dernier, ce Gerry, quand il y a une bataille à mener... » Un lai de papier peint déroulé était scotché sur le devant de la table à tréteaux. Dessus, il y avait marqué CELLULE DE CRISE CONTRE LE CAMPEMENT AU VILLAGE. Les CCCC et le V étaient rouge sang. Toutes les autres lettres étaient noires.

M. Castle s'est levé et les *chut* ont commencé à faire chuter les piaillements. L'année dernière, Dean Moran, Robin South et moi, on jouait au foot, mais Moran a shooté et son ballon a atterri dans le jardin de M. et Mme Castle, et quand Moran est allé leur demander de nous le rendre, M. Castle lui a répondu qu'on avait écrasé un rosier hybride à trente-cinq livres et qu'il ne rendrait pas le ballon de Moran tant qu'on ne lui rembourserait pas son rosier ; en fait, ça voulait dire « jamais », parce que, quand on a treize ans, on n'a pas trente-cinq livres.

« Mesdames, messieurs, chers concitoyens. Vous êtes très nombreux à avoir bravé la froideur de la nuit : voilà déjà en soi une preuve du puissant ressentiment de notre communauté à l'endroit du conseil départemental que nous avons élu et qui envisage honteusement – ou plutôt éhontément – de mettre en application » – M. Castle s'est raclé la gorge – « le décret de 1968 sur les campements de caravanes en transformant notre village – qui est notre foyer à tous – en décharge destinée aux soi-disant "gens du voyage", "gitans", "bohémiens", je ne sais quel est le terme recommandé cette semaine par les gens dits de "consensus" – avec un tout petit "c". Le fait qu'aucun élu du conseil départemental ne se soit présenté ici ce soir est une preuve plus qu'accablante… » (Isaac Pye, le patron du Black Swan a crié : « Bah, on les aurait lynchés sur la grande pelouse du village, ces salauds, c'est pour ça ! » et M. Castle a souri à la manière d'un oncle plein de patience en attendant que les rires s'éteignent.) « … est une preuve plus qu'accablante de leur hypocrisie, de leur lâcheté et de l'illégitimité de leur démarche. » (Applaudissements. M. Woolmere a crié : « Bien dit, Gerry ! ») « Avant de commencer, notre comité souhaite la bienvenue à M. Hughes de la *Gazette de Malvern* » (Un type au premier rang qui tenait un calepin a fait un signe de tête.) « qui a la gentillesse de nous consacrer un peu d'espace dans un journal pourtant bien rempli. Nous savons que l'article dans lequel il relatera l'outrage perpétré par les délinquants du conseil départemental reflétera l'impartialité qui fait la réputation de son journal. » (Cela ressemblait plus à une menace qu'à un message de bienvenue.) « Bien. Les fervents défenseurs des gitans ne manqueront pas de nous rabâcher cette question : "Que reprochez-vous donc à ces gens-là ?" Voilà ce que j'aurai à leur répondre, moi : "Cela dépend. Vous avez combien de temps devant vous ? Le vagabondage. Le vol. Les problèmes d'hygiène. La tuberculose…" » Je ne me souviens plus de ce qu'il a dit après, parce que je pensais à ceci : en fait, les gens du village voulaient que les gitans soient tous des gens dégueu, histoire que cette dégueulasseté – dégueulasseté que les gitans n'ont pas – soit le révélateur de ce que les villageois sont.

« Personne ne nie que les bohémiens ont besoin d'avoir un lieu permanent où séjourner. » Les mains de Gwendolin Bendincks protégeaient son cœur. « Les bohémiens sont des pères et des mères, tout comme nous. Les bohémiens désirent ce qu'ils croient être le mieux pour leurs enfants, tout comme nous. Dieu sait que je n'ai aucun préjugé envers quiconque, si "curieuses" soient leur couleur ou leurs croyances, et je suis sûre que personne ici n'en a non plus. Nous sommes tous des chrétiens. Effectivement, sans endroit où s'implanter de manière permanente, comment les bohémiens apprendront-ils à exercer leurs responsabilités de citoyens ? Comment voudriez-vous qu'ils apprennent que seuls la loi et l'ordre sont à même de garantir à leurs enfants un avenir plus radieux que la mendicité, le maquignonnage et la petite délinquance ? Ou encore que manger des hérissons n'est tout simplement pas un geste civilisé ? » Silence dramatique (moi, je pensais aux gens qui dirigent et à cette capacité qu'ils ont de détecter ce dont les gens ont peur, à transformer ces peurs en arcs et en flèches, en mousquets, en grenades, en bombes atomiques, puis à s'en servir comme ils le veulent. C'est ça, le pouvoir). « Mais pourquoi diable les autorités constituées se sont-elles mis en tête que Black Swan Green était le lieu tout désigné pour leur "projet" ? Tel quel, notre village est une communauté équilibrée ! Avec des hordes d'étrangers – et en particulier quand celles-ci sont constituées de "familles à problèmes" – qui viendraient inonder notre école et notre centre médical, nous sombrerions dans le chaos ! Dans la misère ! Dans l'anarchie ! Non, ce campement permanent doit être établi aux environs d'une ville suffisamment grande pour absorber ce flot. Une ville pourvue d'infrastructures. Une ville comme Worcester, ou mieux, Birmingham ! Le message que nous adressons d'une seule et même voix aux conseillers départementaux de Malvern est ferme. "N'essayez pas de vous défausser de vos responsabilités sur nous. Nous ne sommes peut-être que des gens de la campagne, mais nous ne sommes pas pour autant des ploucs qui avalent n'importe quelles salades!" » Devant la foule qui s'était levée pour l'applaudir, Gwendolin Bendincks souriait comme un homme qui a froid sourit devant un grand feu de joie.

« Je suis un type patient. » Samuel Swinyard se tenait debout, les pieds écartés. « Patient et tolérant. Je suis agriculteur et fier de l'être, et les agriculteurs sont pas du genre à se monter le bourrichon pour rien. » (Une vague de murmures joyeux a jailli.) « Je dis pas que je serais contre un campement de gitans définitif si on avait affaire à des *vrais* gitans. Abe, mon père, en employait quelques-uns – des vrais, ceux-là – quand c'était le temps de la récolte. Une fois qu'ils se mettaient au boulot, ils étaient assez durs à la peine. Ils avaient la peau aussi basanée que des nègres, des dents aussi solides que des chevaux; déjà avant la grande inondation, ils venaient passer l'hiver dans les collines de Chiltern. Fallait les garder à l'œil, n'empêche. Fuyants comme le Diable, qu'ils pouvaient être. Comme pendant la guerre, quand ils se déguisaient en bonnes femmes ou se taillaient en Irlande pour échapper au débarquement de Normandie. Mais avec les vrais gitans, au moins, on savait à qui on avait affaire et à quoi s'attendre. Bon, mais si je suis devant vous ce soir, c'est parce que la plupart des énergumènes qu'on voit traîner et qui se font appeler gitans sont des filous, des fauchés, des criminels qui ne sauraient pas reconnaître un vrai gitan s'ils en avaient un qui leur sortait... » (Isaac Pye a crié: « Du cul, Sam, du cul! » et un gigantesque pet de rire a jailli du fond de la salle.) « ... du nez, Isaac Pye, du nez! Des beatniks, des hippies, des petits voyous qui se disent "gitans", histoire d'avoir droit à des allocations! Des pique-assiettes analphabètes qui cavalent après une "couverture sociale". Oh, alors comme ça, ils veulent un campement avec toilettes et chasse d'eau,

c'est ça ? Et puis des assistantes sociales qui rappliquent dès qu'ils les sonnent ? Tiens, pourquoi est-ce que je dirais pas que je suis gitan, moi aussi, comme ça, j'aurais droit à tout gratuitement, non ? C'est mieux que de travailler, comme façon de vivre. Non, parce que si, moi, l'envie me prenait de... »
L'alarme anti-incendie s'est mise à brailler.
Samuel Swinyard a froncé les sourcils d'un air agacé. Mais pas effrayé : les vraies alarmes d'incendie, ça n'existe pas, il n'y a que des exercices. On en a eu un la semaine dernière à l'école. Il a fallu sortir du cours de français de façon disciplinée et se mettre en rang dans la cour. M. Whitlock a déboulé en hurlant : « Brûlés comme des toasts ! Vous tous ! Mutilés, à vie ! » M. Carver s'est servi de ses mains comme d'un mégaphone et a crié : « Au moins, Nicholas Briar ne sera plus tout seul ! »
Mais l'alarme de la salle municipale n'en finissait plus de sonner.
Les gens autour de nous ont commencé à faire : « Ça devient ridicule ! » « Il n'y a pas un petit génie qui saurait éteindre ce machin ? » Gwendolin Bendincks a dit un truc à M. Castle, qui a mis la main derrière son oreille comme pour dire *Quoi ?*, Gwendolin Bendincks a répété. *Quoi ?* Quelques personnes se sont levées et ont regardé autour d'elles, inquiètes.
Une cinquantaine de cris ont explosé au fond. « AU FEU ! »
Tout à coup, la salle municipale n'était plus qu'un grand bidon de panique qui se renversait.
Des essaims de hurlements bouillants et de cris frits passaient au-dessus de nos têtes. Des chaises ont volé et même rebondi. « *Les gitans sont venus mettre le feu !* » Puis la lumière s'est éteinte. « *Sortez ! Sortez tous !* » Dans cette atroce noirceur, papa m'a attrapé et collé tout contre lui (la fermeture à glissière de son manteau m'arrachait le nez) comme si j'étais un bébé. On est restés coincés là, pile au milieu de la rangée. Je sentais son déodorant-de-dessous-de-bras. Une chaussure m'a éclaté le tibia. Une petite veilleuse de secours

toute vacillante s'est allumée. Grâce à cette lueur, j'ai pu voir Mme Rhydd, qui martelait l'issue de secours. « Fermé à clé ! C'est fermé à clé, nom d'un chien ! » Le père de Wilcox écartait les gens de son chemin à coup de pectoraux. « Cassez les fenêtres ! Cassez les fenêtres, bordel ! » Seul Kit Harris restait calme. Il contemplait la foule tel un ermite devant une forêt paisible. La mère de Colette Turbot a hurlé quand toutes les énormes perles de son collier se sont défaites pour rebondir et rouler sous des centaines de pieds. « Vous m'écrasez la main ! » Des rangées entières de villageois tombaient comme des quilles, dessus, devant, derrière, par-dessus. Le plus dangereux des animaux, c'est une foule sans tête.

« Tout va bien, Jason ! » Papa me serrait si fort que j'arrivais à peine à respirer. « Je te tiens ! »

Là où Dean Moran habite, ce sont deux petites maisons collées l'une à l'autre qui tombent en ruine, et c'est si vieux que les chiottes sont dehors. Dans le champ d'à côté, l'air est plus frais, alors, en général, c'est là que je vais pisser. Aujourd'hui, je suis descendu du bus à Drugger's End avec Dean, parce qu'on voulait jouer sur son ZX Spectrum 16k Sinclair. Mais, le matin, Kelly (la sœur de Dean) s'était assise sur le magnétophone, alors on ne pouvait plus charger de jeux. Kelly s'occupe du stand de bonbons en libreservice au Woolworths de Malvern, et les choses sur lesquelles Kelly s'assied ne sont plus jamais les mêmes. Alors Dean a proposé qu'on bricole son Docteur Maboul dans sa chambre. La chambre de Dean est couverte de posters de West Bromwich Albion. West Brom' n'arrête pas d'être relégué en ligue inférieure, mais Dean et son père ont toujours été supporters de cette équipe, alors c'est comme ça. Docteur Maboul, c'est ce jeu où on doit retirer les os d'un patient. Si on touche le bord avec les pincettes, le nez du patient se met à vrombir et on ne perçoit pas les honoraires de chirurgie. On a essayé de refaire le circuit électrique de Docteur

Maboul en le branchant à une grosse batterie, comme ça, si on touche les bords, on se fait électrocuter. On a tué le Docteur Maboul et le patient pour de bon, mais Dean a dit que, de toute façon, ça faisait des années qu'il n'y jouait plus. Dehors, on s'est amusés à faire un parcours de golf incroyable avec des planches, des tuyaux et des vieux fers à cheval trouvés dans le verger en friche au fond du jardin de Dean. De gros champignons vénéneux bizarroïdes avaient poussé sur une souche pourrie. Un chat gris nous regardait du haut du toit des chiottes de dehors. On avait trouvé deux clubs mais pas de balle, même en cherchant dans l'abri sans fond. N'empêche qu'on a aussi trouvé un vieux métier à tisser cassé mélangé aux ossements d'une moto. « Et si on allait jeter un petit coup d'œil dans le puits ? » a proposé Dean.

Le puits est fermé par un couvercle de poubelle sur lequel sont posées des briques ; c'est pour empêcher que Maxine, la sœur de Dean, tombe dedans. On a enlevé les briques une par une. « On entend la voix d'une fille qui se noie des fois la nuit, quand y a pas de vent et pas de lune.

– Mais ouais, c'est ça.

– Sur la tombe de ma tante ! Une petite fille s'est noyée dans ce puits. C'est à cause de ses jupons, et tout, ça l'a entraînée vers le fond avant qu'on puisse la sauver. »

Il avait donné trop de détails pour que ce soit des conneries. « C'est arrivé quand ? »

Dean a balancé la dernière brique. « Dans l'temps. »

On a regardé au fond. Nos têtes étaient enterrées sous le miroir immobile. C'était silencieux comme dans un caveau. Et il faisait frais pareil, aussi.

« C'est profond de combien ?

– Chais pas. » Le puits attrapait les mots dans son lance-pierre et relâchait son élastique pour les faire rejaillir. « Une fois, moi et Kelly, on a accroché un plomb à une ligne de pêche et on l'a descendu. Eh ben après cinquante mètres, ça descendait encore. »

Rien qu'à l'idée de tomber, mes couilles sont remontées se pelotonner l'une contre l'autre.

La froideur moite du crépuscule cernait le puits.

« Maman ! » Une petite voix de chaton nous a fait bondir en arrière. « JE NE SAIS PAS NAGER ! »

Dans mon froc. J'ai fait dans mon froc.

M. Moran était plié en quatre.

« Papa ! a grogné Dean.

– Désolé, les petits gars, je n'ai pas pu résister ! » M. Moran s'essuyait les yeux. « J'étais juste sorti planter les jonquilles pour l'année prochaine mais quand j'ai entendu de quoi vous causiez, je n'ai vraiment pas pu résister !

– Ouais, eh ben j'aurais bien voulu que tu résistes, moi ! » a fait Dean en replaçant le couvercle.

Le père de Dean nous a installé une table de ping-pong en mettant des livres en équilibre au milieu de la table de la cuisine, reliures tournées vers le haut. Nos raquettes étaient des livres Mademoiselle Coccinelle (le mien, c'était *Les Elfes et le Cordonnier* et Dean avait *Tracassin le nain*). On devait avoir l'air débiles, surtout M. Moran, qui jouait une canette de Dr Pepper à la main (le Dr Pepper, c'est comme du Rhinathiol avec des bulles). N'empêche, on a bien rigolé. C'était bien plus marrant que ma télé portative. Maxine, la petite sœur de Dean, comptait les points. Toute la famille l'appelle Mini Max. Celui qui gagnait restait. La mère de Dean est rentrée de la maison de retraite où elle travaille, sur la route de Malvern. Elle nous a regardés juste un coup, a dit : « Frank Moran » puis a allumé un feu qui sentait les cacahuètes grillées à sec. Mon père dit qu'une cheminée, ça donne plus de souci qu'autre chose, mais le père de Dean, lui, il dit en prenant une voix d'Écossais : « N'achète jamais d'cahute si y a pas d'cheminée, mon gars. » Mme Moran a attaché ses cheveux en chignon avec une aiguille à tricoter et m'a filé une raclée, 21-7, mais, au lieu de garder sa place, elle a préféré lire à voix haute un article de la *Gazette de Malvern* : DES MIETTES DE PAIN GRILLÉES SÈMENT L'ANARCHIE À LA SALLE MUNICIPALE ! « "On peut avoir de la fumée sans feu : mercredi dernier, les habitants de Black Swan Green l'ont appris à leurs dépens. Le meeting d'inauguration de la Cellule de crise contre le campement au village – organisé par des villageois opposés à la création de l'aire d'accueil pour gitans de Hakes Lane à Black Swan Green – a été interrompu par une alarme d'incendie qui a semé la panique la plus totale..." Mon Dieu, mon Dieu. » (L'article en soi n'était pas drôle, mais Mme Moran lisait en prenant un ton de journaliste de télé régionale à se pisser dessus.) « "Les pompiers se sont rués sur place pour finalement constater que l'alarme avait été déclenchée par la fumée émanant d'un grille-pain. Quatre personnes ont été blessées dans le mouvement de panique. Gerald Castle, témoin oculaire qui habite à Black Swan Green..." C'est ton voisin, je crois bien, Jason ? "... a déclaré à la *Gazette de Malvern* : 'C'est un petit miracle que personne n'en soit ressorti estropié à vie.'" Oh, désolée, je ne devrais pas rigoler. Ce n'est pas drôle du tout. Tu l'as vue toi, cette scène de panique, Jason ?

– Oui, mon père m'avait emmené avec lui. La salle municipale était pleine à craquer. Vous n'y étiez pas ? »

Ça l'a un peu refroidi, M. Moran. « Sam Swinyard est venu rôder pour que je signe, mais j'ai poliment refusé. » La conversation avait pris une mauvaise tournure. « Le niveau du débat t'a impressionné, j'imagine ?

– Les gens étaient plutôt contre ce campement.

– Bah ça, je pense bien, oui ! Les gens ne foutent jamais rien quand les syndicats pour lesquels leurs grands-pères ont donné leur vie se font anéantir par le monstre de Downing Street ! Mais par contre, s'ils sentent que la valeur marchande de leur maison

est menacée, ah ça, oui, ils prennent les armes plus rapidement que n'importe quel révolutionnaire !
– Frank. » L'intervention de Mme Moran a eu l'effet d'un frein à main.
« J'ai pas honte, moi, que Jason sache que j'ai du sang gitan dans les veines ! Mon grand-père était gitan, Jason. C'est pour ça qu'on n'y est pas allés, à cette réunion. Les gitans ne sont pas des anges, mais ce ne sont pas non plus des diables. Ni plus ni moins que les agriculteurs, les facteurs ou les propriétaires terriens. Que les gens leur foutent la paix. »
Comme je ne savais pas quoi répondre, j'ai juste fait oui de la tête.
« Bon, ce n'est pas avec ces causeries que le repas va se faire. » Mme Moran s'est levée. M. Moran a sorti son *Mots fléchés Hebdo*. Sur la couverture de *Mots fléchés Hebdo*, il y a des filles en maillot de bain, mais rien de plus chaud à l'intérieur. Maxine, Dean et moi, on a rangé les livres Mademoiselle Coccinelle et une odeur de lard et de champignons a rempli la petite cuisine. J'ai aidé Dean à mettre la table pour reculer le moment de partir. Le tiroir à couverts des Moran n'est pas divisé aussi rationnellement que le nôtre. Tout y est pêle-mêle. « Tu restes manger, Jason ? » La mère de Dean épluchait des pommes de terre. « Sa majesté Kelly m'a appelée du travail. Elle et ses collègues vont tous grignoter un morceau après le boulot : c'est l'anniversaire de quelqu'un. Alors il nous reste une assiette.
– Allez, m'a poussé le père de Dean. File un coup de bigo à ta mère.
– Non, il vaut mieux pas. » J'aurais vraiment adoré rester, mais maman fait toujours toute une histoire si je ne prévois pas d'aller manger chez les autres des semaines à l'avance. Papa joue les inspecteurs de police, lui aussi, comme si l'infraction était trop importante pour qu'il se contente de me gronder. N'empêche que lui, en ce moment, il dîne plus souvent à Oxford qu'à la maison. « Merci pour tout. »

LE RÉMOULEUR

Le crépuscule avait aspiré la brume par le sol. Les horloges devront reculer d'une heure le week-end prochain. Maman allait bientôt revenir de Cheltenham mais je n'étais pas du tout pressé de rentrer. Alors j'ai pris le chemin le plus long, celui qui passe par l'épicerie de M. Rhydd. J'aurais moins de chances de croiser Wilcox et sa bande en évitant l'entrée de Wellington Gardens, je pensais. Mais au moment où je suis passé devant le porche du cimetière de l'église Saint-Gabriel, des cris d'enfants ont jailli du jardin de Colette Turbot. Pas bon, ça.

Vraiment pas bon. Plus loin devant, il y avait Ross Wilcox en personne, Gary Drake, plus dix ou quinze autres gars. Des gars plus vieux aussi, comme Pete Redmarley ou les frères Tookey. La guerre avait éclaté. Les marrons leur servaient de balles, et les pommes sauvages et les poires décrochées par le vent constituaient l'artillerie lourde. Les stocks de munitions étaient transportés dans des sweat-shirts retournés qui faisaient office de sacs. Une balle perdue – un gland – a sifflé tout près de mon oreille. Avant, j'aurais rejoint le camp des gars les plus populaires ; mais ça, c'était avant. Le plus probable, c'était qu'au cri de «T-t-t-tous sur T-t-t-tttaylor!» les deux armées fassent feu sur moi. Si je partais en courant, une partie de chasse à courre s'organiserait dans tout le village, avec Wilcox dans le rôle du maître chasseur et moi dans celui du renard.

Alors, avant qu'on me repère, je me suis glissé dans l'abri de bus asphyxié par le lierre. Avant, les bus pour Malvern, Upton et Tewkesbury s'arrêtaient là, mais la plupart ne passent plus à cause des réductions budgétaires. Ceux qui viennent s'y rouler des patins et faire des graffitis se le sont approprié. Devant l'entrée de l'abri, les munitions rebondissaient. J'ai compris que je m'étais piégé tout seul. L'armée de Pete Redmarley battait en retraite de ce côté-ci, et la bande à Gary Drake et Ross Wilcox était lancée à ses trousses en poussant des cris de guerre. J'ai jeté un œil dehors.

Une pomme à cuire est venue exploser de façon spectaculaire sur la tête du Foireux, à trois mètres de moi. Ce n'était plus l'affaire que de quelques secondes avant que les fuyards arrivent à mon niveau et me trouvent dans ma cachette. Se faire attraper dans sa cachette, c'est pire que se faire attraper tout court.

Le Foireux a frotté son œil recouvert de pomme, puis il m'a regardé.

J'avais tellement peur qu'il me balance que j'ai mis le doigt sur mes lèvres.

La grimace du Foireux s'est changée en rictus. Il a mis le doigt sur ses lèvres.

J'ai filé comme une flèche de l'abri de bus et traversé la route de Malvern. Je n'avais pas le temps de trouver un sentier, alors je me suis contenté de sauter dans la densité feuillue. Du houx. Quelle veine. J'ai plongé sous les feuilles épineuses. Ça m'a griffé le cou et le cul, mais les griffures ne font pas aussi mal que l'humiliation. Le grand miracle, c'est que personne n'a barri mon nom. Le champ de bataille a dérivé vers moi, et a fini par arriver si près de ma cachette que j'ai pu entendre Simon Sinton marmonner un plan d'action tout seul. L'abri de bus que j'avais quitté une vingtaine de secondes plus tôt avait été réquisitionné comme bunker.

« Hé, Croome, ça fait mal, connard !

— Oh, Robin South s'est fait mal, pauvre petit chéri ! Je suis vraiment désolé !

— Allez, les gars ! On va leur montrer à qui le village appartient !

— Tuez-les ! Massacrez-les ! Qu'on les jette dans un puits ! Qu'on les enterre ! »

Les troupes de Pete Redmarley se sont rassemblées. La bataille était toujours aussi féroce mais elle s'enlisait. Les missiles et les cris de ceux qui étaient touchés épaississaient l'air. Wayne Nashend est venu chercher des munitions à quelques mètres à peine de là où je me planquais. Visiblement, la bataille déviait vers la forêt.

LE RÉMOULEUR

Ma seule solution pour m'en sortir, c'était de m'y enfoncer plus profondément.

La forêt m'invitait à la suivre à travers chaque rideau de végétation, un peu comme le sommeil. Les fougères me caressaient le front et me faisaient les poches. *Personne ne sait que tu es là*, murmuraient les arbres, qui jetaient l'ancre ici pour l'hiver. Les enfants qu'on embête se font tout petits pour éviter qu'on les remarque et qu'on les embête. Les enfants bègues se font tout petits pour éviter qu'on leur fasse dire un truc impossible. Les enfants dont les parents se disputent se font tout petits pour éviter de déclencher une nouvelle dispute. Jason Taylor, le garçon triplement petit. Même moi, je ne vois pas souvent le véritable Jason Taylor en ce moment, sauf quand j'écris un poème, ou de temps en temps dans le miroir, ou bien juste avant de m'endormir. Mais on peut l'apercevoir dans la forêt. Des branches en forme de cheville, des racines noueuses, des sentiers qui n'en sont peut-être pas, des galeries creusées par des putois ou les Romains, le lac qui gèlera en janvier, une boîte à cigares en bois clouée derrière l'oreille d'un sycomore secret où, une fois, on avait voulu construire une cabane, le silence ponctué de brindilles-à-nid qui craquent, les fougères qui sourient à pleines dents, et des tas d'endroits impossibles à trouver quand on n'est pas tout seul. Le temps des bois est plus ancien que celui des horloges ; et plus vrai, aussi. Les fantômes du Peut-Être organisent des émeutes dans les forêts, les papeteries et le désordre des étoiles. Les forêts se fichent bien des clôtures ou des frontières. Les forêts *sont* clôtures et frontières. *N'aie pas peur. On voit mieux dans le noir.* J'adorerais travailler avec les arbres. Les druides, ça n'existe plus, mais les gardes forestiers, oui. Garde forestier en France. Les arbres s'en fichent, eux, si vous n'arrivez pas à cracher vos mots.

Cette sensation d'être druide qui m'envahissait était tellement saisissante que ça m'a donné envie de chier. Alors j'ai creusé un trou à l'aide d'une pierre plate au milieu d'un bosquet d'arbustes aux feuilles biscornues. J'ai baissé mon froc et me suis accroupi. C'est super de chier dans la nature comme un homme de Cro-Magnon. On pousse, ça tombe lourdement en faisant comme un petit bruissement sur les feuilles sèches. Quand on est accroupi, la crotte sort plus doucement que quand on est aux chiottes. À l'air libre, elle sent plus la tourbe, et puis elle fume, aussi (ma seule peur, c'est qu'une grosse mouche bleue me rentre dans le trou de balle et me ponde des œufs dans le gros intestin. Après, les larves écloraient et remonteraient jusqu'à mon cerveau. Mon cousin Hugo m'a raconté que c'est ce qui est arrivé à un Américain qui s'appelle Akron Ohio). « Est-ce que je suis normal, ai-je dit tout haut rien que pour entendre ma voix, à parler tout seul dans ce bois ? » Un oiseau, qui se trouvait tellement près de moi qu'il aurait aussi bien pu être perché sur un des plis de mes oreilles, a joué comme une musique à la flûte dans un vase. J'en *tremblais*, de posséder cette chose tellement pas possédable. Si j'avais pu grimper dans cet instant, dans ce vase, et ne plus jamais, jamais, en ressortir, je n'aurais pas hésité. Mais à force d'être accroupi j'avais mal aux mollets, alors j'ai bougé. L'oiseau qu'on ne pouvait pas posséder a pris peur et a disparu dans son tunnel de brindilles et de *maintenant*.

Je venais de finir de m'essuyer avec les feuilles biscornues quand un chien énorme, grand comme un ours, un loup marron et blanc, est sorti des fougères épaisses.

J'ai bien cru que j'allais mourir.

Mais ce loup a tranquillement pris mon sac Adidas dans ses crocs puis est reparti en trottinant sur le sentier.

C'est juste un chien, a dit le Minable en tremblant, *il est parti, tout va bien, on est sain et sauf.*

Un grognement de mort venu du plus profond de moi-même

s'est élevé. Six cahiers d'exercices, y compris celui de M. Whitlock, plus trois livres de classe. Disparus! Qu'est-ce que j'allais raconter aux profs? « Je ne peux pas vous rendre mes devoirs, monsieur. Un chien me les a pris. » M. Nixon réhabiliterait l'usage du bâton rien que pour me punir de mon manque d'originalité. Avec beaucoup trop de retard, j'ai bondi pour me lancer à sa poursuite, mais le fermoir de ma ceinture à sangle s'est défait, mon pantalon est tombé, et j'ai trébuché cul par-dessus tête comme dans un film de Laurel et Hardy. J'avais des feuilles pourries dans le slip et une brindille dans le nez.

Je n'avais plus qu'à suivre le chemin qu'aurait pu prendre le chien. Je cherchais des bouts de fourrure blanche trottant à travers le bois grumeleux. Whitlock ne tarirait plus de sarcasmes. La fureur de Mme Coscombe serait aussi brûlante qu'un four. L'incrédulité de M. Inkberrow serait aussi inflexible que sa règle de tableau. *Merde, merde, merde.* Déjà que tous les gars me voyaient comme un cas désespéré, maintenant les profs allaient tous penser que je prenais de la place pour rien. « Peut-on savoir ce que tu faisais à vadrouiller dans la forêt à cette heure-là? »

Une chouette? Ici, il y avait une clairière difforme que je connaissais depuis l'époque où nous, les enfants du village, on jouait à nos jeux de guerre dans la forêt. On faisait ça assez sérieusement: il y avait des prisonniers de guerre, des cessez-le-feu, des drapeaux que l'autre camp devait nous voler (des chaussettes de foot au bout d'un bâton) et des règles de combat qui mélangeaient chat perché et judo. En tout cas, c'était plus élaboré que cette guerre de tranchées à laquelle les autres se livraient sur la route de Malvern. Quand les maréchaux choisissaient leurs hommes, j'étais tout de suite pris parce que je savais super-bien esquiver les autres et grimper aux arbres. C'était super, de jouer à la guerre. Le sport à l'école, c'est pas pareil. Le sport, ça ne vous permet pas d'être quelqu'un que vous n'êtes pas. Les jeux de guerre, c'est en voie d'extinction. Nous autres, on était les derniers. À part le lac où les gens vont promener leurs chiens, chaque saison étouffe un peu plus les sentiers de la forêt. Des tas d'accès sont coupés par les ronces ou les clôtures des agriculteurs. Les choses se densifient et se couvrent d'épines quand on ne s'en occupe pas. Ils ont peur maintenant, les gens, quand les enfants traînent dehors après la tombée de la nuit, comme on faisait avant. Carl Bridgewater, un garçon qui distribuait les journaux, a été assassiné dans le Gloucestershire il n'y a pas très longtemps. Le Gloucestershire, c'est la porte à côté. La police a découvert son cadavre dans un bois comme celui-ci.

Le fait d'avoir pensé à Carl Bridgewater, ça m'a un peu foutu les jetons. Un peu. Un assassin pourrait se débarrasser d'un cadavre dans un bois mais ce serait vraiment débile de sa part d'y attendre ses victimes. Le bois de Black Swan Green, ce n'est pas la forêt de Sherwood ou le Viêt-nam. Tout ce que j'avais à faire pour rentrer chez moi, c'était de revenir sur mes pas, ou bien d'avancer jusqu'à arriver dans un champ.

Ouais, c'est ça, sans mon sac Adidas.

Deux fois, j'ai vu un bout de fourrure blanche et je me suis dit : *C'est le chien !*

La première fois, c'était juste un bouleau. La deuxième, un sac en plastoc.

C'était peine perdue.

Le bord de l'ancienne carrière à ciel ouvert est apparu devant moi. J'avais oublié cet endroit depuis qu'on ne jouait plus à la guerre. Ce n'était pas très haut, mais bon, mieux valait ne pas tomber. Au fond, il y avait une espèce de creux triangulaire et une piste qui repartait vers Hakes Lane. Ou Pig Lane, peut-être ? J'étais surpris de constater qu'il y avait de la lumière et des voix en bas. Cinq ou six caravanes, j'ai compté, plus des camping-cars, un camion, un fourgon à chevaux, une camionnette Hillman, une moto side-car. Un groupe électrogène ronronnait. *Des gitans*, je me suis dit, *c'est forcément ça*. Au pied de l'éboulis, sous l'endroit où j'étais en surplomb, sept ou huit silhouettes étaient assises autour d'un feu plein de saletés. Il y avait des chiens, aussi.

Pas de trace de ce voleur de loup, ni de mon sac Adidas. N'empêche, il était très probable que mon sac soit ici plutôt que n'importe où ailleurs dans la forêt. Le problème : comment un garçon qui habite une grande maison équipée en double vitrage du côté de Kingfisher Meadows peut aborder des gitans pour leur dire que leurs chiens piquent les affaires des autres ?

Il le fallait bien, pourtant.

Mais comment faire ? J'étais allé à la réunion de la Cellule de Crise Contre le Campement au Village. Mais mon sac. Au moins, je me suis dit, il faudrait que j'arrive par la piste principale, histoire qu'ils ne pensent pas que je les espionnais.

« Tu vas rester là à nous espionner toute la soirée, c'est ça ? »

Si le père de Dean Moran m'avait foutu une frousse à cinq étoiles, là, c'en était une à dix. Un visage au nez cassé est apparu derrière moi dans la noirceur grumeleuse. La vache. « Non, ai-je commencé à plaider, je croyais que… » Mais je n'ai pas terminé, parce que j'avais reculé d'un pas.

Le vide.

Pierres, sol qui glisse, moi qui glisse avec, tombe et roule et tombe et (*Tu as de la chance si tu t'en tires avec une jambe cassée*, a dit mon jumeau fantôme) roule et tombe et (« Meeerde ! » et « Attention ! » et puis « ATTENTION ! » ont crié de véritables humains) roule et tombe et (comme des dés dans un gobelet) roule et tombe et (caravanes campement clavicule) *vlan* mon souffle est expulsé de mes poumons et je m'arrête net.

À quelques centimètres de moi, les chiens devenaient fous.

« DÉGAGEZ, CRÉTINS DE CLÉBARDS DE MES DEUX ! »

Des coulées de cailloux et de poussière m'ont rattrapé.
« Eh ben, a fait la voix rauque. D'où qu'il a bien pu débarquer, celui-là ? »
C'était comme à la télé quand quelqu'un se réveille à l'hôpital et que des visages flottent au-dessus de lui, mais en plus flippant parce qu'il faisait noir. J'avais mal en une vingtaine de points de mon corps. Une douleur d'éraflure, pas de fracture ; donc j'ai cru que je pourrais marcher. Mon champ de vision tournait comme une machine à laver en fin de programme. « Un gamin a dégringolé dans la carrière ! résonnaient des voix. Un gamin a dégringolé dans la carrière ! » D'autres personnes sont apparues dans la lueur du feu. Elles avaient l'air méfiantes, voire hostiles.
Un vieil homme parlait dans une autre langue.
« C'est un peu tôt pour l'enterrer, il est pas tombé d'une falaise !
– Ça va. » Des gravillons m'obstruaient la bouche. « Je vais bien. »
Quelqu'un juste à côté m'a demandé : « Tu peux te lever, garçon ? »
J'ai essayé mais le sol n'en finissait pas de tourner.
« Il a encore les guiboles qui flageolent, a tranché la voix rauque. Viens poser ton cul par là, bonhomme, près du feu. J'ai besoin d'un coup de main, quelqu'un… »
Deux bras m'ont soutenu pendant les quelques pas qui me séparaient du feu. Une mère qui portait un tablier et sa fille sont descendues d'une caravane où on regardait les infos régionales télévisées. Les deux femmes avaient l'air dures comme des marteaux. L'une tenait un bébé. Les enfants se bousculaient pour mieux me voir. Ils paraissaient plus farouches et bien plus durs que n'importe quel quatrième à mon école, même Ross Wilcox. La pluie, les rhumes, les bagarres, les caïds, rendre les devoirs à temps : ce genre de trucs ne leur faisaient pas peur, à eux.
Un adolescent taillait un machin au couteau sans me prêter attention. Son couteau, qu'il maniait avec assurance, renvoyait

la lumière du feu par éclats. Une touffe de cheveux lui cachait la moitié du visage.
L'homme à la voix rauque est devenu le rémouleur. J'étais un peu rassuré. Mais juste un peu. Lui devant chez moi, c'était une chose, mais moi qui déboulais ici, ce n'était plus pareil. « Excusez-moi pour... merci, mais il va falloir que j'y aille.
– C'est moi qui l'ai trouvé, Bax ! » Le garçon au nez cassé a dévalé la pente en glissant sur les fesses. « Mais cet imbécile est tombé tout seul ! C'est pas moi qui l'ai poussé ! N'empêche, j'aurais dû ! Il nous espionnait, c'te salopard ! »
Le rémouleur m'a regardé. « Tu n'es pas encore près de partir, *chavo*. »

« Je sais que ça » (Le Pendu a retenu « paraît ».) « a l'air bizarre, mais j'étais dans la forêt, derrière Saint-Gabriel, l'église, et je venais de m'... » (Le Pendu a retenu « asseoir ».) « me reposer un peu quand un chien » (La vache, je faisais pitié avec mon histoire.) « un chien énorme a surgi puis est reparti en cavalant avec mon sac. » (Pas la moindre trace de compassion, sur aucun visage.) « Il y avait tous mes livres et mes cahiers dedans. » (Le Pendu me forçait à contourner certains mots, comme le font les menteurs.) « Et puis j'ai suivi le chien, enfin, j'ai essayé, mais la nuit est tombée et le chemin, enfin, il y avait comme un chemin qui m'a mené jusqu'à... » J'ai montré le ciel derrière moi. « Là-haut. J'ai vu que vous étiez en bas mais je ne vous espionnais pas, je vous jure. » (Même le bébé n'avait pas l'air de me croire.) « C'est vrai, je voulais juste récupérer mon sac. »
Le type au couteau continuait à tailler son truc.
Une femme a demandé : « Qu'est-ce que tu fichais dans le bois, d'abord ?
– Je me cachais. » Il me fallait leur raconter une vérité pas très reluisante.
« Tu te cachais ? a demandé sa fille. Qui tu fuyais ? »

— Des gars. Des gars du village.
— Qu'est-ce que tu leur as fait ? » a demandé le garçon au nez cassé.
« Rien. Ils ne m'aiment pas, c'est tout.
— Et pourquoi ça ?
— Qu'est-ce que j'en sais, moi ?
— Bien sûr que tu sais ! »
Bien sûr que oui. « Je ne suis pas comme eux. C'est tout. Ça leur suffit. »
La chaleur a englué la paume de ma main ; un bâtard aux longs crocs a levé la tête et m'a regardé à l'envers.
Un homme aux cheveux gominés en arrière et qui portait des favoris a adressé un ricanement nasal à un autre homme, plus vieux. « T'aurais vu ta tronche, Bax ! Quand c'gamin a déboulé de nulle part jusqu'ici !
— Ah çà, tu l'as dit ! » Le vieil homme a jeté une canette de bière dans le feu. « Mais j'ai pas peur de le reconnaître, moi, Clem Ostler. J'ai cru que c'était un *mulo* sorti tout droit du cimetière. Ou des *gadjos* qui balançaient leur cuisinière ou leur frigo, comme quand on était du côté de Pershore. Nan, je l'ai jamais senti, moi, cet *atchin-tan*. » (Soit les gitans déforment les mots jusqu'à les rendre méconnaissables, soit ils en inventent de nouveaux.) « Et puis avec çui-là » (J'ai eu droit à un signe de tête plein de soupçon.) « qui rôde autour de nous, ça nous le prouve bien.
— Ça n'aurait pas été plus poli, a dit le rémouleur en se tournant vers moi, de venir nous demander, pour ton sac, si tu pensais qu'on l'avait ?
— Tu croyais qu'on allait t'embrocher vif et te faire rôtir, c'est ça ? » Les bras croisés de la femme étaient aussi épais que des gros câbles. « Tout le monde sait bien que nous autres, gitans, on est toujours partants pour boulotter du *gadjo*, hein ? »
J'ai haussé les épaules, l'air penaud. Le type au couteau continuait à tailler son truc.

LE RÉMOULEUR

Fumée de bois, vapeurs d'huile, odeur des corps, de cigarette, de saucisses et de haricots, odeur aigre-douce de fumier. Ces gens ont une vie plus libre que la mienne, mais la mienne est dix fois plus confortable et je vivrai sans doute plus longtemps.

« Imagine, a commencé un petit homme qui trônait au sommet d'une pile de pneus, qu'on t'aide à le trouver, ton sac. Qu'est-ce que tu nous donnerais, en échange ?

– Vous avez mon sac ? »

Le garçon au nez cassé a répliqué du tac au tac : « De quoi t'accuses mon oncle ?

– Mollo, Al, a bâillé le rémouleur. Il ne nous a pas causé de tort, que je sache. Mais c'est vrai qu'on pourrait se montrer un peu plus arrangeants s'il nous disait si la causerie de la salle municipale mercredi dernier, c'était pour c't'histoire de "campement permanent" qu'le conseil départemental cherche à construire à Hakes Lane. La moitié des gens de Black Swan Green s'étaient entassés dans cette salle comme des sardines en boîte. J'avais jamais vu ça. »

Être honnête et confesser quelque chose, c'est souvent pareil. « C'était pour ça, oui. »

Le rémouleur s'est radossé à sa chaise, comme s'il avait gagné un pari.

« T'y étais toi, hein ? » m'a demandé celui qui s'appelait Clem Ostler.

Je mettais déjà trop de temps à répondre. « Mon père m'y a emmené. Mais la réunion a été interrompue à cause…

– Alors, tu sais tout sur nous, maintenant, hein ? a fait la fille.

– Pas tant que ça. » C'était ce qu'il y avait de mieux à répondre.

« Les *gadjos* » – les yeux de Clem Ostler n'étaient plus que des fentes – « savent que d'chi sur nous. Et vos soi-disant experts, encore moins. »

Bax, le vieil homme, a acquiescé. « Ils ont mis Mercy Watts et sa famille sur un de ces "campements officiels", du côté de

Sevenoaks. Loyers, queues, listes d'attente, gardiens. Des HLM sur roues, ma parole.
— C'est ça, le pire! a dit le rémouleur en remuant le feu à l'aide d'un bâton. Ces aires, on n'en veut pas plus que vous autres. C'était au sujet de cette nouvelle loi, tout ce tintouin au village?»
Le garçon au nez cassé a dit: «C'est quoi, cette nouvelle loi, mon oncle?
— Attends que je t'explique. Si le conseil départemental n'a pas son quota de campements permanents, la loi dit qu'on peut s'installer où on veut. Mais si le quota est atteint, le conseil peut appeler les *schmitts* et nous faire dégager si on s'est pas installés sur un de leurs campements. Voilà pourquoi ils construisent ce truc, à Hakes Lane. C'est pas par gentillesse.
— Alors c'est ça que t'as appris à c'te réunion, hein? m'a dit la mère en grimaçant.
— Une fois qu'ils auront réussi à tous nous capturer, est intervenu Clem Ostler sans me laisser le temps de répondre, ils entasseront nos *chavos* dans leurs écoles pour en faire des béni-oui-oui. Et parquer tous ces romanos, tous ces sales manouches dans des maisons en brique. Pour nous faire disparaître de la surface de la Terre, comme Adolf Hitler a voulu faire. Ou plus progressivement, plus délicatement, n'empêche qu'ils se débarrasseront de nous quand même.
— L'"assimilation", c'est comme ça que les travailleurs sociaux disent, pas vrai? a dit le garçon au nez cassé en me dévisageant.
— Je...» J'ai haussé les épaules. «Je ne sais pas.
— Ça t'étonne, qu'un romano connaisse un mot aussi compliqué? Tu ne te souviens pas de moi, hein? En tout cas, je me souviens bien de toi, moi. Les *yots* n'oublient jamais un visage. On était ensemble à l'école des p'tits du village. Frogmartin, Figmortin, c'était son nom, à la maîtresse, un truc du genre. Tu bégayais déjà à l'époque, pas vrai? On jouait à un jeu, là, au pendu.»

LE RÉMOULEUR

Ma mémoire m'a passé le nom du gitan. « Alan Wall.
– C'est mon nom, le Zozo. Ne va pas l'user pour rien. »
Au moins « Zozo », c'était mieux qu'« espion ».

« Il y a un truc que je ne comprends pas, a dit la mère en allumant une cigarette, c'est que les *gadjos* nous trouvent sales alors qu'ils mettent leurs toilettes dans la même pièce où ils se lavent ! Sans compter qu'ils utilisent les mêmes cuillères, les mêmes tasses, qu'ils ne changent pas l'eau de la baignoire et qu'ils ne jettent pas leurs ordures dehors pour que la pluie et le vent nettoient tout ça, non : il faut qu'ils les gardent, leurs saletés, et les laissent pourrir dans des boîtes ! » Elle a frissonné. « Des boîtes qu'ils gardent chez eux !
– Et ils dorment avec tous leurs animaux, a dit Clem Ostler en remuant le feu. Déjà que les chiens sont sales, mais alors les chats. Les puces, la poussière, les poils… Tout ça dans le même lit. C'est pas vrai, peut-être ? Hé, le Zozo ! »
Je n'arrêtais pas de me dire que les gitans voulaient qu'on soit tous dégueu, histoire que cette dégueulasseté – dégueulasseté que nous n'avons pas – soit le révélateur de ce qu'eux sont. « Oui, c'est vrai, il y a des gens qui dorment avec leurs animaux, mais sur leurs lits, pas dedans, et bon…
– Il y a autre chose, encore. » Bax a craché dans le feu. « Les *gadjos* n'épousent pas une fille avec laquelle ils restent après ; c'est fini, ça. Ils divorcent comme ils changent de voiture, peu importe le serment qu'ils ont prêté à leur mariage de riches. » (Tous, autour du feu, clappaient et hochaient la tête en approbation, sauf le gars au couteau. J'ai alors pensé qu'il était sourd ou bien muet.) « Comme le boucher de Worcester qui a divorcé de Becky Smith quand elle est devenue trop boulotte.
– Les *gadjos* monteraient n'importe quoi, mariés ou pas, vivants ou morts, a poursuivi Clem Ostler. Des chiens en rut. N'importe où, n'importe quand, dans les voitures, dans les ruelles, dans

les bennes, n'importe où, je vous dis ! Et après, ils nous traitent d'"asociaux". »

Tout le monde a choisi cet instant-là pour me regarder.

« S'il vous plaît » – je n'avais rien à perdre –, « quelqu'un aurait vu mon sac d'école ?

– Un "sac d'école", tu dis ? » Le roi des pneus cherchait à me taquiner. « Un "sac d'école" ?

– Allez, arrête de le balader, ce pauvre garçon », a murmuré le rémouleur.

Le roi des pneus a soulevé mon sac Adidas. « Un sac comme çui-là ? » (J'ai éructé un *Oh* de soulagement.) « Suffisait de demander, le Zozo ! Les livres, ça n'a jamais appris à un homme à tchatcher ni à embobiner le monde. » Un cercle de mains m'a passé le sac. *Merci*, m'a soufflé le Minable. « Merci.

– Fritz fait pas trop attention à ce qu'il ramène. » Le roi des pneus a sifflé. Le loup qui m'avait volé mon sac est sorti des ténèbres en trottinant. « Oh oui, c'est le bâtard à mon frère, hein, mon Fritz ? Et c'est moi qui te garde jusqu'à ce qu'on le laisse quitter sa chambrette de Kidderminster. Tu as des pattes de lévrier et une cervelle de colley, toi, pas vrai, mon Fritz ? Tu vas me manquer. Il suffit de laisser Fritz devant une barrière, et il te ramène un faisan ou un lièvre sans que tu aies besoin de mettre le pied derrière le panneau "Propriété privée". Hein, mon Fritz ? »

Le gars au couteau s'est levé. Tout le monde autour du feu l'a regardé.

Il m'a lancé un truc lourd. Je l'ai attrapé.

Ce truc était en caoutchouc, sans doute un bout de roue de tracteur, avant. Il l'avait sculpté et transformé en tête de la taille d'un pamplemousse. Ça faisait un peu vaudou, n'empêche que c'était étonnant. Dans une galerie comme celle de maman, on se le serait arraché, j'imagine. La tête avait d'énormes yeux globuleux. La bouche, c'était une grande entaille béante. Les narines étaient écartées comme celles d'un cheval effrayé. Si la peur était une chose et non pas une sensation, ce serait cette tête.

« Jimmy, a dit Alan Wall en observant la tête, c'est le meilleur que tu nous aies pondu. »

Jimmy a émis un petit bruit de satisfaction.

« Eh ben, quel honneur, m'a dit la femme. Jimmy n'en fait pas à tous les *gadjos* qui atterrissent dans notre campement.

– Merci, ai-je dit à Jimmy, je le garderai. »

Jimmy se cachait derrière sa touffe.

« C'est lui, ça, Jimmy ? » Clem Ostler parlait de moi. « Quand il a dégringolé ? C'est la tête qu'il avait quand il est tombé ? »

Mais Jimmy était parti derrière la caravane.

J'ai regardé le rémouleur. « Je peux y aller ? »

Le rémouleur a levé la main. « Personne ne te retient.

– Mais tu leur diras, a fait Alan Wall en désignant le village, qu'on n'est pas des voleurs, contrairement à ce qu'ils disent.

– Le gamin pourrait prêcher jusqu'à plus soif, ils ne le croiraient pas, a fait la fille. Ils n'en ont pas envie, de toute façon. »

Les gitans se sont tournés vers moi, comme si Jason Taylor était l'ambassadeur du pays des maisons de brique, des grillages et des agents immobiliers.

« Ils ont peur de vous. Ils ne comprennent pas qui vous êtes, c'est vrai. S'ils pouvaient juste… Ou bien… S'ils pouvaient venir s'asseoir ici, ce serait déjà un début. Se réchauffer autour du feu et vous écouter. Oui, ce serait un début. »

Le feu crachait de grasses étincelles en visant la lune et les pins qui bordaient la carrière.

« Tu sais ce que c'est, le feu ? » La toux du rémouleur est la toux d'un homme qui meurt. « Le feu, c'est le soleil qui se dévide d'une bûche. »

Fête foraine

« Olive's Salami », ce super morceau d'Elvis Costello and the Attractions [1], noyait tout ce que Dean me hurlait, alors moi aussi, je lui ai répondu en hurlant : « Qu'est-ce que tu dis ? » et Dean m'a répondu en hurlant encore plus : « J'entends rien de ce que tu dis ! », mais après, le forain lui a tapoté sur l'épaule pour réclamer ses dix pence. C'est là que j'ai vu un petit carré mat sur la piste éraflée, juste à côté de mon auto tamponneuse.

Ce petit carré mat, c'était un portefeuille. J'étais prêt à le donner au forain, mais il s'est ouvert en deux et a laissé apparaître une photo de Ross Wilcox et Dawn Madden. Ils posaient comme John Travolta et Olivia Newton-John sur le poster de *Grease* (au lieu d'avoir un soleil américain en fond, on voyait un ciel nuageux et le jardin d'une maison de Wellington Gardens).

Le portefeuille de Ross Wilcox était bourré de billets. Il devait y avoir au moins cinquante livres. C'était plus d'argent que je n'en avais jamais eu. L'affaire était sérieuse. J'ai coincé le portefeuille entre mes genoux et j'ai regardé autour de moi pour vérifier qu'on ne m'avait pas vu. Dean hurlait un truc à Floyd Chaceley. Aucun de ceux qui faisaient la queue ne me prêtait attention.

L'accusation a) soulignait que cet argent n'était pas le mien et

---

1. En réalité, le titre original est « Oliver's Army », déformé par Jason en « Olive's Salami ».

b) prenait en considération la panique qui envahirait Ross Wilcox quand celui-ci découvrirait qu'il avait perdu tout son argent. Pour sa part, la défense a présenté les pièces suivantes : a) la tête de la souris disséquée en classe, b) le dessin me représentant en train de manger ma bite sur le tableau et c) les sempiternels : *Alors, Minable ? Ça avance avec t-t-t-ton ort-t-t-thophoniste, Minable ?*
Quelques secondes après, le juge a rendu son verdict. J'ai fourré le portefeuille de Ross Wilcox dans ma poche. Je compterais plus tard le pactole que je venais de toucher.

Le type des autos tamponneuses a fait signe à son esclave dans la cabine, lequel a tiré sur une manette, et tous les enfants en piste ont poussé un *Enfin !*. Des étincelles ont fleuri en haut des tiges d'alimentation au moment où l'électricité a ressuscité les autos tamponneuses, et Elvis Costello s'est transformé en Spandau Ballet, et puis des oranges, des citrons et des citrons verts nous ont éblouis. Moran m'a envoyé un bon gros coup sur le côté en hurlant comme le Bouffon vert qui assomme Spiderman. J'ai tourné le volant pour lui rendre la monnaie de sa pièce, mais c'est Clive Pike que j'ai eu à la place. Clive Pike a essayé de m'avoir, et ainsi de suite pendant cinq minutes paradisiaques pleines d'embardées, de tourbillons et de carambolages. Et pile au moment où l'électricité a été coupée, accompagnée par le *Oh non, déjà ?* des enfants sur la piste, une auto tamponneuse Wonderwoman m'est rentrée dedans. « Oups. » À son volant, Holly Deblin riait. « Tu vas me le payer, je lui ai lancé. – Oh, a répondu Holly Deblin en criant, pauvre de moi. » Le portefeuille de Wilcox était collé tout contre ma cuisse. Les autos tamponneuses, c'est super, c'est vraiment super.

« Tu sais très bien pourquoi t'as plus le droit de rentrer ! » Depuis la barrière de sortie, le forain aboyait en direction de Ross Wilcox, posté derrière la barrière d'entrée. Aux côtés de Wilcox se tenait Dawn Madden, vêtue d'un jean imitation peau de serpent et d'un haut avec un col en fourrure. Elle a fripé une tablette de chewing-gum à la menthe Wrigley dans sa bouche griotte. « Alors arrête, avec tes *"Qu'est-ce que j'ai fait?"* !

– Mais il est forcément quelque part sur la piste ! » Quel beau spectacle de voir Ross Wilcox au désespoir. « Il est forcément là !

– Si tu sautes d'auto en auto, c'est sûr que des trucs vont tomber de tes poches ! Non pas que j'en aie quelque chose à foutre si tu t'électrocutes, mais je tiens à ma licence, moi !

– Mais enfin, laissez-nous juste jeter un coup d'œil ! a tenté Dawn Madden. Son père va le tuer !

– Oh, et qu'est-ce que tu crois que ça peut me faire ?

– Trente secondes ! » Wilcox était furax. « C'est tout ce que je demande !

– Et moi, je te répète que j'ai pas de temps à perdre avec les gars de ton espèce quand j'ai un business à faire tourner ! »

L'esclave du forain a laissé entrer au compte-gouttes un nouveau groupe d'enfants. Son maître a claqué le portillon et manqué les doigts de Wilcox d'un dixième de seconde. « Oups ! » Dans l'adversité, le plus dur des quatrièmes de Black Swan Green cherchait des alliés autour de lui. Il n'y avait personne qu'il connaissait. La foire de Goose attire les gens de Tewkesbury, de Malvern, de Pershore, des gens qui vivent à des kilomètres et des kilomètres à la ronde.

Dawn Madden a touché le bras de Ross Wilcox.

Wilcox a dégagé sa main et s'est retourné.

Blessée, Dawn Madden a dit un truc à Wilcox.

Wilcox a aboyé : « Si, c'est la fin du monde, grosse conne ! »

On ne parle pas comme ça à Dawn Madden. Échaudée, elle a regardé ailleurs un moment. Puis elle a donné à Wilcox un grand coup sec sur l'œil. Rien qu'à voir, Dean et moi, ça nous avait fait sursauter.

« *Ouille !* » a fait Dean, ravi.

Sous le choc, Ross Wilcox s'est ratatiné, on aurait dit.

« J't'avais prévenu, tête de con ! » Dawn Madden n'était plus que crocs, griffes et hurlements furieux. « J't'avais prévenu ! T'as plus qu'à aller te trouver une vraie grosse conne, maintenant ! »
Les doigts hésitants de Ross Wilcox se sont portés à son œil amoché.
« J'te largue ! » Dawn Madden a tourné les talons puis est partie.
Ross Wilcox a lancé un cri derrière elle : « DAWN ! », comme dans un film.
Dawn Madden s'est retournée et a envoyé à Wilcox un « Va te faire foutre ! » chargé à vingt mille volts. Puis la foule a avalé Dawn.
« C't'œil au beurre noir qu'il va se taper, l'autre ! » a fait remarquer Dean.
Wilcox nous a regardés, et son portefeuille a poussé des cris pour que son maître vienne à son secours, mais en fait Wilcox ne nous avait même pas vus. Il a couru comme un dératé après son ex-copine sur quelques mètres. Il s'est arrêté. S'est tourné. S'est touché l'œil, pour voir s'il saignait, j'imagine. Il s'est retourné. Puis un trou noir qui s'était formé entre le Dôme Gravitation Zéro du Capitaine Extatik et le stand Schtroumpfs-à-gagner a aspiré Ross Wilcox.
« Oh, ça me fend le cœur, a joyeusement soupiré Dean. Sincèrement. Bon, on va chercher Kelly ? Je lui ai promis qu'on garderait un peu Maxine. »

Quand je suis passé devant le stand FAITES-MOINS-DE-20-EN-TROIS-FLÉCHETTES-ET-CHOISISSEZ-VOTRE-RÉCOMPENSE !, quelqu'un m'a appelé : « Hé ! Hé, le sourdingue ! » C'était Alan Wall. « Tu te souviens de moi ? Et de mon oncle Clem ?
– Bien sûr. Qu'est-ce que tu fais là ?
– Qui fait marcher les fêtes foraines, à ton avis ?

– Les gitans ?
– C'est la famille à Mercy Watts qui possède tout ça. Ça fait des années. »

Dean était vachement impressionné.

« Je te présente Dean et sa petite sœur Maxine. »

Alan Wall s'est contenté de faire un signe de tête à Dean. Clem Ostler a solennellement remis à Maxine un moulin à vent qui brillait. Dean a dit à sa sœur : « Hé, dis merci. » Maxine s'est exécutée et a soufflé sur son moulin à vent. Alan Wall a demandé : « Alors, vous vous sentez l'âme d'un Eric Bristow[1] ?

– "Monsieur Trois-triple-20", a fait Dean, c'est comme ça qu'on m'appelle. » Il a poussé deux pièces de dix pence sur le comptoir. « Une pour moi, une pour Jace. »

Mais Clem Ostler a repoussé les pièces. « Ne refusez jamais le cadeau d'un gitan, les petits gars. Sinon, vos couilles se ratatineront. Je rigole pas. Même que, des fois, elles se décrochent. »

Dean a fait un 8 avec sa première fléchette et un dix avec la deuxième. Mais, à sa troisième, il a tout fait foirer avec un double 16. J'étais sur le point de lancer ma première fléchette quand une voix m'a arrêté dans mon élan : « Alors, on garde la petite sœur, hein ? »

Gary Drake, accompagné d'Ant Little et de Darren Croome.

Moran a comme tressailli. Maxine a comme ramolli.

Plante-leur tes fléchettes dans les yeux, m'encourageait avec insistance mon jumeau fantôme.

« Ouais. On la garde. Qu'est-ce que ça peut te foutre ? »

Gary Drake ne s'y attendait pas. (Les mots, c'est ce avec quoi on se bat ; mais ce contre quoi on se bat, c'est la peur que les mots nous inspirent.) « Bah vas-y, alors. » Gary Drake avait vite repris ses esprits. « Lance. Impressionne-nous. »

Si je lançais mes fléchettes, j'avais l'air de lui obéir. Si je ne les

---

1. Champion de fléchettes dans les années quatre-vingt.

lançais pas, j'avais l'air con. Tout ce que je pouvais faire, c'était essayer d'oublier Gary Drake. Ma stratégie consistait à viser le triple 20 avec tellement de concentration que je finirais par le rater d'un cheveu et obtenir un 1 ou un 5. J'ai eu un 5 à mon premier lancer. Rapidement, avant que Gary Drake essaie de me déconcentrer, j'ai lancé ma deuxième fléchette et j'ai fait un double 5.
À mon dernier lancer, j'ai eu un beau 1.
Clem Ostler a crié à la façon d'un forain : « Et un gagnant, un !
– Ouais, c'est ça ! s'est moqué Ant Little. Né pour gagner !
– Né pour qu'on se foute de sa gueule, ouais ! » Darren Croome s'est raclé les sinus.
« Toi et ta bande, vous avez joué cinq fois, tout à l'heure, a dit Clem Ostler à Gary Drake. Et vous avez foiré à chaque coup, je me trompe ? »
Gary Drake n'osait pas trop dire à un type qui travaillait dans une foire d'aller se faire foutre. Les lois des forains ne sont pas tout à fait les mêmes qu'ailleurs.
« Tu n'as qu'à choisir la récompense, Max, si tu veux », ai-je dit à la petite sœur de Dean.
Maxine a regardé Dean. En réponse, Dean lui a fait un signe de tête. « Puisque Jace te le dit.
– Dommage que tu ne puisses pas gagner d'amis à ce jeu, Taylor. » Gary Drake ne pouvait pas repartir sans avoir le dernier mot.
« Je n'en ai pas besoin de beaucoup.
– Pas besoin de beaucoup ? » Son ironie était aussi visqueuse que du gel pour cuvette de WC. « C'est parce que t'en as aucun.
– Si, si, ceux que j'ai me suffisent.
– Ah ouais ? ironisait Gary Drake. Comme qui par exemple, à part ce pédé de Moron ? »
Si les mots qu'on utilise sont vrais, ce sont des armes chargées.
« Personne que tu pourrais connaître.
– Ouais, T-t-taylor. » Gary Drake en était réduit à faire le

bègue. « C'est parce que t-t-t-tes amis sont dans ta t-t-t-tête, c-c-c-connard ! »

En bons soldats, Ant Little et Darren Croome ont grassement ricané.

Si je me battais avec Gary Drake, j'allais sûrement perdre.

Si je battais en retraite, je perdais aussi.

Mais parfois il arrive qu'une puissance extérieure au conflit intervienne. « Un gamin qui fait des concours de branlette express » – Alan Wall regardait Gary Drake légèrement de biais – « dans la grange de Strensham au bout du chemin équestre n'est pas vraiment le mieux placé pour traiter les autres de "pédés", tu crois pas ? »

On a tous dévisagé Gary Drake, même Maxine.

« Toi, là, je sais pas qui t'es, mais t'es plein de vent ! »

Tout maigre qu'il était, Clem Ostler gloussait comme une grosse vieille dame.

« "Plein de vent" ? » Alan Wall n'avait qu'un an de plus que nous, mais il n'aurait eu aucun mal à réduire Gary Drake en bouillie, lui. « Viens me le redire en face.

– Tu racontes n'importe quoi ! C'est pas moi qui étais dans la grange de Strensham !

– Bah oui, tiens, les *yots* racontent n'importe quoi, c'est bien connu ! » Alan Wall se tapotait les tempes. « Je vous ai vus un soir, toi et ce grand connard qui habite à Birtsmorton, il y a deux semaines, assis dans le foin, au-dessus des vaches à lait…

– On était bourrés ! C'était pour rire ! Et puis j'ai pas à écouter les conneries » – Gary Drake jetait l'éponge – « d'un romano de mes deux… »

Alan Wall a sauté par-dessus le stand. Avant même que ses pieds n'aient touché le gazon, Gary Drake avait déjà fui. « Vous êtes ses potes, vous deux ? » Alan Wall avançait vers Ant Little et Darren Croome. « Hein ? »

Ant Little et Darren Croome reculaient comme on recule devant un léopard qui accourt. « Pas vraiment…

– Le E.T. en peluche ? » Maxine se tenait sur la pointe des pieds en montrant le jouet du doigt. « Je peux avoir le E.T. en peluche ? »

« Mon père, a raconté Clem Ostler, se faisait appeler "Rex le Rouge" dans les cercles de boxe de foire. Il était pas roux, il était pas communiste, c'est juste que ça sonnait bien à ses oreilles. Rex le Rouge était le boxeur de la foire de Goose. C'était il y a plus de quarante ans, je crois bien. Les temps étaient plus durs à cette époque. Ma famille suivait le père de Mercy Watts : il organisait des foires aux alentours du val d'Evesham, dans la vallée de la Severn, et vendait ses chevaux à d'autres gitans, à des agriculteurs, des éleveurs, tout le monde. En général, il y avait un peu d'argent qui circulait pendant ces foires, et les hommes se sentaient souvent suffisamment pleins aux as pour parier sur un combat ou deux. On trouvait une grange, des guetteurs montaient la garde, histoire que les *schmitts* débarquent pas, quand on réussissait pas à leur graisser la patte, et mon père défiait tous ceux qui le voulaient bien. De ses six frères, papa était pas le plus balèze, mais c'est pour ça que les types misaient des sommes débiles, des liasses entières de *vonga* en pariant qu'ils le mettraient K-O ou qu'ils feraient couler le sang en premier. Papa ne payait pas de mine. Mais moi, je vous le dis, Rex le Rouge encaissait les coups comme un gros rocher ! Il vous filait entre les doigts, comme la fiente qui sort du cul d'une oie. Il y avait pas de gants, à l'époque, hein ! Les gars se battaient à mains nues. Mes premiers souvenirs d'enfance, c'est les combats de papa. Si ça se passait aujourd'hui, les boxeurs seraient soit des professionnels de catégorie poids lourds, soit des gars de la police antiémeute, des types du genre, mais à l'époque, c'était différent. Enfin, pendant un hiver… » (Une nouvelle vague de cris en provenance de l'attraction des Tasses volantes a noyé Clem Ostler un moment.) « Pendant un hiver, on a entendu parler de ce gigantesque salopard de Gallois. Un monstre, ce type, je plaisante pas : il faisait plus de deux mètres et venait de l'île d'Anglesey. C'était son surnom, d'ailleurs. Si vous disiez "Anglesey" cette année-là, tout le monde savait de qui vous parliez. Combat après combat, il gagnait l'Est et raflait la mise à chaque fois en explosant le crâne de ses adversaires comme des coquilles d'œufs, les gens disaient. Un forgeron du Cheshire et du nom de McMahon est carrément mort avant la fin du premier round de son combat contre Anglesey. Il y en a un, ils ont dû lui coller des plaques de fer dans le crâne, et trois ou quatre autres, ils sont montés sur le ring en pleine possession de leurs moyens et redescendus estropiés à vie. Anglesey n'arrêtait pas de raconter à tout le monde qu'il allait déglinguer Rex le Rouge à la foire de Goose, ici, à Black Swan Green. Qu'il allait le broyer, l'écorcher, le ficeler, le fumer, et le vendre aux éleveurs de cochons. Et bien sûr, quand on est rentrés à notre campement de Pig Lane, Anglesey et sa clique étaient là. Ils ne repartiraient qu'après le combat. Il y avait *vingt guinées* en jeu! Le dernier debout remporterait la mise. Autant d'argent sur un combat, on n'avait jamais vu ça, à l'époque.

– Qu'est-ce que votre père a fait? a demandé Dean.

– Les boxeurs de foire peuvent pas se défiler, et les gitans encore moins. La réputation, c'est sacré. Mes oncles ont commencé à récupérer la participation de chacun, mais papa, ça ne lui plaisait pas. Au lieu de ça, il s'est arrangé avec Anglesey pour miser tout ce qu'on possédait. Je dis bien *tout*! La roulotte – n'oubliez pas que c'est notre maison –, notre porcelaine Crown Derby, les lits, les chiens, les puces des chiens: *tout*. S'il perdait ce combat, on se retrouvait dans la dèche. Nulle part où aller, nulle part où dormir, rien à becqueter.

– Qu'est-ce qui s'est passé? ai-je demandé.

– Anglesey n'a pas pu résister à une offre pareille! Terrasser Rex le Rouge et le rincer pour de bon! La nuit du combat, la grange était pleine à craquer. Tous les gitans du Dorset et du Kent, plus la moitié de ceux du pays de Galles étaient venus. Quel combat ç'a été! Ah çà. Quel combat. Bax et nous autres, les plus anciens, on se souvient tous encore de chaque coup. Papa et Anglesey se sont réduits tous les deux en bouillie. Les clowns qu'on voit boxer à la télé, avec leurs gants, leurs toubibs et leurs arbitres, ils seraient partis en courant en voyant la correction que se filaient papa et Anglesey. Il avait des lambeaux de peau qui pendaient, papa. C'est à peine s'il arrivait à y voir. Mais moi, je vous l'dis : papa rendait coup pour coup. Le sol de la grange était plus rouge que celui d'un abattoir ! Juste à la fin du combat, les coups de poing ont cessé. C'est tout juste s'ils réussissaient à rester debout ! À la fin, papa a tangué vers Anglesey, il a levé la main gauche – la droite était broyée – et il a fait ça… » Clem Ostler a posé son index entre mes deux yeux et a poussé si doucement que je l'ai à peine senti. « Et le Gallois est tombé ! Comme un arbre, vlan ! Vous imaginez l'état dans lequel ils étaient ? Papa a raccroché pour de bon, ce soir-là. Il était bien obligé. Trop amoché. Il a pris le *vonga* et a acheté une attraction. Plus tard, il est devenu le chef de la foire de Goose ; les choses ont bien tourné pour lui. La dernière fois qu'on s'est parlé, lui et moi, c'était du côté de Chepstow, à l'hosto. Deux jours avant sa mort. Ses poumons étaient tellement infectés qu'il en crachait des morceaux. Alors j'ai demandé à papa pourquoi il avait fait ça. Pourquoi miser la roulotte de sa famille plutôt que de l'argent ? »

Dean et moi, on le regardait, on attendait la réponse.

« "Fils, si je m'étais battu rien que pour le *vonga*, rien que pour l'argent, il m'a répondu, ce salopard de Gallois m'aurait battu." Se battre pour de l'argent, ç'aurait pas suffi. Papa le savait. S'il se battait pour tout ce qu'il aimait – moi, ma mère, sa famille, notre maison –, alors seulement pour tout ça, papa aurait été capable d'encaisser la douleur. Vous comprenez, maintenant, pourquoi il avait fait ça ? Vous comprenez ce que je veux dire ? »

La marée de gens nous a repoussés, Dean et moi, devant le Black Swan, où M. Broadwas et deux vieux péquenots aux dents pourries et au rictus figé étaient perchés sur trois champignons en pierre. Dean regardait d'un œil un peu inquiet la tasse que tenait son père.

« C'est du café, fiston ! » Le père de Dean a levé sa tasse pour que Dean puisse voir. « De ma Thermos ! Ça réchauffe et ça fait du bien, par une nuit comme celle-là. » Il s'est tourné vers M. Broadwas. « Madame l'a bien éduqué.

– C'est aussi bien comme ça » – M. Broadwas parle aussi rapidement qu'une plante –, « tant pour toi que pour elle.

– Combien de temps tu comptes tenir cette fois, Frank Moran ? » Isaac Pye, qui déchargeait une caisse de bières d'une camionnette, charriait le père de Moran.

« Indéfiniment. » Il n'a pas rendu son sourire à Isaac Pye.

« Ah, les chiens font des chats, maintenant ?

– Je ne te parle pas de chiens ou de chats, Isaac Pye. Je te parle de boisson. Pour ceux qui n'ont pas de problème avec l'alcool, l'alcool n'est pas un problème. Mais pour moi, c'est une maladie. Le toubib m'a dit ce que je savais déjà. J'ai pas bu une goutte depuis avril.

– Ah ouais ? Depuis avril, ce coup-ci ?

– Ouais. » Le père de Dean a lancé un regard mauvais au patron du pub. « Depuis avril.

– Eh ben, puisque tu le dis. » Isaac Pye est passé devant lui pour entrer dans son pub. « Puisque tu le dis. Mais je te rappelle que t'as pas le droit d'amener des boissons de l'extérieur dans mon pub.

– T'inquiète pas pour ça, Isaac Pye ! criait le père de Dean, comme si plus fort il le clamait, plus vrai c'était. T'inquiète vraiment pas pour ça ! »

Les galeries aux miroirs, en général, c'est nul : il y a juste des miroirs qui vous rendent tout mince ou tout gros. Mais ces miroirs-là vous transformaient en mutants de vous-même. Des spots de lumière éclairaient et obscurcissaient la pièce. J'étais seul.

Enfin, seul comme on peut l'être dans une galerie aux miroirs. J'ai sorti le portefeuille de Wilcox pour compter l'argent qu'il y avait, mais j'ai changé d'avis et décidé d'attendre d'être dans un endroit plus sûr. « Maxine ? ai-je appelé. Tu es là ? »

J'allais partir pour continuer à la chercher, mais au moment où j'ai bougé, un indigène africain dont le cou de girafe était cerclé de fer a émergé devant moi depuis les profondeurs du premier miroir. Ses oreilles flasques dégoulinaient. C'était comme dans un rêve. *Est-ce qu'une personne peut se changer en une autre personne ?* a demandé l'indigène.

« Tu as raison. C'est ça, la question. »

J'ai cru entendre des bruits de pas traînants.

« Maxine ? Sors de ta cachette, Maxine, c'est pas marrant ! »

Dans le deuxième miroir, il y avait un cube gélatineux. Un gros visage sans corps, à part à chaque coin, où des espèces de brindilles faisaient office de membres. En gonflant mes joues, la chose a doublé de taille. *Non*, a répondu le cube. *Tu ne peux changer que des caractéristiques superficielles. Ton Toi-intérieur reste forcément inchangé si tu veux modifier ton Toi-extérieur. Pour modifier ton Toi-intérieur, il faudra que ton Toi-intérieur dispose lui-même d'un Toi-intérieur, qui aura lui-même besoin d'un Toi-intérieur s'il veut pouvoir se modifier, et ainsi de suite. Tu me suis ?*

« Oui, je te suis. »

Un oiseau invisible m'a frôlé l'oreille.

« Maxine ? Maxine, c'est pas drôle. »

Dans le troisième miroir se tenait le Minable. Ma taille et mes jambes fusionnaient en une sorte de queue. Mon torse et ma tête formaient une grosse boule luisante. *Ne les écoute pas. Ross Wilcox, Gary Drake et Neal Brose nous embêtent parce que tu ne te fonds pas dans la masse. Si tu avais la coupe de cheveux et les vêtements qu'il faut, si tu parlais comme il faut et si tu traînais avec qui il faut, tout roulerait. Être populaire, c'est savoir suivre la météo.*

« Je me suis toujours demandé à quoi tu ressemblais. »

Le quatrième miroir montrait Jason-Taylor-sens-dessus-dessous. *Qu'est-ce que le Minable t'a apporté de bon ?* Dans la classe de Mlle Throckmorton, j'imaginais que les gens dans l'hémisphère Sud marchaient comme ça. Un petit mouvement de la jambe, et je bougeais le bras dans le miroir. Un petit geste du bras, et je bougeais la jambe dans le miroir. *Qu'est-ce que tu dirais d'un Toi-extérieur,* me suggérait mon Moi-sens-dessus-dessous, *identique à ton Toi-intérieur ? Un Toi-unique ? Si les gens aiment bien ton Toi-unique, super. Sinon, tant pis pour eux. Ça t'entrave, Jason, de chercher à ce qu'ils approuvent ton Toi-extérieur. C'est ce qui te rend faible. C'est gonflant, à la fin.*

« C'est gonflant, ai-je accordé à mon Moi-sens-dessus-dessous. Ça, tu l'as dit, c'est gonflant.

– Nan, c'est pas gonflant, ici ! » Un E.T. en peluche m'a sauté dessus.

Dans cette galerie aux miroirs, j'ai fait l'expérience d'un arrêt cardiaque.

« C'est les zinzins qui parlent tout seuls, a dit Maxine en fronçant les sourcils. T'es zinzin, toi ? »

Kelly Moran discutait avec Debby Crombie devant le stand des pommes d'amour. Moi qui étais devenu à coup sûr l'enfant le plus riche du Gloucestershire, du Herefordshire et du Worcestershire, j'ai acheté trois pommes d'amour : une pour moi, une pour Dean et une pour Maxine. Réussir à croquer dans ces pommes blindées au caramel, ça demande une certaine technique. Sinon, on a les dents qui dérapent. Il faut frapper le caramel contre une canine, c'est la seule façon de réussir. Après, il faut enfoncer ses incisives dans la brèche pour arracher la croûte de caramel.

On dirait que Debby Crombie a un ballon de rugby sous son pull. Tout le village sait que le bébé qu'elle porte est celui de Tom Yew. « C'est un vrai extraterrestre que tu as là ? a-t-elle demandé à Maxine.

– Oui, c'est un vrai, a répondu Maxine. Il s'appelle Geoffrey.
– Geoffrey l'extraterrestre. C'est classe.
– Merci.
– J'ai une nouvelle qui va vous faire chaud au cœur, a dit Kelly en se tournant vers Dean et moi. Angela Bullock tient directement de Dawn Madden que non seulement celle-ci a largué votre super pote et tombeur de ces dames Ross Wilcox… »
Dean a gloussé. « Ouais, on les a vus s'engueuler comme des malades, tout à l'heure !
– Attends, il y a mieux encore. » Un glapissement de plaisir s'est échappé de Kelly. « Wilcox a perdu son portefeuille, ouais, et il y avait plusieurs centaines de livres à l'intérieur ! »
(Un gigantesque dragon de néon a traversé la foire de Goose et est venu mordre la poche de mon jean. Heureusement, personne ne l'a vu.)
« Plusieurs centaines de livres ? » Dean en était littéralement bouche bée. « Où est-ce qu'il l'a perdu ?
– Ici ! À l'instant ! À la foire de Goose ! Bien entendu, Diana Turbot est incapable de garder le moindre secret, alors la moitié du village est en train de fouiller partout. Quelqu'un l'a sans doute déjà trouvé. Mais qui va bien vouloir rendre tout son argent à ce sale con de Ross Wilcox ?
– La moitié des gars de Black Swan Green sont de sa bande, a répliqué Dean.
– C'est pas pour autant qu'ils l'aiment bien.
– Comment ça se fait » (ma voix chevrotait) « que Wilcox se baladait avec des centaines de livres sur lui ?
– Bah, tu vas voir un peu, si c'est pas pathétique ! Apparemment, votre copain Ross était au garage de son père après l'école quand une voiture est arrivée. Toc toc toc, bonjour, c'est le fisc. Ça fait des années que Gordon Wilcox ne paie pas ses impôts. La dernière fois que les inspecteurs sont passés, il les a chassés à coups de chalumeau, mais cette fois-ci ils étaient venus avec un flic d'Upton.

Mais bon, avant qu'ils arrivent pour fouiller son bureau, Gordon Wilcox a ouvert le coffre-fort et filé tout ce qu'il contenait à son fiston pour que l'argent disparaisse de la maison. Ni vu, ni connu. Tu parles d'une erreur! Wilcox a gardé l'argent sur lui, d'accord? Il pensait impressionner sa petite amie avec... son gros *paquet*, tu imagines un peu, hein, Debs? Peut-être qu'il pensait se servir au passage. Ou peut-être pas. Enfin, on ne saura jamais, puisque l'argent a disparu.

– Et il est où, là, Wilcox?

– D'après Angela Bullock, la dernière fois qu'on l'a vu, il était assis dans l'abri de bus, en train de fumer.

– Il doit baliser à mort, a dit Debby Crombie. Gordon Wilcox est un malade. Il est dangereux.

– Comment ça » – je n'avais jamais parlé à Debby Crombie avant ce soir-là –, « "dangereux" ?

– Bah, est intervenue Kelly, tu sais bien pourquoi la mère de Ross Wilcox est partie, non ? »

Parce qu'elle s'est rendu compte que son fils était la réincarnation du Diable? «Non. Pourquoi?

– Elle a perdu un carnet de timbres.

– Un carnet de timbres.

– Cinq timbres au tarif lent. C'est la goutte d'eau qui a fait déborder le vase. Je te promets, Jason: Gordon Wilcox l'a tellement tabassée qu'à l'hôpital ils l'ont nourrie par sonde une semaine entière.

– Mais pourquoi » – un trou noir venait de grossir – « est-ce qu'il n'a pas été en prison?

– Pas de témoin, un avocat malin qui a répété qu'elle s'était jetée toute seule dans les escaliers, et puis la femme qui est devenue folle à ce moment-là, ça n'avait pas pu mieux tomber. "La mère ne jouit pas de toutes ses capacités mentales", avait tranché le juge.

– Alors s'il fait ça pour un carnet de timbres, a dit Debby Crombie en tenant son ballon de rugby, imagine ce qu'il fera pour plusieurs centaines de livres ! Je suis d'accord, Ross Wilcox est un sale type, mais une raclée de Gordon Wilcox, personne ne peut souhaiter ça à son pire ennemi. »

Dean avait disparu devant moi dans un grand *yahooooouuuuuu-uuuu* sur le Toboggan géant d'Ali Baba. Juste au moment où j'ai fini de mettre en place ma couverture pour entamer ma descente, un feu d'artifice a éclaté dans le ciel, du côté de Welland. La Guy Fawkes Night, c'est demain, mais ils n'ont pas pu attendre, à Welland. Les tiges grimpaient dans le ciel, puis des asters d'automne s'ouvraient au ra... len... ti. Pluie d'argent, de pourpre, de phénix dorés. Des détonations crépitantes me parvenaient avec une seconde de retard... *boum... boum...* Les pétales des feux d'artifice retombaient et disparaissaient en cendres. Il n'y a eu que cinq ou six grosses charges, mais ce qu'elles étaient belles.

Je n'entendais pas de bruit de pas résonner dans l'escalier de la tour.

Toujours perché au bord du toboggan, j'ai sorti le portefeuille de Wilcox pour compter son argent. Mon argent. Ce n'était pas des billets de cinq ou de dix, mais de *vingt* livres. Des billets de vingt, je n'en avais même jamais touché. Je comptais, cinq, dix, quinze...

Trente portraits de la reine Elizabeth. Aussi pâles que les étoiles.

« SIX CENTS LIVRES », ai-je crié silencieusement.

Si jamais quelqu'un découvrait ça – quelqu'un, n'importe qui –, les choses tourneraient bien plus mal que je n'oserais l'imaginer. Il me fallait emballer les billets dans un sac de congélation, les déposer dans une boîte en plastique, et planquer le tout. Dans les bois, c'était la cachette la plus sûre. Et mieux valait balancer le portefeuille dans la Severn. La honte. Tout ce que j'ai, moi, en guise de portefeuille, c'est une espèce de porte-monnaie à fermeture éclair. J'ai respiré le portefeuille de Wilcox pour que les atomes de son portefeuille à lui se transforment en moi. Si seulement je pouvais respirer des atomes de Dawn Madden.

La foire de Goose est tout simplement magique, je me disais, assis là-haut. Elle transforme ma faiblesse en puissance. Elle transforme la grande pelouse du village en royaume du fond des mers. Des bulles de « Ghost Town », le morceau des Specials, jaillissaient de la Montagne magique; du côté des Tasses volantes, « Waterloo » d'Abba; de celui des Aérochaises, le thème de *La Panthère rose*. Le Black Swan était tellement plein à craquer que ses entrailles se déversaient dehors. Plus loin, les autres villages flottaient dans le vide, au milieu de grands champs. Hanley Castle, Blackmore End, Brotheridge Green. Le Worcester était comme une galaxie qu'on avait aplatie.

Mais le mieux dans tout ça? J'allais massacrer Wilcox. Moi. À travers son père. Pourquoi devais-je avoir mauvaise conscience? Après tout ce qu'il m'avait fait. Aucun des deux ne le saurait jamais. La vengeance parfaite. Et puis, Kelly exagère. Les pères qui battent leurs fils aussi fort, ça n'existe pas.

Des bruits de pas remontaient l'escalier de la tour. J'ai précipitamment fourré mon magot dans ma poche, me suis replacé sur la couverture qui gratte et une idée merveilleuse s'est glissée dans ma tête au moment où j'ai glissé du rebord. Avec six cents livres, on peut acheter une Omega Seamaster.

Grand Maître du Toboggan, je m'étais allongé dans les virages, ce soir-là.

« Hé, a fait Dean alors que la foule nous emportait près du Temple de la frite de Frère Tuck, c'est pas ton père, des fois! »

Impossible, j'ai pensé. N'empêche, c'était bien lui. Il avait encore son imper de Columbo et son costume de bureau sur lui. Son froncement de sourcils était comme imprimé au fer à repasser, et je me suis alors dit qu'il avait besoin de très longues vacances. Papa piquait des frites à l'aide d'une petite fourchette plate en bois dans un cornet en papier journal. Des fois, on fait des rêves où des personnes n'apparaissent pas à l'endroit où on les attend ; c'était cette impression-là que j'avais. Papa nous a repérés avant que je réussisse à comprendre pourquoi j'avais envie de l'éviter. « Saaalut, vous deux !

— Bonsoir » – un peu de nervosité dans la voix de Dean –, « monsieur Taylor. » Ils ne s'étaient pas revus depuis l'affaire Blake, en juin dernier.

« Content de te revoir, Dean. Comment va ton bras ?

— Ouais, merci. » Dean a remué le bras. « Comme sur des roulettes.

— Je suis ravi de l'entendre.

— Coucou, papa. » Je ne sais pas pourquoi, mais j'étais un peu nerveux, moi aussi. « Qu'est-ce que tu fais là ?

— Je ne savais pas que j'avais besoin de ta permission pour venir, Jason.

— Non, non, c'est pas ce que je voulais dire... »

Papa a essayé de sourire mais on aurait dit qu'il avait de la peine. « Je sais, je sais. Ce que je fais ici ? » Papa a piqué une frite et a soufflé dessus. « Eh bien, je rentrais à la maison. J'ai vu toute cette agitation. » Il y avait quelque chose de différent dans sa voix. Quelque chose de plus doux. « Difficile de rater la foire de Goose. Je me suis dit que j'allais y faire un petit tour. L'odeur m'a attiré. » Papa a remué son cornet. « Tu vois, il aura fallu attendre onze ans pour que je vienne enfin à la foire de Goose. Je me disais toujours qu'il fallait que je vous y emmène, toi et Julia, quand vous étiez petits. Mais j'avais toujours quelque chose d'important à faire qui m'en empêchait. Tellement important que je ne me souviens plus de ce que c'était.

— Au fait, maman a téléphoné de Cheltenham. Pour me dire de te dire qu'il y a de la quiche froide dans le frigo. Je t'ai laissé un mot sur la table de la cuisine.

— Voilà qui est bien gentil de ta part. Merci. » Papa regardait dans son cornet, des fois que des réponses s'y seraient trouvées. « Hé, vous avez mangé ? Dean ? Quelque chose du Temple de la frite, ça vous tente ?

– J'ai mangé un sandwich et un yaourt à la cerise noire avant de venir. » Je n'ai pas parlé de la pomme d'amour, au cas où ça ferait partie des trucs pour lesquels c'était jeter de l'argent par les fenêtres.

« J'ai mangé trois hot-dogs américains du Frère Tuck, a fait Dean en se tapotant le ventre. Je vous les recommande chaudement.

– Bien. » Papa se pressait les tempes comme s'il avait mal à la tête. « Bien. Attends un peu, j'ai un petit quelque chose à… » Papa m'a glissé deux nouvelles pièces d'une livre dans la main (une heure avant, deux livres, ç'aurait fait beaucoup. Mais maintenant, ça ne représentait plus qu'un trois centièmes de mon patrimoine).

« Merci, papa. Tu veux venir… euh… ?

– J'adorerais. Mais j'ai de la paperasse à faire, suite à celle que je viens de finir. Des projets à projeter. Des bouillottes à mettre dans les lits. Pas de repos pour les braves. C'était agréable de te revoir, Dean. Jason a une télé portative dans sa chambre, j'imagine qu'il n'a pas arrêté de t'en parler. Passe la regarder, si tu veux. Ça ne sert à rien qu'elle… enfin, tu comprends… qu'elle reste là…

– Merci beaucoup, monsieur Taylor. »

Papa a laissé tomber son cornet dans un bidon d'huile rempli d'ordures puis est parti.

Imagine, m'a averti mon jumeau fantôme, *que tu ne le revoies plus jamais.*

« Papa ! » J'ai couru jusqu'à lui et l'ai regardé droit dans les yeux. Je suis presque aussi grand que lui, tout d'un coup. « Je veux être garde forestier plus tard. » Je n'avais pas prévu de le lui annoncer. Avec papa, il y a toujours des problèmes quand on fait des projets.

« Garde forestier ?

– Ouais, quelqu'un qui s'occupe des forêts.

– Hmmm. » Il souriait presque, c'était le maximum qu'il pouvait faire. « C'est gentil de m'avoir expliqué, sans ça je n'aurais pas compris…
– Je sais, je sais. En France. Peut-être.
– Il faudra travailler dur à l'école. » Papa tirait une tête qui disait *Ç'aurait pu être pire*. « Tu devras prendre la voie scientifique.
– Eh bien je la prendrai.
– Je sais. »
Je me souviendrai toujours de la rencontre de ce soir avec papa. J'en suis certain. Il s'en souviendra, lui ? Ou bien est-ce que, pour lui, cette soirée à la foire de Goose sera juste une chose parmi les milliards d'autres qu'on oublie avoir oubliées ?
« C'est quoi, cette histoire de télé portative ? a demandé Moran.
– C'est une télé qui ne marche que si tu tiens son antenne, et donc tu es trop près pour la regarder. Tu m'attends deux secondes ? Je vais pisser dans les bois. »

À mesure que je foulais la grande pelouse du village, la foire de Goose s'éloignait en glissant vers l'horizon. Six cents livres : 6 000 Mars, 110 albums, 1 200 livres de poche, 5 VTT Raleigh Grifter, un quart d'Austin Mini, 3 consoles Atari 2600. Des vêtements qui donneraient envie à Dawn Madden de danser avec moi à la boum annuelle organisée dans la salle municipale pour Noël. Des Doc Martens et des vestes en jean. Des cravates toutes fines avec des pianos dessus. Des chemises rose saumon. Une Omega Seamaster de Ville fabriquée dans les années cinquante par des artisans suisses aux cheveux blancs comme neige.
L'ancien abri de bus n'était plus qu'une boîte toute noire.
Je te l'avais dit, m'a fait le Minable. *Il n'est pas là. Va-t'en. Tu auras essayé.*
L'obscurité sentait la cigarette. « Wilcox ?
– Va te faire foutre. » Wilcox a gratté une allumette et son visage

a flotté pendant une seconde tremblotante. Les marques sous son nez, c'était peut-être du sang essuyé.

« J'ai trouvé un truc.

– Qu'est-ce que tu crois qu'ça peut me foutre ? » Wilcox n'avait pas compris.

« Un truc qui t'appartient. »

Sa voix a fait un à-coup, comme un chien qui tire sur sa laisse.

« Quoi ? »

J'ai sorti son portefeuille et le lui ai tendu.

Wilcox a sauté sur ses pieds et me l'a arraché. « Où t'as trouvé ça ?

– Aux autos tamponneuses. »

Wilcox s'est demandé s'il devait m'égorger. « Quand ?

– Il y a deux minutes. Coincé sous le rebord de la piste.

– Si jamais tu t'es servi dedans, Taylor » – les doigts de Wilcox tremblaient quand il a saisi la liasse de billets de vingt livres –, « t'es mort, connard !

– Oh mais non, c'est rien, Ross. Mais non, mais non, et puis tu aurais fait la même chose, si ç'avait été moi, j'en suis sûr. » Ross Wilcox était trop occupé à compter ses billets pour m'écouter vraiment. « Et puis, si j'avais voulu t'en piquer, du fric, pourquoi est-ce que je viendrais te le rendre ? »

Wilcox est arrivé à trente. Il a pris une grande inspiration, puis il s'est rappelé que j'étais là, en train d'assister au spectacle de son grand soulagement. « Tu crois quoi ? Que je vais te lécher le cul, maintenant ? » Tout son visage grognait. « Que je vais te remercier ? »

Comme d'habitude, je n'ai pas su quoi lui répondre.

Pauvre gars.

Le forain qui s'occupait des Tasses volantes du Grand Silvestro a verrouillé les barres matelassées qui nous empêchaient, moi, Dean, Floyd Chaceley et Clive Pike, de nous faire éjecter jusqu'à la constellation d'Orion. «Alors c'est vous, a demandé Dean, un rien ironique, le Grand Silvestro?

– Nan. Silvestro est mort le mois dernier. Son autre attraction, les Soucoupes volantes, lui est tombée dessus. C'était dans tous les journaux locaux de Derby, l'endroit où c'est arrivé. Neuf gamins d'à peu près votre âge plus Silvestro se sont fait broyer, charcuter, laminer, réduire en bouillie.» Le forain a hoché la tête en faisant une grimace. «Le seul moyen que la police a trouvé pour identifier les corps, ç'a été de faire venir tout un bataillon de dentistes. De dentistes équipés de louches et de seaux. Vous devinerez jamais pourquoi l'attraction s'est écroulée. Un boulon mal serré. Il en a fallu qu'un seul. Les joies de l'intérim. On paie que dalle, faut pas s'attendre à avoir des lumières en face de soi. Bon, allez. Vous êtes les derniers.»

Il a fait signe à son assistant, qui a poussé un gros levier. Une chanson qui faisait «*Hey! (HEY!) You! (YOU!) Get Off My Cloud!*» s'est mise à beugler et les tentacules à vérins hydrauliques ont soulevé nos tasses géantes au-dessus du niveau des maisons. Floyd Chaceley, Clive Pike, Dean Moran et moi avons poussé un «Oooooohhhhhhh!» qui allait crescendo.

Ma main a tâté ma poche vide. À part les vingt-huit livres sur mon compte chez TSB, les deux livres que papa m'avait données, c'était tout l'argent qu'il me restait. Ç'avait peut-être été une connerie, mais au moins je pouvais enfin arrêter de me demander si je devais rendre à Wilcox son portefeuille ou pas.

Les Tasses volantes du Grand Silvestro se sont mises à tourner et un orchestre de cris s'est donné le *la*. Mes souvenirs se sont mélangés. Toute la foire de Goose était plongée dans le saladier de la noirceur étoilée. Clive Pike, à ma gauche avait les yeux monstrueusement écarquillés et le visage déformé par la force centrifuge (*«Hey! (HEY!)»*). Toute la noirceur étoilée a été plongée dans le saladier de la foire de Goose. À ma droite, Floyd Chaceley, lui qui ne sourit jamais, riait comme le Diable en personne dans un champignon atomique. Les cris chassaient leurs propres queues aussi vite que les tigres qui courent et finissent par fondre autour de l'arbre dans le conte *Le Grand Courage du petit Babaji (« You ! (YOU !) »)*. La foire de Goose et la nuit de novembre se propulsaient l'une dans l'autre. Le courage, c'est quand on chie dans son froc mais qu'on y va quand même. Dean Moran, en face de moi, les yeux fermement fermés, les lèvres ouvertes comme des valves laissant s'échapper un cobra fuyant, le cobra luisant de pommes d'amour à moitié digérées, de barbe à papa, et de trois hot-dogs américains du Frère Tuck – chaudement recommandés – qui serpentait et s'étirait *(« GET OFF MY CLOUD ! »)*. Qu'une quantité pareille de nourriture continue à se dévider de l'estomac de Dean paraissait surnaturel ; la masse a raté mon visage de quelques centimètres, a grimpé dans le ciel et s'est étirée jusqu'à se transformer en milliards de gouttes de vomi qui sont allées cribler les passagers des autres Tasses volantes du regretté Grand Silvestro (ils avaient enfin une bonne raison de crier), ainsi que les mille et un civils qui se trouvaient au mauvais endroit de la foire de Goose au mauvais moment.

La machine gigantesque a grondé comme Iron Man quand notre tasse s'est mise à redescendre sur terre. Nos têtes décéléraient au ralenti. Les gens criaient encore, même ceux à l'autre bout de la grande pelouse : ça me paraissait un peu exagéré.

« Gonades, a articulé le forain en constatant l'état de notre tasse. Gonades ratatinées de syphilitique. Ern ! a-t-il interpellé son assistant. Ern ! Rapporte la serpillière ! Encore un qu'a gerbé ! »

Il m'a fallu quelques secondes pour comprendre que les cris ne venaient pas de notre coin, mais de plus loin. Du carrefour, devant l'épicerie de M. Rhydd.

Ross Wilcox avait dû retourner à la foire de Goose pour chercher Dawn Madden juste après que je l'ai quitté (Kelly, la sœur de Dean, a complété le puzzle. Cette pièce-là, elle la tenait d'Andrea

Bozard, qui avait failli se faire faucher par Wilcox quand il est passé devant elle). Ross Wilcox avait vécu son salut avec la même intensité que sa damnation précédente, j'imagine. Comme Jésus qui fait rouler la pierre de son tombeau alors que tout le monde pensait que c'était cuit pour lui. « Bien sûr, papa, serait-il en mesure d'annoncer, le v'là, ton fric. Je l'ai gardé sur moi, des fois que les flics fouilleraient la baraque. » D'abord, il irait trouver Dawn Madden, reconnaîtrait qu'il s'était conduit comme un connard, scellerait ses excuses d'un gros et tendre palot, et tout tournerait de nouveau pour le mieux dans son petit monde. Au moment où on refermait les barres de sécurité de la tasse volante où j'étais avec Dean, Wilcox a demandé à Lucy Sneads si elle avait vu Dawn Madden. Lucy Sneads, qui peut être une vraie salope quand elle veut et qui a sa part de responsabilité dans ce qui est arrivé après, lui a gentiment indiqué : « Là-bas. Dans le Land Rover. Sous le chêne. » Il n'y a que deux personnes qui ont vu le visage de Ross Wilcox illuminé par le manège Mary Poppins quand il a remonté la toile à l'arrière. La première, c'est Dawn Madden elle-même, les jambes enroulées autour de l'autre témoin : Grant Burch. J'imagine Ross Wilcox en train de les fixer du regard bouche bée, comme un phoque devant son dresseur. Ruth Redmarley a dit à Kelly qu'elle avait vu Wilcox rabattre la toile du Land Rover ; il répétait « SALOPE ! » à l'envi tout en frappant le Land Rover du poing. Ç'a dû lui faire mal. Ruth Redmarley l'a regardé sauter sur la Suzuki du frère de Grant Burch (celle qui appartenait à Tom Yew, avant), tourner la clé – clé que Grant Burch avait laissée sur le contact, puisque la moto était garée juste à côté du 4 × 4 (personne ne pouvait la lui voler sous son nez, pas vrai ?) – et la faire démarrer. Si Ross Wilcox n'avait pas grandi au milieu des motos, à cause de son père et de son frère, il n'aurait sans doute pas eu l'idée de piquer la Suzuki. Si la moto n'avait pas démarré du premier coup, même par cette nuit froide de novembre, Grant Burch aurait peut-être eu le temps de remonter son pantalon et d'empêcher ce qui est arrivé d'arriver. Robin South dit qu'il a vu Tom Yew à l'arrière de la Suzuki quand Ross Wilcox a fait pétarader la Suzuki sur la grande pelouse du village, mais vu le paquet de conneries que Robin South raconte, c'est forcément faux. Avril Bredon dit que la Suzuki a percuté le talus boueux à côté de la route, à environ quatre-vingts kilomètres à l'heure ; on peut la croire, Avril Bredon, quand elle dit un truc. La police l'a crue, en tout cas. La moto a dérapé, fait un tête-à-queue, arraché un bout du monument aux morts de la guerre des Boers, et Ross Wilcox a fait des tonneaux en plein milieu du carrefour. Deux filles du lycée de Chase appelaient leurs pères depuis les cabines téléphoniques devant chez M. Rhydd. On ne connaîtra pas leurs noms avant la parution du prochain numéro de la *Gazette de Malvern,* la semaine prochaine. Mais la dernière personne à avoir vu Wilcox, c'est la veuve Evesham, qui rentrait chez elle après la partie de bingo organisée à la salle municipale. Ross Wilcox a filé devant elle comme une boule de bowling et l'a ratée de peu. C'est elle qui s'est agenouillée près de Wilcox pour voir s'il était encore vivant, c'est elle qui l'a entendu dire dans un râle : « Je crois que j'ai perdu une basket », puis cracher d'un coup tout un tas de sang et de dents et bredouiller : « Faites gaffe qu'on me vole pas ma basket. » La veuve Evesham est la première à avoir remarqué que la jambe droite de Wilcox s'arrêtait au niveau du genou, la première à avoir regardé derrière et la première à avoir vu les traînées et les morceaux étalés sur la route. On la fait monter dans la deuxième ambulance, en ce moment. Vous voyez son visage ? Ce visage figé et vide dans la lumière bleue du gyrophare ?

La boum

Règle numéro un : *Faire abstraction des conséquences.* Si on ne tient pas compte de cette règle, on se met à hésiter, on rate son coup et on finit comme Steve McQueen, dans les barbelés de *La Grande Évasion*. C'est pour ça qu'en atelier d'ajusteur, ce matin, je me suis concentré très fort sur les taches de naissance de M. Murcot, comme si c'était une question de vie ou de mort. Il en a deux longues sur le cou, on dirait la Nouvelle-Zélande. « Bien le bonjour, les garçons ! » Notre prof a fait claquer ses cymbales. « Et que Dieu sauve la reine !
– Bien le bonjour, monsieur Murcot ! avons-nous tous répondu à l'unisson, tournés vers Buckingham Palace et au garde-à-vous. Et que Dieu sauve la reine ! »
Neal Brose, debout devant le pupitre qu'il partage avec Gary Drake, soutenait mon regard. *Ne t'imagine pas que j'ai oublié*, me disaient ses yeux, *Minable*.
« À vos projets, les garçons. » La moitié de la classe, c'est des filles, mais M. Murcot nous appelle tout le temps « les garçons », sauf quand il se fout de nous. Dans ce cas, il nous appelle « les filles ». « Ceci sera le dernier cours de l'année 1982. Si vous ne terminez pas votre projet aujourd'hui, vous serez envoyés dans nos colonies, où vous finirez vos jours. » Le projet, ce trimestre, c'était de concevoir puis de fabriquer une sorte de racloir. Le mien permettait de nettoyer entre les crampons des chaussures de foot.

J'ai laissé passer dix minutes, le temps que Neal Brose s'installe sur la perceuse à colonne.

Mon cœur pompait le sang à toute vitesse, mais ma décision était prise.

J'ai sorti la calculatrice solaire Casio que Neal Brose avait dans son sac noir Slazenger. C'est la calculatrice la plus chère à la papeterie WH Smith. Une force obscure m'entraînait, une aspiration presque rassurante, un peu comme quand un kayakiste pagaie tout droit vers les chutes du Niagara au lieu d'essayer de lutter contre le courant. J'ai sorti la coûteuse calculatrice de son boîtier.

Holly Deblin m'a vu. Elle s'attachait les cheveux car ils n'arrêtaient pas de se prendre dans le tour (M. Murcot adore passer en revue toutes les morts stupides et horribles auxquelles il a assisté durant sa carrière). *Je crois bien qu'on lui plaît*, m'a dit mon jumeau fantôme. *Envoie-lui une bise.*

J'ai mis la calculatrice de Neal Brose dans l'étau. Leon Cutler m'avait vu mais il s'est contenté de me regarder ; il n'en croyait pas ses yeux. *Faire abstraction des conséquences.* J'ai donné à l'espèce de levier un gros tour. À l'intérieur de la calculatrice, de minuscules supplications se faisaient entendre. Puis j'ai mis tout mon poids sur le levier. Le squelette de Gary Drake, le crâne de Neal Brose, la colonne vertébrale de Wayne Nashend, leur avenir, leurs âmes. *Plus fort.* Le boîtier a explosé, le circuit imprimé s'est broyé, des éclats sont tombés en poussant de petits rires nerveux sur le sol à mesure que la calculatrice d'un centimètre d'épaisseur se transformait en modèle de trois millimètres d'épaisseur. *Là.* Pulvérisée. Des cris éclataient partout dans l'atelier.

Règle numéro deux : *Avancer jusqu'à ne plus pouvoir reculer.*

Voilà les deux seules règles à garder en tête.

Dans ces chouettes chutes d'eau, j'avais sauté.

«M. Kempsey m'a appris» – M. Nixon a joint les mains, et ç'a fait comme un amas de doigts – «que votre père a récemment perdu son emploi.»

«Perdu». Comme si un emploi, c'était un portefeuille qu'on perd par mégarde. Je n'avais rien dit à personne à l'école, pourtant. N'empêche, c'était vrai. Papa est arrivé au bureau d'Oxford à 8h55, et à 9h15 un agent de sécurité le raccompagnait à l'entrée. «Nous devons nous serrer la ceinture, répète Margaret Thatcher, bien qu'elle n'ait pas à serrer la sienne, elle. Il n'y a pas d'alternative.» Les supermarchés Groenland ont viré papa à cause d'une dépense injustifiée de vingt livres. Après onze ans. Comme ça, a dit maman à tante Alice au téléphone, ils n'auront pas à verser à papa un seul penny d'indemnités. Danny Lawlor a aidé Craig Salt à coincer papa, elle a ajouté. Danny Lawlor était sympa, quand je l'ai rencontré en août dernier. Mais bon, il faut croire qu'être sympa et être réglo, ce n'est pas la même chose. Maintenant, c'est lui qui conduit la Rover 3500 de fonction de papa.

«Jason! a aboyé M. Kempsey.

– Oh.» Ah oui, c'est vrai, j'étais dans la merde jusqu'au cou. «Excusez-moi, monsieur?

– M. Nixon vous a posé une question.

– Oui. Papa a été renvoyé le jour de la foire de Goose. Euh... c'était il y a plusieurs semaines.

– Voilà qui est malheureux.» M. Nixon avait un regard de vivisecteur. «Mais les malheurs sont monnaie courante dans la vie, Taylor, et relatifs, de surcroît. Voyez un peu le malheur qui a frappé Nick Yew cette année. Ou bien Ross Wilcox. En quoi vandaliser les biens de vos camarades va-t-il aider votre père?

– En rien, monsieur.» La chaise du mauvais élève était si basse que M. Nixon aurait tout aussi bien pu en scier les pieds entièrement. «J'ai détruit la calculatrice de Neal Brose, mais cela n'a rien à voir avec le licenciement de mon père, monsieur.

— Dans ce cas » — M. Nixon a penché la tête de l'autre côté — « quelle en est la raison ? »

Avancer jusqu'à ne plus pouvoir reculer.

« Les "leçons de popularité" de Neal Brose, monsieur. »

M. Nixon a tourné la tête vers M. Kempsey comme pour demander une explication.

« Neal Brose ? » M. Kempsey s'est raclé la gorge, désarçonné.

« Des "leçons de popularité" ?

— Brose » (Le Pendu a bloqué « Neal ».) « nous a demandé, à Floyd Chaceley, Nicholas Briar, Clive Pike et moi, de lui verser une livre par semaine en échange de leçons de popularité. J'ai refusé. Alors il a demandé à Ant Little et Wayne Nashend de me montrer ce qui m'arriverait si je ne devenais pas plus "populaire".

— Et à quel moyen » — la voix de M. Nixon se durcissait : c'était bon signe — « ces garçons ont-ils prétendument eu recours ? »

C'était inutile d'exagérer. « Lundi, ils ont vidé mon sac dans l'escalier à côté du laboratoire de chimie. Mardi, ils m'ont bombardé de terre pendant le cours d'éducation physique de M. Carver. Ce matin dans le vestiaire, Brose, Little et Nashend m'ont dit qu'ils me casseraient la figure ce soir quand je rentrerais chez moi.

— Êtes-vous en train de me dire » — la température de M. Kempsey montait gentiment d'un cran — « que Neal Brose se livre à je ne sais quelle sorte d'extorsion de fonds ? Sous mon nez ?

— Est-ce qu'une extorsion de fonds » — je savais très bien ce que ça voulait dire — « c'est quand on tabasse quelqu'un qui refuse de donner son argent, monsieur ? »

M. Kempsey croyait qu'on pouvait donner le bon Dieu sans confession à Neal Brose. « C'est une façon de définir la chose. » Tous les autres profs croyaient cela, aussi. « Avez-vous une preuve de ce que vous avancez ?

— À quel genre de preuve » (*Que la ruse soit votre alliée.*) « pensez-vous, monsieur ? » Le vent tournait suffisamment en ma faveur pour que j'ajoute, sans ciller : « À des micros cachés ?

– Eh bien...
– Si nous interrogeons Chaceley, Pike et Briar » – M. Nixon prenait le relais –, « confirmeront-ils votre version des faits ?
– Ça dépend de qui ils ont le plus peur, monsieur. De vous ou de Brose.
– Je vous le garantis, Taylor : ce sera de moi qu'ils auront le plus peur.
– Ce n'est pas un acte anodin que de calomnier quelqu'un, Taylor.
– Heureux de vous l'entendre dire, monsieur.
– Sachez que, pour ma part, je ne suis pas heureux de constater » – M. Nixon n'allait pas laisser un interrogatoire virer à la gentille petite discussion – « que vous n'êtes pas venu frapper à ma porte pour me faire part de ce problème, mais que vous avez préféré détruire quelque chose qui appartient à votre prétendu agresseur. »

Le mot « prétendu » signifiait que les jurés n'avaient pas encore rendu leur verdict.

« Rapporter ce genre de chose à un professeur signifie qu'on est un cafteur, monsieur.
– Ne pas rapporter ce genre de chose à un professeur signifie qu'on est un imbécile, Taylor. »

Devant toute cette injustice, le Minable se serait dégonflé. « Je n'ai pas réfléchi autant. » Trouver la vérité, la tenir bien en évidence et accepter les conséquences sans broncher. « Il fallait que je montre à Brose que je n'avais pas peur de lui. C'est tout ce qui comptait pour moi. »

Si l'ennui avait une odeur, ce serait celle de la réserve. La poussière, le papier, les tuyaux chauds toute la journée et tout l'hiver. Les cahiers d'exercices vierges sur les étagères en métal. Les piles de *Ne tirez pas sur l'oiseau moqueur*, *Roméo et Juliette*, *Les Contrebandiers de Moonfleet*. La réserve sert aussi de cellule d'isolement pour les affaires qui traînent en longueur, comme celle dans laquelle je suis impliqué. À part le carré de verre granité de la porte, la seule source de lumière provient d'une ampoule marron. M. Kempsey m'a dit sèchement de m'avancer dans mes devoirs jusqu'à ce qu'on vienne me chercher, mais pour une fois j'étais à jour. Un poème en moi m'a donné des coups de pied dans le ventre. Comme j'étais déjà dedans jusqu'au cou, j'ai piqué un cahier d'exercices à couverture cartonnée pour écrire. Mais, après la première ligne, je me suis rendu compte que ce n'était pas un poème. C'était plus un… un quoi, d'ailleurs? Une confession, je crois bien. Ça commençait comme ça :

> « Olive's **** d'ami », le super morceau d'Elvis Costello and the Attractions noyait tout ce que Dean me hurlait, alors moi, je lui ai répondu en hurlant aussi : « Qu'est-ce que tu dis ? » et Dean m'a répondu en hurlant encore plus : « J'entends rien de ce que tu dis ! » Mais après, le forain lui a tapoté sur l'épaule pour réclamer ses dix pence. C'est là que j'ai vu un petit carré mat sur la piste enflée,

Et ainsi de suite. Quand la cloche de la récré du matin a sonné, je me aperçu que j'avais rempli trois pages. Quand on assemble les mots les uns aux autres, le temps s'écoule par des tuyaux plus fins mais va plus vite. Des ombres passaient devant la vitre granitée : des profs qui se dépêchaient d'aller en salle des profs pour fumer et boire un café. Des ombres qui plaisantaient, qui râlaient.

Personne n'est venu me chercher. Tous les quatrièmes parlaient de ce qui s'était passé pendant l'atelier, je le savais. Toute l'école. On raconte que quand on parle de vous vos oreilles sifflent, mais moi, je sentais plutôt comme une espèce de bourdonnement dans les catacombes de mon estomac. *Jason Taylor ? Non, c'est pas vrai ? Jason Taylor ? Non, c'est vrai ? Oh la vache, il a cafté sur qui ?* Écrire, ça permet d'ensevelir ce bourdonnement. La cloche a sonné la fin de la récré et les ombres sont repassées dans l'autre sens. Mais là non plus, personne n'est venu. À l'extérieur, M. Nixon cherchait certainement à convoquer mes parents. Il lui faudrait attendre ce soir. Papa était parti pour Oxford, histoire de rencontrer des «contacts» pour un nouveau boulot. Même le répondeur-enregistreur à bande de papa a été rendu à Groenland. À travers le mur, la photocopieuse de l'école vrombissait, vrombissait, vrombissait.

Quand la porte s'est ouverte, la peur m'a gagné, mais je l'ai piétinée à mort. C'était juste deux minus de cinquième qu'on avait envoyés chercher *Rosie ou le goût du cidre* (nous aussi, on l'avait lu en classe, l'année dernière. Il y a une scène qui a filé tellement la gaule à tous les garçons de la classe qu'on entendait presque les bites grossir). «C'est vrai, ce qu'on raconte, Taylor ?» Le plus balèze des deux minus me parlait comme si j'étais encore dans ma période Minable.

«Qu'est-ce que ça peut bien te foutre, ducon ?» lui ai-je répondu après avoir laissé passer un moment de silence.

J'avais répondu ça d'un air tellement mauvais que le cinquième a fait tomber ses livres. L'autre petit cinquième a fait tomber ses livres, lui aussi, quand il s'est baissé pour aider son copain.

J'ai applaudi super-lentement.

«Et je suis atterré d'apprendre» – M. Kempsey a beau se faire surnommer «tante Polly», n'empêche qu'il est dangereux quand il est dans ce genre de colère – «que ces actes d'intimidation durent depuis des semaines. Des *semaines*.»

LE FOND DES FORÊTS

La 4ᵉ KM se cachait derrière un silence de funérailles.
« DES SEMAINES ! »
La 4ᵉ KM a sursauté.
« Et dire que pas un seul parmi vous n'a songé à venir me voir ! Je suis écœuré. Et j'ai peur. Oui, peur. Dans cinq ans, vous aurez le droit de vote ! Vous êtes censés appartenir à l'élite, vous les élèves de 4ᵉ KM ! Quel genre de citoyens allez-vous devenir ? Quel genre de policiers ? D'enseignants ? D'avocats ? De magistrats ? "Je savais que ce n'était pas bien, mais ce n'était pas mes oignons, monsieur." "Je préférais que ce soit quelqu'un d'autre qui le dise, monsieur." "J'avais peur d'être le prochain sur la liste, si je racontais ce qui se passait, monsieur." Eh bien, si cet attentisme est l'avenir qui guette la société britannique, que Dieu nous vienne en aide. »

Moi, Jason Taylor, je déclare être un cafteur.

« Quoique je désapprouve totalement la manière dont Taylor a signalé cette triste affaire à mon attention, je dois reconnaître qu'au moins, lui l'a fait. Chaceley, Pike et Briar, qui n'ont parlé que sous la contrainte, ont été moins impressionnants. Vous devriez tous avoir honte que ce geste irréfléchi de Taylor ait été nécessaire pour précipiter les choses. »

Tous les élèves de devant s'étaient retournés pour me regarder, mais c'est à Gary Drake que je m'en suis pris. « Quoi, qu'est-ce qu'il y a, Gary ? » (Le Pendu m'a donné un laissez-passer pour tout l'après-midi. Des fois, je me dis que le Pendu aurait bien envie de venir chez Mme de Roo pour « trouver un terrain d'entente ».) « Après trois ans, tu ne sais toujours pas à quoi je ressemble ? »

Tous les yeux se sont tournés vers Gary Drake. Puis vers M. Kempsey. Normalement, notre prof principal aurait dû me fusiller, moi qui étais intervenu pendant qu'il parlait. Mais non. « Eh bien, Drake ?
— Monsieur ?
— Feindre l'incompréhension est le dernier recours de l'idiot, Drake. »

Là, Drake avait vraiment l'air mal. « Pardon, monsieur ?
– Vous recommencez, Drake. »

Gary Drake, joliment humilié. Wayne Nashend et Ant Little, renvoyés pour quelques jours. M. Nixon allait vraisemblablement renvoyer Neal Brose pour de bon.

Maintenant, ils voudront vraiment me casser la gueule.

D'habitude, Neal Brose s'assied devant, en cours d'anglais, pile au milieu. *Vas-y*, a dit mon jumeau fantôme. *Prends-lui sa place, à ce connard. Tu lui dois bien ça.* C'est ce que j'ai fait. David Ockeridge, qui s'assied à côté de Neal Brose, s'était installé plus au fond. Mais de tous les gens de la classe, c'est Clive Pike qui a posé son sac à côté de moi. « Il y a quelqu'un, là ? » L'haleine de Clive Pike sent les chips au fromage et à l'oignon, mais bon, on s'en fout.

J'ai tiré une mine qui disait *Vas-y*.

Mlle Lippetts m'a lancé un regard au moment où on a tous dit à l'unisson : « Bonjour, mademoiselle Lippetts. » Un regard si rapide et discret que c'était presque invisible, et pourtant, il avait bien existé. « Asseyez-vous. Sortez vos trousses, s'il vous plaît. Aujourd'hui, vous allez exercer vos esprits jeunes et souples à composer sur ce thème-ci… » Pendant qu'on sortait nos affaires, Mlle Lippetts écrivait au tableau.

UN SECRET

Le glissé-claqué de la craie est un bruit rassurant.

« Tasmin, fais-moi le plaisir de lire ceci à voix haute, je te prie. »

Tasmin Murrell a lu : « "Un secret", mademoiselle.

– Merci. Mais qu'est-ce qu'un secret, au juste ? »

On met un peu de temps à se remettre en marche, après le déjeuner.

« Bon, est-ce qu'un secret est une chose que l'on peut voir, par exemple ? Que l'on peut toucher ? »

Avril Bredon a levé la main.

« Oui, Avril ?

– Un secret est une information dont tout le monde n'a pas connaissance.

– Bien. Une information dont tout le monde n'a pas connaissance. Une information portant sur... sur qui ? Sur vous-même ? Sur quelqu'un d'autre ? Sur quelque chose ? Sur tout cela à la fois ? »

Après un petit moment, quelques élèves ont murmuré : « Sur tout cela à la fois. »

– N'est-ce pas ? C'est ce que je dirais, moi aussi. Mais posez-vous cette question : est-ce qu'un secret en reste un lorsque l'information est fausse ? »

Cette question, c'était comme un nœud très serré. Mlle Lippetts a écrit :

MLLE LIPPETTS EST NANCY REAGAN

La plupart des filles ont rigolé.

« Si je vous demandais de rester après le cours et que j'attendais qu'on soit seuls pour vous chuchoter très sérieusement cette affirmation à l'oreille, réagiriez-vous en vous écriant : "Non ! Vraiment ? Eh bien ! Ça, c'est un secret !" Oui, Duncan ? »

Duncan avait la main levée. « J'appellerais l'asile de fous de Little Malvern, mademoiselle. Pour vous réserver une chambre avec de jolis matelas. Partout sur les murs. » Le petit fan-club de Duncan Priest a rigolé. « Ce n'est pas un secret, mademoiselle ! Ce sont juste les délires avérés d'une aliénée.

– Voilà une analyse lapidaire rehaussée par une rime interne. Merci. Comme le dit Duncan, on ne peut considérer comme véritables des secrets manifestement faux. Si suffisamment de gens croyaient vraiment que je suis Nancy Reagan, je pourrais bien rencontrer quelques problèmes, cependant nous ne pourrions pas davantage affirmer que c'est un secret, n'est-ce pas ? Il s'agirait plutôt là de fausse rumeur. Qui peut me dire ce qu'est une fausse rumeur ? Alastair ?

— J'ai entendu que des tas d'Américains croient qu'Elvis Presley est toujours vivant.

— Très bon exemple. Bien, je vais maintenant vous livrer un véritable secret sur ma personne, cette fois-ci. La chose étant légèrement embarrassante, je vous saurai gré de ne pas répéter ceci à tout le monde pendant la récréation... »

MLLE LIPPETTS ASSASSINE SES VICTIMES À LA HACHE

Ce coup-ci, la moitié des garçons a ri aussi.

« Chut ! J'ai enterré les cadavres sous l'autoroute 50. Il n'y a donc pas de preuves. Personne ne me soupçonne. Mais s'agit-il alors encore d'un secret ? Si c'est une chose à propos de laquelle personne – et je dis bien *personne* – n'a la moindre suspicion ? »

Un silence intéressé s'est fait entendre.

« Oui... », ont murmuré quelques élèves en même temps que d'autres ont murmuré : « Non... »

« Mais vous, vous le sauriez, mademoiselle. » Clive Pike avait levé la main. « Si vous tuiez vraiment les gens à la hache. Alors vous ne pouvez pas dire que personne n'est au courant.

— Pas si Mlle Lippetts était schizophrène, lui a répondu Duncan Priest. Une tueuse à la hache schizophrène qui ne se souviendrait jamais des crimes qu'elle commet. Peut-être qu'elle... se transforme, tout simplement, et nous découpe en morceaux quand on oublie de faire nos devoirs : *vlam, splitch, splatch*. Après, elle jette les restes dans les égouts, tombe dans les vapes, puis se réveille en redevenant la gentille Mlle Lippetts, professeur d'anglais, et se dit : "Mince, encore des traces de sang sur mes vêtements ? Étrange, ça arrive à chaque pleine lune. Enfin. Allez hop, tout dans la machine à laver." Là, ce serait vraiment un secret que personne ne connaîtrait, non?

– Charmante vignette, Duncan, merci. Mais imaginez donc tous les meurtres commis dans la vallée de la Severn depuis, disons, l'époque romaine. Toutes les victimes et tous les meurtriers morts et retournés à la poussière. Peut-on également qualifier de "secrets" ces actes de violence auxquels personne, je tiens à le souligner, n'a songé depuis un millénaire? Holly?

– Non pas des secrets, mademoiselle, a dit Holly Deblin. Simplement… des informations perdues.

– Effectivement. Bien, est-ce que nous sommes d'accord pour dire que, pour exister, un secret nécessite qu'un agent humain en ait connaissance, ou du moins le consigne par écrit? Il faut un détenteur. Un gardien. Emma Ramping! Que chuchotez-vous à Abigail?

– Pardon, mademoiselle?

– Levez-vous, Emma, je vous prie.»

Cette grande gigue d'Emma Ramping s'est levée, inquiète.

«Je fais cours, au cas où vous ne l'auriez pas remarqué. Que racontiez-vous à Abigail?»

Emma Ramping se cachait derrière une mine navrée.

«Est-ce une information dont tout le monde n'a pas connaissance?

– Oui, mademoiselle.

– Parlez plus fort, Emma, qu'on vous entende bien, devant!

– Oui, mademoiselle.

– Bien. Vous confiiez un secret à Abigail?»

Emma Ramping a acquiescé, rétive.

«À la bonne heure. Eh bien, pourquoi ne pas partager ce secret avec nous? Maintenant. D'une voix claire et sonore.»

Emma Ramping, au supplice, s'est mise à rougir.

«Je vous propose un marché, Emma. Je vous laisse tranquille si vous nous expliquez pourquoi vous partagez ce secret avec Abigail mais pas avec le reste de la classe.

– Parce que... je ne veux pas que tout le monde sache, mademoiselle.
– Vous voyez, tout le monde, Emma nous a appris quelque chose sur les secrets. Merci, Emma, asseyez-vous et ne péchez plus. Comment détruit-on un secret ? »
Leon Cutler a levé la main. « En le racontant aux autres.
– Oui, Leon. Mais à combien de personnes ? Emma a dit son secret à Abigail, mais cela ne l'a pas détruit pour autant, n'est-ce pas ? Combien de personnes doivent être au courant pour que le secret n'en soit plus un ?
– Suffisamment pour qu'on vous envoie sur la chaise électrique, mademoiselle, a dit Duncan Priest. Pour avoir assassiné vos victimes à la hache, bien sûr.
– Qui peut reformuler de manière générale ce que vient d'énoncer Duncan avec tant d'esprit ? Combien de gens faut-il pour détruire un secret ? David ?
– Autant » – David Ockeridge réfléchissait à la question – « qu'il en faut, mademoiselle.
– Autant qu'il en faut pour *quoi* ? Avril ?
– Autant qu'il en faut pour changer » – Avril Bredon fronçait les sourcils – « ce que cache ce secret, peu importe ce que c'est. Mademoiselle.
– Voilà un solide raisonnement, les enfants. Le futur est peut-être entre de bonnes mains, finalement. Si Emma nous racontait ce qu'elle a dit à Abigail, ce secret ne serait plus. Si on faisait état de mes meurtres dans la *Gazette de Malvern*, là, ce serait moi qui... eh bien qui ne serais plus, si Duncan comptait parmi les jurés, en tout cas. L'échelle est différente, mais le principe reste identique. Bien, la question qui suit m'intrigue réellement, parce que je n'ai pas la certitude d'en connaître la réponse. Quels secrets devraient être rendus publics ? Et lesquels ne le devraient pas ? »
Personne ne s'est précipité pour répondre à cette question-là.

Pour la cinquantième ou la centième fois de la journée, j'ai pensé à Ross Wilcox.

« Qui peut me dire ce que ce mot signifie ? »

ÉTHIQUE

De la brume de craie retombait dans le sillage du mot.

J'avais cherché le mot « éthique », une fois. Il surgissait régulièrement dans *Les Chroniques de Thomas Covenant*. Ça veut dire « morale ». Mark Bradbury avait déjà la main levée.

« Mark ?

— La réponse est dans ce que vous venez de dire, mademoiselle. L'éthique, c'est ce qu'on doit ou ne doit pas faire.

— Très intelligente réponse, Mark. Dans la Grèce de Socrate, on considérerait que tu es un fin rhétoricien. Est-il acceptable d'un point de vue éthique de révéler absolument chaque secret ? »

Duncan Priest s'est raclé la gorge. « D'un point de vue éthique, il me semble nécessaire de révéler le vôtre, mademoiselle. Pour empêcher que d'autres élèves innocents se fassent massacrer.

— Bien vu, Duncan. Mais révéleriez-vous ce secret-ci ? »

LE VÉRITABLE NOM DE BATMAN EST BRUCE WAYNE

La plupart des garçons de la classe ont lâché des murmures admiratifs.

« Si on ébruitait ce secret, que feraient les plus grands criminels de la planète ? Christopher ?

— Ils feraient sauter le manoir de Bruce Wayne, mademoiselle. » Christopher Twyford a poussé un soupir. « Plus de vengeur masqué.

— Ce qui constituerait une perte pour la société dans son ensemble, n'est-ce pas ? Donc l'éthique nous pousse parfois à ne pas révéler un secret. Nicholas ?

« — C'est comme pour la loi sur le secret-défense. » D'habitude, Nicholas Briar n'ouvre jamais la bouche en classe. « Pendant la guerre des Malouines.
— Tout à fait juste, Nicholas. Ouvrir la bouche, c'est couler des bateaux. Bien. Songez maintenant à vos propres secrets. » (Le lien entre le portefeuille de Ross Wilcox et la jambe qu'il a perdue. La montre Omega Seamaster de mon grand-père que j'avais détruite. Madame Crommelynck.) « Vous êtes bien silencieux, tout d'un coup. Bien, vos secrets appartiennent-ils tous à la catégorie "je-dois-le-dire" ou à la catégorie "je-le-garde-pour-moi" ? Ou bien existe-t-il une troisième catégorie qui, d'un point de vue éthique, n'est pas aussi clairement définie ? Des secrets personnels qui n'affectent personne d'autre ? Des secrets insignifiants ? Des secrets complexes, aux conséquences incertaines si vous les révéliez ? »

Les « oui », d'abord marmonnés, montaient en puissance.

Mlle Lippetts a sorti une craie neuve de la boîte. « C'est à partir de votre âge qu'on acquiert davantage de secrets de ce type, les enfants. Et ça n'ira pas en diminuant. Il faudra vous y habituer. Qui peut deviner pourquoi j'écris ce mot… »

RÉPUTATION

« Jason ? »

Toute la classe s'est changée en radiotélescope braqué sur le cafteur officiel.

« La réputation est la chose que l'on détruit quand on révèle un secret, mademoiselle. Votre réputation de professeur volerait en éclats si on prouvait que vous êtes bien une tueuse à la hache. Celle de grand timide et de M. Tout-le-monde qui colle à la peau de Bruce Wayne serait anéantie. C'est un peu comme pour Neal Brose, non ? » (Après tout, j'ai bien réussi à broyer une calculatrice à énergie solaire, alors je lui dis merde, moi, à cette règle qui veut qu'on ait honte d'avoir dénoncé et fait renvoyer un élève. Et puis d'ailleurs, merde à toutes les règles.) « C'est un sacré secret qu'il détenait. Wayne Nashend le connaissait, Anthony Little aussi. Quelques autres étaient au courant. » Gary Drake, à ma gauche, regardait droit devant lui. « Mais une fois que ce secret a été révélé, la réputation de… »

À la surprise de tous, Mlle Lippetts a suggéré : « *Golden boy ?*
– Golden boy. *Très bien*, mademoiselle Lippetts. » (Pour la première fois depuis je ne sais pas combien de temps, je suis parvenu à faire rire la classe.) « Cette réputation de golden boy est brisée. Son autre réputation, celle de… dur à cuire à qui on n'a pas intérêt à chercher des noises est ruinée, elle aussi. Sans réputation derrière laquelle cacher ce secret qu'il avait, Neal Brose est… totalement… complètement… »

Allez, chiche. Mon jumeau fantôme me donnait des coups de coude. *Dis-le.*

« … foutu, mademoiselle. Foutu, baisé. »

Ce silence estomaqué, c'était *mon* œuvre. Tout ça, grâce à des mots. Des mots, c'est tout.

Mlle Lippetts adore son travail, les bons jours.

Comme je n'arrêtais pas de penser et de repenser à la réaction de maman et papa à propos de ce que j'avais fait aujourd'hui, j'ai sorti le sapin de Noël du placard, histoire de me changer les idées. Et la boîte en métal Quality Street où sont rangées les décorations, aussi. On est le 20 décembre, et c'est à peine si maman et papa ont ne serait-ce qu'évoqué Noël. Maman est à la galerie sept jours sur sept et papa n'arrête pas de courir partout pour des entretiens qui ne font que déboucher sur d'autres entretiens. J'ai assemblé le sapin et mis les guirlandes électriques. Quand j'étais petit, papa achetait un vrai sapin au père de Gilbert Swinyard. Maman a acheté celui-ci, qui est en plastique, au Debenham's de Worcester il y a deux ans. Il ne sentait rien, je me suis plaint, mais elle m'a fait remarquer que ce n'était pas moi qui passais

LA BOUM

l'aspirateur et devais enlever les aiguilles de la moquette. Elle a raison, je crois. Les éléments de décoration sont pour la plupart plus vieux que moi. Même le papier de soie dans lequel ils sont emballés date de Mathusalem. Des babioles couvertes de faux givre que maman et papa avaient achetées à l'occasion de leur premier (et dernier) Noël seuls tous les deux, sans moi ni Julia. Un enfant de chœur en métal poussait une note aiguë ; sa bouche formait un O parfait. Une petite famille de bonshommes de neige en bois (tout n'était pas en plastique, à cette époque). Le plus gros père Noël de toute la Laponie. Un Ange précieux, qui appartenait à la maman de la maman de maman. L'Ange précieux est en verre soufflé. C'est un cadeau qu'un prince hongrois borgne avait fait à mon arrière-grand-mère – d'après ce qu'on raconte dans la famille – lors d'un bal, à Vienne, juste avant la Première Guerre mondiale.

Écrase-le, a dit mon jumeau fantôme. *Ça fera comme quand on croque dans du Crunch.*

Pas question, lui ai-je répondu.

Le téléphone a sonné.

« Allô ? »

Bruits sourds et grondements. « Jace ? C'est Julia. Ça faisait un bail.

– On dirait qu'il y a une tempête de neige où tu es.

– Rappelle-moi, je n'ai plus de monnaie. »

J'ai composé son numéro. La communication était meilleure.

« Merci. Non, ce n'est pas encore la tempête de neige, mais qu'est-ce qu'il gèle, ici. Maman est là ?

– Non. Elle est encore à la galerie.

– Ah... »

En fond sonore palpitait Joy Division.

« Qu'est-ce qu'il y a ?

– Non, non, rien. »

Il y a toujours un truc derrière un «Non, non, rien». «*Quoi, Julia*?

— Nan... rien. En rentrant à la cité U ce matin, j'ai vu que maman m'avait laissé un message, c'est tout. Elle a essayé de m'appeler, hier soir?

— Peut-être. Il disait quoi, le message?

— "Rappeler tout de suite à la maison." Mais notre efficace et bienveillant gardien – tu parles – n'a pas noté l'heure de l'appel. J'ai téléphoné à la galerie pendant la pause déjeuner, mais Agnes a dit que maman était chez son avocat. J'ai rappelé plus tard, mais elle n'était pas rentrée. Alors je me suis dit que j'allais t'appeler. Mais bon, pas la peine de t'inquiéter.

— Son avocat?

— Ça doit être pour ses affaires, un truc comme ça. Papa est rentré?

— Il est à Oxford, il a des entretiens d'embauche.

— Ah, OK. Très bien. Comment ça va, lui? Il garde le moral?

— Oh, oui... ça va. En tout cas, il ne s'enferme plus dans son bureau. Le week-end dernier, il a fait un grand feu de joie avec les fichiers de Groenland dans le jardin. On lui a donné un coup de main, avec Dean. On a arrosé le tout d'essence! Ça faisait comme dans *La Tour infernale*. Et puis cette semaine, l'avocat de Craig Salt a annoncé à papa qu'un livreur passerait cet après-midi reprendre le matériel informatique, et que si papa ne coopérait pas, il y aurait des poursuites judiciaires.

— Qu'est-ce que papa a fait?

— Quand le camion est arrivé, papa a fait tomber l'unité centrale par la fenêtre de ma chambre.

— Mais c'est au premier étage!

— Je sais, et encore, t'as pas entendu le bruit du moniteur quand il a éclaté! Papa a dit au livreur: "Vous transmettrez mes hommages à Craig Salt!"

— Eh ben! Qui s'y frotte, s'y pique.

– Il a refait la déco, aussi. Il a commencé par ta chambre.
– Ouais, je sais, maman m'a dit.
– Ça ne te fait rien?
– Bah, en fait, non. De toute façon, je ne tenais pas à ce qu'ils la laissent telle quelle, genre "le mausolée de Julia". Mais bon, ça fout un coup, quand même. "Bon, allez, tu as dix-huit ans, dégage. Passe à la maison de retraite dans une trentaine d'années, si tu es dans le coin." Nan, ne fais pas attention à ce que je raconte, Jace. J'ai des idées noires.
– Mais tu rentres à la maison pour Noël, quand même?
– Oui, après-demain. Stian me dépose. Sa famille a un manoir au fin fond du Dorset.
– Stan?
– Non, St*i*an. Il est norvégien, tu sais, c'est lui qui fait une thèse sur le langage des dauphins. Je ne t'ai pas parlé de lui, dans ma dernière lettre?»
Julia sait très bien ce qu'elle raconte et ne raconte pas dans ses lettres.
«Ouaaah! Et il parle avec toi en dauphin?
– Non. Mais il programme des ordinateurs qui pourront peut-être communiquer avec eux, bientôt.
– Et Ewan?
– Ewan était un amour, mais il étudie à Durham et moi à Édimbourg, alors… bah, j'ai mis un terme à notre histoire. C'est mieux comme ça, en fin de compte.
– Oh.» Mais Ewan avait une MG argentée. «Je l'aimais bien, Ewan.
– Réjouis-toi. Stian a une Porsche.
– La vache! Quel type? Une GT?
– Qu'est-ce que j'en sais, moi! Elle est noire. Bon, on aura quoi, à Noël?
– Des tubes de Smarties.» La blague poussiéreuse de la famille. «À vrai dire, je n'ai même pas cherché.

– Comme si j'allais te croire ! Tu es toujours le premier à aller à la chasse aux cadeaux.
– Non, je te jure. Ce sera des bons d'achat pour des livres et des disques, j'imagine. Je ne leur ai pas dit ce que je voulais. Bah, tu sais bien, avec papa et son travail cette année... De toute manière, ils ne m'ont rien demandé. Et puis, qui est-ce qui mettait les disques qu'on recevrait pour Noël sur la platine dès novembre en m'obligeant à monter la garde au cas où les parents rentreraient des courses ?
– Tu te rappelles la fois où tu n'as pas joué le jeu ? Ils nous ont surprises, Kate et moi, habillées avec la robe et les accessoires de mariée de maman en train de danser sur "Knowing Me, Knowing You". D'ailleurs, est-ce que l'inimitable Grande Boum Annuelle de Noël sise en salle municipale est déjà passée ?
– Elle commence dans une heure, à peu près.
– Tu y vas avec quelqu'un ?
– Dean Moran y va. Quelques gars de ma classe, aussi.
– Hé ! Je te raconte un peu ma vie amoureuse, moi ! »
Parler de filles à Julia est un truc assez nouveau. « Bah, toi, au moins, t'en as une. Il y avait une fille qui me plaisait, mais bon, elle... » (*Elle est avec l'homme de sa vie, qui apprend à marcher avec une jambe en plastique.*) « ... ne s'intéresse pas à moi.
– Elle ne sait pas ce qu'elle perd. Mon pauvre.
– Le truc bizarre, c'est que je l'ai vue à l'école la semaine dernière, et c'est marrant mais...
– Ton béguin s'est envolé ?
– Ouais. Disparu. Comment ça s'explique ?
– Ah, demande-moi, petit frère. Demande à Aristophane. Demande à Dante. Demande à Shakespeare. Demande à Burt Bacharach.
– En fait, je ne sais même pas si je vais y aller, à cette boum.
– Pourquoi donc ? »
Parce qu'à cause de moi, Ant Little et Wayne Nashend sont exclus

plusieurs jours, et Neal Brose est renvoyé pour de bon, et qu'il y a des chances pour que les trois soient à la boum.

« Je ne suis pas très Noël, cette année.

— N'importe quoi ! Vas-y ! Mets des chaussures de ville, pas des baskets. Et tu les cires, hein. Le jean noir qu'on t'avait acheté à Regent. Et ton pull à col en V jaune moutarde, s'il est propre. Un T-shirt blanc en dessous. Pas un à logo, c'est nul. Ne mets rien qui soit pastel ou sportswear. Et surtout pas ta cravate avec les touches de piano, là, elle est à gerber. Une touche du Givenchy de papa sous les oreilles. Pas ton Brut, surtout. Le Brut, c'est aussi sexy que le Paic citron. Pique un peu de mousse coiffante à maman et passe-t'en un peu pour redresser la mèche que tu as devant, sinon tu auras l'air d'un ourson. Danse comme un malade et que l'oiseau bleu du bonheur pique droit sur toi.

— D'accord. » Brose, Little et Nashend auront gagné si je n'y vais pas. « Dictatrice.

— Dis-moi à quoi ça servirait, une avocate qui n'aurait pas un tant soit peu d'autorité ? Bon, il y a la queue devant la cabine. Dis à maman que j'ai appelé, et que j'irai régulièrement vérifier ce soir à la loge si je n'ai pas de messages. Jusqu'à tard. »

Le vent froid et cinglant me poussait sur le chemin, chacun de mes pas me rapprochant, moi, le cafteur de la classe, de Brose, Nashend et Little. Située après la maison de Mlle Throckmorton, la salle municipale flottait dans la noirceur arctique telle une arche illuminée. Les fenêtres étaient tachées de couleurs disco. Michael Fish, le présentateur météo, avait dit que la zone de dépression au-dessus des îles Britanniques venait de l'Oural. L'Oural, c'est les Rockies du Colorado version URSS. Les silos à missiles de croisière et les abris antiatomiques russes sont logés au plus profond de ces montagnes. Là, on trouve des villes dédiées à la recherche, des villes tellement secrètes qu'elles n'ont pas de noms et n'apparaissent sur aucune carte. C'est bizarre de se dire qu'en haut d'une tour de guet bardée de barbelés, un garde de l'Armée rouge grelotte aussi à cause de ce vent glacial. Si ça se trouve, l'oxygène qu'il a expiré est celui que je viens de respirer.

Julia avait lancé cette conversation pour détourner mon attention de quelque chose.

Pluto Noak, Gilbert Swinyard et Pete Redmarley se tenaient dans le hall. Je ne suis vraiment pas dans leurs petits papiers depuis qu'ils m'ont éjecté des Barbouzes le lendemain de mon intronisation. Ils ne m'embêtent pas : ils m'ignorent, c'est tout. Jusque-là, ça m'allait. Mais ce soir, ils étaient avec ce gars encore plus âgé qu'eux. Mal rasé, l'air sinistre, un blouson en cuir marron, maillot des All Blacks. Pluto Noak lui a tapé sur l'épaule et m'a montré du doigt. Tout un troupeau de filles derrière moi me barrait la porte de sortie, mais, de toute façon, le rugbyman chargeait déjà dans ma direction. « C'est lui ?

– Ouais » – Pluto Noak le rattrapait –, « c'est lui. »

Il y a eu un grand silence tout d'un coup, dans le hall.

« J'ai une sale nouvelle à t'annoncer, toi. » Il agrippait mon blouson tellement fort que les coutures craquaient. Il bouillonnait de haine. « Tu t'en es pris à la mauvaise personne, aujourd'hui. » Ses dents restaient serrées quand il parlait ; seules ses lèvres bougeaient. « Espèce de petit morveux, de petit merdeux, de petite bite de mes deux de mon cul d'enfoiré de merde…

– Josh. » Pluto Noak a retenu le bras du gars. « Josh ! C'est pas Neal Brose. C'est *Taylor* ! »

Le Josh en question a lancé un regard furieux à Pluto Noak. « C'est pas lui, Neal Brose ?

– Nan, c'est Taylor. »

Adossé à la porte des chiottes, Pete Redmarley a envoyé un bonbon Minstrel en l'air et l'a gobé.

« C'est *celui-là* ? a dit Josh en jetant à Pete Redmarley un regard furieux. C'est *celui-là*, Taylor ? »

Pete Redmarley a croqué son Minstrel. « Ouais, ouais.

— C'est toi, Taylor » — Josh a relâché mon blouson —, « le type qui a balancé les nabots qui faisaient chanter mon frère pour lui piquer du fric ?

— C'est qui » — ma voix se craquelait —, « c'est qui, ton frère ?

— Floyd Chaceley. »

Il avait beau faire petit Jésus, Floyd Chaceley, n'empêche que son grand frère, c'était Dieu le Père.

« Alors oui, c'est moi, le Taylor en question.

— Bon. » Josh tapotait mon blouson pour lui redonner forme. « Ben, t'as bien fait, le Taylor-en-question. Mais si l'un de vous » — tous ceux présents dans le hall se faisaient tout petits devant le regard diabolique de Josh — « connaît Brose, Little ou Nashend, dites-leur que je suis ici. Et que je les attends. J'ai deux, trois mots à leur dire, c'est tout. »

À l'intérieur de la salle municipale, quelques types dansaient déjà sur « Video Killed The Radio Star ». La plupart des garçons déambulaient d'un côté de la piste, trop cool pour danser. La plupart des filles déambulaient de l'autre côté de la piste, trop cool pour danser, elles aussi. C'est toujours délicat, une boum. On passe pour un crétin si on danse trop tôt, mais si on ne danse pas après le morceau décisif qui a mis l'ambiance, on passe pour un pauvre gars. Dean parlait à Floyd Chaceley, près du kiosque où on vendait des bonbons et des canettes. « Je viens de faire la connaissance de ton frère, lui ai-je dit. La vache. Vaut mieux pas se le mettre à dos.

— C'est mon demi-frère. » À cause de moi, Floyd Chaceley avait passé toute la matinée dans le bureau de Nixon à fournir des preuves contre Neal Brose. Moi, j'imaginais que Floyd me détestait. « Ouais, il est sympa. T'aurais dû le voir, tout à l'heure. Il menaçait de foutre le feu à la maison de Brose. »

J'enviais Floyd : il avait déjà tout raconté à ses parents, lui.

« À mon avis, Little ou Nashend ne sont pas près de pointer leur nez ce soir, eux non plus. » Dean a surgi à ma gauche et m'a tendu son Curly Wurly, histoire que j'en croque un bout. Floyd m'a payé une canette de Pepsi. « Hé, regardez Andrea Bozard ! » Dean a désigné la fille qui faisait semblant d'être un poney quand on était en classe avec Mlle Throckmorton et qui fabriquait des nids en se servant de glands pour faire les œufs. « Avec sa jupe à volants.
— Eh ben quoi ? a demandé Floyd.
— Elle est canon » — Dean tirait une trogne de chien pantelant —, « pas vrai ? »

Après, il y a eu « Frigging In The Rigging » des Sex Pistols, et les punks d'Upton ont dansé un pogo sur le devant de la piste. Steve, le grand frère d'Oswald Wyre, est rentré tête la première dans un mur, et le père de Philip Phelps a dû le conduire à l'hôpital de Worcester au cas où il tomberait dans le coma. Mais bon, quelques garçons s'étaient mis à danser (enfin, ça y ressemblait), alors après, le DJ a mis « Prince Charming » d'Adam and the Ants. Dans le clip de « Prince Charming », Adam Ant fait une espèce de chorégraphie. Il faut se mettre en rang et croiser les poignets en l'air tout en marchant au rythme de la musique. Mais tout le monde voulait faire Adam Ant, qui est devant toute sa bande, alors la file avançait de plus en plus vite dans un sens puis dans l'autre, jusqu'à ce que tout le monde finisse par courir. Ensuite, il y a eu « The Lunatics (Have Taken Over The Asylum) » de Fun Boy Three. Impossible de danser sur ça, sauf si on s'appelle le Foireux. Peut-être que le Foireux arrive à entendre un rythme caché que personne d'autre n'entend.

Robin South lui a lancé : « Hé, le Foireux, espèce de couillon ! »

Le Foireux n'a même pas remarqué que personne d'autre ne dansait.

LA BOUM

Les secrets nous affectent plus qu'on ne croit. On ment pour les dissimuler. On détourne la conversation pour les éviter. On a peur que quelqu'un découvre le nôtre, de secret, et qu'il aille le dire à la terre entière. On croit qu'on détient un secret, mais est-ce que ce ne serait pas plutôt le secret qui nous manipule ? Et si c'étaient les fous qui apprivoisaient les médecins plutôt que l'inverse ?

Dans les chiottes, il y avait Gary Drake.
Avant, je serais resté figé sur place, mais pas après une journée comme celle-là.
« Ça gaze ? » a dit Gary Drake. Avant, il aurait ricané et fait un commentaire, genre je n'arrivais pas à trouver ma bite, mais tout d'un coup j'avais suffisamment la cote à ses yeux pour avoir droit à un « Ça gaze ? ».
Le froid de décembre s'engouffrait par la fenêtre.
Le plus barbé de mes hochements de tête a répondu à Gary Drake : *Ouais*.
Les mégots de cigarette se dandinaient dans la rivière de pisse jaune et fumante.

Sur « Do The Locomotion », toutes les filles faisaient cette espèce de danse à la tchou-tchou, en faisant la chenille. Puis il y a eu « Oops Upside Your Head », où on danse en faisant un peu comme si on pagayait. Ce n'est pas une danse pour les garçons. Alors que « House of Fun » de Madness, si. « House of Fun », ça dit d'acheter des préservatifs, mais la BBC a mis du temps avant de censurer la chanson, parce que, à la BBC, ils comprennent le sens caché des paroles bien après le dernier crétin du fin fond de la cambrousse. Le Foireux a fait une espèce de danse d'électrocuté que, au début, d'autres ont imitée histoire de se moquer, mais en fin de compte, ça fonctionnait (dans tout grand inventeur, il y a un Foireux qui sommeille). Et puis il y a eu « Once In A Lifetime » des Talking Heads. C'était elle, la chanson décisive qui faisait qu'on avait plus l'air con si on ne dansait pas plutôt que l'inverse, alors Dean, Floyd et moi, on s'est lancés. Le DJ a allumé les stroboscopes. Mais seulement par courtes rafales, parce que les stroboscopes, ça vous éclate la cervelle. Danser, c'est comme avancer dans une grande rue noire de monde, ou un million d'autres trucs, encore. Tant qu'on ne pense pas à ce qu'on fait, tout va bien. Pendant la tempête stroboscopique, à travers la forêt nocturne et orageuse des bras et des cous, j'ai aperçu Holly Deblin. Holly Deblin dansait un peu comme une déesse indienne : elle se balançait tandis que ses mains faisaient des petits mouvements. Peut-être bien que Holly Deblin m'a vu dans sa forêt nocturne et orageuse, parce qu'il se peut qu'elle m'ait souri («*Il se peut*», c'est pas aussi bon que «*elle m'a*», mais en tout cas, c'est vachement mieux que «*elle ne m'a pas*».) Après, il y a eu « I Feel Love » de Donna Summer. John Tookey a crâné devant tout le monde en faisant du smurf, la nouvelle fureur newyorkaise, mais à force de tournoyer il a perdu l'équilibre et est allé s'écraser sur un groupe de filles qui se sont renversées comme des quilles. Il a fallu que ses copains viennent à la rescousse pour qu'il échappe aux coups de talon féminins. Pendant « Jealous Guy » de Bryan Ferry, Lee Biggs est sorti avec Angela Bullock. Ils se roulaient des pelles dans un coin, et Duncan Priest s'est mis juste à côté d'eux et a fait son imitation de la vache qui met bas. N'empêche que dans ces rires, il y avait de la jalousie. Angela Bullock porte des soutiens-gorge noirs. Et puis encore après, pendant « To Cut A Long Story Short » de Spandau Ballet, Alastair Nurton est sorti avec Tracey Impney, cette espèce de grande batcave qui habite à Brotheridge Green. Ensuite, il y a eu « Are "Friends" Electric ? » de Gary Numan and Tubeway Army, et Colin Pole et Mark Bradbury ont fait une sorte de danse de robot derrière une vitre. « Cette chanson est super ! » Dean me criait dans l'oreille. « C'est tellement futuriste. Gary Numan a un ami qui s'appelle "Five" ! C'est pas d'enfer, ça ? » La danse, c'est un cerveau dont les danseurs ne sont que les cellules. Les danseurs croient que ce sont eux qui

LA BOUM

sont aux commandes, mais en fait ils suivent des ordres ancestraux. Avec « Three Times A Lady » des Commodores, la piste s'est vidée et ne sont plus restés que les couples : ceux qui se bécotaient et à qui ça plaisait d'être regardés, et puis ceux qui s'emballaient et qui oubliaient qu'on les regardait. Les deuxièmes choix se rabattaient sur les troisièmes choix. Paul White est sorti avec Lucy Sneads. Le morceau d'après, ç'a été « Come On Eileen » des Dexys Midnight Runners. Une boum, c'est aussi comme un zoo. Certains animaux y sont plus sauvages qu'ils ne le sont en journée, d'autres sont plus drôles, plus crâneurs, plus timides ou plus séduisants. Holly Deblin était manifestement rentrée chez elle.

« Je croyais que t'étais rentrée chez toi, moi. »
Un panneau lumineux SORTIE brillait d'un vert extraterrestre dans le noir.
« Et moi, je croyais que *toi*, t'étais rentré chez toi. »
La boum faisait vibrer le plancher en contreplaqué. Derrière la scène, il y a cette petite pièce étroite où s'entassent les chaises empilées. Il y a une espèce de grande étagère, aussi, à trois mètres de hauteur et qui est large comme la pièce. C'est là-haut qu'on range les plateaux des tables de ping-pong, et je sais où l'échelle est cachée.
« Non. Je dansais avec Dean Moran.
– Ah ouais ? » Holly Deblin prenait une voix rigolote de jalouse.
« Qu'est-ce que Dean Moran a de plus que moi ? Est-ce qu'il embrasse bien ?
– Moran ? T'es dégueu ! »
« Dégueu ». Ç'a été le dernier mot que j'ai prononcé en tant que personne qui n'avait jamais embrassé de fille. Ça m'avait toujours turlupiné, mais en fait, ce n'est pas si dur que ça, d'embrasser. Les lèvres savent ce qu'elles ont à faire, un peu comme les anémones de mer. Embrasser, ça fait tournoyer, comme dans les Tasses volantes. L'oxygène que la fille expire, on l'inspire.

Mais les dents peuvent s'entrechoquer, c'est super-chiant. « Oups. » Holly Deblin s'est écartée. « Désolée !
– C'est pas grave. Je pense pouvoir les recoller. »
Holly Deblin a tournicoté mes cheveux coiffés à la mousse. La peau de son cou était la chose la plus douce que j'avais jamais touchée de ma vie. Et elle m'a laissé faire. C'est ça qui est fou. Elle m'a laissé faire. Les comptoirs de parfumerie dans les centres commerciaux, le milieu du mois de juillet et les Tic-Tac à la cannelle, c'est ça qu'elle sent, Holly Deblin. Mon cousin Hugo prétend qu'il a embrassé trente filles (et pas seulement embrassé) et il en est sûrement à cinquante, à l'heure qu'il est, mais n'empêche qu'une première, on ne peut en avoir qu'une seule.
« Oh, m'a-t-elle dit, j'ai piqué du gui. Regarde.
– Il est tout écrabouillé et tout... »
Pendant le deuxième baiser de ma vie, la langue de Holly Deblin a visité ma bouche, comme un campagnol timide. On aurait pu croire que ce serait Dégueuville, mais c'était humide et intime, et ma langue a eu envie de visiter sa bouche, elle aussi, alors je l'ai laissée faire. Ce baiser-là s'est terminé parce que j'avais oublié de respirer. « La chanson » – j'étais essoufflé –, « celle qui passe, là. Elle fait un peu hippie mais n'empêche qu'elle est belle. »
Les mots du genre « belle », qu'on ne peut pas sortir devant des garçons, on peut les sortir devant les filles.
« "#9Dream". John Lennon. Tirée de l'album *Walls and Bridges*, 1974.
– Si c'est censé m'impressionner, eh ben bravo, c'est réussi.
– Mon frère travaille chez Revolver Records. Sa collection d'albums va jusqu'à Jupiter et même au-delà. Mais au fait, comment tu connais cette cachette ?
– La réserve ? J'y venais quand j'étais inscrit au club des jeunes et qu'on jouait au ping-pong. Je pensais que ce serait fermé, ce soir. Mais visiblement, j'avais tort.

– Visiblement. » Les mains de Holly Deblin se sont glissées sous mon pull. Toutes ces années à entendre Julia et Kate Alfrick parler des mains baladeuses, ça m'a dissuadé d'en faire autant. Et puis Holly Deblin a eu comme un tremblement. Je pensais qu'elle avait peut-être froid, mais en fait, elle ricanait.

« Quoi ? » J'avais peur d'avoir mal fait quelque chose. « Qu'est-ce qu'il y a ?

– La tête de Neal Brose, en atelier d'ajusteur, ce matin.

– Ah. Ça. C'est tout flou pour moi, cette matinée. Toute la journée, d'ailleurs.

– Gary Drake l'a tiré de la perceuse à colonne, tu vois, et il lui a montré ce que tu étais en train de faire. Au début, Brose n'a pas compris que la chose que tu écrabouillais dans l'étau, c'était sa calculatrice. Et c'est là, seulement là, qu'il a compris. C'est peut-être un connard de faux cul, ce gars, mais il n'est pas débile pour autant. Il a vu ce qui allait arriver après, puis après, puis encore après. Il a compris qu'il était cuit. À ce moment précis. »

Je m'amusais à faire claquer les perles du collier de Holly Deblin.

Elle a dit : « Moi aussi, j'étais assez surprise. »

Je ne l'ai pas pressée.

« Enfin, je veux dire, je t'aimais bien, Taylor, mais je pensais que tu étais… » Elle ne voulait rien dire qui puisse me blesser.

« Un punching-ball humain ? »

Holly Deblin a appuyé son menton sur mon torse. « Ouais. » Son menton s'est un peu enfoncé. « Qu'est-ce qui s'est passé, Taylor ? Je veux dire, qu'est-ce qui t'est arrivé ?

– Des trucs. » Quand elle, elle m'appelle « Taylor », c'est plus intime que si elle m'appelait « Jason ». Moi, je suis encore trop timide pour l'appeler quoi que ce soit. « C'est cette année. Écoute, j'ai pas trop envie de parler de Neal Brose. Une autre fois ? » Je lui ai enlevé le bracelet tissé qu'elle avait au poignet et me le suis passé.

« Voleur. Trouve-toi tes propres accessoires de mode dernier cri.
– Qu'est-ce que tu crois que je suis en train de faire ? Ça, c'est le premier de ma collection. »
Holly Deblin a saisi entre ses doigts chacune de mes oreilles, qui sont un tout petit peu grosses, et a attiré ma bouche vers la sienne. Notre troisième baiser a duré toute la chanson « Planet Earth » de Duran Duran. Holly Deblin a guidé ma main à l'endroit où celle-ci pouvait sentir battre contre sa paume un cœur de quatorze ans.

« Coucou, Jason. » Le salon, illuminé par les guirlandes électriques du sapin et le feu de cheminée au gaz, me rappelait la grotte du père Noël. La télé était éteinte. Papa était assis là, sans rien faire, d'après ce que la lumière tutti frutti me permettait de voir. Mais, au ton de sa voix, je savais qu'il était au courant de toute l'affaire Neal Brose et de la Casio transformée en gaufrette. « C'était bien, cette boum ?
– Pas mal. » (Il s'en fichait bien, de la boum.) « Et ça a été comment, à Oxford ?
– Oxford, c'est Oxford. Jason, il faut qu'on ait une petite discussion. »
J'ai accroché ma parka noire au portemanteau en sachant que j'étais fichu. « Une petite discussion », ça voulait dire que j'allais m'asseoir et que papa allait me passer un savon, mais avec Holly Deblin, toute ma tête était chamboulée, je crois. « Papa, je peux commencer ?
– Très bien. » Papa avait l'air calme, mais les volcans ont l'air calmes juste avant de faire sauter la moitié d'une montagne. « Vas-y.
– J'ai deux choses à te raconter. Des choses importantes.
– Je devine la première. Ta fantastique journée à l'école, j'imagine.
– C'est la première, oui.

— M. Kempsey m'a téléphoné tout à l'heure. Il m'a parlé du garçon qui s'est fait renvoyer.

— Neal Brose. Ouais. Je… lui paierai une nouvelle calculatrice.

— Inutile. » Papa était trop fatigué pour piquer une crise. « J'enverrai un chèque à son père demain matin. Il m'a téléphoné, lui aussi. Le père de Neal Brose, je veux dire. En fait, c'est lui qui m'a présenté ses excuses. » (*Ça*, ça m'a surpris.) « Il m'a demandé d'oublier cette histoire de calculatrice. De toute façon, je lui enverrai le chèque. Qu'il l'encaisse ou pas, ça le regarde. Mais je pense que ça permettra de tirer un trait sur toute cette histoire.

— Bon…

— Ta mère voudra sans doute mettre son grain de sel dans cette histoire, mais bon… » Papa a haussé les épaules. « M. Kempsey m'a dit qu'il y avait du racket à l'école. Je suis désolé que tu ne te sois pas senti capable de nous en parler, mais enfin je ne peux tout de même pas te gronder pour ça. »

Tout d'un coup, je me suis souvenu du coup de téléphone de Julia. « Maman est rentrée ?

— Maman… » Les yeux de papa trahissaient son malaise. «… dort chez Agnes ce soir.

— À Cheltenham ? » (Ça n'avait pas de sens. Maman ne dormait jamais chez personne, à part chez tante Alice.)

« Elle a eu un entretien privé qui s'est prolongé tard.

— Elle n'en a pas parlé au petit-déjeuner.

— Quelle était cette deuxième chose dont tu voulais me parler ? »

Il avait fallu douze mois pour que *paf !* ce moment surgisse.

« Allez, Jason. Je suis sûr que ce n'est pas aussi grave que tu le crois. »

Détrompe-toi. « J'étais allé » (Le Pendu a retenu « patiner ».) « euh… dehors, en janvier dernier, quand le lac du bois avait gelé. Pour m'amuser avec d'autres gars. J'avais la montre de grand-père au poignet. Son Omega…» (Le Pendu a retenu «Seamaster».) En lui racontant enfin l'histoire en vrai, j'avais plus l'impression d'être dans un rêve que dans la douzaine de cauchemars où je lui disais la vérité. «La montre qu'il a achetée quand il était dans la…» (*La vache*, je n'arrivais même plus à dire «marine».) «au port d'Aden. Mais je suis tombé» – plus possible de faire machine arrière – «et elle s'est fracassée. Je te jure, ça fait un an que j'essaie d'en trouver une nouvelle. Mais le seul exemplaire dont j'aie entendu parler coûte presque neuf cents livres. Et je n'ai pas cette somme. Bien entendu.»

Pas un muscle sur le visage de papa n'avait frémi. Pas un seul.

«Je suis vraiment désolé. J'ai été très bête de sortir avec.»

D'une seconde à l'autre, le calme se briserait et papa allait me désintégrer.

«Bah, ce n'est pas grave.» (N'empêche que les adultes disent ça justement quand, au contraire, c'est vachement grave.) «Ce n'est qu'une montre. Personne n'a été blessé, ce n'est pas comme ce pauvre Ross Wilcox. Il n'y a pas mort d'homme. À l'avenir, sois plus prudent avec les objets fragiles, c'est tout. Reste-t-il quelque chose de la montre ?

– Rien que le bracelet et le cadran, c'est tout.

– Garde-les précieusement. On ne sait jamais, un artisan pourra peut-être greffer des pièces d'une autre Seamaster dans celle de ton grand-père, un jour. Quand tu seras responsable d'une réserve naturelle de plusieurs milliers d'hectares dans la vallée de la Loire.

– Alors tu ne vas… rien faire ? Me punir, je veux dire ?»

Papa a haussé les épaules. «Tu t'es déjà mis tout seul au pilori.»

Jamais je n'avais osé espérer que ça se passerait aussi bien. «Tu voulais me dire quelque chose d'important, toi aussi, papa.»

Papa a avalé sa salive. «Elle est très bien, ta décoration du sapin.

– Merci.

– Non, merci à toi.» Papa a pris une gorgée de son café et a

fait la grimace. « J'ai oublié d'y mettre une sucrette. Tu peux aller m'en prendre à la cuisine, s'il te plaît, mon lapin ? »
« Mon lapin » ? Ça faisait une éternité que papa ne m'avait pas appelé comme ça. « Bien sûr. » J'y suis allé. Ça caillait, dans la cuisine. Avec le soulagement, la gravité était plus faible. J'ai pris les sucrettes, une cuillère à café et une soucoupe, puis je suis retourné dans le salon.
« Merci. Rassieds-toi. »
Papa a appuyé sur le bouton de la boîte de sucrettes et une capsule minuscule a plongé dans le tourbillon de Nescafé ; il a touillé, puis il a soulevé la tasse et sa soucoupe. « Parfois… » Le malaise qui pendait à son « parfois » grossissait, grossissait, grossissait. « Parfois, on peut aimer deux personnes de différentes façons en même temps. » Rien que le fait de parler, je le voyais bien, c'était pour lui un effort surhumain. « Est-ce que tu comprends ? »
Je secoue la tête. Les yeux de Papa auraient pu me donner un indice, mais voilà que maintenant il a le regard plongé dans son café. Il est penché en avant. Il a les coudes plantés sur la table basse. « Ta mère et moi… » La voix de papa est devenue horrible, comme celle d'un acteur merdique, dans une série télé merdique. « Ta mère et moi… » Papa tremble. Papa ne tremble jamais ! La tasse et la soucoupe s'entrechoquent, alors il est obligé de les reposer, mais il se cache les yeux. « Ta mère et moi… »

Janus

« Apparemment, il a même eu recours à des emprunts pour elle ! »

Devinez de qui Gwendolin Bendincks parlait ?

« Des emprunts ? » Mme Rhydd poussait des cris perçants. « Des emprunts ? »

Pourquoi est-ce que ce serait à moi de déguerpir de honte ? Je n'ai rien fait de mal. Est-ce que c'était ma faute si elles n'avaient pas remarqué que j'étais là, en train de parcourir le numéro de *Smash Hits* derrière une pyramide de boîtes de Pal ?

« Des emprunts. Une bagatelle de vingt mille livres.

– De quoi acheter une petite maison ! Pourquoi avait-elle besoin de vingt mille livres ?

– Polly Nurton dit que cette fille a une petite entreprise de fournitures de bureau à Oxford, ou quelque chose de ce genre, qui approvisionne le Groenland – pas le pays, les supermarchés. Bien pratique, comme arrangement, vous ne trouvez pas ? »

Mme Rhydd ne comprenait pas.

« Madame Rhydd, il travaille chez Groenland comme directeur régional. Ou plutôt, il travaillait. Il a été renvoyé il y a deux mois, vous savez bien. Cela ne me surprendrait pas d'apprendre qu'il y a un lien avec toute cette… histoire. Polly Nurton n'est pas du genre à y aller par quatre chemins, vous la connaissez. Comme elle disait, quelle entreprise respectable voudrait d'un adultère aux commandes ? Il a sans doute permis à cette fille d'obtenir le contrat avec Groenland il y a plusieurs années, quand leur… liaison a commencé.

— Vous dites qu'ils étaient… depuis un moment déjà ?

— Oh oui ! Ils ont commis leur première… indiscrétion il y a bien des années. Il l'avait confessé à Helena à l'époque et avait juré ne plus la revoir. Helena lui avait pardonné. Pour la famille. Comme beaucoup. Je veux dire… » (Les gens ont tendance à chuchoter le mot qui suit, au cas où cela leur porterait malheur.) « … le "divorce", c'est toujours dramatique. Peut-être qu'ils ne se sont plus revus par la suite, peut-être que si. Polly Nurton n'a rien dit à ce sujet et moi, je ne suis pas du genre à fourrer mon nez dans les affaires des autres. Mais enfin, quand le mal est fait, on peut venir pleurnicher tant qu'on veut, cela ne change rien.

— C'est vrai, madame Bendincks, c'est tellement vrai.

— Mais Polly est sûre d'une chose : quand, l'année dernière, les affaires de cette fille ont commencé à mal tourner, juste après que son mari a levé le camp et les a abandonnés, elle et leur bébé — celui-ci avait dû sentir qu'il y avait quelque chose de pourri au royaume du Danemark, j'imagine —, elle est retournée frapper à la porte de son ancien galant.

— Quel culot !

— C'était en janvier dernier. Polly a dit que la fille faisait une dépression. Peut-être que c'est la vérité, peut-être pas. En tout cas, elle faisait des appels anonymes chez les Taylor à n'importe quelle heure, vous voyez un peu le genre. Alors il a emprunté une montagne d'argent sans en piper mot à sa femme et en mettant la maison familiale en garantie hypothécaire.

— Comment ne pas compatir au sort de Mme Taylor ?

— N'est-ce pas ? Elle n'en a rien su jusqu'à ce qu'elle inspecte ses relevés bancaires à lui. Quelle façon terrible de découvrir que votre maison a été mise au clou ! Vous imaginez un peu, se faire duper de la sorte ? Être trahie de cette manière ? L'ironie dans tout cela, c'est qu'à Cheltenham la galerie de Helena fait un tabac : les gens font la queue dans toute la rue pour y entrer. D'ailleurs, le magazine de décoration *Home and Country* va lui consacrer tout un article le mois prochain.

— Si vous voulez mon avis, fulminait Mme Rhydd, l'autre, là, ne vaut pas mieux qu'une Marie-couche-t...»

Mme Rhydd a fait un peu comme un poisson-globe en me voyant. J'ai reposé le *Smash Hits* et me suis dirigé vers le comptoir. Je commence à avoir pas mal de pratique dans l'art de faire comme si de rien n'était.

«Tiens, mais bonjour! Tu es Jason, n'est-ce pas?» a dit Gwendolin Bendincks, sourire pleins phares. «Tu ne te souviens certainement pas de la vieille bique que je suis, mais nous nous sommes rencontrés au presbytère, l'été dernier.

— Je me souviens de vous.

— Je parie qu'il leur dit cela à toutes!» (Mme Rhydd avait la décence d'avoir une mine décomposée.) «Alors, la météo nous annonce qu'on est bons pour une bonne chute de neige, ce soir. Tu dois être ravi, n'est-ce pas? La luge, les igloos, les batailles de boules de neige.

— Comment ça va» — Mme Rhydd tripotait une étiqueteuse — «la vie, poussin? Tu déménages aujourd'hui, pas vrai?

— Les déménageurs sont en train d'embarquer les trucs lourds. Et comme maman, ma sœur, Kate Alfrick et la patronne de maman mettent les dernières choses dans les cartons, elles m'ont dit de sortir une ou deux heures histoire d'aller...» (Le Pendu a retenu «dire au revoir».)

«"Dire *au revoir** à Black Swan Green", est intervenue Gwendolyn Bendincks, un sourire entendu aux lèvres. Tu viendras vite nous rendre visite, d'accord? Cheltenham, ce n'est pas le bout du monde, n'est-ce pas?

— Non, c'est vrai.

— Tu prends les choses avec beaucoup de courage, Jason.» Elle

a joint les mains comme si elle avait attrapé une sauterelle. « Mais je tiens à te dire que si Francis – le pasteur, je veux dire – et moi pouvons vous aider en quoi que ce soit, notre porte vous sera toujours ouverte. Tu le diras à ta mère, d'accord ?
– Oui, oui. » *Je connais un puits où tu peux aller te jeter.* « Entendu.
– Salut, chef. » M. Rhydd est arrivé par l'arrière-boutique. « Qu'est-ce que ce sera ?
– Une livre de Rhubarb & Custard [1] et une livre de gingembre confit, s'il vous plaît. » Le gingembre confit, ça me fait suer des gencives mais maman adore ça.
« Très bien, chef. » M. Rhydd a grimpé à son échelle pour accéder aux pots de verre.
« Cheltenham est une ville divine. » Gwendolin Bendincks se remettait à me travailler au corps. « Les vieilles villes thermales ont tellement de caractère. La maison que ta mère y loue est-elle grande, Jason ?
– Je ne l'ai pas encore vue.
– Et ton père sera à Oxford, c'est bien cela ? » (J'ai fait oui de la tête.) « Pas encore de nouveau travail, à ce que j'ai entendu dire ? » (J'ai fait non de la tête.) « Rien de surprenant, les entreprises émergent à peine des vacances de Noël. Enfin, Oxford ce n'est pas le bout du monde, n'est-ce pas, madame Rhydd ? Tu vas bientôt aller voir ton papa, hein ?
– On… On n'en a pas encore beaucoup parlé.
– Chaque chose en son temps, voilà qui est bien sage. Mais tu dois être impatient de découvrir ta nouvelle école ! Je l'ai toujours dit. Un étranger est un ami que l'on n'a pas encore rencontré. » (Mon cul. Je n'ai jamais rencontré l'Éventreur du Yorkshire ; pour autant, ça m'étonnerait qu'on devienne amis.) « Et ton ancienne maison de Kingfisher Meadows, elle est déjà officiellement en vente ?

1. Bonbons à la rhubarbe et à la crème anglaise.

– J'imagine que c'est pour bientôt.
– Si je te demande cela, c'est parce que nous avions établi notre presbytère dans un bungalow sur la route d'Upton, mais ce n'était que du provisoire. Dis à ta maman de demander à son agent immobilier de passer un petit coup de fil à Francis avant de diffuser des annonces un peu partout. Maman préférera faire affaire avec une amie plutôt qu'avec un étranger qu'elle ne connaîtra ni d'Ève, ni d'Adam. Tu te souviens des Crommelynck, ces horribles personnages qui s'étaient installés chez nous ? Tu lui diras, n'est-ce pas ? Tu me le promets, Jason ? Parole de scout ?
– Bien entendu, je vous le promets. » *C'est ça, dans une quarantaine d'années.* « Parole de scout.
– Et voilà, chef, a dit M. Rhydd qui refermait les sachets en leur donnant un tour.
– Merci… » Je cherchais l'argent dans mes poches.
« Non, non. C'est offert par la maison, aujourd'hui. » Le visage de M. Rhydd est tout gonflé et ravagé et lamentable, mais un visage et son regard peuvent être deux choses très différentes. « Un cadeau de départ.
– Merci.
– Eh bien, a chanté Gwendolin Bendincks, ma foi !
– Eh oui, a dit Mme Rhydd sur un ton morne, ma foi.
– Bonne chance. » M. Rhydd a refermé mes doigts sur les sachets en papier. « Et merci pour tout. »

À Black Swan Green, c'est le Village des Morts aujourd'hui, à cause de *Moonraker* qui passe à la télé. Notre télé est au fond du camion de déménagement. Je serais allé chez Dean pour regarder le film normalement, mais lui et son père sont partis à pied pour voir sa grand-mère à White Leaved Oak, c'est du côté de Chase End. Mes pieds m'ont emmené vers le lac du bois. C'était sympa de la part de M. Rhydd de m'offrir les Rhubarb & Custard, mais aujourd'hui, ces bonbons avaient un goût de verre acide. J'ai craché celui que j'avais dans la bouche.

En hiver, les bois sont des endroits où tout est cassant. On a l'esprit qui volette de branche en branche.

Papa est venu récupérer le reste de ses affaires hier. Maman avait tout laissé dans des sacs-poubelle noirs dans le garage, parce qu'elle avait besoin de toutes les valises. Elle et Julia étaient à la galerie, à Cheltenham. J'étais assis sur une malle et regardais *Happy Days* sur ma télé portative (avant que Hugo m'apprenne que *Happy Days* se déroulait dans les années cinquante, je croyais que ça se passait dans l'Amérique d'aujourd'hui). Un moteur dont le bruit ne m'était pas familier s'est arrêté dans notre allée. À travers la fenêtre du salon, j'ai vu une Volkswagen Jetta bleu ciel. Papa est sorti du côté passager.

Je n'avais pas vu papa depuis la nuit où j'avais embrassé Holly Deblin, quand il m'a annoncé que lui et maman se séparaient. Deux semaines entières étaient passées. On s'était parlé au téléphone chez tante Alice, le jour de Noël, mais ç'avait été horrible, horrible, horrible. Qu'est-ce que j'étais censé lui dire ? « Merci pour la boîte de Meccano édition de luxe et l'album de Jean-Michel Jarre » (c'est ce que je lui ai dit, en plus) ? Maman et papa ne se sont pas parlé, et maman ne m'a pas demandé ce qu'il avait dit.

Quand j'ai vu la Volkswagen Jetta bleu ciel, le Minable a crié, mâchoires serrées : *Barre-toi ! File te cacher !*

« Salut, papa.

– Oh ! » L'expression sur le visage de papa, c'était celle d'un alpiniste au moment où sa corde casse. « Jason. Je ne m'attendais pas à... » Papa allait dire « te trouver à la maison », mais il a modifié la fin de sa phrase. « Je ne t'avais pas entendu.

– J'ai entendu la voiture. » Bah oui. « Maman est au travail. » Papa le savait bien.

« Elle m'a laissé des choses. Je suis juste venu les récupérer.

– Je sais. Elle me l'a dit. »
Un chat gris a tranquillement traversé le garage et est allé s'installer sur un coussin de pommes de terre.
« Alors... a dit papa, comment va Julia ? »
Papa voulait dire : *Est-ce que Julia me déteste ?* Mais à cette question, même Julia ne savait pas répondre. « Elle... Elle va bien.
– C'est bien. C'est bien. Tu lui diras coucou de ma part.
– D'accord. » *Bah, pourquoi tu lui dis pas toi-même ?* « Comment ça s'est passé, Noël ?
– Oh... Bien. C'était tranquille. » Papa a regardé la pyramide de sacs-poubelle. « Affreux. Pour des raisons évidentes. Et toi ?
– Pareil. Tu te laisses pousser la barbe, papa ?
– Non, c'est juste que je ne me suis pas... oui, peut-être. Je ne sais pas. Et ils vont bien, à Richmond ?
– Tante Alice est dans tous ses états, tu t'imagines bien, à cause de... bah, tu sais quoi.
– Bien sûr.
– Alex n'a fait que jouer sur son ordinateur BBC micro. Hugo a fait son faux jeton, comme d'habitude. Nigel résolvait des équations du second degré pour s'amuser. Oncle Brian... » Pas facile de terminer cette phrase sur oncle Brian.
« ... était soûl comme une grive et n'a pas arrêté de médire sur mon compte, c'est ça ?
– Papa ? C'est un con, oncle Brian ?
– En tout cas, il se comporte comme un con. » Quelque chose s'est dénoué à l'intérieur de papa. Il avait l'air lessivé et malheureux, mais il était plus serein, c'est sûr. « Mais la façon dont les gens agissent ne reflète pas ce qu'ils sont vraiment. Pas forcément. Il ne faut pas les juger trop vite. Il y a peut-être des choses que tu ne sais pas. Tu comprends ? »
Un peu, que je comprends.
Le plus terrible, dans tout ça, c'est qu'en étant en bons termes avec papa j'avais l'impression de trahir maman. Ils ont beau répéter

et répéter : « Nous t'aimons toujours tous les deux », on sent bien qu'il faut choisir son camp. Les expressions du genre « pension alimentaire » et « dans l'intérêt des enfants » ne vous lâchent plus. Une silhouette était assise dans la Jetta bleu ciel. « Est-ce que... » Je ne savais pas comment l'appeler, elle.

« Oui, c'est Cynthia qui m'a amené ici. Elle aimerait te dire bonjour si... » (Un organiste fou martelait le clavier de la panique en moi.) « ... si tu es d'accord. » Une note implorante a fait couaquer la voix de papa. « Tu veux bien ?

– D'accord. » Je ne voulais pas. « D'accord. »

Devant la caverne du garage, la pluie tombait si finement qu'en fin de compte elle ne tombait même pas. Le temps que j'atteigne la Jetta, Cynthia était déjà sortie. Elle n'avait rien de la bimbo à gros nichons, ni de la sorcière au regard maléfique. Elle était moins bien habillée que maman, carrément moins bien, et elle paraissait plus timide. Cheveux bruns coupés au carré, yeux marron. Elle ne ressemblait pas du tout à une belle-mère, non. Belle-mère qu'elle deviendra, bientôt.

« Bonjour, Jason. » La femme que papa préférerait à maman pour passer le reste de sa vie m'a regardé comme si je braquais un flingue sur elle. « Je suis Cynthia. »

– Moi, c'est Jason. » C'était super-super-super-bizarre. Ni moi ni elle n'avons essayé de nous serrer la main. À l'arrière de sa voiture, il y avait un autocollant « BÉBÉ À BORD ». « Vous avez un bébé ?

– Oh, Milly est une petite fille, maintenant. » Si vous aviez entendu sa voix juste après celle de maman, vous vous seriez dit que celle de maman était plus huppée. « Camilla. Milly. Le père de Milly – mon ex-mari –, nous avons déjà... Enfin, je veux dire, il a débarrassé le plancher. Comme on dit.

– Ah. »

Papa regardait sa future femme et son seul fils depuis son ex-garage.

« Bon. » Cynthia a souri d'un air malheureux. « Rends-nous visite quand tu veux, Jason. Il y a des trains directs pour Oxford, depuis Cheltenham. » La voix de Cynthia est moitié moins forte que celle de maman ; encore moins, même. « Ton père aimerait bien. Il aimerait vraiment. Et moi aussi. On est dans une grande et vieille maison. Il y a un cours d'eau au bout du jardin. Tu pourrais même y avoir ta… » (Elle était sur le point de dire « ta propre chambre ».) « Bref, tu y es le bienvenu. Quand tu voudras. »
Je n'ai pas su mieux faire qu'acquiescer de la tête.
« Quand ça t'arrangera. » Cynthia regardait papa.
« Mais depuis…, ai-je commencé, soudain terrifié à l'idée de ne rien avoir à dire.
– Si tu…, a-t-elle lancé en même temps.
– Allez-y.
– Non, vas-y, toi. Si, si. Je t'en prie.
– Depuis combien de temps » (Jamais un adulte ne m'avait laissé parler en premier.) « vous connaissez papa ? » J'avais voulu que la question ait l'air toute bête mais elle avait pris des accents de Gestapo.
« Nous avons grandi ensemble » – Cynthia s'efforçait de ne pas faire de sous-entendus –, « dans le Derbyshire. »
Il la connaissait depuis plus longtemps que maman, donc. S'il s'était marié avec cette Cynthia en premier au lieu de maman, et s'ils avaient eu un fils, est-ce que ç'aurait été moi ? Ou bien un enfant tout à fait différent ? Ou bien un enfant qui aurait été à moitié moi ?
Tous ces jumeaux fantômes, tu parles d'une perspective ahurissante.

Je suis arrivé au lac dans le bois et me suis souvenu de la partie de bulldogs anglais qu'on avait faite dessus quand il avait gelé en janvier dernier. Vingt ou trente gars qui fusaient de partout en poussant des cris perçants. Tom Yew avait interrompu la partie en dévalant le chemin que je venais de prendre sur sa Suzuki. Il s'était assis sur ce même banc où je me souvenais de lui. À présent, Tom Yew est dans le cimetière d'une colline perdue et dépourvue d'arbres au beau milieu de tout un tas d'îles dont on n'avait jamais ne serait-ce qu'entendu parler en janvier dernier. Ce qu'il reste de la Suzuki de Tom Yew se fait dépouiller et sert à réparer d'autres Suzuki. Le monde ne laisse pas de répit aux choses. Le monde ajoute des fins à des débuts. Les feuilles de ces saules pleureurs se détachent toutes seules. Les feuilles tombent dans le lac et se dissolvent pour finir en vase. À quoi ça rime, tout ça? Maman et papa sont tombés amoureux, ils ont fait Julia, ils m'ont fait moi. Ils ne sont plus amoureux, Julia part pour Édimbourg, maman pour Cheltenham et papa pour Oxford avec Cynthia. Le monde ne cesse jamais de défaire ce que le monde ne cesse jamais de faire.

Mais qui a dit que le monde devait rimer à quelque chose?

Dans mon rêve, un bouchon de pêche était apparu à la surface de l'eau, de l'orange sur le noir luisant, là, à quelques pas devant moi. Celui qui tenait la canne, c'était le Foireux, assis à l'autre bout du banc. Le Foireux de mon rêve était extrêmement réaliste, jusque dans les moindres détails, jusqu'à son odeur même; alors je me suis dit que j'étais sûrement réveillé. « Oh. Ça gaze, Mervyn? La vache, je rêvais de...
— Debout debout zizi tout dur.
— ... d'un truc. Tu es là depuis longtemps?
— Debout debout zizi tout dur. »
Ma Casio indiquait que je n'avais dormi que dix minutes.
« J'ai dû...
— Il va neiger. Ça va patouiller. Le bus de l'école va rester coincé. »
Mes articulations ont craqué quand je me suis étiré. « Tu ne regardes pas *Moonraker*? » Mes articulations sont retournées dans leur logement.

Le Foireux m'a regardé d'un air tragique, comme si c'était moi, l'idiot du village. « Y a pas la télé, ici. Je pêche, là. Chuis venu voir le cygne.

— Il n'y a pas de cygne à Black Swan Green. C'est la blague du village.

— Gratte-couilles. » Le Foireux a fourré une main dans son froc et se les est généreusement grattées. « Gratte-couilles. »

Un rouge-gorge s'est posé sur le buisson de houx ; on aurait dit une carte de vœux.

« Alors... c'est quoi, le plus gros poisson que tu aies pris dans ce lac, Merv ?

— J'ai jamais rien pris. Pas d'ce côté. J'pêche de l'aut' côté, moi, là où qu'c'est tout mince.

— Alors c'est quoi le plus gros poisson que tu aies pris de l'autre côté ?

— J'ai jamais rien pris de l'aut' côté non plus.

— Ah. »

Le Foireux m'a regardé en plissant les yeux. « J'ai attrapé une grosse tanche bien grasse une fois. J'l'ai embrochée et grillée au-dessus du feu dans not' jardin. Les yeux, c'était l'meilleur. Au printemps de l'année dernière, qu'c'était. Ou çui-là d'avant. Ou çui-là encore d'avant. »

Une sirène d'ambulance a poussé une plainte qui a ricoché comme dans un jeu de bagatelle à travers la forêt nue.

« Quelqu'un est en train de mourir, tu crois ? ai-je demandé au Foireux.

— Debby Crombie va à l'hôpital. Elle a son bébé qui sort. »

Les corbeaux croâ... croâ... croassaient, comme des vieux qui ne savent plus pourquoi ils sont montés à l'étage. « Je quitte Black Swan Green aujourd'hui.

— À plus.

— On ne se reverra sans doute pas. »

Le Foireux a tendu la jambe et a lâché un pet, *flabbadabbadabba*,

si fort que le rouge-gorge sur le houx a pris peur et s'est envolé.
Le bouchon orange flottait à la surface de l'eau, immobile.
« Tu te souviens du chaton que tu as trouvé l'année dernière, Merv ? Il était mort congelé.
– J'aime pas les kit-kat. Je mange que des œufs en chocolat et des Raider.
– Tu veux mes Rhubarb & Custard ?
– Bof. » Le Foireux a fourré le sac dans la poche de son manteau.
« Pas vraiment. »
Je ne sais pas ce que c'était, mais c'est passé tellement bas, tellement au ras de nos têtes, que j'aurais pu le toucher du bout des doigts si je ne m'étais pas pelotonné sur le banc à cause de l'effet de surprise. Au début, j'ai cru que c'était autre chose. *Un planeur...* – mon esprit cherchait à reconnaître cette forme – *... un Concorde... un ange mutant qui tombait sur terre...*
Un cygne glissait sur la pente d'air et rejoignait son reflet.
Le reflet d'un cygne remontait la pente du lac et rejoignait le cygne.
Juste avant l'impact, le gigantesque oiseau a déployé ses ailes et fait pédaler ses pattes palmées, comme dans un dessin animé. Il est resté suspendu dans l'air, puis a fait un plat sur le ventre. Les canards ont crié d'indignation, mais un cygne ne remarque que ce qu'il daigne bien remarquer. Il a courbé puis étiré son cou exactement comme papa après un long trajet en voiture.
Si les cygnes n'existaient pas, on les aurait inventés dans les légendes.
Je me suis décroquevillé. Le Foireux, lui, n'avait pas bronché.
« Excuse-moi, Mervyn, ai-je dit au Foireux. Tu avais raison. »
On ne sait jamais vraiment où le Foireux regarde.

Les buissons fous qui étouffaient la Maison-du-bois avaient été taillés à la bonne hauteur. Des branches nues et blanches étaient déposées en une pile bien nette sur une pelouse inhabituellement exposée à la lumière. La porte de devant était entrouverte et à l'intérieur on entendait un outil électrique. Celui-ci s'est tu. Nottingham Forest affrontait West Bromwich Albion dans un transistor éclaboussé de peinture. De gros coups de marteau ont tonné.

L'allée du jardin avait été débroussaillée. « Ohé ? »

D'autres coups de marteau.

« Ohé ? »

Au fond du couloir, un maçon de l'âge de papa mais plus musclé que lui tenait une massette dans une main et un burin dans l'autre. « Je peux t'aider, fils ?

— Je... Je ne veux pas vous... euh, vous embêter. »

Le maçon a fait un geste qui disait *Deux secondes* et a éteint la radio.

« Désolé, ai-je dit.

— Pas d'souci. La clique à Brian Clough est en train d'nous enfler, quelque chose de bien. Rien qu'à entendre le massacre, j'en ai mal aux oreilles. » Son accent aurait très bien pu être celui d'un extraterrestre. « Enfin, je vais souffler un peu, ça m'fera pas d'mal. C'est une vraie misère à mettre, une barrière hydrofuge. Faut qu'j'sois dingue pour vouloir faire ça moi-même. » Il s'est assis sur la première marche de l'escalier, a ouvert sa Thermos et s'est versé du café. « Enfin, qu'est-ce que j'peux faire pour toi ?

— Eh ben... est-ce qu'il y a une vieille dame qui vit ici ?

— Ma belle-mère ? Mme Gretton ?

— Une dame assez vieille. Habillée en noir. Aux cheveux blancs.

— C'est bien elle. La grand-mère de la famille Addams.

— Ouais, un peu.

— Elle habite avec nous maintenant, dans une dépendance, juste de l'autre côté. Alors, tu la connais ?

— Je. » (Le Pendu a étouffé mon « sais ».) « J'imagine que ça va paraître bizarre, mais il y a un an, je me suis fait mal à la cheville.

Quand le lac dans le bois avait gelé. Il était tard. J'ai réussi à venir à cloche-pied jusqu'ici et j'ai frappé à cette porte...

— Alors, c'était toi ? » Le visage du maçon s'est illuminé d'étonnement. « Elle t'a soigné avec une de ses recettes de grand-mère, elle t'a fait un cataplasme, c'est ça ?

— C'est ça. Et ça a marché.

— Je veux que ça marche ! J'ai eu droit à la même chose pour mon poignet, y a deux ans. Un vrai miracle. Mais ma femme et moi, on s'demandait si elle t'avait pas inventé.

— Si elle ne m'avait pas inventé ?

— Déjà avant son attaque, elle était un peu... dans les nuages, quoi. On pensait que t'étais un de ses » — il a pris une voix de film d'horreur — « *garçons morts noyés dans le lac*, tu vois.

— Ah. D'accord. Elle s'était endormie quand j'ai voulu partir...

— C'est elle tout craché, ça ! Je parie qu'elle t'avait enfermé à l'intérieur, et tout, pas vrai ?

— Oui, c'est vrai, et du coup, je ne l'ai jamais remerciée de m'avoir soigné la cheville.

— Bah, vas-y, si tu veux. » Le maçon aspirait bruyamment son café pour ne pas se brûler les lèvres. « J'te garantis pas qu'elle te reconnaîtra ou qu'elle te parlera, mais elle est assez bien lunée, aujourd'hui. Tu vois le bâtiment jaune, là-bas derrière, celui qu'on voit à travers les arbres ? C'est chez nous.

— Mais... moi, je croyais qu'ici, c'était... loin de tout.

— Ici ? Nan ! On est juste entre Pig Lane et la carrière, là où les gitans ils campent en automne. Le bois fait deux, trois hectares, tu sais. Deux ou trois terrains de foot, pas plus. C'est pas la forêt d'Amazonie. Ni celle de Sherwood. »

« Il y a un gars au village, Ross Wilcox. Il était sur le lac gelé, l'année dernière, quand vous m'avez trouvé, devant votre maison... »

Un visage très très vieux, c'est ramolli comme une marionnette, on ne sait pas si c'est celui d'un homme ou d'une femme, et sa peau est toute transparente.

Le déclic d'un thermostat a retenti, et puis une chaudière quelque part s'est mise à bourdonner.

« Là, là, a murmuré Mme Gretton, là, là...

— Je n'ai raconté ça à personne. Pas même à Dean, mon meilleur copain. »

La chambre jaune sentait les crumpets, la crypte et la moquette.

« À la foire de Goose de novembre dernier, j'ai trouvé le portefeuille de Wilcox. Il y avait tout un tas d'argent dedans. Un très gros tas. J'ai deviné que c'était le sien parce qu'il y avait sa photo à l'intérieur. Il faut savoir que Wilcox n'arrêtait pas de m'embêter, l'année dernière. Ce qu'il faisait, c'était... assez méchant. Un peu sadique. Alors j'ai gardé son portefeuille.

— C'est comme ça, a murmuré Mme Gretton, c'est comme ça...

— Wilcox était dingue. Mais l'argent, c'était celui de son père, et son père, c'est un vrai malade. Alors, à cause de ça, Wilcox a eu tellement peur qu'il s'est engueulé avec sa copine et elle l'a plaqué. À cause de ça, sa copine est sortie avec Grant Burch. À cause de ça, Ross Wilcox a piqué la moto de Grant Burch. Enfin, celle du grand frère de Grant Burch. Il est parti à toute vitesse et il s'est viandé au carrefour. Il a perdu » — ça ne pouvait qu'être chuchoté — « la moitié de sa jambe. De sa jambe ! Vous comprenez ? C'est ma faute. Si je lui avais juste... rendu son portefeuille, il marcherait. Se traîner sur une cheville foulée jusqu'à votre ancienne maison, déjà, c'était pas drôle. Mais Ross Wilcox, lui... sa jambe s'arrête là... ça fait un moignon.

— C'est l'heure de se coucher, a murmuré Mme Gretton, c'est l'heure de se coucher... »

La fenêtre donnait sur la cour et la maison où Joe vivait avec sa famille. Un chien crocodilesque a traversé en se dandinant, un soutien-gorge gigantesque dans sa gueule souriante.

« Ziggy ! Ziggy ! » Une géante en colère et haletante lui courait après. « Reviens ici !

– Ziggy ! Ziggy ! » Deux petits couraient après la géante. « Reviens ici ! »

À l'intérieur de la Mme Gretton sénile, est-ce qu'une Mme Gretton qui avait toute sa tête m'écoutait et me jugeait ?

« Des fois, j'ai envie de me transpercer les tempes au javelot, histoire d'arrêter de me répéter : c'est de ma faute, c'est de ma faute. Mais après, je me dis que si Wilcox n'avait pas été aussi con, je le lui aurais rendu, son portefeuille. Si ç'avait été n'importe qui d'autre, j'aurais fait : "Hé, couillon, t'as fait tomber ça." Tout de suite. Donc... c'est aussi de sa faute, non ? Et puis, si les conséquences des conséquences des conséquences de ce qu'on fait étaient aussi de notre faute, alors on ne sortirait plus de chez soi, à ce moment-là. Ça veut dire que ce n'est pas de ma faute, si Wilcox a perdu sa jambe. Alors qu'en fait, si. Mais en fait, non. Mais en fait, si.

– J'en ai jusque-là, a murmuré Mme Gretton, j'en ai jusque-là... »

La géante tenait un bout du soutien-gorge. Ziggy avait l'autre. Les deux petits poussaient des cris de joie stridents.

De tout le temps où j'avais parlé à Mme Gretton, je n'avais pas bégayé une seule fois, pas une seule. Et si ce n'était pas le Pendu qui me faisait bégayer ? Et si c'était *l'autre personne* ? Ses attentes. Et si c'était pour ça que je pouvais lire à voix haute sans buter sur un seul mot dans une pièce vide, ou devant un cheval, ou un chien, ou à moi-même (ou à Mme Gretton, qui écoutait bien une voix, mais je suis quasiment sûr que ce n'était pas la mienne) ? Et si, quand un autre m'écoutait, il y avait une mèche de dynamite qui s'allumait, comme dans Tom et Jerry ?

Et si c'était quand on n'arrivait pas à sortir le mot avant que la mèche ait fini de brûler – au bout de deux secondes, on va dire – que la dynamite explosait ? Et si ce qui déclenchait le bégaiement, c'était le stress d'entendre la mèche et son *sssss* ? Et si on pouvait rallonger cette mèche à l'infini, de sorte que la dynamite n'explose jamais ? Comment faire ?

En me fichant royalement du temps que devra attendre l'autre personne. Deux secondes ? Deux minutes ? Non, deux *ans*. Assis dans la chambre jaune de Mme Gretton, je trouvais tout ça tellement évident. Si j'arrivais à atteindre ce stade de je-m'en-fichage, le Pendu retirerait ses doigts de mes lèvres.

Le déclic d'un thermostat a retenti, et puis une chaudière quelque part a cessé de bourdonner.

« Interminable, a murmuré Mme Gretton, interminable. »

Joe le maçon a toqué au chambranle de la porte. « Tout se passe bien ? »

Une photo en noir et blanc d'un sous-marin dans un port gelé était accrochée à côté de mon manteau. Tout l'équipage sur le pont faisait le salut militaire. Là où il y a des vieux, il y a toujours de vieilles photos. J'ai remonté la fermeture de ma parka noire. « C'est son frère, Lou, a dit Joe. Au premier rang, tout à droite. » Joe a posé son ongle abîmé près d'un visage. « C'est lui. » Lou se résumait à l'ombre projetée d'un nez.

« Un frère ? » Ça me disait quelque chose. « Mme Gretton me disait tout le temps de ne pas réveiller son frère.

– Quoi, là, tout de suite ?

– Non, en janvier dernier.

– Tu risquais pas d'le réveiller. Un destroyer allemand a coulé son sous-marin en 1941, au large des îles Orkney, au nord de l'Écosse. Elle » – Joe a désigné Mme Gretton de la tête –, « elle s'en est jamais vraiment remise, la pauv' biche.

« – La vache. Ç'a dû être terrible.

– La guerre. » Joe prononçait ce mot comme si c'était la réponse à la plupart des questions. « La guerre. »

Le jeune sous-marinier sombrait dans le vide du blanc.

Mais vu des yeux de Lou, c'est nous qui coulions, n'empêche. « Il faut que j'y aille.

– Ouaip. Et moi, faut que je me remette à ma barrière hydrofuge. »

Le sentier qui nous ramenait à la Maison-du-bois croustillait sous nos pas. J'ai ramassé une pomme de pin à la forme parfaite. Des chutes de neige imminentes avaient refermé les volets du ciel. « Vous venez d'où, Joe ?

– Moi ? Tu devines pas, à la façon dont j'cause ?

– Vous n'êtes pas du Worcestershire, mais... »

Il a poussé le volume de son accent au maximum. « J'suis un *Brummie*, fils.

– Un Brummie ?

– Eh oui. Si tu viens de *Brum*, t'es un Brummie. Brum, c'est Birmingham.

– Alors c'est ça, un Brummie.

– Et voilà : encore un grand mystère de la vie élucidé », a dit Joe, qui me faisait au revoir en agitant une pince plate.

« MORT ! »

En tout cas, c'est ce que j'avais entendu. Mais qui avait crié ce mot dans un bois et pourquoi ? Juste à l'endroit où le sentier presque invisible de la Maison-du-bois rejoint le chemin qui va au lac, j'ai entendu des foulées lourdes se rapprocher. Entre deux pins en forme d'os de vœux, je me suis glissé, invisible.

Le mot a filé comme une flèche à travers les arbres. « MORT ! »

Quelques secondes plus tard, Grant Burch est passé devant moi à fond la caisse : il volait presque. Il était pâle de terreur. Qui avait pu lui flanquer une frousse pareille ? Le père garagiste de Wilcox ?

Pluto Noak ? Grant Burch avait disparu avant que je n'envisage de lui poser la question.

« T'ES MORT, BURCH ! »

Philip Phelps a déboulé du virage, à vingt foulées derrière Grant Burch. Ce n'était pas le Philip Phelps que je connaissais, n'empêche. Ce Philip Phelps-là était dingue et cramoisi, bouillonnant d'une rage absolue qui ne s'éteindrait que lorsqu'elle tiendrait entre ses griffes le corps inerte et désarticulé de Grant Burch.

« MOOOOOORT !!! »

Philip Phelps a grandi, ces derniers mois. Je ne m'en étais pas rendu compte, jusqu'à ce qu'il passe en rugissant devant ma planque.

Rapidement, le bois a englouti les deux garçons et ce tumulte.

Comment Grant Burch s'est-il débrouillé pour pousser à bout le docile Philip Phelps, je ne le saurai jamais. C'était la dernière fois de ma vie que je posais les yeux sur eux.

Le monde est un proviseur qui vous met face à vos erreurs. En disant ça, je ne veux pas faire mon illuminé ou mon Jésus. Je parle plutôt de la manie qu'on a de trébucher encore et encore sur une marche qu'on n'a pas vue, jusqu'au jour où, enfin, on comprend : attention à la marche ! Tout ce qui ne va pas bien chez nous, quand on est trop égoïste ou trop béni-oui-oui, ou trop quoi que ce soit : c'est une marche qu'on n'a pas vue. Quand on ne voit pas ses erreurs, soit on en subit les conséquences à jamais, soit un jour on s'en rend compte et on fait ce qu'il faut. Ce qui est drôle, c'est qu'une fois qu'on s'est rentré dans le crâne qu'il y a une marche ici, on se dit : *Hé, mais après tout, la vie n'est pas qu'une tartine de merde*. Et là, *BLAM !*, on se rétame sur toute une volée de marches qu'on n'avait pas vues.

Des marches, il y en a toujours d'autres.

Ma boîte Maggi est planquée sous une latte de plancher qui se défait, à l'endroit où il y avait mon lit. Je l'ai sortie pour la dernière fois et je me suis assis sur le rebord de la fenêtre. Si les corbeaux quittent la Tour de Londres, la tour s'écroulera, nous avait dit Mlle Throckmorton [1]. Cette boîte Maggi, c'est le corbeau de la maison du 9 Kingfisher Meadows, Black Swan Green, Worcestershire (la maison ne va pas s'écrouler mais une autre famille y emménagera et un autre garçon déclarera cette chambre sienne et pas une fois, pas une seule, il ne pensera à moi. Tout comme je n'ai jamais pensé à ceux qui étaient là avant nous). Pendant la Seconde Guerre mondiale, cette boîte est partie pour Singapour et est revenue avec mon grand-père. Je m'amusais à poser l'oreille contre elle et guettais le bruit des pousse-pousse chinois, des bombardiers japonais ou de la mousson qui noie dans sa nuée un village de maisons sur pilotis. Le couvercle est tellement serré que la boîte fait un pet quand on l'ouvre. Grand-père y gardait ses lettres et son tabac. Aujourd'hui, à l'intérieur, il y a une ammonite dont le nom latin est *Lytoceras fimbriatum*, un petit marteau de géologue qui appartenait à papa, le mégot spongieux de ma première et dernière cigarette, *Le Grand Meaulnes* en français (avec la carte de vœux que Madame Crommelynck m'avait envoyée d'une ville de Patagonie qui ne figurait pas sur l'atlas mondial *Times*, signée *Madame Crommelynck et son majordome*), le nez en ciment de Jimmy Carter, un visage taillé dans le caoutchouc d'un pneu, un bracelet tissé que j'ai piqué à la première fille que j'ai embrassée, et les restes d'une Omega Seamaster que mon grand-père avait achetée à Aden avant ma naissance. Les photos, c'est mieux que rien, mais les choses, c'est mieux que les photos, parce qu'elles faisaient partie de *ce qui était*.

Le camion de déménagement a démarré dans un soubresaut, a fait grincer son embrayage puis a descendu lourdement Kingfisher Meadows pour rejoindre la grand-route. Yasmin Morton-

---

[1]. Superstition séculaire. Les corbeaux qui nichent à la Tour de Londres ont d'ailleurs les plumes taillées de sorte à ne pouvoir la quitter.

Bagot et maman ont déposé un dernier carton dans la Datsun de maman. Une fois, papa a dit que Yasmin Morton-Bagot était du genre BCBG tapageuse ; c'est peut-être vrai, n'empêche que les BCBG tapageuses peuvent être aussi balèzes que les Hell's Angels. Julia a casé un panier à linge, une corde à linge enroulée et un sac de patères dans l'Alfa Romeo de Yasmin Morton-Bagot.

Cinq minutes avant l'heure fatidique, je me disais.

Le voilage de la fenêtre de la chambre de M. Castle a frémi. Mme Castle était collée à la vitre, comme si elle se noyait. Elle regardait maman, Julia et Yasmin Morton-Bagot.

Ce qu'ils sont gros, les yeux de Mme Castle.

Elle a senti que je l'observais et nos regards se sont croisés. Rapide comme un vairon, le voilage est revenu à sa place.

Julia a reçu mon signal télépathique et levé les yeux.

J'ai esquissé un salut de la main.

« On m'a envoyée pour que je te ramène. » Les pas de ma sœur résonnaient dans ma chambre. « Mort ou vif. Il va neiger d'une minute à l'autre. À la radio, ils disent que les plaques de verglas et les gros flocons descendent vers le sud en suivant l'autoroute 5 ; on ferait peut-être mieux d'y aller.

– D'accord. » Je n'ai pas bougé de mon perchoir-rebord-de-fenêtre.

« Sans les rideaux et les tapis, ça résonne vachement plus, pas vrai ?

– Ouais. » C'est comme si la maison était toute nue. « Vachement plus. » Nos voix faibles tonnaient et la lumière du jour était même un rien plus blanche.

« J'ai toujours envié ta chambre. » Julia s'est appuyée contre le rebord de ma fenêtre. Sa nouvelle coupe de cheveux lui allait bien, une fois qu'on s'y était fait. « De la tienne, on peut surveiller le voisinage. Les Woolmere et les Castle.

– Moi, j'enviais la tienne.

– Ah bon ? Perchée au grenier comme les larbins de l'époque victorienne ?
– On peut voir tout le chemin équestre remonter jusqu'aux collines de Malvern.
– Quand il y avait de l'orage, j'étais persuadée que tout le toit allait s'envoler, comme dans *Le Magicien d'Oz*. J'avais une de ces frousses.
– Difficile à imaginer. »
Julia tripotait son pendentif, un dauphin en platine que Stian lui avait donné. « Qu'est-ce qui est difficile à imaginer ?
– Que quelque chose te fiche la frousse.
– Eh bien, derrière mon air intrépide, sache, petit frère, que, régulièrement, toutes sortes de choses me tétanisent. Mais on est vraiment bêtes. Pourquoi est-ce qu'on n'a tout simplement pas échangé nos chambres ? »
La maison résonnante a posé la question à ses recoins les plus lointains, mais aucune réponse ne nous est revenue.
Notre légitimité à rester là s'amenuisait de minute en minute.
Des perce-neige étaient apparus dans le coin boueux, à côté de la serre de papa. À côté de l'ancienne serre de papa.
« Comment il s'appelait, ce jeu » – Julia regardait par terre –, « quand on était petits ? J'ai raconté ça à Stian. Celui où il fallait pourchasser l'autre tout autour de la maison. Et le premier qui rattrapait l'autre avait gagné ?
– "Tout-autour-de-la-maison".
– Oui, c'est ça ! Très pertinent, comme nom. » Encore une fois, Julia essayait de me remonter le moral.
« Ouais. » Je lui faisais croire que ça marchait. « Et une fois, tu t'étais cachée derrière la cuve à mazout et tu m'avais regardé foncer comme un crétin pendant une demi-heure.
– Oh, pas une demi-heure. Tu avais compris au bout de vingt minutes, tout au plus. »
Mais pour Julia, tout va bien. Lundi, son super petit-ami

débarquera à Cheltenham en Porsche noire ; elle sautera dedans et ils fileront vers Édimbourg. Lundi, moi, il faudra que j'aille dans une nouvelle école, dans une nouvelle ville où je serai le nouveau-dont-les-parents-divorcent-au-fait. Je n'ai même pas encore le bon uniforme.

« Jason ?
– Oui ?
– Tu sais pourquoi Eliot Bolivar a arrêté d'écrire des poèmes dans le journal de la paroisse ? »

Six mois avant, si Julia m'avait dit ça, j'aurais été super-contrarié, mais là, ma sœur posait la question sérieusement. Est-ce qu'elle bluffait pour me tirer les vers du nez ? Non. Depuis combien de temps est-ce qu'elle était au courant ? Oh, et puis on s'en fiche.

« Il a balancé subrepticement ses poèmes dans le feu de joie que papa avait allumé pour brûler toute la paperasse de Groenland. Eliot Bolivar m'a dit que le feu avait transformé ses poèmes en chefs-d'œuvre.

– J'espère, a dit Julia en mordant un petit bout d'ongle qui dépassait, qu'il n'a pas abandonné l'écriture pour de bon. Littérairement parlant, il a de l'avenir. Quand tu le croiseras, la prochaine fois, dis-lui de ma part de ne pas lâcher le morceau, d'accord ?

– D'accord. »

Yasmin Morton-Bagot a fouillé dans sa boîte à gants et en a retiré une carte.

« Le truc le plus bizarre » – j'avais les doigts qui tambourinaient sur la boîte Maggi –, « c'est de quitter la maison sans papa. Je veux dire, il devrait être là à courir dans tous les sens, maintenant, pour couper la chaudière, couper l'eau, le gaz... » Ce divorce, c'est comme dans un film catastrophe, quand la route se fissure tout du long et qu'un gouffre s'écarte entre les pieds de quelqu'un. Ce quelqu'un, c'est moi. Maman est d'un côté avec Julia, papa est de l'autre avec Cynthia. Si je ne saute pas d'un côté ou de l'autre, je vais tomber dans les ténèbres infinies. « À vérifier les fenêtres, une dernière fois, à vérifier l'électricité. Comme quand on était partis en vacances à Oban ou au parc naturel de Peak District, ou ailleurs, encore. »

Je n'ai pas pleuré une seule fois pour cette histoire de divorce. Ce n'est pas maintenant que ça va m'arriver.

Non, c'est pas possible, je pleure ! J'aurai quatorze ans dans quelques jours.

« Ça va aller » – Julia se montre gentille avec moi : c'est encore pire – « quand ce sera fini, Jace.

– *Non*, ça va pas.

– C'est parce que ce n'est pas encore fini. »

Remerciements

Je remercie Nadeem Aslam, Eleanor Bailey, Jocasta Brownlee, Amber Burlinson, Evan Camfield, Lynn Cannici, Tadhg Casey, Stuart Coughlan, Louise Dennys, Walter Donohue, Maveeda Duncan et sa fille, David Ebershoff, Keith Gray, Rodney Hall, Ian Jack, Henry Jeffreys, Sharon Klein, la librairie de M. Kerr à Clonakilty, Hari Kunzru, Morag et Tim Joss, Toby Litt, Jynne Martin, Jan Montefiore, Lawrence Norfolk, Jonathan Pegg, Nic Rowley, Shaheeda Sabir, Michael Schellenberg, Eleanor Simmons, Rory et Diane Snookes, Doug Stewart, Carole Welch et la dame aux cheveux blancs de Hay-on-Wye qui m'a conseillé de garder le lapin, qui a malgré tout réussi à s'échapper de la version finale du manuscrit.

Je tiens particulièrement à remercier mes parents et Keiko.

Un ancêtre lointain du premier chapitre a été publié dans *Granta 81*. Un ancêtre plus récent du deuxième chapitre a été publié dans *New Writing 13* (Picador). Les éléments de recherche du cinquième chapitre ont été puisés dans *The Battle for the Falklands* de Max Hastings et Simon Jenkins (Pan Books, 1997). Le huitième chapitre contient des citations tirées du *Grand Meaulnes* d'Alain-Fournier (Librairie Fayard, 1971). Le neuvième chapitre contient des citations tirées de *Sa Majesté des mouches* de William Golding (Faber & Faber, 1954). Concernant certains détails, ce roman est redevable à *Where Did It All Go Right?*, l'autobiographie d'Andrew Collins (Ebury Press, 2003).

Réalisation : PAO Éditions du Seuil
Achevé d'imprimer par Normandie Roto Impression s.a.s.
à Lonrai (Orne)
Dépôt légal : janvier 2009. N° 612 (084328)
Imprimé en France